CORAÇÕES DE FERRO

DE FOGO & FAE LIVRO II

CORAÇÕES DE FERRO

DAY LEITAO

SPARKLY WAVE
MONTREAL, 2023

Ilustração da capa por Basha (deviantart.com/bash-a)

Mapa por Sekcer

Traduzido por Day Leitao

Revisado por Francine N. Alves de Oliveira

ÍNDICE

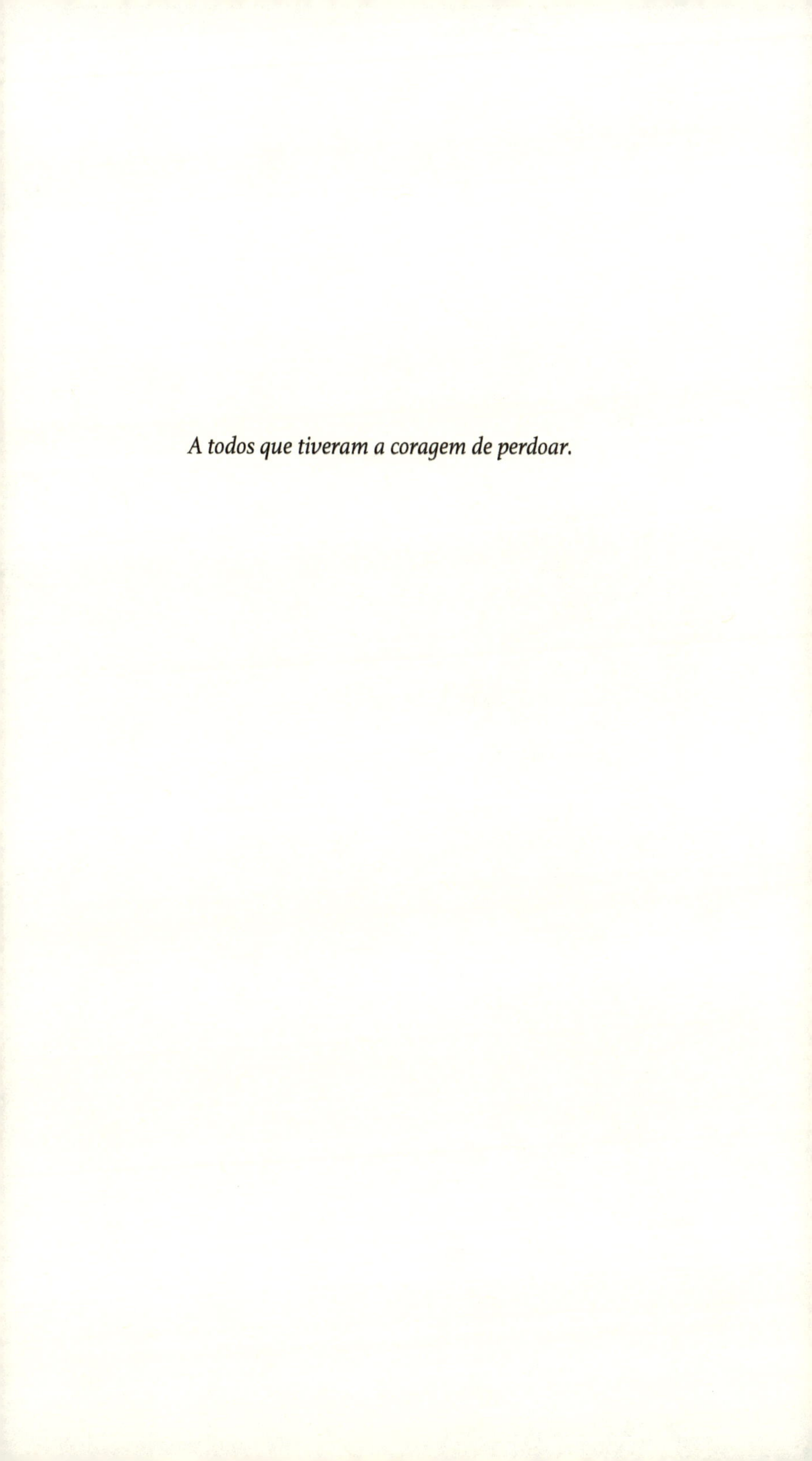

A todos que tiveram a coragem de perdoar.

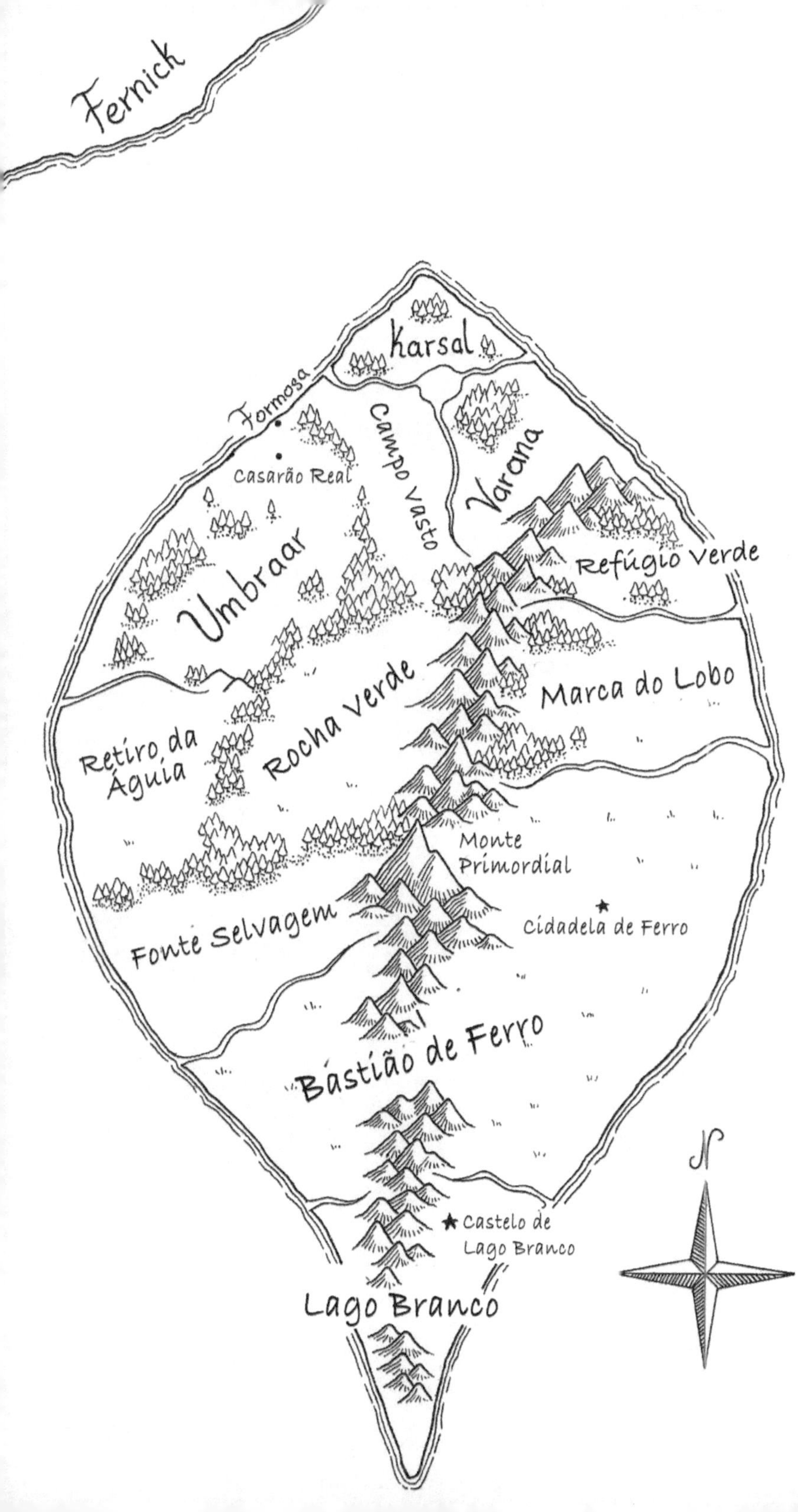

Fernick
Karsal
Formosa
Casarão Real
Campo Vasto
Varana
Umbraar
Refúgio Verde
Marca do Lobo
Retiro da Águia
Rocha Verde
Monte Primordial
Cidadela de Ferro
Fonte Selvagem
Bastião de Ferro
Castelo de Lago Branco
Lago Branco
N

I

O DRAGÃO DE FERRO

A luz do sol refletia naquelas maravilhosas escamas iridescentes. O dragão de Léa era real — e estava voando sobre o mar agitado, indo para Fernick, aquele continente misterioso e inalcançável. A sensação seria de sonho, se não fosse por seus medos; seu reino, seu povo, sua mãe, todos estavam em perigo. E ela não conseguia esquecer as terríveis mortes que havia causado — sem um único pingo de remorso.

É tarde demais para nós.

A voz suave de Fel ecoou em seus ouvidos. Tarde demais.

Sim, ver seu dragão era realizar um sonho — se não significasse que ela poderia estar perdendo o Fel humano. Léa descansou o rosto em suas escamas, sua suavidade quente e agradável era como uma carícia em sua bochecha, enquanto ela inalava seu aroma misturado com o ar salgado do oceano. Ainda era ele. Mas se ele não pudesse ser humano novamente, então não havia como eles ficarem juntos. Não. Eles *estavam* juntos. Seu calor e sua presença eram suficientes para acalmá-la. E se ele era o dragão dela, significava que o laço entre eles era muito mais profundo do que ela jamais imaginara.

Contudo, sem saber exatamente para onde estavam indo, deixando tanto para trás, temendo sua conexão com o que ela havia chamado do oco, tudo era confuso e estranho.

Um estrondo alto a assustou. Trovão. Léa ergueu os olhos e

viu nuvens escuras cobrindo o horizonte e se movendo em sua direção. Estranho. O céu estava claro não muito antes. Isso... Havia algo antinatural nisso.

— Fel? — Sua voz estava trêmula, revelando o medo que ela ainda não ousara reconhecer.

Debaixo dela, ele emitiu um grito grave e gutural, como se para que ela soubesse que ele podia ouvi-la, entendê-la.

Um raio iluminou o céu, seguido de um estrondo, e foi como se um monstro estivesse despertando, uma escuridão que havia sido sufocada e estava prestes a explodir. Léa sentiu algo maligno, algo à espreita, esperando. A menos que fosse sua própria mente, suas próprias memórias e medos pregando peças nela.

Ao contrário de seus sonhos, o dragão Fel tinha asas. Asas grandes e brilhantes, que agora batiam freneticamente quando ele virou de lado e voou paralelamente à direção das nuvens escuras que se aproximavam. Ele não estava fugindo da tempestade. O que ele estava fazendo? Uma pequena mancha marrom à frente deles era a resposta: ele estava procurando por abrigo. Havia uma ilha lá. A questão era se eles chegariam a tempo.

O vento forte atingiu seu rosto e cabelo. Léa se inclinou para mais perto dele, com medo de ser arrancada de suas costas. Outro rosnado grave abaixo dela a acalmou. Seu dragão prateado estava aqui. Ela deveria estar segura, exceto por aquele sentimento estranho, aquela sensação esquisita de que havia algo lá fora, algo maligno. E também havia uma estranha premonição de que algo estava errado. Muito errado, muito pior do que tudo o que estava acontecendo em Alúria.

À medida que a pequena ilha se aproximava, o vento ficava cada vez mais forte, aquelas asas magníficas do dragão lutando contra sua força. Léa tentou se manter firme, mas não queria beliscá-lo ou machucá-lo. Quais seriam suas chances se ela caísse naquele oceano? Ela seria capaz de nadar até a ilha? Ou as ondas tumultuosas a engoliriam?

Gotículas, depois gotas de chuva atingiram seu rosto, bem quando se aproximavam daquele pequeno pedaço de terra. Não havia nem mesmo um pouco de verde nele, apenas um grande conglomerado de rochas. Ela não tinha ideia de como Fel tinha visto aquilo.

Então algo duro atingiu sua cabeça. Uma pedrinha. Não. Granizo. Léa enterrou o rosto, querendo mas não podendo proteger o rosto *dele* das pelotas que caíam. A ilha estava tão perto... Mas tinha apenas rochas com bordas ásperas e irregulares. Uma aterrissagem forçada poderia machucá-lo — e muito. E aqui estava ela, impotente, esperando e desejando que tudo desse certo. No entanto, isso não os protegeria da chuva e da tempestade, que estava ficando mais forte, batendo em suas costas com uma força cada vez maior, parecendo uma surra de vara.

Fel pousou com um baque no que provavelmente era a única superfície plana naquela rocha pontiaguda e enorme. Léa tentou pular para o chão, mas uma asa a pegou, suavizando sua queda, então a empurrou até que ela se visse debaixo dele, seu corpo acima dela, protegendo-a.

Suas asas se espalharam ao redor deles, formando um casulo, e mesmo que o chão estivesse frio e úmido, seu calor a aquecia. Léa passou a mão pela barriga dele, que estava coberta de escamas grandes, quase brancas, mais macias que as de suas costas. Nesta presença reconfortante, talvez ela pudesse esquecer suas memórias terríveis, reprimir seus medos persistentes, ignorar aquela estranha tempestade. Eles estavam juntos e, por enquanto, era tudo o que importava.

Um trovão alto perturbou a serenidade de Léa, trazendo consigo um calafrio que desceu por seu pescoço. Frio, frio, um frio terrível que a gelou até os ossos.

E então uma voz soou em sua cabeça. Rouca e velha, fez seu cabelo ficar em pé.

— O dragão de ferro. Nós o encontramos.

Oh não. Não, não, não. Havia algo perseguindo Fel.

Por mais que ela tivesse acesso a poder mágico, ela sentia que era exatamente esse poder que havia feito com que aquela voz estranha tivesse encontrado o *dragão de ferro*.

ANOS E ANOS ouvindo as instruções de seu pai sobre o que fazer em caso de guerra não tinham preparado Naia para ver essa realidade, para acreditar que isso poderia acontecer em Umbraar.

Ao redor do Forte Real, corpos estavam sendo queimados, alguns deles estranhos e desumanos. Esta não foi uma invasão em grande escala, mas um ataque direcionado, uma tentativa de matar seu irmão e seu pai, o que significava que Bastião de Ferro sabia que eles estiveram aqui.

River tinha um braço em volta de Naia, mas ela o empurrou, então se afastou dele. Ele sabia sobre este ataque e não fez nada para avisá-la. Nada. Ela se virou para ele, seu olhar furioso. Ele parecia diferente, não só porque não tinha chifres, mas também porque seus olhos estavam azuis e seu cabelo um castanho escuro profundo, quase preto.

Como se percebesse sua surpresa, ele sussurrou:

— Sempre podem haver espiões...

— Claro.

Ela então se virou para Arry, que ainda estava parado na frente dela.

— Vamos ao escritório do meu pai, depois você me conta tudo.

Talvez Arry não fosse mais um amigo tão próximo dela, mas ainda era próximo de Fel e parecia saber o que havia acontecido, então era importante conversar com ele.

Ela olhou para River.

— Fique aqui.

Sim, isso tinha sido uma ordem e era melhor obedecê-la.

Naia tinha que parar de suspirar pelo belo fae e manter seu juízo. Se nem seu irmão nem seu pai estavam aqui, ela era a responsável e tinha que honrar sua posição e seu reino. Assumindo a liderança, ela subiu as escadas para o segundo andar em passos rápidos, tentando sufocar sua raiva, acalmar sua fúria — como se fosse possível.

Todo o tempo com River não adiantou nada para proteger seu reino, sua família. Todas as suas doces palavras para ela nunca significaram que ele era seu aliado. O pior era que ela deveria saber disso. Deveria saber de tudo, mas foi enganada como uma garota tola apaixonada — uma descrição apropriada e totalmente vergonhosa dela.

Eca. Para alguém que sempre quis fazer algo que importasse, ela provou sua incompetência no primeiro teste. Boba, boba, Naia. As advertências de seu pai contra as tolices do amor estavam começando a fazer sentido.

Pelo menos River a ouviu e ficou para trás. Naia virou-se para Arry assim que chegaram ao segundo andar.

— O resto do reino foi avisado?

— Eles foram colocados em alerta máximo, mas não há sinal de qualquer outro ataque. — Ele suspirou. — Ainda.

Ainda. Essa era a palavra certa. Assustadora, mas certa.

O jovem continuou:

— Os feridos estão sendo tratados e temos sentinelas procurando por mais intrusos. Seu irmão armou tudo bem antes de... partir.

Partir? Mal parecia Fel. E o pai dela não estava lá? Mais uma vez, tão estranho.

Eles chegaram em frente à grossa porta de madeira que levava ao escritório de seu pai. Tinha uma fechadura de combinação, feita de forma que sempre estaria acessível a Fel e Naia se necessário, já que aquele era outro lugar de onde o rei supervisionava Umbraar e se conectava com aliados em potencial. Era a primeira vez que ela abria essa fechadura em mais de um ano, já que não vinha aqui recentemente. Cada vez mais seu pai a desencorajara a vir ao forte. Até Fel, que antes era obcecado por armas, ultimamente tinha estado mais interessado em ficar em casa e praticar sua magia em volta do casarão real.

Mas agora ela estava aqui e tinha que fazer o possível para defender seu reino.

Naia entrou, ocupou seu lugar na mesa do pai e apontou para uma cadeira, onde Arry se sentou.

Quando apoiou as mãos na mesa, percebeu que tremiam. Medo, raiva, horror, tantas emoções misturadas. Acima de tudo, ela precisava saber onde estavam seu irmão e seu pai.

— O que aconteceu com Fel?

— Uh... — Arry respirou fundo. — É um pouco complicado.

— Não, não é.

Ela odiava ser dura com alguém que costumava considerar um amigo, mas não ia ficar sentada ali esperando para ouvir uma longa história enquanto a preocupação a consumia por dentro.

— Ele está morto? — Sua voz quase falhou com aquele pensamento terrível, aquela pergunta terrível. Arry tinha dito a ela que Fel estava vivo, mas ela queria ter certeza. — Ferido?

— Ele está vivo e não está ferido, mas...

Enquanto ela suspirava de alívio, uma figura apareceu no canto do escritório, atrás do amigo de seu irmão. River, é claro, parado ali, sem glamour, os olhos castanho-avermelhados de sempre, os chifres aparecendo. Naia pegou um pequeno livro e jogou em sua direção, mas ele desviou. Desaforado. Ele deveria ter ficado grato por ela não ter jogado um peso de papel ou uma rajada de fogo.

Arry se virou para verificar o que ela estava olhando, então a encarou, com uma expressão confusa no rosto.

— Algo errado?

Então ele não tinha visto nada. Naia não fazia ideia de que River podia ficar invisível, o que só aumentava a lista de muitas coisas que ela não sabia.

— Muito — ela respondeu. — As pessoas são instruídas a ficar longe e não o fazem.

Arry se levantou.

— Peço desculpas.

— Não você — Naia disse rapidamente. — Sente. Conte-me tudo.

Ele se sentou, os olhos arregalados. Naia controlou sua expressão para não parecer tão brava, já que Arry a estava claramente entendendo mal. River não estava mais do outro lado da sala e Naia exalou o ar, mas então sentiu alguém tocando seu ombro.

— Sem segredos — River sussurrou em seu ouvido. Que hipócrita.

Se ela não precisasse tanto ouvir a explicação de Arry, faria qualquer coisa para mandar River embora, mas não tinha tempo para isso agora.

Arry estreitou os olhos e olhou ao lado dela. Ele podia ver

River? Ou talvez fosse porque ela tinha acabado de olhar naquela direção.

O menino suspirou. Ele tinha cabelos castanhos muito claros, quase dourados, e um rosto bonito. Ainda era estranho pensar que em algum momento do passado Naia havia pensado nele de uma forma diferente, não apenas como um amigo da família. Aquele passado não fazia sentido agora.

Ele limpou a garganta.

— Vou começar do começo, se você não se importa.

— Na verdade eu me importo. — Ela tentou soar mais calma: — Comece me contando o que aconteceu com Fel. — Ela, então, acrescentou: — Por favor.

Arry olhou para ela por um momento, então soltou:

— Ele se transformou em um dragão e foi embora.

— Um dragão? — Ela engoliu em seco. — Você quer dizer um... grande... animal?

Ele não poderia estar falando sério. Essa conversa sobre dragões já seria bizarra o suficiente se eles fossem apenas esses mestres dos dragões, mas dragões de verdade?

— Com escamas, garras, asas — Arry acrescentou.

Não poderia ser. Não fazia sentido.

— Como você sabia que era meu irmão?

— Ele me enviou um pensamento, dizendo que estava em sua outra forma e que estava partindo com a princesa de Lago Branco.

Leandra? O que ela estava fazendo aqui?

— E você acreditou no que esse pensamento dizia?

— Foi ele, Naia. Eu conheço Fel.

Seu coração batia forte no peito. Isso ainda não fazia sentido. Arry poderia estar confuso.

— Alguém mais viu esse dragão?

— Algumas pessoas o viram queimando os demônios

Isso estava ficando estranho.

— Demônios?

— Eles estavam atacando o, uh... exército de condutores de ferro mortos-vivos.

Mais do que estranho.

— O... o que?

Arry recostou-se.

— Talvez eu devesse começar do começo.

— Certo. E quanto ao meu pai? Onde ele está?

Talvez fosse verdade que ele não era o verdadeiro pai de Naia, mas isso não significava que ela não se preocupasse com ele.

— Ele saiu ontem à noite, viajou para algum lugar. Fel não me disse onde.

— Meu irmão sabia para onde ele tinha ido?

— Acho que sim, mas acho que era um segredo ou algo do tipo. Fel não estava muito preocupado com ele, então talvez ele não devesse voltar ainda.

Estranho. Onde seu pai tinha ido? E por quê? Isso significava que Bastião de Ferro havia atacado Umbraar quando ele não estava aqui. Pode ser que esse tenha sido um plano para mantê-lo longe de seu reino, para que ele não usasse sua magia contra seus atacantes. O estranho é que seu pai ainda não tinha voltado. Seu peito se apertou de preocupação. Não, ele tinha que estar bem. Talvez ele tivesse planejado ficar fora por alguns dias. Ainda assim, ele deveria ter um espelho de comunicação. Oh, se ela pudesse falar com seu irmão!

Arry então disse a ela que Fel havia colocado o forte em alerta à noite, e isso foi bom, pois, no início da manhã, um grande grupo de soldados se aproximou do Forte Real, atacando-o com algumas estranhas flechas de metal que se curvavam e, em seguida, derretendo o portão, o que significa que eles tinham condutores de ferro entre eles. Ainda assim, Fel os derrotara. Depois que os atacantes foram mortos, porém, eles se levantaram novamente, mesmo que tivessem partes de seus corpos faltando.

Naia quase o interrompeu, dizendo que os mortos não podiam ser ressuscitados, mas ele parecia sincero, assustado e tão surpreso e chocado quanto qualquer um ficaria ao enfrentar o impossível. Ele continuou dizendo a ela que Fel havia permanecido fora do forte, sozinho, e mesmo que Arry tentasse ajudá-lo, era difícil chegar perto. Seus homens estavam tentando lutar contra os cadáveres que os atacavam, mas apenas o fogo poderia derrotá-los.

— Fogo? — Naia suspirou.

Ela cerrou os punhos e se virou para onde River estivera, imaginando se ele ainda estaria lá, imaginando se ele sabia que sua magia poderia ter ajudado seu irmão e os soldados de Umbraar, só que não, porque ela não estivera ali. Tudo porque River nunca se preocupou em avisá-la sobre o perigo que seu irmão acabara de enfrentar.

— Sim — disse Arry. — Então, depois disso, tudo ficou escuro. Foi estranho. Algumas... criaturas vieram e cuidaram dos soldados de Bastião de Ferro, aqueles que já estavam mortos. Eles estavam nos ajudando, eu sei, mas havia alguma mágica estranha no ar, algo antigo, sinistro. Era de outro mundo, e eu sei que o despertar de um exército morto é bastante estranho, mas apenas lembrar dessas criaturas me deixa com os cabelos em pé. Não que eu seja um covarde.

— O que eram?

— Eu não tenho certeza. Estou dizendo demônios porque é o que eu acho que eles eram, mas não tenho ideia de onde eles vieram ou como chegaram aqui. Então houve escuridão e, em vez de Fel, havia um dragão, e ele os queimou.

— Eles não estavam do nosso lado?

— Em teoria, sim, mas não tenho certeza se eles permaneceriam lá. É difícil de explicar. Então Fel voou para longe, com a princesa.

Naia franziu a testa.

— O que ela estava fazendo aqui?

— Ela não estava aqui quando a batalha estava acontecendo. Ela apenas... Ela apareceu. Com as criaturas, eu diria, mas isso soa absurdo.

As terríveis palavras da princesa de Lago Branco para Fel ainda pareciam unhas arranhando a pele de Naia.

— E você tem certeza que ele a levou embora? Não a comeu?

Arry riu.

— Seu irmão nunca machucaria sua princesa.

— Dele?

Ele encolheu os ombros.

— Seu irmão gosta dela.

— Mas e o contrário?

— Deve ter havido uma razão pela qual ela esteve aqui. De qualquer forma, não sei. Você vai precisar perguntar a Fel.

Naia respirou fundo e apoiou o rosto nas mãos.

— Como vou falar com ele?

Foi mesmo ele? Ele seria capaz de falar? Será que ele voltaria a ser humano? Tinha muitas perguntas e preocupações em sua mente.

— Eu não tenho essa resposta. — Ele suspirou e colocou um saco sobre a mesa. Ao abri-lo, o conteúdo surpreendeu Naia. As mãos de Fel. As mãos velhas. — Eu as peguei.

Ela franziu a testa.

— Estas não eram as que ele usava.

— Sim... Quero dizer... As outras foram derretidas quando os assassinos do Bastião de Ferro tentaram pegá-lo. — Ele deve ter notado a expressão perplexa de Naia, ao acrescentar: — Foram alguns dias antes desse ataque, mas Fel os matou. Ele então pediu a seu pai que anunciasse que estava morto. Como precaução.

Naia engoliu em seco. Assassinos enviados para matar seu irmão? Tudo isso acontecendo enquanto ela era mantida naquela casa com River, que devia saber de tudo isso, mas nunca disse uma palavra. Nem uma única palavra. E agora ele estava invisível, só para deixá-la ainda mais furiosa.

— Fel está bem — disse Arry, como se sentisse sua preocupação.

— É ele? Um dragão, você disse. — E talvez não fosse Fel, mas outra coisa. Talvez ele tenha ido embora. Tantos terríveis talvez. — Você nem o viu se transformar.

— Não acho que foi uma transformação, mas outra coisa. Ele parecia bem. Eu o conheço, Irinaia. Era ele. E vencemos a batalha.

— E ainda assim a guerra pode estar sobre nós.

Arry respirou fundo e não escondeu a preocupação em seus olhos.

— Pode.

— Obrigada. Por me contar tudo. E pegar as mãos do meu irmão. Eu... Preciso de um momento agora. Sozinha. Não que eu esteja dizendo para você ir embora, mas...

— Está bem. — Arry já estava de pé e se dirigindo para a porta. — Estarei por perto. Se você precisar de mim.

Naia conseguiu sorrir ao ver o menino que um dia fora seu sonho sair pela porta, enquanto fazia um esforço heroico para não tacar fogo no escritório.

Assim que a porta foi fechada, ela rosnou:

— River.

Ele apareceu na frente dela antes mesmo que terminasse de dizer o nome dele. Todo seu ar travesso e brincalhão desapareceu, substituído por um olhar que ela chamaria de apologético, se ela pensasse que ele era capaz de algo assim.

— Eu não sabia. Eu não sabia, Naia. — Sua voz era suave. — Eu pensei que eles estavam enviando apenas um exército normal. Achei que seu pai e seu irmão os derrotariam facilmente. Bem, seu irmão os derrotou. Eu...

— Eles precisavam de fogo. Fogo, River. Você entende o que isso significa? Meu irmão poderia ter morrido e eu não estava aqui para ajudá-lo, quando poderia ter feito toda a diferença. Você tem alguma ideia de como é?

Sua expressão endureceu.

— Nenhuma ideia? Você esquece que perdi uma irmã.

Verdade. Ele tinha dito isso a ela, mas ela não parou para considerar o que significava para ele. Deve ter sido horrível.

— Sinto muito por sua irmã. Eu... — Ela olhou para baixo. — Não sei o que dizer.

— Algumas feridas nunca cicatrizam. É assim que as coisas são. — Sua voz era cortada, como se ele quisesse encerrar o assunto. Então suspirou e olhou para ela. — Eu entendo o que você está dizendo. Seu poder poderia ter ajudado seu irmão e, no entanto, você não pôde fazer nada porque não estava aqui e acha que a culpa é minha.

— Eu não *acho. É* sua culpa.

Ela não estava tão furiosa quanto antes, mas sabia que aquilo que ele havia feito com ela era errado.

River passou a mão pelo seu cabelo.

— Você estaria em sua casa, Naia. Você nem vem muito aqui, não é?

Ela não tinha ideia de como ele sabia disso.

— Eu poderia ter vindo aqui se soubesse disso. Você poderia ter me avisado. Você poderia ter avisado meu irmão.

— Seu irmão estava mais do que bem preparado para Bastião de Ferro. Ele até sabia que teriam condutores de ferro. Umbraar tinha armas sem metal. Bastião de Ferro não sabia disso e não sabia que ele estava vivo. Ainda não entenderam o quão poderoso é seu irmão, sem mencionar que eles não percebem a extensão do seu, uh, do poder do Rei Azir. O ataque patético de Bastião de Ferro seria parado facilmente e eu não estava preocupado. Exceto que eu nunca soube que chegaria a isso. Não fazia ideia de que seu pai não estaria aqui. Eu não imaginava que um exército morto poderia ser levantado. Eu nunca soube que dragões, como dragões reais, ainda existiam. Até onde eu sabia, *dragões* era apenas um nome presunçoso para humanos mágicos. Eu não conhecia demônios ou o que quer que tenha aparecido aqui. Eu não sabia de nada disso.

— Você ainda poderia ter me contado. Poderia ter avisado meu irmão. Poderia pelo menos tê-lo avisado sobre os assassinos.

River suspirou.

— Eu *vim* aqui. Falei com Isofel.

— Você veio? E não me contou.

— Prometi que o manteria seguro e não quebro minhas promessas. Acho que deveria ser óbvio que eu não permitiria que seu irmão ficasse em perigo.

— Ele quase morreu. Ele é um dragão agora.

— Eu não sabia de nada disso. — River jogou as mãos para o alto. — Não posso impedir o que não sei.

Naia riu.

— Então para que ir a Bastião de Ferro? Ajudá-los? Porque eu sei que você os está ajudando. E, no entanto, eles não estão lhe dizendo nada. Você está sendo usado e manipulado, River, o que é ridículo para um fae.

Ele soltou uma risada debochada.

— É claro que eles pensam que estão me usando e me enganando. Isso é óbvio. É assim que funcionam os acordos entre inimigos: cada lado pensa que está enganando o outro. E, no entanto, encontrei uma maneira de entrar no reino deles. Uma maneira de descobrir sua magia, descobrir seus segredos.

— Certamente. — Ela rolou os olhos. — Você sabe tudo sobre eles, exceto sua magia mais bizarra ou seus segredos de batalha. Não que você fosse compartilhar nada disso, é claro.

— Eu sabia que eles tinham um exército de condutores de ferro, por exemplo.

— Você se incomodou em dizer isso ao meu irmão?

River deu de ombros.

— Ele estava pronto e não precisou de nenhum aviso.

Naia respirou fundo. Ficar com raiva não iria ajudá-la a encontrar uma solução.

— O que exatamente você tem feito lá, River? O que você fez agora? Ouvindo enquanto estava invisível?

Ele suspirou.

— É muito arriscado. Há uma grande chance de que eles possam me sentir. Então eu seria morto e, comigo, todos os meus planos de vingança.

Naia olhou para ele.

— Claro. Sua vingança seria a única perda se você morresse. Ninguém sentiria sua falta.

Ele olhou para baixo, depois de volta para ela.

— Eu não quis dizer isso.

— Não volte lá. Se eles estão escondendo de você magia perigosa e desconhecida, você literalmente não sabe do que eles são capazes, não sabe quais são seus verdadeiros planos, não sabe de nada. Eles estão brincando com você. Não se deixe enganar.

— Eu sei que eles têm uma magia estranha. Isso eu sei, mesmo que não tenha os detalhes. E eu sempre sou cuidadoso. Agora, preciso encontrar alguma prova de que destruíram Formosa. Eu sei que foram eles. E acho que têm um coração de dragão. Eu preciso encontrá-lo.

Ele havia mencionado a cidade de Umbraar aniquilada antes, mas Naia não tinha tanta certeza de que tinha sido Bastião de Ferro.

— A destruição de Formosa arruinou o comércio de todos os reinos de Alúria. Bastião de Ferro foi o que mais perdeu, já que exportava ouro para Fernick. Por que eles destruiriam aquela cidade?

— Eles provavelmente pensaram que poderiam controlar o caminho para Fernick, em vez de Umbraar, usando suas armas.

— Exceto que eles não controlam. Além disso, não acho que eles tenham um coração de dragão. Veja, se for verdade que meu verdadeiro pai é um dragão e que nossos corações são especiais, Bastião de Ferro não teria deixado eu e Fel irmos embora, eles não teriam nos dado a Umbraar.

— Mas eles acham que o Rei Azir é seu pai. Eles não têm ideia de que vocês são dragões.

— Sim, mas... Se eles capturassem meu pai, digamos, e então pegassem seu coração, eles saberiam o que nós somos.

— Três dragões vieram de Fernick, Naia. Eles poderiam ter capturado qualquer um deles.

— Não capturaram, River. Pense comigo. Você disse que os dragões vieram para cá depois que Formosa foi destruída. Isso significa que eles têm uma maneira de saber o que acontece em Alúria e uma maneira de viajar. Se um deles ou todos eles tivessem sido assassinados, outros dragões não teriam vindo aqui para investigar?

River deu de ombros.

— Talvez não. Não sei.

— Quando seu pai me capturou, ele pensou que os dragões sentiriam meu sofrimento e viriam. Se isso for verdade...

— Pode ter sido uma suposição. Ele não sabe muito mais do que eu.

— Ele sabia que eu era um dragão. Quer dizer... Se isso for mesmo verdade. Mas você não sabia.

Ainda havia uma parte dela que resistia a esse pensamento, mas ela não iria descobrir nada se negasse a realidade que lhe fora apresentada.

River riu.

— Eu nem sabia que você era uma *condutora de ferro* quando te conheci. Havia muitos sentimentos acontecendo para eu sentir sua mágica.

Ela prendeu a respiração, mas depois se recuperou rapidamente.

— Você não sabia que *meu irmão* era um dragão.

River fez uma pausa.

— É verdade, mas escute: apenas famílias reais em Alúria deveriam ter magia. Significa que não passa para a terceira geração. Os dragões são os árbitros da magia no mundo, então acho que são eles que mantêm a magia humana contida. Agora, Bastião de Ferro está criando portadores de ferro de terceira geração, não da família real. Para evitar tal lei... Eles precisam de algo.

— E para ressuscitar os mortos. Sim, eles têm alguma coisa, com certeza, mas não acho que seja um coração de dragão, River.

— Eu vou descobrir.

— Não, você não vai. Não se atreva a voltar lá.

Ele balançou sua cabeça.

— Vai ser rápido, e eu vou ter cuidado. Primeiro vou te levar para casa...

— Não. *Aqui* é a minha casa. Eu preciso cuidar de Umbraar, você não vê?

Ele suspirou.

— Eles podem atacar novamente.

— Então eu estarei aqui e queimarei todos eles. Talvez você até se dê ao trabalho de me avisar sobre os planos deles com antecedência. Na verdade, o que eles estão planejando?

— Não é difícil de adivinhar, é?

— Eu sei que eles querem poder. Mas como? Como eles vão fazer isso? Não me diga que você não sabe de nada.

River deu de ombros.

— É bastante óbvio. Eles não são sutis.

— Eu sei que eles querem unir Alúria contra os fae, ou usar os fae como desculpa para tomar o poder. Então, qual era o objetivo dessa mágica estranha aqui? Nem mesmo se preocupando em fingir que eram os faes?

River estava prestes a dizer algo, quando uma ideia ocorreu a Naia.

— Espere. Eu sei. Eles nos querem isolados. Eles nos querem reclamando de Bastião de Ferro enquanto todos os elogiam por lutar contra os faes. Assim eles podem nos atacar. E esta magia...

— Um pensamento estranho lhe veio à mente. — Foi um teste. Para ver o quanto eles poderiam distorcer a magia humana.

Ele assentiu com a cabeça.

— Essa é uma possibilidade. — Então ele suspirou. — Eu tenho que voltar antes que eles percebam que fui embora.

Naia se levantou e deu a volta na mesa para não haver nada entre ela e River.

— Não vá. Estou lhe pedindo.

Ela estava definitivamente arrependida de ter terminado aquela promessa de devoção eterna. Por que ela não tinha pensado nisso?

Ele fixou seus olhos avermelhados nela.

— Estou pedindo para você não ficar aqui neste alvo óbvio, mas você também não está ouvindo, está?

— Eu tenho que proteger meu povo.

— Eu também.

— River, e a Cidade Lendária? Precisamos fazer algo. Está tudo seco. Não há como eles sobreviverem por muito tempo lá.

— Seco — ele repetiu, pensativo. — Antes não era assim.

— Você pode usar as pedras do lapso novamente na cidade?

Ele fechou os olhos, visivelmente perturbado.

— Quando eu as usei pela primeira vez, de alguma forma minha magia se combinou com a magia dos dragões isolando a cidade. Essa magia está quebrada agora.

— Mas então a Cidade Lendária não deveria mais ser isolada.

Ele olhou para ela.

— Não parece que eles podem sair.

— Precisamos encontrar uma solução.

— *Eu* preciso encontrar uma solução. Mas preciso voltar para Bastião de Ferro. Podemos discutir isso depois, Naia. Aconteça o que acontecer, você pode tentar ficar longe do perigo?

— Serei cuidadosa, mas não vou me acovardar ou me esconder. Não seria eu.

Ele respirou fundo.

— Eu volto em breve.

Naia segurou a mão dele.

— Não vá lá. Conte-me tudo o que você descobriu até agora.

Trabalharemos com as informações que você já obteve. Nós vamos descobrir alguma coisa. Juntos. — Ela então acrescentou: — Por favor. Não vá.

Ele colocou a outra mão sobre a dela e a acariciou.

— Vamos encontrar uma solução. Mas eu tenho que ir.

Ela ainda estava com raiva dele, com raiva por ele não ter contado nada daquilo a ela, mas, naquele momento, tudo o que ela sentia era uma pontada no peito, um medo de nunca mais vê-lo, um pavor horrível tomando conta dela. Ela ficou na ponta dos pés e beijou os lábios dele suavemente, então disse:

— Fique.

Seus braços a envolveram e a puxaram para perto, e então ele a beijou, mas desta vez não havia nada suave ou hesitante em seus movimentos. Foi o beijo profundo e duradouro que eles não tiveram desde que ele a forçara a dormir.

Ai, por que essa memória tinha se intrometido neste momento?

Naia o empurrou.

— Ainda estou chateada com todos os segredos que você guardou e por ter me encantado. Mas eu sei que vamos consertar isso. Juntos. Fique.

Ele beijou seu rosto e sorriu.

— Eu volto já. Você dobrou minha motivação, Naia. Deixe-me descobrir o que está acontecendo.

Naia desejou poder fazer com que *ele* dormisse, queria poder impedi-lo de arriscar sua vida, o que era uma maneira horrível de entender suas terríveis ações. E, no entanto, ela observou em silêncio enquanto ele desaparecia. Precisaria perguntar a ele como fazia isso, como ele viajava tão facilmente para qualquer lugar, sem a necessidade de anéis feéricos.

Não, ela precisaria encontrar uma maneira de convencê-lo a nunca mais colocar os pés em Bastião de Ferro novamente, antes que fosse tarde demais.

RIVER DESLIZOU FACILMENTE para o oco, deixando Naia para trás, ciente de que ele era capaz de contradizer um de seus pedidos diretos pela primeira vez — e odiando isso. Odiando toda essa situação. Depois de tudo que ele tinha feito com ela, tudo que ele tinha escondido, ela ainda pediu para ele ficar, apesar de toda a sua raiva.

Ele fez uma pausa e fechou os olhos. Claro que ele queria ter ficado em Umbraar com a Naia. Trabalhar com Bastião de Ferro sempre foi um risco, e estava fadado a ficar mais arriscado quanto menos o reino precisasse dos seus serviços. Alúria já acreditava em uma nova invasão de "faes brancos" e, embora as ilusões de River pudessem ajudar a manter a farsa, Bastião de Ferro poderia decidir usar a força também. O que o mantinha um tanto seguro era seu acordo com o rei. Quebrar um acordo com um lendário tinha um preço alto, e os humanos ainda se lembravam disso.

O preço causaria a destruição de Bastião de Ferro, e River quase poderia ficar feliz com isso, exceto que ele tinha alguém para quem voltar, uma cidade para proteger e muito mais para fazer do que ele jamais havia sonhado. E, mais do que nunca, ele tinha que descobrir que tipo de magia eles estavam usando e como estavam burlando as leis de Alúria. Além disso, eles também estavam quebrando regras mágicas e até agora nenhum dragão tinha vindo ver se algo estava errado, nenhum dragão aparecera desde que Formosa havia sido destruída.

Era como se tivessem desaparecido, deixando sua cidade isolada, esquecida. Muito de sua raiva contra os dragões diminuiu quando ele percebeu que Naia era um deles. Ainda era difícil de acreditar, difícil de ter certeza, mas se Isofel havia se transformado em dragão, tinha que ser verdade.

Ainda assim, isso apenas abria questões: quem era o pai dela? Por que ele tinha ido embora? Ou ele foi morto? Mas se fosse esse o caso, não deveria ter atraído a ira dos dragões? A menos que algo tivesse acontecido com eles. Nesse caso, ainda era possível que Bastião de Ferro tivesse um ou mais corações de dragão. Se não fosse isso, então o reino do metal tinha outra coisa — e ele precisava encontrá-la.

2

DE VOLTA A BASTIÃO DE FERRO

O mundo era uma explosão de cheiros e sons. Fel não tinha ideia de que podia sentir e sentir tanto, mas também não tinha ideia de que tinha acesso a essa outra forma, tão forte que nem mesmo a tempestade de granizo podia machucá-lo. Aqui estava ele, nesta pequena ilha cercada por um oceano cinza e furioso. Abaixo dele, Léa estava sentada, de repente assustada, tão pequena e humana. Tão perto e tão longe.

Seu medo, porém, era por alguma outra coisa, e não era apenas a tempestade e tudo o que eles haviam passado. Ele enviou um pensamento para Léa, mesmo que não tivesse certeza de que ela perceberia que estava tentando se comunicar com ela.

— O que está errado?

— Algo está procurando você — disse ela, com a voz baixa. — Não conte a ninguém sobre sua mágica. Sua mágica humana. Eu... eu tenho que ir. Vou te encontrar. Mas eu tenho que ir.

Fel nem teve tempo de perguntar *por que* ou *para onde* antes que ela desaparecesse. Não teve tempo para tentar pedir para ela ficar, para dizer que resolveriam tudo juntos. Agora ele não tinha ideia de onde ela estava, nenhuma ideia de como mantê-la segura.

Tudo o que ele tinha era um buraco em seu coração ao se

deitar no chão úmido daquela ilha solitária, longe de sua irmã, de seu reino, de seu pai. E, no entanto, o que ele poderia fazer quando não tinha controle sobre sua forma, nenhuma ideia sobre sua magia de dragão?

A chuva acalmou e um caminho de céu claro apareceu no horizonte, como se Léa tivesse levado a tempestade com ela. Mas para onde? Eles demoraram tanto para ficar juntos, apenas para ela desaparecer assim.

Ele olhou para o céu clareando à frente. Ele seria capaz de chegar a Fernick? Será que ele encontraria outros dragões? Ou ele deveria voltar, pelo menos por enquanto, e ajudar sua irmã, seu pai, seu reino? Mas o que ele poderia fazer enquanto estivesse naquela forma? Havia apenas incerteza e muitas coisas que precisavam ser consertadas, mas ele não tinha ideia de como começar.

RIVER ESTAVA de volta em Lago Branco. Passara tanto tempo tentando enganar Bastião de Ferro, fingindo que era seu aliado e, ainda assim, logo depois que eles tomaram um reino, em um momento decisivo, ele partiu. Claro que ele faria tudo de novo para salvar Naia. Com sorte, talvez o Rei Harold não tivesse notado sua ausência.

Essa era uma esperança tola e absurda. Claro que o rei sabia que ele tinha se ausentado, mesmo que não tivesse passado tanto tempo. Duas horas no máximo, mas ainda assim. A questão era o que o rei faria com essa informação.

River se aproximou de seu posto, com o cabelo preso para trás, seu uniforme de Bastião de Ferro limpo e arrumado, um glamour escondendo o vermelho em seus olhos, seus chifres e o formato de suas orelhas. O general que estava questionando os trabalhadores do castelo tinha partido, e apenas dois soldados de Bastião de Ferro permaneceram. Como boa parte das forças invasoras, eles estavam convencidos de que seu reino estava sendo heroico e salvando Lago Branco.

Ambos se levantaram quando viram River.

— General Waters — disse um deles, como forma de saudação.

Era um nome bobo, mas como os lendários não se davam bem com mentiras, pelo menos chegava perto o suficiente para não causar muito desconforto.

— O interrogatório acabou?

Os soldados se entreolharam, então um deles disse:

— Há uma mensagem para você falar com o rei.

— Certamente.

River estava prestes a entrar no castelo, quando um soldado acrescentou:

— De volta a Bastião de Ferro.

— Entendido.

Este retorno a Bastião de Ferro surpreendeu River. O Rei Harold estivera ausente por um tempo, viajando de reino em reino, conquistando aliados, ou melhor, tecendo mentiras, às vezes com a ajuda de River. Aquele rei não tinha ideia de como essa ajuda era envenenada, como tudo seria revertido em alguns meses. Claro, um homem ambicioso como aquele se deliciava em se sentir invencível, forte, em pensar que os lendários estavam acovardados, escondidos e sob o controle de Bastião de Ferro.

O plano final do Rei Harold era a aniquilação do povo de River, mas isso não importava. River poderia fingir que estava sendo enganado, manipulado. Ele estava ganhando tempo. O único problema era que agora sua cidade havia despertado e tempo era algo que ele não tinha mais.

Os lendários viajavam de círculo em círculo, assim como River, exceto que ele podia criar círculos maiores e se mover dentro deles. Para Lago Branco, foi muito fácil, pois a cúpula ao redor da cidade fornecia a âncora material para sua magia.

A Cidadela de Ferro também era bastante fácil, cercada por um penhasco, que também funcionava como um círculo. Umbraar era mais difícil, mas ele tinha um ponto de entrada perto do casarão e outro perto do Forte Real, os locais onde os gêmeos podiam ser encontrados, e conseguiu ampliar seus círculos. Isso não era algo que a maioria dos lendários poderia fazer, e isso o lembrou das palavras de seu pai sobre seu *potencial desperdiçado*. Ele estava tentando compensar por seus erros, mesmo que qualquer desejo pela aceitação de seu pai tivesse sido substituído por repulsa, ódio e desgosto. Não, ele não podia deixar aqueles sentimentos horríveis tomarem conta de sua mente e, no entanto, a lembrança de Naia sofrendo, do que seu pai tentara obrigar River a fazer, essas imagens nunca iriam embora.

Ainda assim, ali estava ele, com o objetivo de desvendar os segredos de Bastião de Ferro, fazendo o que estava ao seu alcance, como o único lendário não confinado a sua cidade, provavelmente o único lendário imune à magia de ferro.

Apesar de poder se mover dentro da Cidadela de Ferro, River geralmente chegava a um pequeno círculo próximo a ela, que havia sido reativado para ele. Ele não queria que soubessem o quanto ele poderia fazer, ou isso arruinaria seus planos. Foi assim que se viu cruzando uma de suas pontes sem fundo. Tinha grades nas laterais, mas ainda dava para ver o fosso abaixo dele, algo grotesco e antinatural, cavado muito mais fundo do que qualquer coisa deveria ser cavada. Havia magia ali. Ele sempre pensou que seu desconforto era porque era magia de metal, mas agora não tinha tanta certeza e sentiu seus cabelos se arrepiarem enquanto se perguntava o que havia lá embaixo.

Depois do primeiro portão, ele foi até a entrada reservada aos funcionários do castelo, uma porta de bronze de tamanho normal. O bronze o lembrava de sua cidade, de seu passado há muito desaparecido, mas vir aqui sempre o lembrava de sua irmã, sempre o fazia se perguntar se a partida dela deste mundo havia sido dolorosa e se havia sido misturada com medo, horror, arrependimento, ou qualquer coisa do tipo. Morrer era certamente melhor do que ser capturada, dependendo do adversário, mas ainda assim doía muito ela ter ido embora. Quase vinte anos já haviam passado e ele nem teve tempo para lamentar. Seu pai e irmãos também não puderam viver seu luto. Talvez esse fosse um motivo para tentar entender seu pai, mas não, River disse a ele que Naia era sua companheira de vida, e mesmo assim o Rei Spring insistiu em machucá-la. River não o considerava mais seu pai.

Ele afastou todos esses pensamentos ao entrar na antecâmara do rei. Ele tinha muitas salas para reuniões, audiências e conferências. Essa era uma das mais privadas, mas era onde ele geralmente falava com River. Parecia que tinha sido ontem que viera aqui pela primeira vez, com uma leve esperança, um plano incompleto, mas também a certeza de que a única maneira de derrotar um inimigo tão formidável seria chegar perto o suficiente para esfaqueá-lo pelas costas. Seus pensamentos foram marcados por amargura e vingança, depois de tantas perdas e mortes, depois que sua única centelha de esperança tinha terminado em um beijo envenenado. Um beijo envenenado que o deixara mais forte, insensível à magia do ferro e ao ferro, se não completamente imune a eles, uma força que lhe ascendera essa ideia insana, que o trouxera àquele momento.

A porta se abriu e River entrou na sala mágica do Rei Harold. Esta era uma enorme câmara sem janelas, cercada por paredes de metal, a magia nelas vibrando no ar. Um piso de granito preto polido refletia a luz das arandelas nas paredes, enquanto cerca de cinquenta pedestais brancos sustentavam relíquias de Alúria e de outros lugares. River nunca havia realmente olhado para o que continha a câmara mágica, pois não queria parecer curioso. Não havia lugar para sentar ali, o que era um bom lembrete de que aquele não era um espaço para uma conversa agradável, mas onde se deveria permanecer alerta.

Dois guardas estavam parados junto às paredes, usando capacetes cobrindo seus rostos. River estava encantado e encontrou o rei examinando uma máscara.

Quando o Rei Harold se virou e o notou, River fez uma reverência.

— Sua Majestade.

O rei olhou para a máscara novamente.

— Você não está curioso para saber por que estou de volta a Bastião de Ferro?

Como sempre, River manteve a compostura calma e a voz firme.

— Não acredito que me diga respeito.

O rei riu. Uma coisa que River achava estranho era que ele não conseguia sentir nenhuma magia bizarra nele. Claro, o homem era mau, talvez nefasto, mas a única magia que River sentia era a de metal, que não era antinatural em Bastião de Ferro, e certamente não deveria fazer os mortos ressuscitarem. Outra magia tinha sido usada em Umbraar, mas ele não sentia nenhum traço dela no rei.

— Nem um palpite?

Provavelmente havia uma razão pela qual o rei estava tentando sondá-lo, mas River não deixou que isso o incomodasse.

— Lago Branco foi uma vitória clara e você está satisfeito com nosso trabalho lá, eu presumo?

— O que você diria sobre Umbraar?

— Você vai me contar sobre sua vitória?

Perguntas eram abertas o suficiente para que houvesse muito espaço para esconder a verdade e esta era uma das razões pelas quais River gostava tanto delas.

O rei estreitou os olhos.

— Vitória? Então você não sabe o que aconteceu?

— Estou esperando que você me diga.

Ele riu novamente.

— Então você não pode mentir, certo? Diga-me, então, ganhamos ou perdemos?

— Não consigo adivinhar as coisas, alteza. O que não posso fazer é contradizer meus pensamentos, percepções e crenças com minhas palavras, mas não sou onisciente. Dito isso, posso notar que Vossa Alteza está estranhamente inquieto...

— Pare com a porcaria, sim? Você sabe alguma coisa sobre demônios? Dragões? — Sua voz era em parte zombeteira.

O estômago de River afundou, mesmo que ele não mostrasse nenhuma reação. Não havia considerado que Bastião de Ferro devesse ter espiões observando a batalha à distância, e não havia considerado o que poderia significar para Naia se descobrissem que seu irmão era um dragão. Se River tivesse pensado melhor sobre isso, ele poderia ter encontrado o informante de Bastião de Ferro, poderia até mesmo ter mudado suas memórias. Agora era tarde demais.

— Talvez Vossa Majestade queira ir direto ao ponto?

O rei olhou River atentamente.

— De fato. Em primeiro lugar, eles estavam preparados. Eles

tinham armas de madeira. Não só isso, eles estavam prontos. Eles estavam prontos para nosso ataque horas antes de chegarmos lá.

— Eu entendo.

— Sabe o que *eu* entendo? Alguém os informou. Alguém que pode se mover rápido.

River fingiu ignorar a acusação implícita.

— Uma pessoa com um espelho de comunicação também pode ser um informante, ou então Umbraar previu o movimento de Bastião de Ferro.

— Eu penso que *você* os informou.

— Eu não os informei. Eu não poderia fazer isso nem se quisesse. Nosso acordo diz que não posso compartilhar planos...

— Talvez você esteja mentindo sobre o acordo. Talvez você o tenha quebrado.

— Por que eu informaria Umbraar? O que eu ganharia com isso?

O rei deu de ombros.

— Aliados, território, comida. O que eu sei? Quer me contar?

— Eu não os informei sobre o ataque de Bastião de Ferro. Fiz uma promessa e não posso quebrá-la.

— E, no entanto, eles estavam prontos. Eles tinham armas de madeira e armas de fogo, para neutralizar nossos... soldados. Eles também tinham alguns animais estranhos, até mesmo um dragão. Você sabe o que isso significa?

— Magia incomum?

— Ilusões, senhor Waters. Agora, quem aqui pode criar essas ilusões?

River ficou tão aliviado com essa teoria bizarra que quase demonstrou seus sentimentos ao expirar, mas se conteve a tempo.

— Posso criar ilusões, mas não estava em Umbraar durante essa batalha.

— E ainda assim você não estava em Lago Branco, como deveria estar.

— Cumpri meu dever lá. Se houver algo que você acredita que deveria ser feito melhor...

O rei acenou com a mão.

— É uma questão de confiança, Waters. Talvez precisemos ter certeza de que você não irá a lugar nenhum, só isso. Como forma de solidificar nosso pacto.

— Um acordo com um fae funciona nos dois sentidos, sua majestade. Estou atado ao acordo.

Este foi um lembrete sutil de que o rei também estava preso a suas palavras. Talvez ele soubesse disso em parte, ou não se sentiria tão confortável em ficar sozinho com ele, com guardas que estavam longe demais para reagir a tempo se River decidisse fazer alguma coisa. Ou talvez ele não soubesse o quão rápido um lendário podia se mover.

— Verdade. — O rei tinha um sorriso que não chegava aos olhos. — Mas você quebra um pouco, eu quebro um pouco, e ainda mantemos nossa aliança intacta. Terei Alúria e deixarei Umbraar para o restante de seu povo. Enquanto isso, quero ter certeza de que sei onde está um dos meus mais queridos aliados. Por uma questão de confiança. Siga-me.

O rei foi até o fundo da sala, onde abriu uma porta. No seu interior havia um pequeno cômodo com uma divisória, bem como uma cama e uma pequena mesa com um jarro com água, um copo, um pão e frutas.

— Espero que você aprecie nossa hospitalidade.

— Meus novos aposentos? — Fazia muito tempo que River não usava seus velhos aposentos, desde que deixara a garota de Isofel lá, mas ela já havia escapado sem a sua ajuda. Agora, esta era uma gaiola de ferro, destinada a enfraquecer a magia de um fae e impedi-lo de usar círculos. Certamente não era o pior castigo que poderia ser infligido a ele, e bastante previsível. — Eles não são terríveis, mas espero que Vossa Majestade entenda que é uma violação do nosso acordo.

O rei aproximou o polegar e o indicador.

— Uma pequena violação, Waters. Vamos concordar que estou sendo indulgente. E você ficará confortável aqui.

— Muito bem.

— A menos que... Você se importaria de explicar o que aconteceu em Umbraar?

— Eu não estava lá durante a batalha.

— Justo, então. Acho que você quer descansar.

O rei gesticulou para que ele entrasse, o que fez, e então fechou a porta.

River era um prisioneiro, preso nas garras de Bastião de Ferro. Por mais que soubesse que esse dia chegaria, ele não esperava que fosse tão cedo.

POR MAIS BRAVA que Naia estivesse com River, ainda doía vê-lo partir, vê-lo ir a algum lugar tão perigoso. O medo de perdê-lo era enorme. Medo de perdê-lo. Isso enviou a ela uma mensagem clara sobre se o queria ou não. Credo. Claro que ela o queria, mas queria ter certeza de que podia confiar nele, queria ter certeza de que ele não iria esconder coisas dela novamente, e talvez quisesse que ele soubesse que ela não iria tolerar mais aquele comportamento dele.

Mas com tanta coisa acontecendo em Umbraar, não era hora de pensar mais em River — pelo menos por enquanto. Seu reino estava em crise e, sem nenhum sinal de seu irmão ou pai em qualquer lugar, cabia a ela pensar nos próximos passos.

O que Bastião de Ferro esperava? Qual o seu objetivo ao atacar Umbraar? Eles teriam querido matar o rei Azir? Talvez. Mas saberiam que ele poderia ter escapado. Os reis geralmente tinham lugares especiais para se esconder ou algum tipo de procedimento caso as coisas dessem errado em uma batalha. Umbraar não fazia isso, mas Bastião de Ferro não saberia. Eles não teriam certeza de que teriam matado o rei. Se o quisessem morto, teriam enviado assassinos.

Assassinos. Eles os enviaram. Para seu irmão! Mas por quê? Magia de ferro, é claro. Se eles tivessem portadores de ferro e quisessem contar com a superioridade de sua magia, não poderiam ter mais pessoas a empunhando.

Naia sentou-se e bateu as unhas na mesa. Qual tinha sido o objetivo do ataque? Talvez ela nunca descobrisse. O que seu pai faria?

Essa era a resposta! Não a resposta certa, mas era o que Bastião de Ferro esperava — algo que o Rei Azir faria. Ele pediria ajuda? Ele contaria a outros reinos? Ela achava que não.

Umbraar era o único reino sem uma delegação de Bastião de Ferro, o único reino que não havia aceitado sua ajuda.

Não havia como saber se o que Naia estava prestes a fazer era certo ou errado, mas ela sempre ouvira que os reis às vezes tinham que agir com a intuição.

Ela se levantou e foi até o espelho de comunicação, pendurado na parede do escritório de seu pai, e pressionou a palma da mão em sua superfície, esperando que ainda funcionasse, esperando que seu pai não tivesse removido sua autorização quando a deserdou. Seu estômago afundou quando o espelho mostrou apenas sua própria imagem, sem nenhum sinal de magia. Talvez ela tivesse sido excluída da família real e, se fosse esse o caso, seria um grande problema.

E, no entanto, continuou olhando para o espelho, com a mão presa nele, esperando que funcionasse para ela, esperando que ela não ficasse sentada ali como uma tola inútil enquanto peças importantes estavam sendo movidas em Alúria.

Ela deu uma olhada melhor. Havia um leve brilho azul ao redor de sua mão. O alívio a invadiu ao ver o brilho crescer e crescer, até que ela não pudesse mais ver nenhum reflexo, apenas uma fonte de luz. Esses espelhos eram muito antigos e diziam ser feitos de magia de dragão. A maior parte de sua vida, suspeitou que talvez fosse apenas algum tipo de magia esquecida, que diziam que vinha dos dragões apenas para torná-la mais especial e misteriosa, e para justificar por que não podiam entendê-la ou reproduzi-la.

Agora ela não tinha certeza.

Talvez houvesse magia de dragão naquele espelho, o que só abria uma barragem de perguntas sobre seu próprio poder.

Mas o que ela tinha que fazer agora era tentar bancar a diplomata.

— Bastião de Ferro — ela disse. Sim, ela estava prestes a entrar em contato com o reino que era inimigo deles, o reino que River estava espionando.

Depois de muitos segundos, ela repetiu:

— Bastião de Ferro. — Então acrescentou: — Este é um pedido de Umbraar.

Houve apenas silêncio respondendo a ela, o que era normal.

Nenhum rei passaria o dia todo na frente do espelho. Dito isso, neste caso, eles deveriam estar prestando atenção, o que significava que ela deveria receber uma resposta em breve.

Enquanto isso, teve que tentar outro reino. Ela decidiu tentar um dos não-mágicos.

— Varana.

Em vez da luz azul e do silêncio, Naia foi saudada por um homem de quarenta e poucos anos de barba rala. O rei.

Ele franziu a testa.

— Quem é você?

— A princesa de Umbraar, majestade. Meu pai, o Rei Azir, está doente agora e estou tomando seu lugar tentando alertar Alúria.

— Vocês também foram atacados?

Também? O que ele queria dizer?

— Você é o primeiro rei com quem estou falando. Não sei de nenhum outro ataque além daqui.

— Lago Branco. Acabei de receber uma mensagem esta manhã. Os faes estavam lá, e mataram o rei e a rainha.

O coração de Naia estava prestes a parar — ou explodir. Faes em Lago Branco? Isso tinha que ser as ilusões de River. E em Lago Branco? Não fazia o menor sentido. Eles eram aliados.

O rei de Varana, então, disse:

— Então vocês *foram* atacados.

Ela assentiu, tentando organizar seus pensamentos e falar ao mesmo tempo.

— Achamos que podem ter sido os faes, mas é por isso que estou entrando em contato com todos e por isso é tão urgente; eles estavam vestidos com roupas de Bastião de Ferro.

Naia quase engasgou com a mentira idiota que ela estava dizendo.

A carranca do rei tinha que ser a mais duradoura que ela já tinha visto, mas ficou ainda mais profunda.

— Por que eles fariam isso?

— Não estou a par de suas motivações, mas se eu fosse arriscar um palpite, diria que eles querem semear desconfiança e conflito entre nós, eles querem nos enfraquecer.

Aí estava. Ela estava antecipando o que Bastião de Ferro

poderia acusar Umbraar de fazer e dando o primeiro passo.

— Como você sabe que eram os faes brancos?

— É uma suposição. Quem mais poderia ser? — Ela conseguiu fazer soar natural e não sarcástico. — É um alerta também. Se você vir forças de Bastião de Ferro, ou qualquer outro reino amigo, você precisa prestar atenção.

— Quem é amigável conosco? Alguém se importa conosco? — ele falou de forma ríspida.

Naia ficou surpresa, embora não devesse. Ela sabia muito bem que esses reinos sempre foram negligenciados em termos de diplomacia. Ainda assim, ela fingiu não ter ouvido a acusação no tom do homem.

— Todos os reinos humanos são aliados, não é mesmo?

O rei caiu na gargalhada.

— Grandes aliados. E o que você quer, garota?

— Nada. Achei que outros reinos deveriam ser avisados.

— Avisado para não confiar em Bastião de Ferro? Hmmm. — Ele então parecia preocupado em vez de irritado. — Como vocês estão? Sofreram alguma perda?

— Conseguimos derrotá-los, com muito custo para nós, mas eles foram neutralizados.

— Seu rei está vivo?

— Ele está doente. — Naia teve que pigarrear, uma coceira irritante a incomodava.

— Doente, eu vejo. — O rei provavelmente presumia que ele havia sofrido ferimentos na batalha, o que faria muito sentido. Ele então olhou para cima, pensando. — Quantos faes atacaram vocês?

Isso estava ficando mais complicado do que ela esperava.

— Eu não estava aqui, mas presumo uns cinquenta, cem soldados. Eles chegaram a um forte. Tínhamos a vantagem da altura e das paredes.

— Então vocês derrotaram cinquenta faes. Ou cem. Quem pode dizer a diferença? Ele estalou os dedos. — Assim.

Ele estava duvidando dela?

— Com muitas perdas, majestade.

— Vou manter isso em mente. Sabe, espero ter mais notícias do seu reino.

— Tenho a mesma esperança, exceto que da próxima vez que nos falarmos, prefiro trazer boas notícias. Agora, se você não se importa, preciso avisar outros reinos.

— Entendido. Esse contato pode ser cortado.

O espelho voltou ao seu brilho azul. Interessante e chocante. Lago Branco atacado. Por "faes". Faes não estavam atacando ninguém. Essas eram as ilusões de River. Outra coisa que ele não lhe tinha dito. Descarado. E aqui estava ela, toda preocupada com ele. Talvez ele nem estivesse indo para Bastião de Ferro, mas para algum outro reino.

Por que Bastião de Ferro atacaria seus aliados? A menos que... A princesa Lago Branco tinha vindo para Umbraar, mesmo sendo casada com um dos príncipes de Bastião de Ferro. Pode ter sido algum tipo de retaliação. Represália terrível e injusta. Ou então a ideia era realmente esconder a culpa de Bastião de Ferro. Se eles apenas atacassem seus inimigos, seria muito óbvio. Eles estavam planejando algo e Naia não fazia ideia do que era. Não fazia ideia, embora ela estivesse literalmente morando com alguém que trabalhava para Bastião de Ferro. Às vezes ela realmente queria estrangular River.

Independentemente disso, Bastião de Ferro estava mexendo suas peças. Se a intuição de Naia estivesse correta, eles estavam procurando uma desculpa para chamar o reino de Umbraar de traidores e retaliar contra eles — desta vez oficialmente, talvez até com a ajuda de outros reinos. Naia tinha que falar com esses reinos primeiro.

Ela tentou Refúgio Verde, Karsal e Rocha Verde, e não obteve resposta. Quando tentou Campo Vasto, um jovem respondeu, um dos príncipes. Eles eram um reino de condução verde e faziam fronteira com Umbraar ao norte. Naia contou ao príncipe a história dos faes que pareciam ser soldados Bastião de Ferro atacando Umbraar.

Ele ouviu estoicamente e depois perguntou:

— Como posso saber se é verdade?

— Eu estou te dando minha palavra.

O príncipe não se comoveu nem se convenceu.

— Talvez você queira semear dúvidas e confusão em Alúria.

Lindo. Ele a estava chamando de mentirosa agora?

— Claro que não. Se você tem uma comitiva de Bastião de Ferro, sabe que eles estão ajudando vocês. Quero dizer em suas fronteiras ou algo assim, se você encontrar pessoas que não conhece. Eles podem ser faes disfarçados.

Ele assentiu.

— Vou contar ao meu pai. Você precisa de alguma ajuda?

Ela sabia que era apenas uma pergunta educada.

— Estamos bem por enquanto, mas, por favor, tome cuidado. Eles vieram de nossas florestas do norte.

— Por que eles não se vestiriam como soldados de Campo Vasto, então, já que vieram daquela direção? — Seu tom era zombeteiro.

— Todo mundo sabe que Umbraar e Bastião de Ferro tiveram desentendimentos no passado, por causa do meu pai. É mais realista.

Ele levantou uma sobrancelha.

— E os faes estão a par dessa informação?

— Não sei. Se Bastião de Ferro não tinha motivos para nos atacar assim, resta apenas uma resposta.

— Você os viu? Faes? Cabelos loiros, orelhas pontudas?

— Eu não estava aqui. Os corpos foram queimados. Eles pareciam humanos.

— Bem, então, há outra explicação.

Obviamente. Mas Naia apenas piscou.

— Eu não acompanho.

— E se fosse Bastião de Ferro? — sugeriu o príncipe de Campo Vasto. Palavras perigosas.

Isso era um teste?

— Eu já expliquei por que é improvável...

— Muita coisa é improvável, princesa, mas vou passar suas informações. Isso é tudo?

— Sim. O contato pode ser cortado.

Ela conseguiu chegar a Fonte Selvagem, um reino de condutores selvagens. Foi um atendente quem respondeu, e tudo o que ele fez foi anotar o que ela disse. Karsal então a contatou. Naia ainda estava envergonhada por seu irmão ter falado tanto com a princesa quando nunca teve a intenção de propor casamento. Era um lembrete de que até seu doce irmão podia ser cruel. Por outro lado, ela não o ouviu fazer nenhuma promessa. O Rei Karsal aproximou-se do espelho e ouviu-a atentamente, sem interrupção.

Ele estava pensativo.

— Você tem provas de que isso aconteceu? Não estou duvidando de você. É uma pergunta.

— Há corpos aqui e alguns uniformes queimados.

Ele desviou o olhar.

— E qual é a prova de que eram os faes?

Naia fez uma pausa, tentando encontrar alguma explicação, mas nada lhe ocorreu. Ela suspirou.

— Nenhuma. Além da lógica, quero dizer.

— Seu pai acha que foram os faes?

— Ele está doente.

— Sim, mas ele disse alguma coisa? — Sua pergunta foi formulada lentamente.

Naia não queria colocar mentiras na boca do pai.

— Eu não perguntei a ele. Os soldados que lutaram contra eles estavam dizendo que os homens pareciam ser de Bastião de Ferro, mas que poderiam ser os faes.

Por alguma razão, sua garganta doía.

— Tem certeza?

— Não podemos ter certeza de nada, mas posso contar o que vi. Preciso tentar entrar em contato com outros reinos agora.

— Claro. Estes são tempos sombrios, garota, e seu reino está em uma posição delicada.

— Eu sei. Mas eu confio na amizade entre os reinos humanos.

— Confiança interessante. Você precisa de alguma coisa de nós?

— Não.

— A conexão pode ser cortada.

Naia olhou para o espelho azul. Ótimo. Ela estava tentando fazer exatamente o que seu pai nunca faria, como uma forma de surpreender Bastião de Ferro, e estava dando tudo errado. Eles ainda poderiam dizer que Umbraar estava fazendo acusações infundadas, mesmo que ela tentasse fazer parecer que não tinha intenção de envolver o reino de ferro. Talvez sua tentativa tenha sido idiota. Super idiota, com aquela mentira que soava ridícula. Talvez ela não tivesse sido feita para ser rainha, afinal.

Quando estava prestes a tentar Retiro da Águia, o espelho brilhou mais forte e uma voz disse:

— Bastião de Ferro, Lago Branco, Rocha Verde e Marca do Lobo.

Cinco era o máximo em um espelho de comunicação ao mesmo tempo. E era Bastião de Ferro. Não apenas Bastião de Ferro, mas seus maiores aliados também. *Agora* ela veria se estava apta para liderar um reino. Pelo bem de Umbraar, esperava que sim.

AZIR OLHOU para as ondas quebrando nesta praia estranha, em um mundo estranho. Tudo tão diferente do que ele sempre imaginou. Descansou o rosto nas mãos. Ursiana. Por quê? Por quê? Depois de todo esse tempo, por que ela escolheria machucá-lo assim, ficando para trás para morrer em seu lugar? Talvez não fosse amor, mas ódio. Talvez ela soubesse que o havia atingido onde doeria mais.

Tanta coisa para fazer, tão pouco que ele podia controlar. Leandra, sua filha. Nas garras de Bastião de Ferro. Fel, em Umbraar. Ele deveria estar seguro, a questão era por quanto tempo. Naia, doía tanto pensar nela, lembrar aquelas últimas palavras odiosas. Ele fechou os olhos bem apertados. Pelo menos ela estava segura. Talvez não aprovasse a vida que ela levava, mas pelo menos ela estava longe de qualquer conflito, com o homem que escolhera, e cabia a ele respeitar isso.

Restavam Leandra e sua mãe. Bastião de Ferro havia tomado Lago Branco. Que golpe duro e estranho em atingir seus aliados mais próximos e tão cedo. Talvez eles tivessem feito isso porque Leandra lhes daria legitimidade, enquanto eles não seriam capazes de assumir o controle de outro reino tão facilmente. Golpe sujo, mas fazia sentido. A garota disse que estava segura, mas Azir ainda deveria resgatá-la. Mas Ursiana corria um perigo muito mais imediato. E sua filha podia andar no oco. Ela poderia encontrar Fel. Azir tinha que confiar que ela o faria.

Restava Ursiana. Ele não podia simplesmente andar cegamente no oco. Isso só o mataria, e ele não seria capaz de ajudar ninguém se estivesse morto. Havia, ou melhor, um dia havia existido uma arma — agora enterrada sob todos os escombros de uma cidade destruída, sob tantas vidas perdidas, tanta dor. Mas era a resposta dele, e a única maneira de voltar lá e tirar os dois vivos do oco.

Ele jurou que nunca mais voltaria para Formosa. Apenas o pensamento de ver as ruínas da cidade que ele amara apertava seu coração — mas ele tinha que fazer isso. Mais do que nunca, ele precisava saber o que havia sobrado do castelo.

Ele precisaria ser rápido e não cometer erros.

RIVER SE VIU sozinho em seu novo quarto, cercado por paredes forradas de ferro. Não apenas ferro, havia magia de metal por toda parte, para aumentar sua barreira, para aumentar sua eficiência contra um lendário. River podia sentir camadas e camadas de magia de metal ali, como se tivessem construído aquele lugar com cuidado, como se tivessem planejado prendê-lo.

Hilário — e previsível.

Esta jaula era a sua liberdade, e esta prisão era o momento pelo qual tinha esperado há dias.

River ainda estava fisicamente ileso, já que Rei Harold era sábio o suficiente para entender o custo de quebrar um acordo com um fae, mas os acordos eram coisas complexas. Embora não declarasse as consequências de tirar a liberdade de River, aquilo queria dizer que o rei não estava mais agindo de boa vontade com ele, o que anulava a maior parte do acordo.

Isso significava que River também poderia desconsiderar parte das suas promessas, e agora estava livre para entrar em qualquer lugar do castelo, não mais preso às suas palavras de que não procuraria nem revelaria nenhum dos segredos de Bastião de Ferro.

Antes, River havia vagado pelo castelo, procurando o coração do dragão, buscando algum tipo de evidência de Formosa, mas ele tinha que cumprir sua promessa e não podia entrar onde havia sido expressamente proibido, ou em qualquer lugar restrito. Ele não poderia nem contar nada se descobrisse, e isso o estava deixando louco. Os olhos acusatórios de Naia exigindo respostas estavam sempre no fundo de sua mente. Por outro lado, aqueles lindos olhos também estavam cheios de preocupação por ele, implorando para que ficasse, mas ele tinha que fazer isso, tinha que descobrir a magia de Bastião de Ferro, tinha que entender o que estavam operando, ou então não haveria como combatê-los.

River ficou surpreso com a ideia de que estavam usando ferro contra ele, quando sabiam que era imune. Tinha dito ao rei que era porque ele era único e parcialmente humano. Ambas verdades, é claro, mas não a razão pela qual podia tolerar o ferro. O motivo era Naia. Naia e aquele beijo maravilhoso, mas quase fatal. E ainda assim eles estavam tentando usar ferro para trancá-lo? Condução de ferro. Talvez realmente não entendessem como ele também era imune a ela.

Entrou no oco por um breve momento, apenas para atravessar a parede, então se viu naquela mesma grande câmara, que tinha guardas do outro lado. Não importava, já que River estava sob um glamour que o deixava invisível. Liberdade, liberdade para ir a qualquer lugar, era quase demais e ele nem sabia por onde começar. A biblioteca tinha seções restritas, também havia andares e mais andares inferiores, masmorras com prisioneiros e muitos andares com "nada" neles, onde deveria haver alguma coisa. Não. River sabia para onde ir.

Quando ele estava prestes a se mover, uma dor aguda no estômago quase o fez se dobrar. Tentou se lembrar do que havia comido, mas na verdade não comia nada havia mais de um dia. Isso não era fome, no entanto... Isso era... Magia. Envenenamento mágico. Então sua prisão fez mais sentido. A magia de ferro em suas paredes não estava lá para detê-lo, estava lá para mascarar outra coisa, algo que fazia suas entranhas se contorcerem. Mesmo fraco, ele deslizou para o oco novamente e encontrou uma sala vazia, pois não conseguia mais segurar seu glamour de invisibilidade — e não tinha ideia de que tipo de magia o estava envenenando.

3

ATRAVÉS DO ESPELHO

Escuridão. Essa era uma palavra estranha. Alguém já a viu de verdade? Escuridão verdadeira, que não podia ser vista. Nenhuma diferença entre os olhos abertos e fechados, de modo que um sentido estava faltando.

Léa estava longe de Fel, preparando-se para enfrentar o que quer que estivesse procurando por ele, esperando que não tivesse percebido onde estava, mas ela ainda podia sentir uma presença misteriosa, ainda podia ouvir aquela voz misteriosa. E agora ela não estava em lugar nenhum, no espaço intermediário.

Pelo menos teve uma sensação: frio. Frio como se ela estivesse saindo da cúpula de Lago Branco em um dia de inverno — exceto que ela estava sem casaco. Ela não duraria muito ali e, no entanto, o único caminho que ela poderia seguir era em direção a Fel, ainda puxando-a como se estivessem amarrados. Mas se algo queria achá-lo e eles de alguma forma entraram em sua mente, ela tinha que manter distância.

Havia muito que ela não conseguia entender, muito que ela não conseguia ver.

Tinha que deixar aquele lugar. Agora. Uma luz fraca atrás dela a fez virar. Não uma luz, um espírito. Seu pai estava lá. Seu verdadeiro pai, aquele que a criara, a amara, não o rei que rejeitou e talvez até humilhou sua mãe. O pai de Léa era o Rei

Flávio, de Lago Branco, e talvez Kasim também, agora que ela pensava nisso.

Ela estava prestes a abraçá-lo, mas ele recuou.

— Não é bom encostar neste mundo, Léa. O que você está fazendo aqui?

— Estou perdida.

Ele inclinou a cabeça e sorriu.

— Está mesmo?

— Não sei para onde ir. Eu... Há algo, e não sei como lutar contra isso.

Ele riu.

— Então você fica aqui e espera. Faz sentido, faz. Mas é uma solução?

— Não posso lutar contra algo que não conheço, algo muito mais poderoso...

— É mais poderoso do que você?

Léa, que já estava com frio, sentiu um frio na espinha.

— Isso nem é uma pergunta. Claro que é.

— Hum. Tenho certeza que você saberá para onde ir, se ousar seguir seu coração.

— Meu coração vai me levar para Fel. Eu sei que você disse...

— Humanos, somos falíveis. Eu cometi erros. Poderíamos dizer que fiz o melhor que pude com as informações que tinha, mas ainda não estava certo. Você merecia a verdade. Pelo menos você a encontrou.

— Então, o Rei Azir realmente é meu... — Ela não conseguia dizer isso. — Eu sou uma condutora de morte?

Ele suspirou.

— De fato. Você tem a condução de morte e o sangue dele. Olhando para trás, esconder essa magia de você parece tolo e até irresponsável, mas não é justo julgar o passado assim. Agora, estando no topo de uma montanha, vendo tudo, o caminho que tomamos é obviamente errado, mas você não pode vê-lo quando está cercado de mata. — Ele deu uma risada leve. — Ou talvez eu esteja inventando desculpas. Planejei lhe contar um dia.

— Então você sempre soube disso?

Ele assentiu.

— Sim.

Léa balançou a cabeça.

— Eu entendo. Eu não estou chateada. Eu só... Como faço para sair deste lugar?

— Confie em si mesma.

— Confiar em mim mesma que não vou colocar Fel em perigo?

— É isso que seu coração está lhe dizendo? Que você deveria voltar para ele?

Ela ia dizer *sim*, mas por algum motivo, não parecia verdade.

— Não. Eu deveria... tentar entender minha magia.

— Então vá para onde você pode fazer isso.

— E onde é isso?

— Você terá essa resposta, não eu. Independentemente disso, você precisa sair daqui, Léa. Esta é uma passagem para lugares de onde você não pode voltar. Se você ficar muito tempo, acabará se juntando a nós. Ainda não é a sua hora.

Ela suspirou.

— Eu gostaria de ter ajudado você, eu gostaria de não ter...

— Essas são rodas do destino maiores do que aquelas que você pode mexer. O que você precisa fazer agora é se concentrar em si mesma. Seu medo pode ser seu sinal. Isso nos mantém longe do perigo, mas também nos afasta da mudança. Às vezes, em vez de um aviso para ficar longe, o medo pode mostrar o caminho que você precisa seguir.

Léa conseguiu dar uma risada.

— Então... Devo ir aonde meu coração me diz ou aonde meu medo me adverte?

— Existe uma diferença tão grande? Em muitos casos, eles são um e o mesmo. Essa será a sua dica.

Seu pai estava ficando translúcido.

— Não vá.

— Eu não posso ficar, Léa, e você também não. Saia daqui, vá para outro lugar. Mesmo que você não tenha certeza de que é a escolha certa, você precisa tomar uma direção. Você nunca terá certeza se está escolhendo o caminho certo e, no entanto, precisa continuar.

Ela se lembrou daquelas criaturas terríveis em Umbraar.

— Tenho medo de condenar a todos, arruinar tudo.

— Então você tem algo em mente, algo contra o que lutar. Confie na sua força.

Sua imagem desapareceu, deixando apenas a solidão em seu lugar. E frio. Tanto frio. Seu coração apenas lhe dizia para ir para Fel. Se ela quisesse, ela poderia, seria fácil. Ela podia senti-lo puxando-a, mesmo que estivessem tão distantes, exceto que ela estava com medo. Mas então, se seu pai estivesse certo, o medo poderia ser uma indicação de para onde ir.

Não. Não era tanto medo, mas uma intuição, um pressentimento. Ela tinha que ficar longe de Fel para protegê-lo. Mas isso só a deixou nesta escuridão. A menos que...

Escuridão. Ela uma vez chamou sua rainha, que alegou que poderia ensiná-la sobre seu poder. Mais do que nunca, Léa precisava de poder. Mais uma vez, a imagem daquelas criaturas terríveis veio à sua mente, gelando seus ossos já frios. Aquela voz era diferente da voz que dizia para ela matar, e diferente da voz que conhecera o "dragão de ferro", mas e se fosse a mesma?

Era fácil para seu pai dizer a ela para confiar em sua própria força, mas ela não fazia ideia do que era. Toda a sua vida tinha treinado para ser uma necromante, e para quê?

Léa fez uma pausa e repetiu mentalmente suas próprias palavras. Toda a sua vida ela tinha treinado... Magia. Ela não era uma novata ignorante.

O Rei Flávio sabia que ela não era uma verdadeira necromante — e ainda assim ele a treinou. Não poderia ter sido tudo um jogo de faz de conta; ele deve ter esperado que algo pudesse ser útil para ela. Ah, se tivesse perguntado a ele sobre isso... Mas havia tão pouco tempo.

Em vez de lamentar seu conhecimento inexistente de condução de morte, deveria se voltar para o que sabia e se perguntar o que uma *necromante* faria. Ela havia ouvido uma voz por um tempo agora, uma voz dizendo a ela para matar, destruir. Então ela tinha sonhado com uma estranha Rainha das Trevas, oferecendo seu poder. Léa aceitou a oferta, ou pelo menos assumiu que estava aceitando, e abriu o caminho para as criaturas que ajudaram a salvar Umbraar no início, mas que depois se voltaram contra eles. Tinha que estar tudo conectado.

Como ela explicaria isso como necromante? Seria um espírito. Não era o caso; não havia como abrir a terra dos mortos e obter qualquer ajuda para uma batalha, não importa o quão inútil fosse. Ainda assim, havia casos em que um espírito não queria ir, em que ficava incomodando o necromante. Geralmente significava que eles queriam algo, mas às vezes eles simplesmente não queriam ir embora. Léa sabia o que poderia ser feito em tais casos. Ela sabia que os necromantes lidavam com um lugar no meio, onde encontravam a terra dos mortos. Estava conectado aos muitos reinos do oco, que eram como muitos níveis. Os condutores de morte podiam se conectar com esses níveis e andar em alguns deles. Independentemente disso, tudo o que significava era que as técnicas para banir um espírito talvez pudessem funcionar para banir uma criatura viva de um dos reinos do oco.

O problema? Só havia um lugar onde ela sabia que poderia encontrar as ferramentas para fazer isso, e agora, estaria cheio de soldados de Bastião de Ferro. Ela tinha que tentar, no entanto.

O que ela poderia fazer para chegar lá? Pensar aonde queria ir? Isso tinha funcionado antes, mas tinha sido um acidente e ela não tinha ideia de como replicar. Então se lembrou de ter caminhado com o Rei Azir. Tinha sido como se mover através de uma fumaça espessa e escura e depois flutuar sobre Bastião de Ferro.

Ela abriu os olhos o máximo que pôde, para verificar se conseguia distinguir alguma coisa, mas não viu nada. Ainda apenas escuridão, mas ela ousou dar um passo à frente, mantendo seu destino em mente. Não poderia ser tão simples, no entanto. Ela tinha ouvido falar que os condutores de morte podiam se perder ou ficar presos. Tudo o que podia fazer era esperar que não fosse o caso.

RIVER SE APOIOU em uma parede, a dor e a náusea o atormentando. O que era isso? Algo sujo e estranho. Mas o quê? Não era metal ou magia de metal. Era uma magia estranha que Bastião de Ferro tinha usado para tentar mantê-lo contido.

Ele respirou fundo algumas vezes, quase esperando que os

guardas entrassem correndo na sala e o pegassem enfraquecido, mas havia apenas silêncio. River olhou em volta. Este era um pequeno espaço de armazenamento, aparentemente abandonado, com prateleiras em uma parede e frascos vazios e transparentes sobre ela. Apenas um dos muitos espaços em que ele ainda não havia tocado. Aquele castelo era gigantesco, com mais de trinta andares ligados por longas escadas e um aparato mágico de metal conectando tudo.

Embora a Cidadela de Ferro parecesse alta, também era profunda, muito profunda. A explicação para aquela profundidade era que se conectava a uma reserva de magnetita, que alimentava a magia de metal do castelo. Se alguma vez existiu uma fortaleza impenetrável contra os faes, era aquela. Seus pensamentos se voltaram para sua irmã, que partira tão cedo, em uma busca tão tola. Ela teria notado que a magia não havia desaparecido antes de chegar perto do castelo. Ele nunca tinha duvidado da história de que ela e seus amigos tentaram se infiltrar, mas ela não poderia ter sido *tão* desatenta. Era estranho lembrar de Ciara, que partira quase vinte anos antes, mas, para ele, faziam apenas meses, meses que não tinham sido suficientes para aliviar a dor de sua perda. Uma eternidade não aliviaria essa dor.

Bastião de Ferro ia pagar. O único problema era que ele não queria que isso afetasse Naia.

River respirou fundo. A náusea estava diminuindo, talvez substituída por sua preocupação, sua raiva. Ou então esses sentimentos a estavam sufocando, dando-lhe força. Talvez aquela terrível magia não tivesse a intenção de ser uma barreira, talvez fosse apenas que a mágica de Bastião de Ferro estava de alguma forma corrompida.

Como fae, estar sintonizado com a magia era uma bênção e uma maldição e, para piorar as coisas, River era um caso raro, ainda mais ciente dos diferentes tipos de magia do que a maioria dos lendários. Claro, recentemente ele estava alheio à magia dos dragões, mas provavelmente havia uma explicação decente para isso.

River se afastou da parede e percebeu que poderia ficar de pé sem ajuda. Tinha sido só um susto. O glamour da invisibilidade exigiu um pouco mais de esforço do que o normal, mas ele conseguiu — e saiu da sala. Esta era sua chance de explorar as entranhas daquele castelo hediondo, sua chance de encontrar a chave que faltava para derrotar este reino terrível.

Seu primeiro instinto foi ir literalmente às profundezas do edifício, mas ele também estava curioso sobre o rei, sobre o que o trouxera de volta aqui. River sabia que um dos príncipes havia sido morto, tinha sentido o fedor da morte ao tentar salvar a garota de Isofel. Embora não tivesse ideia de como ela havia escapado, sabia que ela tinha partido, vista pela última vez com o irmão de Naia.

Na noite em que River a salvara, ele a tinha rastreado magicamente, pronto para sentir qualquer perigo, como se não houvesse coisas suficientes com o que se preocupar. Tinha sido o custo de manter o irmão de Naia seguro, o custo de manter sua palavra de que anunciaria que estava morto.

O que incomodava River era o quão insensível ou pelo menos despreocupado Bastião de Ferro estava sobre a morte de Cassius. A menos que tivesse sido impressão dele e o príncipe estivesse de fato vivo. Ainda assim, havia sido um ataque dentro dos muros de Bastião de Ferro, mas nada no comportamento do Rei Harold sugeria um pai preocupado ou afrontado.

River, ainda invisível, foi para a sala de jantar, onde algumas pessoas da família às vezes faziam as refeições juntas. O rei e a rainha não estavam lá havia semanas, pois viajavam pelo continente, visitando seus "aliados". Ele se sentou nas cadeiras uma a uma para tentar sentir qualquer magia residual, qualquer energia residual. Não havia muito que ele pudesse identificar, até que se sentou no lugar da Senhora Célia. Havia raiva ali, ou melhor, fúria, e então a lembrança o alcançou.

— Você não disse que os necromantes eram inofensivos? — ela perguntou a alguém.

— Nós achávamos que sim. Mas nós a encontraremos.

— Como? — ela perguntou, sua voz embargada pela emoção. — Se mantivermos isso em segredo, se não pudermos ter um prêmio pela cabeça dela, se nem mesmo nossos guardas puderem saber que estamos procurando por essa garota, como vamos encontrá-la?

— Todo mundo precisa acreditar que ela ainda está conosco, ainda casada com Venard. Isso legitimará nosso domínio sobre Lago Branco.

— Quem se importa com um reino de gelo, longe de Fernick, longe de todos? Prefiro ver aquela vadia necromante morta. Nunca deveríamos ter pego uma noiva que não passou pelas provações. Não é a mesma coisa, não é a mesma coisa.

— Nós vamos encontrá-la, mãe. — Então este era o Rei Harold, sua voz surpreendentemente agradável. — Ela não tem onde se esconder.

— Eu quero ver. Quando ela gritar de dor, quando implorar por misericórdia, eu quero ver. Faça-a sofrer. — A raiva em sua voz era assustadora.

— Eu vou providenciar isso.

— E Cassius? Quando posso vê-lo? — Tristeza agora envolvia sua voz.

— Em breve. Ele está se recuperando.

— Eu tenho o direito de vê-lo. Ele se recuperará muito mais rapidamente se ouvir minha voz.

— Logo. Às vezes vale a pena esperar, e este é um desses momentos.

A raiva da mulher diminuiu, assim como o domínio de River sobre a memória. Isso estava fresco, daquela manhã. Significava que eles não haviam contado a ninguém que a princesa Leandra havia escapado e provavelmente estavam usando uma impostora para enganar Lago Branco. Também significava que Cassius estava vivo, não morto, mas tinha que estar acontecendo alguma coisa se eles não estavam deixando que sua avó o visse. Ele não poderia estar gravemente doente ou ferido, ou seu pai ficaria mais preocupado. O que estava acontecendo?

Talvez agora Naia finalmente descobrisse o que Bastião de Ferro estava fazendo, depois de implorar a River por tanto tempo para contar a ela. Ela não podia pensar nele agora, ou a irritação apareceria em seu rosto.

Quatro círculos apareceram no espelho, através dos quais

ela viu os reis de Bastião de Ferro, Rocha Verde e Marca do Lobo, e um velho em trajes militares, usando as cores de Bastião de Ferro. Tinha que ser alguém falando por Lago Branco.

— Saudações, Umbraar — Rei Harold, de Bastião de Ferro, disse. — Onde está o seu rei?

— Ele adoeceu, como meu irmão.

Naia novamente sentiu algo na garganta. Se ela tivesse de alguma forma adquirido a incapacidade de mentir de River, ela ficaria furiosa e com sérios problemas. Não, isso não havia de ser nada.

O Rei Harold assentiu.

— E você tentou entrar em contato conosco?

Ele provavelmente queria testemunhas para a conversa. Naia ia continuar com sua mentira imbecil.

— Eu tentei. Algo terrível aconteceu aqui. Um ataque de faes.

A centelha de surpresa nos olhos do rei de Bastião de Ferro não foi sutil.

— Faes? Como em Lago Branco?

— Eu ouvi dizer. Sinto muito. — Ela sentiu que ele ia falar alguma coisa, mas continuou, para não ser interrompida. — O problema é que eles pareciam ser de Bastião de Ferro. — Ela estava ficando cansada de quase engasgar com mentiras, então estava tentando manter suas palavras verdadeiras. — Você pode acreditar nisso?

O rei de Bastião de Ferro conseguiu parecer incrédulo.

— Onde eles atacaram?

— Um pequeno forte, mas é onde minha família estava. Eles devem ter sabido disso. Eu não estava aqui, estava na minha casa. Mas eu vi alguns dos corpos queimados, e eles tinham uniformes de Bastião de Ferro. Sabemos que este ataque não pode ter vindo de um reino amigo, então isso nos deixa com apenas uma explicação.

O Rei Harold estava coçando a barba.

— Isso é... muito lamentável. Você sofreu muitas perdas?

— Muitos feridos. Alguns mortos.

— Você capturou algum prisioneiro?

Certo. Ele gostaria de saber se Umbraar poderia questioná-los.

— Eu... não sei o que aconteceu. Algo com fogo. Todos eles pereceram.

O rei de Bastião de Ferro a estava observando atentamente, provavelmente tentando descobrir como a batalha tinha acontecido.

— Então vocês ganharam?

— Sim, mas isso não muda o fato de termos sido atacados, majestade, o que é preocupante.

O Rei Harold acenou com a cabeça.

— Estes são tempos sombrios para Alúria. Vocês devem ter notado que meu querido amigo Rei Flávio não está aqui. Em seu lugar, tenho o General Faulum, de Bastião de Ferro, representando Lago Branco. Ele está supervisionando as forças de segurança lá. Tentamos ajudá-los, mas foi tarde demais. — Ele olhou para baixo e balançou a cabeça, conseguindo parecer triste. — Ainda assim, até onde eu sei, essa foi a única grande perda. Meu filho e minha nora estão indo para lá em breve, para assumir o trono, mas nossas forças permanecerão naquele reino, caso algo aconteça.

Nora... Léa? Ela não estava lá. Mas então, ninguém sabia disso. Eles poderiam simplesmente mentir e enviar outra pessoa, especialmente quando tinham o controle das forças militares e talvez até do governo em Lago Branco.

O rei de Bastião de Ferro continuou:

— Eu trouxe aqui meus queridos amigos de Rocha Verde e Marca do Lobo para planejar os próximos passos. Isso será discutido com mais reinos, é claro, mas tínhamos que saber o que estava acontecendo em Umbraar. Como todos podem ver, os faes estão de volta e não estão brincando desta vez. Eles provavelmente estiveram esperando todos esses anos, aperfeiçoando suas táticas de batalha, planejando, se preparando para nos pegar desprevenidos, despreparados. Eles deram um golpe em Alúria. Mais de um golpe, ao que parece, mas eles vão pagar.

Toda aquela conversa sobre os faes brancos com tanto ódio era algo que incomodava Naia. Como River achou que eles poderiam se recuperar disso?

— Precisamos de uma Alúria forte e unida — continuou o Rei Harold. — Seu pai não era a favor disso. Presumo que ele mudou de ideia?

Naia suspirou.

— Ele... não está em posição de tomar decisões agora, mas eu tenho o poder interino de rainha, e minha palavra é final.

— Hummm. Este não é o momento para picuinhas, sobrinha.

Sobrinha. Essa palavra a assustou. Ela raramente se lembrava de que era parente daquele reino terrível por sangue, e nunca havia sido tratada por aquele rei como parte da família.

Naia apenas fez que sim com a cabeça.

— Eu sei.

Rei Harold continuou:

— Nossa terra precisa de um exército, um governo, um poder, se esperamos ter uma chance contra os faes. É por isso que estou entrando em contato com você, e é algo que foi discutido com Marca do Lobo e Rocha Verde.

Os dois reis tinham um ar sombrio e obviamente não tinham voz na discussão. Provavelmente também não tinham escolha.

— De agora em diante — o Rei Harold disse — Alúria será o Império Bastião de Ferro. Minha pergunta, querida sobrinha, é se você vai ficar do nosso lado.

Finja ser burra. O pensamento veio a ela em um flash. Ela sorriu.

— Isso soa maravilhoso. Uma Alúria forte e unida. Ficaremos felizes em apoiá-lo.

As sobrancelhas do Rei Harold se ergueram em surpresa, mas então ele retomou sua postura séria.

— Isso significa que você concederá passagem para nossas forças e permitirá que representantes de nosso governo...

— Não. — Era ousado interrompê-lo, mas ela tinha que fazêlo. — Você não me ouviu? Nossos atacantes. Eles pareciam ser de Bastião de Ferro. Como vamos saber a diferença?

— Essa é uma boa pergunta — disse o rei de Rocha Verde.

O Rei Harold fez uma careta.

— Você saberá porque terá documentos de nosso reino dizendo que nós os enviamos.

— E se os faes falsificarem documentos? — perguntou Naia. — Precisamos de um sistema infalível. — Uma ideia bizarra veio à sua mente. — Eu sei. Precisamos de uma conglomeração de emergência para decidir todos os detalhes e encontrar a melhor maneira de garantir que este império nos torne fortes, não vulneráveis.

O Rei Harold rolou os olhos e balançou a cabeça.

— Uma conglomeração será a oportunidade para eles atacarem todos nós de uma vez. Você não se lembra do que aconteceu em Lago Branco?

Naia lembrava, e sabia que tinha sido uma farsa, uma mentira. Outra ideia, novamente meio absurda, veio à sua mente.

— Isso foi em Lago Branco, mas não vamos voltar para lá. Esta reunião pode ser em um reino, um castelo, onde os faes não podem entrar. Pode ser no reino mais poderoso de Alúria, aquele com o poder de nos proteger. Claro que será seguro.

Aí estava. Ele não podia recusar agora. A expressão do rei de Marca do Lobo relaxou.

— Faz sentido.

— E um imperador precisa de uma coroação, certo? — Naia sugeriu.

Ela odiava essa ideia, mas tinha que encontrar uma maneira de convencê-lo.

O Rei Harold riu.

— Você me lisonjeia, mas como eu disse, estes são tempos sombrios e urgentes. Não temos tempo para planejar uma conglomeração, e unir todos os reis em um só lugar seria muito perigoso.

Naia fingiu estar desapontada.

— Oh. Sua majestade realmente acha que Bastião de Ferro não pode nos proteger?

Agora era uma questão de orgulho. Ele tinha que aceitar a ideia. Mesmo Naia não sabia por que ela estava sugerindo isso. Talvez fosse uma forma de ganhar tempo, uma maneira de adiar o que quer que Bastião de Ferro quisesse fazer, talvez até um meio de entrar naquele terrível castelo de ferro.

O rei de Bastião de Ferro olhou para o espelho.

— A Cidadela de Ferro é o lugar mais seguro não apenas em Alúria, mas no mundo. Ainda assim, eu não gostaria de deixar os reinos desprotegidos em um momento como este.

Então, nada de reunião. Ótimo. Agora Naia precisava encontrar outra maneira de adiar o que quer que fossem fazer.

— Eu acredito que a princesa está certa — o Rei Marca do Lobo disse. — Precisamos assinar um tratado sobre algo tão sério assim e pensar em estratégias para evitar impostores. E enviaremos apenas nossos reis, não nossos exércitos. Os reinos ainda estarão protegidos.

— Eu não me importaria de deixar Rocha Verde por um tempo — o outro rei disse. — Concordo que este assunto deve ser exaustivamente discutido e assinado.

Eles também estavam tentando adiar a decisão de Bastião de Ferro? Será que eles acreditavam na ideia de ataques feéricos? Naia não tinha certeza, mas estava grata por eles estarem apoiando sua ideia.

O Rei Harold suspirou.

— Vou consultar os outros reis. Se eles concordarem, e se houver uma conglomeração, vou querer em três dias, mas não haverá tempo para bailes e nem lugar para famílias.

— Isso faz sentido — disse o Rei Rocha Verde, enquanto o outro assentiu.

O Rei Harold respirou fundo.

— Agora que foi decidido, gostaria de informá-los sobre as medidas imediatas...

— Mas podemos esperar — Naia o interrompeu. — Não vamos decidir tudo na conglomeração?

— Alguns dias não vão nos matar — acrescentou o Rei Rocha Verde.

— Pode matar — retrucou o Rei Harold. — Flávio foi morto em uma noite.

O Rei Pedra Verde exalou, parecendo irritado.

— Muito bem. O que você sugere como medidas provisórias?

— Estou enviando minhas forças para todos os reinos de Alúria.

Não. Não. Isso era exatamente o que Naia queria evitar.

— Agradecemos o apoio. — Ela sorriu. — Mas depois do que aconteceu aqui, queremos salvaguardas para sabermos que estamos lidando com forças amigas. Não acreditamos que os faes irão atacar logo, então Umbraar pode esperar três dias.

O Rei Harold franziu a testa.

— Talvez vocês estejam *colaborando* com os fae?

Finalmente ele estava chegando onde provavelmente queria levar essa conversa o tempo todo.

— Fomos atacados — disse Naia. — Cada reino poderia enviar um emissário aqui para ver. Nós mostraremos a vocês. Não espero que ninguém acredite só na minha palavra.

Seria muito interessante se representantes de outros reinos viessem e vissem aqueles corpos. Ao mesmo tempo, eles pensariam que os soldados Umbraar eram selvagens, matando-os sem piedade.

— Mas vocês ganharam? — perguntou o Rei Marca do Lobo.

— Sim, nós os derrotamos — disse Naia.

— Parece-me que, com exceção de Lago Branco, tudo está sob controle — disse o rei de Marca do Lobo. — Pelo menos por três dias. Todos nós permaneceremos alertas e então decidiremos tudo durante a conglomeração de emergência.

— Então que seja assim — disse o Rei Harold. — Nos comunicaremos novamente confirmando a data e fornecendo mais instruções.

O espelho ficou azul de repente.

Tão grosseiro. Ele nem perguntou se Umbraar precisava de alguma coisa, nem mesmo informou a ela que estava cortando a conexão.

Naia teria três dias para encontrar uma maneira de impedir que Umbraar caísse nas garras de Bastião de Ferro. O que poderia ser feito em tão pouco tempo?

Ela se perguntou se seu pai ficaria furioso com ela. Ele não teria concordado com algo assim. Mas era óbvio que o Rei Harold queria uma desculpa para isolar ainda mais Umbraar, talvez até para acusá-los de trabalhar com os faes, talvez para invadi-los com a ajuda de mais reinos. Ao parecer disposta a se curvar a Bastião de Ferro, Naia impedira seu rei de fazer qualquer uma dessas afirmações absurdas. Era uma vitória, não muito boa, mas o melhor que ela podia, por enquanto.

Algo que a incomodava era a disposição dos outros reinos de fazer uma conglomeração, como se eles também quisessem discutir melhor ou talvez até adiar a reunião. *Império Bastião de Ferro*. Eles não pareciam entusiasmados com essa perspectiva.

Por que seu pai era tão teimoso? Poderia haver alguns aliados entre os outros reinos. Com aliados, eles poderiam encontrar uma solução, encontrar uma maneira de repelir Bastião de Ferro. Talvez conhecê-los pessoalmente desse a ela essa chance. A questão era que eles estariam sob o teto do inimigo, um inimigo que havia tentado matar Fel e acabara de atacar Umbraar. Naia não tinha dúvidas de que Bastião de Ferro era o inimigo. A questão era: o que ela poderia fazer a respeito?

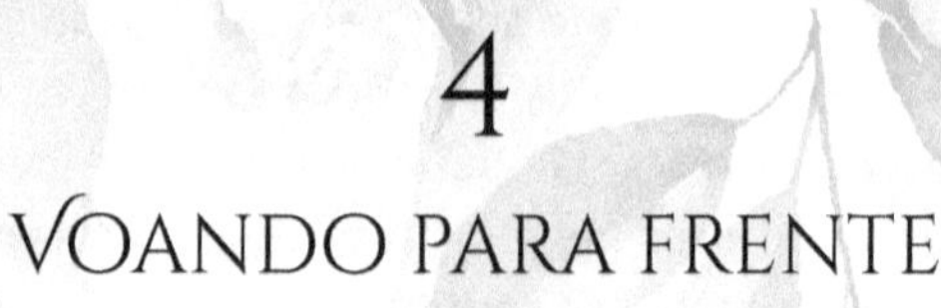

4

VOANDO PARA FRENTE

oe para a frente, para o desconhecido. Era o único pensamento que fazia sentido.

Voar.

Fel estava voando, e não era apenas um truque de usar anéis de ferro costurados em um colete, era o poder de suas asas batendo, aquelas asas enormes e poderosas que pareciam estranhas e familiares ao mesmo tempo. Aquelas asas que o faziam flutuar no ar como se fosse água, e mesmo assim sem resistência que o impedisse de seguir em frente. Ganhava velocidade rapidamente. O oceano abaixo dele passou em um borrão. Velocidade, potência e liberdade. Tudo tão novo, emocionante e assustador ao mesmo tempo.

Apesar de todo o seu fascínio por histórias e mitos, ele não tinha prestado muita atenção aos dragões. E talvez mesmo se ele tivesse lido tudo o que pudesse, ainda não se compararia à experiência de ser um, à experiência de voar. Ele não sabia como entender nada disso, não sabia se seria capaz de voltar à sua forma humana, não sabia como usar seus poderes. Como dragão, ele não conseguia nem sentir os vestígios de metal na terra, o que era como perder o olfato, perder parte de quem era.

Seu coração parecia o mesmo que o coração humano, pulsando dentro dele, mesmo que fosse provavelmente dez vezes maior agora. Ele ficou apertado quando pensou em sua irmã, seu pai, seu reino, tudo acontecendo em Alúria. E, no entanto, mais do que nunca, sentiu que precisava de ajuda se quisesse derrotar qualquer mal que se apoderasse de sua terra natal. E em meio a suas preocupações, a mais dolorosa de todas: Léa. Léa que havia desaparecido, sabe-se lá para onde.

Fel não tinha como alcançá-la, encontrá-la, e talvez fosse também por isso que ele continuava: não tinha um caminho claro de volta. Ele não poderia simplesmente retornar a Umbraar e assumir seu lugar como príncipe. Ele não caberia em uma sala de reunião e definitivamente não poderia aparecer em uma conglomeração. Não cabia nem no seu quarto e não tinha como entrar em casa. Uma risada escapou dele, que era na verdade um rugido alto, com as imagens ridículas que acabara de conjurar. Mas era verdade, ele tinha que encontrar uma maneira de se tornar humano novamente, e então, só então, ele seria capaz de ajudar seu reino a alcançar a vitória.

O sol estava alto no céu, todos os sinais daquela terrível tempestade desaparecidos. À sua frente, ainda a alguma distância, estava o misterioso continente de Fernick. Em algumas horas, ele se aproximaria de um lugar que havia sido perdido para Alúria, fora de alcance durante toda a sua vida. Mesmo quando havia barcos indo para lá, demoravam mais de dois dias. Fel voaria essa distância em algumas horas. Não era cansativo. Muito pelo contrário: estar naquela forma era revigorante.

Um grupo de ilhas pontilhava o oceano à sua frente, como um sinal de que se aproximava de terra firme, de que estava chegando. Fel decidiu voar mais baixo. Embora ainda não estivesse cansado, talvez fosse sensato descansar um pouco e esperar o anoitecer para se aproximar de Fernick sob a cobertura da noite. A escuridão esconderia suas escamas brilhantes? Talvez seu corpo refletisse a luz da lua e fosse ainda mais visível do que durante o dia, mas talvez ele pudesse voar bem alto.

Enquanto esses pensamentos cruzavam sua mente, relaxou suas asas, planando no ar em um movimento que o fazia descer levemente. O oceano e as ilhas aproximavam-se cada vez mais. Eles eram um pouco maiores do que a ilha em que ele havia se abrigado com Léa, mas a maior diferença era a vegetação. Mesmo pequenas como eram, as ilhas eram cobertas por árvores. Pequenas florestas no meio do oceano. Fel se perguntou se talvez tinham água fresca, mesmo que ele não estivesse com sede — o que era incrível e uma prova de sua nova força e resistência.

Enquanto voava baixo o suficiente para distinguir uma árvore da outra, uma visão o surpreendeu. A princípio, ele pensou que fosse um grande pássaro amarelo se aproximando da ilha. Não apenas um pássaro; três, dois amarelos e um vermelho. Mas havia uma energia diferente vindo deles, algo...

Algo o gelou, apesar do calor e do fogo dentro dele. Eles eram dragões.

Dragões.

Essa era a razão pela qual ele estava vindo para Fernick, era o que estava procurando e, no entanto, em vez de alegria ou empolgação, tudo o que sentia era pavor. Talvez não tivesse considerado o que aconteceria quando finalmente conhecesse outros como ele. Talvez realmente não tivesse pensado que iria encontrá-los. Ele não tinha certeza do que estava errado, mas não conseguia se livrar daquela sensação desconfortável.

Eram lindos. Um dos dragões amarelos era brilhante como ele, fazendo-o parecer quase dourado ao refletir o sol. O outro dragão amarelo tinha escamas foscas, o que o fazia parecer um amarelo vivo, como se a cor tivesse sido pintada nele. O dragão vermelho era maravilhoso, com escamas ligeiramente brilhantes, que eram mais escuras perto de sua barriga e rosto. Suas asas pareciam asas de morcego.

À distância, Fel não tinha certeza de quão grande seriam, mas deveriam ser pelo menos do mesmo tamanho que ele. Dragões. Dragões de verdade. Criaturas que ele acreditava serem apenas lendas. Muitas de suas crenças haviam mudado recentemente, quando viu o impossível tornar-se possível, o inexistente ser trazido à vida, mortos serem despertados. Então ele mesmo se tornou um dragão. Essa era a parte mais fácil de aceitar; sentia-se como ele mesmo. Mas agora ele estava temendo esta reunião.

— Quem são vocês? — Ele tentou enviar o pensamento da mesma forma que havia feito com Léa e Arry, mas não tinha certeza se seria capaz de alcançá-los. — Venho em paz — disse.

— E não desejo nenhum mal. — Não que ele pensasse que eles teriam medo dele, em menor número como ele estava, mas ainda assim.

E, no entanto, sentiu uma ameaça de violência pairando no ar, algo prestes a explodir. O fogo nele estava implorando para ser liberado, aquela estranha fornalha mágica dentro dele queimando. E, ainda, o fogo machucaria outros dragões? Não que ele quisesse machucar ninguém. E não que ele tivesse uma chance de ganhar.

Fel estava prestes a tentar enviar um pensamento novamente, quando uma rajada de fogo veio em sua direção, do dragão amarelo opaco. Ele conseguiu se esquivar, mas outra explosão veio de um dos outros dragões, e Fel finalmente se viu enfrentando uma terceira explosão, habilmente enviada para onde ele havia se esquivado pela última vez. Foi engolfado pelo fogo por um breve momento. Seu primeiro sentimento foi de alívio quando não sentiu nenhuma queimadura, nenhuma ardência. Mas se a explosão não fez nada, por que eles a estavam enviando para ele? Não, isso fez alguma coisa. Por um momento sentiu dificuldade em bater as asas, mas as abriu e conseguiu planar.

— Eu venho em paz. — Ele tentou enviar-lhes esse pensamento novamente, agora se perguntando se seus pensamentos eram baseados na linguagem. Deveria tentar dizer algo em fernês, exceto que era péssimo naquele idioma em circunstâncias normais, e dificilmente seria capaz de pronunciar uma única frase quando em forma de dragão e sob esse estranho ataque. A menos que não fosse um ataque, mas uma forma de saudação.

Não era assim que ele se sentia, e uma coisa que Fel aprendera a confiar era em seu instinto. Ele não estava acostumado a voar e muito menos a manobrar, mas mergulhou rápido em direção ao oceano, imaginando que estar perto da água talvez pudesse ajudá-lo. Ele sentiu mais do que viu rajadas de fogo vindo em sua direção. Encolhendo as asas, rompeu a superfície da água e mergulhou nela. Era como mergulhar na forma humana, em que ele tinha que prender a respiração. A água em sua pele sentia fria e estranha. Ele se virou, ainda debaixo d'água, concentrou-se em seu fogo, então ressurgiu e lançou uma rajada na direção do dragão vermelho.

Fel só teve tempo de vê-lo recuar, sem se queimar, e depois mergulhou novamente. Ele tinha que ter pulmões, que estavam ficando sem ar, muito parecido com a sensação na forma humana. Quando não aguentou mais, ele ressurgiu e lançou uma rajada de fogo que não acertou nenhum dragão, e então duas rajadas o atingiram ao mesmo tempo. Ainda sem queimadura, sem dor. Naquele momento, outra rajada o atingiu e, de repente, ele não conseguia mover suas asas. A queda foi curta, já que estava tão perto da água.

Fel abriu as asas e percebeu que elas poderiam ajudá-lo a flutuar naquelas ondas turbulentas. Ele estava convencido de que esses dragões não eram amigáveis, mas não sabia o que fazer, não sabia como conter seus ataques. Mesmo que atirasse de volta, eles estavam em maior número, especialmente agora que o primeiro dragão estava voltando para a luta. Ele não tinha certeza do que aquelas rajadas de fogo poderiam fazer, mas decidiu respirar fundo e mergulhar novamente, apenas para lhe dar algum tempo, apenas para que ele pudesse se lembrar de seus pensamentos e descobrir o que fazer.

Um movimento debaixo d'água chamou sua atenção. Um dos dragões? Não, ainda estava longe e a pele era azul. Certo. Fel havia se esquecido das serpentes marinhas.

Estranho. Ver este lugar não doeu nem metade do que Azir havia imaginado. Aquele castelo caído parecia um mundo diferente, algo pertencente a outra realidade. De certa forma, pertencia a um passado muito distante.

Ele estava no cofre, com fortes paredes reforçadas que de fato sobreviveram ao desastre. Estranho ver algo ainda em pé em um lugar onde a morte ainda parecia tão fresca, tão próxima, onde o eco de milhares de gritos ainda envolvia o ar com horror.

E, no entanto, isso era um tesouro; objetos mágicos e livros sobre condução da morte. Por enquanto, tudo o que levou foi um pequeno objeto: uma lâmpada que não precisava de fogo.

Era apenas uma pedra clara, ainda com arestas ásperas, e tinha uma varinha de cobre curta e fina com uma espécie de garra a segurando. Chamava-se escudo de luz e dizia-se que era tão antigo quanto o tempo, forjado pelos antigos dragões magos. Azir realmente não se importava com quem havia feito isso. Tudo o que importava era se esse objeto permitiria que ele caminhasse ileso pelo oco. Mais especificamente, esperava que isso mantivesse os olhos da morte à distância.

Ele deixou a escuridão o consumir, permitiu que seu corpo cruzasse aquele véu espesso e tentou encontrar o lugar exato em que estivera com Ursiana.

Os condutores de morte geralmente se moviam com segurança no oco, exceto em circunstâncias particulares. Havia muitas armadilhas, não apenas olhos da morte, mas outros tipos de prisões. Algumas delas eram armadilhas físicas óbvias, mas outras podiam capturar a mente de alguém. Azir tinha que estar atento e cuidadoso para não ser pego. Estranho. Tinha tanta certeza de que tinha sido ali que ele e Ursiana foram emprisionados. A menos que... Esse pensamento foi como enfiar uma faca em seu estômago. A menos que... Ele sabia que era uma possibilidade, sabia que sobreviver era improvável, e ainda ousara acreditar que ela escaparia de alguma forma.

Por um momento, ele se sentiu tonto. Se o pior tivesse acontecido, tinha que pelo menos encontrar o corpo dela. Se não o fizesse, ele sempre seria consumido pela dúvida. Não, ela ainda poderia estar viva. Pensamentos esperançosos e ingênuos.

— Azir!

Ele se animou. O grito vinha de um dos corredores. Isso levava a um nível perigoso. Poderia ser uma armadilha. Podia ser tantas coisas, mas seus pensamentos não importavam mais. Tudo o que importava era que estava correndo naquela direção — e depois caindo. Caindo, caindo, caindo. Caindo para o que poderia ser o seu fim.

Não, ele não estava caindo, estava parado em uma laje, do lado de fora de uma festa, odiando tudo. Ele não poderia estar lá, não fazia sentido. Onde mais poderia estar? Aqui estava ele.

Este era o momento pelo qual River estava esperando, sua oportunidade de descobrir os segredos da Cidadela de Ferro e, ainda assim, a enormidade daquele lugar e o tamanho de sua tarefa eram mais opressores do que nunca, agora que poderia ir a qualquer lugar daquele terrível castelo. Tantas escolhas, tão pouco tempo. Logo o rei verificaria novamente os aposentos de River, ou melhor, a prisão, e seria melhor que ele estivesse lá se quisesse continuar jogando este jogo.

No andar de baixo, nos vários andares secretos, provavelmente havia muitas coisas que ele poderia encontrar, ou então poderia verificar os cofres reais ou algumas das seções restritas da coleção de arte. Talvez, no lugar de tentar tudo de uma vez, pudesse optar pelo caminho mais simples: o próprio rei. Segui-lo permitiria que River visse o que ele estava fazendo. Tanta magia maligna estava solta agora, e o rei era um caminho claro e uma pista óbvia sobre como descobrir mais sobre aquilo.

Primeiro, River voltou para a grande sala onde sua prisão estava localizada, estabelecendo uma barreira invisível ao redor da porta. Se alguém a violasse, ele saberia e voltaria para o seu lugar. Essa era uma mágica antiga dos lendários, um encantamento do qual poucos eram capazes. Mais do "potencial desperdiçado" do River. Pelo menos ele estava usando um pouco agora, mesmo que não fosse do jeito que seu pai gostaria.

Da mesma forma que podia sentir as memórias de um lugar, especialmente se tivessem emoções fortes, ele podia sentir sua tranquilidade, misturar sua essência com aquele local de tal forma que ele notaria se estivesse perturbado. Isso permitiria que ele explorasse a Cidadela de Ferro sem pressa.

River tinha marcado magicamente o rei, mas por algum motivo não o conseguia sentir. Ele havia deixado o reino novamente? River fechou os olhos e se concentrou, então sentiu um leve rastro dele nas profundezas do subsolo.

Depois de um momento na escuridão, River se viu atrás do rei, em uma gigantesca câmara escura que mais parecia uma caverna, com paredes e teto de pedra bruta. Estranho como as partes inferiores do castelo não eram tão bem acabadas quanto os andares superiores. Não era qualquer rocha, mas magnetita, e o cheiro de magia de ferro era pesado no ar. River não achava mais fedorento, já que Naia tinha um pouco daquele cheiro, exceto que o dela era ligeiramente diferente — e maravilhoso em vez de atroz. Era melhor River não pensar em Naia e seu cheiro ou seria incapaz de fazer qualquer coisa útil ou manter seu glamour.

O rei estava ao lado de sua esposa em uma plataforma retangular feita de ônix, seus lados negros refletindo as luzes fracas de tochas ao longo das paredes e no chão. Algo grande estava para acontecer, mas talvez nada secreto, pois havia cerca de quarenta guardas perto de uma parede da sala, em duas filas, parcialmente ocultos pela escuridão daquela estranha câmara. Por que tantos guardas?

River se aproximou da plataforma e percebeu que era oca. Nela, encontrou sua resposta. Cassius estava lá. Não havia vida nele, mas não parecia alguém que estava morto havia quase um dia. Ele estava pálido, mas parecia alguém dormindo. River não sabia nem explicar o que estava sentindo naquele corpo.

Ao contrário do rei, a rainha parecia frágil e assustada, segurando a mão do marido e tremendo. River pensou que ela estava chorando, mas seus olhos estavam secos, mesmo que estivessem arregalados ao olhar para o filho, uma estranha emoção neles, quase como esperança, mas não exatamente. Talvez Cassius estivesse doente. Ou talvez fosse algum tipo de ritual mortuário, mas era estranho que ninguém da família estivesse lá, e a quantidade de guardas era algo extremamente bizarro.

A Rainha Kara virou-se para o marido.

— O fae. Tem certeza de que ele está preso?

— Ele não vai deixar seus aposentos. Você não tem nada a temer dele, meu amor.

Sua voz era suave, e River sentiu quase enjoo ao pensar que um ser tão horrível pudesse achar que amava alguém. O rei então sorriu.

— Eu sei que ele te incomoda, mas eu sempre o tive sob controle.

— Ele me deixa nervosa. — A voz dela estava trêmula.

Medo de River. Pelo menos uma pessoa em Bastião de Ferro era sensata e mostrava algum sinal de inteligência.

O rei beijou o rosto dela.

— Estou aqui. Você nunca terá que temer nada, nem mesmo a morte.

A rainha assentiu e olhou para baixo.

O que eles estavam fazendo? Por que não havia mais ninguém na sala? Se isso era algum ritual mágico secreto, por que tantas testemunhas? Havia algo que parecia inequivocamente errado sobre aquele lugar e qualquer cerimônia que eles estavam prestes a realizar. E não foi uma coincidência que River tenha sido preso logo antes dela; a rainha o temia por algum motivo, como se temesse que pudesse atrapalhar ou descobrir o que estavam prestes a fazer. O que quer que estivesse para acontecer não era para os olhos de River, e era irônico que o esforço deles para mantê-lo longe tivesse permitido que viesse aqui para desvendar seus segredos.

River ainda estava invisível e despercebido. Ele sabia andar e se mover silenciosamente, e não estava preocupado que alguém pudesse ouvi-lo, mas tudo sobre isso era desconfortável. Até o ar parecia pesado.

O rei apertou a mão da rainha.

— Pronta?

Ela deu um aceno tímido. O rei então se virou e encarou os guardas.

— Espadas em posição.

Todos os guardas desembainharam suas armas. River não conseguia imaginar o que estavam prestes a fazer. Não havia mais ninguém nesta câmara. Bem, ele tinha ouvido falar de rituais com espadas, e talvez este fosse um deles.

O rei então levantou um de seus braços e, em um movimento rápido, fechou o punho.

River ouviu alguns grunhidos e percebeu o movimento dos guardas, mas levou um momento para compreender o que estava acontecendo. Os homens estavam em duas linhas e, quando o rei fez o sinal, os que estavam atrás enfiaram as espadas nas costas dos que estavam à sua frente. Alguns guardas foram rápidos o suficiente para perceber o que estava acontecendo e se viraram para tentar se defender, mas estavam em menor quantidade. Dois homens tentaram correr, mas foram impedidos pelos guardas que estavam atrás. Por mais que River apreciasse proezas militares, isso não passava de um massacre sem sentido, um espetáculo sangrento e perturbador.

Como Bastião de Ferro poderia machucar seu próprio povo? Como alguém poderia ser tão insensível? River sentiu náusea novamente, e não tinha certeza se era a cena horrível ou ainda algum efeito da magia obscura que ele havia atravessado antes. Ele se concentrou em seu glamour, o que não era algo que normalmente tinha que fazer, mas ele queria garantir que estava aguentando. Às vezes, concordava com o seu pai que os humanos podiam ser atrozes. Porém, os lendários também, o que não era algo em que ele queria pensar.

Cerca de vinte homens mortos ou gravemente feridos jaziam no chão coberto de sangue. O rei não sorriu nem franziu a testa nem nada, enquanto a rainha manteve os olhos no filho, imperturbável pelos assassinatos ao seu redor. Bem, ignorar o sofrimento de outras pessoas era algo em que a realeza era muito boa. Apesar de toda a sua aparente fragilidade, a Rainha Kara certamente não se intimidou com toda aquela violência e sangue.

Os guardas que haviam acabado de assassinar seus colegas tinham posturas confiantes. Em um momento como este, qualquer pessoa com meio cérebro deveria considerar que não deveria obedecer a uma ordem tão horrível, deveria considerar que poderia muito bem ter sido eles na linha da frente, mas não. Estavam aliviados por não terem sido escolhidos para morrer ou orgulhosos por estarem entre o grupo vencedor de guardas, incapazes de ver que isso significava que o rei via seus homens como dispensáveis e inúteis. Eles provavelmente tinham a ilusão de que sua posição como assassinos significava que eram considerados dignos. E era assim que as atrocidades eram cometidas.

O rei se virou e encarou os homens.

— Seu sacrifício será notado. Sangue e sacrifício são o alimento para um reino forte, são a essência da magia. Vocês honram Bastião de Ferro com sua bravura, e não vamos esquecer o seu sangue.

Sangue? Eles não tinham derramado nenhum — ainda. Oh, se eles fossem espertos, estariam fugindo o mais rápido possível, em vez de tomar essas palavras venenosas como um elogio. O rei estendeu a mão para um cajado encostado na caixa. Não um bastão, uma alavanca.

Assim que ele puxou, parte do chão se moveu. Na verdade, era um enorme alçapão camuflado pela sujeira que o cobria. Todos os guardas, independentemente de estarem mortos, feridos ou de pé, caíram em um compartimento com pontas de ferro longas e afiadas. Eles foram empalados instantaneamente.

River queria vomitar. Ele entendia morrer em batalha, morrer para proteger alguém, e até entendia que os reis às vezes tinham que ver seus exércitos enfrentando perdas, mas isso era inútil. Morte sem sentido, um lembrete de que, para o Rei Harold, esses guardas não significavam nada, a vida não significava nada.

De seu ângulo, River olhou para as pontas afiadas e lembrou-se da sala de interrogatório na Cidade Lendária, exceto que aquelas pontas eram feitas de madeira, para portadores de ferro. Engraçado que Naia tinha sido sua primeira prisioneira. Rei Spring, o rei dos lendários, também não valorizava a vida.

Mas havia uma razão pela qual estavam matando tantos homens ali, provavelmente era um ritual mágico ou algo do tipo. Qualquer que fosse o poder que eles estavam desencadeando, tinha que ser algo tão sombrio e hediondo que nunca havia sido mencionado em nenhum livro dos lendários. Um arrepio percorreu a espinha de River enquanto observava e esperava.

O Rei Harold tirou uma adaga preta do bolso e a moveu em direção ao rosto de seu filho. Para matá-lo? Não seria triste ver Cassius morto, mas ainda era estranho ver um pai fazendo isso com seu filho. Mas tudo o que o rei fez foi tocar a testa do jovem com a adaga. River se sentiu estranhamente aliviado por não testemunhar mais nada horripilante.

A voz de Harold ecoou no corredor.

— Sacrifício. Pois a morte trará a vida. Do sangue deles, o seu sangue correrá.

A Rainha Kara olhou para o filho com uma expressão calma, sem nem um pouco da esperança, da ansiedade ou do medo que se esperaria que uma mãe tivesse naquela situação. Alguns longos segundos se passaram, então o rei puxou a adaga.

A princípio nada aconteceu, então algo chamou a atenção de River. A rainha tinha um colar com uma grande pedra vermelha — um rubi ou uma granada. Uma luz nele pulsava, como se estivesse ganhando vida. Isso tinha que ser um objeto mágico, mas de que tipo, River não tinha certeza, exceto que, se era brilhante quando cercado por tanta morte sem sentido, não poderia ser nada bom.

O rei moveu a adaga, como se fosse colocá-la na testa de Cassius novamente, mas a rainha o deteve.

— Espere. Precisamos seguir as regras e esperar. — Sua voz não estava tensa ou preocupada.

Havia algo nela que River não conseguia entender. Talvez fosse apenas porque ele esperava mais sentimento, mais emoção. Isso e o colar assustador sinalizavam para algo estranho.

O rei pigarreou.

— Eu sei o que estou fazendo.

— Vamos esperar — ela sussurrou em um tom mais gentil.

O rosto de Cassius estava pálido e ele não se movia, nem respirava. Seus pais o observavam em silêncio, a rainha composta, enquanto o rei estava inquieto. Depois de um tempo, o colar da mulher brilhou mais forte.

Nesse momento, o príncipe suspirou, tossiu e sentou-se com os olhos arregalados.

A voz que vinha de seu corpo era rouca, estranha.

— Onde ela está? Onde ela está? —

— Silêncio — sua mãe disse com suavidade. — Está tudo bem. Você vai ficar bem.

Ele olhou para seus pais, então olhou em volta.

— Onde estou?

O rei respondeu:

— Estamos na Cidadela de Ferro, filho, nos andares inferiores, e você pode voltar para o seu quarto.

Os olhos de Cassius ainda examinavam a câmara, quase como se estivesse procurando por algo, talvez tentando encontrar a garota que o tinha matado.

O Rei Harold estendeu a mão para o filho e o ajudou a sair da caixa, então se dirigiram para a porta, que o rei abriu com sua magia de ferro. Em nenhum momento pouparam um único olhar para os corpos dos guardas.

Caminharam em direção à caixa metálica que subia e descia por todo o castelo. River foi capaz de entrar com eles. Quando chegaram aos andares superiores, a rainha voltou-se para o marido.

— Eu estarei com você em breve. Estou cansada e preciso repousar.

O rei beijou seu rosto.

— Tem sido uma provação.

Ela deixou a caixa e sorriu quando o rei não estava mais olhando. River tinha certeza de que ela estava planejando algo. A questão era se deveria seguir o rei e ver que tipo de ressurreição havia ocorrido no príncipe, ou seguir a rainha e ver o que era aquele colar misterioso. Como se para responder a ele, a pedra vermelha pulsou novamente.

Um sinal. Algo estava errado, e essa rainha não era tão inocente quanto parecia. Enquanto ela se retirava para seu quarto, River a seguiu. Ele iria descobrir o que estava acontecendo.

5

SEM BARREIRAS

Arry trouxe para Naia um prato de comida e boas notícias, dizendo a ela que a maioria de seus homens feridos estava se curando. Quase nenhuma morte, mas ainda doía. Um soldado morto era demais.

Ele a deixou sozinha, porém, o que foi bom, pois ela precisava de tempo para processar tudo, tempo para organizar seus pensamentos. E, no entanto, não conseguia nem tocar na comida ou pensar direito. Ela só pensava em River. River com o inimigo, River ferido, River capturado. Imagens terríveis vinham à sua mente e ela não conseguia apagá-las.

Preocupação boba. Não estava planejando ir para a Cidadela de Ferro em alguns dias? E River tinha uma magia poderosa. Ele também era mais rápido e mais forte do que qualquer humano. Ela tinha que se lembrar disso, e então lembrar o quanto ele tinha escondido dela, e calar seu coração preocupado. O coração dela! Todo do River. Depois de tudo. Não é de admirar que seu pai continuasse dizendo que corações eram tolos.

Pelo menos ela conseguiu falar com mais reinos. Refúgio Verde e Retiro da Águia já sabiam sobre a próxima conglomeração de emergência e sobre o ataque a Umbraar. Naia disse a eles que os atacantes usavam uniformes de Bastião de Ferro e pareciam humanos. O rei de Retiro da Águia não parecia acreditar nela.

Refúgio Verde a ouviu com atenção.

— Nós gostaríamos de ver isso, se você não se importa.

Naia concordou em receber três mensageiros no dia seguinte. Era uma oportunidade para uma aliança.

Sua cabeça zumbia, ainda com aquela preocupação boba por River, quando o espelho ficou azul novamente.

Havia uma maneira de saber quem estava do outro lado, mas Naia não era boa em usar esse objeto mágico, então apenas disse:

— Abra a conexão.

Era o Rei de Marca do Lobo.

— Princesa Irinaia, você me concederá a honra de uma audiência?

Honra? Ela não tinha certeza se ele estava sendo sarcástico.

— Claro.

— Gostaria de agradecer a sugestão de fazer uma conglomeração de emergência. É de fato o curso de ação mais sábio.

— Nada para me agradecer. A sugestão surgiu da discussão, de todos nós.

Não era verdade, mas queria que ele pensasse que ela estava dando crédito a ele por isso. Na verdade, ela não gostaria que outros reis pensassem que a ideia da reunião de emergência tinha partido dela.

— Suas palavras foram sábias e bem medidas, princesa.

— Estou feliz que você pense assim.

Ele suspirou.

— Eu tenho algumas perguntas. Você está dizendo que foi atacada por um grupo de faes, mas que eles tinham uniformes de Bastião de Ferro?

— Sim.

Naia precisava ter cuidado aqui, pois isso poderia ser algum tipo de teste, e ela não tinha intenção de incomodar Bastião de Ferro por enquanto.

Ele franziu a testa.

— Alguns dos reinos não acreditam nisso.

— Eu entendo que não vão acreditar na minha palavra.

Ele respirou fundo.

— Não é bem o caso. Pode ser... Um erro. Talvez alguém em seu reino esteja enganado, quem sabe?

— Erros podem acontecer, com certeza. — Ela deu a ele um sorriso educado. — Seria bastante pretensioso supor que estamos acima disso.

— A pretensão é um defeito que não acredito que Vossa Alteza tenha. Ainda assim, o que quero dizer é... Seu relato é estranho.

Mais que estranho. O relato dela era completamente ridículo, mas não ia dizer isso.

— Não são tempos estranhos e sombrios?

— Mesmo nos momentos mais horríveis, sempre há algum tipo de lógica, princesa.

— Qual seria a lógica de Bastião de Ferro nos atacar?

Na verdade, ela realmente não tinha entendido isso.

— Palavras perigosas. Eu não insinuei isso.

— Eu não sei o que Vossa Alteza insinuou, então.

Ele sorriu.

— Há apenas perguntas da minha parte. Sem respostas. E é por isso que gostaria de visitar pessoalmente o forte onde aconteceu esse ataque.

Outro reino vindo para ver o derramamento de sangue. Isso poderia ser bom, mas ela não confiava em Marca do Lobo e sabia que seu pai detestava o Rei Sebastian. Mas o verdadeiro problema seria se por acaso algo acontecesse com o rei em seu caminho.

— Sua Alteza. Estes são tempos perigosos. Umbraar não está em posição de garantir sua segurança, e se alguém agredi-lo...

Ele acenou com a mão.

— Com todo o respeito, posso garantir minha própria segurança. Você está negando uma visita pacífica? Está dentro dos seus direitos, é claro.

— Eu nunca negaria uma oportunidade de estabelecer laços estreitos entre nossos reinos. Só estou dizendo que não podemos garantir sua segurança no caminho até aqui.

— Isso é um aviso, não uma ameaça, certo?

— Claro.

— E você vai me receber. No seu... Forte Real.

— Temos acomodações simples, nem mesmo uma sala de reuniões digna de um rei, e estamos todos ocupados...

Ele levantou uma sobrancelha.

— Posso ir?

— Claro. Se você não se importar que não há segurança especial nem luxo.

— Não me importo com essas coisas. Tudo o que me importa é meu reino, meu povo e todas as pessoas em Alúria. Este é um assunto sério. Vou chegar ao portal mais tarde hoje, antes do pôr do sol. Espero que minha passagem seja autorizada.

— Ela será.

Ele assentiu.

— Até logo, princesa Irinaia.

— Sim. Vou cortar a conexão por enquanto.

Naia se levantou. Ótimo. Mais uma coisa para se preocupar. Agora ela precisava enviar um mensageiro para os portais em Umbraar para permitir a passagem do rei de Marca do Lobo. Ela havia sido honesta ao afirmar que não poderia enviar um séquito, pois não poderia enfraquecer suas defesas.

Por outro lado, esta era uma oportunidade para discutir coisas que não poderiam ser ditas através de um espelho de comunicação. Naia não precisava de aliados? Ela deveria estar feliz. Seu pai definitivamente iria querer estrangulá-la agora, sendo amigável com o Rei Sebastian. Pelo menos já havia sido deserdada, então ele não seria capaz de fazer isso novamente. O pai dela, talvez não o pai de verdade, mas não importava. Mesmo que estivesse zangado com ela, desejava que ele estivesse aqui, desejava poder ter certeza de que estava vivo. Esperava que ele voltasse para casa logo. Tanta preocupação em seu coração. Se continuasse assim, explodiria.

Por quanto tempo Fel poderia ficar debaixo d'água? Não muito. Aquela serpente marinha iria atacá-lo? Estranhamente, ele achava que não.

Havia três dragões voando acima dele, enquanto era apenas

um. Não era uma vantagem numérica tão grande, mas era uma vantagem gigantesca quando Fel não entendia seu corpo, sua magia ou mesmo como voar e se esquivar corretamente. Ele nem sabia exatamente o que uma rajada de fogo poderia fazer a outro dragão, apenas sentia que não era nada bom.

Seus pulmões exigiam ar. Ele tinha que emergir — mas tinha que fazer certo desta vez. Fel colocou a cabeça para fora da água. Imediatamente, dois dos dragões se prepararam para mandar fogo nele. Contou os segundos, então mergulhou novamente. O fogo atingiu a água e Fel saiu imediatamente para enviar rajadas de fogo contra os dois dragões.

Eles recuaram, mas Fel foi atingido pelo fogo do terceiro dragão. Submergiu novamente, tentando pensar. À distância, viu um corpo azul escuro debaixo d'água. Outra serpente marinha. Ele não sentiu nenhuma malícia ou ameaça vindo dela, mas sim um parentesco com o gigantesco animal. Quando teve que tomar um pouco de ar novamente, ele emergiu e então voou o mais rápido que pôde, desviando de uma rajada de fogo e ainda recebendo duas. Atingiu dois dos dragões, mas errou um, então sentiu suas asas ficando fracas e mergulhou novamente. Desta vez, ele estava caindo, sem saber se conseguiria sair. Por que esses dragões estavam fazendo isso? Quem eram eles? Ele não iria durar muito assim, e talvez suas incursões subaquáticas o fizessem se afogar, o que era uma péssima ideia, mas não conseguia voltar à superfície, seu corpo parecia entorpecido e inútil.

Uma serpente marinha se aproximou, nadando sob Fel e então o levantando. Sua força o ajudou a encontrar a superfície. Ele conseguia respirar, mas não conseguia voar. Os dragões haviam desaparecido, porém, o que foi uma pausa bem-vinda. Talvez precisasse pousar em uma das ilhas e descansar, recuperar suas forças — se ao menos pudesse se mover. Claro que seu descanso não demorou muito. Logo ele viu aqueles três dragões vindo de uma ilha.

— Eu não quero fazer mal — ele tentou enviar aquele pensamento para eles, sem saber se iriam ouvi-lo ou entendê-lo.

Tudo o que ele sentia era raiva vindo deles. E alguma zombaria, talvez. Fel mal conseguia se mover, mas tinha que tentar alguma coisa. Com dificuldade, levantou voo e observou os dragões se aproximarem. Talvez ele fosse apenas um, talvez nem soubesse o que era ser um dragão, mas não iria deixar de lutar.

Por mais que suas asas estivessem batendo devagar, tentou sentir seu calor, e lançou a maior rajada de fogo que conseguiu, mirando em dois dos dragões, que voavam próximos um do outro. O dragão amarelo brilhante, que estava longe, aproximou-se silenciosamente dele, enviando uma enorme rajada de fogo, à qual Fel encontrou com a sua. Suas asas perderam força e Fel caiu no oceano novamente. Ele não teve outra opção a não ser mergulhar. Esses dragões ainda não o haviam alvejado debaixo d'água, e essa era a única maneira de encontrar alguma segurança. Talvez outra serpente marinha fosse gentil o suficiente para ajudá-lo.

Assim, ele se deixou cair, cair, cair, bem fundo debaixo d'água. Logo precisaria respirar, mas ainda não. Ele aproveitou para descansar, para tentar recuperar as forças, recuperar os movimentos. Quando não aguentou mais, ele emergiu.

Para sua surpresa, os dragões não estavam esperando por ele, mas voando em uma direção diferente.

Não era uma boa notícia, no entanto.

Mais dois dragões estavam chegando. Agora estava definitivamente arrependido de ter voado para Fernick sozinho. Pelo menos Léa tinha ido embora. Léa. Ele não podia morrer e deixá-la. Fel pensou em sua irmã, seu pai, seu reino. Não poderia simplesmente morrer por causa de uma decisão tão tola. A questão era como sobreviver contra cinco dragões.

Talvez ele pudesse usar a distração para voar para longe, se suas asas funcionassem direito. Não tinha ideia do que aquelas rajadas de fogo faziam, mas sentia que afetavam seus movimentos, talvez até seus reflexos.

Mesmo assim, lentamente, Fel levantou voo.

Ele ia se virar e tentar encontrar abrigo em uma das ilhas, quando uma visão o fez mudar de ideia.

Os recém-chegados, um dragão preto e um cinza, estavam lutando contra os dragões que estavam atacando Fel. Estavam do lado dele! Ou talvez não. Talvez fosse uma briga que não tinha nada a ver com ele.

Então ouviu uma voz feminina ressoando em sua cabeça.

— Voe para longe enquanto os distraímos.

Aquele era o dragão cinza. Ela estava do lado dele, e Fel não ia deixar que ela e seu companheiro enfrentassem seus inimigos por conta própria. Eles estavam desviando de rajadas de fogo, quando Fel se aproximou dos dragões coloridos e enviou o seu fogo contra o amarelo brilhante, enquanto os dois novos dragões atingiram os outros.

Os dragões coloridos caíram no oceano. Fel pensou que era o fim, mas então os recém-chegados voaram em direção aos dragões coloridos, que agora estavam inconscientes ou muito lentos. O dragão cinza mordeu o pescoço do dragão vermelho. Sangue vermelho-escuro se misturou à água, tornando-a rosa. O outro dragão mordeu os outros dois. Era um espetáculo sangrento e horrível, pois os dragões que atacaram Fel mergulharam nas águas sangrentas.

— Venha. Siga-nos — a dragão fêmea disse.

— Eles estão mortos? — Fel perguntou, sem saber se estava aliviado ou horrorizado, sem saber se podia acreditar que criaturas mágicas poderiam morrer assim.

— Vamos, antes que mais deles venham — disse ela. — Guarde seus pensamentos para si mesmo. Este lugar não é seguro.

Fel não tinha certeza de quem eram esses novos dragões, mas de uma coisa ele sabia: não sobreviveria por muito tempo ali sozinho. Também sabia que eles podiam matar sem remorso. De qualquer maneira, ele estava fazendo essa jornada para encontrar mais dragões e não iria se acovardar agora que estava prestes a obter suas respostas.

A RAINHA ESTAVA REALMENTE INDO para seus aposentos, mas River ainda a seguia de perto, movido por uma sensação incômoda de que ele estava prestes a descobrir algo. Estranho como nunca tinha olhado muito para ela ou suspeitado de qualquer coisa que viesse dela. Talvez porque presumisse que era apenas um peão do marido, ou porque as mulheres não tinham voz em Bastião de Ferro, pelo menos não quando eram jovens. Mas mesmo as pessoas que não tinham voz podiam fazer coisas, e fazer coisas escondidas, ignoradas, aproveitando-se de quão sem importância e despercebidas eram. Talvez esse fosse o caso de Kara.

Uma vez em seu quarto, a rainha olhou para trás, como se para verificar se estava sozinha, então entrou em seu armário, puxou uma gaveta e uma passagem secreta se abriu. River a seguiu e se viu em outra sala, com paredes amarelas, iluminada por tochas nas cornijas. Havia uma mesa baixa no meio, onde estava uma pequena estátua de granito, mas nenhum outro móvel. Tapetes grossos com padrões geométricos forravam o chão, e o ar tinha um cheiro estranho, como chá ou outro tipo de erva. De fato, havia algumas folhas pequenas e secas espalhadas sobre os tapetes. Eles não cheiravam a mágica, porém, e River não podia sentir nenhuma condução de ferro na sala.

A mulher ajoelhou-se junto à estátua.

— O sacrifício final foi feito, meu senhor. E o resto foi conseguido.

Uma voz rouca e estranha veio da estátua.

— Então você conseguiu o hospedeiro.

River a encarou e percebeu que seu colar estava brilhando. Ela tinha um sorriso satisfeito.

— Está pronto para você.

— Oh, eu vejo. — O som de uma risada leve veio da estátua.

— Eu te disse que nunca falho. — Seus olhos então se moveram para onde River estava, aquele sorriso ridículo ainda estampado em seu rosto. — Apreciando a vista? Não há razão para se esconder, sabe? Poderíamos ser aliados.

Não havia dúvida de que havia se dirigido a ele, olhando em sua direção, o que significava que havia sido pego, mesmo que sentisse que seu glamour ainda estava funcionando. Ele queria entender o que estava acontecendo, mas decidiu que seria muito arriscado e entrou no oco para fugir daquele quarto e daquela mulher. Ou melhor, ele havia *tentado* ir para o oco. Algo o estava segurando. Talvez segurar aquele glamour da invisibilidade por tanto tempo tenha enfraquecido sua magia. Estranho. Isso nunca tinha acontecido antes. Mas ele não ia deixar que o perturbasse.

River soltou seu glamour e apareceu na frente da rainha. Ela sabia que ele era um fae, então não fazia sentido disfarçar seus chifres ou olhos.

— Já não deveríamos ser aliados? Não tenho ajudado seu marido?

Ele queria informações, mas mais do que isso, queria recuperar suas forças e sair desta sala. Para isso, precisava de tempo.

Ela riu.

— E você presume o quê? Que sou um pedaço do meu marido? Ou talvez sua propriedade?

— Nada disso, alteza.

E era verdade. Por mais que River tivesse que honrar o acordo verbal com o Rei Harold, ele não tinha tal acordo com a rainha.

A cabeça dela se inclinou e seus olhos se estreitaram.

— Me espionar faz parte do seu acordo?

Não fazia. Mas ele não queria lhe dar nenhuma explicação.

— Você está dizendo que não preciso me esconder, que podemos ser aliados. Presumo que você queira alguma coisa, certo?

Ela riu.

— Eu... Não. O que a mansa e humilde rainha de Bastião de Ferro iria querer? Não é isso que você pensa? Que não sou ninguém, apenas o apêndice do meu marido?

River tinha que ganhar tempo e tentar obter algumas informações.

— Faz diferença para você o que eu penso?

— Claro que não, é o que eu deveria dizer. Não é isso que todos fingem? E ainda nos importamos. Nós olhamos para o servo mais baixo e nos importamos com o que eles pensam. Não somos criaturas engraçadas?

— Absolutamente. — Ela tinha que ir a algum lugar com tudo isso. — Devo presumir que você tem algo engraçado para me contar?

Ela apoiou o rosto na mão.

— Engraçado? Talvez. Quem sabe trágico.

River decidiu ir direto ao ponto. Ele sabia que, embora os humanos pudessem mentir, sua reação quando confrontados com perguntas diretas às vezes podia ser esclarecedora. Ele apontou para a estátua.

— Então, quem é seu amigo? Importa-se de me apresentar?

Ela fingiu ignorar a pergunta e olhou nos olhos de River. Seu colar vermelho estava brilhante.

— Você sabe por que está aqui?

Ele sorriu.

— Terei o maior prazer em ouvir sua explicação.

Tempo, tempo, tempo, tudo o que ele precisava era tempo.

— Homens... ou faes. Faes machos, eu acho. Todos vocês pensam que são muito espertos. Vocês acham que puxam todas as cordas. Tenho certeza de que você acha que foi ideia sua vir para Bastião de Ferro. — Ela fez uma voz zombeteira. — Oh, eu vou enganar todos eles. — Ela riu e então sua voz voltou ao normal. — Não foi isso que você pensou?

— Muitos pensamentos passam pela minha cabeça. A colaboração entre antigos inimigos é sempre um tema delicado.

Ela acenou com a mão.

— Me poupe. Me poupe de suas não-respostas. Meu lamentável marido nem percebe que você nunca responde à maioria das perguntas que faz. Mas eu não sou ele. Vou lhe contar uma história, fae.

River se perguntou por que a mulher estava protelando. Para um ser humano, ela estava sendo bastante vaga, mas ele queria ouvir o que tinha a dizer.

A rainha respirou fundo.

— Era uma vez uma menina esperançosa. Tão esperançosa e, ao mesmo tempo, tão faminta. Você sabe o que é ter apenas um pão para compartilhar com sua mãe doente e quatro irmãos?

— Não posso presumir que saiba.

— Alívio, alegria. Isso significava que tínhamos algo para comer. — Ela franziu a testa. — Esperança quando você tem tão pouco é trágico, sabe? As pessoas lutam por restos e migalhas e é triste, muito triste. Uma existência tão terrível e sem sentido. Mas a garota com esperança teve uma chance, teve uma chance de mudar sua vida, e ela a abraçou. Bastião de Ferro sempre tem uma competição para encontrar as noivas para seus príncipes. É para ver quem é resistente o suficiente, quem tem as qualidades de uma futura rainha ou princesa. Apenas as mais focadas e implacáveis chegam ao fim. Eu vou te dizer: você precisa querer isso mais do que qualquer outra coisa. E essa garota queria. Talvez ela tivesse que envenenar alguns rivais, talvez tivesse que sabotar outras. Não importa, não é? Tudo o que importa é vencer, e foi o que ela fez.

A rainha desviou o olhar, uma sombra cruzou seu rosto por um breve segundo, mas depois desapareceu.

— A menina disse a si mesma que fez isso por sua família, mas não sei o quanto disso é verdade. — Ela se virou para River. — Depois que ganhou, o rei disse a ela que sua família nunca mais passaria fome. — Ela riu. — A menina boba chorou de alegria, chorou de alívio, até disse a si mesma que todos os assassinatos que ela cometeu foram por uma causa nobre. Muito digna, pois sua irmã mais nova tinha apenas sete anos, tão magra e pequena que parecia ter cinco. Seu irmão mais novo tinha dez anos, sempre tentando parecer mais corajoso do que realmente era, mas também tão magro, especialmente quando sempre dava suas porções aos irmãos. Ele sempre queria compartilhar, queria dar. O que importava era que seu doce e generoso irmão nunca mais passaria fome. Não valia a pena? Não era um objetivo nobre? A menina nem pensou que estava fazendo isso por si mesma.

River sabia que a rainha estava falando sobre a própria história e se perguntou onde ela queria chegar com isso. Ele faria qualquer coisa por sua irmã, ou melhor, teria feito, se pudesse.

A rainha sorriu.

— Foi um dia adorável quando eles foram trazidos para a Cidadela de Ferro. A menina estava lá e ficou emocionada ao ver sua família tão alegre e animada. Sua mãe estava tão orgulhosa. Foi um dia de alegria e felicidade quando chegaram. Nenhum deles tinha bagagem, pois foram informados de que não precisariam. Eles abriram uma exceção para a irmãzinha, que ainda segurava sua boneca favorita. E assim vieram. Eles foram levados para uma sala nos níveis baixos da Cidadela de Ferro, e a garota boba ainda não tinha percebido que havia algo errado.

Quando dez guardas os cercaram, ela ainda não percebia que havia algo errado, ou talvez não quisesse acreditar que havia algo errado. Era um sonho, né? Havia mais quatro pessoas com ela, então. O velho Rei Stevan, que ainda estava vivo, e sua esposa, Lady Celia. Eles disseram à garota que este era o teste final, um teste para ver se ela seria leal a Bastião de Ferro e Bastião de Ferro apenas, um teste para ver se ela tinha um coração de ferro.

Um arrepio percorreu a espinha de River e quase disse a ela que não precisava continuar, que não queria ouvir, mas talvez essa fosse uma boa oportunidade para entender a mulher. Talvez ela pudesse ser uma aliada, mesmo que tivesse sérias dúvidas sobre seus padrões morais.

Ela continuou:

— Disseram à garota que ela tinha uma escolha: Bastião de Ferro ou sua família. E ela tinha que assistir: fazia parte do teste. A menina disse a si mesma que, se recusasse, todos morreriam, então a escolha era apenas se morreria com eles ou não. Era óbvio, certo? Eles não deixariam que ela e sua família fossem embora sem consequências. Ela não estava pronta para morrer. Havia muito mais que poderia fazer, que poderia alcançar. A única maneira de fazer isso era dizer sim, escolher Bastião de Ferro. A garota era uma covarde, então. Embora ela mantivesse os olhos abertos, estavam desfocados. Sua mente estava em outro lugar enquanto aquelas pessoas tristes gritavam na frente dela. Mas, de certa forma, a bobinha também morreu naquele dia. Em seu lugar surgiu uma futura rainha com um coração de ferro, e ela entendeu que haviam cumprido a promessa: sua família nunca mais passaria fome. Não é maravilhoso?

A mulher olhou para River, como se esperasse uma resposta.

Ele limpou a garganta.

— Depende da sua ideia de maravilhoso. A mulher de coração de ferro está feliz agora?

— *Feliz* é uma palavra boba. Se as pessoas podem ser *felizes* com um pão para dividir entre cinco, você pode ver como essa palavra não tem sentido. *Poderosa*, agora, isso é uma coisa diferente. Existem apenas dois tipos de pessoas no mundo: as poderosas e as impotentes. Você quer sobreviver, una-se aos poderosos.

— Eu aprecio o conselho.

River não sabia o que mais dizer. A mulher, apesar de sua trágica história, ou talvez por causa dela, era louca. Ele queria entender o que o colar dela significava, e também descobrir o que eram aquela voz e a estátua. Bem, ela lhe dera a resposta. *Se una aos poderosos.* Isso significava que ela havia procurado alguém mais poderoso que o rei. A questão era quem.

— E eu estou me perguntando se há algum acordo que sua majestade gostaria de fazer comigo?

Ela riu.

— É claro, é claro. É sempre *um acordo* com vocês, faes. Vamos fazer um acordo, certo? Você me conta como se tornou imune ao ferro e eu deixo você ir.

— Eu sou um fae único.

— Ah, isso não. — Ela acenou com a mão. — Quero saber exatamente como, quando e onde você ficou imune, com detalhes. Você sabe exatamente o que estou pedindo, não é?

Um beijo passou por sua mente como um raio, mas ele tentou se concentrar em outra coisa, com medo de que até mesmo seus pensamentos escapassem dele. Se contasse a história em detalhes, ela saberia sobre Naia, saberia onde machucá-lo, saberia como ameaçá-lo.

— Nem sempre sabemos detalhes sobre a magia, alteza.

Ela estreitou os olhos.

— Vocês, faes brancos, ou lendários, como tão presunçosamente se chamam, não sabem de tudo. Você tem alguma ideia do que é isso no chão? Que planta?

River olhou para as pequenas folhas.

— Não sou especialista em plantas, sabe? Tenho certeza de que a maioria dos humanos também não consegue nomeá-las.

— Humanos em Alúria obviamente não podem. Porque esta espécie não cresce neste continente. É sépia, uma plantinha boba. Ah, eu acho que você a *conhece*, exceto que vocês usam um nome diferente. *Grama da morte* te diz alguma coisa?

Isso era algo de textos bastante antigos, uma planta que

poderia impactar a magia de um lendário, mas era considerada extinta. Nenhuma planta dizia nada, no entanto.

— Não — disse River.

Neste ponto, ele definitivamente tinha ouvido o suficiente e deveria se concentrar em sair daquela sala o mais rápido possível. Tentou deslizar para o oco, mas não conseguiu.

A rainha riu.

— Não, não. Você não vai escapar. Você está preso.

Com uma porta aberta logo atrás dela? Não.

River estava prestes a passar por ela quando o colar emitiu uma luz tão forte que o ofuscou e ele caiu para trás.

— Oooh, não tão forte agora, não é? — A rainha riu novamente. — Diga-me, como você se tornou imune ao ferro?

— O que faz você pensar que eu sei?

— Sua não-resposta, em primeiro lugar.

— Me machuque, e você estará quebrando um acordo com um fae. Isso tem consequências.

— Não se finja de burro. Eu nunca fiz nenhum acordo com você, fae idiota. Agora me dê sua resposta ou você morrerá no final do dia. Não é uma grande perda, com certeza, mas presumo que você tenha a ilusão de que sua vida é, oh, tão valiosa.

Ele nunca mencionaria Naia, nunca daria a eles essa arma para empunhar contra ele. Ainda duvidava que aquela erva boba fosse conter sua magia por muito tempo.

— Pergunte outra coisa. Tenho certeza de que há outras coisas que você deseja.

— Existem toneladas. Mas, por enquanto, isso é tudo que estou pedindo. Bem, vou deixar você refletir sobre suas escolhas.

Enquanto a rainha se dirigia para a porta, River decidiu tentar seu último golpe.

A magia de fundir mentes vinha facilmente para ele. Talvez não gostasse do custo, mas este era um momento em que poderia libertá-lo, e o fato de ela o estar ameaçando justificava seu uso.

Ao primeiro contato com a mente dela, ele se viu em seus pensamentos. Não era River como ele era agora, mas River assim que ele tinha voltado de sua segunda vez no oco. *Ele é a chave*, disse a voz estranha e rouca. *Acho que sei o que fazer*, ela respondeu. Não fazia sentido. Essa mulher o estava mirando desde antes da época em que ele tinha vindo para Bastião de Ferro?

A imagem se dissolveu em um mar de vermelho, enquanto o colar brilhava novamente.

— Saia da minha cabeça, verme. E sim, você é importante. Sim, você está aqui porque eu queria que você estivesse, você está aqui porque você é minha arma. Você acha que faz as escolhas. Ah, não, você não faz. Você e o Rei Harold são meros fantoches em minha peça. — Ela riu. — Mas tudo que eu quero agora é a sua resposta, daí eu vou deixar você ir.

River queria causar dor a ela, queria entrar em sua mente novamente, mas não conseguia sentir sua magia, não conseguia se conectar a ela.

— Não posso te dar essa resposta.

— Então terei que lhe dar tempo para pensar.

Com isso, ela saiu, trancando a porta atrás de si.

River não podia acreditar que ele havia caído em um truque tão bobo, não podia acreditar que essa rainha estava tentando machucá-lo ou matá-lo. Ele respirou fundo. Tinha que haver uma saída. Sempre havia uma saída. E ele iria encontrá-la.

6

UM VISITANTE

Ser condutora da morte deveria permitir controlar a escuridão, e ainda Léa sentia que ela estava prestes a engolfá-la, sufocá-la. Era apenas uma passagem, no entanto. Ela trouxe à mente a lembrança do momento em que havia viajado para lá, involuntariamente, como havia acordado no chão de seu quarto, e manteve essa imagem viva em seus pensamentos, com todos os detalhes que conseguia lembrar.

Não foi exatamente como aconteceu com o Rei Azir, mas ela viu uma abertura naquela estranha névoa negra, como uma fenda. Não levava a seu antigo quarto, mas a um lugar acima do castelo Lago Branco, exceto que ela estava fora da cúpula. Interessante. Significava que esta cúpula tinha mais usos do que apenas manter o frio do lado de fora. Dito isto, havia entrado nela uma vez, deveria ser capaz de fazê-lo novamente.

Em um segundo, estava caindo e sentiu o chão duro sob ela. Sim! Ela tinha conseguido! Não fazia ideia de como, mas estava onde queria: na sala de estudos do Rei Flávio, um lugar onde ela havia passado muitas horas de sua infância, fascinada por tudo relacionado à magia. A luz vinha das janelas redondas no topo das paredes altas.

Antes que ela pudesse se alegrar, o grito de uma mulher a assustou. Léa levantou-se rapidamente e viu Falina, uma das principais camareiras do castelo, com os olhos arregalados.

— Princesa. — Ela se curvou. — Eu... De onde você veio?

Não adiantava tentar esconder sua identidade. Léa colocou um dedo sobre os lábios.

— Eu estava me escondendo. É uma surpresa.

Então ela olhou ao seu redor e seu estômago deu um nó. Todos os balcões e mesas estavam forrados com um pano verde escuro, e os objetos colocados em sacos de estopa.

— O que está acontecendo aqui?

— Por que, senhorita? Suas ordens. Este quarto está sendo arrumado para você.

Léa queria gritar. Como alguém poderia pensar que ela iria querer o escritório de seu pai desmantelado?

— Deve ter sido um mal-entendido.

Ou, mais provavelmente, uma das mentiras de Bastião de Ferro.

— Oh. Posso tentar...

— Não, não. — Léa estendeu a mão. Pensando bem, era melhor não fazer nada que pudesse chamar a atenção. — Deixa pra lá.

— Mas princesa, posso ver agora que isso é um erro. Para ser honesta, achei estranho o pedido e agora acho que a culpa é minha. Continuei pensando que estava errado, que não fazia sentido, mas não disse nada.

Léa balançou a cabeça.

— Realmente, está tudo bem. Tenho certeza de que eles estão apenas... realocando as coisas do meu pai.

A mulher assentiu.

— Pensei que você ainda estivesse em Bastião de Ferro. Sinto muito por seus pais.

Pais? Não poderia ser. A menos que ela quisesse dizer que sua mãe ainda estava desaparecida. Léa decidiu obter mais informações.

— Nenhuma notícia da minha mãe?

— Oh. — A mulher colocou a mão sobre o coração. — Princesa. Achei que alguém tivesse contado...

— O que aconteceu? — Léa engoliu em seco.

— Ela... morreu. Caiu da torre alta.

Léa tinha um nó na garganta agora. Então era assim. Ela

estava sozinha, a única pessoa que poderia salvar seu reino. Sua mãe... Havia tantas palavras que Léa queria ter com ela. Muitas delas com raiva, mas também com palavras doces e amorosas, e agora ela precisaria engoli-las para sempre. Pelo menos tinha visto seu pai uma última vez, mas sua mãe...

— Eu... — Léa olhou para baixo. — É a vida, né? Nunca eterna ou imutável.

— Sinto muito, princesa. Não, é... Sua majestade.

Léa estava segurando as lágrimas, mas este não era o momento para ficar triste, para ser arrastada por suas emoções. Ela tinha vindo aqui para uma solução, não para se tornar uma bagunça mole incapaz de ação.

— Falina. — Ela olhou diretamente para a mulher. — Meu pai e minha mãe apreciavam muito seu serviço. Vou continuar a fazê-lo, mas preciso de um favor agora. — Como ela poderia dizer isso? — Eu... — Ela ia mencionar uma surpresa, mas isso seria muito insensível. — Eu sei que você ouviu que eu queria que tudo fosse jogado fora, mas era eu tentando provar ao meu marido e ao meu povo que eu posso seguir em frente, que não estou abalada pela morte do meu pai.

— Ah, senhorita. Ninguém esperaria que você não ficasse triste.

— Eu sei. Mas eu queria provar, certo? Eu vim aqui... para dar uma última olhada neste lugar. Meu marido não sabe. Ninguém sabe. Você pode manter isso em segredo?

A mulher franziu a testa, o que era inesperado.

— Os generais de Bastião de Ferro dizem que os faes podem estar fingindo ser nós, que devemos informar...

— Falina, sou eu. Eu sei o seu nome. Se eu fosse um fae, não seria capaz de mentir, então, se estou dizendo que sou a princesa Léa, sou a princesa Léa. Ou melhor, sou uma serpente marinha. Um rato do castelo. Eu posso mentir. Sou humana, não fae.

A camareira ergueu uma sobrancelha, pensativa. Por que ela tinha que ser tão obediente?

Léa insistiu:

— Apenas me dê dez minutos sozinha. Por favor. Eu preciso honrar meu pai.

A mulher assentiu.

— Sim, claro. Mas os homens estão vindo para levar tudo embora. Eles estarão aqui a qualquer momento.

Isso era tão errado. Quem havia dado a Bastião de Ferro o direito de estragar a vida inteira de trabalho e pesquisa de seu pai? E por que eles fariam isso? Qual era a motivação deles para se livrar de seu estudo de magia?

A menos... A menos que eles não fossem realmente destruí-lo, mas levá-lo para seu reino. Mas qual era o objetivo? Eles já controlavam Lago Branco, e se quisessem encontrar alguma coisa, seria muito mais fácil fazê-lo aqui, com tudo ainda organizado. Bem, Léa definitivamente não entendia Bastião de Ferro e não era hora de tentar fazer isso. O que importava era que talvez nem tudo estivesse perdido, talvez ela pudesse eventualmente recuperar o trabalho do seu pai. Por enquanto, tudo o que precisava era encontrar o que procurava.

Léa deu à mulher um sorriso tranquilizador.

— Sem problemas. Serei rápida.

A camareira ainda a olhou com desconfiança, mas saiu mesmo assim. Com sorte ela não voltaria com os guardas para testar se Léa era um fae que mudava de forma. Mentir deveria ser prova suficiente. Independentemente disso, era melhor ser rápida.

Como ela iria encontrar alguma coisa nessa bagunça? Havia dois objetos de que precisava, destinados a afugentar os espíritos apegados. Um era um pequeno sino, o outro, um colar. Ela não tinha certeza se iriam funcionar, mas tinha que tentar.

Seu coração ainda estava apertado olhando para aquele escritório, sabendo que esses usurpadores o estavam destruindo. Quanto mais destruiriam antes que ela pudesse detê-los? Detê-los, que ilusão. Léa mal estava sobrevivendo. Por enquanto, tudo o que ela podia fazer era se livrar da voz assustadora em sua cabeça — se sua ideia funcionasse.

O sino antes ficava em uma das prateleiras, agora vazia. Léa abriu os sacos rapidamente, tentando encontrar outros objetos que estivessem naquelas mesmas prateleiras, até que encontrou uma bússola. Tinha que ser aqui. E, de fato, o pequeno sino de cobre estava no fundo.

Ela pegou e tocou. Nenhum som — que era como deveria ser. Não era para ouvidos humanos vivos.

A outra coisa de que ela precisava era do colar com folhas secas de kristal. Seria melhor ter algumas e queimá-las, mas ela não iria procurar no jardim agora e não sabia onde elas cresciam em Alúria ou onde quer que ela estivesse indo, então o colar deveria servir por enquanto.

Léa estava se movendo para outro saco, quando um som estridente a fez tremer. Estava dentro de sua cabeça, alto e perturbador.

E então, aquela voz voltou.

— Tentando se livrar de mim?

Ah, sim, isso era exatamente o que ela estava fazendo. Léa tocou o sino novamente. E de novo. Enquanto isso, ela procurava pelo colar, mesmo que um som estranho ainda ecoasse em sua mente, deixando-a tonta.

Em cima de outro saco, encontrou o colar e o colocou. Imediatamente o som parou e não havia mais voz dizendo nada. Feito!

Era muito cedo para voltar a Fel? Era a única direção que fazia sentido. Antes que ela pensasse um segundo mais, as portas se abriram.

Falina estava de volta, com dois guardas de Lago Branco. Léa conhecia o mais velho deles, que costumava trabalhar perto dos aposentos reais.

Ele se virou para a mulher.

— *Isto* era o que você estava escondendo?

— Ela queria um tempo — respondeu a mulher, e depois, sussurrando, acrescentou: — E não quero que *eles* saibam que ela está aqui.

Léa olhou para eles.

— Vocês podem manter esse segredo? E me deixar aqui mais um minuto? É tudo que preciso.

Ela não ia desaparecer na frente deles e, de qualquer forma, nem imaginava que conseguiria fazer isso cercada por tanta gente.

O outro guarda fez uma reverência.

— Claro, majestade.

Esse título fez seu estômago revirar.

— Um minuto, senhorita — acrescentou Falina. — Eles voltarão logo e querem esta sala vazia...

Léa assentiu e observou enquanto eles se afastavam. Esse era um problema. Andar no oco já era bastante difícil quando Léa não estava com pressa. Agora? Seria uma loucura. E ela não sabia sobre nenhuma passagem secreta nesta sala. Léa fechou os olhos, tentando sentir a escuridão ao seu redor, tentando puxá-la para ela. Apenas duas direções vieram à sua visão claramente. Uma era Fel, e a outra era aquele lugar estranho e desolado entre as montanhas. Sem tempo para pensar, ela escolheu a segunda opção.

Com os olhos abertos, ela podia ver caminhos na escuridão. Eram fracos, embaçados, como se sua visão tivesse perdido um pouco de sua nitidez. Léa tocou seu colar, imaginando se a culpa era do objeto. Independentemente disso, ela tinha que se proteger e não conhecia outra maneira.

À medida que a escuridão ao seu redor diminuía, ela se encontrava naquelas montanhas, naquele mesmo lugar onde estivera uma vez, onde um espírito chamado Ticiane a salvara. Aquele também era o lugar onde ela tinha sonhado com aquela rainha das trevas. Voltar ali era uma tolice, mas não tinha sido realmente uma escolha. Talvez ela apenas tivesse que se orientar e depois ir para outro lugar.

Enquanto considerava o que fazer, temendo encontrar aquelas criaturas que pareciam crianças, mas tinham dentes super afiados, algo a empurrou para baixo. Léa mal teve tempo de amortecer a queda com as mãos, para não bater o rosto. Antes que ela pudesse reagir, um joelho nas suas costas a prendeu contra o chão, então duas mãos puxaram seus braços e os algemaram. Considerando onde ela estava, ser pega não podia significar nada de bom.

— Nem tente correr. — Era a voz de uma mulher, uma que Léa achava que nunca tinha ouvido antes, e era gentil. — Você não vai conseguir se livrar das algemas e tenho certeza de que não vai querer ficar assim. Além disso, não vou machucar você.

O coração de Léa estava acelerando, temendo que tivesse caído direto no covil da voz assustadora e prestes a ser punida por tocar aquele sino. Talvez ela pudesse tentar deslizar para o oco e escapar das algemas, mas considerando que ela tinha problemas para fazer isso normalmente, as chances de conseguir com alguém pressionando suas costas eram ínfimas. Sua melhor aposta era tentar ganhar tempo e encontrar outra solução. Com algum esforço para não demonstrar medo, Léa perguntou:

— O que você quer?

— Essa é a pergunta certa. Eu quero muitas coisas. — A voz da mulher era melodiosa e agradável, mas isso não significava nada, considerando que ela provavelmente tinha dentes longos e afiados e talvez gostasse de comer gente. Ainda assim, se queria alguma coisa, isso significava que Léa não estava em perigo mortal, pelo menos não ainda. — Mas por enquanto — a mulher continuou — eu só quero que você me escute, me escute até o sol se pôr.

O lugar era escuro e sombrio, e tudo que Léa podia ver era algum tipo de névoa escura.

— Como vou saber quando o sol se põe?

— Vai ficar ainda mais escuro.

Espíritos perigosos eram mais ativos à noite, e talvez fosse por isso que essa mulher estranha queria que Léa esperasse. Dito isso, não era como se estivesse em posição de negociar, e também não importava. Por enquanto, ela poderia concordar com o que essa mulher quisesse, pelo menos para sair daquela posição.

— Eu vou ouvir você — disse Léa.

— Você vai me ouvir até a noite cair?

— Sim. De preferência em um lugar mais confortável.

A mulher soltou uma gargalhada.

— Claro.

Para a surpresa de Léa, suas algemas se abriram. Isso foi rápido. Léa levantou-se e encarou sua captora — e mal podia acreditar em seus olhos.

Fel nunca pensou que encontraria dragões com tanta facilidade e rapidez. Ou melhor, não imaginava que seria encontrado assim. Ele estava seguindo dois dragões, um preto e um cinza, e não achava que tivessem alguma intenção maligna. Na verdade, ele provavelmente estaria morto se não tivessem aparecido.

Eles estavam voando sobre o oceano, longe daquelas ilhas. O sol estava alto no céu e ele se perguntou se chegariam ao continente assim, visíveis à luz do dia. Ele nunca teria imaginado que dragões vagavam por Fernick sem medo de serem vistos. Estranho como essa verdade tinha sido escondida de Alúria.

O dragão cinza, à frente, virou a cabeça para olhar ao lado deles. Fel seguiu sua linha de visão e viu seis formas voando no céu, contra o sol, vindo do leste. Por isso, ele não conseguiu vê-las bem. Teria imaginado que eram pássaros se não os conhecesse melhor.

— Voe o mais rápido que puder — a dragão fêmea disse, ou melhor, enviou essas palavras como um pensamento, então mudou de direção para que voassem para longe dos dragões que se aproximavam.

— Eles são perigosos? — Fel tentou perguntar, ainda sem saber se seu pensamento iria alcançá-la.

— Muito — ela respondeu, então acrescentou: — Continue voando o mais rápido que puder. Só um pouquinho mais.

Um pouquinho? Tudo o que viu foi o oceano abaixo dele, nenhuma terra à frente. Quão longe teria que voar para fugir daqueles dragões? Suas asas ainda não estavam em sua melhor forma, sem falar que não era um especialista em voar.

— Agora! — a mulher disse, ou melhor, ordenou. — Rápido. Dentro do círculo.

Não havia... Ah. Ambos os dragões enviaram rajadas de fogo, que formaram um anel flutuando no céu. Eles esperaram por Fel ao lado dele. Isso poderia ser uma armadilha, mas pelo menos eram apenas dois, em vez dos outros seis, e por algum motivo ele sentiu que podia confiar na dragão fêmea.

Fel voou por dentro do anel. De repente, não havia mais oceano abaixo dele, mas uma grande floresta com altas árvores coníferas, algo semelhante ao que tinha visto em Lago Branco. Uma grande cordilheira estava à sua frente. Os dois dragões estavam ao lado dele em poucos segundos, então fizeram outro daqueles anéis de fogo.

— Entre. De novo — disse ela.

Fel atravessou o anel e se encontrou sobrevoando outra floresta, semelhante à primeira, exceto que agora a cordilheira estava à sua esquerda e o sol à sua direita. Ele não tinha certeza se eram as mesmas montanhas, mas percebeu que havia mudado de direção. Era como se esses anéis de fogo fossem semelhantes a anéis feéricos, transportando-os por longas distâncias. Ele esperava que os transportasse para longe dos outros dragões, se fossem realmente perigosos. Só podiam ser. A dragão fêmea estava muito frenética e apressada para alguém que não estava com medo.

— Eles perderam nosso rastro — disse ela. — Você pode relaxar agora. E enviar pensamentos livremente.

As asas de Fel pareciam lentas e pesadas.

— Podemos pousar?

— Ali na frente. Só um pouco mais. Então estaremos seguros.

Talvez o cansaço da viagem tivesse finalmente alcançado Fel, ou talvez tenha sido todo seus mergulhos e a tentativa de lutar contra três dragões. Sem contar as rajadas de fogo, que certamente o prejudicaram. Independentemente disso, voar exigia muito esforço quando tudo o que queria era pousar e talvez dormir. Se dragões dormissem.

Eles se aproximavam de um planalto junto às montanhas, sobrevoando um rio prateado que refletia o sol, alimentado por uma grande cascata.

— Siga-nos e não hesite — disse a dragão fêmea. — Encolha suas asas quando for a hora de entrar no covil.

Covil? Onde? Eles estavam indo para uma grande cachoeira. Talvez houvesse uma passagem ali. De fato, o dragão preto atravessou a água, depois o dragão cinza. Fel, que estava seguindo de perto, fez questão de entrar exatamente no mesmo local e encolher suas asas o melhor que pôde. Realmente, após uma entrada apertada, ele se viu em uma enorme caverna, iluminada por algumas algas fluorescentes ou algo semelhante ao longo das paredes. Estalagmites adornavam o teto, mas o chão era liso.

Fel não aguentou mais e desabou, caindo tão abruptamente que machucou suas garras dianteiras.

Os dois dragões pousaram perto dele imediatamente.

— Obrigado — disse Fel. Na verdade, enviou isso como um pensamento, mas estava percebendo que era assim que os dragões se comunicavam, então fazia mais sentido pensar que ele estava falando, em vez de tentar explicar algo tão novo com palavras que não expressavam bem o que estava acontecendo. *Falar* ou *dizer* também não era perfeito, mas era mais próximo da forma como ele sentia.

Nenhum dos dragões respondeu. Em vez disso, uma fumaça escura os envolveu e então desapareceram, sem deixar nada para trás. Fel ficou atordoado. Era estranho estar sozinho de novo, e sozinho tão longe de tudo que conhecia, em um lugar desconhecido e distante. Esse sentimento não durou, no entanto. Um segundo depois, uma mulher e um homem substituíram os dragões. A mulher tinha cabelo loiro curto, pele clara e olhos azuis, e estava onde o dragão cinza tinha estado. O homem, que havia sido o dragão preto, tinha pele morena, cabelos castanhos ondulados e curtos e olhos castanhos.

— Bem-vindo a Fernick — disse o homem. — Meu nome é Risomu.

— Sou Tzaria — disse a loira. Foi ela quem tinha falado com ele na forma de dragão. Sua voz humana parecia a mesma, exceto que parecia mais real, soando como uma pessoa normal falando ao invés de uma voz reverberando em sua cabeça.

— Meu nome é Isofel. Eu sou de Alúria. Eu... não sei como voltar à minha forma humana. Vou precisar de ajuda para isso.

Ele não tinha certeza se seriam capazes de ouvir seus pensamentos, mas achou que valia a pena tentar.

— Claro que sim. — Risomu parecia tê-lo ouvido, então olhou para ele por um momento. — De onde você é em Alúria?

— Umbraar, mas... — Ele ia dizer que tinha nascido em Bastião de Ferro, mas então as palavras de Léa, dizendo a ele para não revelar sua magia humana, vieram à sua mente. — Eu nasci em outro lugar. Não tenho certeza de onde.

O homem virou-se para Tzaria e disse algo em fernês. Para grande consternação de Fel, ele não entendeu uma palavra.

A mulher sacudiu a cabeça.

— Vamos falar aluriano. Não há necessidade de segredos. Nós sabemos quem ele é. Não é óbvio?

Risomu encarou Fel, como se o estivesse examinando.

— Em teoria, sim, mas... Sabemos que estes são tempos sombrios.

Tzaria estalou a língua.

— Os Indomáveis estavam *atacando* ele, caso você não tenha notado.

O homem suspirou.

— E a ordem dos dragões parecia interessada nele.

Fel teve que interromper a conversa, pois tinha muitas perguntas.

— Quem são essas pessoas, quero dizer, dragões? Por que eles estavam me atacando?

Tzaria virou-se para seu companheiro.

— Eu confio nele. O que você diz?

Risomu riu e deu de ombros.

— Não é como se as coisas pudessem piorar muito. Vá em frente.

Ela se virou para Fel.

— Os dragões estão em guerra. Talvez não uma guerra declarada ainda, mas estamos tendo conflitos. O grupo que atacou você são os Indomáveis, que não respeitam regras mágicas, determinados a destruir qualquer dragão que estiver em seu caminho.

— Então eles simplesmente atacam qualquer dragão aleatório que veem?

A mulher assentiu.

— Se eles não os conhecem, sim.

— E aqueles outros dragões, o segundo grupo?

— Eles estão conectados com a Ordem dos Dragões. — A voz dela era calma, mas havia uma ponta de raiva contida sob essas palavras.

— Suponho que também não sejam nada de bom?

Tzaria suspirou.

— É tudo muito complicado. Eles não são... — Ela desviou o olhar, então olhou de volta para Fel. — Maus. Eles têm uma batalha difícil. Você não pode culpá-los por serem desconfiados. Ao mesmo tempo, é melhor manter você escondido.

— Por quê?

A mulher olhou para baixo, uma nuvem cobrindo seus olhos.

— Eu conheci seu pai. Nós dois o conhecemos.

Pai? O enorme coração de Fel batia mais rápido.

— Quem é meu pai?

Tzaria olhou para ele.

— Ircantari. Ele era o dragão mago vivo mais poderoso, um amigo querido e alguém que faz muita falta, especialmente em um momento como este. — Ela então olhou para baixo.

Havia tantas perguntas circulando na mente de Fel que ele nem sabia como começar.

— Você pode me contar mais sobre ele?

Ela assentiu.

— Claro que sim. Mas primeiro, vamos nos acomodar. Tente beber um pouco de água da entrada, da cachoeira. Você não sente sede nesta forma, mas isso não significa que você não precise de líquido.

— Eu também como?

— Sim, mas não com muita frequência. Dito isto, você teve uma luta difícil com os Indomáveis lá atrás. Vou tentar conseguir algo para você. — Ela se virou para Risomu: — Você pode vigiá-lo enquanto eu vou buscar Saik? E alguma coisa para o jantar?

Risomu estreitou os olhos.

— Talvez devêssemos esperar e ficar alerta. Certifique-se de que ninguém mais saiba sobre ele.

Ela deu de ombros.

— A Ordem o viu.

— Eles ainda não sabem quem ele é — disse Risomu. — E eu prefiro ser mais cuidadoso do que pouco cauteloso. Vamos fazer diferente, então: vou dizer a ele que não voltaremos hoje à noite, sem detalhes, e trarei um jantar mais cedo para nós.

— Isso é justo. — Tzaria assentiu.

Risomu traçou um círculo no chão apontando para ele com

o dedo indicador, depois desapareceu nele, enquanto Fel o observava, fascinado.

Fel virou-se para Tzaria.

— Vocês podem se mover como um fae.

— Hum. Talvez. Mas eles não têm um décimo da nossa magia. Vá. Tome um pouco de água e depois lhe conto sobre seu pai.

Saber sobre seu pai. Isso era melhor do que ele tinha esperado.

Naia passou horas em frente ao espelho de comunicação, esperando para ver se mais reinos entrariam em contato com ela, imaginando se iriam acusá-la de mentir ou algo assim. Tudo o que houve foi silêncio. Talvez os reinos estivessem esperando pela conglomeração, quando todos se veriam pessoalmente novamente, quando as mentiras seriam mais difíceis de esconder e quando os olhares contariam muito mais do que através do espelho.

Naia se levantou e saiu. Arry estava sentado no chão do corredor. Já havia dito a ele que não precisava guardar a porta dela, e não ia se repetir, então apenas perguntou:

— Como está a enfermaria?

— Melhor. Fel... Ele nos salvou, Naia.

— Se *eu* estivesse aqui, talvez pudéssemos ter salvado ainda mais pessoas.

Essa era uma das coisas que a magoavam, que a deixavam com raiva de River. Apenas uma pessoa de Umbraar tinha morrido, mas talvez pudesse ter sido diferente se ela estivesse lá, com sua magia de ferro e fogo.

— Arrependimento não adianta, Naia.

Ele a encarou daquele jeito que a faria ficar sem jeito não muito tempo antes. Queria que ele não a olhasse assim, porque era um bom amigo e ela não queria ferir seus sentimentos. O engraçado é que, quando era uma adolescente boba apaixonada por ele, nunca tinha imaginado que ele estaria interessado nela. Agora que sua paixão havia acabado, suas ações eram descaradamente óbvias. Era tão estranho como seus sentimentos a tinham cegado.

— Não é arrependimento — disse ela. — É olhar para trás e avaliar o que poderia ter sido feito de maneira diferente. É assim que a gente aprende.

— Verdade. Enviamos o mensageiro para os portais.

— Obrigada.

Ele a encarou.

— O rei de Marca do Lobo está vindo? Acho que seu pai não vai gostar.

Naia sabia disso, mas o que ela ia fazer?

— Quando ele voltar, pode desgostar o quanto quiser. Eu não vou proibir um rei de visitar. — Ele a estava deixando nervosa aqui, lembrando-a dos desejos de seu pai, lembrando-a de que este não era mais o seu lugar. — Além disso, gostaria que você não se intrometesse nos assuntos reais.

— Desculpe, alteza, acho que esqueci meu lugar. — Ele se virou e desceu as escadas.

Não queria machucá-lo e se arrependeu de suas palavras, mas, por outro lado, pelo menos ele não continuaria sentado do lado de fora de sua porta. Ela foi até a varanda e olhou para o pátio e o novo portão de madeira temporário. Ao lado dele, alguns trabalhadores preparavam um portão novo e melhor, também em madeira. Ela sugeriu ter dois portões, tanto de madeira quanto de metal, mas não era como se pudessem construir um portão enorme assim tão rapidamente. E por mais que Naia pudesse manipular o ferro, não poderia fazer um portão com ele. Ela achava que nem mesmo seu irmão poderia fazer isso.

Ao observar a construção, um som chamou sua atenção: uivos. Umbraar não tinha cães em seu exército e, até onde sabia, não havia lobos na área. Ela desceu as escadas e viu os guardas de Umbraar escoltando um homem a cavalo. Ao lado dele, havia duas criaturas brancas. A princípio pensou que fossem pôneis ou cavalos pequenos, mas quando olhou melhor, percebeu que eram lobos. Certo. Marca do Lobo; lobos. Aquele era o Rei Sebastian.

Naia estava apenas com um vestido de linho e nem tinha

feito nada no cabelo. Bem, ela o havia avisado que não encontraria nenhuma elegância ali. Desceu as escadas rapidamente e se aproximou do rei enquanto ele desmontava do cavalo. Os dois lobos sentados ao lado dele a deixaram nervosa, mas ela fez uma reverência.

— Sua majestade. Que honra.

Ele beijou a mão dela.

— A honra é minha.

Naia resistiu à vontade de esfregar a mão no vestido. Pelo menos o beijo não foi molhado. A questão era que não estava acostumada a ser visitada por outros membros da realeza. Ela olhou para os lobos, ambos sentados. Era quase como se viajasse com eles para se exibir, para mostrar que tinha poder sobre criaturas tão selvagens e magníficas. Era cruel — e perigoso.

Naia estava prestes a fazer um pedido que talvez pudesse arruinar essa aliança.

— Seus lobos, eles precisam ser contidos.

Ele sorriu.

— Eles estão sob controle.

— Seu controle, e este é território de Umbraar. Se você quiser ficar, os lobos precisarão permanecer em uma cela. Daremos água e comida a eles, mas precisarão ser trancados.

O Rei Sebastian passou a mão sobre um dos lobos.

— Eles são mansos. Você não está com medo, está?

Naia se aproximou e acariciou a cabeça de um dos lobos, mesmo com um pouco de medo, então sussurrou:

— Meus homens, eles estão nervosos. Por favor. Vou me sentir muito mais à vontade se os lobos estiverem longe.

Ele sorriu.

— Aceitarei isso, mas não por seus homens. Por você, e apenas por você.

Naia recuou.

— Obrigada.

Ela então se virou e ordenou a dois soldados que conduzissem o rei e seus lobos a uma grande cela no subsolo. O céu já estava escurecendo, então não era como se as criaturas fossem sentir falta da luz do sol. Dizer que eles sentiriam falta da liberdade era um absurdo, considerando que o rei os estava controlando.

Quando o Rei Sebastian voltou, sem seus companheiros, disse:

— Você vai me mostrar os sinais de que houve uma batalha?

— Claro. — Ela apontou para o portão. — Foi derretido. Eles tinham... — Ela ia dizer portadores de ferro, mas isso tornaria muito óbvio qual reino havia atacado. — Algum tipo de magia de metal. — Não era tão melhor.

— Seu irmão estava aqui. Ele tem magia de metal, não tem?

— Ele não derreteu seu próprio portão, se é isso que você está sugerindo.

— Não estou sugerindo nada, princesa, estou perguntando. O que mais você pode me mostrar?

Naia o levou para fora, dois guardas de Umbraar os seguindo. As estranhas criaturas tinham sido completamente queimadas, assim como a maioria dos corpos de Bastião de Ferro. Ela apontou para uma grande fogueira, agora quase apagada, mas o cheiro ainda permanecia. Alguns corpos tinham sido deixados intactos, para que os visitantes pudessem ver qual uniforme eles usavam.

— Eles não parecem faes para mim — disse o rei.

— Exatamente. É isso que os torna tão perigosos.

— Eu gostaria de falar com Vossa Alteza. — Ele olhou para os guardas. — Em particular.

— Claro. Vamos a um dos escritórios do meu pai.

Naia o conduziu para dentro, não para o escritório com as coisas de seu pai e o espelho de comunicação, mas para uma sala ao lado, que tinha apenas mesas e cadeiras, sem objetos mágicos.

Ela se sentou atrás de uma mesa. Em vez de se sentar em frente a ela, o Rei Sebastian puxou uma cadeira ao lado dela e se inclinou.

— Se mais pessoas virem isso, causará muitas perguntas.

— Só você e alguns emissários de Refúgio Verde estão vindo.

— Você sabe que Bastião de Ferro poderia acusá-la de encenar uma farsa para culpá-los.

— Eles não são nossos amigos? — Ela sorriu. — Por que eles fariam isso?

Ele riu.

— Eu gosto do seu senso de humor.

— Mas não é engraçado, na verdade.

— Não. Bastião de Ferro está sedento por uma guerra e eles adorariam esmagar seu reino. Você sabe disso, não é?

Ela não iria soletrar as coisas tão claramente, pelo menos não ainda.

— Não há uma guerra contra os faes para acontecer? Por que eles iriam querer mais conflito?

— Ah, faes... Eu não sei. Não há dúvida de que eles estão aqui, mas tenho minhas perguntas. É muito conveniente para Bastião de Ferro.

Aquele rei estava tão perto da verdade... Mas ela não iria confirmar suas teorias.

— E, no entanto, ninguém está dizendo nada.

— Teremos que dizer algo na reunião. Achar uma solução. O Rei Harold não lhe contou o que pretendia, mas sua ideia era que todos os reinos financiassem seu exército, enviando ouro, comida, qualquer riqueza que tivessem. Por sua vez, eles ofereceriam a todos *proteção*.

— Eu não entendo. — Ela decidiu fazer uma sugestão ousada. — Você tem um exército forte e uma magia forte. Você não pode dizer que não precisa da ajuda deles?

— Não podemos dizer isso pelo mesmo motivo que você não pode dizer que Bastião de Ferro atacou você. — Isso era bastante ousado. — Seríamos marcados como traidores. A única maneira de fazer isso é se todos nos unirmos. Talvez até... nos voltarmos contra eles.

Ele estava dizendo tudo isso? Isso era rápido e excelente, mas não tão simples.

— Os reinos têm muito medo dos faes para fazer isso. Alguns deles, aqueles com menos recursos, podem acreditar que precisam de Bastião de Ferro.

— Poucos recursos, princesa Irinaia. Isso significa que eles não ficarão felizes em pagar pela ajuda de que não precisam. Eles viram o que aconteceu com Lago Branco. Bastião de Ferro estava lá, supostamente para protegê-los, e ainda assim o rei e a rainha foram mortos. Que tipo de proteção é essa? Os reis têm perguntas, perguntas que não ousariam expressar através de um espelho de comunicação.

— Estaremos na Cidadela de Ferro. Será quase impossível conspirar.

— Quase, mas não impossível. E talvez possamos feri-los por dentro. O castelo deles é todo de metal, não é? E seu irmão está vivo.

— Essa sugestão beira a traição.

— Mais como um motim. Precisamos nos livrar do reino que quer nos esmagar. Os faes... Vamos lidar com eles como sempre lidamos.

Ela esperava que isso não fosse algum tipo de teste.

— Eu só quero ver a paz em Alúria.

— Eu também. E fico feliz em saber que posso contar com você. Mas e seu pai?

— Ele é quieto e reservado, mas também quer o melhor para Alúria e Umbraar.

— Bom. — Ele olhou ao redor. — Você está feliz aqui?

— Eu... na verdade não moro neste forte, se é isso que você está perguntando.

— Quero dizer, este é um escritório simples. Suas roupas são simples. Você nem compareceu à conglomeração, por quê?

Isso não era verdade.

— Fui à conglomeração.

— Tenho certeza absoluta de que teria visto você, princesa Irinaia. Estou supondo que você não estava no baile ou no jantar.

Ele não a tinha *visto*? Grandes mangas roxas e tudo? River. Ele a tornara imperceptível, de fato. Ela queria estrangulá-lo.

— Eu estava em um canto.

O rei respirou fundo.

— Precisamos de força, de alianças. Eu te vi hoje cedo e fiquei impressionado. Nunca na minha vida eu imaginaria que encontraria uma mulher inteligente.

Se fosse esse o caso, só poderia significar que ele nunca se preocupou em falar com nenhuma mulher, mas Naia mordeu a língua. Não adiantaria discutir com um aliado em potencial. Ela forçou um sorriso.

— Você exagera.

— De jeito nenhum. Agora aqui, estou olhando para você e pensando que deveria estar coberta de joias, seda cara, ouro, diamantes. Estou pensando que deveria ter servos e servos atrás de você. Você não gostaria disso?

Ela quase contou a ele como Umbraar não apreciava ostentação sem sentido, mas ela não queria ofendê-lo.

— Sou feliz do jeito que sou.

— Talvez porque você não tenha visto mais, não tenha provado mais. Cheguei a uma conclusão. Você deveria vir a Marca do Lobo... para uma aliança matrimonial. Você seria uma ótima rainha.

Uma o quê? Ela tinha ouvido direito? Claro que a resposta era não. A única pessoa que ela queria era River. River, River, River, pensar nele deu um nó em seu coração de preocupação.

Mas Marca do Lobo era um aliado em potencial, então seria tolice negar sua proposta assim. Até onde sabia, ele tinha dois filhos, ainda solteiros, então o rei estava sugerindo casar com o príncipe herdeiro, mas ela nem se lembrava de seu nome ou de sua aparência.

— Eu... é uma honra, majestade. — Tentou medir suas palavras com cuidado. — Vou ser sincera que meu sonho ainda é casar por amor, e tenho certeza que seu filho deseja o mesmo. O que posso prometer é encontrá-lo e considerar sua honrosa proposta.

Ele riu.

— Filho. Princesa Irinaia, em toda a minha vida, nunca vi uma mulher tão bonita, graciosa e inteligente como você, e nunca vi uma princesa tão desprezada. Seu verdadeiro lugar é como a rainha do reino mais poderoso de Alúria, e eu posso te dar isso.

Ela franziu a testa.

— Rainha de Bastião de Ferro?

— Marca do Lobo. Bastião de Ferro não existirá mais.

— Oh. É uma honra. Ficarei feliz em conhecer seu filho e considerá-lo.

Ele se inclinou.

— Por que esperar, princesa? Você poderia ser rainha agora. Com você ao meu lado, não tenho dúvidas de que esmagaremos seus inimigos.

Do lado *dele*? Ele não estava interessado em casá-la com seu filho?

— Claro. — Ela queria cortar a conexão e desejou que este encontro não fosse pessoalmente. Também percebeu que estava sozinha com um homem em uma sala, o que não era apropriado. A ideia dela era que estava agindo como rainha interina, e os reis tinham reuniões privadas. — Como eu disse, vou considerar sua proposta. Acho que já discutimos o suficiente por hoje.

— Não. Nós apenas começamos. Há muitos pontos sobre essa aliança que precisamos discutir.

— Acho que podemos discuti-los mais tarde.

Ele passou a mão pelo cabelo dela.

— Eu quero te ensinar a ser rainha. Você precisa de uma mão forte, um homem forte e experiente para guiá-la. Você não está curiosa para saber como é?

A essa altura, tinha certeza de que a proposta era casar com ele, não com o filho, o que não fazia sentido.

— Você já não tem uma rainha?

Ele se recostou.

— Oh. Isso. Minha amada esposa faleceu há mais de um ano. Nós não contamos a ninguém. Tenho estado sozinho, triste.

— Eu posso ver que você parece devastado.

Ele olhou para baixo.

— Os reis não têm o luxo de mostrar seus sentimentos. E nunca foi um casamento por amor, mas um casamento por dever. Agora eu gostaria de me casar por amor.

Naia se levantou e caminhou até a porta.

— Tenho certeza que você encontrará alguém.

— Eu já encontrei minha rainha. — Ele a encarou. — E nada vai me impedir de tê-la. Nada.

Naia abriu a porta e gritou: — Guardas! — Dois homens vieram correndo. — O rei está partindo. Por favor, acompanhem-no até o cavalo.

— É quase noite — disse um dos homens.

Ela estava prestes a gritar *e daí*, quando o Rei Sebastian disse:

— Vou ficar. Ela quiz dizer me escoltar até meus aposentos.

Como ele ousa falar por ela em seu próprio reino?

Ele se virou para Naia.

— Tenho certeza de que você não gostaria que eu quebrasse o pescoço com uma queda por galopar à noite.

Ela não se importaria nem um pouco com isso. Ainda assim, sorriu.

— Desculpas. Este é um posto avançado de soldados e espero que você não se importe com o quarto de um soldado.

— Sua hospitalidade é muito apreciada.

— Por favor, providenciem acomodações para ele — ela ordenou aos guardas.

Quando eles se foram, ela bateu e trancou a porta. Que rei repugnante! Naquele ponto, ela estava prestes a desmaiar de preocupação com River. Por mais que achasse ridículo, ela nunca havia se sentido assim. Quando estavam na casa da cidade antiga, ele passava seus dias em Bastião de Ferro, e ela nunca havia sentido tanta preocupação. O que estava acontecendo?

7
CONVERSAS

Fel estava bebendo direto de uma cachoeira, só agora percebendo que estava com sede. Beber água daquela forma era diferente de beber como humano. Era uma sensação suave e reconfortante, como se ele estivesse colocando uma pomada sobre uma pequena queimadura, uma que ainda não havia notado. Não que estivesse queimando em algum lugar. Na verdade, ele não tinha ideia de onde vinha seu fogo, de como ele havia se tornado um dragão e como tudo isso funcionava. Ainda assim, por enquanto, o que mais queria era saber mais sobre o seu pai.

Ele voltou e encontrou Tzaria andando de um lado para o outro na caverna, como se estivesse apreensiva. Ela parou quando o viu e sentou-se em uma pedra.

Aquela caverna não tinha lugar confortável para um humano.

— Isto é seu... — Ele ia dizer covil, mas depois achou que poderia ser ofensivo. — Onde você mora?

— Não. — Ela riu. — É aqui que nos escondemos quando precisamos.

— Você está me escondendo.

Ela levantou uma sobrancelha.

— Perceptivo.

— Por quê?

— Para garantir que você permaneça a salvo.

— De quê?

Ela olhou para ele por um momento, então suspirou.

— Ficamos o mais longe possível de Alúria e garantimos que todos os dragões o fizessem. Foi assim que protegemos você.

Fel tentou entender o que ela estava dizendo, mas era difícil tentar juntar as ideias incompletas.

— Você vai explicar isso?

Ela fechou os olhos e respirou fundo.

— Eu estava pensando que talvez eu e Risomu contássemos tudo a você juntos. Ele estava lá também. Mas posso começar. Seu pai fazia parte da Ordem dos Dragões. Eu também, assim como Risomu. A maioria dos dragões faz parte desse grupo, a menos que sejam dragões rebeldes ou isolados ou tenham se juntado aos Indomáveis.

Ela olhou para Isofel, talvez percebendo sua pergunta.

— Eu sei, muita informação. Eu vou explicar tudo. Ircantari, seu pai, foi o Sétimo Dragão Mago. Poucos dragões atingem esse nível de magia, pois é preciso muita dedicação e estudo para controlar tanto poder. E talento também. Há apenas uma maga viva agora, e ela não é... — Tzaria balançou a cabeça. — Não importa. Seu pai estava preocupado com uma semente do mal que ele acreditava estar prestes a brotar. Ele estava certo, é claro, mas na época poucos dragões perceberam que um grande mal estava se aproximando.

— O que era?

— Não era: é, ou se tornará. Cerca de mil anos atrás, a escuridão surgiu entre os dragões. Um dos nossos, o Segundo Dragão Mago, abriu um caminho de dor e destruição. Você nunca ouviu nada sobre isso, ouviu?

Fel estava se perguntando quando contaria a ele como seu pai havia morrido, ou por que ele tinha ido para Alúria, mas decidiu responder à sua pergunta e ver onde ela queria chegar com isso.

— Estudei um pouco da história de Fernick, mas não muito sobre dragões.

Ela balançou a cabeça.

— Você não teria aprendido sobre isso de qualquer maneira.

Algumas coisas não são escritas. Mas eu posso te contar. A guerra, com todos os seus horrores, começou. Ela atingiu a todos; os povos mágicos, humanos... Não havia como escapar. No final, alcançamos a vitória, a um custo muito alto, mas conseguimos. O Segundo Dragão Mago foi preso e os dragões tomaram todas as medidas que puderam para garantir que algo assim nunca se repetisse. Foi quando os faes nefastos, quero dizer, faes brancos, foram enviados para Alúria, juntamente com alguns humanos. O Conselho dos Dragões eliminou aquele dragão mago de nossos livros, eliminou aquela guerra de nossos registros.

Fel ficou atordoado.

— Isso não faz sentido. Como você pode aprender com o passado se não falar sobre ele?

— Verdade, na maioria das vezes. Mas este é um caso único. O Segundo Dragão Mago não pode ser morto, então ele foi preso. Se sua história foi enterrada, foi para garantir que ninguém o procurasse, foi para garantir que ninguém tentasse encontrá-lo e ganhar poder.

— Imagino que a estratégia não funcionou?

Ela inclinou a cabeça.

— Sim, por um tempo, mas algumas coisas encontram uma maneira de retornar.

— Então ele está de volta?

— Ainda não. Mas algo está despertando. Seus seguidores estão se acumulando. Eles são os Indomáveis, como aqueles que atacaram você.

— Por causa do meu pai?

Ela balançou a cabeça.

— Eu acho que não. Eles provavelmente não sabem quem você é, talvez nem saibam que você é de Alúria. Tudo o que eles sabem é que você é um dragão, então você é o inimigo deles.

— E por que... O que tudo isso tem a ver comigo? Com meu pai?

— Estou chegando lá. Parte do plano de seu pai era planejar uma armadilha, ter um objeto mágico poderoso e destrutivo que atrairia os seguidores do Segundo Mago como a luz atrai um inseto. Não era o original, mas uma réplica, ou pelo menos ele achava. Nunca saberemos como, mas alguém trocou os objetos, de modo que o real estava na armadilha. Foi então que alguém roubou o tal objeto: o bastão da morte, e escapou, mesmo que fosse impossível. Apenas o próprio Ircantari poderia ter desfeito sua armadilha. Perdemos o contato com o bastão, até que ouvimos sobre um acidente. Uma cidade inteira destruída.

— Formosa.

Era a cidade do meu pai. Ou melhor, pai adotivo.

Ela levantou uma sobrancelha.

— Então você realmente foi criado em Umbraar?

— Sim. Pelo rei.

— Estou feliz em ouvir isso, você não tem ideia do quanto. — Sua expressão era pensativa. — É como se... Às vezes o destino se encarrega das coisas.

— Às vezes, não.

— De fato. Ainda não consigo entender o que aconteceu... — Ela fechou os olhos. — De qualquer forma, foi esse o bastão que nos trouxe até Alúria e àquele acidente. Seu pai viajou comigo e com Risomu, e é por isso que sabemos... tanto. — Ela suspirou. — E acabou que foram os faes nefastos que roubaram o bastão, o que, para nós, era inacreditável. Nenhum deles deveria ter conseguido chegar em Fernick.

— Então foi assim que eles destruíram Formosa? — Fel nunca tinha estado lá, mas crescera vendo a dor nos olhos de seu pai adotivo à mais breve menção daquela cidade. Essa memória o fez odiar os faes brancos, odiar até mesmo River.

— Talvez. Talvez não. Eles alegaram que não fizeram isso.

Fel provavelmente teria rolado os olhos se estivesse na forma humana. Ele não tinha certeza do que fez agora.

— Obviamente.

Os olhos de Tzaria estavam distantes, como se revivessem memórias passadas.

— Mas eles não podem mentir, até onde sabemos. Claro, podemos estar errados. De qualquer forma, decidimos ouvir a palavra deles, e isso nos levou a Bastião de Ferro.

Se Fel ainda fosse humano, ele endireitaria as costas com essa menção. Como não era, ele dobrou suas asas.

— Onde ele conheceu minha mãe.

— Sim. Fomos lá falar com o rei deles, mas não sabiam quem éramos e nos enviaram para ver alguns meros conselheiros inferiores, como se fôssemos plebeus. Mas a princesa Ticiane estava lá, atrás de uma cortina. Mesmo assim, Ircantari a viu. O que acontece com os dragões é que eles podem ver vislumbres de seu futuro e, às vezes, sabem quem é seu parceiro. Ele a *reconheceu*, e sabia que era com ela que passaria o resto de sua vida. — Ela suspirou. — Claro, ele não tinha ideia do quão curta seria. A princesa estava tentando fugir de seu reino, de sua família, e veio até nós em Cinária, a cidade perto do castelo deles.

Tzaria riu.

— Ircantari ficou entusiasmado, é claro, exceto que ele quase a assustou. Nunca tinha flertado com uma humana. Na verdade, acho que ele nunca tinha acasalado em forma humana. Ele não tinha graça, nem modos... — Ela riu novamente, uma lembrança feliz como um vislumbre no escuro.

— Como ela era? Minha mãe?

— No começo ela evitava Ircantari, o que, para ser sincera, era totalmente compreensível. Fui treinada como embaixadora e, como tal, consegui ganhar a confiança dela, até porque também sou mulher. Eu lhe disse que poderíamos trazê-la para Fernick conosco, mesmo que nunca falasse com Ircantari. Ela queria fugir de seu reino, então foi uma boa proposta.

— Por que ela estava fugindo?

— Eles queriam forçá-la a se casar com alguém. Ircantari ficou furioso. É contra todas as leis mágicas forçar alguém a se casar. Se dependesse dele, teria executado os pais dela ou pelo menos tirado a magia deles.

— Ele poderia fazer isso?

— E mais. Ela implorou para ele não prejudicar sua família, porém, e ele cedeu. É verdade que não fomos a Alúria para interferir nas tradições humanas, mesmo que fossem horríveis. Ircantari e sua mãe acabaram se dando bem e foram felizes, por alguns dias. Sua mãe era tímida no início, e triste, mas depois que você quebrava aquela casca, ela era engraçada e muito gentil. Também era curiosa e podia ouvir as teoria mágicas mais chatas, coisas com as quais apenas seu pai poderia se importar, com olhos brilhantes e atentos. Ele a adorava, mesmo que o tempo deles tenha sido tão curto.

O coração de Fel aqueceu ao ouvir sobre sua mãe pela primeira vez, sabendo que ela tinha sido amada. E, no entanto, a sombra da tragédia escurecia as palavras de Tzaria. Temendo o que iria ouvir e ainda querendo saber mais sobre isso, ele perguntou:

— O que aconteceu?

— A família estava procurando por ela, provavelmente pensando que havia sido raptada. Naquela época, estávamos em Umbraar, para verificar as ruínas da cidade caída. Ircantari estava ansioso, porém, e determinado a trazer Ticiane de volta mesmo que não encontrássemos muita coisa, mas antes que ele pudesse...

Ela se virou, assustada.

Risomu apareceu em sua forma humana, um corte sangrento em sua testa.

— Fujam.

Tzaria virou-se para Fel.

— Voe para longe e se esconda.

Ele estava se virando para sair da caverna, mas então ela lhe enviou um pensamento:

— Não. Espere. Ouça atentamente minhas instruções e não tenha medo.

— Quem está vindo?

— A Ordem.

AZIR SENTIU-SE TRANSPORTADO para outro lugar, outro tempo, para aquela estranha festa da qual não via razão para participar.

Era no castelo Marca do Lobo, e nenhuma carranca mantinha as princesas ou seus pais longe dele. Ele vinha se sentindo um pedaço de carne cercado de moscas e em algum momento não aguentou mais. Foi então que caminhou até a varanda externa, depois subiu no parapeito acima dela, de onde podia ver as montanhas de Alúria e as estrelas, e tentar esquecer tudo o que se passava em sua mente.

Rei. Ele era rei e o dever exigia que ele voltasse àquele salão desgraçado para representar Umbraar, mas, por enquanto, não aguentava mais.

Sua paz durou pouco, pois logo ele ouviu alguém subindo na varanda. Era uma jovem, que agora também estava de pé no parapeito. Como ela tinha feito isso com um vestido, ele não tinha ideia, mas era apenas uma prova de até onde iriam para pegá-lo.

Ser o único herdeiro era terrível de muitas maneiras, e então havia todas as princesas se jogando nele, olhando para ele com olhos famintos e ambiciosos. A jovem que acabara de escalar era pequena, de pele e cabelos escuros, e não era alguém que ele vira no baile.

Antes que tivesse a chance de dizer a ela para desaparecer, ela estendeu os braços.

— Por favor, não. Eu sei que você está sofrendo, mas você tem que acreditar que ainda há algo para você, que você pode fazer o bem neste mundo, que há alegria e riso em algum lugar à frente.

Suas palavras não faziam sentido.

— Eu... — Ele fez uma pausa, então percebeu onde estava parado e a grande altura abaixo dele. Ela realmente achava que ele ia pular? Pelo menos isso o fez rir. — Não é nada disso. Só estou tomando um pouco de ar.

Ela franziu a testa.

— Aqui em cima?

Ele suspirou.

— Onde eu, tolo, pensei que poderia ser deixado em paz.

Seus olhos se fixaram nele por um longo momento.

— Tem certeza que está bem? Você gostaria de conversar?

— Prefiro ficar sozinho, obrigado. E não, não estou interessado em me casar com você.

Em vez de entender a indireta e sair, ela olhou para ele com preocupação.

— Ah. Você acha...

Ela fez um som como se estivesse tentando abafar uma risada, então respirou fundo e voltou àquele tom estranho e sério, como se fosse a mãe dele ou algo assim.

— Eu entendo que esta reunião é difícil para você, quando você ainda está de luto, quando você perdeu tanto, e eu posso ver que ninguém está mostrando qualquer compaixão ou simpatia...

Isso o irritou.

— Eu não preciso de compaixão.

— Eu entendo. Você só precisa de espaço. Eu certamente posso compreender isso. — Ela se agachou e estava prestes a descer.

Naquele momento, ele se arrependeu de suas palavras. Talvez tudo o que ela desejasse fosse o reino dele, mas fora a primeira pessoa a não falar com ele como se fosse uma coroa ou um trono.

— Espere. Eu fui grosseiro.

Ela deu de ombros.

— Você está sofrendo.

— Eu não estou... — Ele suspirou. — Talvez eu esteja sofrendo. Mas isso não desculpa minhas palavras para você. Qual o seu nome?

— Ursiana. De Rocha Verde.

— Como é que eu não te vi antes?

Ela deu um sorriso maroto e apontou para o vestido.

— Creme. Como as paredes. Genial, certo?

Mesmo no escuro, ele podia ver o brilho em seus olhos.

Azir não tinha certeza se ela estava falando sério ou zombando do fato de que ele não a havia notado, então ele apenas disse:

— De fato.

Ela olhou para a paisagem escura abaixo dela.

— Vou ter que dizer, vir aqui é uma ideia melhor do que tentar se misturar com as paredes. Veja a vastidão da terra além de nós e o céu acima de nós. Há muito, muito mais. Aquele salão de baile não passa de um grão de poeira.

Ela sorriu, admirando a vista, enquanto a brisa soprava em seus cabelos, mas então seu sorriso desapareceu.

— Algo errado?

Ursiana balançou a cabeça.

— Eu tenho que voltar. Minha família quer que eu os ajude

a fazer alianças. — Ela riu. — Claro, eles ainda não perceberam meu truque de me esconder na parede, mas vão querer que eu esteja lá. Aprecie a vista, e a paz.

Ela então desceu antes que ele tivesse a chance de dizer qualquer coisa. Azir gostaria que ela tivesse ficado. Talvez fosse como as outras princesas, que estavam ansiosas por uma chance de ser rainha, mas pelo menos ela era mais agradável do que a maioria. Pensamento bobo. Ela era apenas mais eficiente em tentar capturá-lo, e agora *ele* era a mosca presa em sua teia. Não, ele não estava preso a nada; estava apenas apreciando uma companhia moderadamente decente.

Sem aquela companhia, o parapeito parecia solitário. Talvez tivesse sido uma tolice chegar a um lugar onde nada pudesse distraí-lo de seus próprios pensamentos.

Ele decidiu voltar para o salão de baile, e desta vez iria prestar muita atenção nas paredes para ver se conseguia localizar a Princesa Rocha Verde em seu vestido creme. Mas assim que ele entrou, percebeu que não era necessário.

Ursiana estava no meio da sala, dançando com um dos príncipes de Marca do Lobo. A primeira coisa que notou foi que ela era linda. Talvez não fosse a garota mais bonita daquele baile, mas devia estar se escondendo muito bem para ter sido ignorada por tanto tempo. Ele não tinha reparado muito nela enquanto estava no parapeito, pois estava escuro. Girando na brilhante pista de dança, ela era encantadora. E, no entanto, havia algo em sua postura, seus ombros rígidos, sua cabeça baixa. Ela claramente não estava gostando de sua dança. A música demorou uma eternidade para terminar. Quando isso aconteceu, ele se aproximou dela.

Ela tinha um quase sorriso.

— Mudou de ideia sobre o baile?

— Não. Mas você também não gosta disso, não é?

— Eu gosto da música. E eu gosto de dançar, mas... — Ela olhou para baixo por um momento, então de volta para ele com um sorriso forçado.

— Você não quer dançar com o príncipe de Marca do Lobo?

Ursiana olhou para baixo novamente e balançou a cabeça.

Azir suspirou.

— Você não pode dizer não?

Ela engoliu em seco.

— Minha família ficaria chateada. Eu deveria estar encorajando futuros maridos.

— Mas você não os quer.

— Não.

Sua tristeza contrastava tanto com os olhos brilhantes de alguns minutos antes, quando ela havia contemplado a paisagem abaixo.

— E se sua família achasse que eu poderia ser um futuro marido?

A risada dela era amarga.

— Eles obviamente ficariam deslumbrados.

— Então dance comigo. A noite toda. E a seguinte. Seus pretendentes a deixarão em paz. As princesas vão me deixar em paz. Não estou pensando em procurar uma esposa e faríamos isso como amigos, se você concordar. Não tenho interesse...

— Eu sei. Se você continuar me lembrando disso, vai ficar bem constrangedor. Tenho dezessete anos, Azir. Não quero pertencer a ninguém e, mesmo que pertencesse, gostaria de viver um pouco a minha vida antes de me tornar escrava pessoal de alguém, obrigada.

— *Escrava*?

Ela rolou os olhos.

— O que você acha que é o casamento, para uma mulher?

— Não tenho ideia. Vocês estão todas tão interessadas nisso, eu achava...

— Estamos condicionadas, não consegue ver? Se o casamento fosse tão bom, não precisaríamos ensinar as meninas a desejá-lo, não precisaríamos inventar histórias como se o casamento fosse a melhor coisa. Ninguém ensina criança a gostar de bolo. Você não precisa.

Azir franziu a testa.

— Pode ser.

Seus pensamentos então se voltaram para sua irmã, sua irmã que havia deixado sua casa para um reino diferente, com os olhos cheios de medo. Sua irmã, que ele vira apenas uma vez depois disso, os olhos vazios, o rosto pálido, como se sua luz tivesse sido apagada. Sua irmã que morrera de pneumonia, que ele ainda acreditava ser tristeza. E isso antes da guerra.

Pela primeira vez, teve a coragem de contar a alguém sobre isso, contar o que viu sua irmã passar, contar a uma estranha que acreditava que o príncipe de Refúgio da Águia, ou sua família, havia matado sua irmã.

Foi como abrir uma represa, e então todas as suas memórias fluíram, enquanto ele falava com alguém que ouvia, que talvez até se importasse. Tantas palavras, tantos sentimentos que tinham sido enterrados. O baile passou num piscar de olhos, enquanto suas palavras fluíam e fluíam enquanto dançavam.

Ela contou a ele sobre seus planos de viajar pelo continente, conhecer mais do mundo e até mesmo como sonhara em visitar Fernick quando criança. Ela sabia que era um sonho impossível agora, mas ainda ansiava por liberdade, e era por isso que realmente não queria se casar.

Ele se viu entrando sorrateiramente no quarto dela. O baile não tinha sido suficiente para o que tinham a dizer um ao outro. Então, pela primeira vez, percebeu a dor que ainda sentia, a perda, o horror. Sua cidade, sua família, seu castelo, tudo perdido. Mesmo as pequenas coisas doíam, como os livros da biblioteca do castelo, a maioria de seus pertences pessoais, coisas pequenas e estúpidas que não deveriam doer, mas doíam. Doíam.

O que mais doíam eram as palavras raivosas, as últimas palavras que ele tinha dito a seu irmão. Seu irmão que o culpou por uma brincadeira boba na cozinha. Azir tinha sido colocado de castigo, enviado para o Casarão Real, longe do castelo, mesmo que uma guerra estivesse acontecendo no continente. E foi assim que ele se viu sozinho, o único sobrevivente da família real quando sua cidade foi destruída. Apenas escombros no lugar onde ele tinha crescido. Tantas lágrimas engolidas cujo gosto amargo nunca saiu de sua boca. Mas as lágrimas estavam caindo agora, caindo enquanto Ursiana o abraçava e acariciava seus cabelos. Ele era rei havia seis meses, tentando manter tudo sob controle, tendo que permanecer forte apesar de toda a tragédia, sem nenhuma chance de sentir sua dor.

Azir era forte, mas também queria um ombro para chorar,

alguém que o consolasse, alguém que o amasse. O abraço se transformou em um beijo, seguido de mais e mais beijos. Ele encontrou sua rainha, seu amor, sua vida. Ele viajaria com ela, daria a ela toda a liberdade que ela queria. Talvez estivesse errada ao dizer que ele teria pulado daquele parapeito, mas estava certa ao dizer que não havia muita vontade de viver nele.

Até agora.

Depois de terem contado tudo um ao outro, mesmo aquelas partes sombrias e vergonhosas que talvez não ousassem admitir para si mesmos, depois de terem perscrutado a alma um do outro, não poderia haver nada de indecente ou impróprio em se livrar das roupas entre eles, ao romper a distância entre eles. Ursiana era e sempre seria seu único amor, a única pessoa que o entendia.

Ele enterrou sua dor, seu desespero, seus medos enquanto enterrava parte dele dentro dela. Mais e mais e mais, seus corpos diziam o que as palavras não podiam.

O sol já estava alto quando ele saiu do quarto, odiando ter que passar qualquer segundo longe dela.

Apesar de não ter dormido, ele se sentia mais energizado do que nunca, mais vivo do que nunca. De certa forma, foi bom que ele tivesse algum tempo sozinho, pois pediu ao criado do palácio que lhe enviasse um joalheiro. Um velho chegou meia hora depois, trazendo alguns exemplos de anéis interconectados. Azir não queria encomendar peças novas, não queria esperar, então comprou uma das amostras: duas argolas reguláveis em prata, sem decoração. Eles seguiam a tradição de Umbraar e, portanto, podiam se conectar e formar um anel, que ele colocou, então se perguntou se ela ia gostar. Bem, eles poderiam trocá-lo por algo diferente mais tarde. O que importava era o que os anéis representavam; os dois se completando, juntos para sempre.

Ele estava prestes a sair e pedir uma audiência com os pais de Ursiana, quando alguém bateu em sua porta; uma jovem com um manto de capuz. A princípio pensou que fosse uma criada, mas quando ela baixou o capuz viu que era a princesa Kátia, de Marca do Lobo.

— O que você quer? — Ele não se preocupou em esconder o aborrecimento em sua voz.

— Eu tenho algo para te mostrar. — Ela inclinou a cabeça e piscou, obviamente inconsciente de quão ridícula ela parecia. — Porque eu sou sua amiga.

Ele não queria ser rude e causar comoção, mas então percebeu que não tinha guardas ou criados com ela.

— Você está sozinha?

Ela abaixou a cabeça.

— Não conte a ninguém. Eu sei que é inapropriado, mas meus motivos são honrosos. Eu simplesmente não suportava a ideia de que você...

— O que é?

Ela colocou o capuz de volta.

— Me siga.

— Não estou interessado, obrigado. — Mais uma vez, ele não fez nenhum esforço para esconder seu desagrado.

Ele estava fechando a porta, mas ela a empurrou.

— É sobre a princesa Ursiana.

Naquele estranho lugar intermediário, onde Léa havia sido atacada uma vez, ela agora estava olhando para uma criatura diretamente dos livros de história: uma fae branca.

Sim, Léa tinha visto um fae uma vez, mas era um jovem de cabelos castanhos. Esta mulher tinha olhos vermelhos, longos cabelos louros prateados e chifres brancos. Era exatamente como sua raça havia sido retratada nos livros, e de alguma forma Léa sempre pensara que era um exagero, que ninguém poderia ser assim. Ela estava errada.

A menos que fosse uma metamorfa. Esperava que fosse, caso contrário Léa tinha acabado de concordar com um acordo com uma fae branca, o que significa que ela teria que fazer o que havia prometido e ouvi-la até a noite. E se o tempo corresse diferente aqui e levasse dias, meses, anos? Bem, Léa deveria ter pensado nisso antes de concordar com qualquer coisa.

Ao lado da fae estavam o que pareciam ser duas crianças ou adolescentes humanas, mas Léa sabia que suas aparências enganavam.

— Venha — a fae disse. — Este lugar é perigoso.

Bem, claro. Mas se esta fae vivia aqui, por que ela diria isso?

— Mesmo para você?

— Conversamos depois. — A voz ainda era gentil, mas havia uma pitada de tensão nela. — Siga-me.

Isso estava ficando parecido com o sonho dela, exceto que no sonho, as criaturas eram as que levavam Léa para uma caverna. Bem, não, isso estava ficando diferente. A fae foi até a beira da montanha e então desceu escadas estreitas esculpidas em uma parede de pedra, seguida pelas estranhas criaturas daquele lugar. Léa estava tendo problemas para manter o ritmo e ter certeza que não ia quebrar o pescoço no precipício abaixo. Tecnicamente, ela poderia se recusar a fazer isso, já que não era o que havia combinado, mas a fae parecia estar com pressa, e as "crianças" pareciam frenéticas, talvez ansiosas. Se *elas* estavam com medo, então Léa teria que ter ainda mais motivos para temer.

Havia um vale rochoso abaixo e mais montanhas com rochas pontiagudas cercando a área, e elas continuaram descendo, descendo, descendo aquelas estranhas escadas. O ar estava abafado e úmido, e gotas de suor escorriam pelo pescoço de Léa. Só então se lembrou de tentar cruzar as mãos, e elas se tocaram. Isso não era um sonho.

Então ela moveu a mão para o peito e encontrou o colar com folhas de krystal, o que lhe deu algum conforto, mesmo que ela não tivesse certeza de que lhe ofereceria alguma proteção naquele lugar. Afinal, as criaturas com as quais ela estava lidando estavam extremamente vivas.

A fae era muito graciosa e vestia uma longa túnica branca. Como ela poderia manter qualquer coisa branca naquele lugar era um mistério. As "crianças" usavam túnicas cinzas ou talvez sujas, simples, e Léa não conseguia se lembrar se eram iguais ou diferentes das que ela tinha visto antes.

Elas chegaram a uma saliência estreita e a fae caminhou de lado, agarrando-se às rochas.

— Cuidado aqui— ela disse a Léa.

Certo. Como se ela fosse correr para lá ou algo assim. Por um momento, Léa hesitou. Uma queda daquela altura seria fatal e, novamente, ela apenas tinha concordado em ouvir. Ainda assim, a fae e uma das criaturas estavam indo adiante, e Léa foi tomada por um súbito medo de ficar sozinha ou com a criatura atrás dela, e seguiu, tomando cuidado para pisar com cuidado em lugares onde havia espaço para seus pés.

Elas chegaram a uma fenda na rocha, e a fae pulou nela. As criaturas não seguiram a fae, em vez disso, esperaram do lado de fora.

— Venha — a fae disse.

Léa teve que entrar de lado, mas logo se viu em uma caverna com escadas que desciam para um vale, de onde chegaram a uma outra caverna iluminada por um estranho brilho laranja. Na verdade, era uma espécie de lareira, exceto que não era uma lareira em si, mas um buraco na parede rochosa. Provavelmente tinha uma abertura em algum lugar, pois não havia muito cheiro de fumaça lá dentro. Fora isso, havia uma espécie de cama junto a uma das paredes, feita de folhas secas, e uma mesa de pedra chata. Esta era uma casa. A casa da fae?

— Isso não é nada grandioso, mas é mais confortável, não é? — A fae se aproximou do fogo e pegou o que parecia ser uma tigela de madeira. — Quer algo para beber?

Aceitar algo de um fae geralmente era uma má ideia, e aceitar algo neste lugar estranho era ainda pior. Léa sorriu.

— Eu estou bem, obrigado.

A fae suspirou.

— Eu entendo que você não confia em mim. Afinal, estamos em guerra.

— Não. — Léa quase a corrigiu, dizendo que a guerra havia acabado anos antes, mas então percebeu que informação era algo valioso, algo que ela poderia usar para barganhar, então decidiu não mencionar o que sabia. Ainda lhe parecia estranho que esta fae não soubesse disso. Ela não era tão velha. Vinte e cinco no máximo, talvez trinta se ela aparentasse ser mais jovem, a menos que os faes envelhecessem mais lentamente. Ou a menos que ela não fosse fae. — Eu não confiaria em ninguém neste lugar, só isso.

— Justo. E inteligente. — Ela olhou para Léa. — Você é uma

portadora da morte. Achei que todos da sua família tinham morrido. Eu realmente sinto muito por sua tragédia.

Tragédia? Ela quis dizer Formosa, a cidade que os faes brancos tinham destruído. A mulher provavelmente achava que Léa fazia parte da família real Umbraar. Mas Léa tinha outra pergunta.

— A tragédia que seu povo causou? Você sente muito por isso?

— Não sei como Formosa foi destruída, mas sim, sinto muito. Tragédia e perda são tragédia e perda, não importa de onde você venha.

Havia saudade e tristeza em sua voz. Talvez ela estivesse tentando fazer Léa ter pena dela. Sem chance.

— E sobre o que você queria conversar?

— Tragédia e perda. Ou melhor, como evitá-las.

Léa ainda estava desconfiada.

— O que você sabe sobre isso?

— Passei anos aqui e sobrevivi. Isso deve contar para alguma coisa, não é?

— Isso significa que você tem alguns aliados questionáveis. Quero dizer, as garotas dentuças não morderam você. Tem que haver uma razão.

A fae assentiu.

— Aliados. Você tem razão. Quanto a questionável, quem sabe? Pode me chamar de Iona.

— Você é realmente fae?

Léa ainda estava meio que esperando que a mulher tentasse mordê-la a qualquer momento. Claro que perguntar não resolveria nada. Se ela fosse uma metamorfa, ela poderia mentir.

— Sou uma lendária. Os humanos de Alúria nos chamam de faes brancos. Eu não sou daqui, não. — Ela olhou para Léa. — Você não acredita em mim, mas não importa. E você, portadora da morte, você tem um nome?

Não era como se isso fizesse alguma diferença, então decidiu ser honesta.

— É Léa.

— Incrível. Estou realmente feliz por alguns de vocês terem sobrevivido. Seu poder... pode mudar tudo. É a chave, Léa. Eu tinha cheirado sua magia uma vez, há algum tempo, mas então ela se perdeu. Desta vez eu estava pronta, alerta, e te encontrei. Coisas assim quase me fazem acreditar no destino, exceto... É difícil pensar que coisas horríveis estavam destinadas a acontecer, então não sei mais. Ou talvez algumas coisas boas encontrem uma maneira de aparecer em nosso caminho. — Ela apontou para a cama. — Sente. Temos muito o que discutir.

Estava tudo muito calmo. E se essa simpática senhora a estivesse preparando para a voz assustadora? E se ela fosse a voz assustadora? Perguntar era estúpido, mas Léa não conseguia se conter.

— Isto é uma armadilha?

A fae olhou para Léa, quase como se estivesse olhando através dela.

— Você tem medo dos metamorfos? As criaturas daqui? Ou alguma outra coisa?

— Quem é você?

— Uma lendária, de Alúria. Eu vim aqui por acaso. — Ela levantou uma sobrancelha. — Os metamorfos são inofensivos uma vez que você entenda o que querem. Agora... Tem mais alguma coisa, não é?

Léa tocou as folhas de krystal em seu colar, sabendo que não trariam nenhum consolo ou ajuda.

— E se houver?

— Então significa que você já sabe parte do que quero lhe dizer. Por mais que aquilo que acontecera entre nossos povos tenha sido horrível, há coisas mais horríveis por aí. Essas são as coisas que precisamos combater. Como condutora de morte, você pode fazer muito mais do que apenas abrir uma janela para outros reinos, você pode realmente abrir portas.

— Você quer algo com a minha magia. — A terrível imagem daquelas criaturas atacando Umbraar veio à mente de Léa. Tinha que ser algo desse tipo que esta mulher queria.

Seus estranhos olhos vermelho-escuros estavam fixos em Léa.

— Não é de mim que você deve ter medo. Eu não sou essa coisa horrível, Léa. Eu quero lutar contra isso.

— Você quer minha magia para ajudá-la.

— Sim. — A mulher tinha um pequeno sorriso, quase um pouco condescendente. — Eu posso ver que você ainda não acredita em mim.

— Você esperaria que eu acreditasse?

— Não. Mas escute, como condutora de morte, suponho que você estudou sobre os onze níveis, certo?

Léa não sabia como responder. Se ela confessasse que não sabia nada sobre condução de morte, essa fae a machucaria? A mataria? Ela decidiu dar um palpite.

— Você quer dizer os níveis no oco, certo? Como este?

— Sim. Você sabe para que serve o décimo primeiro nível?

Léa engoliu em seco.

— Eu concordei em ouvi-la, não em responder a perguntas.

A fae inalou uma respiração forte.

— Você não sabe, então.

— Não, eu...

— Está bem. — Ela olhou para Léa novamente, e isso a deixou bastante desconfortável. — Você estudou um pouco de condução de morte?

— Que diferença faz?

Iona respirou fundo e fechou os olhos, então olhou para Léa.

— Se você não pode usar sua magia, precisará aprendê-la, caso contrário, não será capaz de se ajudar. Se você não sabe nada sobre viajar no oco, muito do que eu ia dizer não fará sentido. Se você tentar me enganar e fingir que sabe mágica que na realidade não sabe, eu vou descobrir, Léa. E vamos perder tempo que não temos. Sugiro tentar tornar as coisas mais rápidas. Quanto você sabe?

Léa respirou fundo. O que era seguro dizer a esta mulher?

8

A FAE

Fel não entendia muito sobre esse conflito com os dragões, mas notou que Tzaria e Risomu consideravam a Ordem dos Dragões uma ameaça. Talvez ele devesse ter perguntado por quê, o que só aumentava a lista infinita de perguntas que pairavam em sua mente.

Logo sete pessoas apareceram dentro da caverna: quatro mulheres e três homens. Uma das mulheres, vestida com couro vermelho escuro, estava dizendo algo em fernês e parecia bastante brava. Ela estava na casa dos quarenta anos e tinha cabelo preto preso em uma trança apertada, com olhos azuis brilhantes não naturais.

Tzaria respondeu, ainda falando em fernês, então começou a enviar pensamentos diretamente para a mente de Fel.

— Eles temem que você possa estar com os Indomáveis porque não o conhecem. Estamos dizendo a eles que você é de Alúria, mas não deve deixá-los saber que sua mãe era de Bastião de Ferro. Isso é muito importante. Eles vão questioná-lo e, se eu estiver correta, eles vão colocá-lo em uma gaiola que o impede de mentir. No entanto, ela não impede que você evite perguntas ou dê respostas ambíguas.

Ele estava quase perguntando por quê, quando ela acrescentou:

— Não me envie pensamentos. Você não sabe como impedir

que eles sejam ouvidos. Tenha cuidado, mas não tenha medo. Estamos indo te resgatar.

Esses pensamentos vieram a ele muito rápido, em apenas alguns segundos em que essas palavras normalmente não caberiam, como se fossem seus próprios pensamentos cruzando sua mente em um flash.

Tzaria então se virou para aquela mulher que estava olhando para ela.

— Ele fala apenas aluriano. E não é um dragão rebelde qualquer. Ele é filho de Ircantari.

A maioria dos recém-chegados respirou fundo, provavelmente surpresos com a informação. Portanto, esta não era a razão pela qual Tzaria e Risomu o estavam escondendo, ou pelo menos não o motivo completo.

A mulher de vermelho escuro olhou para Fel, depois de volta para Tzaria, e falou em aluriano:

— Então você não tem o direito de tentar ficar com ele. Você, de todos os dragões. — Ela olhou novamente para Fel e estreitou os olhos. — Um mestiço. E, no entanto, ele conseguiu trocar de forma sem nenhum treinamento, por vontade própria.

— Eu troquei, sim. — Fel tentou enviar essas palavras para eles, sem saber se estava sendo bem-sucedido.

Tzaria então disse:

— Interrogue ele se você está preocupado que ele esteja mentindo, mas não o machuque.

A mulher de vermelho zombou.

— Eu dificilmente acho que é de *nós* que ele deve ter medo. — Ela então se virou para Fel. — Venha — seu tom era amigável.

— Eu... não posso trocar de forma — Fel tentou se comunicar com eles.

A mulher sorriu.

— Vamos voar, então. Eu sou Rélia, um dos Olhos de Dragão. Você estará seguro conosco.

Ela se virou para o grupo que veio com ela e disse algo em fernês, então se virou para Tzaria e franziu a testa.

— Não interfira conosco. Ou haverá consequências. — Havia

tanta raiva em sua voz, mesmo que parecesse que ela estava tentando contê-la.

Por um momento, Rélia e um jovem desapareceram, logo sendo substituídos por dragões. A mulher havia se tornado um dragão vermelho escuro, como as cores que ela usava, e o homem era um dragão verde.

— Siga-nos — Rélia enviou essas palavras como um pensamento.

Fel olhou para Tzaria, que assentiu como se o encorajasse.

Rélia voou para fora da caverna, então Fel a seguiu. Pelo menos suas asas estavam melhores agora. Atrás deles veio o dragão verde. Mais dois dragões se juntaram a eles, então formaram um círculo de fogo, através do qual todos voaram. Do outro lado havia outra floresta, mas mais distante da cordilheira — se é que era a mesma. Era como cruzar os portais entre reinos em Alúria, exceto que não eram edifícios de pedra, mas anéis de fogo efêmeros.

Lá embaixo, um rio cortava a floresta em duas. Fel não sabia se era o mesmo rio que ele tinha visto. Tantos portais o estavam deixando desorientado.

Rélia desceu, então pousou em uma clareira estreita, parte dela coberta pela copa das árvores ao redor. Fel teve que tomar cuidado para não ser arranhado ao chegar ao chão. Ainda era estranho usar essa forma, mas estava agradecido por voar ser algo natural para ele. Talvez uma parte dele realmente soubesse voar durante toda a sua vida.

O dragão verde foi o último a pousar e os outros dois dragões não os seguiram. Isso significava que eles não tinham medo de Fel, se tudo o que enviaram com ele foram duas escoltas, incluindo uma mulher que parecia importante. Eles provavelmente não o viam como inimigo, o que era bom. Mas então, por que Tzaria e Risomu estavam fugindo deles?

Os dragões verdes e vermelhos trocaram suas formas para humanas. Levaram menos de dois segundos, como se não exigisse nenhum esforço. Com sorte, Fel logo aprenderia a fazer esse truque também. Ele gostava da liberdade de voar, do poder de seu fogo, mas não queria permanecer um dragão para sempre. Vê-los trocando tão facilmente lhe dava esperança.

A mulher traçou um grande círculo no chão apontando o dedo para ele. Apesar da distância, criou uma linha tênue na terra. Logo tudo pareceu frio e escuro ao seu redor, mas apenas por um momento.

Quando ele olhou em volta novamente, estava em um vale cercado por um desfiladeiro alto e íngreme de um lado e montanhas íngremes do outro, como se o vale tivesse sido escavado em um buraco nas rochas.

Um pouco longe do círculo ficava uma cidade com cerca de cem casas feitas de terra compacta, com tetos redondos. Muitas delas tinham portas enormes. Algumas pessoas e dragões caminhavam pelas ruas de paralelepípedos. Um edifício quadrado maior ficava na borda, perto de uma das paredes de pedra. Feito de mármore branco, destacava-se entre as casas mais escuras. Esta era uma cidade pacífica, onde viviam dragões, e tudo o que ele podia sentir era tranquilidade e calma. Um lugar encantador, realmente.

Fel, Rélia e aquele dragão verde, agora em forma humana, estavam em pé em um círculo cercado por algumas pedras pequenas, a alguma distância das casas.

— Este é o nosso santuário — disse Rélia, aproximando-se de Fel. — Precisamos proteger este lugar a todo custo. — Ela então se moveu à frente dele, de modo a olhar em seus olhos. — Precisamos fazer algumas perguntas, mas é apenas uma questão de precaução. Estes são tempos difíceis, só isso.

— Eu entendo. — Fel enviou isso como um pensamento e ela acenou com a cabeça, o que significa que podia ouvi-lo.

— Siga-me, mas não voando, andando.

Caminhar parecia estranho e lento, mas ele obedeceu e notou três dragões voando em círculos acima deles, como se para observá-lo. A mulher o conduziu no sentido contrário às casas e chegou a uma construção isolada, também de terra batida.

Era muito maior do que parecia à distância. A porta da frente era enorme e ele podia entrar sem dificuldade, desde que suas asas não estivessem abertas.

No interior, não havia divisões. Era tudo uma sala enorme, iluminada pela luz do sol que vinha do centro do teto abobadado. Uma enorme gaiola de metal feita de bronze ficava no meio da sala. O fato de Fel poder sentir o metal tão rapidamente significava que nem toda a sua condução de ferro havia desaparecido — era apenas mais fraca, como se fosse uma visão turva e embaçada. Ainda era bom saber que ele tinha acesso a um pouco de sua mágica mesmo em forma de dragão. Claro, condução de ferro era a parte que ele não deveria deixar ninguém saber, mesmo que não tivesse ideia do porquê.

O dragão macho, em forma humana, abriu uma enorme porta que dava para a jaula.

— Isto não é uma prisão — disse Rélia. — É uma ferramenta que usamos para interrogatório e não deve doer ou machucar você, desde que você fale a verdade.

Fel não teve escolha. Mesmo que por algum milagre conseguisse sair daquele prédio, não teria chance de sair do vale. E Tzaria o avisara que isso aconteceria e lhe disse para não se preocupar. Mas, novamente, por que ela estava com medo desses dragões? Fugindo deles?

Não fazia sentido ruminar sobre essas questões. Mesmo que estivessem pedindo para ele entrar em uma câmara de tortura, precisaria obedecer. Fel reuniu toda a sua dignidade e entrou naquela gaiola, então ouviu a porta sendo fechada atrás dele. O chão da gaiola também era de bronze. Devia ter algum significado mágico, mas não era algo que ele pudesse identificar. Fora que seus sentidos mágicos estavam terríveis desde que ele tinha trocado de forma.

Ficaram em silêncio por alguns momentos, então cerca de dez guardas entraram na sala. Eles eram humanos ou dragões em forma humana e usavam algum tipo de armadura de metal branco e brilhante. Era engraçado e ridículo. Se ele estivesse no controle de sua condução de ferro, poderia incapacitar todo o grupo em menos de um segundo. Claro, se eles estivessem usando isso, significava que realmente não tinham ideia sobre sua magia, o que era bom.

Mais alguns minutos se passaram, então três pessoas entraram, vestindo armaduras brilhantes como os guardas, mas a delas era azul escuro. Talvez fosse algum tipo de traje cerimonial. Mais uma vez, tudo o que Fel pensava era que, se tivesse o controle de sua magia, nenhum desses dragões teria chance contra ele. Era estranho ser tão poderoso e impotente ao mesmo tempo.

Um homem vestindo uma armadura azul disse:

— Forasteiro, você pode usar sua forma humana?

— Não posso — Fel tentou enviar o pensamento para ele, imaginando se os outros iriam ouvi-lo. Para sua surpresa, suas palavras ressoaram na sala, como se refletidas nas paredes. Magia estranha, de fato, mas útil.

— Está tudo bem — disse Rélia, seu tom gentil. Ela se virou para o homem. — Ele é um mestiço. — A mulher então sorriu e se virou para ele. — Meio-dragões raramente se transformam, a menos que recebam muito treinamento. — Seu tom então mudou para formal. — Vamos começar. Você pode dizer seu nome e de onde você é?

— Eu sou Isofel Umbraar, de Alúria. Mais especificamente, o reino de Umbraar.

Rélia estreitou os olhos.

— E quem é sua mãe?

Fel não deveria dizer, mas achou que poderia contornar a questão.

— Eu nunca a conheci. Fui criado pelo rei de Umbraar e sempre pensei que ele era meu pai. Ele nunca falou sobre minha mãe.

Era uma esperança talvez tola que isso seria o suficiente, mas talvez eles não pedissem muito mais.

— Você já ouviu falar sobre Ircantari, o Sétimo Dragão Mago?

O alívio o invadiu ao perceber que as perguntas sobre sua mãe haviam acabado, e agora ele poderia simplesmente dizer a verdade.

— Tzaria o mencionou. Ela parece pensar que ele é meu pai.

— Huh. — Rélia riu. — Uma suposição bastante estranha. Como se Ircantari fosse...

— Não. — Um dos recém-chegados a interrompeu. — Você não consegue ver? Você não sente? Ele *é* o filho dele.

A expressão de Rélia azedou.

— Quem sabe.

O homem deu um passo à frente e tirou o capacete. Ele tinha cerca de trinta ou quarenta anos e tinha cabelos castanhos escuros, pele morena média e olhos amarelos.

— Eu sou Ecateni. Seu tio.

Fel exalou a respiração e ficou tão surpreso que soltou uma suave rajada de fogo por acidente. Nenhuma das pessoas ao seu redor parecia achar isso estranho ou ameaçador, no entanto. Tio? Isso significava que ele tinha família aqui?

— PROMETA que não vai me machucar — disse Léa.

Iona suspirou.

— Eu já te disse que não tenho intenção de fazer isso.

— Mas eu quero uma promessa. Então eu vou te dizer quanta mágica eu conheço.

A mulher a encarou.

— Não vou cometer nenhuma ação ou dizer qualquer palavra com a intenção de causar-lhe dano físico ou mental. Feliz?

Léa não conseguiu encontrar nenhum truque nas palavras e, de qualquer forma, estava curiosa para ouvir o que a fae tinha a dizer. Ela respirou fundo.

— Eu não sabia que era condutora da morte, então não sei muito sobre essa magia.

A fae não pareceu desapontada. Na verdade, seus olhos tinham uma centelha de curiosidade, alívio, alguma coisa. Léa então acrescentou:

— Mas eu estava... ah... interessada em necromancia e aprendi esse tipo de magia, então... eu sei um pouco.

— Você sabe sobre as passagens dos mortos. — Ela olhou para o colar de Léa. — Então isso é para alguma coisa...

— Assusta espíritos malignos.

A fae assentiu.

— Entendo. Também não sou condutora de morte, então podemos estar em apuros. Como você chegou aqui?

— Acidente. Eu posso andar no oco, mas não consigo controlar muito bem.

— Certo. Bem, existem onze níveis, ou onze planos conectados ao nosso mundo. Eles são todos diferentes, ou pelo
menos deveriam ser. Faes e condutores de morte geralmente
caminham pelo terceiro plano. Não que a gente conheça muito
dele. Tudo o que podemos fazer é ir de ponto a ponto, ou
círculo a círculo. Como se... Imagine que os faes não podem
ver, e tudo o que fazemos é caminhar por esses trajetos pré-
planejados ou nos agarrar a essas cordas que nos levam de um
lugar a outro. Sem elas, estaremos perdidos. Os condutores de
morte, por algum motivo, andam no oco e podem ir aonde
quiserem. Isso também não é totalmente seguro. Se eles não
prestarem atenção para onde estão indo, podem acabar em
algum lugar perigoso. Tendemos a usar o terceiro plano
porque é o mais seguro. Não há grandes criaturas vivendo lá, e
provavelmente é daí que vem a ideia de que é oco, ou não tem
nada.

— O que há no terceiro plano?

— Não muito. Uma terra morta e um aviso, um aviso para
algo que não deve ser repetido.

— Ele já teve vida?

A fae assentiu.

— Tudo se foi.

— E como você sabe disso?

— Os metamorfos falam, e alguns deles são muito velhos e
podem ver através de janelas para outros mundos. Você sabe
sobre isso?

Léa balançou a cabeça. A fae continuou:

— Bem, uma das razões pelas quais os portadores da morte
podem ser tão perigosos é que eles podem abrir vislumbres
desses outros mundos. Imagine que você pudesse abrir uma
porta e do outro lado houvesse monstros horríveis. Existem
barras, no entanto, tudo o que você está fazendo é permitir um
vislumbre disso, mas pode ser assustador o suficiente para
assustar os animais. Isso é uma coisa que os condutores de
morte fazem.

— E se a gente abrisse essas barras?

— Tenho certeza que você pode imaginar.

Léa quase contou a ela sobre aquelas criaturas que a

ajudaram na batalha em Umbraar, mas decidiu ouvir mais e ver o quanto ela estava disposta a confiar na fae.

— Claro — disse Léa. Mas ela tinha uma pergunta. — Como os portadores da morte podem matar com um olhar?

Outro sorriso.

— E aqui está você, com medo de mim. Você abre essa passagem um pouco mais. Geralmente é para o quinto plano, onde eles sobrevivem sugando a força vital. Então você não está abrindo a porta o suficiente para as criaturas entrarem, mas é uma fenda larga o suficiente para que elas puxem a vida de alguém.

Léa engoliu em seco.

— Isso é perigoso.

— De fato, mas acredito que os portadores da morte passam muito tempo aprendendo a controlar sua magia, de modo que ela seja contida. Você, por outro lado, não tem esse controle. Há perigo nisso, mas também pode ser uma vantagem. De qualquer forma, como eu estava dizendo, existem onze planos, com vários graus de perigo. O que você precisa se preocupar é o décimo primeiro. Você já ouviu falar nele?

Léa balançou a cabeça.

— É uma prisão. Uma prisão para coisas, criaturas, seres que não podem ser mortos. Agora, imagine o quão forte alguém deve ser para se tornar imortal.

— Almas são imortais. Por que se dar ao trabalho de manter sua forma física?

— Quem sabe? Talvez sejam almas, como seus espíritos perigosos. — Ela apontou para o colar de Léa. — Mas se forem, não cruzaram para a terra dos mortos, não entraram novamente no ciclo da vida. Eu não sei por quê. Tudo o que sei é que existem criaturas poderosas no Décimo Primeiro Plano. Agora, você pode imaginar o que todas essas criaturas poderiam fazer uma vez juntas?

— Lutar entre si? — Ela não achava que elas simplesmente ficariam comportadas.

— Provavelmente. Até que um dia alguém aparece e os une. O que você acha que acontece se eles fizerem isso?

— Eles tentam escapar.

— *Tentar* não é a palavra certa. Reino após reino, eles estão passando. Eles têm um líder. Na linguagem aqui, eles o chamam de *sy laa é*, ou cortador de corrente. Nós o chamamos de Destruidor na nossa língua. Ele promete liberdade e poder.

— Poder? — O estômago de Léa ficou frio de repente, lembrando-se de como ela se sentiu quando aquela voz a fez matar.

Iona estreitou os olhos, como se lesse a reação de Léa, mas apenas disse:

— Sim, poder. É por isso que ele é celebrado como o quebrador de correntes.

— Suponho que ele esteja tentando entrar em nosso mundo.

— De fato. Na verdade, ele é de lá. Não posso dizer se já está de volta ou se está chegando lá. Ele não pode se mover por vontade própria, mas pode fazer o que um condutor de morte pode, que é abrir essas janelas. Através delas, pode se comunicar com magos ou mesmo com pessoas normais e, se encontrar alguém disposto e capaz, eles o deixarão passar. Mesmo que ele não esteja presente, é forte o suficiente para influenciar alguém e pode causar dor e destruição. Estive pensando em tudo isso, e você pode achar que é uma desculpa, mas lendários e humanos viveram em paz por gerações em Alúria. Gerações. Falamos a mesma língua. Então, de repente, estamos nos matando?

— É por isso que você acha que... o... Destruidor está voltando?

— Não. Isso é apenas uma teoria. E pode estar errada, até onde eu sei. Mas o fato é que estamos no sexto reino e ele pode vir para cá.

Léa se levantou.

— Ele não pode nos ouvir?

— As raízes das árvores nos protegem. Estamos debaixo de uma árvore muito velha.

Árvore? De fato, além de algumas pedras, Léa notou uma casca velha. Ainda assim, isso parecia uma superstição boba.

Léa tocou o colar. Quem era ela para desconfiar da proteção da fae? Mas ela ainda tinha algumas perguntas.

— Ele não teria encontrado você agora?

— Existem muitos reinos e muitas criaturas. Ele não pode

estar prestando atenção a cada um deles. Em todo caso, para ele eu poderia ser apenas uma fae perdida, cuidando da minha própria vida.

— Ele não tentaria controlar você?

— Talvez. Mas ele não tem motivos para insistir nisso. Existem milhares de criaturas aqui, muitas delas felizes em ouvi-lo. Ele não vai gastar seu tempo indo atrás dos relutantes. E sozinha, não sou um perigo para ele. Ainda assim, meu palpite é que não me sentiu. Posso disfarçar minha magia e disfarçar meu cheiro. Isso é algo em que posso ajudá-la, pois você precisará.

— Como assim... Como ele não *me* encontrou ainda?

— Estou te protegendo. Talvez seu colar esteja fazendo alguma coisa.

Léa tirou o sininho do bolso e tocou.

A fae não teve outra reação além de perguntar:

— O que é isso?

— Também é contra espíritos malignos.

— Como os necromantes definem maligno?

— Talvez essa não seja a palavra certa. Os espíritos geralmente cuidam de seus próprios negócios. Se um espírito continua tentando contatá-lo ou incomodá-lo mesmo depois que você tenha dito não, então geralmente não são bons.

Iona deu de ombros.

— Eles podem ter apenas uma mensagem.

— Talvez. É por isso que não devemos tocar o sino para isso o tempo todo.

O pai de Léa sempre dissera a ela para ter cuidado para não assustar os espíritos que precisavam de ajuda.

— E você acha que isso pode assustar o Destruidor?

— Eu não sei, mas não custa tentar.

— Você vê isso? É uma coisa engraçada. Você veio aqui com esse colar e esse sino, com medo de algum espírito maligno. Você sabe de alguma coisa, não sabe?

Claro que Léa sabia, e ela estava começando a gostar da fae, mas também queria ser cautelosa.

— Eu não deveria apenas ouvir?

— Certo. — Iona bufou.

— Deixe-me confiar em você primeiro.

— Não há muito que eu possa fazer além de permitir que você veja as coisas com seus próprios olhos e entenda o perigo em que está. Os metamorfos dizem que ele ainda não violou o Segundo Plano, então isso deve ser verdade. Isso não significa que não esteja usando seus intermediários lá.

— Segundo Plano? Então é só mais um até eles chegarem até nós?

— Não. Alúria está no Segundo Plano. Nós somos os próximos.

— Qual é o Primeiro Plano?

— Não sei. Alguns dizem que é a terra dos mortos, mas não faz sentido, pois atravessa todos os reinos. Mas esse não é o problema. A questão é que o Destruidor logo chegará à sua terra, à sua casa.

— Mas pode levar anos.

Léa sabia que era apenas uma ilusão, mas poderia haver alguma verdade nisso.

— Ele alcançou *este* reino recentemente.

— E o que ele fez?

— Você vê alguma vida aqui?

— Os metamorfos.

— Este plano está morrendo. Nem todo mundo quer servir ao Destruidor, nem todo mundo quer ver tanta morte. Alguns estão dispostos a lutar, mas não adianta tentar lutar contra o Destruidor aqui. Ele é do Segundo Plano e só pode ser morto lá.

— Eu estava pensando que deveríamos impedi-lo de vir ao nosso mundo.

— É inevitável, Léa, e já é tarde demais. Precisaremos lutar. Você tem razão. Pode levar anos. Esperemos que assim seja, para nos prepararmos. Quantos: Dois? Dez? Quinze? Quando isso acontecer, algo precisará ser feito.

— Algo... que presumo que me envolva?

— Ou talvez outro condutor de morte, não que eu ache que outro virá passeando tão cedo.

— E o que você quer que eu faça?

— Eu não quero nada. Estou tentando salvar as pessoas que amo, só isso, salvar meu povo.

Léa sentiu um nó no estômago, sabendo que os faes brancos

não eram vistos havia quase vinte anos, temendo que talvez a maioria deles tivesse morrido.

— O que foi? — perguntou Iona.

— Você ouviu falar da queda de Formosa, mas não sabia que um condutor de morte havia sobrevivido.

Isso significava que Léa poderia apontar o período aproximado quando a fae tinha vindo para este plano, que deve ter sido logo após a tragédia de Umbraar, e antes de Azir ser nomeado rei.

— Você provavelmente era uma jovem adolescente. Eu não conhecia todas as famílias reais em detalhes.

A fae estava muito errada em termos de tempo, pensando que tinha passado uns cinco anos ou algo assim.

— Eu tenho... algumas coisas para te dizer, mas você precisa prometer...

— Eu já te disse duas vezes que não vou te machucar.

— Prometa que vai me contar tudo o que sabe.

A fae rolou os olhos.

— O que parece que eu estou fazendo?

— Quero dizer... não esconda nada.

— Você é quem fala. Estou sendo honesta, enquanto você guarda segredos enormes e perigosos. Vou ajudá-la muito mais facilmente se você me disser o que sabe. E sim, vou lhe contar o que sei, caso haja algo que eu tenha esquecido.

Léa respirou fundo, esperando que fosse realmente uma fae e que sua promessa de não a machucar fosse mantida. Se não fosse esse o caso, Léa poderia estar em apuros.

QUE COISA. Depois de ser cuidadoso por tanto tempo, certificando-se de não ser pego, River acabou em uma sala como esta.

Não, ele não deveria perder seu tempo se repreendendo. Em vez disso, ele tinha que pensar. O que era essa erva boba? Verdadeiramente, parecia uma salatia comum, que crescia mesmo no submundo, na Cidade Lendária, mas se sua magia estava sendo prejudicada, obviamente tinha algum efeito sobre ele.

Sentando-se o mais longe possível daquelas folhas, ele tentou relaxar e recuperar as forças. Tudo o que precisava fazer era fugir, entrar no oco e então encontraria a liberdade — e seu caminho de volta para Naia com um monte de novas informações. Sim, porque com o que quer que essa rainha estivesse lidando, era algo grande, perigoso e que precisava ser detido.

Ele olhou para aquela pequena estátua e para a mesa. Certo. Ele poderia usá-los como ferramentas para tentar arrombar a porta — ou poderia ser inteligente ao menos uma vez e não cair em uma armadilha. Certo? Como se não fosse nada suspeito que ele tivesse sido deixado ali sozinho com uma estátua do mal. Talvez o objetivo de o manter aqui fosse que ele a tocasse. Considerando que tinha ouvido falar em uma chave e um hospedeiro, ele não ia cair em um truque tão simples. Aquela rainha queria algo dele, ela voltaria. Então, se nem os acordos nem a magia funcionassem com ela, ele não teria muita escolha.

River sentou-se perto da porta e empurrou aquela erva o mais longe que pôde. A única coisa que podia fazer agora era manter sua força e seu juízo, e esperar o momento certo para atacar.

Longas horas se passaram e ainda não conseguira escapar. Ele se perguntou se a estátua falaria com ele, mas aparentemente ela não estava de bom humor.

Quando passos suaves soaram além da porta, ele se levantou, alerta. Isso poderia ser rápido. A porta se abriu e, em menos de um segundo, ele prendeu a rainha no chão. Não, não a rainha. O príncipe mais jovem, Venard. River soltou suas mãos apenas o suficiente para deixá-lo falar.

— Estou aqui para ajudar — resmungou o príncipe. — Não me mate. Não posso ajudá-lo se estiver morto.

River nunca tinha falado muito com nenhum dos príncipes e nunca tinha achado que ele estava perdendo muito, mas mesmo que fosse bastante amigável com os irmãos, essa visita nunca seria nada além de desconcertante.

A porta da sala já estava fechada e River decidiu ouvir o que o príncipe tinha a dizer, então o soltou e disse:

— Explique.

O príncipe colocou a mão em seu pescoço.

— O que você tem? Você sempre tenta matar pessoas que querem te salvar?

Venard esperava que ele se desculpasse? Ele realmente não conhecia bem os faes.

River sorriu enquanto se levantava.

— Um hábito infeliz, eu sei... Como você se propõe a me ajudar?

— Quero um acordo — disse o príncipe, ainda deitado no chão.

— Você não está com sorte? Eles são a minha especialidade.

River não tinha ideia do que aquele príncipe poderia querer e não entendia por que ele estava ali, mas fez um esforço para não demonstrar desconfiança ou perplexidade.

Venard levantou-se lentamente.

— Vou tirar você do castelo, mas...

— Tirar desta sala é o suficiente.

— Não. — Ele balançou sua cabeça. — Sua mágica foi comprometida, fae.

— Você tem alguma ideia do porquê?

— Eu só sei o que minha mãe disse. Que mesmo que você consiga escapar da sala, você não pode deixar o castelo desaparecendo.

River levantou uma sobrancelha.

— Ela te disse isso?

O príncipe olhou para baixo.

— Eu ouvi. Muito melhor.

Podia ser verdade ou não, e os dois poderiam estar manipulando River, talvez até trabalhando juntos. E então havia o acordo com o rei — um acordo que era praticamente inútil agora. Não havia muito sentido em continuar na Cidadela de Ferro sem sua magia, seria muito arriscado. River já havia obtido muitas informações úteis e poderia tentar retornar assim que estivesse afiado novamente.

— Ótimo. Tire-me do castelo, então. — River sorriu. — Qual é o seu preço?

O príncipe engoliu em seco, parecendo nervoso.

— Eu quero aprender sobre essa magia. A magia que fez meu irmão viver novamente. Eu quero aprender.

River estava quase lembrando ao príncipe que ele era um fae, não um necromante, mas era melhor não confessar que não poderia ajudá-lo muito caso fosse a única coisa que ele queria. Em vez disso, ele disse:

— Eu poderia lhe oferecer coisas melhores, príncipe...

— Não. Quero saber que mágica é essa. Eu sei que você não sabe como isso é feito, mas você pode espiar. Você pode descobrir.

River considerou as palavras e disse:

— É um acordo justo. Você me deixa escapar e, em troca, contarei tudo o que aprender sobre essa magia.

Esta era uma porcaria de oferta, porque por *tudo que ele aprenderia,* ele quis dizer *nada,* já que não havia incentivo para ele ir em busca dessas respostas. Ainda assim, era sempre uma boa ideia iniciar negociações com o mínimo necessário. Qualquer pessoa com um pingo de bom senso perceberia isso, mas River tinha que descobrir a linha de base da negociação do príncipe.

Venard assentiu.

— Bom. Obrigado.

Realmente? Assim? River deveria se sentir feliz por o príncipe ter concordado tão facilmente e até ter agradecido, o que significava uma dívida em aberto. Em vez disso, ele se sentiu desapontado por não ter conseguido distorcer algumas verdades e enredar o príncipe em armadilhas verbais. Mas River tinha que escapar, não praticar suas habilidades de negociação. Mantendo o rosto neutro, ele disse:

— Acho que você vai me mostrar o caminho?

— Sim. — A voz do príncipe era fraca, hesitante. Então ele repetiu, como se estivesse se decidindo: — Sim. — Ele se virou para River. — Precisamos ser rápidos e, uma vez fora desta sala, ficar em silêncio.

River assentiu. Era altamente improvável que um humano fosse mais rápido ou mais silencioso do que ele, mas não era hora de discutir isso. Venard tinha a chave para abrir a única porta da sala e, então, do armário da rainha, abriu outra porta secreta. De lá, eles entraram em um corredor estreito e escuro, iluminado apenas por uma vela no chão. Depois de pegar a vela, o príncipe sussurrou:

— Passagens de emergência.

River sabia que a Cidadela de Ferro estava cheia de todos os tipos de corredores ocultos e secretos, mas não os conhecia bem, já que ele tinha maneiras melhores, mais rápidas e seguras de se mover pelo castelo — quando sua magia funcionava, é claro. Na verdade, esse era um bom momento para verificar se era verdade que ele estava enfraquecido. Ele tentou escapar, mas nada aconteceu.

O príncipe então acrescentou:

— Não é à prova de som.

Certo. Silêncio. Eles continuaram andando e então o estreito corredor ficou mais largo. Finalmente chegaram a um lugar onde havia um buraco com uma corda no meio. Se alguém andasse aqui sem luz, poderia facilmente mergulhar para a morte, já que não havia fim à vista. O príncipe colocou a vela no chão, na beirada do buraco, depois estendeu as mãos para a corda. Interessante. Então eles realmente estavam indo para baixo.

River observou o príncipe agarrar a corda e deslizar. Talvez ele pudesse encontrar seu próprio caminho. Talvez fosse uma ideia melhor do que seguir Venard. Quem sabia? *Isto* poderia ser uma armadilha. Por outro lado, eles tinham um acordo. O príncipe tinha que saber o suficiente sobre faes para não querer quebrá-lo. Então, após um segundo de hesitação, River agarrou a corda e deslizou, pulando cerca de seis andares abaixo, atrás de Venard.

Este andar tinha alguma luz distante vinda de arandelas e outra vela no chão, que o príncipe pegou. Ele então olhou para River e acenou com a cabeça em aprovação.

— Bons reflexos, fae.

— Você esperava algo diferente?

— Não. Se fosse qualquer outra pessoa, eu não teria esco-lhido esta passagem. Mas esta é a maneira mais rápida e segura. E eu tenho que te mostrar uma coisa.

— Nosso acordo era que você me tiraria do castelo.

— Eu não disse quando.

De fato. O príncipe poderia mantê-lo prisioneiro por cerca de vinte anos e ainda assim não quebrar o acordo. O tolo do River não percebeu isso, surpreso com os termos vagos do acordo. Vagos para *ambos*. Independentemente disso, o importante era que ele estava fora daquele quarto terrível, longe de qualquer coisa que mantinha sua magia bloqueada, e provavelmente logo encontraria seu caminho por conta própria.

Eles chegaram a uma escada estreita e o príncipe começou a descer.

Isso não poderia estar certo. River parou.

— As pontes são lá em cima, príncipe.

— Exatamente. Onde estão todos os guardas. Francamente, não subestimo tanto sua inteligência para pensar que precise de ajuda para encontrar a entrada principal. — Ele sorriu. — Dito isso, talvez eu tenha superestimado...

— Existe outra saída do castelo?

— Acredite ou não, não estamos em um poço sem fundo.

Verdade. Mas isso o levaria direto ao depósito de magnetita. Mesmo imune ao ferro, River ainda temia a magia naquele castelo e o que quer que estivesse em sua base. A ideia de descer tanto lhe dava arrepios.

Venard então acrescentou:

— É seguro. Não há monstros lá embaixo.

— Você acha que estou com medo?

Ele encolheu os ombros.

— Estou apenas dizendo. E há outra coisa que preciso mostrar a você.

Esse algo também não parecia certo.

— Você entende que nosso acordo implicava que você me ajudaria a deixar o castelo ileso, certo?

Venard riu.

— Com medo de estar levando você para uma armadilha?

— É apenas um lembrete.

— Eu preciso que você veja uma coisa, para me ajudar. De lá eu te levo para uma saída secreta. Se por acaso você quiser desaparecer, vá em frente, mas, por favor, espere até ver o que tenho para lhe mostrar.

Isso deixou River curioso. *Por favor* não era uma palavra que

os lendários usavam e, por si só, apenas o deixaria menos interessado em ver o que quer que o príncipe quisesse que ele visse,
mas sua curiosidade foi despertada.

Além disso, se sua magia não voltasse logo, ele realmente
precisaria de ajuda para encontrar aquela passagem secreta.

9

INTERROGATÓRIO

m tio perdido. Uma família perdida. Isso era algo que Fel não poderia ter imaginado encontrar quando voou para Fernick.

— Eu... — As palavras eram difíceis. O que ele queria dizer? — ... Estou feliz em conhecê-lo. Em conhecer todos vocês.

Seu tio Ekateni voltou-se para os outros senhores dragões.

— Deixe-o sair.

— Não — disse Rélia. — Precisamos seguir o procedimento. Apenas algumas perguntas rápidas.

O homem suspirou.

— Muito bem. Mas *eu* vou interrogá-lo. — Ele se virou para Fel. — Não minta ou vai doer, certo? — Sua voz era gentil. — Você conhecia outros dragões?

Não havia razão para tentar fugir da pergunta, e não havia sentido, na verdade. Fel relatou seu encontro com os dragões hostis no caminho, então como Tzaria e Risomu o salvaram. Ele então acrescentou:

— Antes desta manhã, eu nem sabia que era um dragão. Na verdade, eu não sabia que dragões, dragões de verdade, ainda existiam.

Seu tio franziu a testa.

— Como você trocou de forma?

— Sou um príncipe e responsável pelo povo de Umbraar. Há

alguma magia estranha em Alúria. Havia essas coisas... Como cadáveres voltando à vida. Não estava conseguindo salvar meus soldados. Eu não estava conseguindo salvar... — Ele ia dizer Léa, mas então percebeu que eles não saberiam quem ela era. — Ninguém. — Ele decidiu não mencionar sua irmã ainda, pelo menos por enquanto. — Eu estava desesperado por fogo. De alguma forma, imaginei que se tivesse esse poder, poderia derrotá-los. E então me senti diferente e tinha fogo, então vencemos. Mas não é como se eu pudesse entender o que fiz ou como fiz. Precisamos de ajuda, essa é outra razão pela qual estou aqui.

— Cadáveres ganhando vida? — Rélia parecia incrédula.

Um dos homens de armadura balançou a cabeça.

— Essa magia humana é bastante volátil, especialmente sua necromancia. Eu nunca gostei dessa magia solta assim.

— Não foi necromancia — disse Fel. — Ou condução de morte. Fui criado em Umbraar, sei como é o cheiro desses tipos de mágica. — Na verdade, ele não sabia como sentir a necromancia. Tudo o que sabia era o que Léa havia dito a ele, mas ela era uma portadora da morte, não uma necromante. Léa. Pensar nela lhe trazia tanta agonia, mas ele estava fazendo o que podia, e de fato havia encontrado outros dragões, o que era uma grande vitória e talvez pudesse ajudar o reino dele e o dela.

— Você pode *cheirar* mágica? — Esse mesmo homem parecia incrédulo.

— Sentir. Não sei. Era outra coisa. Alúria precisa de ajuda. Urgentemente.

Ekateni assentiu.

— Vamos tentar enviar alguém, mas, como você notou, estamos com as garras cheias. — Ele não parecia nem um pouco preocupado com o que tinha ouvido.

Fel teve que insistir.

— O que está acontecendo lá é muito sério, e se vocês regulam a magia do mundo, deveriam ir verificar.

— Vamos conversar sobre isso — respondeu seu tio. — Venha.

Ekateni estava prestes a abrir a porta, mas Rélia o deteve.

— Mais algumas perguntas.

— Ele é da família.

— Família que pode ter sofrido lavagem cerebral — respondeu a mulher. — Família que estava com os exilados imundos. Não vai demorar.

— Certo.

Ela se virou para Fel.

— Apenas diga sim ou não, e será rápido. — Não havia raiva em sua voz. Na verdade, parecia mesmo que ela estava fazendo isso apenas por precaução e não achava que Fel era uma ameaça. — Você tem alguma conexão com os Indomáveis?

— Não que eu saiba.

— Você está nos espionando?

Essa era uma pergunta absurda.

— Eu nem estava planejando vir para cá e não fazia ideia que este lugar existia.

— Preciso de sim ou não — disse ela. — Você está nos espionando?

— Não.

— Você já ouviu falar de Cynon?

— Não.

— O Segundo Dragão Mago?

Fel lembrou um pouco do que tinha ouvido alguns minutos antes.

— Ele é... um velho dragão maligno, não é? Tzaria me disse que meu pai estava... fazendo algo contra ele.

— A propósito, esse é Cynon, o nome do Segundo Dragão Mago. Tzaria e Risomu estão trabalhando com ele?

— Ela parece pensar que ele é mau, então eu acho que não. Tzaria estava me contando sobre ele quando vocês chegaram, então nem conseguiu terminar sua história.

Nem chegou a contar a ele o que havia acontecido com sua mãe, mas ele não queria dizer nada disso.

— *Você* está apoiando Cynon?

Fel ia protestar que nem sabia quem era, mas era mais fácil responder do jeito que eles queriam.

— Não.

Rélia suspirou.

— Você está aqui para ganhar poder?

— Talvez. Eu quero voltar para a minha forma humana. Eu

quero ajudar meu reino e minha terra. Quero entender como é ser um dragão. De certa forma, todos esses desejos estão relacionados ao poder.

Ekateni se aproximou da gaiola novamente e sorriu.

— Você está em casa, Isofel, e obviamente vamos ajudá-lo a se conectar com seu poder.

— Você pode me ajudar a me tornar humano novamente?

Ele fez uma pausa e franziu as sobrancelhas.

— Talvez. Mas não será em breve. — Ele então sorriu. — Venha. Tenho certeza de que você precisa descansar. — Ele se virou para Rélia. — O procedimento acabou?

— Sim, mas precisamos entender como os exilados o encontraram e o que querem com ele.

Fel lembrou de Tzaria e Risomu lutando bravamente contra os dragões inimigos, mesmo que estivessem em menor número.

— Acho que eles estavam tentando me proteger.

Rélia zombou.

— Eles são tão bons em proteger.

Ekateni suspirou.

— Falarei com ele assim que estiver descansado e quando não estiver nesta jaula.

A mulher franziu a testa e disse algo em fernês para ele.

Ekateni assentiu, então levou Fel para fora.

— Venha. Vamos voar, mas por favor, vá devagar e com cuidado. — Eles saíram e ele se transformou em um dragão em um piscar de olhos. Suas escamas eram azul-claro e brilhantes. — Me siga.

Nenhum guarda os seguia, nem mesmo Rélia. Eles logo estavam no ar, movendo-se em direção à borda da montanha. Claro que tiveram que voar devagar ali, enquanto passavam pela cidade. Se todos voassem ao mesmo tempo, ia ser uma confusão, sem falar na possibilidade de vento.

— O que ela disse? — Fel perguntou.

— Ela odeia Tzaria e Risomu. — A voz de Ekateni soou clara em sua cabeça. — Se dependesse dela, teriam sido executados.

— Por quê?

Houve alguns segundos estranhos de silêncio, então ele disse:

— Por terem cometido erros.

— Eles me salvaram hoje.

— Talvez. Ou talvez eles estivessem trabalhando com os Indomáveis para ganhar sua confiança.

Isso não parecia provável.

— Eles mataram aqueles dragões.

— Não é bem assim que funciona.

— Você quer dizer que dragões mortos não permanecem mortos? — Imagens horrendas da batalha ao redor do Forte Real vieram à sua mente.

— Os dragões podem trocar de formas — disse seu tio. — Se você machucar um deles, sua outra forma ainda estará intacta e, se eles trocarem rapidamente, sobreviverão.

— Entendo. — Isso explicava como aqueles três dragões haviam desaparecido. Fel pensou que eles haviam mergulhado nas águas, mas talvez fosse apenas porque assumiram suas formas humanas e foram escondidos pelo sangue ao seu redor. Essa imagem ainda o perturbava, mas ele não tinha certeza se deixar esses inimigos vivos também era uma boa estratégia. — Mas a forma de dragão deles seria ferida, não seria? Por que eles fariam isso apenas para ganhar minha confiança?

— É o que estamos tentando descobrir.

— Você acha que é por causa do meu pai?

— Provavelmente.

Ekateni voou em direção a uma parede de pedra íngreme, contornando a montanha ao redor do vale. Fel não entendeu muito bem para onde estava indo, pois esperava pousar na cidade. Por um segundo, ele se perguntou se deveria confiar neste dragão, mas sentiu uma sensação de calma. Quando ele encontrou os Indomáveis, ele podia sentir sua agressão, mas não havia nada disso aqui.

Quando eles se aproximaram da borda do abismo, Fel percebeu que havia uma abertura grande o suficiente para ele voar, se dobrasse suas asas pela passagem. A abertura era áspera e inacabada, e provavelmente uma formação rochosa natural, mas depois disso havia uma enorme porta aberta, pela qual Fel seguiu seu tio, e então estavam em uma grande câmara com piso de madeira polida e paredes pintadas, com o que pareciam enormes colchões nos cantos. Havia outra porta enorme, de madeira, mas fechada, e uma porta pequena, que ele calculou que dava para aposentos de tamanho humano.

— Espero que você se sinta em casa — disse Ekateni. — Você pode sentar perto da parede mais distante, para um lugar confortável para descansar.

— Esses são *sofás de dragão*? — Fel ficou surpreso.

Ekateni riu.

— Parece desnecessário, eu sei. Talvez uma extravagância. Espere até ver as camas.

— Achei que vocês prefeririam dormir na forma humana.

— Não. A maioria de nós passa o máximo de tempo possível como dragões. A forma humana pode executar melhor a magia e é melhor para a comunicação, mas um dragão vive mais, alguns milhares de anos ou até mais. Ao dormir na forma de dragão, envelhecemos mais lentamente.

— Mil anos? Isso é... Um império pode surgir e cair. Tanta coisa pode acontecer em mil anos.

— De fato. Mas lembre-se de que também somos humanos, então a maioria de nós não está vivendo *tanto* tempo. Ainda assim, significa que nos lembramos de coisas que de outra forma teriam sido esquecidas.

— Como o Segundo Dragão Mago.

— Sim.

Fel decidiu levar a conversa para onde queria.

— E o meu pai? O que você sabia sobre ele?

Ekateni desapareceu por um segundo, então reapareceu em sua forma humana. Ele deu uma risada amarga.

— Muito. E, no entanto, talvez tão pouco. Ele era obcecado por estudar, passava todo o tempo tentando entender a natureza da magia. Veja, a maioria dos povos mágicos *usa* a magia. Eles têm acesso a ela e a usam do jeito que é. Dragões podem *transformar* a magia, mudá-la, controlá-la. É um poder incrível, e só os dragões magos podem fazer tudo isso. Eu não acho que Ircantari fazia isso por poder, no entanto. Talvez pelo desafio, talvez pelo fascínio pela teoria da magia, pela natureza das coisas. Mas também era porque ele achava que poderia fazer uma diferença.

— Sua voz embargou de emoção. — E porque dói tanto que ele se foi.

— Você sabe o que aconteceu?

Ele suspirou.

— Negligência ou malícia, não sei. Tzaria e Risomu o mataram.

RIVER AINDA NÃO CONSEGUIA ACREDITAR que sua magia estava falhando, não conseguia acreditar que ele estava seguindo um dos príncipes de Bastião de Ferro e que o príncipe provavelmente estava traindo sua família em troca de uma vaga promessa de contar a ele sobre uma magia assustadora. Não, a pior parte era se sentir tão impotente.

Sim, River poderia lutar e, sendo um lendário, teria uma vantagem natural contra um ou dois humanos, talvez três ou até quatro, dependendo de suas habilidades e força. Ainda assim, sempre confiou em sua magia, e não a sentir era perturbador e estranho, como se não fosse mais ele mesmo, como se uma parte dele estivesse faltando. Bem, estava faltando.

Ele continuou, fazendo a única coisa que podia fazer por enquanto, que era seguir aquele príncipe apesar de todas as suas dúvidas, temendo a ideia de que ele estava prestes a ir para o fundo do abismo onde ficava a Cidadela de Ferro.

Eles não estavam bem no fundo quando o príncipe o conduziu a outro conjunto de corredores estreitos, tão estreitos que tiveram que andar de lado. River via as paredes pressionando contra ele, sentindo-se sufocado e preso naquela passagem apertada em território inimigo, sem ter como alcançar sua magia.

O corredor terminava em uma porta que dava para um quarto, com uma grande cama de dossel no meio, um guarda-roupa e uma penteadeira. A sala era iluminada por arandelas nas paredes, tinha grandes pinturas a óleo representando campos e flores e um tapete rosa claro no chão. Para os padrões humanos, este provavelmente seria o quarto de uma mulher, exceto que havia algo estranho nele. Bem, não havia outra porta além da pequena por onde eles haviam entrado, e também não havia janelas, então parecia mais uma prisão.

River se virou rapidamente, para ver se Venard talvez estivesse tentando bloquear a porta ou trancá-la, mas não. Seus olhos estavam tristes enquanto ele olhava para a cama. Não havia guardas e nenhuma ameaça aparente. Mesmo assim, River estava atento. Ele olhou para a cama novamente e percebeu que alguém estava deitado ali.

Ele se virou para o príncipe.

— Porque estamos aqui?

— Meu motivo. Você tem que entender meu motivo. — Ele se aproximou da cama. — Venha. Olhe.

Não podia ser nada bom. River deu passos cuidadosos, arrepios percorrendo sua espinha, mesmo que fosse apenas uma cama. Quando ele chegou perto o suficiente, desviou o olhar rapidamente antes que o desgosto tomasse conta de seus sentidos. Não, não poderia ser. Ele olhou novamente.

Na cama jazia o corpo de uma jovem morta. Ela estava morta, morta, morta, ao contrário de Cassius, que não parecia estar respirando, mas não estava completamente desprovido de cor. Não havia cheiro fétido, ainda bem, pois o corpo provavelmente havia sido embalsamado, mas tinha sido embalsamado um pouco tarde, quando o corpo já havia começado a se decompor.

Venard sufocou um soluço.

— Eu sinto falta dela. Eu a quero de volta.

Do horror, os pensamentos de River se transformaram em pena.

— Príncipe Venard. Você sabe que a encontrará novamente. Quando for a hora certa.

Lágrimas escorriam dos olhos do príncipe.

— Não, não vou. Você acha que eu e ela vamos para o mesmo lugar? Acha? Tenho certeza de que a resposta é não. Eu tenho que dizer adeus.

Os humanos de Bastião de Ferro e da maior parte de Alúria acreditavam em um outro mundo de muitos níveis, dependendo de como viviam suas vidas. Era bizarro que alguns deles acreditassem em punição eterna e, ao mesmo tempo, agissem como se tudo o que existisse fosse poder e dinheiro. Os lendários acreditavam em um ciclo de vidas, mas não adiantava tentar discutir com o príncipe. No final das contas, essas eram todas as conjecturas de qualquer maneira.

River ainda tentou consolá-lo.

— Você vai encontrá-la. Eventualmente. O que você tem na cama é uma casca vazia. Não adiantará nada tentar mudar isso.

— Tem um jeito. — Ele se virou para River. — Não tem?

— Bem... — Ele então sentiu a força do acordo obrigando-o a contar o que sabia. — Cassius foi despertado, sim, mas antes disso, ele não parecia estar totalmente morto. Não sei explicar, mas era diferente. E o que ouvi de Umbraar foi que os homens caídos que despertaram eram outra coisa, não eles mesmos.

Venard suspirou.

— Eu não me importo se ela estiver diferente.

— E a sua esposa? — River sabia que ela havia escapado e estava com o irmão de Naia, mas queria entender o ponto de vista de Venard.

— Tentei. Tentei ser amigo dela. Eu tentei protegê-la. Eu até pensei que talvez... Talvez eu pudesse gostar dela. Nada funcionou, e então meu irmão... — Venard suspirou e desviou o olhar. — Eu a traí. Eu... — Ele fechou os olhos. — Estou feliz que ela tenha escapado, mas gostaria que o tivesse matado para sempre.

Isso era estranho e surpreendente. Então Venard gostaria de ver seu irmão morto? E ele não estava bravo com a princesa Leandra. Interessante. Mas River ainda foi movido pela pena e tentou fazer o príncipe ver algum motivo.

— Não há garantia de que esse novo Cassius seja seu irmão, não há garantia de que ele seja a mesma pessoa.

Venard rolou os olhos.

— Duvido que ele possa ser pior.

— As coisas sempre podem ser piores.

— Você acha que eu sou louco, não é?

River balançou a cabeça.

— Eu acho que você está sofrendo. O sofrimento assume muitas formas. — Ele então tentou lembrar o príncipe de seu acordo. — Vou contar tudo o que descobrir sobre essa estranha magia, mas não posso fazer muito aqui.

Venard virou-se para ele lentamente, como se relutantemente.

— Eu sei. Você entende? Você me entende agora?

De jeito nenhum. Este quarto era mórbido, e essa ideia de tentar despertar aquele cadáver era horrível e macabra, mas River entendia um pouco do que o príncipe estava sentindo.

— Eu sei como é sentir falta de alguém.

— Você não faria o mesmo?

— Somos diferentes.

O príncipe olhou para ele, sua expressão em branco.

— Vamos, então. Temos muitas escadas.

Isso não era exagero. Eles encontraram uma escada em espiral e depois de muitas voltas, River estava começando a ficar tonto.

— Uma vez lá em baixo, como faço para subir?

O rosto de Venard parecia misterioso, iluminado apenas pela vela que ele segurava.

— Há uma passagem embutida na rocha, que leva a umas escadas. Longe do castelo. Mas você pode estar bem o suficiente para fazer qualquer coisa que você apenas... Puff.

River fez uma pausa.

— Como você sabe que minha magia estará melhor? — Era estranho que o príncipe tivesse ouvido tantos detalhes.

— Eu... Eu estou supondo. Você pode subir as escadas. Ou escalar. O que você quiser.

River podia sentir algum sinal de engano e mentira, mas não conseguia identificar o que era. E ele tinha outra pergunta o incomodando.

— Eles não vão saber que foi você? Não vai ser óbvio?

Venard engoliu em seco.

— Eu acho que não. Como eles iriam adivinhar?

Então por que ele estava nervoso? River tentou pressioná-lo para mais respostas.

— E você não tem medo de trair sua família?

— Minha mãe. E... — Ele mordeu o lábio. — Não vamos fingir que somos obtusos. Eu e você, estamos em lados opostos.

— Eu tenho ajudado seu pai...

O príncipe levantou a mão.

— Não. Nem mesmo meu pai jamais confiou em você. Não sei exatamente de que lado você está e com quantos lados estamos lidando, mas sou inteligente o suficiente para saber que há uma chance de minha família perder. Bastião de Ferro ainda precisará de um rei. Se você estiver do lado vencedor, lembre-se de que posso ser seu aliado.

River franziu a testa. Isso não era nem um acordo, mas ele não podia deixar esse pedido flutuar sem resposta, sabendo que provavelmente nunca o honraria.

— Não sei se algum dia estarei em posição de ter algum poder sobre o trono deste reino, príncipe.

— Você não sabe se *não* tem esse poder, fae. Prefiro ter aliados a inimigos.

Aliados traiçoeiros eram piores que inimigos, mas River não disse nada e eles continuaram descendo aqueles degraus infinitos e escuros. Ele nem tinha certeza de por que aquele príncipe o estava ajudando a escapar. Sua obsessão perturbadora com o cadáver de sua amada não era uma boa explicação, especialmente considerando que as pessoas que conheciam a magia que ele queria eram exatamente as mesmas que ele estava traindo. Querer um possível aliado também não fazia muito sentido. O príncipe não fazia ideia de que River havia pertencido à família real dos lendários. Boa vontade? Não. Bastião de Ferro odiava os lendários.

Mas era melhor River prestar atenção ao que estava ao seu redor e à sua própria magia do que desperdiçar seu foco tentando entender as decisões bizarras de alguém. Se isso fosse uma armadilha, ele não podia se dar ao luxo de se envolver em seus próprios pensamentos.

A escada não era infinita, afinal. Chegaram a uma área aberta que pareceria um depósito antigo, exceto pelo fato de estar vazia e ter um teto alto.

— Lugar adorável — River murmurou.

— Nunca aprendi o que há nesses andares inferiores — disse Venard. — E talvez a resposta seja simplesmente *nada*.

— Se você nunca esteve aqui antes, como sabe que há uma porta?

— Ande por aí e ouça o suficiente, e você ouvirá os segredos de um castelo. — Ele olhou para River. — Quero dizer, você obviamente sabe disso, não é?

River deu de ombros.

— Eu acho. Se eu não estivesse ocupado ajudando sua majestade, talvez eu soubesse tudo sobre portas secretas.

O príncipe riu.

— Você não faria isso. Nunca achou que você precisaria deles, não é?

— Existem muitas coisas que nunca se pode achar, não é mesmo?

— Você também não acha que posso ser um aliado útil, não é?

— Estou te seguindo, não estou?

Venard assentiu.

— Quando tudo acabar, ou *antes* de acabar, podemos nos enfrentar em lados opostos, e espero que você se lembre disso.

— Não vou esquecer. — Isso não significava nada, felizmente.

Eles entraram naquela enorme sala vazia. Tinha paredes de ferro enferrujado e ficava sobre um depósito de magnetita. Se River não tivesse se tornado imune ao ferro, ele não tinha certeza se seria capaz de andar naquele lugar. Talvez fosse uma armadilha para lendários, ou algum outro tipo de prisão.

Eles chegaram a uma porta enorme, um portão, na verdade. O que esperavam que passasse por isso? Ao lado dele, havia uma porta de tamanho normal, grande o suficiente para um humano. Um grande cadeado mantinha a porta presa a uma barra na parede. O príncipe pressionou algo naquela barra e ela se desconectou da parede facilmente. As dobradiças rangeram, seu som ecoando naquela estranha câmara, e então River estava de frente para o fundo de um abismo, tão escuro que parecia pertencer ao oco. Nenhuma luz das estrelas ou da lua chegava aqui e, como já era noite, apenas a escuridão o esperava.

— Corra e se esconda — disse o príncipe. — Pode haver coisas aí. Mas você está fora do castelo.

— Você disse que não havia monstros.

— Monstros não são as únicas coisas que podem te machucar. E lembre-se de que não sou fae. — O que significa que ele poderia mentir.

River saiu, então olhou para trás e viu a porta se fechando, bloqueando o brilho da luz vinda da vela do príncipe. Ele se virou novamente, para enfrentar a escuridão à sua frente. Pelo menos estava fora da terrível Cidadela de Ferro e, ainda assim, dentro do poço profundo que a cercava.

IO

VISLUMBRES DO PASSADO

Fel ouviu, atordoado, quando seu tio lhe disse que Ircantari tinha ido para Alúria e nunca mais voltado.

Ekateni acrescentou:

— Nós nunca realmente entendemos isso. Ele era mais poderoso do que os dois juntos. Viajaram com ele para Alúria, para punir os faes nefastos. Então alegaram que tiveram um acidente de treinamento no caminho de volta para cá e não responderam a todas as perguntas, dizendo que estavam muito traumatizados. Não tínhamos opção a não ser exilá-los.

O tio de Fel então fez uma pausa e respirou fundo.

— Quero dizer, eles poderiam ter sido executados, mas eu insisti que deveriam ser mantidos vivos. Eu tinha que entender o que estava acontecendo, e por isso os vigiei de perto, para ver se encontrava algum sinal de traição, algum sinal de que estavam planejando alguma coisa. Para ser honesto, não parecia que eles eram culpados de nada, e eu estava quase convencido de que a morte do meu irmão tinha sido um acidente infeliz e inconcebível. Até agora. Eles sabiam como encontrar você.

— Isso não significa que eles o mataram.

— Eles mataram, Isofel. Confessaram isso. A questão é saber se foi de propósito ou não.

— Você não disse que meu pai era mais poderoso do que eles? Como você acha que isso aconteceu?

— Deve ter sido algum tipo de traição, talvez o tenham pegado quando ele estava dormindo ou de alguma forma vulnerável. Mesmo assim, teria sido difícil. Talvez alguém os tenha ajudado. Agora, suposições são um obstáculo para o caminho da verdade. Você fica preso nelas, tentando ver tudo por aquele ângulo, e depois não consegue identificar a verdade quando ela aparece na sua frente. Não tentei encontrar nenhuma explicação. Tudo o que fiz foi observar os exilados tanto quanto possível. Eu até fui para Alúria, onde de fato Ircantari puniu os faes nefastos.

— Os faes brancos. Por que você os chama de *nefastos*?

— A magia deles é corrompida, perigosa e, se eles se juntarem a Cynon novamente, estaremos condenados. Mas não há como eles fazerem nada agora, do jeito que estão. Eu também não senti dragões. — Ele olhou para Fel. — Nem mesmo *bebês* dragões.

— Mas eu venho de Alúria.

— Não sei como não consegui te encontrar. — Ele estava pensativo.

— Fui criado em Umbraar, por um condutor de morte. Talvez a magia dele tenha me escondido.

— É uma possibilidade. De fato, a magia humana em Alúria tornou-se cada vez mais corrompida.

— É por isso que você precisa fazer alguma coisa. Estamos tendo problemas lá. É por isso que eu vim.

— Faremos algo, certamente faremos. Assim que nos livrarmos da sombra de Cynon e dos terríveis Indomáveis. Infelizmente, é aí que nossos esforços precisam se concentrar agora.

— Tem gente morrendo, Ekateni.

— Se não contermos Cynon, muito mais pessoas morrerão. O poder sobre a magia envolve escolhas difíceis.

Fel entendia isso, até certo ponto.

— Meu pai... — Ele balançou a cabeça. — Pai adotivo, sempre disse que os reis têm que tomar decisões difíceis, até mesmo fazer sacrifícios. Mas ele sempre me disse que eu nunca deveria sacrificar minha humanidade, minha compaixão, ou acabaria prejudicando minha bússola moral e não seria mais confiável para tomar decisões.

Ekateni o encarou.

— Você foi criado por um humano gentil e estou feliz por isso. Ainda assim, garanto a você que minha compaixão e bússola moral estão intactas. É apenas uma questão de prioridades. Vou providenciar para que você fale com o conselho superior e solicite que alguns dragões sejam enviados para Alúria. Faremos alguma coisa, Isofel, prometo, mas você terá que ser paciente.

Fel pensou que o tom de seu tio estava sendo condescendente, como alguns adultos falam com crianças, mas talvez fosse apenas que Ekateni não entendia a gravidade da situação, preso em seus próprios problemas com Cynon e os Indomáveis. Fel precisaria encontrar uma maneira de convencer os dragões e obter a ajuda de que Alúria precisava tão desesperadamente.

— Ficarei feliz em falar com o seu conselho, obrigado. — E havia outra coisa que ele queria desesperadamente. — Você pode me ajudar a voltar à minha forma humana?

Ekateni o encarou.

— Você viverá mais como um dragão e, se ficar, conseguiremos acomodações adequadas para você.

— Não. Eu preciso voltar, para ajudar meu reino. Eu não posso fazer muito assim.

Seu tio balançou a cabeça.

— Esqueça Alúria, esqueça seu passado. Você está em casa agora.

— Não. Eu preciso ajudá-los. E eu... — Ele estava pensando em Léa. — Tenho uma noiva. — Isso não era realmente verdade, mas também não era uma grande mentira.

— Você vai esquecê-la, eu prometo. Você é um dragão agora e encontrará uma companheira dragão.

Não adiantava tentar argumentar.

— Você está na forma humana. Rélia assumiu a forma humana, assim como os guardas que cercaram meu interrogatório. Eu gostaria de ser capaz de fazer isso também.

— Certamente. Pode levar alguns anos, mas você chegará lá.

— Eu não tenho anos.

— Claro que você tem. — Ekateni riu. — Você vai viver muito mais agora, Isofel. Aceite seu poder e quem você é.

Foi preciso muito autocontrole para não incendiar o seu tio. O fogo queimaria dragões em forma humana?

— E como vou aprender sobre o meu poder? Existe alguém que possa me ensinar?

Ele esperava que fosse alguém com mais empatia.

— É uma boa ideia, na verdade. Conheço o dragão perfeito para ser seu mentor.

— E quem é?

— Você vai ver.

AZIR SENTIU seu coração bater mais rápido enquanto olhava para a princesa Kátia, de Marca do Lobo.

— Ursiana está ferida?

— Não. Mas você tem que ver o que ela está fazendo, você tem que ver. Você vai me agradecer.

— Eu tenho que seguir você? — Ele suspirou.

— Sim.

— Isso é um truque?

— Claro que não. Você vai ver. — Ela piscou novamente.

Azir não teve escolha a não ser caminhar com aquela princesa, consumido pela preocupação e pelo medo de que talvez Ursiana estivesse em perigo. Eles desceram até os jardins do castelo e então foram para a parte onde havia um pequeno labirinto e várias estufas. Alguns guardas os viram passar, mas felizmente ela ainda estava com a capa. Se alguém os visse juntos, enfrentaria a ira da família Marca do Lobo. Talvez esse fosse o plano dela.

— Espere — disse ele. — Por que você está me trazendo aqui?

— Para ver a princesa Rocha Verde. Você sabe disso.

— Fique sabendo que se por acaso isso for um plano, uma armadilha, eu não vou, absolutamente não vou me casar com você.

Ela balançou a cabeça.

— Isso não é uma armadilha, Rei Umbraar. Estou só *aler-*

tando você para uma armadilha, antes de se casar com uma vagabunda.

Azir estava prestes a esbofeteá-la, mas palavras ensaiadas desde a infância vieram a ele. *Controle sua escuridão. Controle, controle, controle.* Ele tinha que controlar. E, no entanto, tudo tinha um limite.

— Diga essa palavra novamente sobre ela e você enfrentará graves consequências.

A princesa Katia deu de ombros.

— Estamos quase lá. Vou deixar você decidir.

Eles caminhavam por um caminho coberto de plantas, quando Kátia tropeçou e caiu. Talvez devesse tê-la segurado, mas ainda desconfiava dessa princesa e se perguntava se ela tropeçara de propósito para que ele a segurasse. O grito dela foi alto o suficiente para alertar alguns guardas, então se afastou dela o máximo que pôde, caso alguém aparecesse.

A princesa levantou-se e sacudiu a terra da saia.

— Obrigada pela ajuda.

— Você se levantou muito bem, não levantou? Onde estamos indo?

— Lá. — Ela apontou para uma cabana onde se armazenavam coisas do jardim.

— Eu não vou entrar lá.

Ela rolou os olhos.

— Não há necessidade. Existem fendas entre os painéis de madeira na parede. Você pode ver de fora.

— Ver o quê?

A risada dela arranhou seus ouvidos.

— Oh, você não está morrendo de curiosidade? — Então ela colocou um dedo sobre os lábios. — Silêncio agora. Ou eles vão nos ouvir.

— Eles quem?

Ela apontou para o galpão, com um sorriso no rosto.

— Vá. Vou esperar.

Seria mais fácil fazer o que ela estava pedindo do que discutir, e foi o que ele fez. Ele ouviu um gemido antes de chegar perto o suficiente para olhar. Ursiana estava ferida? Ela era...? Não poderia ser.

Ele olhou por uma brecha e não acreditou no que viu. Havia um casal ali — ambos nus. Ele estava de pé, beijando seu pescoço, enquanto ela estava sentada em um balcão, com as pernas em volta dele. O homem era Sebastian, o príncipe mais velho de Marca do Lobo. E a mulher. A mulher... Azir queria desviar o olhar, mas não conseguia parar de olhar. Aquele mesmo cabelo escuro e encaracolado, aquela mesma pele, até uma marca de nascença no quadril parecia a mesma. Mas não poderia ser ela. Não poderia.

Azir queria entrar no galpão e matar os dois. *Controle a escuridão*. Por que aquela voz o incomodava? Ele queria matar essas duas pessoas horríveis que estavam zombando dele. A mulher obviamente não era Ursiana; era uma brincadeira de mau gosto. Tinha que ser. Mas a marca de nascença...

O príncipe parou de beijá-la e disse:

— Vou sentir sua falta quando você se casar com aquele rei ridículo.

A mulher suspirou.

— O plano era seu. — A voz estava errada. Muito aguda.

Ele apertou o abraço ao redor dela.

— E eu odeio dividir. Você realmente teve que passar a noite com ele?

— Eu tinha que ser convincente. — A voz era aguda, excessivamente doce. — Foi nojento, no entanto. Ele é tão patético, passou umas três horas chorando. — Ela zombou. — E ele nem sabia como fazer nada direito... Não sei como não ri, francamente.

Azir recuou. Apenas uma pessoa sabia que ele havia chorado. Apenas uma pessoa sabia onde ele havia passado a noite.

E ainda assim ele não poderia matá-la, não poderia machucá-la. Ele se virou e voltou para o castelo, prometendo a si mesmo que nunca mais faria papel de bobo. Ele nunca mais se apaixonaria. Guardaria os anéis como um lembrete do amor que nunca existiria.

— Não. — Uma voz diferente veio à sua mente. — Isso não é verdade. Você pode mudar isso. Mude. Olhe novamente.

Azir voltou e abriu a porta do galpão. A mulher estava se

vestindo e estava de costas para ele. O príncipe também se vestia, mas olhando para a porta.

— Mulher, vire-se — disse Azir.

O príncipe o encarou.

— Saia.

— Eu quero vê-la.

O príncipe deu uma risada zombeteira.

— Você não tem direito.

— Eu tenho direito. Você não está dando um show para mim? Você ouviu quando sua irmã gritou, você marcou o tempo para que eu pudesse te ver, te ouvir. — Azir deixou escapar um pouco da escuridão. — Vire-se ou eu vou matar vocês dois.

A mulher virou-se, trêmula, com lágrimas nos olhos.

— Por favor, não é minha culpa.

Azir suspirou. O tom de pele era o mesmo de Ursiana, mas ela não se parecia muito com ela e era claramente mais velha.

Azir apontou para a *marca de nascença*.

— Você pode esfregar isso?

A mulher obedeceu e a marca ficou borrada. Era tinta.

O príncipe Marca do Lobo ergueu as mãos.

— Ei, eu só estava me divertindo. Foi uma piada.

— Como você sabe o que aconteceu no quarto de Ursiana?

— Um pássaro me contou.

Bem, ele era um condutor selvagem, mas pássaros não podiam falar. Talvez alguém estivesse espionando Ursiana. Muito mais provável, mas era arrepiante que alguém pudesse tê-los visto ou ouvido.

Ainda assim, a raiva de Azir se dissipou, agora que ele sabia que poderia mudar o curso de sua vida. Mudar. Isso significava que não tinha sido assim. Isso era uma lembrança. Apenas uma memória.

Ele então foi transportado para outro lugar. Uma menina, de cerca de cinco anos, tentava acertar um alvo com uma flecha, mas errava. Um menino ao lado dela riu.

— O que é tão engraçado? — a garota perguntou.

— Nada. — O menino cruzou os braços. Apenas braços. Ele não tinha mãos, mas de alguma forma isso não era surpreendente ou estranho.

A garota então tentou novamente, e a flecha desta vez virou e pousou nos pés da garota. Ela olhou para o menino.

— Você fez isso?

Ele apenas riu.

Em vez de ficar chateada, a garota sorriu.

— Você tem mágica! — Ela se voltou para Azir. — Pai, ele tem mágica de ferro!

Não. Essa memória não poderia existir. Ele estava de volta na frente da cabana, prestes a voltar ao castelo e pedir Ursiana em casamento, quando uma flecha veio em sua direção e parou no ar.

A menina veio correndo.

— Eu posso fazer isso também! Eu posso fazer isso! — Ela o encarou, desta vez séria. — Você consegue. Sair. Saia. Saia daqui.

A garota fugiu e desapareceu, então um enorme dragão branco voou em sua direção, enquanto a voz da garota ressoava em sua cabeça.

— Saia daqui. Saia daqui.

Ele abriu os olhos.

River se sentiu desorientado, sem muito de sua magia, ainda sem saber como a Rainha Kara havia feito isso, achando estranho que houvesse uma planta que pudesse bloquear a magia feérica e ainda assim ele nunca tinha ouvido nada sobre aquilo.

O que ele tinha que fazer agora era encontrar uma daquelas escadas e sair desse buraco — a menos que sua magia voltasse, então ele poderia simplesmente desaparecer e ir para casa. Casa. Não era realmente sua casa que ele queria, mas Naia. Naia, que o advertira contra a vinda para Bastião de Ferro. Ela estava certa: este lugar era mais perigoso do que ele esperava. Mas também estava errada: ele havia encontrado informações importantes que fariam a diferença.

Um movimento repentino à sua direita chamou sua atenção. Ele não conseguia ver nada, apenas sentiu uma certa mudança no ar, mas não havia nenhum cheiro. Antes que ele pudesse tentar descobrir o que era, algo grande e peludo o atingiu no abdômen, empurrando-o para trás. Ele caiu e rolou para longe. O chão tremeu embaixo dele. O que quer que o tenha empurrado, tentou empalá-lo no chão. River não tinha armas nem mágica. Agora, isso era tolice. Um lendário deveria sempre carregar pelo menos uma adaga, de preferência duas ou mais.

Como a criatura não voltou a se mexer, River moveu a mão para tocar o que quer que estivesse preso no chão e sentiu algo fino e peludo. Tinha que ser uma aranha gigante. Deveriam estar extintas. Este não era o momento para tentar descobrir o que ela estava fazendo ali, mas para encontrar uma maneira de derrotá-la.

River correu e escalou a pinça até se encontrar acima do que parecia ser uma bola redonda e peluda. Tinha que ser a parte de trás da aranha. Dessa forma, ela não poderia alcançá-lo, pelo menos por um tempo. Sentiu algo viscoso embaixo dele e, quando o tocou, percebeu que era seu próprio sangue. Isso era ruim. Havia também algum tipo de inseto em seu pescoço. River se deitou, tentando guardar suas forças. Mesmo que a aranha estivesse se sacudindo para o lado, ele a segurou. Seu único plano agora era tentar permanecer ali o máximo de tempo possível, até que pudesse ver alguma coisa ou até que sua magia voltasse.

Sua magia. Ele sentiu um leve formigamento, um aroma diferente. Agora, se sua magia fosse fraca, ele não seria capaz de ir longe e poderia se perder, mas por outro lado, não tinha escolha. Se ele permanecesse ali por mais tempo, seria morte certa. A possibilidade de morte era uma probabilidade muito mais agradável.

Naia observou enquanto Arry caminhava em direção ao quarto que eles tinham dado ao Rei Sebastian. Ela queria alguém de confiança vigiando o rei, para que ele não descobrisse mais informações do que deveria. Ela não queria nenhum soldado dizendo a ele com certeza que tinha sido Bastião de Ferro, ou mencionando qualquer coisa sobre o dragão. Arry saberia como manter seus segredos e garantir que o visitante não vagasse sozinho pelo forte.

Naia não confiava no Rei Marca do Lobo, mas também não queria mandá-lo para casa no meio da noite com um cavalo em um terreno desconhecido. Talvez ela devesse ter sugerido que usasse os lobos para guiá-lo. Bem, agora era tarde demais; ele seria o convidado daquela noite. Ela esperava que seu pai chegasse logo e, desta vez, não se importaria se ele fosse rude com um "aliado em potencial". Naia não estava interessada na aliança nojenta que ele havia proposto. Dito isso, o rei não estava interessado em se dobrar para Bastião de Ferro, então ainda poderia ser um aliado.

Naia sentiu algo. Uma chamada. Um puxão. Não foi misterioso desta vez. Ela sabia exatamente o que era.

II

CURA

O sentimento de Naia era inconfundível. Que estranho que tivesse parecido tão misterioso um ano antes, quando ela encontrara River pela primeira vez. Por alguma razão, ela podia senti-lo atrás do forte, na floresta, e provavelmente em perigo, a menos que esta última suposição fosse apenas sua preocupação inútil. Não, algo estava acontecendo.

Ela passou pelos guardas do portão e pediu para não ser seguida. Seria terrível se alguém a testemunhasse resgatando um fae — a menos que River estivesse com glamour. Ficar sozinha na floresta após aquele ataque era perigoso, mas ela prestou atenção à sua magia de ferro, que podia sentir metais que não pertenciam à floresta. Como a maioria dos soldados ou assassinos carregava adagas ou espadas, ela seria capaz de senti-los.

Mas o que dominou suas sensações foi River. Ela o encontrou deitado, mas com os olhos abertos.

Naia se ajoelhou ao lado dele e segurou sua mão.

— River. O que aconteceu?

Ele sorriu.

— Você sabia que eu te amo?

As palavras a gelaram, não porque ela não gostasse de ouvi-las, mas porque ele devia estar ferido e talvez até morrendo para dizer isso. Ela tocou seu estômago e sentiu sangue.

— Você está ferido.

— Um-hum. — Ele estava rindo.

— Não sei por que você acha isso engraçado. Quase morri de preocupação. — Ela percebeu que estava chorando.

— Eu também, quase morri.

Você deveria ter me ouvido estava na ponta da língua dela, mas não era hora para isso. Tudo o que ela queria era garantir que ele sobrevivesse.

Naia colocou a mão em seu ombro.

— Vou precisar de um grande pedaço de metal para colocar você sobre ele. Não posso carregá-lo e não quero que ninguém o veja.

Como se isso fosse ajudar. Eles teriam que atravessar o portão. Ela poderia talvez colocar um lençol sobre ele e fingir que era um soldado, talvez até fingir que era seu irmão.

— Não. Eu vou levantar. Leve-me para dentro. Diretamente. Eu... Sem glamour.

Então as pessoas o veriam.

— Os guardas...

Ele segurou a mão dela.

— Ajude-me a levantar. O oco.

Naia não tinha certeza se isso ia funcionar, não tinha certeza se ele conseguiria se levantar, mas puxou sua mão e apoiou suas costas enquanto ele se levantava. River estava ferido e ela queria chorar e gritar e gritar. Ela estava com tanta raiva que tinha certeza de que poderia destruir a Cidadela de Ferro se fosse para lá agora.

River se apoiou em Naia e passou um braço ao redor dela. Lentamente, a floresta ficou mais escura ao redor deles, mais e mais escura, aquela escuridão opressiva que parecia que iria engoli-la.

— Você tem que olhar — ele sussurrou.

Naia abriu os olhos e percebeu que havia algumas partes onde não estava tão escuro, como se fossem luzes fracas ao longe, meio apagadas por algum tipo de neblina.

— Leve-me para dentro — ele acrescentou.

Isso era loucura. Ela deu um passo em direção ao local que achava que era o forte, e as luzes mudaram.

— Veja o lugar aonde você quer ir.

Naia olhou para baixo, e de repente era como se estivesse flutuando sobre o forte, mas não parecia real e tridimensional, era como se fosse um pequeno desenho no chão, embaixo de um vidro embaçado. Ela se moveu para onde seria o quarto de Fel. Ela costumava ter um quarto lá, mas não sabia se ainda estava desocupado ou se era habitável. O de Fel ficava no final do corredor no segundo andar, distante o suficiente para dar a ela um pouco de privacidade e deveria ter uma cama adequada, cobertas, tudo.

Eles estavam logo acima do quarto.

— O que eu faço agora?

— Este é o lugar certo? — ele perguntou.

— Sim.

River lhe deu um abraço e agora ela sentiu a escuridão empurrando contra ela. Contra eles. Ela até temia piorar o ferimento dele, já que o estava tocando.

Quando aquela sensação horrível se dissipou, ela e River estavam no quarto de Fel. A cama estava feita, mas fora isso, havia livros por toda parte e até algumas roupas nas cadeiras. Fel, Fel. Ela sentia tanto a falta dele.

River sentou-se na cama.

— Está vendo? Estou de volta.

— Não se deite. Vamos tirar essa camisa. — Ela desabotoou os botões o mais rápido que pôde e rasgou parte da camisa.

O corte em seu estômago era profundo, vermelho e estava sangrando. Feridas no abdômen poderiam levar à morte. Ela se levantou, aliviada que a cômoda estava completa com uma jarra de água, um sabonete e uma bacia, então ela começou a limpar a ferida.

— Posso me deitar? — ele perguntou.

— Sim. — Sua voz saiu cheia de raiva. Bem, ela *estava* nervosa. Ele havia ignorado seus apelos para não ir a Bastião de Ferro, e aqui estava ele, com aquele terrível ferimento. — Você precisa de pontos. Vou ter que arranjar alguém.

Quem ela poderia chamar que não contaria a ninguém

sobre River? Arry veio à sua mente, mas ela não tinha certeza se ele saberia como fazer isso.

River segurou sua mão.

— Não há necessidade. Nós nos curamos mais rápido.

— É melhor você se curar antes de morrer. River, eu quero gritar com você. Como vou fazer isso se você estiver morto?

Ele fechou os olhos.

— Apenas fique. Fique perto de mim, enquanto eu descanso. Sua mágica vai me ajudar.

Que mágica? Ela não tinha nenhuma magia de cura. Isso seria suficiente? Talvez o que precisava era de um curador de verdade. De qualquer maneira, ela poderia deixá-lo em paz por alguns minutos. Esta foi a segunda vez que ela viu seu peito, sentiu sua pele, mas tudo o que ela sentia agora era o pânico de que ele pudesse estar morrendo. Naia se levantou para verificar se a porta estava trancada, daí voltou e se deitou ao lado dele. Seus próprios olhos se fecharam.

A NOITE de Fel foi repleta de sonhos estranhos. Ele estava em forma humana, caminhando por corredores longos e escuros. Léa estava lá, mas se escondendo dele.

De longe, sua voz ecoava nas paredes.

— Vá embora. Não posso deixar que eles encontrem você. Vá embora.

Não que ela estivesse com raiva ou com medo de Fel, mas sim com medo *por* ele, tentando protegê-lo, e mesmo assim sabia que eles seriam mais fortes juntos, mas não adiantava chamá-la. A voz dela ecoava nas paredes, paredes tão lisas — paredes metálicas.

Fel as despedaçou e então se viu em um vale vazio, apenas névoa o cercando. Névoa escura e pesada, como se para escondê-lo.

Ele abriu os olhos.

— Léa?

Nenhuma voz saiu dele, apenas um pensamento enviado a ninguém, um pensamento vazio e sem sentido. Ele havia dormido na casa do tio, em um daqueles *sofás de dragão*. Havia camas de dragão lá dentro, em quartos que eram de seus dois primos, que não estavam lá, mas mesmo assim ele não queria pegar a cama de ninguém. Na verdade, ele nem achava que precisava de uma cama. Uma coisa de que tinha precisado desesperadamente era dormir, no entanto.

Parecia uma eternidade desde a noite anterior, quando tinha comido algum tipo de carne crua que seu tio trouxera para ele. Não perguntou de onde tinha vindo ou o que era, e talvez fosse melhor não pensar muito nessas coisas.

A luz do sol vinha da porta que dava para a abertura, então ele provavelmente tinha dormido a noite toda. Estar nesta forma não parecia estranho. Era bom, de fato, mas ele não conseguia apagar de sua mente tudo o que acontecia em Umbraar. Esperava que seu pai, pai adotivo, estivesse bem, esperava que sua irmã estivesse segura. Ela deveria estar. Por alguma razão, ele não odiava River tanto quanto odiava os faes brancos, talvez por causa do quanto ele parecia se importar com Naia.

Fel precisava encontrar uma resposta, uma solução para seu reino. Ao mesmo tempo, queria entender o que havia acontecido com seu pai, com sua mãe. A resposta estava em Tzaria e Risomu. A questão era como chegar até eles e se contariam a verdade. Também teve que se perguntar o que queriam com ele e de que lado eles estavam. Não havia dúvida de que os dragões nesta cidade eram pacíficos e não desejavam nenhum mal a ele. Não poderia dizer o mesmo sobre aqueles dois dragões, no entanto.

— Olá? — Ele enviou um pensamento por toda a casa, e ficou sem resposta. Fel estava sozinho naquela morada na montanha, percebendo que não sabia para onde ir ou o que fazer.

Ele poderia voar e encontrar alguém para ensiná-lo sobre a magia do dragão ou como trocar para sua forma humana novamente? Provavelmente não. Ele nem saberia para onde ir ou com quem poderia falar, e nem mesmo falava fernês. Mas esperar ociosamente, sozinho com pensamentos problemáticos, era agonizante à sua maneira. Quando havia tanto a ser feito, sentar sozinho em uma sala feita para dragões era uma enorme perda de tempo.

Um círculo brilhante apareceu no chão e Fel exalou, aliviado por seu tio estar de volta.

Mas a pessoa parada no meio do círculo não era Ekateni: era Tzaria.

— Desculpa por demorar tanto. — Ela falava rapidamente, em voz baixa. — Precisamos ser rápidos. Vou abrir um grande anel...

— Não. Por que eu deveria ir com você? Por que você está fingindo que este lugar não é seguro? Esta é uma cidade pacífica. Estou na casa do meu tio.

— Isofel. Quando você não sabe onde está o inimigo, infelizmente, você tem que se esconder de todos. Os Indomáveis corromperam muitos dragões. Esta cidade não é segura.

— Certo. Diz o dragão que não protegeu meu pai. Foi por isso que você não me contou como ele morreu?

Ela suspirou e balançou a cabeça.

— As coisas não são tão simples quanto parecem. Vou te contar tudo, mas precisamos ir.

— Como você conseguiu entrar aqui? Esta cidade não está escondida, isolada?

— Exatamente. Faz você se perguntar, não é? Isofel, eu imploro. Venha comigo. Vou lhe contar tudo sobre sua mãe.

Isso era um golpe baixo. Tzaria sabia o quanto ele queria saber sobre ela, e estava usando isso para tentar tirá-lo dali, tirá-lo daquele lugar seguro.

Ele tentou entender por que ela estava fazendo isso.

— Você acha que estou em perigo aqui. Sério? Talvez meu tio esteja planejando me matar durante o sono, só que não o fez.

— Não. — Ela franziu a testa. — Você pode confiar em Ekateni.

— Bem, ele está dizendo que esta cidade é segura, então acho que vou confiar nele.

Tudo o que ela fez foi olhar para Fel por alguns segundos e depois disse:

— Vamos torcer para que ele esteja certo. — Ela desapareceu em uma nuvem de fumaça, e então não havia sinal dela ou do círculo brilhante no chão, como se nunca tivesse existido.

Fel então ouviu asas batendo do lado de fora. Ele se animou, esperando ver seu tio, mas em vez disso viu um dragão verde claro com escamas brilhantes entrando na sala. O recém-chegado logo mudou sua forma para humana e era um jovem de uns vinte anos, com cabelo preto, pele morena e olhos castanhos.

O novo dragão perguntou:

— Você me entende? — Ele tinha um forte sotaque fernês.

— Sim. Você pode me ouvir? — Fel ainda não tinha certeza de como funcionava essa coisa de enviar pensamentos, mas tentou mesmo assim.

O jovem sorriu.

— Eu posso! Você é bom nisso.

— É para ser difícil?

— É preciso algum treinamento, eu acho, mas assumir sua forma de dragão requer muito mais treinamento e, aparentemente, você não teve nenhum. Isso é verdade?

Fel reclinou-se, a barriga sentindo o chão frio daquela estranha casa de pedra.

— Eu não menti, se é isso que você está sugerindo.

— Não, não. — Ele balançou sua cabeça. — Eu só estava perguntando, e surpreso que você fez isso. — Ele então sorriu novamente. — Meu nome é Siniari. Sou filho de Ekateni e seu novo mentor. Seu primo também, ao que parece.

— Você não acredita?

Siniari deu de ombros.

— Não me culpe por estar surpreso, mas não me entenda mal; estamos felizes em ter você aqui. O que você quer aprender primeiro?

Essa era uma pergunta fácil de responder.

— Como trocar para minha forma humana novamente.

Siniari coçou a nuca.

— Isso é complicado. Posso lhe mostrar a aldeia, no entanto.

Fel endireitou o pescoço.

— Não pode ser tão complicado. Já vi muitos de vocês fazendo isso como se não fosse nada.

Seu primo mordeu o lábio, como se estivesse pensando.

— Tenho certeza que você já viu pessoas escrevendo ou lendo sem esforço. Isso não significa que possa acontecer assim. — Ele estalou os dedos.

Maravilha. Ele acabara de fazer algo que era impossível para o Fel na forma humana, o que era um lembrete indesejável de que nem todos podiam fazer tudo.

O calor no peito de Fel parecia querer sair. Em vez disso, ele enviou um pensamento.

— Então vamos começar esse aprendizado.

Siniari encarou Fel por um momento.

— Vejo que está com pressa. Por que não fazemos isso: vou começar mostrando a aldeia, para que pelo menos você se sinta mais em casa...

— Esta não é minha casa.

— Eu disse *sentir* em casa, para você não ficar tão perdido. — Ele encolheu os ombros. — Mas você pode voltar para o continente desolado agora, se é isso que você quer.

— Preciso aprender como voltar a ser humano e aprender sobre minha magia.

O jovem suspirou.

— A pressa não é a solução.

— Você não entende.

Siniari sentou-se na ponta de um daqueles sofás de dragão.

— Então explique. Explique o que está acontecendo. Conte-me tudo e verei o que posso fazer. Sempre há atalhos, se você não tiver medo de pisar em território desconhecido e ser arranhado por espinhos.

— Eu não tenho medo.

Ele olhou para Fel por um momento.

— Ótimo. Então vamos voar. Me siga.

Siniari correu até a borda e pulou. Fell assistiu horrorizado seu primo caindo no abismo. Antes que seu corpo chegasse ao chão, ele trocou de forma e então subiu no céu.

Fel voou atrás dele.

— Achei que não devíamos voar rápido aqui.

— Nós não vamos voar aqui. — Seu pensamento não parecia claro, como se ele tivesse alguma dificuldade em se comunicar.

Talvez fosse por isso que os dragões tomavam a forma humana para falar, talvez não fosse tão natural ou fácil.

Eles voaram para longe da aldeia, então pousaram em uma saliência na montanha que a cercava. De lá, tudo o que Fel podia ver eram colinas rochosas, sem casas ou qualquer construção.

— Desapareceu?

Siniari mudou para sua forma humana e disse:

— Você não pode ver. Essa é uma das nossas proteções. Não é a única. — Ele riu. — Caso você seja um Indomável incrivelmente inteligente, não tenha ideias. — Ele olhou para Fel. — Mas eu não acho que você seja um traidor. Apenas um dragão novato, o que é estranho. Quero dizer, não é como se você não fosse um dragão desde que nasceu, e ainda assim você é novo... em ser você.

Essa era uma maneira engraçada de colocar isso.

— Eu não sabia. Eu nem sabia que dragões existiam. Cresci pensando que o Rei Umbraar era meu pai.

Seu primo estava pensativo.

— Mas se você fosse o filho de um rei naquele continente, deveria ter magia humana, certo?

Ele *tinha* magia humana, mas não queria contar a seu primo sobre isso, embora tivesse quase certeza de que era confiável. Talvez ele *devesse* contar tudo. Não, as palavras de Léa estavam frescas em sua mente, pedindo-lhe para esconder sua condução de ferro. E então Tzaria também o advertiu contra isso, não que ele se importasse muito com a palavra dela.

— Eu apenas percebi que não tinha a magia do meu pai. Nunca pensei que poderia ter... um pai diferente.

Siniari assentiu.

— É por isso que você quer voltar? Porque você é um príncipe lá?

Fel fez uma pausa, pensando. A realidade é que essas palavras faziam sentido.

— Tenho um dever para com meu povo, sim. Esse é um dos motivos.

Seu primo desviou o olhar, olhando para as montanhas e nuvens.

— Não pensamos muito em Alúria, para ser honesto. É como se não existisse para nós. Esquecido. Mas se você tem pessoas que ama lá... Posso ver por que você se apega. — Ele se virou para Fel. — Mas você também é um dragão, e há muito que pode aprender e fazer, e podemos precisar de você aqui também. Seu pai, seu verdadeiro pai, era bastante poderoso.

— Ouvi dizer. E espero poder usar esse poder para salvar o povo de Alúria.

— Conte-me sobre isso. Diga-me o que está acontecendo lá. Magia se comportar mal, certo? Acho que ouvi meu pai dizendo algo assim. O que está acontecendo?

Talvez fosse mais fácil convencer seu primo, que era jovem e, com sorte, ainda não estava cansado como os dragões mais velhos. Fel decidiu contar tudo a ele, ou melhor, *quase* tudo. Ele não ia mencionar que era um condutor de ferro ou que tinha uma irmã, só por precaução.

Fel começou contando a seu primo sobre a estranha cobra d'água, depois o estranho ataque fae dentro do castelo Lago Branco. A história ficou toda confusa porque ele evitou falar de Naia e daí não podia falar de River. Dito isso, ele contou a ele sobre os ataques nas aldeias, Bastião de Ferro ganhando poder e, em seguida, atacando Umbraar com condutores de ferro e um exército que poderia ser despertado novamente.

Seu primo, que ouvia atentamente, perguntou:

— Não podem... Necromantes não fazem isso?

— Não. — Como ele poderia explicar isso? — Eu estava... Estou... noivo de uma garota...

Siniari apontou para ele.

— É por isso que você quer voltar a ser humano!

— Sim, esse é um dos motivos.

— Você estava dizendo algo sobre necromancia?

— Sim, minha noiva foi criada em Lago Branco, pelo rei necromante, e sabe tudo sobre esse tipo de magia. Tem aplicações muito específicas e limitadas e não pode despertar um exército.

— Mas mágica é viva. Ela muda, evolui, às vezes degenera.

— É verdade, mas o ataque veio de Bastião de Ferro. A magia deles é de metal.

Seu primo mordeu o lábio e parou por um momento, então disse:

— Você está certo, absolutamente certo. Precisamos enviar alguns dragões para verificar isso. — Ele suspirou e olhou para baixo. — É apenas...

— O que é?

Ele respirou fundo.

— Estamos nos escondendo. Costumávamos governar a magia do mundo, e não é que sentimos falta do poder, é só... Controlar a magia é nosso dever. Da mesma forma que você diz que tem uma responsabilidade, nós também temos. E, no entanto, aqui estamos nós, escondidos. Divididos. Perdemos muitos dragões, encantados e seduzidos com promessas de algo... Nem entendo o quê. — Ele olhou para Fel. — Perdi amigos.

— Para Cynon? Por que eles iriam querer segui-lo?

— Eles não acham que estão seguindo ninguém. Eles acabam acreditando que é hora de os dragões despertarem, tomarem seu lugar no mundo, voarem livremente sobre todas as terras. Eles acham que encontraram uma maneira de aumentar seu poder, uma maneira de ganhar liberdade.

— Você não pode simplesmente deixá-los em paz?

Siniari deu de ombros.

— Nós poderíamos, se eles nos deixassem em paz. Não sei o que acontece quando eles se juntam a eles, mas isso corrompe os dragões. Enviamos espiões para se infiltrar entre eles, descobrir seus segredos. Aprendemos um pouco, sim, mas principalmente perdemos amigos, seja para a morte ou para os Indomáveis.

— Se você perdeu amigos, eles sabiam onde fica esta cidade, não sabiam?

Ele balançou sua cabeça.

— Só passamos por círculos e está tudo selado. Você não pode voar para dentro ou para fora. Se você tentasse voar mais alto, não conseguiria. Isso nos mantém seguros, por enquanto.

Fel quase mencionou Tzaria, mas por algum motivo, decidiu não o fazer.

— Como... Esse Cynon está de volta e liderando esses Indomáveis? Os recrutando?

— Meu pai acha que ele não está de volta ainda, só que está cruzando o limiar e se comunicando com outros dragões. Ele tem uma maneira de aumentar seu poder mágico. Isso significa que você pode voar mais rápido, viver mais, ter mais fogo. Parece bom, certo? Mas há um preço.

— Você quer dizer que os ilimitados são mais poderosos que os dragões normais?

— Normalmente, sim.

— Eu lutei contra três deles, então Tzaria e Risomu os derrotaram.

Ele encolheu os ombros.

— Tzaria e Risomu faziam parte do conselho superior e já estiveram entre os nossos melhores. Não estou surpreso que eles tenham derrotado três sentinelas. Como você durou tanto contra três dragões, não tenho certeza. Deve ter o sangue do seu pai, suponho.

Fel não se sentia confortável com a ideia de simplesmente herdar magia, em vez de praticar para aprimorá-la.

— Ou talvez eu tenha tido sorte.

Ele riu.

— Você definitivamente teve sorte, não há dúvida sobre isso. — Ele encolheu os ombros. — Quero dizer, não culpe minha mãe por suspeitar.

— Sua mãe?

— Rélia.

Fel não teve a impressão de que ela e Ekateni eram um casal.

— Por que ela e seu pai não moram juntos?

— Eles não são mais casados.

— Você pode deixar de ser casado?

Siniari parou por um momento.

— Certo. Alguns humanos não dissolvem casamentos. Nós dissolvemos.

— Isso é triste.

— Se você visse minha mãe e meu pai juntos, não diria isso.

— Ele suspirou. — Mas ambos gostavam muito de Ircantari. Ver você é como recuperar uma parte dele.

— Eu não sou meu pai, no entanto, e nunca o conheci.

Siniari riu.

— Eu sei. Ninguém espera que você se torne um dragão mago, mas não ficaremos chateados se você decidir se tornar um.

— Não preciso da minha forma humana para estudar magia?

— Tenho certeza que você aprenderá a trocar eventualmente. — Ele desviou o olhar, como se pensativo.

Havia algo em sua hesitação... Como algo que ele não tinha certeza sobre dizer ou não. Era estranho que Fel pensasse que podia sentir algumas emoções, mas decidiu confiar em sua impressão.

— Há uma maneira mais fácil de trocar de forma, não há?

Os olhos de Siniari se arregalaram.

— Eu não diria que é fácil. Potencialmente rápida, talvez. Possivelmente mortal. Incrivelmente imprudente.

— O que é?

Ele riu e balançou a cabeça.

— Meus pais vão me matar se eu te contar, primo.

— E ainda assim você está morrendo de vontade de me contar.

Siniari o encarou, imerso em uma nuvem de indecisão, confusão e medo. Ele suspirou.

— Prometa que vai prestar muita atenção aos riscos.

— Eu tenho orelhas grandes.

Naia abriu os olhos e não reconheceu onde estava. Tudo estava escuro, mas um cheiro familiar pairava no ar, tão familiar, reconfortante... River. Ele estava deitado ao lado dela. A fraca luz da lua entrava pela janela. Ela estava no quarto de Fel no Forte Real, e a única vela havia se apagado.

Não, não, não. O sono a tinha feito dormir e ela não checou

se o River estava bem. Tocando seu ombro suavemente, ela sussurrou:

— River?

— Naia? — Ele parecia surpreso, mas não ferido ou com dor. — Onde estamos?

— No forte. — Ela se levantou e acendeu uma vela, depois voltou para a cama para examinar o ferimento. Ela piscou, então tocou no estômago dele. Não havia nada lá. Bem, havia músculos, sua adorável pele macia, mas nenhuma ferida além do que parecia ser uma cicatriz velha e desbotada. Ela tinha sonhado isso? — Eu... Você se machucou, não foi?

River afastou a mão dela e fechou os olhos.

— Eu me lembro agora. Foi uma bobagem. Uma aranha gigante.

— Bobagem? O que aconteceu com seu ferimento?

Ele olhou para baixo.

— Curado.

— Dói quando toco em você?

— Não.

— Você empurrou minha mão.

— Por outros motivos, Naia. Eu gosto muito disso.

Ela queria colocar a mão de volta lá e torturá-lo, vê-lo perder o controle e deixar cair aquele sorriso superior, mas ele estava olhando para ela com uma certa vulnerabilidade e medo, e talvez estivesse prestes a se abrir pela primeira vez.

Ainda assim, sua raiva não havia diminuído.

— Por que você não me ouviu? Eu sabia que algo estava errado. Eu senti. Durante todo o dia, continuei sentindo e dizendo a mim mesma que estava imaginando.

Ele pegou as mãos dela e beijou uma após a outra.

— Sinto muito, Naia. Ouça, eu fiz um acordo com o Rei Bastião de Ferro. Isso me prendia. Eu não podia simplesmente decidir ir embora e não os ajudar mais, não podia contar a ninguém o que estava fazendo. E eu tinha que descobrir seus segredos.

— O que aconteceu?

— Este quarto é seguro?

— Se não falarmos muito alto, ninguém deve nos ouvir.

River beijou o rosto dela.

— No meio de tudo aquilo, a coisa que mais me preocupava era que eu tinha que voltar. O que eu mais queria era voltar para você, Naia. E não é só que eu senti sua falta, eu queria que você soubesse que estou disposto a fazer as coisas da maneira mais difícil. Trabalhar juntos, confiar em você e me abrir.

Naia queria beijar seus lábios, mas também precisava que ele contasse o que estava acontecendo, e por que tinha se machucado.

— Estou feliz que você esteja pronto e quero saber cada pequeno detalhe.

— Eu me ofereci para ajudar o rei alguns meses atrás. Era minha oportunidade de me infiltrar neles, mas não podia contar a ninguém sobre isso.

— Mas você me contou algumas coisas.

River balançou a cabeça.

— Eu não neguei quando você adivinhou corretamente, e há uma diferença. Não fui eu que te contei.

— Mas agora você pode falar?

— Eu posso, mas estou morrendo de fome. Você não está com fome?

Claro. Bem quando ela pensou que iria contar tudo, ele deu um jeito de mudar de assunto.

— Sabe, temo que se eu descer e trouxer algo para comer, este River amigável não estará mais aqui e então você começará a me dar respostas vagas e inúteis.

— Verdade. — Ele riu. — E você nem verificou se eu sou um impostor.

Naia franziu o rosto.

— Eu sei que é você. Um você diferente, mas ainda assim você. — Ela levantou. — Vou trazer algo, no entanto, já que eu odiaria fazer você *morrer de fome.*

Na verdade, seu estômago estava roncando quando ela desceu as escadas e atravessou o pátio para chegar à cozinha. Os uivos vindos das prisões a lembraram de seu hóspede noturno indesejável.

O cozinheiro já estava trabalhando, pois lá fora o céu estava ficando roxo. Já era de manhã.

— Princesa — disse o homem. — Em breve estará pronto. Posso te chamar ou pedir a alguém para levar seu café da manhã.

Naia sorriu.

— Está bem. Vou pegar algumas coisas. Não me chame.

Ela pôs um pouco de pão e geleia em uma cesta e voltou para o andar de cima.

Quando voltou para o quarto de Fel, River estava sentado à mesa, vestindo uma camisa branca.

— Eu peguei. Espero que seu irmão não se importe.

— Pensei que os faes eram naturais e livres e não se importavam em ficar sem roupa.

Seu rosto relaxou em um sorriso feliz.

— Você quer me ver nu?

E se ela o quisesse? E se ela dissesse sim? Mas ela não queria encorajar seu sorriso presunçoso.

— Agora eu quero que você me diga o que aconteceu.

— Exatamente. Não quero distraí-la ou ser distraído. Ele olhou para a cesta sobre e mesa. — O que você trouxe?

— Pão e geleia. Não temos muitas coisas aqui. Ainda não, pelo menos.

— Está ótimo.

Ele pegou um pedaço de pão e enfiou na boca, depois passou geleia em outro e comeu quase tudo de uma vez. Naia percebeu que também estava morrendo de fome, então também comeu, esperando que o fizesse com mais graça do que River. Bem, ele havia se machucado seriamente, então sua falta de educação era compreensível.

— Então? — ela perguntou uma vez que achou que ele havia preenchido pelo menos parte de seu estômago.

Seus lindos olhos avermelhados estavam fixos nela, e então ele finalmente começou a falar. Contou a ela como Bastião de Ferro planejava fazer Alúria temer os lendários novamente, como um pretexto para ganhar poder. Suas palavras davam a entender que eles ainda estavam planejando isso, que era algo para o futuro, e Naia tinha que corrigi-lo.

— O Rei Harold contatou os outros reinos, inclusive nós.

Eles já decretaram que Alúria se tornaria o Império Bastião de Ferro.

Rio ficou tenso.

— E o que você respondeu?

Ela riu.

— Eu disse: *Ótimo, grande ideia! Mas vamos esperar um pouco.*

— Você está brincando.

— Eu não estou. Isso é exatamente o que eu disse. Agora, tudo será decidido em três dias. Dois, na verdade. Uma reunião de emergência na Cidadela de Ferro.

Ele apertou o pedaço de pão que estava segurando.

— Não, não, não. Você não vai chegar nem perto daquele castelo horrível, e ninguém da sua família deveria ir lá.

Naia inclinou a cabeça.

— Oh. Realmente? É chato quando alguém que você gosta vai para território inimigo, não é? Você fica preocupado.

Ele olhou para ela, seus olhos como brasas quentes.

— É pior. Muito pior do que qualquer um de nós pensava.

— Fale por você mesmo. Eu sabia que eles eram ruins.

— Você não sabia, Naia. Você não sabe metade do que está acontecendo.

— Bem, diga-me, então.

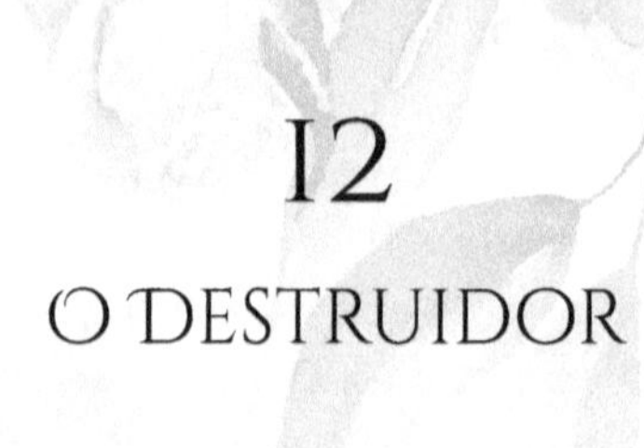

12

O DESTRUIDOR

Foi como se a luz tivesse sumido de Iona quando Léa disse a ela que os faes brancos haviam desaparecido, não que ela tivesse sido um farol iluminado antes.

— Mas eu vi um fae uma vez — Léa acrescentou rapidamente. — Então tenho certeza de que seu povo está apenas se escondendo ou algo assim.

Ela nunca teria imaginado que ficaria aliviada em dizer que os faes brancos não estavam todos mortos. O fato de que os humanos em Alúria estavam comemorando sua morte parecia doentio agora que ela pensava nisso.

— Onde você o viu?

— Na Cidadela de Ferro. Ele me ajudou por algum motivo e me fez andar no oco de um quarto para outro, onde eu pude me esconder.

A fae balançou a cabeça.

— Nenhum lendário pode andar naquele castelo. Muita magia de ferro. Deve ter sido um espírito.

Isso não parecia provável.

— Ele era sólido e segurou meu braço.

— Não pode ter sido um fae de verdade. Não no castelo de Bastião de Ferro.

Léa tinha certeza de que tinha sido um fae, mas não queria discutir.

— Ainda assim, seu povo pode estar se escondendo, ou talvez eles tenham se mudado. Pelo menos não há mais guerra.

A fae desviou o olhar e balançou a cabeça.

Léa estava sem palavras, então ela apenas continuou:

— Isso foi há quase vinte anos. Eu nem era nascida. Meu... verdadeiro pai foi o único sobrevivente da família Umbraar. Acho que ele era um adolescente na época, mas não muito jovem. — Não muito jovem para desgraçar e humilhar a mãe de Léa. — Eu... não sabia que ele era meu pai. Fui criada pelo Rei Lago Branco, pensando que era uma necromante.

— Como funcionava?

— Eu podia... reviver animais mortos. Por alguns segundos. Essa era toda a minha mágica.

— É como se você estivesse usando sua morte para trás, como algumas pessoas quando assobiam sugando o ar.

— Tem gente que consegue fazer isso?

— Aparentemente sim, se você está dizendo.

Léa quis dizer o assobio, mas era algo muito tolo para discutir. A fae tinha a cabeça baixa, coberta com as mãos.

— Eu acho... Você não vai mais precisar de mim. — Léa percebeu que poderia ter cometido um erro ao dizer a verdade para a fae. — Agora que você acha que não há ninguém para ser salvo.

A fae bufou.

— Não seja ridícula. Ainda existem humanos, em primeiro lugar. Eu sou parte humana. Você pode estar certa ao dizer que os lendários estão se escondendo. E mesmo que não estejam, se eu sobrevivi, há uma razão.

— Eu realmente sinto muito.

— É o que é. E é verdade, talvez fosse apenas uma forma de acabar com aquela guerra, de encontrar a paz. Talvez os lendários estejam vivendo felizes em algum lugar. Se o Destruidor não os encontrou. — Ela suspirou. — O que mais você quer me dizer? Você sabe mais, não é?

Léa tinha que descobrir o que estava acontecendo, e esta era sua chance.

— Eu acho... Que este Destruidor está falando em minha mente. Eu... Eu matei pessoas. Matei em legítima defesa, o que era justo, mas também matei quando não precisava. Senti uma onda de poder, excitação. Então... Eu tive um sonho. Havia uma mulher, neste mesmo reino, chamando a si mesma de Rainha das Trevas, dizendo que eu poderia ser muito mais, como se oferecendo para me dar mais poder, mas era uma mulher. — Léa olhou para a fae novamente, perguntando-se se por acaso eles eram a mesma pessoa.

— O Destruidor não tem uma forma. Eu posso ver que você está se perguntando se você me viu. Talvez tenha sido um sonho visionário que se contaminou um pouco. É difícil de explicar.

— E se ele estiver aqui, agora?

— Você o ouve?

Léa balançou a cabeça.

— Nada depois que eu coloquei isso. — Ela tocou o colar. — Mas havia mais, antes. Você mencionou abrir uma porta, e eu fiz isso. Foi durante uma batalha. Bastião de Ferro estava atacando Umbraar.

— Vocês estão em guerra de novo?

— É recente. De qualquer forma, eles estavam atacando e eu pedi ajuda. Algumas criaturas estranhas vieram do céu. Eles me ajudaram, mas depois não. Acho que pode ter algo a ver com o Destruidor.

— Como eram as criaturas?

— Algumas delas tinham asas, outras não.

— Talvez você tenha chamado algumas criaturas do Quarto Plano, mas não conseguiu controlá-las. Elas também sugam a força vital. Como você os derrotou?

— Fogo.

— Fogo comum? — A mulher estava desconfiada.

Léa não estava pronta para dizer nada sobre Fel, então ela ia dizer que não tinha certeza, mas então sentiu algo formigando em sua garganta e sentiu dificuldade para respirar.

– Diga — insistiu Iona. — Foi ideia sua fazer o acordo, então isso vai te obrigar a falar.

— Fogo de dragão. — Léa respirou fundo. Isso era horrível. — Por favor, não me faça explicar como ou por quê. Não acho que importe.

— A magia deles é muito poderosa, Léa. Se os mestres dos

dragões foram para Alúria, talvez estejam atrás de alguma coisa. Eles estão envolvidos na sua guerra?

— Não. Eles não estão. A pessoa que fez isso não sabia que era um dragão, mas foi capaz de assumir sua forma e invocar fogo para derrotar as criaturas. Não tenho certeza de como isso aconteceu, ou mesmo por que ele é um dragão. Eu realmente não sei.

— Você precisa ser cuidadosa. Se o Destruidor souber sobre esse dragão, ele certamente não poupará esforços para tentar alvejá-lo ou matá-lo.

— Eu sei. Eu ouvi a voz dele na minha cabeça, e é por isso que eu fugi, para ficar longe dele, para afastar essa voz do dragão.

— Posso te ensinar alguns truques para camuflar sua magia e seu dragão, e fechar sua mente, para que o Destruidor não a veja. Você gostaria disso?

Faes não ofereciam nada de graça.

— Qual o custo?

— Nenhum. Você pode lutar contra um inimigo comum. Por que eu não iria querer que você ficasse mais forte?

Léa encolheu os ombros.

— Não sei. Você poderia temer que eu pudesse usar o conhecimento contra você?

— Nada disso afetaria os lendários. Primeiro, não tentamos entrar na mente de ninguém. — Ela olhou para baixo. — Não assim, pelo menos. Em segundo lugar, temos outras formas de sentir a magia. Apenas mascarar seu cheiro não fará muita coisa. Não estou oferecendo nenhuma vantagem contra os lendários, mas sim uma vantagem contra nosso inimigo comum.

— Você ainda não disse o que quer de mim.

— Antes de tudo, quero que você saiba o que está acontecendo. Parece que não é uma tarefa difícil, já que você mesma sentiu isso e está apaixonada por um mestre dos dragões, que pode estar em perigo.

— Como você sabe?

— Que ele está em perigo?

Léa franziu a testa.

— Que estou apaixonada.

— Seu rosto é um livro aberto. E para ser sincera, fico feliz que haja um mestre dos dragões por perto. A magia deles é útil.

Não era qualquer dragão, mas Léa não queria pensar muito sobre isso, temendo que a fae arrancasse a verdade dela, e não estava disposta a contar muito.

— Se os dragões podem ajudar tanto, não deveríamos ir até Fernick e chamá-los?

— Como chegaríamos lá? Quer dizer, eu acho que *você* pode ir lá. Eles podem saber mais sobre isso e podem ajudar, mas talvez já estejam se preparando para essa luta.

— Eles não podem lidar com isso?

— Eles podem não estar preocupados com Alúria, e sua magia pode não ser suficiente. A magia dos condutores da morte é bastante especial, é bom que tenha evoluído para ser assim. Talvez a própria magia soubesse que seria necessário.

Léa pensou em Azir Umbraar. Ela ainda não conseguia perdoá-lo pelo que havia feito com sua mãe, mesmo que ele tivesse sido legal com Fel e Naia.

— Você presume que todos os condutores de morte são boas pessoas. Coloque um de nós do lado errado e você poderá causar muita destruição.

— Verdade. Mas você parece legal. Se não fosse, o Destruidor já teria pego você com suas promessas de poder. E não pegou. Mas você precisa fechar um pouco melhor a sua mente, e aprender a controlá-la. Você está pronta?

— Para quê?

— Para aprender.

Isso era um pouco repentino.

— Claro.

— Feche os olhos, então e ouça.

Foi preciso muita confiança, mas Léa obedeceu. Se isso fosse uma armadilha, ela estaria tão encrencada que não tinha ideia de que seria capaz de escapar.

FEL ESTAVA VOANDO em seu terceiro círculo consecutivo. Seu primo Siniari era muito bom em fazê-los.

— Você geralmente não precisa de duas pessoas? — Fel perguntou. — Para esses anéis de fogo?

— Geralmente. Nem sempre. — A voz de Siniari era fraca. Fel havia esquecido que seu primo não era bom em se comunicar na forma de dragão.

Eles estavam agora perto de uma cadeia de montanhas e do mar, mas não parecia o mar entre Fernick e Alúria. Siniari voou em direção a uma ilha que parecia uma continuação da cadeia montanhosa, mas na água. Tinha um pico alto e agudo, e Siniari pousou perto do topo, em uma superfície plana perto de uma caverna pequena, então imediatamente mudou para sua forma humana. Fel pousou ao lado dele.

Siniari respirou fundo.

— Você tem certeza disso?

— Você sabe que sim.

Ele balançou sua cabeça.

— Você prestou atenção quando eu disse que você poderia morrer?

— Tudo tem riscos. Claro que eu entendo isso. Você também, ou não teria me trazido aqui.

— Eu... — Siniari desviou o olhar. — Eu quero ajudar, só isso. Sei que meu pai nunca vai concordar com isso, mas sei como é querer alguma coisa, mas... — Ele fechou os olhos. — Por favor, seja cuidadoso.

— Você disse que eu poderia desistir.

— Acho que sim, mas ouvi dizer que algumas pessoas morreram tentando falar com o Primeiro Dragão Mago. Ele não é mau, mas não vê as coisas da mesma forma que nós, e...

— Ele poderia me ajudar a trocar para minha forma humana. É isso que importa.

Siniari assentiu e mordeu o lábio.

— Você precisa entrar na caverna dele...

Isso seria um problema. — Eu não caibo.

— É só colocar a garra frontal, é só ficar de frente para a abertura. Diga seu nome e a sua linhagem familiar próxima e peça para falar com o Primeiro Dragão Mago.

Fel estava olhando para aquela caverna, mas se virou para encarar seu primo, surpreso com suas palavras.

— Dragão Mago? Como meu pai?

— Não exatamente. O Primeiro Mago tem milhares de anos. Milhares. Isso era muito.

— Como alguém pode viver tanto?

— Ele é só dragão, não usa a forma humana. Deve comer saudável. Vive sozinho. Não sei. Ele abrirá um círculo para você. Ninguém sabe ao certo onde ele mora, e ele também não acolhe qualquer um. Se ele te aceitar, por favor...

— Eu vou ter cuidado, eu sei. — Fel tinha ouvido isso cerca de cinquenta vezes.

— Espero que você se cuide, sim. Se você não voltar, acho que meus pais vão me matar ou talvez me mandar para um assentamento nas ilhas do extremo norte, onde quase sempre é frio e escuro.

— Por que correr o risco, então?

O jovem respirou fundo e olhou nos olhos de Fel.

— Estou confiando em você e acreditando que você quer viver. Confiando que você quer voltar e salvar o reino que você chama de seu, casar-se com a garota que você tanto ama. Você tem um objetivo, então não o perca de vista. Se as coisas ficarem difíceis, volte. Pode demorar, mas você eventualmente aprenderá a voltar à sua forma humana. Você me entende?

— Perfeitamente. — O que Fel entendeu foi que ele estava prestes a fazer algo arriscado e difícil, mas não era tolo e faria de tudo para voltar vivo. Ele não estava interessado em tomar a forma de um cadáver.

— Vá em frente, então. — Siniari apontou para a caverna. — Vou voar por perto e ficarei de vigia. Se você voltar e eu não estiver aqui, espere. Provavelmente volto logo.

Fel teria acenado com a cabeça se fosse humano. Bem, ele moveu a cabeça, mas não tinha certeza se o efeito era o mesmo. Ele estava agradecido ao primo e feliz por ter encontrado alguém de sua família, mas tinha que se tornar humano novamente ou as coisas seriam muito difíceis.

Já que Siniari havia explicado que o próprio Primeiro Mago abriria um anel de fogo, se ele quisesse, não havia nada que Fel pudesse fazer além de olhar para a parede de pedra e dizer seu nome. Não apenas seu nome, seu nome no estilo dos dragões, que seu primo havia explicado a ele.

— Primeiro Mago, aqui estou, humildemente pedindo uma audiência. Sou Isofel, filho de Ircantari e Ticiane.

Parecia estranho afirmar aquele nome há muito proibido da mãe que ele nunca conhecera, e do seu pai dragão famoso, que ele não fazia ideia de que existia até recentemente. Ele continuou:

— Filho do coração de Azir. — Ele teria dito Azir Umbraar, mas dragões não usavam sobrenomes. — Neto de Ilaya e Kasiel.

— Eram nomes estranhos que ele acabara de aprender. Fel então acrescentou: — E Célia e Stevan.

Esses eram os nomes da antiga rainha e do falecido rei de Bastião de Ferro, que pareciam estranhos em seus lábios enquanto fingia que tinham alguma relação com ele, algum significado. Ele observou e esperou, seu coração acelerando, antecipando este misterioso dragão, este grande desconhecido, a possibilidade de encontrar sua resposta, apesar de todo perigo que o esperava. Fel estava pronto. E, no entanto, tudo o que ele ouviu foi o vento ao seu redor, o oceano lá embaixo e alguns pássaros cantando ao longe.

Então ouviu um baque atrás dele. Fel se virou e viu que Siniari havia pousado, magnífico com suas brilhantes escamas verdes. Como de costume, ele trocou para sua forma humana imediatamente.

— O que você disse?

Fel ia contar uma piada, mas não tinha certeza se este era o lugar para fazer isso.

— Eu disse o que você me falou para dizer, meu nome, o nome dos meus pais, o nome dos avós e que estou solicitando uma audiência.

Seu primo fez uma pausa, pensando.

— Você entende por que diz o nome da sua família?

— Para ele saber quem eu sou?

Siniari olhou para ele por um segundo, então caiu na gargalhada.

— Primo, primo... Dragão novato realmente. Você acha que o

Primeiro Mago não conhece você? Ele conhece cada dragão que anda nesta terra.

— Por que ele não derrota esse Cynon, então?

Siniari colocou um dedo na frente dos lábios.

— Palavras perigosas para este lugar. Eu disse a você que ele vê as coisas de forma diferente e não toma partido.

— Então eu poderia ser um Indomável aqui, pedindo para me tornar mais perigoso, e ele me concederia uma audiência?

— Essa é a questão, não é? Eu não tenho certeza. Agora, você está aqui para a *sua* audiência. Você não declara seus antepassados apenas para listá-los. Não há sentido. Trata-se de apreciar seu passado primeiro e depois olhar para o futuro.

— Não conheço meus avós. — Ele estava pensando em Bastião de Ferro, mas era verdade que ele nunca tinha ouvido falar de seus avós dragões também.

— Você não precisa conhecê-los para apreciar sua vida, sua forma, sua magia de dragão, mesmo que não a use muito. Sua capacidade de voar. É quem você é, o sangue em suas veias, e você o honra. Quero dizer, nós fazemos, então acredito que é assim que deve ser feito.

— Eu farei isso.

Siniari assentiu, trocou de forma e voou para longe. Tanta liberdade nessa mudança, tanta possibilidade. O pensamento de ter magia humana, um corpo humano e sua forma de dragão na ponta dos dedos, ou pontas de garras, encheu seu coração de esperança. Ele tinha que fazer isso direito, e iria fazê-lo.

Dito isso, o primeiro passo já estava sendo difícil. Como ele iria agradecer a Bastião de Ferro? Célia ainda estava viva, mas ele nem a tinha visto, pois ela não havia participado dos bailes. Ela esteve no casamento de Léa, porém. Não que Fel pudesse se lembrar de quem estava lá, sua mente cega de raiva naquele momento. Que raiva estúpida e tola. Ele deveria ter parado aquele casamento e levado Léa com ele. Engraçado como as coisas em retrospecto faziam tanto sentido, pareciam tão claras.

Um pensamento o atingiu: seu amor por sua magia de ferro, seu uso de suas mãos de metal, sua habilidade de manipular vários pedaços de metal ao mesmo tempo, algo que o enchia de orgulho, alegria, um sentimento de realização. Ele havia obtido aquela magia de metal da família Bastião de Ferro e era parte de quem ele era, pelo menos parte de quem era em sua forma humana.

Fel fechou os olhos, sentindo-se grato pela magia que possuía, e então declarou novamente seu nome e seus ancestrais próximos, desta vez tentando colocar algum apreço e gratidão em suas palavras.

Mais uma vez, o silêncio foi a única resposta que obteve.

Não, ele podia sentir que algo estava para acontecer, quase como uma mudança no ar antes de uma tempestade. Seu coração batia forte em seu peito enorme quando viu um anel de fogo surgindo na caverna. Embora não parecesse levar a lugar nenhum, Fel decidiu confiar nele e pulou por dentro, realmente esperando que fosse um anel de dragão, ou então ele iria bater com a cabeça na parede.

Ele se viu não voando, mas caindo. Tentou bater as asas, mas não conseguiu.

Naia olhou para River, surpresa com sua franqueza. Ele soou sincero e falou francamente sobre seu papel na invasão de Lago Branco, onde lançou algumas ilusões e ajudou a convencer as testemunhas de que foram os faes que as atacaram.

Bastião de Ferro não tinha sido cuidadoso. Em vez disso, eles marcharam para a cidade e o castelo com todas as suas forças, sob o pretexto de que estavam ajudando Lago Branco a lutar contra os invasores. Houve muitas testemunhas, mas Bastião de Ferro estava contando com o medo e a confusão. As pessoas geralmente preferiam permanecer quietas do que correr o risco de serem consideradas traidoras.

Algo ainda intrigava Naia.

— Por que Lago Branco?

— Eles tinham a princesa, então sabiam que o reino seria deles assim que se livrassem do rei. Foi uma conquista fácil.

Era verdade. Ainda assim, ela não conseguia acreditar que ele poderia ter ajudado Bastião de Ferro a fazer algo tão terrível.

— River, pessoas morreram. A rainha e o rei *morreram*. Você não poderia tê-los avisado?

— Eu tinha um acordo com o rei Harold. E, para ser honesto, eles teriam feito o mesmo comigo ou sem mim, exceto que matariam muito mais testemunhas. Na verdade, salvei vidas.

Ele realmente acreditava nisso? Ou era o que dizia a si mesmo?

— Sério, Naia, existem outras formas de criar e perpetuar mentiras, e elas costumam ser muito piores que ilusões.

— Então por que eles estavam trabalhando com você? Devem estar bem cientes de que você é o inimigo deles. Por que eles se incomodaram?

— Posso persuadir as pessoas. — Ele desviou o olhar e deu de ombros. — Não é algo que eu goste de fazer, mas é o que eu fiz.

— Valeu a pena?

Ele se virou para ela.

— Estar com Bastião de Ferro me levou a Lago Branco, onde te vi novamente.

Naia rolou os olhos.

— Claro. De que outra forma você poderia me encontrar, sem ter ideia de onde eu morava...

— Eu pensei que você tinha tentado me matar. Eu estava magoado, confuso. E errado. — Sua voz era suave e ela queria se inclinar, tocar seu cabelo e beijá-lo, mas também precisava saber o que estava acontecendo.

— O que aconteceu ontem? — ela perguntou, ainda horrorizada com a imagem de River ferido.

— Longa história. — Ele suspirou. — Como você sabe, deixei meu posto para ir para a Cidade Lendária ontem à noite. Bem, o Rei Harold pensou que eu havia avisado Umbraar ou o traído de alguma forma, o que, como você sabe, não era verdade. — Ele a encarou. — Meu acordo com ele não teria me permitido fazer isso. Ainda assim, ele me aprisionou. Isso quebrou parte do nosso acordo, o que na verdade foi bom para mim, ou seja, também me libertou. Então fui colocado em uma sala com paredes de metal e magia de metal, o que obviamente não me segurou. Eu escapei. Pela primeira vez, fiquei livre para explorar o castelo e até entrar em áreas onde antes era proibido.

Havia algo ameaçador em seu tom, e Naia tinha certeza de que não iria gostar do que ele estava dizendo.

Ele continuou:

— No fundo das entranhas da Cidadela de Ferro, encontrei o rei e a rainha, em um estranho ritual. Eles estavam revivendo seu filho, Cassius.

Isso era estranho.

— Ele morreu?

— A princesa Lago Branco o matou na noite anterior. Ou talvez *quase* o matou.

— Léa? — Naia se lembrou da linda e doce princesa que tinha partido o coração de Fel. — Ela *matou* alguém?

— Eu acho que ela é uma condutora da morte. A menos que a necromancia seja semelhante a ela. Não sei. Ela deixou Bastião de Ferro, em todo caso.

— Eu sei. Ela está com meu irmão.

Naia tentou abafar sua preocupação com Fel. River assentiu.

— O que sei é que ontem testemunhei o ritual mais horrível de todos. Eles tinham cerca de quarenta guardas, Naia, quarenta homens jovens e saudáveis. O rei ordenou que metade deles matasse os outros.

Era horrível.

Ele franziu a testa e deu uma risada amarga.

— Eles obedeceram. Obedeceram, Naia. Mas então o rei abriu uma espécie de alçapão oculto e todos caíram para a morte. — Com os olhos bem fechados, ele respirou fundo, então olhou para ela. — Então o príncipe acordou novamente. Eu... não sei se ele é ele mesmo ou como ele é. Eu segui a rainha, pois havia algo nela. Ela tinha um colar estranho e foi para esta câmara escondida. Havia uma voz misteriosa e estranha, e ela falou sobre o sacrifício final. Presumo que tenha sido o ritual, mas não sei para que servia. Mas então ela me viu, embora eu devesse estar invisível. A sala tinha uma erva estranha, ela chamava de sépia, bloqueava minha magia. Você já ouviu falar disso?

— Não.

— Foi o que eu pensei. Quero dizer, se fosse do conhecimento comum, os humanos teriam nos eliminado na guerra. Temos histórias sobre uma planta chamada grama da morte, mas não deveria existir, não é algo real, ou não deveria ser.

Naia considerou suas palavras.

— Mas se Bastião de Ferro sabia sobre isso, por que *eles* não usaram essa erva? Durante a guerra?

— Talvez nem todos conheçam.

Ele contou a ela sobre a rainha e o "teste" pelo qual ela teve que passar para se casar com alguém da família.

Naia não conseguia acreditar.

— Essas pessoas são doentes.

— Eles são. A questão é que a Rainha Kara, ela não ama o marido. Não tenho certeza se ela ama mais alguma coisa, e ela está trabalhando com outra pessoa, outra coisa, essa voz estranha. Ela não está trabalhando para Bastião de Ferro, é como se... acreditasse que era ela quem os manipulava. Eu também a ouvi dizer que o *hospedeiro* estava pronto. Estou assumindo que é um recipiente para esta criatura. E, no entanto, não consigo juntar tudo.

— O que você acha? — perguntou Naia. — Você acha que é ela quem está puxando as cordas? Manipulando o Rei Harold de alguma forma?

River assentiu.

— Acho muito possível. Havia um poder estranho, uma magia estranha naquela sala. É algo muito pior do que apenas um reino ambicioso e sem escrúpulos. E tem mais. — Ele suspirou. — Eu tenho algo para te dizer. Você se lembra de quando estava na Cidade Lendária, aqueles lendários encapuzados tentando me fazer te matar?

— Isso não é algo que se esqueça.

— Eu sei. Eles são chamados de fundidores de mentes. É uma magia rara, a maioria dos lendários não possui. Isso significa... É muito diferente da magia fae, no sentido de que você pode obrigar uma pessoa, você pode mexer com a mente dela sem o seu consentimento. A lei dos faes determina que respeitemos o livre arbítrio. Mesmo quando enganamos alguém, eles aceitam ser enganados, entram em uma barganha de bom grado. Fundidores de mente podem... Bem, você viu. Você pode até forçar fisicamente alguém a fazer algo. E ler mentes também, encontrar memórias. Eu... — Ele olhou para baixo. — Tenho essa magia. — Ele desviou o olhar, como se estivesse envergonhado. — Nunca quis usar, porque tem um preço, mas não só isso, é... horrível.

— Qual é o preço?

Ele a encarou.

— Você perde sua individualidade, sua vontade, seu senso de identidade. Eventualmente, você se torna uma casca oca.

— Por que alguém iria querer usar isso, então?

— É considerado uma grande honra entre os lendários. Eles viverão com a realeza, terão o que quiserem. Eles não percebem que em alguns anos vão parar de querer qualquer coisa. Por um tempo, é bom. Eles também acham que é dever deles, já que nasceram com essa magia. Foi o que meu pai me disse.

— Ele queria que você a usasse?

River riu.

— Em vez disso, escolhi ser uma decepção. — Ele sorriu. — Muito mais interessante. Mas ontem... Ontem eu usei magia de fusão mental com força total. Usei para invadir a mente de Kara. Eu não seria capaz de fazer isso com o Rei Harold. O acordo teria evitado, mas com ela eu estava livre. E o que eu vi...

O olhar de River gelou os ossos de Naia.

— O quê?

Ele engoliu.

— Eu a vi, no passado, olhando para mim, dizendo que eu era a chave.

Naia sentiu como se seu coração tivesse parado.

Ele mordeu o lábio.

— Eu... Eu não entendo por que ou para quê, e antes que eu visse qualquer outra coisa, ela me empurrou para fora da memória. Isso teria sido impressionante, se minha magia não estivesse tão fraca. Eu não conseguia me mexer, não conseguia deslizar para dentro do oco. Foi horrível. Ela então disse que me deixaria ir se eu contasse como me tornei imune ao ferro e ela queria detalhes específicos. Eu precisaria contar a ela sobre você. Eu nunca faria isso. Eu nunca os deixaria saber o quanto você é importante para mim, ou mesmo suspeitar disso.

— River, você deveria ter contado tudo e escapado. Eles já tentaram matar meu irmão, eles nos atacaram. Eu não acho que podem fazer pior.

— Tenho certeza que eles podem. E isso não era Bastião de Ferro, mas a Rainha Kara e essa outra coisa estranha. Eu não disse nada a ela e ela me deixou lá. Eu... — Ele franziu a testa, pensativo. — Você acha que minha resistência ao ferro tem algo a ver com isso? Parece estranho para mim. Eu... não sei o que ela realmente queria, se era uma desculpa, mas ela me deixou sozinho. Pela primeira vez na vida, não consegui sentir minha magia. Era como se eu não fosse eu mesmo, Naia. Foi horrível.

— Como você escapou?

— O príncipe. O mais novo, não o que morreu, ele veio e me levou para fora.

— É...

— Venard. Aquele casado com a princesa Lago Branco. Acho que não é mais casado, não sei. Ele queria que eu... Isso é muito estranho, Naia. Ele teve uma amante que morreu e teve seu corpo preservado. Ele queria que eu dissesse como ressuscitá-la, como haviam ressuscitado seu irmão. Eu disse que não valia a pena, mas ele ainda insistiu. Quer dizer, eu fiz um acordo com ele, mas suas palavras foram tão frouxamente tecidas que não fazem sentido. Também me pediu para lembrar que ele poderia ser um aliado. Então ele me levou a uma porta no fundo do castelo, no precipício. Estava escuro e fui atacado por uma aranha gigante. Acho que sabemos que tipos de criaturas vivem lá. Foi assim que me machuquei.

O coração de Naia estava acelerando. Isso tudo era muito estranho e perigoso, mas havia algo mais que ela precisava saber.

— Como você se curou tão rápido?

— Você não vai gostar. — Ele tinha um sorriso, no entanto, então não poderia ser nada ruim.

— Diga ou vou fazer você demonstrar sua habilidade de cura novamente.

13

O PRIMEIRO MAGO

Fel caiu no chão com um baque. Pelo menos era macio, com grama alta no que parecia uma clareira perto de uma colina. A névoa espessa o impedia de ver muito de seus arredores. Ele era ele mesmo, vestindo as mesmas roupas que usava quando lutou contra os invasores de Bastião de Ferro, naquele passado estranho e distante, mas por algum motivo, parecia estranho ser humano novamente. Na verdade, algo parecia errado.

Seu estômago afundou e ele percebeu que não tinha mágica. Ele não conseguia sentir os vestígios de ferro na terra, não conseguia sentir se havia algum metal por perto, não conseguia sentir nada. Fel estava literalmente sendo privado de um de seus sentidos, que era tão importante para ele quanto a visão ou o tato. Sem magia, o mundo ao seu redor perdeu sua nitidez, seu foco.

— Olá! — ele chamou. Mesmo usar sua voz novamente parecia estranho. Ele então tentou algo diferente e enviou aquela palavra como um pensamento, da mesma forma que fazia quando era um dragão. Parecia o mesmo, mas ele não tinha como saber se funcionava ou se havia alguém por perto.

De repente, uma forte rajada de vento o atingiu, o que clareou um pouco a névoa. Ele então percebeu que o que pensava ser uma colina era na verdade um dragão, muito maior do que imaginava. Grande dragão, mesmo. Cada uma de suas garras era maior que Fel em forma humana. Suas escamas eram marrom-escuras, como velhas cascas de árvores. Sim, Fel tinha ouvido dizer que este dragão tinha milhares de anos, mas agora que estava em sua presença, parecia que ele era mais velho que o tempo, mais velho que este mundo, mais velho que todas as coisas para as quais existem histórias, como se esse dragão tivesse vivido antes de tudo isso, em um tempo desconhecido.

— Declare seu propósito — uma voz grossa e profunda falou.

O som não estava na cabeça de Fel, era um som real que parecia ressoar no chão, mesmo que o dragão não tivesse aberto a boca.

— Primeiro Mago — esse era o título que Fel havia sido dito para usar, mas parecia pior do que inadequado agora, e o fazia se sentir tolo e com medo de estar prestes a falhar antes mesmo de tentar. Ele continuou: — Desejo voltar à minha forma humana.

Um rosnado profundo veio do dragão. Não, risos. Estranho e bizarro.

— Como você pode desejar o que você já tem?

Fel olhou para seu corpo humano, tão pequeno e frágil, mas algo que ele tanto desejava.

— Isso é permanente?

— Você me diz. É isso que você quer? Esse corpo lamentável e fraco, quando você poderia ser glorioso e livre?

Pelo menos o dragão não havia dito uma palavra sobre sua falta de mãos, e agora ele se sentia pior do que o normal, sem sua magia, sem suas mãos de metal. Ele se sentiria constrangido se já não estivesse se sentindo tão pequeno e insignificante diante de uma criatura tão magnífica e antiga.

— Na verdade, eu quero os dois. Mas se eu tivesse que escolher um...

— Você vai escolher o mais fraco? Bem, aí está. Você pode voltar agora.

— E a minha mágica? A mágica humana?

— Ah, então você quer tudo? — O enorme dragão abaixou a cabeça, de modo que ficou bem na frente de Fel. Nossa, ele seria capaz de engoli-lo inteiro em uma mordida. — Ou talvez você devesse ser mais claro sobre o que você quer. Se for a magia fedorenta e corrompida, diga-me que é esse o seu desejo.

— Me desculpe. Quero meu corpo de volta, mas do jeito que era, com minha magia. Eu não seria eu mesmo sem isso.

— Hmmm... — O dragão ficou pensativo. — Você sabe, eu conheci seu pai.

Claro. Como todos os dragões, exceto Fel.

— Realmente? Ele veio aqui com um pedido?

— Oh, não. Ele era mais esperto do que isso. Ele veio em busca de palavras.

Fel estava se perguntando por que o dragão estava desviando do assunto, mas não queria ofendê-lo insistindo em seu pedido e, na verdade, queria saber mais sobre seu pai dragão. Ele sentiu que o Primeiro Mago esperava uma pergunta e não queria decepcioná-lo.

— Que palavras?

— Sabedoria. Conhecimento. Na verdade, está em todo lugar. Você pode estender a mão e agarrá-lo. A questão é se você vai usá-lo, essa é a questão.

— O que ele queria saber?

— Ele era muito jovem, não um filhote como você, é claro, mas ainda jovem.

Um dragão de cem anos provavelmente ainda era uma criança para ele, então Fel não se importava em ser chamado de criança.

O Primeiro Mago continuou:

— Eu sei o que as pessoas dizem, eu sei. Dizem que Ircantari veio e ganhou sua magia, mas não é assim que funciona. A magia já era dele. Ele não tinha certeza se tinha o que era necessário para se tornar um mago dragão e queria um conselho. Estas são as palavras que eu disse a ele, e eu me lembro delas como se tivessem sido ditas no ano passado: *Cada segundo em que você duvida, reclama ou pensa que não é bom o suficiente é um segundo em que você poderia estar trabalhando em direção ao seu objetivo. Como você quer gastar seu tempo?* Não foi muito, e ainda assim foi o suficiente. Mas não foram as palavras que fizeram isso. Você sabe o que o fez se tornar um dragão mago?

— Ele aplicou o conselho.

— Oh, não. Isso não. Ele teve sorte. — Aquele rosnado estranho de novo. Uma risada. — Eu estou brincando. Sim, ele aplicou o conselho e trabalhou em vez de duvidar, avançando em vez de se questionar.

— E ainda assim ele foi assassinado. — Talvez Fel não devesse ter dito isso, mas as palavras saíram de sua boca por vontade própria.

— De fato. Você ouviu alguma coisa que eu disse? Ou você imaginou algo que eu não falei? Tenho certeza absoluta de que nunca afirmei que ele me perguntou como se tornar imortal.

— Desculpa. É só... Ele morreu tão jovem. Se ele era tão poderoso... — Fel suspirou. — Você sabe o que aconteceu?

— Ele seguiu em frente. Nem todos nós devemos ficar muito tempo neste plano. Se você quer saber como permanecer aqui para sempre, não posso ajudá-lo. Não vejo tudo e não sei tudo. Agora, por que você está aqui, de novo?

— Aprender a trocar para meu corpo humano, mantendo minha mágica humana.

— Aprendizado não é uma coisa que pode ser dada. Dito isso, posso lhe dar seu corpo humano, como você pode ver. Também posso lhe dar sua magia humana, mas preciso saber que a estou dando a alguém que a merece. Proponho um desafio para você. Está vendo aquele pico ali?

Ele apontou para trás de Fel, que se virou e viu uma enorme parede de rocha, como se uma montanha tivesse sido cortada. Anteriormente oculta pela névoa, agora se erguia alto e imponente, estendendo-se em ambas as direções.

O Primeiro Mago continuou:

— Há um ninho lá. Um ninho especial pertencente a um raro e antigo pássaro dourado. Preciso que você suba lá e me traga um ovo.

Ir para lá seria fácil como um dragão, com suas asas. Como humano também não seria difícil, se ele tivesse seu colete de metal ou qualquer metal que pudesse usar para se apoiar. Mas assim...

— Sem magia?

— Por quê? Você esperava que seu desafio fosse fácil? Não

funciona assim. Devo avisá-lo, porém, que se você cair, pode morrer. O pássaro também não é pequeno e pode matá-lo. Você quer arriscar a morte? Você prefere arriscar a morte do que voltar à sua linda e perfeita forma de dragão? Mostre do que esse corpo humano é capaz, mostre-me, e eu concederei a você sua nojenta magia humana.

Fel engoliu em seco. Como ele iria escalar?

— Então você quer que eu traga um ovo daquele ninho?

— Esse é o desafio, sim.

Ele ainda não tinha ideia de como chegaria lá, mas tinha certeza de que não seria fácil. Nem rápido.

— Tem um limite de tempo?

O grande dragão riu naquele estranho rosnado.

— O limite é a sua pressa, criança. Estarei aqui quando você terminar, a menos que morra, é claro.

Fel respirou fundo e reuniu toda a sua confiança.

— Vou trazer aquele ovo para você.

O Primeiro Mago abaixou ainda mais a cabeça e se aproximou dele, de forma que sua enorme boca quase tocou Fel. Seus dentes inferiores eram tão grandes quanto as pernas de uma pessoa.

— Passe o desafio, criança, e você terá sua magia humana de volta.

— Eu vou passar.

O enorme dragão então desapareceu, deixando Fel ali sozinho. Era um desafio cruel. Embora ele não tenha dito nada sobre as mãos de Fel, pediu a ele para fazer algo para o qual seu corpo não era adequado, uma tarefa que o fazia se sentir fraco e tolo. Azir Umbraar sempre dizia que Fel era perfeito, mas não era, era? Ele nunca teve que dizer a Naia que ela era perfeita porque era óbvio.

Escalar aquela parede seria uma tarefa bastante difícil para a maioria das pessoas, mesmo que fossem fisicamente fortes. Para Fel? Impossível. A risada do dragão veio à sua mente. Talvez tenha sido uma brincadeira cruel, feita para fazê-lo desistir antes mesmo de começar. Fel respirou fundo. Ele não ia desistir. Precisava de seu corpo, precisava de sua magia, precisava ser ele mesmo novamente. Queria um futuro, uma família. E queria beijar Léa, beijá-la de novo, desta vez sabendo que não era um sonho febril.

Então ele também precisava ajudar seu pai, ajudar Umbraar. Se mesmo a magia dos dragões era mais fácil de ser usada na forma humana, então era extremamente importante.

Asas eram legais, mas ele tinha que salvar seu reino e fazer amor com sua garota. Léa era sua garota — sempre foi, e ele sabia disso agora, quase como se transformar em um dragão tivesse mudado a forma como percebia as outras pessoas e suas próprias emoções. Ele ainda poderia ser um dragão — em forma humana. Então se sentiria completo, uma vez que tivesse sua mágica.

Ele olhou para a parede de pedra novamente. Como iria atingir aquele pico?

O CÉU ESTAVA azul do lado de fora da janela do forte. Naia tinha pensamentos tumultuados em sua mente, sabendo agora que tudo era muito mais complicado do que ela havia imaginado a princípio. Mas pelo menos River finalmente estava falando, sem ser forçado. Essa era uma boa mudança.

Ele olhou para ela.

— Sua magia amplifica a minha. Elas se combinam de alguma forma, fazem alguma coisa, então foram nossos poderes me curando. É por isso que você dormiu e nós dois estávamos com tanta fome depois.

Naia nunca tinha ouvido falar de combinação de magia assim.

— Você sabe por que isso acontece?

Ele olhou para baixo e brincou com um pedaço de pão.

— Casais fazem isso. Geralmente. Nem sempre. — Uma reação estranha.

— Por que esse fato parece incomodá-lo?

Seus olhos deslumbrantes encontraram os dela.

— Você não disse *sim* ainda, lembra? Você ia considerar isso. Eu estava dando a você tempo e espaço para pensar bem, tempo para saber tudo sobre mim e só então se decidir. — Ele fez uma pausa e acrescentou, com a voz um pouco mais baixa: — Sua magia está contando uma história diferente.

Ótimo.

— Oh, então é assim que você sabe que pode ser um idiota e eu vou te perdoar.

River riu.

— Vale para os dois lados. Também significa que não quero ser um idiota com você. E quem sabe? E se a sua magia mudar de ideia? Não vou arriscar.

Risco. Houve muitos riscos.

— Então não coloque sua vida em perigo novamente. Se é verdade que há algo nos conectando, isso explica como me senti hoje. Foi horrível.

Ele passou a mão pelo cabelo dela.

— Sinto muito, Naia. Juro que nunca passou pela minha cabeça que Bastião de Ferro pudesse fazer isso comigo. O acordo que fiz com o rei deveria me manter seguro. Acho que esqueci a rainha. Pelo menos consegui alguma informação, pelo menos sei de algo agora.

— Eu odeio tudo isso. Quero dizer, sabemos que Bastião de Ferro é horrível e quer poder. Agora, o que essa rainha está fazendo? E o que ela quer com você? Por que você seria a chave para qualquer coisa?

River suspirou e balançou a cabeça.

— Talvez... Talvez ela precisasse de Bastião de Ferro para ser poderosa, e era por isso que ela precisava de mim, mas não faz sentido. Eles não precisavam das minhas ilusões para ganhar poder. Talvez... Talvez ela queira saber como combater a magia de ferro? Talvez para lutar contra os Bastião de Ferro? Não sei.

Naia pensou por um momento.

— Poderia ser sua... sua magia mental?

— Fusão mental. Como ela teria ouvido falar sobre isso? Nenhum forasteiro sabe disso, nem mesmo muitos lendários. E por que minha magia a interessaria? O problema é que ela está alegando que está por trás de Bastião de Ferro, ela se gabou disso, então tem algo a ver com o que quer que eles estejam planejando.

Naia batia as unhas na mesa, enquanto imagens horríveis de River aprisionado ou mesmo torturado passavam por sua mente.

— Você vai ter que se esconder. Eles estarão atrás de você. Nossa casa é segura?

Ele deu um sorriso feliz.

— *Nossa* casa?

Naia estreitou os olhos.

— Você sabe o que eu quero dizer.

Ele manteve aquele sorriso adorável e de tirar o fôlego.

— Sim, deve ser segura. Bastião de Ferro não tem condutores de morte, faes ou dragões.

Havia outra coisa que ela não podia acreditar que ele ainda não havia mencionado.

— Também precisamos ajudar sua Cidade Lendária.

Houve um lampejo de dor em seus olhos.

— Não tenho permissão para ir lá.

Naia discordava.

— Eu acho que você *pode* ir lá. O que seu pai disse que você tinha que fazer para que seu exílio terminasse?

Ele deu uma risada amarga.

— Trazer um coração de dragão.

Ela sorriu.

— Ele especificou que tinha que ser separado do corpo?

River balançou a cabeça.

— Entendo o que está dizendo, mas você foi lá sozinha.

— Sim, mas você poderia me trazer agora.

Ele assentiu.

— E então eles vão querer separar seu coração de seu corpo. Não vou correr esse risco.

Naia rolou os olhos. — Bem, então acho que teremos que deixar todos os faes da Cidade Lendária morrerem.

— Vou encontrar uma solução.

— Você não pode fazer tudo sozinho, River. E não vai dar tempo. Eu pensei sobre isso. Há uma floresta, ao norte de Umbraar, a Floresta Azul, perto de um rio. Alguns faes de seu povo podem vir e coletar água e peixes e depois levá-los para a Cidade Lendária. Você poderia fazer um círculo de fadas lá. Essa área é longe das aldeias, então é segura. Tudo o que preciso é alguma garantia de que seu povo não atacará humanos.

Ele olhou para ela.

— Não atacamos pessoas sem motivo, Naia.

Claro. A guerra fae obviamente tinha sido algum tipo de alucinação coletiva humana. Ela não queria aborrecê-lo, porém, e disse:

— Só por precaução. Vou me sentir melhor com isso.

River estava pensativo.

— Se fizermos um acordo com eles, você pode pedir apoio na próxima guerra. Há uma guerra chegando, Naia, e os guerreiros faes são os melhores dos melhores.

— Ainda assim... — Ela fez uma pausa. Dizer a ele que haviam se retirado para a Cidade Lendária no final da guerra com os humanos seria como cutucar uma ferida.

River balançou a cabeça, como se sentisse seus pensamentos.

— Os faes que a maioria dos humanos enfrentava eram plebeus, camponeses, famílias, que costumavam viver pacificamente nesta terra. Eu não iria querer que *eles* lutassem. O que estou sugerindo é a ajuda de nossos guerreiros. Deve haver uns trinta, quarenta deles, é isso. E trata-se de fazer um acordo que faça sentido. Se os termos forem muito fáceis, os lendários pensarão que há algum truque. Eles não aceitam ajuda sem um preço que considerem justo, não é assim que funciona com a gente.

— River, não sabemos se, quando ou como esse conflito vai se desenrolar. Nem sabemos se os humanos e os lendários terão um motivo para lutar lado a lado. Por enquanto, só quero garantir que seu povo sobreviva. Pensaremos em Bastião de Ferro mais tarde. Ainda assim, quero que os faes evitem assentamentos humanos, evitem ser vistos, e é nisso que quero focar o acordo. Eu confio em você, mas ainda não tenho nenhuma razão para confiar em outros lendários.

River suspirou.

— Você deveria odiar todos eles.

— Não. Estavam cumprindo ordens e não tenho como saber

a opinião deles sobre o que houve, e teve uma menina que me avisou para não seguir seu pai. Eu voltei, mas acabei sendo pega.

Ele ficou atento.

— Como ela era?

Naia deu de ombros.

— Longos cabelos brancos, olhos vermelhos escuros.

River rolou os olhos.

— Você acabou de descrever a maioria da população da Cidade Lendária.

— Não é minha culpa que todos sejam iguais.

— Ela era uma guarda, uma nobre, uma sábia, uma clériga...

— Nobre. Ela estava sentada ao lado do seu pai. Havia um jovem também, mas ele não me disse nada.

— Deixe-me adivinhar, ele também parecia um lendário típico.

— Sim.

River respirou fundo.

— A mulher que ajudou você pode ser minha irmã. Não aquela que morreu. Obviamente. Sua gêmea, Anelise. Nunca nos demos bem, mas quando meu pai me exilou, ela parecia... se importar. Ela até me deu um espelho de fadas. — Ele exalou. — Perdido quando fui empurrado para o buraco.

— Você acha que poderíamos falar com ela?

— Ela não tem autoridade sobre a Cidade Lendária. Você não pode obter a palavra dela para outros lendários.

— Então vamos precisar negociar com seu pai.

— Você viu como ele é legal.

— Aposto que ele não quer que as pessoas da sua cidade morram.

River zombou.

— Você não o conhece bem, então.

— O que você sugere?

FEL CONSIDEROU o conselho do Primeiro Dragão Mago. Fazer em vez de duvidar parecia uma boa ideia — em teoria —, mas seria inútil correr para aquela parede de pedra e tentar escalá-la.

Acreditar que ele podia não iria fazê-lo crescer mãos ou manifestar algum equipamento de escalada.

Seu pai, ou melhor, pai do coração, como diziam os dragões, uma vez tinha lhe dito que a força de vontade não podia conseguir tudo. A maioria das coisas, sim, mas não tudo. Algumas limitações eram reais e não fazia sentido bater de frente com elas. O truque era trabalhar com elas.

Nenhuma dessas palavras lhe deu uma pista de como subir aquela parede.

Não. As palavras de Azir tinham uma pista.

Não adiantava tentar fazer algo que ele não podia. Sim, Fel talvez pudesse escalar aquela parede se tivesse equipamento especial — mas não tinha nenhum. Mas escalar não era a única maneira de chegar ao ninho.

O Primeiro Mago não especificou como ele tinha que chegar lá.

Se ao menos Fel soubesse como fazer aqueles anéis de dragão! Talvez ele pudesse pedir ajuda. Não, o desafio era dele e só dele, e ele nem sabia onde estavam ou como alcançar qualquer outro dragão — ou qualquer um, aliás. Mas sempre havia uma maneira de contornar os obstáculos.

Fel se aproximou daquela rocha sólida. Havia fendas aqui e ali. Talvez ele pudesse colocar os pés e depois apoiar-se nos braços. Não, era muito perigoso. Uma queda mortal não era seu objetivo quando tinha decidido falar com o grande dragão.

Talvez o teste fosse sobre paciência, não tanto proeza física. Ele olhou para os dois lados daquela longa parede. À esquerda, ao longe, no limite onde seus olhos podiam ver, parecia ser mais baixo. Tinha que terminar em algum lugar, ou pelo menos poderia haver um lugar onde fosse mais fácil escalar. Caminhar ao seu redor não parecia a solução mais inteligente, mas ele não conseguia pensar em mais nada agora. Após uma respiração profunda, Fel começou a se mover. Não adiantaria nada ficar ali parado, imaginando e desejando.

Era bom que houvesse muitos riachos saindo daquele precipício, então pelo menos Fel não sentiria sede. A imagem que lhe veio à mente foi a de sua irmã quando criança, usando as mãos para tirar água de um lago, depois se oferecendo para fazer o mesmo para ele, e ele recusando a ajuda dela. Em vez disso, ele se ajoelhou e bebeu diretamente do lago. Mesmo suas mãos de metal não conseguiam pegar água. Mas isso não importava. Sempre havia outro jeito, sempre havia outra solução. Ele continuou andando até encontrar uma parte onde a rocha não parecia tão vertical, mas mais como uma montanha normal, cheia de pedras e partes difíceis. Era isso ou caminhar muito para talvez achar um lugar mais adequado de onde pudesse subir. Fel decidiu arriscar. Ele subiu com cuidado, às vezes sentando ou se apoiando em seus braços, mas, lentamente, chegou ao topo do penhasco.

Olhando para baixo, viu um vale enorme além dele. Não tinha certeza se isso ainda era Fernick ou outro lugar, talvez até mesmo um plano diferente no oco. Mas a verdade é que este continente era muito maior que Alúria e, mesmo lá, eles nem sempre conseguiam ver a cordilheira que cortava suas terras em duas. Ainda assim, o que o surpreendeu foi a quantidade de verde, verde intocado, onde as matas e a vegetação cresciam imperturbadas até onde seus olhos alcançavam. Com tanto espaço inexplorado e selvagem, fazia sentido que houvesse tantos grupos de faes e elfos escondidos no continente. Havia tanto aqui, tanto que ele queria ver, mesmo quando seu coração ansiava por voltar para casa e ajudar a salvá-los.

O pico de onde ele teria que pegar o ovo era visível dali, uma saliência naquele penhasco, uma montanha dentro de uma montanha. O caminho não seria fácil, devido à quantidade de rochas íngremes cortadas por apenas alguns trechos irregulares de terra. Pelo menos se ele caísse aqui, não morreria.

ELE HAVIA COMEÇADO sua caminhada pela manhã e o sol já estava baixo perto do horizonte quando chegou perto do pico. Seu primo ficaria preocupado? Eles não haviam discutido nada sobre quanto tempo levaria. Se seu tio soubesse o que estava fazendo, provavelmente ficaria chateado. E furioso. Mas era por um bom motivo, ou pelo menos era o que ele esperava.

O pico estava à vista, assim como o ninho, maior do que tinha achado que era. Uma coisa que ele não havia considerado era como carregaria o ovo para o vale. Mas isso fazia parte do desafio? Ou apenas recuperá-lo? As palavras do Primeiro Mago eram um angu em sua cabeça. Não era de admirar que palavras sábias fossem negligenciadas com tanta frequência, se ele podia esquecer instruções simples para um desafio potencialmente mortal.

Uma coisa que o preocupava era que ele não estava ouvindo nenhum chilrear ou grito ou qualquer som de pássaro. Deveria haver um pássaro se tivesse um ninho, certo? Ele tinha certeza de que o dragão havia mencionado um pássaro, não uma cobra ou algo assim. Levando em consideração o tamanho do ninho, esse era um perigo potencial do qual precisava estar ciente. Fel não tinha armas nem magia e, na verdade, nem queria lutar contra um pássaro inocente que não tinha nada a ver com seus problemas. Mas talvez o pássaro tivesse sumido ou algo assim.

Lentamente, prestando muita atenção ao seu redor, ele se aproximou do ninho. Havia apenas um ovo, dourado, não tão grande quanto Fel esperava, mais parecido com um melão enorme. Ainda nenhum pássaro. Algo sobre isso deixou Fel desconfortável, mas ele não conseguia entender o porquê. Na verdade, não ter pássaros em lugar nenhum só tornaria as coisas mais fáceis. A verdade é que o desafio não era tão terrível quanto ele tinha previsto.

A parte complicada agora seria levar o ovo para o dragão. Fel fez uma pausa, então decidiu fazer um saco improvisado para poder carregar o ovo pelo penhasco. Ele tirou a camisa e estava prestes a rasgá-la, quando algo no ovo chamou sua atenção: uma energia, não mágica, mas algo semelhante a ela. Respirou fundo e baixou a camisa. O ovo tinha vida nele, um pássaro totalmente formado que romperia a casca muito em breve. Fel tinha achado que seria um ovo não fertilizado, não isso.

O que importava? O Primeiro Mago havia pedido esse ovo. Fel deveria se sentir culpado por um pássaro, agora? E se aquele dragão era todo sábio e tudo mais, ele tinha suas razões. Fel engoliu em seco. Era melhor abafar esses pensamentos tolos. Ele tinha que salvar seu reino, tinha muito o que fazer, precisava de sua magia e de sua forma humana. O que era um pássaro comparado a tudo isso?

Amor. Embora não pudesse ver os pais, podia sentir o amor envolvendo-o como um cobertor, protegendo-o. Esta pequena vida tinha uma mãe protegendo-a, talvez procurando comida agora. Fel poderia roubar este pássaro de sua mãe amorosa?

O Grande Dragão havia pedido por isso, no entanto. Talvez ele não soubesse que tinha um pássaro dentro.

Fel suspirou. Toda essa indecisão era estúpida. Sua irmã gostava de caçar e os dois comiam carne. Não só isso, ele tinha matado pessoas, pessoas reais que provavelmente não escolheram atacar Umbraar, que estavam apenas seguindo ordens. Mas era diferente de roubar um filhote de um pássaro que estava esperando por ele, que o amava. Sua mãe tinha que estar por perto, ou ele não teria sobrevivido por tanto tempo. Não estaria aqui, prestes a ganhar vida.

Fel fechou os olhos. Se ele quisesse sua magia, precisaria passar por esse desafio. Talvez houvesse algo que não entendesse, não pudesse ver, talvez houvesse algum significado. Talvez pegar aquele ovo não fosse tão ruim assim.

Não. Ele entendia de matar em uma situação de vida ou morte, mas não era esse o caso. Havia algo que parecia errado. Sim, ele havia matado pessoas, pessoas que provavelmente não mereciam, mas isso ainda era diferente.

O pedido do Primeiro Mago veio até ele, e a possibilidade de morte em caso de falha. Mas ele estava desistindo, não fracassando — e havia uma diferença. Pelo menos era o que esperava.

Depois de olhar para o lindo ovo mais uma vez, Fel se afastou do ninho, exalando de alívio. Estranhamente, parecia errado não ter nenhum fogo misturado com sua respiração agora que ele era humano. Talvez ser um dragão estivesse se tornando natural para ele, o que era ótimo, já que essa decisão estúpida provavelmente significaria que ficaria nessa forma por muito tempo.

Então ele sentiu algo. Fel olhou para trás e viu uma enorme garra vindo em sua direção, com penas douradas.

Não havia tempo para reagir, não havia tempo para lutar — e ele *lutaria* por sua vida —, animal lendário ou não. Se ao menos ele tivesse sua magia, se ao menos... Não adiantava desejar.

A garra empurrou Fel para baixo do penhasco. Por um momento pareceu tudo irreal, apenas ar abaixo dele, a sensação de nada ao seu redor. Então ele estava caindo, duvidando que a grama fosse macia o suficiente para salvá-lo desta vez.

14

UMA RELÍQUIA RARA

Naia olhou para River, imaginando que solução ele tinha para seu povo.

River parou por um longo momento, então respirou fundo.

— Vou falar com meu pai. Do meu jeito. Ele gosta muito de jogos mentais...

— Você vai usar sua magia?

Ele balançou sua cabeça.

— Eu nunca uso fusão mental, e fazer isso contra um rei... Isso poderia me matar. Quero dizer armadilhas verbais, acordos. Também tenho que ter certeza de não ferir seu orgulho. Eu vou fazer isso. Você estará comigo, mas não saia do meu lado. Eu protegerei você.

— Eu confio em você. — E era verdade. — Mas como você vai evitar um conflito com os humanos e garantir a segurança de Umbraar?

— Vou conseguir que meu pai concorde em enviar apenas alguns faes, algo como dez no máximo, e que eles prometam ser discretos e evitar humanos. Isso funcionaria?

Naia pensou que eram poucos faes para alimentar uma cidade, mas talvez fosse um bom começo e, no final das contas, River sabia muito mais sobre seu povo do que ela, então, se ele achava que era o suficiente, era o suficiente.

— Se você acha que vai dar certo, não tenho motivos para duvidar de você. Podemos ir imediatamente.

River franziu a testa e olhou pela janela.

— Nossos horários são semelhantes. Encarar meu pai já é bastante difícil quando ele está bem acordado. Não tenho certeza se quero tirá-lo da cama.

— A que horas podemos ir?

— Depois das duas da tarde.

Naia não queria esperar, mas, novamente, River conhecia seu pai melhor do que ela, e era verdade que a única vez que ela esteve na Cidade Antiga tinha sido tarde da noite e todos pareciam acordados.

— Tudo bem. Esperamos, então. — Ela exalou. — Enquanto isso, podemos tentar ter uma ideia, uma solução, uma maneira de descobrir o que a Rainha Kara quer.

— E quanto ao rei? — River perguntou. — Você disse que ele quer declarar um Império Bastião de Ferro, mas foi adiado?

— Sim. Bem, eu estava em uma reunião no espelho com Marca do Lobo, Rocha Verde, Lago Branco, ou melhor, a pessoa de Bastião de Ferro que está cuidando daquele reino e o Rei Harold. Combinamos uma reunião de emergência. Em Bastião de Ferro. Será em dois dias. Acho que essa será minha chance de...

— Você está louca? Eu disse que é muito perigoso.

— Eles não estão me procurando. Eu não sou a chave para nada, então não vejo o problema. Além disso, meu pai provavelmente já estará de volta. Ele pode ir. Sua magia deve protegê-lo.

River olhou para baixo, como se engolisse algo que estava prestes a dizer.

Naia o encarou.

— Você não acha que ele vai voltar?

— Não sei. Pode ser. Você está certa de que ele poderia nos ajudar. Ou seja, se ele não quiser separar *minha cabeça* do meu corpo.

— Ele me deixou ficar com você quando eu disse que era o que eu queria. Ele não fez isso com alegria ou orgulho, mas me deixou ficar. Além disso, ele vai querer lutar contra Bastião de Ferro, ele vai querer proteger Umbraar.

River olhou para baixo. Naia sabia o que ele estava pensando. E se o pai dela não voltasse? Mas ela não queria considerar essa possibilidade.

Ele disse:

— Eu poderia ir e investigar Bastião de Ferro. Eu posso me mover livremente naquele castelo agora.

— River! Agora é você que não faz sentido. Você não sabe para que aquela rainha quer usar você.

— Não. Pense nisso. A única razão pela qual ela me pegou foi por causa daquela porcaria daquela planta. Tudo o que preciso fazer é encontrar uma maneira de combater seus efeitos e vai dar tudo certo.

— Você não sabe, River. Você não sabe o que ela quer fazer com você.

— É apenas uma ideia. Posso tentar pesquisar na biblioteca dos lendários. Tem que ter algo sobre aquela grama da morte. Então, se eu puder contra-atacar, posso voltar para a Cidadela de Ferro e passar despercebido. Imagine o que poderíamos descobrir? Talvez essa seja a chave.

Naia mordeu o lábio.

— Exatamente. A chave. O que a rainha má e a voz assustadora querem. Vamos pensar em outra coisa. E não acho que Bastião de Ferro seria tolo o suficiente para fazer qualquer coisa na reunião.

— Realmente? Você acha que eles não podem tomar decisões drásticas e aparentemente ilógicas? Você não prestou atenção, então.

— Falei com outros reis. Ninguém quer se opor abertamente a Bastião de Ferro, mas eles não estão satisfeitos em pagar impostos a eles e se tornar parte de seu império. Estaremos todos juntos lá. Há outra coisa, o rei de Marca do Lobo está aqui. Ele falou comigo e acha que poderíamos tentar negociar melhores condições, ou até mesmo recusar esse império completamente.

— Ele está *aqui*? Neste forte?

— Bem, ele insistiu em vir. O que eu ia fazer? E ele é um aliado em potencial.

River olhou para ela.

— Aliado. E, no entanto, algo na maneira como você o menciona me faz pensar que você o considera um estorvo... ou pior.

Ela não iria contar a ele sobre a proposta bizarra do Rei Sebastian, mas poderia explicar um pouco de sua antipatia.

— Meu pai o odeia, então presumo que deva haver um motivo, e não posso estar feliz por ele ter vindo me visitar. Mas você não precisa gostar de seus aliados, você só precisa ter interesses em comum.

River continuou olhando para ela, seu semblante subitamente sério, ameaçador, até.

— Esse rei, ele te incomodou? Te desrespeitou?

— Você está lendo minha mente agora?

— Estou lendo seu rosto, Naia. Mas agora você acabou de responder. O que ele fez?

Era melhor explicar antes que River pensasse que era pior do que era.

— Ele propôs.

— Pro... — Seu rosto estava confuso, então, depois de parar por um segundo, ele começou a rir. — Ele acha que tem uma chance? Com você? Todos os homens humanos estão tão iludidos?

Naia balançou a cabeça.

— O que eu sei? — River achou engraçado.

River ainda estava rindo.

— E o que você disse?

— Que eu vou pensar sobre isso. O que mais eu posso dizer? Ele é um aliado em potencial.

— Então você vai torturar o velho, fazendo-o pensar que tem uma chance. Cruel, Naia, muito cruel. — Seu tom era brincalhão, mas tinha um traço de raiva.

Ainda assim, de certa forma, a pena de River pelo *velho rei* a fazia se sentir melhor, a fazia pensar em Sebastian como um tolo patético e iludido, em vez de se sentir ameaçada por ele.

River tamborilou com as unhas na mesa, depois olhou para ela.

— Você não sabia o que mais poderia dizer ao rei? Que tal algo totalmente louco e absurdo, como dizer que você já está prometida ou algo assim?

— Ele perguntaria a quem. O que eu ia dizer?

River desviou o olhar, pensativo.

Naia temia tê-lo deixado chateado.

— Não é que eu tenha vergonha ou...

— Eu não achei isso. — Seu sorriso era lindo enquanto olhava para ela. — É apenas mais uma complicação em nossa lista. Muito baixo em nossa lista de prioridades, devo dizer. — Ele olhou para cima, pensando.

Era um problema, a menos que seu pai a banisse para sempre e a declarasse morta ou algo assim. Isso evitaria a necessidade de explicações embaraçosas. Ela não tinha certeza de como se sentia sobre isso.

River olhou para ela, uma sobrancelha levantada.

— Então você acha que vão se reunir na Cidadela de Ferro e desafiar os donos daquele castelo?

Naia ficou feliz com a mudança de assunto, ou talvez nem tanto, já que esse era um problema ainda maior e mais urgente.

— Não sei. River, não sei o que fazer. Eu só precisava de um tempo, precisava de uma chance. Só sei que ainda temos dois dias para pensar em alguma coisa, mas não tenho solução, não faço ideia. Estou me sentindo perdida. Ainda assim, o que posso fazer agora é tentar salvar os faes em sua cidade. Eles não merecem morrer.

Ele respirou fundo, estendeu os braços e olhou para ela.

— Vem cá.

Naia se levantou e foi ao lado dele, esperando que se levantasse, mas em vez disso ele a puxou para o colo, passou os braços em volta dela, depois acariciou seus cabelos e seu pescoço.

— Senti a sua falta. Ainda não me recuperei de quase te perder, de quase te machucar.

Verdade. Fazia pouco mais de um dia que ela tinha estado na Cidade Lendária, quando os fundidores de mentes tentaram fazer River matá-la.

— Não foi sua culpa.

— Foi. Eu deveria ter falado mais com você, deveria ter te avisado. Eu não posso nem acreditar que você é tão boa que está preocupada com o bem-estar dos lendários.

Ela fechou os olhos, apreciando sua proximidade.

— Geralmente o povo não tem culpa do que seus líderes fazem. Não é certo fazê-los sofrer.

— Eu sei.

Seus lábios estavam perto do canto da boca dela, então ele os moveu lentamente e a beijou. Era tão bom estar em seus braços, beijá-lo novamente, sentir o toque de suas mãos, a sensação de sua língua, seu cheiro... Não realmente dele.

Naia parou o beijo.

— Você está com o cheiro do meu irmão.

— Tenho certeza que poderia ser pior.

— Não para mim. Eu não posso te beijar quando você cheira assim.

Ela moveu os dedos para os botões da camisa dele. Camisa de Fel. Desabotoou com cuidado, então tirou aquela coisa dele. Havia uma leve cicatriz onde ele havia se cortado, mas não muito mais do que isso, o que era impressionante. Naia colocou a mão no peito dele, sentindo a maciez da sua pele.

River olhou para ela com olhos escuros e uma expressão séria.

Naia afastou a mão, pois obviamente não queria passar pela humilhação de tê-la empurrando novamente. Ela riu.

— Eu esqueci. Você não quer que eu toque em você porque, aparentemente, você não consegue se controlar.

River inclinou a cabeça.

— Eu posso me controlar. Eu só estou... Você é humana. Estou tentando o meu melhor para cortejá-la de uma maneira que seja confortável para você. Sua raça espera até que você se case. Para tudo. Sempre achei uma loucura. Isto é insano. Mas passar por essa insanidade é minha maneira de provar que me importo com você, que levo você a sério. Você ficará muito mais feliz ficando perto de mim quando decidir que isso é o que realmente deseja para o resto de sua vida, sabendo que estamos comprometidos um com o outro.

Suas palavras soaram amáveis, corretas e honradas, mas de alguma forma a desapontaram.

— Mas é... Preto e branco? Sim ou não? Não zombe da minha ignorância. Não é minha culpa. Eu odeio ser tão...

Ele beijou a mão dela.

— Você é perfeita, Naia. Você foi criada por uma família humana, e é isso que você é. Quanto à sua pergunta... Não é preto ou branco, não. Há muito espaço entre os extremos. Mas mesmo isso, para os humanos, é algo que eles esperam.

— Eu nem sei por quê.

— Eu... — Ele suspirou. — Vai soar como se eu estivesse criticando sua raça, e eu...

— Diga.

— Pode ser uma opinião tendenciosa e preconceituosa. Eu ouvi que homens humanos são muito ruins em... coisas de amor. Então eles querem garantir que as mulheres sejam ignorantes sobre isso, para que não percebam o quão terríveis são.

— Isso não faz sentido. Eles são tão competitivos. Eles não gostariam de ser bons em tudo?

— Talvez eles só queiram ter a percepção de que são bons. — River deu de ombros. — Se não há competição, então eles são os melhores. Então, novamente, esta é uma opinião tendenciosa de alguém que um dia viu os humanos como inimigos, mas estou tentando respeitar sua raça.

— Tão respeitoso. Você acha que eu gosto de ser uma tola ignorante que nem sabe o que acontece quando um casal se casa? Quem tem algumas ideias, mas não sabe dizer exatamente como um bebê é feito? Eu nem sei o que você tem aí. — Ela apontou para as calças dele. — Eu sei que te permite fazer xixi em pé, mas não sei o que é. Eu me sinto uma criança sem noção, e o pior é que você me trata como uma criança sem noção.

— O que você espera que eu faça? Se você decidir que não me quer, e se acabar encontrando um marido humano, ele vai esperar que você seja ignorante e sem noção.

— Você realmente acha que eu ficaria interessada em alguém assim?

River deu de ombros.

— Se ele for humano, sim. É assim que ele vai ser.

Naia não conseguia acreditar que achava que ela escolheria alguém assim, a menos que...

— Você realmente espera me deixar, não é?

— Não. Eu disse a você o que nossa magia diz sobre nós. Eu

declarei meu amor por você na frente do meu pai, na frente do rei. Eles eram um e o mesmo, mas isso não importa. Nada pode ser mais sério do que isso para um lendário.

Ela ainda estava sentada no colo dele e passou a mão pelo seu peito, descendo até a barriga.

— Então não me trate como uma flor frágil que precisa ser mantida intacta para um humano arrogante. Se você continuar fazendo isso, então talvez eu é que *vá* acabar ficando irritada e escolhendo um humano, mas você sabe que não é isso que eu quero.

Ele beijou sua orelha e sussurrou:

— E o que você quer?

Naia fechou os olhos.

— Posso querer o que não posso nomear? Ou sou apenas algo a ser desejado?

— Eu não queria te magoar.

Ela deu de ombros.

— Estou inteira. Não preciso de cura.

Ele acariciou seu rosto e ela acabou olhando para ele. River era lindo, e até mesmo seu estranho tipo de beleza estava se tornando familiar para Naia.

Ele olhou para os lábios dela, então olhou-a nos olhos.

— Você não tem ideia do quanto eu quero você. Toda. O quanto te desejei desde o momento em que te vi pela primeira vez, lá no covil do dragão, tão poderosa, confiante e misteriosa, e ainda assim, me olhando com tanta doçura e... Nem sei. Você não saiu dos meus pensamentos desde então. Eu quero seu coração, sua mente, sua alma. Eu também quero o seu corpo e você não tem ideia do quanto, não tem ideia do que é querer tanto.

Naia riu, mas foi uma risada errada, toda amarga, que não estava muito certa depois de todas essas palavras.

— River, você já pensou que talvez, apenas talvez, eu *saiba* como é?

Ele prendeu a respiração.

— Eu estava tentando ser bom e estava fazendo tudo errado. — Ele beijou o canto de seus lábios e a abraçou, então sussurrou: — Há uma linha que ainda não podemos cruzar, mas há muitas outras que podemos.

Seus lábios se encontraram. Desta vez não havia cheiro estranho e nem raiva. Naia percebeu que isso era uma decisão. Para alguém que estava se perguntando se ela deveria confiar nele ou não, este era um sinal claro de onde ela realmente estava. Talvez ela devesse apenas ouvir sua magia, e de certa forma ela poderia sentir como os poderes deles se misturavam, como eram mais fortes juntos. Ao mesmo tempo, ela estava curiosa sobre os limites que eles cruzariam, seu coração batendo forte de alegria e excitação.

E ainda assim, tudo o que faziam era se beijar, enquanto ela tocava a pele macia das costas dele, aquela sensação gostosa de estar perto.

Lentamente, ele moveu as mãos para as pernas dela, então sob a camisola. Acariciou sua coxa com as pontas das unhas de uma das mãos, aquelas estranhas unhas que agora lhe davam arrepios. A outra mão levantava a camisola dela. Ele saberia que ela não tinha nada por baixo? Ele ficaria surpreso? Será que ele iria gostar do que estava por ver?

Morte. Um preço amargo pelo momento de distração de Fel.

Caindo de uma grande altura, ainda assustado, atordoado, tentou tolamente bater nos braços como se fossem asas. Como ele queria que eles *fossem* asas. Se o objetivo do Primeiro Mago era enfatizar a fragilidade da forma humana, ele definitivamente conseguiu. Pena que Fel não estaria por perto para apreciar essa sabedoria duramente transmitida.

— Socorro! — O grito soou inútil e patético.

Mas não foi um grito, mas um pensamento — ele não havia falado. Por alguma razão, seus braços batendo estavam retardando sua queda.

Não braços, asas.

Ele recuperou sua forma de dragão — quase tarde demais para impedi-lo de atingir o chão com uma força tremenda, mas não tarde demais. Talvez essa fosse a vantagem de ter falhado no desafio. Talvez... Ele nem sabia mais o que pensar.

Com o coração martelando no peito, Fel voou para a mesma

clareira onde havia falado pela primeira vez com o velho dragão. De fato, a criatura estava lá, esperando, parecendo ainda mais gigantesca do que antes, agora que Fel era um dragão e ainda três vezes menor que ele.

Fel esperou para ver se o Primeiro Mago iria dizer alguma coisa, talvez repreendê-lo, mas, ouvindo apenas o silêncio, decidiu enviar um pensamento.

— Eu imploro a você que me dê outro desafio para me conceder minha forma humana. — A frase parecia estranhamente formal e inadequada, mas o que alguém deveria dizer em uma situação como essa?

O dragão riu, e desta vez realmente soou como uma risada, ao contrário de antes, quando soava como um rugido.

— Você acha que tem duas chances? Ou quantas chances quiser?

— Peço uma exceção. O ovo que você me pediu para trazer, continha um filhote vivo nele, um pássaro prestes a ganhar vida. Eu podia sentir sua energia.

— Você sentiu sua magia. As criaturas mágicas são mais dignas do que as não mágicas?

Fel fez uma pausa.

— Não. Talvez eu não tivesse sentido a vida. Talvez sim. Eu... É um passarinho inocente. Eu só poderia presumir que não era o que você queria.

O Grande Dragão se inclinou, de modo que seu rosto estava perto de Fel. Era muito menos intimidador do que antes, mas ainda ameaçador.

— Por que isso? Você acha que sou misericordioso?

O fogo dentro de Fel estava se agitando em seu peito.

— Eu pensei que era um erro, que você não sabia.

Outra risada.

— Criança, não foi um erro. Eu sabia exatamente o que havia naquele ovo.

Um calafrio repentino percorreu o corpo quente de Fel.

— Por que você quer o ovo?

Desta vez, a risada do velho dragão definitivamente ressoou na terra.

— Você acha que eu quero isso? Você ao menos pensa,

criança?

— Você me pediu para trazê-lo para você.

— E esse foi o desafio.

— Eu... Eu não vou pegar aquele ovo, Primeiro Mago.

— Obviamente não. Você acha que Saka, o grande pássaro, deixaria você? Você não a viu a princípio, viu? Ela pode ficar invisível e esperar por sua presa. Ah, e ela gosta de carne humana.

Isso não estava fazendo sentido.

— Você queria que eu... me tornasse comida de passarinho?

— Hummm. Teoria interessante. Vou te dar dez segundos para descobrir qual era o desafio ou não vou te ajudar.

Mas como o Primeiro Dragão concordaria em ajudar Fel se ele tivesse falhado... A menos que... Fel olhou para ele.

— Você me enganou. Na verdade, você não queria o ovo.

O enorme dragão emitiu um estrondo baixo.

— Oh. Finalmente. Demorou bastante.

— E, no entanto, quase morri.

— Não seja dramático. Saka estava apenas, você sabe, te dando um empurrão. Se ela quisesse você morto, você não estaria aqui falando comigo. E acredite em mim, se você tivesse tentado chegar perto daquele ovo, não teria chance.

Fel estava com tanta raiva que temeu soltar uma rajada de fogo e piorar as coisas.

— Então esse era o desafio? *Não* fazer o que você me pediu para fazer? — Ele tinha que controlar seus pensamentos também, para não parecer tão bravo, mas era muito mais difícil do que controlar sua voz. — E se eu só quisesse tocar no ovo para ter certeza de que havia algo ali? Eu estaria morto?

— Não, não. Saka pode sentir intenções, como todos os animais místicos. Na pior das hipóteses, eu teria trocado sua forma a tempo.

Verdade. Um dragão poderia sobreviver a um golpe mortal se trocasse de forma, o que era um bom motivo para aprender a fazer isso o mais rápido possível. Ainda assim, Fel mal podia acreditar que o desafio tinha sido um truque. Mas em vez de chateado, ele deveria se sentir aliviado; havia passado no teste.

— Eu entendo. Então você vai me devolver meu corpo humano?

— É isso que você quer? — Por alguma razão, a voz do dragão parecia mais baixa agora.

— Não é por isso que passei horas andando naquele penhasco? Por que vim para cá?

— Oh, garoto, não vamos fingir que você não escolheu o caminho mais fácil. Não importa. Você passou, sim, de fato. Mas você sabe de uma coisa? Eu poderia lhe dar o que você quer, mas seria a decisão errada. Se eu o trocar para sua forma humana, você nunca mais se tornará um dragão.

Ele iria... recusar o pedido de Fel?

— Eu me transformei uma vez — ele protestou.

— Então você não terá nenhum problema em fazer isso de novo, já que é tão proficiente nisso.

— Dizem que leva anos. — Fel suspirou e decidiu ser honesto. — Eu preciso ajudar meu reino, minha irmã. Eu também pretendo me casar, e ela é humana. Não posso esperar por anos. Quer dizer, tenho certeza que ela vai querer... Tantas coisas.

— Continue querendo. É a semente da mudança e o tornará mais forte. Essa é a minha palavra final, Isofel, filho de Ticiane e Ircantari, neto de Célia, Cassius, Ilaya e Kasiel, filho do coração de Azir.

Isso não poderia ser.

— Mas tínhamos um acordo.

— Eu pareço um fae? Não faço acordos. — Sua voz era um rosnado agora, e ele se levantou, conseguindo ser ainda mais intimidador do que antes. — Você veio aqui pedindo ajuda. Eu te dei uma prova, você passou, e agora vou te ajudar, mas não me faça mudar de ideia.

Fel não tinha intenção de se tornar comida de dragão, então ele teve que engolir suas palavras, sufocar seus protestos, mesmo que seu peito fosse um caldeirão em chamas prestes a explodir.

O grande Dragão continuou:

— Seja grato. Estou lhe dando o que você precisa, o que é muito melhor do que você quer. — Ele segurava um pequeno colar em uma de suas garras, com um pingente com uma pedra roxa. — Esta é uma relíquia rara e antiga e um presente e tanto. Espero que você tenha o bom senso de apreciá-lo. Isso permitirá que você ou alguém que você ama volte no tempo. Uma vez.

Voltar? Quando ele tinha tanto para fazer agora? Tanto que ele precisava? Mas se Fel reclamasse disso, provavelmente sairia deste lugar sem nada, o que era uma perda de tempo ainda maior.

— Como... Como funciona? E como posso carregá-lo?

O dragão jogou o colar na direção de Fel e o objeto desapareceu.

— Da mesma forma que você carrega suas roupas e objetos humanos. Está com você.

— Então precisarei estar em minha forma humana para usá-lo. — Ótimo! De volta ao problema número um.

O dragão riu.

— Existe uma maneira de usá-lo nesta forma, mas obviamente está acima do seu conhecimento lamentável da magia dos dragões. Mas é bom, já que você obviamente não está pronto para manejar algo tão poderoso quanto isso.

Então talvez ele devesse ter dado a Fel algo mais útil, um presente que poderia ajudá-lo agora, não em algum momento desconhecido no futuro.

O Primeiro Mago então levantou uma garra, como se para silenciá-lo.

— Eu sei que você está enfrentando desafios. Todo dragão tem desafios, criança.

Fel suspirou. Não podia ser assim. Talvez ele devesse pedir algo diferente, um tipo diferente de ajuda. Ele tentou enviar um pensamento em um tom gentil e suplicante.

— Pessoas e dragões podem morrer. Um dragão maligno pode retornar, há uma luta entre os dragões. Na minha terra, a magia está se comportando mal. Há algo sombrio e perigoso prestes a tomar conta de tudo. Você não pode ajudar?

— Esta é a ajuda que posso dar. Não estou conectado ao seu mundo e não posso participar da sua luta. Mas uma coisa posso dizer: sempre houve luta e conflito, mas sempre há espaço para o amor, para a esperança, para a paz e a vida florescer. Confie nisso. — Ele então fez um anel de fogo entre ele e Fel. — Adeus, criança.

Então era isso.

— Obrigado. — Fel não estava grato, ele estava desapontado e com raiva, mas reclamar não ajudaria ninguém.

Na verdade, ele estava se sentindo pequeno e vazio. Era horrível depender da magia de outra pessoa, da boa vontade de outra pessoa. Ele sempre odiou se sentir inútil, pequeno, incapaz, e essa provação apenas exacerbou o sentimento de desamparo dentro dele. Ainda assim. Tudo o que ele podia fazer era voltar para a cidade dos dragões e tentar aprender o máximo que podia, o mais rápido que podia.

O sol já estava se pondo do outro lado do anel de fogo. Fel se deparou com um céu azul escuro — nem todo azul. Explosões de chamas aqui e ali perturbavam a escuridão, enquanto gritos e rugidos de dragões ecoavam nas montanhas.

Quando os olhos de Fel se ajustaram ao escuro, percebeu o que estava vendo: dezenas de dragões lutando.

O coração de Naia estava definitivamente pulando em seu peito. River logo perceberia que ela não tinha roupas íntimas, logo tocaria lugares que eram definitivamente proibidos. A mão dele subindo pela perna dela estava tão perto, tão perto. Definitivamente, isso era algo que casais não casados não deveriam fazer, o que só a fazia querer ainda mais.

Um som de algo caindo a assustou. Ele também, quando se virou para a porta. A porta! Aquele som de novo. Não era nada caindo: alguém estava batendo. Por que tinha que ser justo agora?

Naia se levantou e se aproximou da porta.

— Sim?

— Sou eu.

Uma voz abafada veio do corredor. Era Arry.

Ela gesticulou para River ir para um canto, o que ele fez, então abriu um pouco a porta, para que ela enfiasse a cabeça na abertura e pudesse ver seu visitante.

— Algo urgente?

— O Rei Sebastian está partindo. Ele deseja vê-la.

— Diga a ele que eu saí. Eu não estou aqui. A propósito, estou indo embora.

— Onde você está indo?

— Para um lugar seguro.

— Você vai a algum lugar sozinha?

— Não se preocupe comigo. — Não era sua intenção, mas seu tom soou ríspido, então ela tentou soar mais amigável. — Confie em mim. Enquanto isso, confio em você para manter este forte funcionando. Certifique-se de que o rei vá embora e tente dar a ele o máximo de conforto possível. Seu pai pode receber a delegação de Refúgio Verde. — Eles haviam sido informados sobre isso, mas era um bom lembrete. — E obrigado por sua ajuda e amizade.

— O que devo dizer a seu pai ou a seu irmão? — ele perguntou.

Pelo menos alguém neste forte estava otimista.

— Eles sabem onde estarei.

Arry assentiu e se afastou, e ela fechou a porta e se virou para River.

— Deixa eu me vestir. Podemos voltar para sua casa?

Ele cruzou os braços.

— Não é mais nossa?

— Eu diria que ainda não. Mas acho que é o lugar mais seguro por enquanto.

Ele caminhou em sua direção e a envolveu em seus braços.

— Não há necessidade de se vestir. Você ainda tem roupas lá. Podemos ir?

Naia assentiu. Ela teria que voltar para o forte por causa do espelho de comunicação, mas por enquanto queria que River estivesse seguro, e talvez ela quisesse aquele espaço que pertencia apenas a eles.

Parecia que tentáculos escuros a envolviam. De alguma forma, ela havia esquecido o quanto não gostava de se mover pelo oco.

— Naia, você tem que olhar — disse ele.

Ela abriu os olhos.

— Não consigo ver nada.

— Se você é um dragão, deveria ser capaz de fazer isso. E você também deveria ter um pouco da minha mágica.

Naia olhou. Tudo o que ela viu foi escuridão, exceto por alguns pontos mais claros.

— Entendo... Pontos? E as linhas indo para esses pontos?

— Eles são meus círculos.

— Como sei qual é o certo?

— No meu caso, eu costumava me concentrar, então o que eu queria brilhava mais, mas hoje em dia eu só sei para onde ir.

— Estou me perguntando o que são todas as outras luzes.

— Muitos, muitos lugares, Naia.

Havia uma linha mais brilhante e um círculo brilhante. Ela apontou para ele.

— Aquele?

Ele parecia confuso.

— Isso é... no castelo da Cidade Lendária.

Estranho. A menos que...

— Talvez devêssemos ir para lá agora?

O peito dele subiu e desceu em uma respiração profunda.

Naia percebeu que não estava fazendo sentido.

— Mas precisamos nos vestir.

— Precisamos. — Seus olhos estavam naquele ponto luminoso, como se o considerassem.

Naia sabia que ele guardava muita dor em relação a seu pai, à morte de sua irmã e seu exílio. Ele a abraçou e um dos pontos ficou mais brilhante e maior, formando um círculo, mas então ela sentiu a escuridão ao seu redor novamente e, involuntariamente, fechou os olhos. Quando ela os abriu, estavam parados na frente da casa.

Anteontem tinha dito a ele que não poderia ficar aqui, que ela tinha que cuidar de seu reino, mas agora queria ter certeza de que ele estava seguro, e também queria um pouco de paz de espírito, um pouco de tranquilidade, um lugar neutro, longe de tudo, para tentar organizar seus pensamentos e descobrir o que estava acontecendo. E talvez ela quisesse ficar sozinha com River, sentir mais sua pele contra a dela, sentir o toque de suas mãos. Como se houvesse tempo para isso, com tudo o que estava acontecendo, com alguém atrás de River, com Bastião de Ferro prestes a assumir o controle de Alúria. Ela desejou não ter se lembrado disso, desejou que pudessem passar um tempo juntos e esquecer tudo fora daquela clareira, esquecer que havia algo além deles dois. Mas não tornaria isso verdade.

Naia virou-se para ele.

— Vou me vestir e acho que devemos ir para sua cidade. Se houver uma biblioteca lá, podemos encontrar respostas.

Ela queria que Fel pudesse vê-la agora, interessada em livros. Bem, ela *gostaria* de poder ver seu irmão e saber que ele estava bem. Era outra coisa que a preocupava. Ela acrescentou:

— Quanto mais cedo começarmos, melhor.

— Espere. Não sei, Naia. Eu...

— Você está com medo?

Ele pensou por um momento e fechou os olhos.

— Sim. Acho que essa é a palavra.

Fazia sentido que estivesse preocupado com a segurança dela. Ela entendia agora, depois de vê-lo ferido. Apesar de odiar o que ela estava prestes a perguntar, imaginou que talvez pudesse ser uma solução temporária.

— Você quer ir para a Cidade Lendária sem mim? Mas então me leve de volta para Umbraar.

Seus olhos estavam perdidos na distância.

— Eu não quero ir. Não quero voltar para a Cidade Lendária. — Ele olhou para ela. — Pode ser que eu tenha medo de ir para o lugar onde passei os piores momentos da minha vida. E, no entanto, na verdade, sempre quis voltar, ser aceito novamente. Ajudá-los, essa pode ser a minha oportunidade. — Ele respirou fundo. — Não sei o que há de errado comigo. Claro que precisamos ir para a Cidade Lendária. Quero dizer... Esse é o único lugar onde posso encontrar respostas. Também precisamos ajudar os faes lá. E eu preciso que você fale com minha irmã, é bastante urgente.

Foi bom ver River sendo honesto sobre seu medo e sua vulnerabilidade. Ela não conseguia imaginar tudo o que ele havia passado com o pai, mas o pouco que presenciara devia ser traumatizante.

— Nossa magia funcionará em conjunto. E talvez cure não

apenas feridas físicas. — Ela se virou para a casa. — Vou me vestir.

15

BATALHA NO CÉU

Fel olhou para a batalha à sua frente e notou um dragão caindo no oceano. Era um amigo? Um inimigo?

Grandes asas bateram perto dele. Esperando um inimigo, Fel preparou seu fogo, mas antes de ver o dragão, ele ouviu a voz dela. Tzaria.

— Siga-me. Você precisa sair daqui.

— E deixá-los?

— Você precisa se esconder — ela insistiu.

Não fazia sentido que ela não fosse ajudar, que não esperasse que Fel ajudasse, mas por algum motivo a insistência dela fez com que a seguisse, voando perto da montanha e ao redor dela, para que logo estivessem do outro lado, longe da batalha.

Pelo canto do olho, ele pensou ter visto o brilho de escamas verdes e reconheceu um dragão: seu primo, lutando contra dois inimigos.

Fel se virou. Ele ia ajudá-lo, mas então algo se moveu em cima dele. Uma rajada de fogo, vindo do alto. Ele mal se esquivou e sentiu suas asas batendo mais devagar. Quando olhou para cima, ele viu um dragão vermelho, usando armadura, caindo no mar.

— Você precisa sair daqui! — O pensamento de Tzaria era um grito desesperado.

Enquanto isso, Fel fez uma pausa. Aquela armadura... Fel podia senti-la. Parte de sua magia de ferro estava voltando. Talvez ver o Primeiro Dragão Mago não tenha sido inútil, afinal, ou talvez ele estivesse mais acostumado a ser um dragão e pudesse se conectar à sua condução de ferro.

Em vez de confiar em seus sentidos físicos, fechou os olhos, tentando sentir mais daquelas armaduras de metal. Apenas os Indomáveis as usavam, então ele seria capaz de encontrá-los.

Sentiu um leve traço de ferro à sua direita, abaixo dele, um pouco longe. Concentrando-se no metal, forçou todas as peças a se aproximarem cada vez mais. Ao abrir os olhos, viu um dragão caindo, estrangulado por sua própria armadura. Lutar no ar era muito diferente de tudo que ele sabia sobre batalha, já que tinha que prestar atenção em três dimensões ao mesmo tempo. Não se tratava apenas de cobrir todos os lados, mas também em cima e em baixo.

O ferro estava aqui e ali, mas até agora... Ele voou para baixo para ajudar seu primo. Desta vez, apenas moveu as armaduras de metal para que os Indomáveis perto dele fossem empurrados para a água. Quando dois dragões inimigos se aproximaram, ele os empurrou. Um deles atingiu a montanha, enquanto o outro se virou e o atacou novamente.

Algo então se agitou no ar. Por um momento, ele sentiu como se os dragões inimigos tivessem parado, então sentiu todos os olhos nele, tanto dos inimigos quanto dos aliados.

Cinco Indomáveis voaram em sua direção, e ele os empurrou para longe. Mais e mais dragões se aproximavam, de todos os lados, de baixo, de cima. Eram muitos para ele se concentrar em um de cada vez e estrangulá-los, então tudo o que estava fazendo era afastá-los dele. Algumas rajadas de fogo vieram em sua direção e ele foi capaz de evitá-las. Havia muitos dragões, uns trinta, pelo menos, ao seu redor.

Alguns dos outros dragões estavam tentando ajudá-lo, mas isso não mudava o fato de que todos os Indomáveis estavam focados em Fel.

Sua magia de ferro era forte, mas não tinha certeza se seria suficiente para lutar contra todos eles. Talvez jogá-los uns contra os outros pudesse funcionar. Ele moveu um dragão para o lado e o fez atingir seus companheiros. Mas ao fazer isso, dois dragões aproveitaram o momento e se aproximaram dele por baixo. Fel não teve tempo de desviar de suas rajadas, e agora suas asas eram lentas demais para mantê-lo no ar. Estava caindo, caindo sobre inimigos que tentavam matá-lo ou feri-lo. Não, ele empurrou os dragões abaixo dele para o mar e os manteve lá. Agora podia se concentrar nos que estavam acima dele. O problema era que sua condução de ferro era estranha, fraca e não confiável, enquanto os inimigos eram muitos para ele. Muitos.

A MENTE DE LÉA. Não era um buraco sem fundo, mas um grande espaço no qual ela podia mergulhar, um lugar onde ela podia abrir e fechar portas, a fonte de onde brotava seu poder.

Talvez tenha sido uma tolice, mas ela decidiu se render e tentar aprender o máximo possível com aquela fae misteriosa. E acabou conseguindo perceber a diferença entre sua própria mente e algo externo a ela, depois de algumas horas fazendo alguns exercícios com os olhos fechados. O chão onde ela estava sentada era desconfortável, mas não reclamou. Afinal, aprender era uma das coisas que ela mais desejava.

Apesar de tudo, ainda sentia como se Fel a chamasse. Era engraçado que Iona tivesse mencionado o uso de uma corda para guiar-se no buraco, pois era exatamente assim que Léa se sentia — e às vezes essa corda a puxava. Mas ela não iria encontrá-lo se pensasse que o Destruidor — ou o que quer que fosse aquela voz assustadora — poderia espionar seus pensamentos. Léa ainda não havia mencionado o dragão de ferro para a fae, e na verdade não havia dito que ele era um dragão de fato. Ela estava dizendo "mestres dos dragões", talvez pensando que eles só tinham formas humanas, e Léa deixou que ela mantivesse a suposição.

Ainda assim, ela havia aprendido muito.

— Está bom por enquanto. — A voz de Iona a assustou. —

Gostaria que todos fossem tão fáceis de ensinar quanto você, mas devemos comer. Você não está com sede? Ou com fome?

Um pouco, claro. Seria esta a armadilha? Ter medo de comida, quando ela tinha revelado tanto, era mais do que bobo. Tinha uma pergunta, no entanto.

— Como você consegue água e comida aqui?

— Existem lagos e riachos. Quanto à alimentação, alguns fungos e roedores. Não é muito apetitoso, eu sei.

— Eu vou tomar um pouco de água.

Iona saiu e voltou com uma tigela de madeira com o líquido.

Léa pegou e bebeu, dizendo a si mesma para parar com qualquer bobagem. Ela estava com sede, afinal.

— Você também vai me ensinar a disfarçar minha magia?

A fae olhou para fora. Ainda era dia, ou pelo menos o que parecia ser dia naquele lugar.

— Depois que a noite cair. Preciso que você me ouça primeiro.

— Então... O que você quer que eu faça?

— Os metamorfos, *kee lee,* em sua linguagem, eles não são maus. Sim, gostam de comer gente, mas isso não quer dizer nada. Nós comemos animais.

Ela não poderia estar insinuando seriamente que comer pessoas era um detalhe menor e não uma falha de caráter. Léa teve o cuidado de não cuspir a água que acabara de beber.

— Certo.

— Eles também não gostam do Destruidor. Estão vendo o que ele está fazendo e estão dispostos a combatê-lo.

— Por que ainda não estão lutando?

— Ele não está... não está realmente aqui. Mas para recuperar todo o poder, ele precisa ir para o Segundo Reino, e logo estará lá. Quero dizer, não tenho certeza de quando, mas terá que ir para lá. Conquistar reino após reino tinha que ser um plano para chegar lá eventualmente.

— Os metamorfos não ficarão felizes se ele se mudar?

— Claro que não. Ele ficará mais poderoso. Ele causa discórdia, guerra, dissensão. Ele está destruindo este lugar.

— Mas então, qual é o objetivo do Destruidor? Se ele

destruir tudo, o que ele vai ganhar? Em algum momento, tudo vai acabar.

— Mais e mais poder, é isso. O Segundo Reino é grande o suficiente para que possa levar milhares de anos para ser esgotado ou completamente destruído. Isso ainda o alimentaria. É o seu reino natal. Ele não vai destruí-lo completamente. Você acha que ele se importa com este lugar?

A própria Léa não se importava e não se considerava uma criatura particularmente má.

— *Você* se importa?

— Toda vida é preciosa. Eles são o que são, e não é culpa deles. A questão é que eles podem te ajudar.

— Como?

— Deixe-os vir para o Segundo Reino, os que eu conheço, aqueles que querem liberdade. Eles lutarão por você.

— Certo. E assim que a luta acabar, eles vão querer comemorar nos jantando.

— Você pode fazer um tratado com eles. Que eles vão morar em um local remoto. Eles não precisam comer pessoas, mesmo que gostem. Pelo menos deixe-os sobreviver. Eu posso ajudar. Lembre-se de que sou uma fae e meus acordos são obrigatórios.

— Como posso chamá-los?

— Deixe a gente ir para Alúria. Agora. Quando for a hora de lutar, estaremos prontos.

— Vocês também podem esperar aqui.

— Então pode ser tarde demais e não estarei por perto para ajudá-la a fechar o acordo com eles.

Tudo sobre isso parecia uma ideia terrível.

— Você está falando como se fosse haver uma guerra com soldados, mas este Destruidor não é incorpóreo?

— Ele tem que assumir uma forma se quiser usar seu poder.

— Uma forma, que tenho certeza que é muito difícil de matar. O que eu vou fazer? Soltar um monte dessas criaturas dentadas sobre ele? Presumo que se ele tiver uma magia forte, ele os derrotará facilmente, não? Não vejo como isso vai funcionar.

Pela primeira vez, Léa viu um brilho de decepção nos olhos de Iona.

— Às vezes você precisa confiar que a resposta virá.

— Não. Não funciona assim. Eu disse que chamei criaturas para me ajudar e, no final, elas estavam se voltando contra nós.

— Mas eles não ajudaram?

— Por um tempo, sim. Mas isso é inútil se eles vão trocar de lado, você não acha?

— Eu acho que você não pode simplesmente abrir uma passagem para as criaturas sem primeiro ter regras claras, um acordo claro. Esse foi o seu erro.

— Sim. — Então uma ideia lhe veio à mente. — Eu tenho uma pergunta. Você está aqui há vinte anos. Talvez tenha parecido menos para você. — Léa sabia que o tempo passava de forma diferente em diferentes reinos. — Você nem tem utensílios adequados, então teve que improvisar. Isso significa que você não pode deixar este lugar. Por que você está realmente se oferecendo para me ajudar? Para voltar para Alúria?

Iona fechou os olhos.

— Esse foi o meu acordo com aqueles que me encontraram. Para libertá-los. E eu não posso me mover sozinha. Não daqui.

— E se eu libertasse só você?

— Não seria certo. E eles querem lutar.

— Como você chegou aqui?

Ela suspirou, visivelmente descontente, mas o acordo anterior de Léa sobre revelar tudo estava funcionando.

— Eu tolamente tentei entrar na Cidadela de Ferro, e minha magia enlouqueceu. Enquanto tentava fugir, me perdi e vim parar aqui. E você? Por que a voz te assustou tanto? Quero dizer, parece que você era amiga dele antes, usando-os para lhe dar poder para matar, para vencer uma batalha... Então, de repente, você fugiu, percebendo que o senhor dos dragões estava em perigo. O que aconteceu? — Seus olhos eram duros. Certo. Ela estava fazendo Léa revelar seus segredos como um castigo por ter sido obrigada a dizer tanto.

Quando sua garganta começou a apertar, Léa olhou para fora e viu que estava tudo completamente preto. Noite. Ela já havia aprendido sobre o Destruidor e até mesmo sobre um pouco de sua magia. Fel a estava puxando com mais força do que nunca. Com muito mais confiança de que a voz não a encontraria, Léa decidiu não resistir à atração e desapareceu em um oceano de escuridão. Ela se sentiu mal por deixar a fae solitária, desnutrida e triste para trás, mas talvez ela pudesse voltar em outro momento, com a mente clara.

Finalmente ela estava indo para onde mais queria, que era reencontrar Fel.

16

A BIBLIOTECA LENDÁRIA

River vestiu uma camisa e observou Naia sair da sala usando um de seus vestidos de linho. Era simples, mas parecia tão elegante e até real nela, o tecido branco contrastando com seu magnífico cabelo escuro e pele. Ele queria que ela ainda estivesse com aquela camisola, no entanto. Não, ele queria tê-la tirado, então a deitado na cama e a beijado, tocado nela. Eles ainda podiam esperar, mas, ao mesmo tempo, não queria esperar tanto. Por outro lado, o mundo estava desmoronando e havia tanto que realmente *não* podia esperar.

Ele limpou a mão na camisa antes de pegar a mão de Naia, pois não queria que ela notasse seu suor frio. Seu corpo estava lhe dizendo que se recusava a ir para a Cidade Lendária, recusava-se a falar com seu pai. Talvez ele devesse simplesmente virar as costas, dizer a Naia que iam fazer outra coisa, mas sabia que a cidade estava isolada e não duraria muito mais sem ajuda. Ele não podia deixar seu medo tolo de confrontar seu pai estragar tudo. E então havia todas as perguntas de Naia... Eles tinham que ir.

Os olhos dela se arregalaram quando ela pegou a mão dele.

— Algo errado?

Ele soltou um riso amargo.

— *Tudo* está errado no que diz respeito ao meu pai. Não termina aí. Muitas coisas erradas em Alúria.

Ela apertou a mão dele.

— Vamos encontrar uma solução. Vamos confiar em nossa mágica. — Aquele lindo sorriso dela era doce e corajoso e poderia incendiar o coração dele.

Entrar no oco foi muito mais difícil do que o normal, mesmo que ele não estivesse se sentindo particularmente enfraquecido. Era como se até mesmo sua magia não quisesse ir para a Cidade Lendária, mas ele decidiu não a ouvir. River esmagado por um medo irracional, essa era uma visão que ninguém jamais deveria encarar, nem mesmo ele. Segurou Naia bem perto dele e, desta vez, não era tanto para protegê-la, mas para ele se sentir mais seguro.

Tudo o estava deixando nervoso, mas ele não seria capaz de adiar a ida para sua cidade para sempre. Talvez devesse ter tentado convencer Naia a ficar em casa, pelo menos esperar até que ele negociasse com seu pai, mas deixá-la para trás também o enchia de pavor. Não fazia sentido. Ele tinha ido para Bastião de Ferro muitas vezes e nunca tinha se sentido assim. Talvez tenha sido seu encontro com a rainha e sua prisão, talvez ter sua confiança abalada uma vez tenha sido suficiente para transformar suas entranhas em geleia. Ridículo. Ele era muitas coisas — muitas, muitas coisas, algumas delas bastante vergonhosas — mas havia deixado de ser covarde há muito tempo.

Seu círculo cercava toda a cidade e o castelo, e havia círculos menores dentro do círculo. O que mais o chamava era a biblioteca, o que fazia sentido, mas ele preferiu ir para outro lugar, e então apareceu na antecâmara de Anelise.

Naia olhou em volta, seus olhos curiosos, mesmo que também tivessem uma pitada de medo.

— Onde estamos?

Apenas ouvir a voz dela foi o suficiente para deixá-lo mais relaxado.

— Os aposentos da minha irmã. Ela deve nos ouvir em breve. É melhor esperarmos.

— Você está preocupado — ela sussurrou.

— Um pouco. — Ele não queria bater na porta de Anelise ainda, queria encontrar algo para distraí-lo enquanto esperava. — Você sabe como entrar no oco?

— Eu não sei nada.

— Você não pode sentir? É um tipo diferente de magia. É como quando você percebe um cheiro vindo de uma direção específica, ou uma breve rajada de vento. Está lá e não está, não o tempo todo, mas é o tipo de magia que você pode sentir se abrir.

Naia fechou os olhos.

Ele disse:

— Não. Olhos abertos. Você precisa se ver indo para o reino vazio, o espaço entre as coisas.

— Teremos que praticar.

— Eu sei.

A porta do quarto se abriu e Anelise entrou em sua antecâmara.

— River? — Seu tom era preocupado, não zangado. Ela então olhou para Naia e pareceu horrorizada. — Você? Por que você está aqui?

— Queremos ajudar — disse Naia, visivelmente surpresa com a reação de Anelise.

— Como?

Naia olhou para River, que acenou com a cabeça para ela. Virou-se para Anelise.

— Acho que posso auxiliar sua cidade. Eu sei que você acabou de acordar de um sono de vinte anos e estou preocupada que vocês não tenham água ou comida suficiente.

Anelise franziu a testa, parecendo mais intrigada do que qualquer coisa.

— Por que você se preocuparia?

Naia deu de ombros.

— Não quero ver pessoas morrendo.

— Pessoas. — Anelise ficou pensativa. — Estamos cavando poços. Há um pouco de água a ser encontrada no fundo. Claro, seria melhor se pudéssemos ser livres.

River pensou que era sua vez de dar algumas explicações.

— A guerra acabou há muito tempo, quando desaparecemos. Mas há coisas acontecendo em Alúria agora... Os lendários precisam evitar o contato com os humanos. Naia está sugerindo uma área em seu reino onde vocês não serão incomodados, apenas algum lugar onde alguns lendários poderiam ir para obter recursos como peixes, madeira, água. Se for necessário.

Anelise não escondeu a decepção no rosto.

— Ainda estaríamos limitados.

Era verdade.

— Por enquanto, sim.

Sua irmã assentiu.

— Seria útil, mas o que realmente precisamos são novos grãos, novas plantas. Temos algumas reservas, mas não vão durar muito.

— Vou tentar encontrar alguns — disse River rapidamente. Ele não queria que Naia oferecesse as reservas que seu reino mal tinha, e também não queria que negociasse com eles, ou oferecesse algo que pudesse ser percebido como caridade, o que os lendários odiavam.

Anelise então lançou um longo olhar para ele.

— River, como você está? O que aconteceu com você? — Seu tom carinhoso era surpreendente.

— Eu também estava suspenso no tempo, mas acordei há um ano.

— Eu vejo. — Sua irmã então olhou para Naia. — Sinto muito pelo que nosso pai fez. Eu queria te liberar, eu ia, tinha uns amigos que iam me ajudar, mas River foi mais rápido.

— Oh. Muito obrigada — disse Naia, e acrescentou: — E eu realmente quero ajudar vocês.

Anelise assentiu.

— Eu entendo. Só não tenho certeza... Não tenho certeza se vai cair bem com meu pai. — Ela se virou para River. — Ele te culpa por tudo.

River deu uma risada amarga.

— Eu me culpo por Ciara. Você pode me culpar também. Você deveria me odiar.

Havia dor nos olhos de Anelise.

— River, depois que perdi minha irmã, você acha que eu queria perder um irmão também?

— Não é como se... — Ele não tinha certeza do que dizer ou como dizer. — Não éramos tão próximos.

— Porque você se recusava a usar sua magia! Você não nos ajudava.

River pegou a mão de Naia e a apertou, esperando que ela entendesse o aviso. Nenhum de seus irmãos tinha qualquer ideia sobre sua fusão mental, sobre a verdadeira magia que ele sempre se recusara a usar.

Anelise continuou:

— Você poderia fazer a diferença e, em vez disso, estava desperdiçando seu poder sendo preguiçoso, festejando e bebendo, mesmo quando a guerra ficou séria. Eu queria que você mudasse, queria que você fizesse alguma coisa. Olhando para trás, sabendo o que aconteceu com Ciara, talvez eu estivesse errada.

Apenas ouvir o nome de sua irmã o fez sentir dor da cabeça aos pés.

— Não sei.

— Como você conseguiu voltar? — perguntou Anelise.

— Meu exílio foi quebrado.

Anelise franziu a testa, visivelmente confusa.

Ele acrescentou:

— Nosso pai disse que eu tinha que trazer um coração de dragão. — Ele apontou para Naia. — Aqui está um coração de dragão. Ele nunca disse que o coração não podia continuar batendo ou que precisaria ficar na cidade.

Sua irmã virou-se para Naia.

— Você realmente é uma mestre dos dragões?

Mestre. Anelise provavelmente não tinha ideia de que eles poderiam realmente se tornar dragões.

— Eu acho que sim — Naia respondeu. — Eu não sabia disso antes.

River, então, percebeu que precisava de uma apresentação melhor e disse:

— Ela é minha companheira de vida escolhida. O nome dela é Irinaia Umbraar e ela é uma princesa humana. Meio dragão. Pode chamá-la de Naia. — Ele então apontou para sua irmã. — Esta é Anelise, minha irmã mais velha.

Naia sorriu e estendeu a mão.

— Estou feliz em conhecê-la.

Anelise olhou para ela. Os lendários não estavam acostumados com apertos de mão. Ainda assim, ela puxou a manga do vestido, para que sua mão não tocasse na de Naia, e a cumprimentou.

— Magia de metal. Prefiro não tocar em você diretamente.

— Oh. — Naia puxou a mão dela. — Eu sinto muito.

Ele já havia perdido tempo suficiente aqui. A biblioteca o estava chamando.

— Anelise, eu sei que você tem um monte de coisas para fazer, mas você poderia conversar um pouco com ela? Diga a ela... Você se importaria de fazer isso? Eu volto já.

Os olhos de Naia estavam arregalados.

— Eu pensei...

Ele beijou os lábios dela brevemente.

— Você está segura aqui. Confie em mim.

River nem saiu da sala, mas se dissolveu de volta no oco e apareceu na biblioteca. Suas memórias deste lugar eram doces e amargas. Doces com tanto conhecimento que adquirira, mas amargo com a sensação de que, cada vez mais, sua única escolha fora se tornar uma decepção para seu pai.

Essa biblioteca tinha cerca de trinta salas, de pequenas a médias, com livros especializados divididos por tópicos. Havia também uma área, lá embaixo, com alguns objetos raros, e o que ele queria estava lá.

Não, isso não fazia sentido. Ele tinha que pesquisar a erva da morte, encontrar informações, encontrar uma maneira de resistir a ela. O que ele iria querer com aquela velha adaga? De onde estava vindo essa ideia? Pensamentos loucos.

Por que estava ficando tão confuso?

Ele escorregou para o buraco novamente e então estava no cofre abaixo da biblioteca, onde os objetos mais perigosos estavam guardados. Lá, ele a viu, dourada com um cabo incrustado de rubi. Ele pegou e foi tomado de alívio, satisfação e deleite. Ele tinha o que precisava.

Fel foi capaz de bater suas asas apenas o suficiente para não atingir a superfície do oceano com um impacto muito forte. Ele sentiu os inimigos abaixo dele e os manteve submersos. Isso não mudava o fato de que cerca de cinco dragões estavam voando em sua direção. Estrangulou um deles com sua própria armadura, mas isso deixou quatro inimigos muito próximos.

Ele estava abrindo suas asas e flutuando no oceano.

Tzaria então voou em sua direção.

— Saia da água. Agora. Agora!

Suas asas doíam, mas ele fez um esforço e saiu do oceano, assim que um Indomável enviou uma rajada de... O quê? Era algum tipo de corrente elétrica.

Ela acrescentou:

— Fique flutuando no ar, não importa o que aconteça.

Então, ele tivera sorte em seu caminho até aqui que nenhum de seus adversários tinha aquele fogo estranho. Tzaria voou acima de Fel, como se para protegê-lo. Não havia como ela ser capaz de lutar contra tantos dragões de uma só vez.

Ele então sentiu algo diferente, algo em suas costas. Ele já havia sentido isso antes, mas não podia ser. Mas ele a sentiu: Léa. Ele não tinha certeza de como ela havia chegado aqui, mas sabia que isso era muito perigoso para ela.

— Você tem que sair. — Ele enviou a ela aquele pensamento, sem saber se iria ouvi-lo, incerto mesmo de que ela fosse capaz de ir a qualquer lugar.

Acima de Tzaria, ele sentiu algumas peças de armadura de metal. Sua magia estava ficando mais afiada, mais precisa. Ele estrangulou quatro dragões de uma vez e depois mais seis. Seus corpos caíram no oceano. De repente, não havia mais Indomáveis.

— Te vejo por aí — disse Tzaria. — Tenha muito cuidado.

Ela voou para longe dele e os outros dragões voaram em sua direção. Havia um murmúrio estranho entre eles, acompanhado de surpresa, alívio e euforia.

Parte do murmúrio ficou mais claro.

— O Dragão de Ferro.

Seu primo se aproximou dele, com um pouco de sangue no pescoço. Seu tio também estava por perto. Enquanto isso, dois dragões traçaram um círculo no céu. Um dragão carregou um corpo humano através dele, e então os outros seis o cruzaram.

— Siga-nos — disse seu tio.

Fel o fez e chegou a um lugar estranho sobre as montanhas, de onde cruzou outro anel de fogo no ar e chegou à cidade dos dragões. Tzaria não os seguira. Eles pousaram bem no meio da praça redonda e Fel desabou, tomando cuidado para não machucar Léa.

— Quem é ela? — perguntou Ekateni.

— Minha noiva — Fel mentiu. Bem, não era uma grande mentira.

— Sua magia derrotou aqueles dragões? — ele perguntou.

— Sim, minha magia humana. — Não adiantava mais tentar esconder ou negar. — Eu não podia usá-la antes, mas pude usá-la durante a batalha.

— Você está machucado?

— Minhas asas não estão se movendo bem.

— Bem, então — Ekateni disse. — Espere aqui. Vou cuidar dos feridos e já volto.

Léa saiu de suas costas e agora estava na frente de seu rosto.

— Você pode me ouvir? — ele perguntou.

Ela riu.

— Eu posso! Sinto muito, eu... não sabia que você estaria lutando.

— Está bem. — Ele acariciou a cabeça dela com o focinho.

— Tenho tanto para lhe contar — disse ela.

— Eu também.

Havia dragões observando, ou protegendo-os, mas parados à distância. Fel não conhecia nenhum deles e não sabia o que fazer ou para onde ir. Ele queria falar com Léa, mas não queria que os dragões o ouvissem.

Alguém então correu em sua direção. Era seu primo, Siniari, em forma humana, parecendo saudável e curado.

— Isofel, como é que você estava escondendo isso de nós? Você é o Dragão de Ferro!

O rosto de Léa escureceu, um traço claro de medo em seus olhos.

Siniari a viu e acrescentou:

— E aparentemente você também pode fazer donzelas aparecerem do nada.

Léa riu.

— Não sou nenhuma donzela.

— Meu nome é Siniari, sou primo de Isofel.

Ela olhou para Fel, surpresa, então se virou para Siniari.

— Meu nome é Leandra. Eu sou de Lago Branco. Em Alúria.

Ele a encarou, intrigado.

— Como...

— Sou condutora da morte — acrescentou ela. — Eu posso me mover através do oco. Às vezes. Eu notei que cheguei aqui em um momento terrível.

— Como está todo mundo? — Fel perguntou a seu primo. Ele estava genuinamente preocupado com os outros dragões e, além disso, não queria que Léa fosse interrogada.

— Eles estão bem — disse seu primo. — Raf e Sonia perderam suas formas de dragão, mas seus corpos humanos estão ilesos.

Fel não sabia quem eram esses dragões, mas se sentiu aliviado. Ainda não limpava sua consciência.

— Foi minha culpa? Minha culpa que vocês foram atacados? Se você não tivesse me levado...

Siniari balançou a cabeça.

— Não. Quer dizer, como pode ser? Eles nos atacam em todos os lugares. Não podemos ficar aqui o tempo todo. O que aconteceu foi que eu deveria ter dito a alguém para onde estava indo, deveria ter pedido apoio. Felizmente, meus amigos me encontraram e esperaram lá comigo. Depois de um tempo, meu pai me encontrou. Acho que sou muito óbvio. Ele estava furioso. Ainda assim, esperamos por você. E então os Indomáveis vieram. Foi logo antes de você sair da caverna. O Dragão de Ferro! Quem teria adivinhado? Os Indomáveis não tiveram chance.

Fel não tinha se sentido assim tão poderoso. E essa conversa sobre o Dragão de Ferro o estava deixando ansioso.

— Prefiro dizer que sou um dragão que tem magia de metal. Isso dificilmente me torna um dragão de ferro, muito menos *o* Dragão de Ferro, o que quer que isso signifique.

Siniari franziu a testa.

— Claro que você é o Dragão de Ferro. Não há outra explicação. Mas é bom. Você sabe o que isso significa? Você pode derrotar Cynon.

— Por quê? — Talvez a magia de ferro pudesse fazer algo especial. Isso seria bom saber. Ele ainda não entendia porque Tzaria havia pedido para ele esconder sua magia. Por outro lado, Léa tinha feito o mesmo pedido, e o observava com preocupação em seus lindos olhos azuis.

Seu primo olhou para Léa, como se estivesse pensando se deveria dizer alguma coisa na frente dela, mas então olhou para Fel novamente.

— Os dragões podem ver o futuro — disse ele. — Às vezes. Pequenos vislumbres. Muitos anos atrás, havia um dragão que podia ver mais longe do que a maioria. A maior parte do que ele previu já aconteceu. Entre suas visões, ele disse que o Dragão de Ferro derrotaria as trevas. Mantivemos este ditado: *quando o mundo cair na escuridão, o Dragão de Ferro será a única chama que restará para combatê-lo.*

Não parecia esperançoso. Na verdade, parecia uma terrível profecia, estar sozinho para lutar em um mundo sombrio.

Seu primo continuou:

— Claro, não queremos acreditar em um salvador, sabe? Mas sempre pensamos que um de nós poderia ser o único, sempre pensamos que *dragão de ferro* não deveria ser interpretado literalmente, que significava um dragão forte. Era algo que todos nós poderíamos aspirar a ser. Mas agora, vendo você, vendo o que você fez, não há dúvida de que é você. Visões dos dragões não tendem a ser metafóricas.

Fel sentiu-se desconfortável. Como ele poderia ajudar os dragões quando sabia tão pouco sobre si mesmo?

— Eu mal conheço a magia dos dragões.

— Você tem magia de ferro. Por que se preocupar com a magia dos dragões?

— Eu gostaria de trocar de corpo, por exemplo.

Siniari olhou para Léa.

— Eu posso ver o porquê. — Ele olhou para Fel. — Acho que não funcionou.

— Não — disse Fel. — Mesmo que eu tenha passado no desafio, ele não quis me ajudar. — Ele se virou para Léa. — Você pode me ouvir?

— Eu posso. — Ela acariciou seu pescoço, o que o fez se sentir melhor. Era óbvio que entendeu que ele não conseguiu aprender a trocar para sua forma humana, mas ela não parecia preocupada ou chateada.

Siniari suspirou.

— Eu só espero que você não tenha problemas. Você não pode trazer visitantes aqui, e os dragões não podem deixar os humanos montá-los.

O fogo em seu peito ameaçou sair em uma explosão.

— Ela monta em mim quando e quanto ela quiser.

— Ei, acalme-se — disse seu primo. — Não concordo com essa regra. Só estou dizendo o que o conselho pode dizer. Mas então, sendo você o Dragão de Ferro e tudo, não acho que eles vão se importar.

Léa virou-se para Siniari.

— Senti que ele estava em perigo e não pude deixar de vir. Lamento muito que tenha sido durante uma batalha. Mas eu não estava *montando* Fel; ele não é um cavalo. Estava apenas deitada sobre suas costas enquanto ele voava para onde queria. Se eu tivesse asas, eu voaria *com* ele.

Ela tinha razão.

— Eu não quis ofender — disse seu primo. — E, novamente, não acho que o conselho vai se importar. — Ele sorriu. — Se você pudesse, eu levaria você para ver Sonia e Raf, mas estão na enfermaria para humanos. É pequeno...

— Eles são seus amigos? — Fel perguntou, imaginando quem eram todos os dragões na luta. — Quem mais estava lá?

— Dois outros amigos meus, um guarda que estava com meu pai. — Então sua expressão azedou. — E os exilados. Eles lutaram conosco, mas... não sei. Ainda acho que eles alertaram os Indomáveis, os levaram para lá. Não faço ideia por que insistiram em manter essa mentira.

— Tzaria me protegeu.

— Ou fingiu.

Poderia ser?

— Bem, ela queria que eu fugisse da luta quando saí da caverna. Eu... não sei se ela queria me proteger ou o quê. Ninguém se machucou do nosso lado?

— Nosso lado. Eu gosto disso. Sim, Sonia e Raf, mas eles estão bem agora. Quero dizer, tão bem quanto eles deveriam estar. Você e, uh, Le... Vocês dois estão bem?

— Você pode me chamar de Léa — ela disse. — Não levei nem um arranhão. Fel?

— Um pouco de fogo me atingiu, tornando minhas asas lentas. Não sei se já voltaram ao normal, mas acho que não estou ferido.

Seu primo riu.

— Claro que não. Você saiu daquela caverna e, bum, matou todas as formas de dragão de uma vez. Foi incrível.

Rir na forma de dragão parecia estranho, como se ele acidentalmente explodisse algum fogo, mas Fel não pôde evitar, ouvindo o relato exagerado de seu primo.

— Tenho certeza de que não foi assim que aconteceu.

— Bem perto. Foi fantástico. Posso ver você virando a maré para nós.

Fel não se sentiu tão esperançoso, mas disse:

— Espero que sim.

Seu tio então pousou ao lado deles e logo mudou para sua forma humana.

— Tenho certeza que você vai precisar descansar. Você pode vir até minha casa, mas ela terá que ficar em uma das habitações na vila.

— Eu não vou deixá-la. — Fel confiava nos dragões, mas não queria deixar Léa sozinha em um lugar que ela não conhecia.

Seu primo então disse:

— Eles poderiam vir à minha casa. Há espaço para dragões e humanos, e eles estariam seguros.

Ekateni os observava.

— Eu... não tenho certeza se sua mãe vai gostar.

— Claro que ela não vai se importar. — Siniari riu. — Ela disse que gostaria que ele ficasse conosco. E Léa pode ficar com minha irmã. Ambos estarão tão seguros quanto possível, e juntos.

O tio de Fel fez uma pausa.

— Talvez. Haverá uma celebração esta noite. Para o Dragão de Ferro. Eu queria manter segredo, mas alguns dos líderes insistiram.

Siniari riu.

— Você acha que algo assim pode ser mantido em segredo? Você esconde, é pior ainda. O silêncio e a fofoca espalharão a desinformação como sementes no vento. E precisamos de um pouco de diversão. E esperança.

Ekateni suspirou.

— Precisamos disso e certamente poderíamos ter alguma esperança. Posso confiar em você que vai cuidar dele, ou vai decidir ir a algum lugar sem reforços, sem avisar ninguém?

— Acho que aprendi minha lição. — Siniari olhou para baixo. — Todos nós poderíamos ter morrido hoje. Eu quase vi meu melhor amigo morrer, eu quase vi *você* morrer. — Ele olhou para o seu pai. — Fui devidamente lembrado de como os Indomáveis são perigosos.

— Bom. Espero que você tenha em mente a importância de nossas regras.

— Não há dúvida sobre isso — disse Siniari.

O tio de Fel então olhou para os três lentamente, talvez considerando algo, então disse:

— Bem, então. Vejo você mais tarde. Preparem-se para uma celebração. Nós merecemos. Se você tiver qualquer problema, me chame e providenciarei outras acomodações.

Ele trocou de forma e voou para longe. Fel observou seu tio com admiração, esperando que um dia ele também pudesse fazer isso, pudesse escolher a forma mais conveniente para cada ocasião.

— Venha. — Seu primo estava sorrindo e parecia animado. — Mal posso esperar para você ver minha casa. E para a festa!

Fel notou que Léa ainda estava séria, pensativa. Ele precisava desesperadamente passar um tempo sozinho com ela e entender por que havia pedido para ele esconder sua magia. Ela não teria dito isso se não fosse importante. Agora, a verdade sobre sua condução de ferro havia sido revelada. Não só isso, os dragões estavam planejando atrair o máximo de atenção possível para isso.

A esperança de Fel era que Léa e Tzaria estivessem erradas, que talvez estivessem preocupadas sem motivo. Quais eram as chances?

17
JOGOS MENTAIS

Naia achou estranho. River tinha dito a ela para ficar com ele, e agora estava indo embora assim?

Sozinha com a irmã dele, ela não sabia o que dizer. Talvez a melhor ideia fosse ir direto ao motivo de sua vinda.

— Precisamos encontrar uma solução para a sua cidade.

A fae estava olhando para ela com aqueles estranhos olhos vermelhos escuros.

— Você o ama?

A mudança de assunto foi surpreendente, mas Naia decidiu responder a verdade.

— Eu acho que sim.

Era estranho expressar aquele sentimento tão claramente, algo que ela ainda não havia admitido para si mesma, mas era o que sentia que era verdade.

— Você também é uma condutora de ferro.

Naia não tinha certeza se ouviu um tom de acusação em seu tom ou se estava imaginando.

— Eu nunca conheci minha mãe, e acho que os Bastião de Ferro a mataram. Eu os odeio. Eles também estão... Eles estão em conflito com outros humanos. Podemos ter uma guerra em breve. Por favor, não pense que tenho algo a ver com Bastião de Ferro.

— Apenas sua magia. É muito perigosa para nós. — Ela apontou para um sofá. — Sente.

Naia obedeceu e a irmã de River a seguiu. Ela era muito graciosa e usava uma túnica branca e dourada, combinando com seus cabelos super longos e esvoaçantes de um branco prateado. A garota tinha uma beleza estranha, mas cativante. River, com seus chifres e olhos avermelhados, parecia quase humano em comparação a ela.

A fae então perguntou:

— Como é que sua magia não o afeta?

— Afetava, antes. A primeira vez que nos beijamos. Agora ele é imune ao ferro.

Naia não tinha certeza se era algo que deveria contar, mas se River a havia deixado ali, era porque confiava na sua irmã.

— Vocês ainda não se casaram, em termos humanos.

— Ainda não.

— Então vocês não estão juntos, fisicamente, como um casal.

Isso estava ficando estranhamente pessoal, mas Naia achou que não faria mal responder.

— Não.

A conversa só ficou mais estranha, pois Anelise passou a explicar para ela sobre o que um casal fazia. Naia ficou feliz em aprender mais sobre isso, mas gostaria que tivesse sido com alguém em quem ela confiava, não com um estranho. Por outro lado, talvez estranho teria sido ouvir isso de seu pai ou irmão. A fae explicou que as mulheres humanas podiam engravidar com muita facilidade, ao contrário das lendárias, que só podiam engravidar uma vez por ano.

— Tem um chá — disse Anelise. — Ourlisium.

— Aquele para dor de estômago?

— Sim. Beber ocasionalmente não te afetará muito, mas você terá que beber todos os dias se quiser evitar a gravidez. Diariamente.

— Eu entendo. — Nada disso parecia romântico ou emocionante quando havia todos esses avisos. Naia percebeu que parecia mal-humorada em vez de grata, então ela sorriu. — Obrigada. Como você sabe sobre este chá, se você não precisa dele?

— Casamentos entre humanos e lendários eram comuns. Quer dizer, existem algumas regras rígidas para isso, então esses casamentos nunca foram tão comuns assim, e tornaram-se ainda mais raros ultimamente. Mas quando aconteciam, era bastante comum que as mulheres humanas chegassem até nós sem nenhuma instrução.

Sem instrução, ou ignorante, que palavra terrível para descrever Naia. O pior é que era verdade. Como princesa, ela se orgulhava de aprender tudo o que podia sobre outros reinos, magia, diplomacia e, no entanto, sempre foi ignorante nesse aspecto.

— É vergonhoso.

— Não, não é sua culpa. Eles fazem isso para controlar vocês. — Ela suspirou. — Humanos.

Era como se ela não conseguisse esconder sua antipatia por eles. Era um lembrete de que Anelise ainda via Naia como uma inimiga. A fae então acrescentou:

— Agora você provavelmente se tornará uma de nós, então precisará se adaptar. Também precisamos nos adaptar a você e não podemos simplesmente assumir que se comportará como uma lendária.

Então era por isso que River queria que Naia falasse com Anelise.

A fae continuou:

— Minha bisavó era humana e, desde seu reinado, temos leis claras sobre casamentos humanos-lendários. Também era para evitar um conflito, sabe? Não queríamos que os reinos de Alúria dissessem que estávamos roubando ou tirando vantagem de suas garotas. O conflito aconteceu de qualquer forma, é claro. Por outras razões.

— Sinto muito pela guerra — disse Naia.

Isso era um pedido de desculpas um tanto tolo, já que não tinha sido culpa dela e, além disso, seu reino também tinha sofrido perdas.

Anelise deu uma risada amarga, e era estranho como era semelhante à de River.

— Não estamos todos arrependidos?

— Espero que as coisas melhorem. Eventualmente. E então seu povo poderá deixar esta cidade.

A fae balançou a cabeça.

— Esta era apenas uma cidade para a realeza e alguns de nós. Deveria ser nosso porto seguro, sim, mas não para toda uma população.

Era verdade, mas eles precisariam ficar lá por um tempo.

— Bastião de Ferro... Eles estão mentindo, dizendo que os lendários estão de volta, que vocês estão atacando reinos. — Ela esperava que não precisasse explicar muito sobre isso, já que não queria contar o que River estava fazendo. — Eles querem usar essa mentira para ter controle sobre Alúria. Então... estes são tempos perigosos para vocês.

A fae não pareceu surpresa.

— Como todos os tempos ultimamente, exceto quando estávamos dormindo, eu acho. — Seu tom então se tornou sarcástico. — Talvez estarmos suspensos no tempo tenha sido uma boa sorte.

Em parte, era culpa de River, preocupado com eles porque os dragões haviam isolado a cidade. Ainda assim, Naia sentiu que era sua história para contar, sua verdade para explicar à irmã.

Naia engoliu em seco.

— Talvez. Acho que seu irmão tem muito a dizer sobre isso.

A garota fixou aqueles olhos vermelhos escuros em Naia e sorriu.

— Ah. Você *realmente ama* ele.

Uh?

— O que te faz pensar isso? — Naia estava curiosa, então percebeu a quão defensiva ela parecia e acrescentou: — Não estou dizendo que não.

— Eu posso sentir. Você é sortuda. Quer dizer, ele também tem sorte.

A porta se abriu novamente e River entrou, mas parecendo tão diferente. Ele tinha tranças finas no cabelo e usava uma camisa vermelha, aberta quase até a cintura. Também tinha correntes, brincos e anéis, bem como um diadema de ouro na cabeça. Duas adagas estavam presas ao seu cinto, uma preta e outra vermelha, incrustadas de rubis ou granadas. Essa era a imagem perfeita de como um príncipe fae deveria ser, uma que Naia não estava acostumada. Ela o tinha visto bem vestido em Lago Branco, mas tinha sido um traje humano. Isso era tudo mais rendado e delicado, mas combinava com ele. Naia estava usando um vestido simples de linho que agora parecia simples demais, mas não era hora de se preocupar com essas coisas.

Ele sorriu e levantou uma sobrancelha.

— Eu não estou elegante?

Anelise riu.

— Oh, esse é o irmão vaidoso que eu sempre conheci. Muito importante ficar bonito quando sua cidade está prestes a morrer de fome.

— Extremamente importante. — Ele brincou com seus anéis. Eram quatro em cada mão, com pedras coloridas e gravuras. — Vou falar com o Rei Spring, então é melhor eu ser o príncipe que ele quer que eu seja.

O sorriso de Anelise desapareceu.

— Acho que ele ainda quer te ver exilado, River. — Sua voz era lenta, cuidadosa.

River sorriu, aparentemente imperturbável.

— Então terei que fazê-lo mudar de ideia.

Sua irmã olhou para ele e mordeu o lábio, então apontou para o cinto.

— Que adaga é essa?

— Qual delas? São minhas. Por quê?

Ela estreitou os olhos, como se estivesse examinando as armas, então disse:

— Nada.

River se aproximou de Naia e estendeu o braço.

— Vou precisar de você ao meu lado.

Esperava que ela o acompanhasse assim, parecendo uma camponesa?

— Você não me avisou que era para usar um traje formal.

— O código de vestimenta é parecer magnífico, então você está perfeita. Estou aqui humildemente tentando não ser ofuscado por você.

Naia rolou os olhos, mas pegou o braço dele. Parecia confiante e destemido, o que era bom. Seriam as roupas que estavam ajudando?

— River — disse Anelise. — É cedo ainda.

— Pedi para acordá-lo — River respondeu.

Sua irmã tinha uma expressão séria e pensativa. Ele então acrescentou:

— Venha. Eu também vou precisar de você.

Naia também ficou intrigada. Não seria mais difícil falar com o pai dele se ele estivesse mal-humorado e com sono? Mas River exalava confiança, então devia saber o que estava fazendo. Anelise não parecia tão certa, mas ela os seguiu.

Eles desceram grandes escadas de madeira, que deveriam ter sido decoradas com videiras, exceto que agora estavam secas.

No andar de baixo, chegaram a enormes portas de bronze e então entraram em uma grande câmara, onde Naia tinha falado pela primeira vez com o Rei Spring. A memória lhe deu calafrios. Naquela época, esperava que ele fosse um rei benevolente que estaria interessado em negociar com ela. Naquela época, ela não sabia o que River estava fazendo, não sabia que ele era um príncipe e não tinha ideia de por que a cidade estava enfeitiçada.

Tanta coisa havia mudado em tão pouco tempo. Ainda assim, ela não gostava de estar aqui novamente. Para ser honesta, se ela pudesse escolher, preferiria não falar com o rei dos lendários. Como previra, a irmã dele era amigável e talvez pudessem ter tentado fazer um acordo diretamente com ela. Mas, novamente, River sabia muito mais sobre o seu povo do que ela, então ela tinha que confiar em seu julgamento. Não gostaria que ele lhe dissesse como lidar com seu pai. O pai dela. Isso era algo em que ela não queria pensar.

Havia arqueiros faes nos cantos, na parede, e mais e mais guardas estavam entrando na sala. Por mais que Naia quisesse confiar em River, havia muitas maneiras de isso dar errado. Por outro lado, ela não podia sentir nada de seu medo anterior. Desejou que ele tivesse dito a ela o que estava planejando, assim talvez ela tivesse pelo menos um pouco de sua confiança. Do jeito que as coisas estavam, Naia não tinha confiança nenhuma.

Quando o Rei Spring entrou na câmara olhando para River,

ela teve certeza de que não havia como eles saírem ilesos daquele lugar, nem mesmo haveria como fazerem qualquer acordo. Os olhos do rei não tinham nada além de ódio: tudo dirigido a seu próprio filho.

Naia olhou para River, preocupada com a reação dele, mas não parecia chateado, ansioso ou com medo. Em vez disso, seu rosto era duro, focado no rei, seus olhos combinando ou talvez até superando o ódio de seu pai. Naia se afastou dele, assustada ao vê-lo assim.

Algo ruim estava para acontecer, disso ela não tinha dúvidas. A questão era o quê.

O TOQUE suave da água morna no corpo de Léa era agradável. Esta incrível banheira na casa do Olho do Dragão seria extremamente relaxante em outras circunstâncias. Neste momento, Léa ainda se lembrava daquela estranha voz ecoando em sua mente, procurando pelo Dragão de Ferro.

Agora ela sabia que *dragão de ferro* era uma expressão antiga e bem conhecida, o que a fez se perguntar se havia alguma conexão entre a voz que ouvira e os dragões, ou mesmo esses Indomáveis. Fel e Siniari contaram a ela rapidamente sobre Cynon, esse velho dragão não vivo e não morto, que era um inimigo. Parecia assustadoramente semelhante ao Destruidor, a criatura que a estranha fae havia mencionado, mas Léa não teve tempo de discutir isso. Ela não havia contado muito a Fel, temendo que suas palavras pudessem ser ouvidas, temendo o que poderia acontecer se ela mencionasse vozes em sua cabeça e a misteriosa fae no oco.

Outro motivo pelo qual o banho não era tão confortável quanto deveria era que ela não estava sozinha, mas com Rélia, que era o Olho do Dragão, que era uma espécie de líder naquela comunidade, e sua filha Jacine. A garota tinha cerca de dezessete anos, com lindos longos cabelos castanhos e olhos amarelos brilhantes. Léa estava acostumada a se despir na frente de sua mãe e atendentes, e não se importava de ser vista por outras mulheres. Ainda assim, era estranho conhecer alguém sem roupa. Ela se sentia... nua. Sim, essa era a palavra. Bastante apropriada.

Jacine fazia perguntas e perguntas sobre a vida em Alúria, fascinada pelos diferentes reinos e suas magias.

— Filha, querida — Rélia interrompeu. — Sabemos que eles têm famílias reais. Eles são humanos com magia. — Havia algum escárnio nas palavras da mulher.

— Eu sei — disse a garota. — É só... Eles são tão parecidos com os humanos daqui. É estranho.

Seu sotaque era muito mais suave que o de sua mãe, e Léa decidiu perguntar sobre isso.

— Todo mundo aqui fala duas línguas? Porque ouvi um pouco de fernês.

Ela não entendia aquele idioma, mas sabia como soava, e tinha certeza de que era o que mais ouvia entre os dragões.

— Não, não. Falamos principalmente uma língua. — Jacine riu. — E não é Fernês. É novo élfico. Não é élfico, na verdade, é a língua dos dragões, mas as pessoas chamam de élfico. A língua de vocês, em Alúria, vem dos faes. Alguns de nós a estudamos porque existem livros nessa língua. Os faes nefastos deixaram muitas coisas para trás...

— Não muito — sua mãe disse, como se a corrigisse.

Nefastos... Léa achou que sabia o que significava, mas não tinha certeza.

— Você quer dizer os faes brancos?

— Sim — Jacine disse. — Eles foram exilados para o seu continente.

Rélia se inclinou e molhou o cabelo.

— Minha filha gosta muito de falar. Interessada em magia.

— Eu vou me tornar um dragão mago. — Jacine sorriu. — Gostaria que Isofel tivesse sido criado aqui, então tenho certeza que também se tornaria um mago. Talvez ele ainda possa tentar.

Fel gostaria de ficar aqui? Ele esqueceria Alúria? Léa achava que não, mas não tinha certeza. Já que o estavam mencionando, resolveu perguntar algo que a estava incomodando.

— Se esse *Dragão de Ferro* é tão importante, é sensato deixar todos saberem que pode ser Isofel? Ele não vai se tornar um alvo dos Indomáveis?

Jacine mordeu o lábio e ficou pensativa.

Rélia acenou com a mão.

— Oh, não. Você precisa ser um tolo para acreditar nas palavras de um maluco que passava os dias falando besteira. Não há dragão de ferro e nenhum dragão de ferro vai nos salvar. O que precisamos é poder, conhecimento, força. Dito isto, palavras também têm poder. *Quando o mundo cair na escuridão, o dragão de ferro será a única chama que restará para combatê-lo.* Temos repetido tanto. É obviamente sobre esperança. Se cedermos, seremos derrotados antes da batalha. Se ficarmos de pescoço erguido, voando com confiança em nossas asas, teremos uma chance. O Dragão de Ferro é um símbolo: um símbolo muito necessário quando perdemos tanto.

As palavras da mulher faziam sentido, mas ainda assim.

— Mas os Indomáveis não acreditariam nessas palavras? Eles não iriam querer matar, ferir ou sequestrar Isofel?

Léa não conseguia esquecer o que vira naquela tarde, quando Fel tinha estado cercado de inimigos por todos os lados. Por um segundo, ela pensara que estavam prestes a cruzar o limiar da morte juntos. Não tinha sido a hora deles, porém, graças à incrível magia de Fel: magia de metal, que o tornou conhecido como o *Dragão de Ferro*. Não haveria como se esconder depois disso. Ela esperava que qualquer coisa perigosa perseguindo Fel estivesse muito longe para perceber qualquer coisa. Mas quais eram as chances disso?

— Com certeza eles vão tentar matá-lo. — As palavras de Rélia tinham a tranquilidade de quem não via nelas nada de alarmante. — Dito isso, não há um dia em que os Ilimitados não estejam tentando nos matar. Todos nós. Ou nos fazer passar para o lado deles. Não é como se Isofel estivesse mais seguro se escondêssemos sua magia de ferro. Vou te dizer uma coisa, menina: ele estará muito, muito mais seguro agora que ocupará uma posição especial entre nós. Há outra coisa que preciso avisar. Eu posso ver que você tem sentimentos por ele, mas se eu fosse você, tentaria minha sorte em outro lugar. Ele é lindo, poderoso e terá muito mais opções.

Léa sentiu como se tivesse engolido uma pedra.

— Oh, não — Jacine disse. — Léa aqui também é linda e

poderosa, então acho que são uma combinação perfeita. — A garota piscou para ela.

Rélia suspirou.

— Você acha que estou sendo má. Eu não estou. Esta é a voz da experiência. Ele é filho de seu pai. Tem mais. — Ela olhou para Léa. — Você é apenas humana. Os dragões podem acasalar em ambas as formas. Ele está preso como um dragão por enquanto. O que você acha que ele vai fazer?

— Não sei. — A voz de Léa estava seca. De certa forma, era o aviso de sua mãe novamente. E não era verdade? O Rei Azir a havia deixado. Se o Rei Flávio não tivesse se casado com ela, quem sabe o que poderia ter acontecido?

Jacine balançou a cabeça.

— Mãe, não é você que sempre diz que não podemos saber o futuro, que não podemos deixar o medo nos guiar?

Rélia franziu a testa.

— Este ditado é para a guerra, não para o amor.

A garota deu de ombros.

— Mas funciona. E amor e medo são opostos, não são?

A mulher respirou fundo e olhou para baixo.

— Essa conversa de amor... Isso só me lembra do que eu perdi.

— Sinto muito — disse Léa, mesmo não sabendo a quem a mulher se referia, principalmente quando não estava muito claro quem era parente de quem. E sua própria tristeza era recente, tristeza por seu pai e Kasim, mas ela não mencionou isso porque não queria remexer nessa dor.

— Eu sei — disse Rélia. — Talvez eu esteja sendo injusta. Alguns de nós temos apenas um amor, um amor que dura até morrermos, mesmo que eles morram primeiro.

Jacine olhou para baixo e brincou com a ponta de seu cabelo, então olhou para Léa.

— Seu amor era o pai de Isofel, Ircantari.

Agora Léa estava extremamente confusa.

— Você não disse que era prima de Isofel, não irmã?

— Prima, sim. Meu pai, Ekateni, é irmão de Ircantari.

Eca. Essa mulher realmente tinha se casado e tido filhos com o *irmão* do amor da vida dela? Isso soava terrível.

Rélia olhou para Léa.

— Eu vejo sua surpresa. E censura.

— Não, eu...

A mulher colocou a mão na frente dela.

— Eu entendo. Já vivi isso muitas vezes. Muitas vezes eu me questionei. O fato é que nunca sabemos o que une as pessoas. No meu caso, foi o luto; foi o suficiente para nos unir. Não o suficiente para nos manter juntos, com certeza, mas na época não sabíamos que estávamos apenas nos apoiando, tentando suportar o peso de nossas próprias dores. E aquela sensação de doer um pouco menos, aquela sensação de ter alguém que entendia minha perda, parecia amor.

Léa se sentiu mal por sua primeira impressão.

— Eu juro que não queria julgar. E lamento que não tenha dado certo.

— Oh não. — Rélia riu. — Estou feliz que não tenha dado certo. E estou feliz que tenha funcionado por algum tempo. Ou eu não teria Jacine e Siniari. Eu só queria... Espero que tenhamos tempos mais calmos, tranquilos, mas estou trabalhando para isso. Não há mágica que não possa ser derrotada e, no final das contas, isso é tudo que Cynon é; um dragão com magia mais poderosa do que nós.

— Ele está vivo? Neste reino?

Talvez ele não tivesse nada a ver com a voz que Léa tinha ouvido.

Rélia respirou fundo.

— *Vivo* é uma definição estranha quando você escolhe se tornar imortal. Acho que ele ainda não está neste mundo, mas encontrou uma maneira de nos tocar.

— Como funciona? É uma voz que as pessoas ouvem?

A água estava começando a ficar fria.

— Nada tão simples — disse Rélia. — Se fosse, eles poderiam simplesmente dizer para a voz ir embora, certo?

— Como, então? Como isso funciona?

— Temos teorias — disse a mulher. — Para ser sincera, nem tenho certeza se ele está por trás dos Indomáveis. Eles são apenas dragões tentando ser poderosos. Quando você é a mais poderosa de todas as criaturas, a tentação de exercer seu poder, subjugar os outros, se esconde no fundo de sua mente. Não acho que você precise de um dragão poderoso para incentivá-la. Talvez eles queiram ser maiores do que nós, maiores do que outros dragões, e é daí que vem o ódio deles. É por isso que eles nos atacam. É inveja.

Suas palavras estavam fazendo seu conflito parecer mais obscuro do que a água em seu banho.

A mulher continuou:

— Mas não importa quem é o inimigo. O que precisamos é de uma magia forte, o que precisamos é estar unidos, o que precisamos é ter vontade de lutar. E é isso que eu quero que realizemos.

Léa sorriu, esperando que de fato os dragões derrotassem seus inimigos, mas toda a situação a estava deixando ansiosa. Cada vez mais não parecia provável que algum dragão pudesse ajudar Alúria. Tinha sido uma viagem longa e perigosa para chegar aqui, e isso só estava complicando as coisas. Pelo menos Fel havia encontrado parte de sua família. Talvez ele aprendesse sobre si mesmo e sua magia, e talvez isso pudesse ajudá-los.

Ainda assim, não havia como Léa não ver uma celebração para o Dragão de Ferro como uma ideia terrível.

Naia respirou o mais fundo que pôde sem chamar a atenção para si mesma, e tentou se acalmar. River tinha pedido que confiasse nele. Provavelmente tinha um plano e isto era parte dele.

O Rei Spring sentou-se atrás de uma mesa e River se aproximou dela.

— Pai, querido. Gostando de se esconder em seu buraquinho?

— Você não é meu filho.

Naia uma vez ouvira essas palavras, que se revelaram verdadeiras, mas ainda machucavam. Nesse caso, porém, a semelhança entre pai e filho era grande demais para que alguém pudesse negar o que eram.

O rei acrescentou:

— E você ainda está exilado.

— Como estou aqui, então? — River gargalhou. — Você já pensou nisso?

Rei Spring riu.

— Você quer saber por que eu escutei sua convocação? Para ver você sofrer. — Ele levantou a mão e olhou para uma varanda localizada na lateral da sala.

Oh, não. Seis daqueles horríveis faes encapuzados, os fundidores de mentes, estavam lá. Eles poderiam tentar fazer River matar Naia ou até algo pior. River parecia calmo, porém, e continuou se aproximando de seu pai.

Cada músculo de seu corpo queria correr, escapar, mas ela sabia que seria inútil. River, River, será que ele sabia o que estava fazendo? Não parecia.

Ela sentiu uma mão tocando suas costas, sobre o tecido do vestido.

— Fique perto. — Era Anelise, provavelmente prevendo uma reviravolta feia nos acontecimentos.

O coração de Naia batia forte no peito e suas mãos estavam frias.

River olhou para os cantos onde alguns arqueiros estavam, parecendo despreocupado. Naia ouviu flechas sendo encaixadas. Ela manteve os olhos nos arqueiros que podia ver, planejando se esquivar se tentassem atingi-la ou a River. Talvez ela pudesse arrancar a grande porta de cobre e usá-la como escudo, mas isso iria escalar as coisas rapidamente, e ela não queria dar o primeiro passo em um conflito. Sem mencionar que estariam cercados de qualquer maneira.

Os arqueiros tinham suas flechas apontadas diretamente para o outro lado, não para baixo, na direção deles, o que era estranho. Ainda mais estranho foi quando as flechas foram lançadas bem à frente, bem nos fundidores mentais. Os seis foram atingidos ao mesmo tempo. Naia desviou o olhar, evitando aquela imagem sangrenta. Não houve gritos. Ou eles não podiam gritar ou foram mortos rapidamente. Murmúrios surgiram na sala.

O Rei Spring estremeceu.

— O que é isso? Guardas! Matem-no!

River virou de lado, de modo que também se dirigiu às outras pessoas na sala.

— Não. Não quero derramar mais sangue de nossos leais guardas.

Um fae correu em direção a River, espada na mão. Naia estava prestes a tentar controlar sua espada, quando uma flecha o atingiu, e ele caiu. River tinha falado com os arqueiros e organizado isso? Mais dois guardas correram em sua direção, mas pararam, esfaquearam-se no braço e jogaram as espadas para longe.

— Matem ele, matem ele — gritou o rei, seus olhos arregalados, sua voz desesperada.

Anelise não estava mais perto de Naia, mas caminhando em direção ao estrado.

River viu sua irmã e disse:

— Pare. — Ela fez o que ele pediu.

Oh, não. River estava usando sua fusão mental, controlando alguns guardas em posições estratégicas na sala. Para alguém que afirmava odiar essa magia, ele parecia bastante proficiente nela. Naia não tinha esperado nada disso, não tinha esperado vê-lo atacar seu próprio povo.

O rei se levantou e estava prestes a se virar, provavelmente para fugir, mas também parou. Tremendo e suando, ele disse:

— Filho, por que você não para com isso? — Sua voz era calma, até paternal. — Eu sempre esperei que você pudesse ser o meu favorito.

— Realmente? — River perguntou. — Sou herdeiro do trono?

— Podemos discutir isso. — O rei estava tentando soar benevolente, mas sua voz estava trêmula. — Se você parar. Pare com isso, filho.

Uma sensação horrível tomou conta de Naia. River havia pedido a ela para confiar nele, mas estava ficando cada vez mais difícil acreditar que era mesmo ele.

— Não — disse River. Ele se virou para todos os outros na sala. — Neste castelo, em nossa cela mágica, meu próprio pai tentou me fazer matá-la. — Ele apontou para Naia, mas não havia calor em seus olhos. — Ele tentou me fazer arrancar o coração dela... *depois* que eu disse a ele que era minha companheira escolhida. A lei dos lendários está do meu lado.

Naia suspirou. Se estava mencionando a lei, ele definitivamente tentaria fazer um acordo. Isso não mudava o fato de que acabara de matar sete faes e ferir mais dois. Ele matara seu próprio povo, depois de ficar horrorizado com o que Bastião de Ferro tinha feito. Talvez houvesse uma explicação, talvez as coisas não fossem como pareciam e, no entanto, tudo parecia errado.

Então, rápido como um gato, River saltou sobre a mesa e ficou bem em frente ao seu pai. Naia sentiu que algo horrível estava para acontecer. Ela queria gritar o nome dele, mas ficou preso na garganta.

Os segundos seguintes foram como um pesadelo horrível. Naia piscou, quis desviar o olhar e, ao mesmo tempo, continuou olhando porque esperava que aquela falsa imagem desaparecesse. Não podia ser verdade.

18

UMA NOITE PARA DANÇAR

Naia tinha que estar imaginando coisas, tinha que estar, mas isso não era uma coisa que viria da cabeça dela.

Horrorizada, ela observou River cravar as unhas no peito do pai e arrancar seu coração.

Ele voltou para o meio da sala, ainda segurando o coração, o sangue pingando de suas mãos.

— A lei está do meu lado. Eu fiz com ele o que ele tentou me obrigar a fazer.

Naia sentiu-se tonta e quis vomitar.

River ainda tinha aquela cara dura.

— Eu sou seu novo rei. Façam uma reverência.

Tremendo, talvez Naia desmaiasse se ela se inclinasse para a frente. Ela não deveria se curvar a um rei que não era dela, mas não sabia mais de nada e estava consumida pelo medo.

Ele fixou os olhos nela.

— Você não. Você é minha rainha.

Naia queria se virar e correr, mas seus pés estavam presos no chão, e nem sabia se ele a estava obrigando ou se era apenas o choque dela. Lágrimas escorreram de seus olhos.

— Não.

— Silêncio — disse ele.

Se ela queria dizer mais palavras, ficaram presas em sua

garganta. Antes disso, ela ficaria furiosa se ele a obrigasse a ficar quieta. Agora, era só mais uma coisa em cima de tantas erradas.

Ele se virou para os outros.

— Curvem-se para sua rainha. Não. Ajoelhem-se.

— River! — Uma voz grave ecoou na sala e um fae de cabelos brancos entrou. — O que você está fazendo?

— Apreciando o coração de nosso pai. — River colocou as mãos perto do rosto, que ficou todo manchado de sangue. — Você não está feliz por ter um rei e uma rainha justos?

Naia fechou os olhos, desejando poder desaparecer.

Os olhos do recém-chegado brilharam de fúria, mas então ele se ajoelhou de repente e disse:

— Sim. Você é perfeito. O melhor irmão. — Ele estava tremendo, como se estivesse lutando contra o que quer que River estivesse fazendo com ele. — O... melhor... rei. Eu aceito você.

Naia talvez pudesse parar isso com sua magia de metal, talvez ela pudesse acertar River com força suficiente na cabeça para que desmaiasse. Mas então ele e ela provavelmente seriam mortos. Tudo o que ela queria era fugir e, naquele momento, sentiu algo: uma mecha de escuridão.

Ela fechou e abriu os olhos, e então viu linhas e círculos brilhantes. Sem pensar, caminhou até o mais brilhante e ficou muito tempo lá, sem saber como voltar ao mundo real. E se ela estivesse prestes a ficar presa ali? Eventualmente, ela se deitou, exausta, e sentiu algo macio embaixo dela.

Era palha por baixo de um tecido macio. Esta tinha que ser a cabana onde ela tinha morado com seu irmão por seis meses. Ao perceber onde estava, a escuridão se dissipou e ela se deitou, deixando as lágrimas caírem.

Por quem ela tinha se apaixonado? Ela ao menos conhecia River? Ele estava fingindo todo esse tempo? Ele era bom em fingir e ela sabia disso. Talvez tivesse se apaixonado por sua aparência e seu charme, e então talvez os faes brancos fossem brutais e ela não os entendesse. Mesmo de olhos fechados, ela não conseguia deixar de ver o sangue, a violência. Ainda podia sentir o nó na garganta quando ele a fez ficar em silêncio. Este não era alguém que ela poderia amar. Enterrar seus sentimentos era como estrangular seu coração. Coração. Aquela imagem terrível ainda estava em sua mente, exceto que sentia como se ele estivesse segurando o dela.

Naia tentou dar uma olhada na cabana. Suas memórias deste lugar eram boas. A comida tinha sido horrível, até que ela percebeu que poderiam ir para a aldeia e fazer trocas por sal e ervas. Por fim, Fel plantou ervas e vegetais em um pequeno jardim.

Ela saiu e olhou para o lugar onde o jardim estivera. Ervas daninhas tomavam conta da terra, mas ainda podia ver um pouco de alecrim e hortelã.

O maior desafio tinha sido a comida. Comida e evitar brigas quando estavam com fome. O arranjo não tinha sido verdadeiramente realista, pois seu pai e alguns guardas passavam por lá, o que significava que Naia e Fel nunca estavam realmente isolados. Uma vez ela sugeriu roubar da mansão real, mas Fel não queria estragar o desafio. Para ele, era uma questão de orgulho fazê-lo sem nunca pedir ajuda.

Essas memórias aliviaram um pouco da dor, mas não o suficiente. Naia respirou fundo. Talvez isso fosse para o melhor. O que ela tinha que fazer era planejar como desafiar Bastião de Ferro e usar todas as informações que havia obtido. Talvez ela pudesse até mesmo ir para Marca do Lobo e planejar algo. Ela não precisava concordar em se casar com o Rei Sebastian, tudo o que precisava era fazê-lo pensar que tinha uma chance, independentemente de ser cruel ou não. Ela não gostava de lembrar da diversão de River ao saber da proposta do rei. Por que doía tanto lembrar do River normal? Ela tinha que esquecê-lo e focar, focar, focar.

Primeiro, precisaria ir ao forte e usar o espelho de comunicação. Era uma caminhada de trinta minutos. Naia não tinha medo da floresta e não tinha medo da maioria das ameaças normais, mas Bastião de Ferro já havia enviado condutores de ferro para tentar matar Fel. E se eles tivessem alguma magia bizarra, ela não tinha ideia do que exatamente poderiam fazer. Como ela tinha chegado aqui? Sua memória era um borrão. Não, as piores partes eram claras e afiadas o suficiente para cortá-la. O que ela não lembrava era como tinha entrado no oco e vindo para cá.

Naia tinha que ir para o forte, tinha que continuar tentando forjar alianças, tinha que descobrir o que a Rainha Kara queria, tinha que encontrar uma maneira de localizar seu pai. Tinha, tinha, tinha. Uma infinidade de tarefas impossíveis. Talvez ela tivesse vindo aqui para se lembrar de uma época em que as coisas eram muito mais simples, quando tudo o que precisava fazer era conseguir algo para comer, quando seu irmão estava com ela, protegendo-a, como ela estava cuidando dele. Seu irmão dragão que ela amava de todo o coração e esperava que voltasse logo.

Naia fechou os olhos. Não era hora de dormir e esta casa não era segura. Ainda assim, alguns minutos não fariam mal a ela, alguns minutos para ela fechar os olhos e esquecer tudo o que estava acontecendo. Ela podia imaginar que era uma jovem adolescente novamente, ansiosa por desafios e aventuras, alegre e sem saber o quão adorável era sua paz tranquila.

FEL ESPEROU com seu primo Siniari, enquanto Léa se vestia com sua outra prima, uma garota chamada Jacine. Enquanto a casa era grande e tinha espaço para dragões, as mesas e cadeiras eram de tamanho humano... A verdade é que os dragões passavam a maior parte de seus dias em sua forma humana, o que só deixava Fel ainda mais desconfortável.

Pelo menos Siniari tinha um quarto do tamanho de um dragão, mas, mesmo assim, ele estava em forma humana, vestindo-se para a celebração.

Ele se virou para Fel.

— Você pode dormir na minha cama por enquanto. Vou pedir outra, depois um quarto para você. Você pode morar conosco.

Fel odiava esmagar a empolgação de seu primo, mas tinha que ser sincero.

— Preciso voltar para Alúria.

— Sim. Mas você não precisa ficar lá. E vamos precisar de você.

— Você se esqueceria do seu povo? Quero dizer, seus dragões? Se você fosse a algum lugar em busca de ajuda e eles lhe pedissem para ajudá-los, o que você faria?

Siniari fez uma pausa.

— Eu acho... Eu tentaria ajudar os dois, mas consideraria qual deles precisava mais de mim primeiro. Vou convencer minha mãe a enviar uma delegação de dragões para Alúria, primo, já te disse isso. É só... Aconteça o que acontecer, eu gostaria que você pudesse considerar aqui sua casa também.

— Obrigado. — A verdade é que seu primo estava tentando ser legal. — Mas e Léa?

— Vamos arranjar um quarto para ela também. É mais fácil no caso dela. — Siniari riu. — Ocupa menos espaço.

Sim, ao contrário de Fel, que passaria o tempo todo como dragão. Também era um lembrete de que ele e Léa não poderiam ficar juntos. Além disso, assim como Fel, ela não veio aqui para ficar e também tinha um reino para proteger. A questão seria dizer adeus aos dragões depois de toda a comoção com esta celebração do Dragão de Ferro e toda a esperança que eles estavam colocando em Fel. Fel, que não sabia nada sobre a magia dos dragões, que duvidava que os Indomáveis continuassem usando armaduras de metal. Eles não podiam ser tão burros. Ou eram? Uma pergunta cruzou sua mente.

— Siniari — disse Fel. — Se todos sabem sobre o Dragão de Ferro, como é que eles usavam armaduras de metal? Isso soa ilógico.

— Na verdade, não, se você pensar que eles também cresceram ouvindo que o Dragão de Ferro seria a luz no escuro. Eles pensam que são a luz. Mais do que isso, eles querem ser dragões fortes, dragões de ferro de certa forma, e é isso que suas armaduras representam. E eles não teriam imaginado que significava um dragão com magia de metal. Como eles poderiam ter previsto isso?

— Bem, tenho certeza que eles vão abandonar o metal de agora em diante. Você entende o que isso significa para mim, certo? Com magia de ferro ou não, não poderei fazer muito contra eles.

Siniari fez uma pausa e olhou para ele.

— Você ainda tem uma magia impressionante. Você encontrará outras maneiras de usá-la.

— É verdade, mas duvido que consiga derrotar um grupo de inimigos sozinho novamente.

— Nunca se sabe.

Ele seguiu seu primo até a área comum. Pelo menos as portas aqui eram grandes o suficiente para ele, não que se sentisse menos estranho.

Léa e Jacine saíram de uma sala. Ambos usavam calças e jaquetas de couro, no estilo que a maioria dos dragões gostava de usar. Aparentemente, as roupas para uma comemoração especial não eram diferentes. Léa estava linda em uma roupa marrom escura e ele desejou poder abraçá-la.

— Como você está? — Ele tentou enviar o pensamento apenas para Léa.

Jacine levantou a mão.

— Eu posso ouvir você, só para você saber. Antes de dizer qualquer coisa... Você sabe.

Léa se virou para ela e estreitou os olhos, mas de brincadeira.

— Ele não ia dizer nada inapropriado.

— Privado — Jacine disse. — Eu estava pensando em algo privado, não inapropriado.

Eles saíram da casa e, quando estavam do lado de fora, Siniari virou-se para Fel.

— Vou voar com você para a arena cerimonial. Jacine pode andar com Léa.

— Andar? — A garota fez uma careta. — Você quer dizer *escalar* uma tonelada de degraus.

— É um ótimo exercício.

Jacine sorriu.

— Assim como voar. — Em um segundo, ela desapareceu, substituída por um dragão negro, que subiu no céu, depois mergulhou de volta e pegou Léa com suas garras. Isso não parecia mais seguro do que voar nas costas de Fel. Pelo menos Léa não parecia assustada e, em vez disso, estava rindo.

— Temos permissão para fazer isso? — Fel perguntou a seu primo.

— Na verdade, não. Os humanos deveriam subir pela escada para a arena cerimonial, mas Jacine sempre gosta de quebrar as regras. Vamos.

Siniari assumiu sua forma de dragão, suas escamas azul-claras refletindo as lanternas que iluminavam o terreno, e então voou. Fel moveu suas asas rapidamente para alcançar seus primos, tentando entender como funcionavam as cores das escamas, já que havia tanta variedade mesmo dentro da mesma família. O voo foi curto, apenas para uma montanha que circundava o vale da cidade dragão, onde havia um planalto e uma grande formação rochosa redonda, parecendo de fato uma arena. Tinha um grande círculo no meio e eles pousaram bem na borda, na área inferior. Seus primos logo assumiram suas formas humanas.

— Você está bem? — ele perguntou a Léa.

— Estou bem. — Ela caminhou em direção a ele e colocou a mão em uma de suas asas.

Jacine assumiu sua forma humana e riu.

— Não foi uma boa ideia chegar aqui logo?

— Foi — disse Léa.

Lentamente, mais e mais dragões estavam chegando, pousando nas áreas superiores ao redor do círculo. A maioria deles mudou para suas formas humanas logo após o pouso, mas alguns permaneceram como dragões. Humanos também estavam chegando, andando, não sendo carregados pelas garras de ninguém. Fel contou cerca de cem dragões no total.

— São todos? — ele perguntou a seus primos.

— Filhotes dragões e seus pais não vêm — Siniari disse, então fingiu parecer confuso. — Não tenho certeza do que Jacine está fazendo aqui.

Ela olhou para ele e fez uma careta, mas era brincadeira.

Fel não conseguia deixar de pensar em Naia, perguntando-se se ela estava segura e o que estava acontecendo em Alúria, em Umbraar, em Lago Branco. Ela saberia que ele estava seguro?

Ficaria preocupada? Aquele fae estava cuidando bem dela? Ele nunca havia passado tanto tempo longe de sua irmã, e estar em circunstâncias difíceis só tornava as coisas mais duras de suportar. Ele também sentia falta de seu pai, pai do coração, como diziam os dragões, e se perguntava o que estava acontecendo com ele. Pelo menos Léa estava aqui, e segura. Por enquanto.

Onze dragões pousaram no centro do círculo, então mais doze pousaram na frente deles e assumiram suas formas humanas. Um dos dragões era Ekateni, e Fel não conhecia os outros. No meio estava Rélia, em armadura de couro vermelho escuro.

Ela se dirigiu aos bancos.

— Você sabe por que estamos aqui esta noite?

Algumas vozes aqui e ali gritaram:

— O Dragão de Ferro.

— Sim. Sim. — Ela sorriu. — Muitos disseram que ele não existia. Muitos disseram que era uma profecia sem sentido, mas esta tarde tivemos a prova. Prova de que o Dragão de Ferro está entre nós, para lutar ao nosso lado, para esmagar os Indomáveis.

— Esmagaremos! — alguém gritou.

Fel pensou que era de mau gosto, se fosse verdade que muitos de seus amigos e entes queridos haviam se juntado aos Indomáveis.

Rélia sorriu.

— Eu me tornei seu Olho do Dragão não para cumprir promessas vazias, mas por ação, por vitória. Estou confiante de que vamos vencer este pequeno conflito. Estou confiante de que vamos espalhar nosso domínio sobre Fernick novamente. Vamos governar esta terra, sem medo de outros dragões, sem medo de nenhuma criatura mágica. E aqui está ele, o Dragão de Ferro, nada menos que o filho de Ircantari. Por favor, avance. Ela gesticulou para Fel.

Impressionante. Aparentemente, seria conhecido como o Dragão de Ferro, já que ela nem mencionou o nome dele. Ainda assim, ele voou baixo para o centro, pois parecia mais gracioso do que caminhar. Trazer esperança para esses dragões não era uma coisa terrível. Seu problema era que não tinha certeza do quanto poderia fazer por eles e não estava certo se uma esperança vazia era o que eles precisavam.

Fel olhou para Léa, que estava ao lado de seus primos e sorriu, mesmo que ela estivesse mais rígida do que o normal. Tinha pedido a ele para esconder sua magia, e ele fez o possível para honrar aquilo — até não poder mais. E agora estavam celebrando essa sua magia, de modo que todos os dragões daquele vale sabiam.

Rélia aproximou-se dele.

— O Dragão de Ferro está em sua forma pura e raramente se torna humano. Ele representa o melhor de nós. Três mil anos atrás, o Único Vidente previu que um dragão de ferro seria nossa luz na escuridão. Eu digo que somos nossa própria luz. Mas também digo que esta é a prova, a prova de que estamos no caminho certo, a prova de que estamos prestes a alcançar a vitória!

Pelo menos ela não estava dizendo que Fel iria salvar todo mundo, mas havia alguma coisa errada no tom dela... Ele não conseguia entender o que era.

A mulher continuou:

— Esta é uma noite para dançar, para celebrar, mas antes disso, vamos honrar nosso dragão de ferro, vamos aumentar seu poder. — Ela se virou para Fel. — Fique parado, isso pode formigar. É apenas uma velha tradição boba.

O pensamento tinha sido enviado apenas para ele, Fel percebeu.

Os dragões em forma humana ao seu redor se aproximaram e o tocaram, dez mãos nas laterais de seu corpo, caudas e asas.

Rélia se dirigiu à multidão.

— Alguns de nossos membros do Conselho o estão presenteando com sua magia.

Fel não sentiu nada diferente, exceto por uma mulher que estava tocando sua asa muito levemente e fazia um pouco de cócegas. Ele fechou os olhos e se forçou a ficar quieto. Até onde sabia, mágica não podia ser transferida de pessoa para pessoa, mas, novamente, o que ele sabia sobre a magia dos dragões? O que só tornava inútil aquilo que estavam fazendo. Se a magia pudesse ser transferida, deveria ser enviada para alguém que soubesse o que fazer com ela. Por outro lado, isso era só para honrá-lo e ele ficou grato por sua intenção.

Os membros do Conselho recuaram e então Rélia pegou um copo grande e o encheu com um líquido escuro de uma garrafa.

— Para o Dragão de Ferro, o presente da vida.

Fel pensou que ela iria propor um brinde, mas, em vez disso, aproximou-se dele e enviou um pensamento.

— Basta abrir a boca. Vou pingar na sua língua, como um remédio.

Isso ia ser complicado e estranho. Ele não controlava muito bem o fogo — não controlava bem nenhuma parte do seu corpo, na verdade, e abrir a boca e mostrar a língua parecia estranho. Seria estranho se ele estivesse em forma humana também. Ainda assim, não queria desrespeitar ou desapontar os dragões, então abaixou a cabeça o máximo que pôde e abriu a boca, prendendo a respiração por precaução, para evitar que algum fogo acidental saísse. Ele não queria queimar Rélia ou qualquer pessoa na plateia.

Com o canto do olho, ele viu alguém da plateia pular no círculo. Então algo atingiu a mão de Rélia: uma pedra. Uma estranha rede dourada voou sobre a intrusa, que baixou o capuz. Era Tzaria.

— Execute-a! — disse Rélia. — Ela tentou matar o Dragão de Ferro.

Tzaria tentava se levantar, enquanto a rede a prendia no chão.

— Com uma pedra? Duvidoso. Foi você quem tentou envenenar Isofel.

— Mentirosa! — Rélia voltou-se para os outros. — Ela deve ser executada.

Ekateni se posicionou na frente de Tzaria.

— Espere. Vamos ouvir o que ela tem a dizer.

Os olhos de Rélia estavam arregalados.

— A penalidade por retornar ao santuário dos dragões é a morte. Eu a quero morta!

— Não — Ekateni disse. — Sejamos razoáveis. — Ele se virou para Tzaria. — Como você chegou aqui? Por que você está dizendo que o copo está envenenado?

— Você não pode ver? — a mulher loira disse. — Rélia está corrompida. Talvez ela ainda não saiba, mas a corrupção tomou conta dela. Beber um líquido não faz parte do nosso ritual de fortalecimento. A conclusão é óbvia.

Ekateni suspirou e olhou para Tzaria.

— O que significa que sua prova não passa de um palpite absurdo. Sugiro que se retire.

— Não — Rélia gritou. — Ela quebrou a lei. A pena é a morte.

O tio de Fel virou-se para ela.

— Desde quando matamos o nosso povo?

— Nós matamos assassinos, traidores.

Em um breve segundo, Tzaria assumiu sua forma de dragão e levantou voo. Antes de desaparecer no céu ela soltou um grito estridente, e então pousou novamente com uma lança em uma de suas asas. Em um segundo, ela era humana novamente.

Ekateni mudou para sua forma de dragão e pousou sobre ela. O pensamento que ele enviou soou como um grito estrondoso.

— Se vocês quiserem machucá-la, vocês terão que passar por mim.

O rosto de Rélia estava vermelho e ela gritou a plenos pulmões.

— Não me provoque. Não hesitarei em matar vocês dois.

Ekateni rugiu, então enviou um pensamento.

— Duvido que consiga. — De sua boca, ele enviou gigantescas rajadas de fogo em todas as direções.

Algumas delas pegaram Fel, dando a ele aquela estranha sensação de estar imobilizado. Seu tio, então, voou segurando Tzaria. Fel desejou que ele não tivesse ido embora, mas não parecia que tinha muita escolha. Também era desconfortável ver a raiva de Rélia em relação a Tzaria. Mas se ela tivesse realmente matado Ircantari... De qualquer forma, Fel não poderia ir atrás deles, pois não podia se mover.

Rélia, que havia caído, levantou-se.

— Ambos são traidores agora. Ambos inimigos.

Fel se virou para olhar seus primos. Jacine estava em forma de dragão, enquanto Siniari olhava para sua mãe com os olhos arregalados.

— Ele estava apenas protegendo ela!

— Protegendo uma traidora. Seu pai não existe mais.

Jacine assumiu sua forma humana novamente e estava com lágrimas nos olhos. Léa mordeu o lábio e olhou para ele. Essa rivalidade interna não era boa quando tinham tantos inimigos externos. A não ser que Tzaria *estivesse* lidando com o inimigo. Mas Fel não conseguia esquecer o quão bem ela lutou contra aqueles três dragões no caminho para Fernick e, novamente, perto da montanha do Primeiro Mago. Fel não tinha certeza se estaria vivo sem ela. Agora, ela e Ekateni tinham partido.

Rélia então sorriu.

— Nada disso deve atrapalhar nossa celebração. Vamos voltar para a aldeia. Esta noite é uma noite para dançar.

Ela então se virou e se dirigiu para as escadas.

Fel tentou se mover, mas não conseguiu. Ele havia estado um tanto próximo de seu tio e foi pego em seu fogo. Os guardas que estavam ao redor deles também foram imobilizados, enquanto os dragões nos bancos distantes já estavam voando. Ele deu uma olhada no copo quebrado. Pode ter sido veneno? Ou Tzaria estava apenas paranoica?

Léa se aproximou dele.

— Você está machucado?

— Eu simplesmente não consigo me mover muito bem. É algo que acontece por causa do fogo do dragão. E você?

— Siniari me protegeu.

Fel olhou para o primo e acenou com a cabeça, ou pelo menos tentou fazer isso, grato por ter protegido Léa. Ela então olhou para cima e apontou.

— Eles estão voltando?

Por um segundo pareceu que sim, até que ele percebeu que não eram apenas dois dragões voando em direção à arena, mas cerca de trinta. E não vinham do lado da aldeia, mas do outro lado. Uma sensação horrível tomou conta dele.

Um grito quebrou o silêncio.

— Os Indomáveis!

Eles estavam vindo. Sem armadura de metal desta vez.

Enquanto isso, Isofel não conseguia nem mexer as asas.

LÉA SABIA POUCO sobre os dragões, mas até ela podia sentir uma mudança repentina no ambiente, uma mudança repentina no ar, e não precisava saber muito para perceber que os dragões voando em sua direção eram uma ameaça. Este lugar, que deveria ser um santuário, estava sendo invadido.

Na arena restavam poucos dragões, insuficientes para lutar contra os inimigos, principalmente quando a maioria deles ainda estava em forma humana. Léa ficou ao lado de Fel. Seus primos, ambos em forma humana, estavam a poucos passos deles.

— Você deveria correr — Siniari disse a ela. — Fogo de dragão pode te matar.

Léa estava quase fazendo isso, mas percebeu que seria uma tolice. Ela poderia ser pega no meio da fuga, a menos que os invasores a ignorassem, mas não queria apostar sua vida nisso.

— Minhas asas não se movem — disse Fel. — Venha para baixo de mim.

— Não — Jacine disse a Léa. — Eles vão colocar fogo no chão.

— Nas minhas costas — disse Fel, e ela pulou nele.

Essa posição não lhe dava cobertura, mas se sentia mais segura perto dele. Ela o sentiu tenso embaixo dela, como se estivesse focando, então uma lança e muitas espadas voaram na direção dos dragões que se aproximavam.

Fel estava usando sua condução de ferro. Alguns dos Indomáveis formaram uma parede de fogo na frente deles. Quando as espadas a encontraram, eles recuaram, como se tivessem alcançado um escudo.

Uma voz soou no céu.

— Entreguem o Dragão de Ferro e vocês serão poupados.

Não havia como esta cidade proteger Fel, não quando suas casas e famílias estavam em perigo.

A maioria dos dragões na arena estava presa em seus lugares, o que parecia ser um efeito colateral da rajada de fogo de Ekateni.

— Segure firme — disse Fel. — Eu sei o que fazer.

O chão tremeu. Fel realmente faria o que ela pensava que ele faria?

Logo toda a arena estava flutuando no céu e, em seguida, se afastando dos dragões que chegavam, em direção à borda do vale.

Em algum momento, a arena parou de se mover.

— Não consigo sair do vale — disse Fel, — vou ter que pousar.

Léa sentiu o chão se inclinar, quando eles pousaram em um ângulo, sobre algumas colinas pontiagudas. Alguns dos dragões que estavam nos cantos levantaram voo. Os primos de Fel trocaram de formas agora e estavam ao lado dele.

— Voe para longe — Léa gritou. — É só ele que querem. Peçam ajuda.

Mesmo assim, muitos dos dragões não levantaram voo, e ela não tinha certeza se era porque eles não podiam. Todo esse tempo, ela estava pensando em entrar no oco no caso de haver muito fogo, no caso de ela ser uma responsabilidade para os dragões, mas talvez não estivesse pensando direito.

— Confie em mim, Fel.

— Sempre.

Essa resposta aqueceu seu coração, mesmo que ela não tivesse certeza de que era merecida, mesmo que não tivesse certeza de que sua ideia iria funcionar. Ela poderia fazer isso? Tecnicamente, entrar no oco com outra pessoa deve ser difícil o suficiente. Ela não tinha ideia de como seria se essa outra pessoa fosse muito maior. Mesmo assim, ela tentou ir para aquele outro lugar. Em vez de entrar nele, tentou sentir como se estivesse se dissolvendo nele, trazendo Fel com ela.

Pensando no perigo de se perder, ela ficou de olho em sua realidade, e voltaram para o mundo real não muito longe da arena, em outra parte da montanha.

Ele disse:

— Isso é ótimo, Léa. Podemos atraí-los. Você pode gritar?

Gritar? A ideia dela era simplesmente tentar escapar, mas ele tinha razão. Se ela não atraísse a atenção deles, os Indomáveis procurariam por Fel no vale e causariam destruição lá.

Léa respirou fundo e gritou a plenos pulmões:

— Aqui está o Dragão de Ferro. Venham buscá-lo!

Ela esperou até ouvir asas batendo em sua direção, então se

dissolveu novamente no oco, mas apenas o suficiente para não se perder. Eles reapareceram a alguns passos de onde estavam a princípio.

— Aqui! — ela gritou novamente.

Dessa vez, ela precisaria tentar ir um pouco mais longe, mas com cuidado para não se perder ou ficar presa em algum lugar onde não deveria. Eles estavam nas montanhas, mas não havia sinal da cidade do dragão em parte alguma.

— O quê...

— É normal — disse Fel. — A cidade está escondida.

— Os Indomáveis vão nos ver?

— Grite de novo.

— Aqui! — Ela mal disse a palavra quando um dragão apareceu na frente dela, como se viesse do nada, então enviou uma rajada de fogo na direção deles.

Fel atingiu o fogo com o seu próprio, e Léa soltou o suspiro mais aliviado que já teve. Ainda assim, ela sabia que mais dragões estavam chegando, então tentou deslizar para dentro do oco novamente — e não conseguiu. Era como se o fogo de Fel os mantivesse nesse plano, incapazes de escapar.

Mas esses dragões não podiam continuar lançando fogo incessantemente. Ela manteve uma sensação de escuridão, um meio-termo, aquele outro lugar. Estava quase chamando por ela, mas apenas por ela, e tinha que trazer Fel.

O dragão inimigo parou seu fogo por um momento, e Fel fez o mesmo. Léa aproveitou a oportunidade para pular para longe. Por um momento, ela temeu se perder. Era como caminhar em uma lama negra, caminhar em uma espessa cortina de fumaça. Isso não era nada bom e, se continuassem assim, poderiam acabar em algum lugar onde não deveriam. Então ela se lembrou de sua dificuldade em ir para o oco alguns segundos antes.

— Fel, preciso que você produza fogo.

Ele o fez — e então eles pararam na borda de outra monta-nha. Léa não sabia se estavam perto ou longe da vila dos dragões. Ela não ouviu nenhum berro, nenhum bater de asas, nenhum fogo de dragão, só agora percebendo que tinha um som distinto. Ali ainda era Fernick, este era o reino humano, normal, ela podia sentir isso, mas era tudo o que ela sabia.

— Estamos longe da aldeia? — Fel perguntou.

Léa engoliu em seco.

— Não sei. Não sei se estamos perto, longe, não faço ideia de onde estamos. Eu me perdi por um momento. Desculpe.

— Por que pedir desculpas? Você nos salvou.

— Você estava indo muito bem movendo a arena. Como você fez isso?

— Tinha algumas vigas de metal na base e estava sobre uma rocha com algum minério de metal. Estou surpreso que tenha funcionado, na verdade.

— Sua magia é incrível. — Léa olhou em volta para aquele lugar estranho, naquela terra estranha. — Mas agora estamos perdidos.

Fel ficou quieto por algum tempo, então disse:

— Os dragões podem sentir outros dragões. Alguém nos encontrará em breve. A questão é se eles serão amigos ou inimigos.

O vento era o único som que ela podia ouvir, mesmo que sentisse seu próprio coração batendo forte no peito.

— Não podemos ficar aqui, então.

O peito dele subia e descia lentamente.

— Minhas asas estão quase boas. Vou nos levar para algum lugar com bastante metal. Daí minha magia pode nos manter seguros se um grande grupo nos atacar.

Ela acariciou suas escamas.

— Eventualmente você terá que descansar, no entanto.

— Eu sei. Léa, me desculpe por não ter encontrado as respostas que estava procurando, me desculpe por ter trazido você aqui.

— Acho que você descobriu muita coisa, e até encontrou parte da sua família. Eventualmente, você se reconectará com eles. E há algo que eu queria dizer a você. Isso... Cynon... Do jeito que eles falam sobre ele, que influencia as pessoas, acho que ele estava na minha cabeça, Fel. Isso foi o que ouvi; alguém procurando pelo Dragão de Ferro, e foi por isso que eu tive que ir embora.

— Você ouviu? Como?

Léa pulou de suas costas e ficou na frente dele, para poder ver seus olhos, que eram verdes como seus olhos humanos, lindos de um jeito diferente, mas ainda lindos.

— Em minha mente. É estranho dizer isso, mas era como se eu tivesse uma ponte para essa criatura, e então ela viu você. Eu bloqueei agora, posso sentir que está bloqueada. Mas acho que era comigo antes. É tão parecido com o que eles estão falando, este Cynon. Passei algum tempo em um reino no oco, e uma fae me ajudou e mencionou um Destruidor, que também era semelhante. Acho que talvez seja a mesma criatura, mas sinto que já está em Alúria.

— Talvez esteja em todo lugar.

Ela estendeu a mão e acariciou seu rosto.

— Talvez. — Ela tentou pensar. — Mas tem que estar relacionado aos dragões, certo? Se a criatura teve uma reação ao ver você, se eles queriam o Dragão de Ferro?

— Pode ser. Estou perdido, Léa, e não quero dizer apenas que não sei onde estamos e não tenho absolutamente nenhuma ideia de como navegar neste continente. Por onde começamos? Como você luta contra um inimigo se nem sabe o que é, onde está e o que quer?

— Parece querer você morto por algum motivo.

— Sim, o *Dragão de Ferro*. — Seu tom era zombeteiro. — Como se eu pudesse fazer qualquer coisa. Tudo o que posso fazer é mover metal e lançar fogo. Ainda não posso nem assumir minha forma humana.

Léa continuou acariciando as escamas macias do rosto dele. Ela sabia que estava preocupado por estar nesta forma e entendia sua preocupação, mas, ao mesmo tempo, também era quem ele era.

— Isso não é um problema.

— Você sabe que é. Se voltarmos, como posso fazer algo por Umbraar?

Essa era uma boa pergunta, para a qual ela não tinha resposta. Ele não poderia representar seu reino nessa forma, daquele jeito. Ainda assim, ela tentou animá-lo.

— Pelo menos você está bonito. Não que você não fosse

antes. Mas, você sabe, considerando nossa situação, sugiro que comecemos a olhar para os pequenos pontos positivos.

— Nós dois estamos vivos.

Léa riu. Sim, era ótimo que os dois estivessem vivos, que estivessem juntos. Eles tinham que ser gratos por isso. A questão era quanto tempo isso iria durar.

— Você realmente acha que devemos apenas esperar que outros dragões nos encontrem?

— Por enquanto. Eventualmente, precisaremos de comida, água. Quando o sol nascer, terei um senso de direção e então poderemos voar para o sul. Se eu voar muito alto, posso fazê-lo durante o dia e, eventualmente, chegaremos a Alúria.

Eventualmente era uma palavra desconfortável quando tanta coisa estava acontecendo, quando tanto estava em jogo. Além disso, eles poderiam estar a leste ou a oeste de seu continente, e nesse caso voar para o sul não os traria de volta para casa. Mas repetir em voz alta o quanto estavam perdidos não ajudaria ninguém. Ela sorriu.

— Vamos esperar, então.

— Na verdade, não. Suba nas minhas costas. Acho que minhas asas estão fortes o suficiente para nos levar a um lugar com mais metal, ou pelo menos pedras metálicas, ou seremos alvos fáceis. Duvido que demorem muito para me encontrar.

Léa obedeceu, mas uma luz chamou sua atenção. Um anel de fogo, à sua direita.

Os dragões estavam chegando.

19

O REI FAE

F el sabia que os Indomáveis não os deixariam sozinhos por muito tempo, mas esse anel de fogo, tão cedo, ainda era inesperado. Não havia rocha metálica perto dele, então, se quem viesse fossem inimigos, ele precisaria tentar lutar com seu fogo, com sua lamentável magia de dragão.

Talvez Léa conseguisse tirá-los daqui, mas ela já havia feito muito e talvez estivesse prestes a utilizar demais seus poderes. A última coisa que ele queria era vê-la desmaiada, fraca, era sentir a vida se esvaindo dela. Ele olhou para o círculo que se formava perto deles, sentindo seu próprio fogo queimando em seu peito, seu próprio poder querendo ser liberado.

Um dragão voou pelo anel, um dragão azul que ele conhecia. Fel relaxou.

Era Ekateni.

Mal havia espaço para ele pousar, já que Fel estava na única superfície plana da área, mas seu tio assumiu sua forma humana assim que pousou, de modo que não ocupou tanto espaço.

Seu tio disse:

— Você precisa ir. Os Indomáveis chegarão em breve.

Isso deveria ser uma novidade?

— Eu sei. Estamos fugindo deles há algum tempo e não

pretendemos nos demorar. Só estou esperando que minhas asas melhorem.

— Claro. Quer dizer, você precisa voltar para Alúria. Os Indomáveis não vão perceber que você está lá.

— Por quê? — Foi Léa quem perguntou.

— O caminho pelo oco foi fechado. Para a maioria dos dragões. Então eles precisam voar, o que levará algum tempo. A outra razão é que eles não serão capazes de sentir você. Acho que a magia humana mascara a magia dos dragões, e você não será tão facilmente encontrado lá.

— Estávamos planejando voltar de qualquer maneira, e será muito mais fácil com a sua ajuda. Como está todo mundo? Eles sobreviveram?

Ekateni esfregou a mão na testa.

— Seus primos estão vivos. Na aldeia, acredito que a maioria dos dragões escapou.

Fel se sentiu horrível pensando que havia arruinado aquele santuário.

— Eu sinto muito. Por trazê-los até lá.

Seu tio balançou a cabeça.

— Você sabe que não é sua culpa. Não é como se você insistisse em vir ou quisesse anunciar que era o Dragão de Ferro. Isso foi tolice. Nosso erro foi acreditar que éramos mais invulneráveis do que realmente éramos. Lição aprendida. Essa cidade tinha apenas dez anos de idade, de qualquer forma. Nenhuma história deixada para trás. Vamos nos reagrupar, provavelmente não em um alvo tão fácil.

— Tzaria estava certa, então. Como ela está?

O rosto de seu tio ficou duro como madeira.

— Viva. Não que ela vá se desculpar ou explicar qualquer coisa. Oh, não. Sem explicações.

Léa então disse:

— Ela pode ter salvado Fel.

Ekateni fechou os olhos e bufou.

— Salvou ele? Você realmente acha que Rélia envenenaria Isofel? O *Dragão de Ferro*? Mesmo se assumirmos isso como uma possibilidade, ela não faria isso na frente de uma plateia. Rélia tem muitas falhas, mas *incrivelmente burra* é o extremo oposto de como eu a descreveria.

— E quanto a Cynon? — Léa perguntou. — Ele não poderia estar sussurrando ideias em sua mente? Corrompendo-a, como disse Tzaria?

— Não funciona assim. — Seu tio balançou a cabeça. — Você precisa de muito tempo em contato com a energia dele, muito tempo, algo que Rélia não teria tido a oportunidade de fazer, estando na cidade dos dragões. Muitas vezes você precisa de um objeto, que funciona como um conduíte. É... Não tenho dúvidas de que alguns Indomáveis estão em contato com Cynon, mas duvido que seja o caso de Rélia.

— Por que então Tzaria tentou impedi-la?

— Tzaria... — Ekateni suspirou. — Eu acho que ela teve boas intenções, de verdade. Deve ser a culpa a consumindo. Eu acho que ela quer proteger o filho de Ircantari. Mas seu ódio por Rélia a cega.

— Estou feliz que você a salvou. — Fel ainda queria falar com ela, ainda queria entender o que havia acontecido com seu pai e, mais do que isso, ele odiaria vê-la executada.

Ekateni deu de ombros.

— Princípios são princípios, mesmo que isso signifique defender um dragão que eu desprezo. — Seu nariz enrugou, como se ele realmente quisesse dizer essas palavras.

Elas eram um grande contraste com sua façanha na arena, desencadeando uma incrível parede de fogo. Fel não tinha visto muitos dragões, mas o pouco que viu deles lutando lhe disse que aquilo que seu tio fez estava longe de ser comum.

Ekateni olhou para baixo.

— Mas minhas ações o tornaram vulnerável aos Indomáveis, e então me pergunto se Tzaria fez isso de propósito, se ela os trouxe, mas então... Foi ela quem me disse como mandar você de volta, como abrir este caminho, e ela também manteve sua existência em segredo por anos. Ela sabia que meu irmão tinha um filho, sabia disso e não se incomodou em me contar. — Ele rolou os olhos. — Para te proteger. Então acho improvável que ela chame os Indomáveis para perseguir você.

— Alguém virá para Alúria? Nós precisamos de ajuda.

Ele assentiu.

— Claro, mas primeiro tenho que garantir que meus filhos estejam seguros e tenho que esconder um dragão traidor e exilado que ainda não pode retornar à sua forma alada. Cynon está chegando. Eu sei que, em Alúria, sua magia humana está prejudicada e você está tendo problemas com um reino, eu sei disso, e não vou te esquecer.

Não parecia que Alúria fosse uma prioridade para eles, no entanto.

Léa então disse:

— Ekateni, acho que Cynon está em Alúria. Pode ser a explicação para muito do que está acontecendo. Eu ouvi algo na minha cabeça. — Sua voz estava tensa. — Eu acho...

— Vou verificar. É uma promessa. Ainda assim, meu entendimento é que a magia humana em Alúria se degradou muito. Os condutores de morte podem entrar em contato com outros reinos. — Seu tio havia sido informado sobre a magia de Léa. Todo mundo tinha, já que ver alguém se materializar no meio de uma batalha não era uma ocorrência regular para eles. — Não é nenhuma surpresa que você ouça vozes. Isso não significa que seja Cynon.

— E se for? — Léa insistiu.

Ekateni balançou a cabeça.

— Cynon pode influenciar dragões, sim, e isso é perigoso por si só. O perigo real, porém, é se ele encontrar um hospedeiro, um hospedeiro através do qual possa voltar a este plano. Precisamos impedi-lo de fazer isso. Essa é a nossa prioridade.

— O hospedeiro pode estar em Alúria. — Havia uma tensão, um aviso na voz de Léa.

— Um humano não pode ser um receptáculo — disse Ekateni. — Mesmo aqueles de vocês que possuem magia. Não funciona, não é compatível. E esse processo precisaria de muito contato com a energia de Cynon. Estamos falando de meses, talvez anos. Tem que ser alguém dos Indomáveis, alguém que foi influenciado por muito tempo. E eles também precisam de âncoras, objetos infundidos com a magia de Cynon. Você não teria isso em Alúria. Uma vez que o hospedeiro encontra esses objetos, eles podem abrir um portal, mas você ainda precisa estar em um lugar com magia de dragão, então não pode ser em sua terra. Além disso, o processo é, felizmente, bastante complexo.

— Não poderia ser um fae branco? — Fel sugeriu.

— Improvável. — Ekateni exalou, parecendo irritado. — Eu prometo, irei para Alúria, e então podemos discutir tudo isso, mas vocês têm que ir agora, a menos que realmente queiram dar tempo aos Indomáveis para alcançá-los. Vou abrir um anel para você, para voar. Ele o levará a um arquipélago perto de Alúria, um pouco ao norte do continente. Não há dragões naquela região e você estará seguro. Mesmo assim, se esconda. Eu irei e encontrarei você.

— Como?

— Tzaria conhece um jeito. — Ele mudou para sua forma de dragão, então fez um círculo de fogo no ar. — Vá. Rápido.

Léa estava segura nas costas de Fel, e ele voou pelo anel, mil perguntas ainda em sua mente, mas não adiantava tentar descobrir nada quando tinham inimigos tão próximos atrás deles.

Na verdade, ele saiu do anel sobre algumas ilhas e pensou que podia ver Alúria ao longe, à distância.

— Como estão suas asas? — Léa perguntou.

— Melhor. — Ele sentiu que poderia chegar a Umbraar e iria tentar. Algo que ela disse veio à sua mente. — Você não me contou sobre vozes.

— Eu não tive a chance de te contar nada, Fel. Tem tanta coisa.

— Sinto muito por tudo que você passou. Eu fui tão burro, Léa. No momento em que você apareceu no meu quarto, eu deveria ter te abraçado e nunca mais ter deixado você ir.

Ela se inclinou sobre ele.

— Estamos juntos agora. — Depois de um momento, ela perguntou: — Para onde você quer ir? Em Alúria?

— Preciso encontrar minha irmã. — Essa era uma das razões pelas quais ele queria voltar tão desesperadamente.

— Onde ela está?

— É uma longa história, mas acho que está em Umbraar agora, e... — Era estranho dizer isso. — Estou preocupado com ela. É como se eu pudesse sentir um pouco de sua dor, seu medo, sua preocupação. Algo ruim está acontecendo com ela, Léa, e preciso encontrá-la.

Fel podia sentir Léa descansando o rosto nas costas, os braços abertos ao redor dele, no que parecia um abraço reconfortante e calmante, mesmo que ela nem conseguisse alcançar os lados do corpo dele. Sentia suas asas cada vez melhores, e ele estava a caminho de Naia. Depois disso, precisariam descobrir o que estava acontecendo em Alúria — e tentar encontrar uma maneira de salvar o reino dele e de Léa, talvez até todo o mundo.

Nada disso parecia fácil.

Naia acordou sobressaltada. Era noite e alguém tinha uma mão em seu ombro. Ela estava prestes a gritar, quando percebeu que era River. Seu suspiro de alívio ficou preso em sua garganta quando se lembrou do que ele tinha feito. O sangue, as mortes e depois seus olhos duros e odiosos.

— O que você está fazendo aqui? — ela perguntou, tentando soar calma.

— Eu... acordei sozinho... e vim te encontrar. — Este era o doce River que ela conhecia bem. Ou pensava que conhecia.

Ele ainda estava usando os brincos e o traje elegante, incluindo as adagas amarradas ao cinto, mas vestia uma camisa preta limpa e aparentemente havia lavado o sangue de suas mãos. Isso não apagou de sua mente.

— Certo. — Ela nem quis perguntar como ele a tinha encontrado. E como já era noite? Ela tinha dormido tanto? Quando eles tinham tão poucos dias para planejar qualquer coisa contra Bastião de Ferro? Ela se sentou. — Estou... indo para o Forte Real. Tenho certeza de que você estará ocupado na Cidade Lendária.

Queria que ele a deixasse sozinha por um tempo, desse a ela espaço para parar, pensar e fazer tudo o que tinha que fazer.

Ele franziu a testa, parecendo confuso e preocupado.

— Naia, o que há de errado?

Um dia antes, ela teria gritado com ele e sua pergunta imbecil. Agora, estava muito desconfortável para confrontá-lo, então ela fez um esforço para sorrir e parecer relaxada.

— Nada. Quero dizer, tudo. Há muito o que fazer. Ou tentar fazer.

Ele a encarou.

— Você está *com medo* de mim? — Ele parecia preocupado, não com raiva nem nada.

Ainda assim, uma risada nervosa escapou dela.

— Você acha?

Ele tocou seus chifres e parecia confuso.

— Algo aconteceu. Espere. — Um diadema dourado feito de fios entrelaçados apareceu do nada ao redor de sua cabeça. — Por que estou usando isso?

— Você está *me* perguntando?

— Naia, esta é a coroa dos lendários. A coroa de verdade. É invisível na maior parte do tempo, mas... — Ele a encarou. — Só o rei pode usá-la. Eu não entendo.

Naia congelou.

— O que você quer dizer? O que você não entende?

— Deixe-me ver você. — Ele estendeu a mão para a testa dela. Naia queria recuar, mas ainda estava com um pouco de medo dele. Quando ele a tocou, ela sentiu algo em volta da cabeça. — Você também tem — disse ele.

Naia fechou os olhos. Ele não se lembrava? Ou estava fingindo?

A coroa dele então desapareceu de sua cabeça, e ela sentiu também desaparecendo da dela.

Ele olhou para Naia.

— E você não está surpresa. O que aconteceu?

Uma sensação horrível estava se instalando na boca do seu estômago.

— Você não se lembra do que aconteceu quando você *falou* com seu pai?

— Não. Fui para o meu quarto. — Ele fez uma pausa, olhando para suas roupas. — Para trocar de roupa, eu acho. Mas depois adormeci. Acordei e senti que você não estava mais na cidade. Fiquei com medo de que algo tivesse acontecido com você e vim para cá. Agora... Aconteceu alguma coisa?

Naia poderia jurar que ela conseguia ouvir seu coração.

— É verdade que você não se lembra? Ou você está dizendo isso para que eu não fique com raiva?

— Raiva... — Foi como se demorasse um pouco para ele entender a palavra. — Naia, não posso mentir.

— Você é imune ao ferro.

— O que isso... — Ele bufou. — Certo, você acha que estou aqui fingindo estar confuso e mentindo. Enquanto isso, você não vai me contar o que aconteceu.

Era melhor ir direto ao ponto.

— Você matou seu pai.

Ele riu.

— Isso é impossível. Você sabe quantos guardas ele tem? Quantos fundidores de mente... — Ele pausou, e seu rosto empalideceu. — Espere. — Ele engoliu em seco e olhou para ela, os olhos arregalados. — Eu dormi demais. — Depois de respirar fundo, ele disse: — Parece que fiz o impossível, não é?

Naia ficou parcialmente aliviada por não estar sofrendo de perda de memória ou algo pior, e parcialmente horrorizada por ele poder falar sobre isso tão casualmente.

— Então você se lembra?

— Sim. — Ele zombou. — Não é hilário? O poderoso Rei Spring, derrotado por seu próprio filho inútil.

— Não é engraçado.

River olhou para ela, e seus olhos tinham aquela estranha frieza de antes.

— O quê? Você está chateada? Chateada, Naia? Estou pensando que você teria preferido que meu amado pai tivesse me feito arrancar seu coração. É isso? Ou você sente falta de sua prisão mágica? O que é?

Naia se levantou.

— Você não tem nenhum remorso? Nenhum sentimento?

— Oh. É disso que se trata. Teria ajudado? Ele fingiu segurar um coração com a mão, então fez de conta que chorava. — Oooooh, pai, isso me dói tanto, mas eu tenho que fazer isso... — Ele sorriu. — É o que você queria? Eu ainda posso chorar se você realmente quiser.

Ela fechou os olhos.

— Você... É como se não fosse você mesmo. Sinto que não te conheço.

— As duas coisas não são verdadeiras? Quanto você me conhece? Quanto você me viu com minha família? E então, não. Não era eu mesmo. Eu era o filho que meu pai queria que eu fosse: implacável, poderoso, sem medo de usar toda a sua mágica. Acho que encontrei um jeito de entrar no coração dele, depois de todos esses anos...

Ele riu, e aquela risada a deixou arrepiada.

Na verdade, ela não tinha ideia de quem era River e não queria continuar discutindo. Só precisava de tempo para colocar seus pensamentos em ordem, tempo para engolir tudo, tempo para enterrar sua dor.

— Certo. Então... Você precisa voltar, certo? Você é o rei. Eu... preciso fazer outras coisas aqui.

Ele olhou para ela, havia preocupação estampada em seu rosto.

— Você não me quer? — De alguma forma, ele conseguiu soar magoado.

— Não é isso. — Era, de certa forma, mas também era muito mais. E ela o queria, mas queria o verdadeiro River, não esse estranho de coração frio falando com ela. — Nós apenas... O mundo está desmoronando, não é?

— É quando deveríamos estar abraçados. — Ele fechou os olhos e respirou fundo, como se tentasse se acalmar. Como se para mostrar a ela que não iria machucá-la, tirou as adagas do cinto e as colocou sobre a mesa, depois sentou-se ao lado dela. — Posso sentir sua desaprovação sobre o modo como lidei com meu pai. Tudo o que posso dizer é que era a única maneira como eu poderia fazer isso. A lei dos lendários é muito rígida, muito precisa. Se eu o tivesse matado de qualquer outra forma, seria preso e julgado por assassinato. Agora, temos outros problemas. Alúria e a Cidade Lendária têm outros problemas. Não posso, Naia, não posso travar batalhas internas e externas ao mesmo tempo. Não posso. Eu tinha que encontrar uma solução, e eu encontrei.

Ele tinha razão, e ainda assim...

— Você nunca me disse qual era a sua solução. Você me

disse para confiar em você, e o que vi foi um espetáculo sangrento, não consegui reconhecê-lo.

River deu de ombros.

— Eu não tinha planejado nada disso. Apenas... veio até mim. Me olhei no espelho e disse: serei o filho que meu pai quer. Naquele momento, era isso que aquele filho faria. Eu gostaria de ver meu pai morto? Não. Nas minhas piores horas, nunca o imaginei morto, imaginei-o arrependido de todas as suas palavras duras, arrependido de me exilar. Nos meus piores momentos de raiva, eu sonhava em humilhá-lo. Eu nunca pensei que iria matá-lo. E ainda assim aconteceu. Não sinto muito.

Seus olhos eram frios.

— Você também matou os fundidores de mente.

— Essa era minha única opção. Eles eram o escudo do meu pai. E para ser justo, suas vidas eram horríveis. Fiz um favor a eles.

Ela rolou os olhos.

— Oh, que justificativa maravilhosa para matar. Sabe, a maioria das pessoas tem uma vida difícil. Não cabe a nós decidir se vivem ou morrem.

River balançou a cabeça.

— Se a vida dos fundidores de mente fosse maravilhosa, eu teria feito o mesmo. Há muita coisa em jogo, Naia. Responsabilidade significa tomar decisões difíceis.

Naia suspirou. Ela entendia isso e, ainda assim, toda essa coisa a deixava inquieta, enjoada, do jeito que ele tinha feito...

— Mas você não sente nenhum remorso.

Ele zombou.

— O que o remorso vai fazer? Que diferença faz? Isso traz alguém de volta? Não. E sabe quem não teve remorso? Rei Spring. Sem remorso. Ele teria adorado se todos os humanos em Alúria tivessem morrido. Ele queria que eu os matasse. Todos. Os. Humanos. Famílias, crianças, camponeses. Gente inocente e honesta que não tinha nada a ver com aquela guerra. Jamais teríamos paz com ele. Os lendários sempre dizem que os humanos começaram a guerra, que os humanos fizeram tudo, mas agora, vendo as coisas de que meu pai é capaz, tenho dúvidas. Você não pode honestamente estar chateada por ele ter ido embora, especialmente você, sabendo do que tentou me obrigar a fazer. Acho que você não tem o direito de me julgar. Ele tentou me fazer *matar* você. Você pode imaginar o que isso fez comigo? Talvez seja isso o que aconteceu. Eu estourei. Muita pressão e um dia a gente quebra.

Ele se sentou e apoiou a cabeça nas mãos, fazendo com que a ponta dos chifres apontasse para cima.

Naia ainda estava chocada, mas parte do que ele disse fazia sentido. Ela se sentou ao lado dele e colocou a mão em seu ombro.

— River...

Ele a encarou.

— Ah, é *River* agora. — Ele imitou o tom dela. — Agora que eu disse que poderia estar quebrado, você me quer de volta e, ainda assim, quando estou inteiro e poderoso, você não gosta.

Naia puxou a mão dela.

— Não gosto quando parece que você não tem sentimentos.

— Oh, eu tenho sentimentos, toneladas de sentimentos. Sinto que meu pai era um babaca e merecia morrer. Isso é um sentimento? Ou não conta para você?

Ela suspirou, irritada com a reação dele. Havia outra coisa que a incomodava.

— Como você conseguiu? Tanta magia? Você disse que tentar usar a fusão mental em um rei poderia matá-lo. Parece que você usou nele e em um bando de faes ao mesmo tempo.

Ele encolheu os ombros.

— Acho que subestimei grosseiramente minha magia. Ou melhor, *nossa* magia combinada.

— Entendo. — Ele tinha usado a magia dela para aumentar a dele? Para fazer aquilo? Isso explicava todo o sono. — Ainda não consigo apagar aquela imagem horrível da minha cabeça, mas vou aceitar que você não teve escolha a não ser matar seu pai, que era isso ou sua vida. Ou a minha. Posso aceitar que a maneira terrível como você o matou foi sua única escolha. Ainda é horrível, mas talvez você esteja certo de que foi a decisão correta, dadas as circunstâncias. Ainda assim, algumas delas não lhe parecem... Ela fechou os olhos, sem palavras. — Estranhas? Eu não posso explicar isso. Tem alguma coisa errada. Juro que não foi você, River. Não consegui te reconhecer. Mal consigo reconhecê-lo agora.

Ele olhou para ela e pensou por um momento.

— Então você tem apenas uma opção: você precisa me prender. Me coloque em uma prisão, Naia. Acho que as celas mágicas vão me segurar.

— Você acha que não é você mesmo?

— Acho que estou normal. Só para você saber, eu não dilacero o coração das pessoas diariamente. Eu nunca fiz isso antes e nem sabia que minhas garras eram afiadas o suficiente para isso. — Ele olhou para suas mãos, então olhou para ela. — Eu nunca matei ninguém antes, mas acho que sou eu mesmo. Eu adoro tudo o que eu fiz? Não. Eu gostaria de não ter que chegar a isso com meu pai? Essa é uma pergunta estúpida.

— Mas você tinha que se tornar rei?

— Se eu tivesse deixado Forest assumir o trono, ele me mataria. Ele me odeia. E é tão brutal quanto nosso pai. Anelise é melhor, mas... Não sei. Não sei qual seria a posição dela.

— E por que eu tenho essa coroa também?

— Isso é óbvio. — Ele sorriu. — A magia dos lendários acha que somos realmente bons amigos.

— Não, mas... Tenho certeza que você tem que se casar para algo assim. O que não fizemos.

River desviou o olhar, depois de volta para ela.

— Você quer saber a verdade?

— Não me faça essa pergunta. Eu sempre quero.

— O que você acha que significa quando eu declarei meu amor por você para meu pai?

— Eu não teria que dizer algo também? Não tenho escolha?

— Se você fosse uma lendária, precisaria fazer o mesmo. No seu caso, você precisaria dizer isso para quem, digamos, é um pouco responsável por você, um pai, um guardião, um rei... Isso seria o suficiente.

— Mas eu... — Ela ia dizer que *nunca tinha dito,* mas então ela fez uma pausa. — Eu só tinha que dizer isso? Não há palavras especiais?

— Não podemos impor a maneira como você se comunica com sua família. Contanto que você diga a eles claramente que está escolhendo um de nós como companheiro de vida e eles concordem, tudo bem. Seu irmão concordou. Seu pai concordou, de certa forma.

— É injusto. E se a família de um humano for contra? — Naia pensava na mãe e na história que sempre lhe contaram, mesmo que não fosse verdade.

— Acho que a ideia era evitar conflitos, e a comunicação com um pai ou uma pessoa de autoridade era para garantir que ninguém começasse a pensar que estávamos roubando humanos. O que posso dizer é que somos muito bons em criar armadilhas verbais, e isso é algo que se aprende... O humano precisaria de uma aprovação, mesmo que não tão genuína. Existem mais regras que regulam as relações entre humanos e lendários, mas uma vez que você seja considerado o companheiro de vida de um de nós, está sujeito à lei dos lendários e não pode ser ferido ou prejudicado, a menos que seja uma punição justa por um delito. Nem mesmo o rei está isento dessa lei. — Ele mordeu o lábio. — Como você viu claramente.

— E preferiria esquecer. Então você está dizendo que somos casados, de acordo com as leis dos lendários.

— Não usamos essa palavra. O casamento é um contrato entre duas pessoas que podem nem gostar uma da outra. Um companheiro de vida... É uma escolha.

— Eu nunca fiz essa escolha.

— Você ainda estava pensando, eu sei disso. E, no entanto, no momento em que escolheu deixar o castelo Lago Branco comigo, no momento em que escolheu ficar comigo em vez de ir para casa com seu pai, você estava fazendo uma escolha.

— Não temos que consumar a união para que ela seja válida? — Pelo menos agora ela sabia o que isso implicava.

— Não. O que fazemos ou deixamos de fazer na cama não é da conta de ninguém. Mas eu sei que a lei dos lendários não conta para você. Eu sei. É só... Para que você entenda.

Naia respirou fundo. Ela quase perguntou se havia uma maneira de quebrar essa coisa de companheiro de vida, mas não queria magoá-lo ou chateá-lo. Ao mesmo tempo, ela não tinha certeza de nada, não tinha certeza de como se sentiria se ele a tocasse com aquelas mãos que tinham sido cobertas de sangue horas antes.

— Eu estava com medo hoje. E horrorizada. Acho que não sei quem você é.

Ele piscou lentamente.

— Eu confio no seu julgamento. Eu posso ir para a prisão mágica. Eu odiaria deixar você sozinha, eu odiaria...

Ela não queria prendê-lo em algum lugar, longe dela.

— Seria horrível. E alguém como seu irmão, por exemplo, pode tentar matar você. Temos muito o que fazer. Muito para planejar. Eu nem abri a Cidade Lendária. Você entende isso, não é?

Ele ergueu dois dedos no ar, com aquelas unhas escuras e afiadas.

— A cidade pode durar dois meses. Vamos esperar e ver o que acontece nos próximos dias. Precisaremos unir forças e lutar contra Bastião de Ferro. Acho que teremos que fazer muito mais do que apenas abrir um anel de fadas para trazer mercadorias para a Cidade Lendária.

Poderiam trabalhar junto com os lendários, com River no controle deles, mas essa ideia tinha muitos problemas.

— Aposto que o rei de Bastião de Ferro está morrendo de vontade de acusar Umbraar de trabalhar com os faes brancos. Eles podem já estar espalhando os rumores.

— Nesse caso, por que temer uma retaliação que está por vir?

Naia deu de ombros.

— Não quero facilitar para eles. E você, você precisa cuidar da sua cidade, não é?

— Anelise está fazendo isso por enquanto.

— Por que não a nomear rainha?

Ele passou a mão pelo cabelo.

— Porque então ela poderia abdicar e deixar Forest assumir o trono, ela poderia ordenar que me prendessem para investigação... Toneladas de possibilidades.

— Parece que você realmente pensou nisso...

Ele levantou-se e passou a mão na beirada da mesa, fazendo uma linha por onde tirou o pó.

— Não pensei, e acho horrível, Naia, mas também acho que não tive escolha. — Ele se virou para ela, então olhou em volta. — Que lugar é este?

— Eu costumava vir aqui com meu irmão. Estamos perto do Forte Real, mas não tão perto que seja seguro caminhar.

— Uma casa é ainda menos segura.

Isso fazia sentido. Poderia ser um local de descanso para bandidos, ladrões ou soldados.

— Eu não vim aqui de propósito. E não estamos perto o suficiente do forte para chamar muita atenção.

— Ainda assim. Vou encantar esta casa, para que estranhos não a vejam. Me dê um minuto.

Ele caminhou para fora. Naia quase disse que preferia voltar para o forte, mas deixou que fizesse o encanto, pois isso lhe deu um momento para pensar.

Algo dentro dela doía ao vê-lo. Ele parecia tão familiar, tão dela, e ainda, o lado que ela tinha acabado de ver não era nada disso. Era um estranho monstruoso, que a assustava, que ela não sabia se poderia amar. E ainda assim eles eram *companheiros de vida*, o que quer que isso signifique. Queria que ele a abraçasse, mas não conseguia esquecer o sangue naquelas mãos, a insensibilidade com que ele havia matado o próprio pai. E agora ela não sabia o que fazer.

20
REENCONTRO

River estava na mata que cercava a pequena cabana, enquanto Naia permanecia lá dentro, olhando para ele, o rosto sério. Uma casa pequena e isolada, só com os dois, deveria proporcionar-lhes um momento de paz, uma oportunidade de reconciliação. Era como a casa na clareira perto da Cidade Lendária, aquele pequeno espaço só para eles. Ele só tinha que garantir que estranhos não os vissem, que as pessoas que passassem se sentissem compelidas a ir embora. Era uma magia antiga e complicada, mas algo que poderia ser útil em um caso como este. E, ainda assim, por mais que protegesse a casa, este nunca seria um santuário. O rosto de Naia quando ele a encontrou aqui ainda o afligia. Medo. Ela tinha medo dele, como se ele fosse um estranho.

De certa forma, ela estava certa. Não tinha agido como ele mesmo. O sangue em suas mãos nunca desapareceria, o horror de ver a vida fugindo de seu pai nunca sairia de sua mente. E, no entanto, aquele fora o filho que o Rei Spring sempre desejara; implacável, colocando o dever à frente dos sentimentos, ignorando qualquer senso de misericórdia. River o odiava. Ele poderia culpar Naia por odiá-lo também? Olhou de volta para a casa. Ela não estava mais perto da janela, e provavelmente ainda estava chateada. Seria capaz de perdoá-lo? Talvez. Mas ela seria capaz de esquecer? Ou pensaria que ele poderia se transformar em um estranho a qualquer momento, que poderia se tornar irreconhecível? Ele não sabia a resposta.

Mas qual era a alternativa? Deixar o Rei Spring governar e tornar as coisas difíceis para os lendários? Deixar que ele ameaçasse Naia?

E, no entanto, doía ver aqueles lindos olhos escuros olhando para ele com desconfiança. Talvez se explicasse, se dissesse a ela como se sentia, talvez entendesse. Entender o quê? Que às vezes agia como alguém que não era? Que às vezes ele perdia o controle? Ele se lembrava claramente de como tinha ido para seu quarto, como estava determinado, com essa confiança recém-adquirida, quando decidiu se tornar o príncipe que seu pai queria.

River circulou a casa duas vezes e então percebeu que já estava encantada o suficiente. Não iria esconder de alguém que conhecesse aquele lugar, mas o perigo eram assassinos ou soldados de Bastião de Ferro ou outros reinos.

Ele voltou devagar.

— Naia?

Ela estava sentada na cama, mas se levantou.

— Eu preciso voltar para o forte, você sabe disso. — Ainda havia aquela frieza, aquela formalidade. Aquele medo?

Era verdade que eles não se conheciam tanto assim, era verdade que talvez as coisas tenham andado um pouco rápido, mas havia uma magia maravilhosa quando os dois se juntavam, e ele não conseguia esquecer a primeira vez em que a vira, tantos anos antes. Havia muito mais do que todos esses breves momentos entre eles.

— Quero me desculpar — disse ele, mesmo que estivesse lutando com as palavras. — Isso não muda nada, não vai trazer meu pai de volta, não vai fazer você entender minha decisão... — Ele olhou para baixo. Era estranho falar assim. — Eu não sou brutal. Eu entendo que você não gosta de me ver assim. O que posso dizer é que foi um momento, um momento em que tive que tomar uma decisão, e foi a única solução que encontrei.

Ela o encarou, os olhos arregalados.

— Parecia que era outra pessoa, River.

— Eu te disse que era. Eu estava tentando ser algo que não sou. — Ele mordeu o lábio. — Não só tentando. Eu obviamente consegui.

Ainda havia suspeita em seus olhos, enquanto olhava para ele, como se procurasse uma dica, uma resposta.

— Algo... Algo aconteceu, River. Você estava indo para a biblioteca, lembra? Você chegou lá?

Ele fez uma pausa. Era verdade. Ele estava pensando em pesquisar a erva da morte... E, ainda assim, ele deve ter esquecido.

— Eu... Eu me lembro de ir para o meu quarto. Eu tive essa ideia, que eu seria o filho que meu pai queria. — Ele franziu a testa, pensando, tentando se lembrar daquele momento. — Não pesquisei nada. Acho que nem fui à biblioteca.

Os olhos escuros de Naia estavam nele.

— Você saiu do quarto de sua irmã dizendo que iria pesquisar a erva da morte. O que mudou? Como?

River respirou fundo. Sua memória daqueles momentos era um pouco confusa. Talvez a verdade fosse que ele também estava em estado de choque pelo que havia feito. Não podia culpar Naia por se sentir assim. O que tinha acontecido? Ele sabia.

— Eu tive a ideia. Acho que estava preocupado em falar com meu pai, aí tive essa ideia e tudo ficou claro.

Ela assentiu.

— Eu sei que ele era horrível, mas você disse que poderia ter esperado e acordado ele mais tarde. Você nem fez isso.

— O príncipe que meu pai quer... — Ele olhou para baixo por um momento. — Queria. Não espera ninguém, Naia. Eu... acho que pensei que agir assim resolveria meus problemas com ele, mas não resolveu. Talvez eu tenha cometido um erro. Dito isso, é verdade que ele ameaçou você, então teve o que merecia, e eu não me arrependo.

A única parte triste era que seu pai nunca veria quem River se tornaria, que ele nunca teria que se desculpar por tudo o que havia feito. Esses ainda eram pensamentos perturbadores.

A suspeita não desapareceu dos olhos de Naia, mas ela disse:

— Acho que você fez o que tinha que fazer.

— Para te proteger. Não se engane, Naia. Farei qualquer coisa para protegê-la.

Ela bufou.

— Talvez eu devesse estar feliz por você não ter me forçado a dormir. É assim que funciona?

Naia ainda estava brava com isso. Ele não a culpava.

— Não vou fazer isso de novo. E com meu pai, não tive escolha. Agora você está olhando para mim como se eu fosse um monstro.

— Você não é um monstro, River.

— Certo. Um estranho, então.

Ela inclinou a cabeça.

— Você sabe que é verdade. Você mesmo disse isso.

Ele se aproximou e pegou as mãos dela.

— Eu ainda sou eu mesmo. Agora. Sou eu mesmo. A mesma pessoa que você escolheu.

Uma risada adorável escapou de seus lábios.

— Não fazemos escolhas tolas? — Ainda assim, seu tom era brincalhão e ela não puxou as mãos.

Ele beijou sua têmpora, então envolveu seus braços ao redor dela.

— Vou me certificar de que você nunca mais veja algo assim novamente.

A cabeça dela estava apoiada em seu ombro.

— Prefiro saber, River.

— Vamos conversar, você saberá o que está acontecendo e decidiremos as coisas juntos.

Ela riu.

— Você é todo cheio de promessas.

— Minhas promessas têm valor. Minha palavra tem valor. Eu olho para esta manhã e também não aprecio o que fiz, Naia, então talvez nós concordamos.

— Então você não poderia ter encontrado uma solução diferente?

Ele passou as mãos pelo cabelo preto magnífico e espesso dela.

— Talvez. Mas na época, eu não tinha. Está feito, agora. E devo dizer que tem muitos pontos positivos. Não podemos lutar contra nós mesmos, Bastião de Ferro, e a voz estranha. É muito. Se estivermos unidos, temos uma chance. Não é tão grande para começar, mas não será nada se estivermos lutando entre nós.

Ele quis dizer os humanos e lendários, mas também era verdade para ele e Naia, e esperava que ela percebesse isso.

Ela respirou fundo.

— Eu sei que os governantes às vezes precisam tomar decisões duras, eu sei disso. Eu sei que uma vida, ou meia dúzia de vidas, não se compara a todas as vidas em jogo em um reino. Eu entendo. — Ela afastou a cabeça do peito dele e o encarou. — Era só que você não parecia ser você mesmo, e era assustador. Talvez eu estivesse com medo de perder você. Talvez eu ainda esteja aqui, me perguntando se ainda é você ou se meu River se foi.

— Estou aqui, Naia. Sou eu. O mesmo que você salvou no Covil do Dragão, muito tempo atrás. Agora isso, segundo você, não era você, e não estou aqui reclamando. — Ele sorriu.

Naia riu.

— Você encontrou uma explicação?

O mundo estava cheio de magia que ele não entendia, e esse era apenas um exemplo. Pegou uma das mãos dela e puxou-a para o peito.

— Nossa conexão transcende o tempo.

— Palavras bonitas. E o que elas significam?

— Não sei, mas quanto mais te conheço, mais tenho certeza de que foi você. Agora, se você pensa que *este* não sou eu, você deveria me prender.

Havia menos suspeita em seus lindos olhos.

— Você se lembra de tudo, certo? Você se lembra de fazer essas escolhas?

— Não foi como se eu tivesse passado muito tempo debatendo. Escolha pode não ser a palavra certa, mais como um reflexo, mas fui eu, sim. Por mais brutal e horrível que tenha sido, lembro-me de ter matado meu pai. Na época, achei que era a coisa certa. Eu... — A memória parecia estranha, até mesmo para ele. — Eu ainda acho que naquele momento eu não tinha outra opção.

Naia suspirou.

— Bem, é verdade que pode ser melhor para o seu povo. — Parecia que ela estava tentando convencer a si mesma. Então olhou para ele. — Precisamos planejar, River. Planejar o que fazer com Bastião de Ferro, aquela rainha, aquela voz. Precisamos descobrir o que eles querem com você, que tipo de erva usaram. É muita coisa.

Ele beijou o topo de sua cabeça.

— Eu sei. E se ficássemos aqui? Se apenas nos esquecêssemos de tudo em todos os lugares?

Era uma brincadeira, mas ele também estava exausto e sem saber o que fazer.

— Nenhum de nós pode fazer isso e você sabe.

Seus braços a envolveram com mais força.

— Eu poderia... Por um tempo. Vi amigos, até familiares morrendo, e não fiz nada. Nada. É verdade que eu não queria me tornar um fundidor de mentes, mas eu poderia ter feito alguma coisa.

Ela levantou a cabeça para olhar para o rosto dele.

— Você não foi até Fernick para roubar um bastão? Isso não me parece nada, River.

— Eu sei... É só... Muito do que eu planejava dependia de ganhar a confiança do Rei Harold, de fazê-los construir castelos feitos de cartas e, ainda assim, eles estavam fazendo outros castelos o tempo todo. Mesmo as ilusões cuidadosamente elaboradas podem não ter importado tanto, não quando eles podem despertar os mortos. É como se... Como se ganhar poder fosse uma fachada.

Naia desfez o abraço e o encarou.

— E se for? E se o plano da rainha não tiver nada a ver com os planos de Bastião de Ferro?

River fez uma pausa.

— Possível, muito possível. A rainha não era nada dedicada ao marido. Mas talvez ela precise deles para ser forte.

— Mas sabemos que é ela.

Ele sorriu.

— Está vendo? Minha informação foi útil.

Naia estendeu a mão e acariciou seu rosto.

— Claro que foi, mas eu odiei ver você quase morrendo. Agora, me escute: Bastião de Ferro, isso é algo com o qual podemos lidar mais tarde, podemos usar a política, podemos tentar derrotá-los de maneiras que eu entendo, de maneiras que até você entende. Agora, a rainha e aquela voz, é disso que precisamos nos livrar o mais rápido possível. Precisamos nos livrar dessa magia esquisita. É nisso que precisamos focar. — Seus olhos estavam brilhantes, cheios de esperança. — Se eu tiver que deixá-los declarar o Império Bastião de Ferro, que assim seja. Esse não é o maior problema. Precisamos nos concentrar no pior inimigo primeiro.

Ele respirou fundo.

— Ainda posso entrar na Cidadela de Ferro.

— Não! — Havia horror e até raiva em seu rosto.

— Me escute. Eu poderia seguir a rainha...

— River! Como isso funcionou da última vez?

Ele estava com as mãos nos ombros dela e teve o cuidado de não as apertar.

— Apenas ouça. E se eu descobrir o que há naquela grama da morte? Essa foi a única razão pela qual ela me derrotou, Naia. Então eu posso ir lá e descobrir o que está acontecendo.

— E a coisa toda sobre você ser *a chave*?

— Eu escapei. Eu escapei, Naia. Contanto que eu não seja pego de novo, não serei a chave de ninguém.

— E é por isso que você não deve chegar perto da Cidadela de Ferro. — Havia medo naqueles belos olhos escuros. Tanto medo, tanta preocupação, tanto...

Ele soltou a respiração, aliviado que pelo menos um dos medos *dele* eram falsos.

— Você não quer que eu me machuque.

Ela franziu a testa.

— Você bateu a cabeça? Claro que não quero que você se machuque. Por que você está dizendo essa bobagem?

Porque eu pensei que você não me amasse mais. Eu temia que você nunca mais fosse capaz de me amar. Ele não conseguia expressar nenhum desses medos, pois soavam bobos e ridículos mesmo em sua cabeça. Agora. Eles tinham parecido verdadeiros alguns minutos antes. River puxou Naia e a beijou.

Naia o beijou de volta, mas depois o empurrou.

— River, precisamos decidir o que fazer. Precisamos planejar. E você ainda não respondeu à minha pergunta.

Ele passou um dedo sobre seu lindo rosto.

— Precisamos nos beijar, Naia. Beijar e esquecer tudo. É uma questão de estratégia: decisões não devem ser tomadas por mentes perturbadas. Tem sido demais. Demais para você. Demais para mim. Eu digo que devemos fazer uma pausa antes de quebrar.

Na verdade, ele só queria abraçá-la e esquecer tudo sobre aquela manhã horrível, tudo sobre os acontecimentos dos últimos dias, tudo, tudo — só por um momento.

Ela colocou a mão em seu rosto e ele a beijou, ao perceber que ela o olhava com aquela suavidade de sempre, aquele olhar tão reconfortante, calmante, que conseguia tranquilizar seu coração mesmo quando o mundo lá fora estava desabando.

— Vamos descansar no forte — disse ela. — Se acontecer alguma coisa, estou lá para tomar decisões, para conversar com outros reis. — Sua voz então ficou tensa. — E se meu pai voltar, eu o verei.

River tentou fazer uma brincadeira e animá-la, e fez uma careta.

— Oh, não, todo o meu trabalho de encantar esta casa é para nada, então.

Ela sorriu.

— Eu não pedi para você fazer isso. — Seu tom era brincalhão, mas de repente ficou séria, pensativa. — Vamos ficar. Um pouco. Só mais umas duas horas.

O que ela queria fazer em duas horas? A única teoria que veio à sua mente não parecia tão plausível naquele momento, mas o lembrou...

— Você falou com minha irmã, certo?

— Ãhn? — Ela franziu a testa, confusa, então deu um tapa no braço dele. — Ah, você está falando *daquilo*. Você não pode estar pensando seriamente... River, sério?

— Não. Eu não estava pensando, não estava. Eu estava

apenas curioso sobre algo, mas agora percebo a impressão horrível que tive. Só quero ter certeza de que você sabe o que pode acontecer entre um homem e uma mulher quando estão sozinhos. Porque estamos sozinhos, e então isso me lembrou. Eu percebo que você não tem intenção de se beneficiar desse fato, no entanto. Mas estou feliz que você saiba... coisas... agora.

Não tinha certeza se ela se lembrava de que ele havia dado sua palavra de que esperariam até que se casassem em termos humanos, mas ele não queria mencionar isso e correr o risco de deixá-la ainda mais furiosa, pensando que sua mente estava indo para aquele lugar.

Ela desviou o olhar.

— É tudo complicado e nada romântico, River. Mas estou feliz por ter falado com ela, mesmo que agora... Ela provavelmente me odeia, certo?

Anelise era um mistério para o próprio River. Ele levantou uma sobrancelha.

— Ela *me* odeia. Não tenho certeza se ela odeia você.

— E ainda assim ela concordou em governar a Cidade Lendária para você?

Ele encolheu os ombros.

— Foi uma ordem, não um pedido. Mas ela não teria mentido para você. Eu só queria ter certeza de que você sabia, você sabia de tudo, caso contrário, você não pode dizer *sim*, não pode dizer *não*, você não sabe no que está se envolvendo.

Naia sentou-se na cama.

— Eu não quero me envolver em nada. Por enquanto, pelo menos.

Ele se sentou ao lado dela e acariciou seus cabelos.

— Está bem. Tudo bem, Naia, e eu não deveria ter mencionado nada disso. Eu só queria saber. Venha aqui. — Ele a abraçou e a segurou perto, envolvendo-a com força. — Eu gostaria que pudéssemos ficar perto assim para sempre, sabe?

— Podemos.

— Você percebe que os lendários vão para o penico, assim como vocês, humanos. Como posso ir lá segurando você? Quer dizer, eu posso, mas...

Sua risada era como música.

— Não seja bobo. Quero dizer de vez em quando.

River a abraçou com força, sentindo seu coração batendo tão próximo ao dele. Ela provavelmente não tinha percebido o que havia dito e o que significava. Humanos eram descuidados com suas palavras. E, no entanto, significava muito ser capaz de abraçar um ao outro de vez em quando — por toda a eternidade. Isso, se sobrevivessem.

Os olhos de Naia estavam fechados, aproveitando aquele momento de silêncio, paz, sossego, ainda com aquela estranha sensação de que não deveria sair da cabana — pelo menos não ainda. Um longo abraço, como se pudesse durar para sempre. Naia e River apenas ficaram sentados assim, combinando a respiração um do outro em um ritmo lento, calmante e constante. River agora estava apoiando a cabeça no espaço entre o ombro e o pescoço dela, a textura áspera de seus chifres no pescoço dela era estranhamente agradável.

Percebeu que ele precisava desse momento mais do que ela, ele precisava do conforto.

Ele beijou seu pescoço, causando arrepios em sua espinha, então disse:

— Você me deixa são de novo, Naia.

Ela fechou os olhos enquanto considerava suas palavras.

— Você estava louco antes? — Ela não tinha certeza sobre sua própria opinião sobre isso, mas queria ouvir a dele.

Ele ainda tinha a cabeça enterrada em seu pescoço, mas riu.

— Cada segundo longe de você é uma agonia suave e sutil, talvez não o suficiente para me fazer notar, mas agora vejo.

Naia quase lembrou que estivera ali, bem ali, quase ao lado dele, quando ele se tornara irreconhecível, um assassino de coração frio, mas achava que não gostaria de ser lembrado disso. Não agora. Em vez disso, ela riu.

— Acho que tudo o que você pode ver agora é meu cabelo.

— Uma das coisas mais lindas do universo. Como eu poderia reclamar? — Seu peito subia e descia, em uma respiração ainda mais lenta e profunda. — Naia, eu entendo que você estava com medo antes, eu entendo.

Ela não tinha certeza do que dizer, então apenas soltou um grunhido evasivo.

— Hum.

River afastou a cabeça do corpo dela e olhou em seus olhos.

— Eu quero que você saiba de uma coisa: eu nunca vou te machucar. — Ele pegou a mão dela e a colocou sobre o coração. — Confie nisso. É para você.

Imagens terríveis daquela manhã inundaram sua mente e ela puxou a mão.

— Metáfora ruim, River.

Ele fechou os olhos, mas depois sorriu.

— Eu inteiro, então. Definitivamente eu inteiro. Confie em mim. — Seu rosto estava sério, concentrado, sem a diversão habitual.

Ela beijou seus lábios suavemente, então disse:

— A confiança é conquistada, não concedida. Mas eu... Eu acredito que você não vai me machucar. Sim, River. Se alguma vez deixei você me afastar da minha família, foi porque confiei em você.

Ele puxou a mão dela e beijou seus dedos um por um.

— Porque você é sábia.

Agora ele tinha um sorriso divertido, e isso a fez prender a respiração. Não fazia sentido. Queria que ele fosse aberto e honesto, mas se sentia atraída por sua natureza brincalhona e até enganosa. Talvez porque fosse quem ele era. E ela realmente gostava dele.

Naia balançou a cabeça e olhou diretamente em seus olhos.

— Eu sou tola. — Tola para ele, e querendo de fato cada parte dele.

Por que os olhos podiam comunicar tanto? O momento mudou, a energia mudou, e então ele a estava beijando, um beijo que era todo paixão e desejo, fazendo o mundo girar ao redor deles. Não o mundo; eles trocaram de posição, a coberta macia da cama atrás de Naia, parte do peso dele sobre ela, uma das pernas dele no colchão, e outra dobrada, o joelho encontrando o lugar entre as coxas dela. Uma das mãos dele estava se movendo para o quadril dela, e a outra subindo pelo estômago, logo abaixo do seio.

Ele parou de repente, sua respiração falhando, os olhos arregalados.

— Eu... Você disse que não queria...

— Eu mudei de ideia. — Naia o olhou enquanto passava as mãos pelas costas dele e, logo abaixo dele, seu próprio coração fazendo barulho dentro do peito. — Além disso — acrescentou ela, em voz baixa. — Eu gostaria de inspecionar tudo o que é meu.

River sorriu e beijou sua têmpora.

— A qualquer hora, meu amor.

Amor? Suas mãos quase congelaram no lugar, mas ela não queria colocar muita importância nessa palavra. Por que seria uma grande coisa, quando ele tinha dito que suas magias se uniam, quando tinha dito que eles eram *companheiros de vida* de acordo com os lendários? Talvez fosse apenas porque as palavras tinham poder, e essa palavra tinha tanto peso, bom e ruim, que ouvi-la de seus lábios era mágico. Os lábios de um fae, alguém que não brincava com as palavras.

Ele a encarou.

— Algo errado?

Naia queria dizer que o amava, mas mudou de ideia.

— Eu estou com medo. — Ela não tinha certeza do quê.

River deve ter entendido mal as palavra, pois se afastou dela, de modo que ficasse deitado a seu lado, e passou a mão em seu rosto.

— Estou feliz que você me disse. O tempo é nosso amigo.

Será que era? Eles sobreviveriam? Ele estava querendo dizer que poderiam ir devagar, o que era uma boa ideia, claro. Mas ela queria dizer a ele para fazer tudo, tudo agora. E ela podia. Era uma questão de dizer as palavras, dizer que o medo era um companheiro comum da bravura, que às vezes o medo e o desejo andavam juntos. E, no entanto, as palavras ficaram presas, como se tivessem sido abafadas por tanto tempo que não podiam acreditar que conseguiriam sair agora.

Por que apenas falar sobre isso era tão difícil? Mas era uma língua que ela não falava, sobre um assunto de que sabia pouco... Enquanto Naia tentava organizar seus pensamentos, um som lá fora, como asas, e então galhos quebrando, chamou sua atenção.

River levantou a mão e sussurrou:

— Eles não vão ver a casa.

Não que ela estivesse com medo do que estava lá fora, mas de outra coisa. Seu sentimento era mais como preocupação e curiosidade.

— Eu preciso ver.

Ela se levantou em um segundo, River atrás dela, seus chifres e olhos encantados, suas orelhas cobertas por seu cabelo. Ainda assim, ele disse:

— Naia, estamos mais seguros lá dentro.

— Não acho que seja um inimigo.

River ficou ao lado dela e colocou a mão sobre seu ombro enquanto ela destrancava a porta e a abria. Mal podia acreditar em seus olhos.

Um enorme dragão prateado estava sentado ali, e ela sabia quem era. Naia correu até ele e colocou os braços ao lado de seu rosto. Lágrimas de felicidade ameaçavam sair de seus olhos. Seu irmão estava vivo, estava ileso, estava aqui!

— Fel! — Sua voz saiu misturada com uma risada aliviada.

— Naia? — A palavra soou como se estivesse dentro de sua cabeça, mas era a voz de seu irmão. — Você pode me ouvir?

— Eu posso! Eu posso! — Ela se afastou e olhou em seus enormes olhos verdes. — Como você está? — Só então notou uma garota saindo de suas costas: Léa. Naia a encarou. — Olá. — Sua voz era fria, mas aquele bilhete que a garota havia escrito ainda lhe dava arrepios.

— Oi. — Léa acenou ao lado de Fel.

River olhou para Fel com admiração e assentiu.

— O que posso dizer? Está muito estiloso. A propósito, também posso ouvi-lo.

Naia fez o possível para ignorar seu aborrecimento com Léa, então perguntou:

— O que aconteceu? Onde você esteve?

Então a princesa Lago Branco apontou para River, que não tinha mais nenhum glamour.

— Você?

River sorriu e ergueu as mãos.

— Em pessoa. Não há necessidade de me agradecer por salvá-la; eu fiz para ele. — Apontou para Fel.

— Que história é essa de salvar? — seu irmão perguntou com aquela voz estranha que vinha do nada.

Léa balançou a cabeça.

— Eu vou explicar mais tarde.

Os enormes olhos de dragão de Fel estavam na princesa, então ele se virou para Naia e River.

— Fomos para Fernick. Conheci outros dragões, incluindo parte da nossa família, Naia.

Ela engoliu em seco. A ideia de ser um dragão ainda não havia se estabelecido bem em sua mente, então a ideia de ter uma família também parecia estranha.

— Família? Como... um pai?

Um pai que não era o Rei Azir também era incrivelmente perturbador.

— Ele está morto — disse Fel. — Morreu há muito tempo. O nome dele era Ircantari...

— Eu o conheci — River murmurou, e então respirou fundo, enquanto olhava para Fel. — Seus olhos. Eles são quase como os dele. Eles eram mais amarelos.

Fel endireitou o pescoço, fazendo-o parecer mais alto.

— Quantos anos você tem?

River riu.

— Eu tinha dezoito anos quando vi Ircantari, e então me perdi no oco depois disso, congelado no tempo. Voltei há cerca de um ano. Não tenho certeza de quantos anos isso me faz ter.

— Perdido no oco? — Léa perguntou. — Eu conheci uma fae assim.

— Quem? — O tom de River era calmo, mas Naia podia sentir a urgência por trás da palavra.

— O nome dela era Iana — Léa disse. — Também desapareceu após a queda de Formosa, mas antes do fim da guerra. Ela não sabia que tinha acabado.

River estava pensativo.

— Iana... — Ele franziu a testa, pensando. — Como ela era?

— Olhos vermelhos escuros, longos cabelos loiros claros, quase prateados, e chifres brancos, mais curtos que os seus.

A princesa disse isso como se sua descrição significasse alguma coisa, sem saber que suas palavras eram tão úteis quanto dizer que alguém tinha dois olhos, um nariz e uma boca, quando se tratava de lendários.

River estava olhando para ela, os olhos arregalados.

— Ela era baixa, alta, velha, jovem? O formato do rosto dela?

Léa olhou para cima, pensando.

— Jovem. Não uma adolescente, mas uma jovem adulta. Cara... — Ela deu de ombros. — Normal? Ela também era muito bonita, tipo muito, muito...

— Você me mencionou? — River perguntou.

— Sim. Ela me disse que era impossível, que nenhum fae seria capaz de entrar na Cidadela de Ferro. Mas você entrou, não foi?

River olhou para baixo e assentiu. Ele então puxou a mão de Naia e a beijou. Ela não tinha certeza se queria confortá-la ou a ele mesmo, e sabia muito bem que ele esperava que talvez Léa tivesse conhecido sua irmã morta, mas o nome era diferente e a descrição vaga demais para significar alguma coisa. Ao mesmo tempo, segurar sua mão era tão bom, tão natural. Ela mal podia acreditar que havia pensado em deixá-lo apenas algumas horas antes.

Léa então perguntou a ele:

— E qual é o seu nome?

— River. — Ele olhou para baixo e apertou a mão de Naia com força, depois acrescentou: — Da Segunda Dinastia.

Fel perguntou:

— Você não era o River Irritante? Ou não tinha sobrenome? — Se ele estivesse na forma humana, Naia tinha certeza que teria levantado uma sobrancelha.

— Eu recuperei meu nome — respondeu River, uma tensão não reprimida sob seu tom casual. Estava claro que os acontecimentos daquela manhã também o haviam magoado.

Naia queria mudar de assunto, principalmente porque tentar conter a raiva não estava funcionando.

— Justo. Enquanto isso, só quero saber uma coisa. — Ela

olhou para Léa. — Como assim, você está aqui? Com ele? Depois de escrever aquele bilhete?

— Naia, não foi culpa dela — disse Fel, e as palavras soaram ameaçadoras quando vindas de um enorme dragão protegendo sua rude amada.

— Que bilhete? — Léa perguntou. — Tudo o que fiz foi perguntar a ele por que não havia me pedido em casamento e se algo estava acontecendo. — Ela franziu a testa, pensando. — Você recebeu mais alguma coisa?

— Sua mãe — disse Fel. — Ela deve ter falsificado um bilhete.

Léa balançou a cabeça.

— Não minha mãe. Bastião de Ferro. Eles poderiam ser capazes disso e precisavam daquele casamento. Desgraçados. — Ela olhou para Naia. — O que o bilhete dizia?

Poderia ser? Seria possível que sua raiva da garota tivesse sido infundada? Que a raiva de Fel estivesse errada?

— Uh... Coisas ruins. Tipo... — Naia não queria repetir, mas o olhar questionador da garota significava que ela tinha que lhe dar uma explicação. — Você queria um parceiro que tivesse... — Ela engoliu em seco. — Integridade física.

— O quê? — Léa virou-se para Fel. — Você pensou que eu poderia escrever algo assim? Realmente? — Era estranho ver a garota, que não era alta nem forte, gritando com um enorme dragão.

— Eu pensei que sua mãe tinha feito você fazer isso — disse Fel.

— Não! — Havia raiva na voz de Léa. — Se fosse assim, eu escreveria que sinto muito e mudei de ideia, que tive que romper nosso noivado, escreveria algo decente! — Noivado. Eles estavam muito mais envolvidos do que Naia suspeitava. A menina tinha lágrimas nos olhos. — Eu concordei em me casar com você e você nunca me pediu em casamento! Você me desejou boa sorte.

— Eu propus — disse ele. — Para sua mãe. Ela claramente não passou a mensagem.

Léa suspirou e cobriu os olhos.

— Isso é diferente. Ainda ruim, mas diferente. E ela provavelmente achou que éramos irmãos.

O quê?

— Irmãos? — Naia repetiu, sem saber de onde vinha aquela palavra.

— Ela é uma condutora de morte — disse Fel. — Acho que ela é filha do nosso pai. Quero dizer, não Ircantari, mas Azir.

Naia quase disse que não fazia sentido, mas então... Ela se lembrou do olhar que seu pai tinha dado à rainha Lago Branco e tudo se encaixou. Quase.

— Por que, então, ele não se casou...

Léa acenou com as mãos.

— Alguns homens são desonrosos e usam e depois abandonam mulheres, só isso.

Naia franziu a testa, ainda surpresa.

— Meu pai não é perfeito, mas acho que ninguém pode dizer que ele não tem honra. Ele não faria isso.

Léa deu de ombros.

— Não conhecemos nossos pais, não conhecemos. — Sua voz estava embargada.

Naia sentiu pena da princesa, mas então Fel empurrou a garota para mais perto dele com sua asa, e ela descansou o rosto em suas lindas escamas. Léa estava tão obviamente apaixonada por ele, mesmo nesta forma, que fez Naia se arrepender de ter ficado com raiva antes. Tudo o que ela lembrava agora era o sorriso da garota no palco, quando ela e Fel se encararam como se nada mais existisse no mundo.

— Sinto muito — disse Naia. — Desculpe, acreditei que aquele bilhete era seu.

E, de fato, ela tinha estranhado, tinha pensado que havia algo errado e, no entanto, permitiu que a raiva cegasse a Fel e ela. Seu irmão tinha ficado tão magoado... E por uma mentira.

A princesa Lago Branco balançou a cabeça e acariciou as escamas de Fel.

— Já foi. E temos assuntos mais importantes para discutir. Descobrimos... muito. Eu nem tive a chance de contar tudo a Fel.

River ainda segurava a mão de Naia e disse:

— Também fizemos nossas próprias descobertas, e temos

muito a planejar. Acho que é hora de comparar histórias, não é? Eu posso começar.

Ele olhou para Naia, e ela lhe deu um sorriso encorajador. Parecia que essa era sua maneira de mostrar que pretendia ser aberto e honesto sobre as coisas e que sua franqueza incluía sua família.

Léa abriu a boca, como se fosse dizer algo, talvez ansiosa para contar todas as suas novidades, mas acabou escutando.

River resumiu alguns eventos que já havia contado a Naia, sobre a guerra contra os lendários, sua incursão no Covil do Dragão, para recuperar um bastão, depois seu retorno e descoberta de que o objeto mataria todos os humanos em Alúria, o que o levou a destruí-lo.

Ele olhou para Léa e Fel e disse:

— Vocês podem pensar que os faes brancos são terríveis por considerarem fazer isso, mas foi o desespero, o desespero que nos levou a esse caminho sombrio, a esse pensamento sombrio, a essa possibilidade horrível. — De certa forma, ele estava justificando as escolhas do pai, o que era estranho. — E, no entanto, apesar de tudo, apesar de nossas perdas, não pude continuar com tanta destruição. E não acho que causamos o desastre em Formosa. Não temos magia que causaria esse tipo de dano físico.

— Mas você não sabe — disse Fel.

River balançou a cabeça ligeiramente.

— Não tenho certeza.

Ele então falou sobre seu encontro com os mestres dos dragões. Naia não tinha prestado muita atenção na primeira vez que tinha contado a ela sobre isso, mas agora tinha outro significado, se o pai dela estivesse entre aqueles dragões e parecesse ser o líder deles.

Naia teve que segurar todas as suas perguntas, caso contrário, passariam uma eternidade questionando sobre o que poderia ter sido, sobre tanto... River então contou sobre sua cidade congelada no tempo, ele se perdendo no buraco e encontrando Naia. Suas bochechas ficaram quentes e ela quase o parou. Afinal, esse também era seu segredo e sua história para contar a Fel, mas pelo menos ele omitiu o beijo, dizendo que a *tocar* quase o matara. Não era mentira, é claro, e acabou sendo importante quando contou sobre ajudar Bastião de Ferro e criar ilusões para eles, incluindo o ataque fae em Lago Branco.

— E a cobra d'água? — Fel perguntou.

River suspirou.

— Eu não sei quem ou o que causou isso, e não ouvi nada sobre isso de Bastião de Ferro. Desculpe. — Ele olhou para cima, pensando. — Como veio parar naquele lago... Isso me confunde. Posso ver como seria uma boa oportunidade para Bastião de Ferro se livrar de vocês dois. — Ele olhou para Fel e Naia. — Mas eu não sei. Não acho que eles gostariam de correr o risco de machucá-la. — Ele apontou para Léa.

Surpreendentemente, disse a eles que não havia revelado seu passado e nem mesmo sua identidade a Naia, e contou sobre sua casa no vale e que ela havia encontrado um caminho para a Cidade Lendária, de onde ele teve que resgatá-la.

Quando começou a contar sobre suas recentes descobertas em Bastião de Ferro, os olhos de Léa se arregalaram em alarme.

— Cassius foi revivido?

— Sim — disse River. — Eu... não sei se é realmente ele, no entanto. Eu não tive a chance de verificar.

Ele então detalhou seguir a Rainha Kara, e como ela estava conectada a uma entidade misteriosa, então algo sobre o hospedeiro, e que River era a chave. Acabou contando a eles que matou o próprio pai, sem especificar o método do assassinato.

River engoliu.

— Ele queria matar a Naia. Eu... Não é o que eu gostaria que acontecesse. — Ele deu uma risada amarga. — E aqui estamos. A vantagem é que, se precisarmos, podemos contar com os lendários como aliados. Queremos derrotar Bastião de Ferro também.

Nós, para River, significava tanto os lendários quanto... Ele e Naia? Todos que se opunham a Bastião de Ferro? Ela não perguntou a ele, mas começou a contar a seu irmão um pouco do que tinha visto na Cidade Lendária, como tudo estava morto, então o encontro com os outros reinos, a próxima reunião de emergência e a visita do Rei Marca do Lobo, sem mencionar sua estranha proposta. River não deixou isso escapar, porém, e deu um sorriso divertido com a menção ao Rei Sebastian.

Léa então contou a eles sobre ir para Bastião de Ferro, que ela permanecera principalmente em seu quarto e nunca viu o rei e a rainha.

Fel perguntou:

— Por quê? — Portanto, era novidade para ele também.

A garota respirou fundo, fechou os olhos e disse:

— Eu era uma prisioneira, certo? Eu não podia ir e vir, não podia fazer nada. Eles são horríveis.

Fel disse:

— Eu posso destruir aquele castelo, Léa. — Sua voz era gentil, como se a consolasse, mas também ameaçadora. Ele definitivamente pretendia destruir a Cidadela de Ferro.

Naia levantou a mão.

— Vamos esperar e planejar o que fazer com eles. — Ela temia que seu irmão voasse para lá naquele exato momento e demolisse aquele terrível castelo, e eles ainda tinham uma reunião para comparecer.

Léa assentiu.

— Concordo. Cabeças quentes não vão nos ajudar agora.

Fel soprou uma pequena chama no ar.

— Não posso evitar.

Pelo menos todos riram, apesar das revelações sombrias. Léa então continuou, contando sobre escorregar para o oco por acidente e acabar em Umbraar, no quarto de Fel, que imediatamente percebeu o que estava acontecendo e falou com seu pai, que a levou de volta para Bastião de Ferro.

Isso não fazia sentido.

— Por que você voltou para lá?

A voz de Léa estava cheia de dor.

— Eu temia que eles pudessem retaliar contra meus pais se eu desaparecesse. Eu estava errada. Eles já tinham atacado.

Fel então disse:

— É para lá que nosso pai, uh, quero dizer, o Rei Azir foi.

Naia quase lembrou a ele que Azir ainda era o pai deles, mas então olhou para Léa e percebeu como essa história era complicada para os dois. E havia questões mais importantes.

— Se ele está em Lago Branco, temos que resgatá-lo.

— Eu fui lá — disse Léa. — Ninguém sabe onde minha mãe

está e acho que eles estão juntos. Eles... Alguém me disse que ela morreu, mas não acho que seja verdade. Acredito que ele entrou no oco com ela.

— E se perdeu. — As palavras saíram da boca de Naia. Era a única explicação que fazia sentido.

— Talvez — disse a garota. — Temos que esperar que eles consigam encontrar a saída.

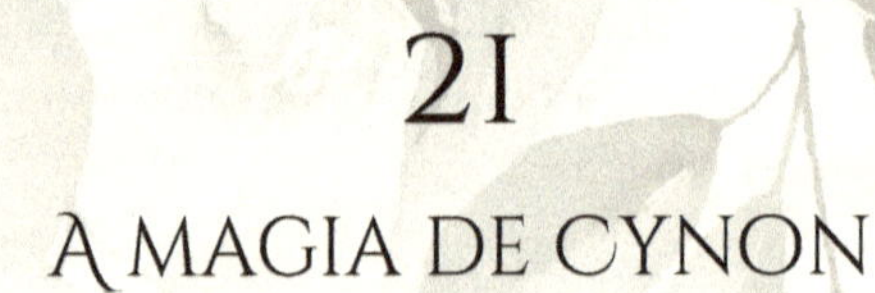

21

A MAGIA DE CYNON

Fel não ficou surpreso que sua irmã pudesse ouvi-lo, mas achou estranho que o fae também pudesse escutar sua voz. Verdade que isso facilitava a sua conversa. Além disso, River segurava a mão de Naia e olhava para ela com tanta ternura que talvez fizesse sentido que também pudesse ouvir Fel. Mas havia muito o que fazer.

A história de Léa era surpreendente, sobre ouvir uma voz estranha procurando *o Dragão de Ferro,* então encontrando uma fae perdida no oco contando a ela sobre uma criatura chamada Destruidor, que estava conquistando reinos. Isso explicava por que tinha dito a ele para esconder sua magia.

River franziu a testa.

— Você acha que é a mesma voz que eu ouvi?

Fel tinha a mesma curiosidade.

— Parece que sim, não é? — Léa respondeu.

Ela então disse a eles que Iona, a fae que conheceu no buraco, a ajudou a fechar sua mente para aquela voz estranha, então pediu a ela para libertar as criaturas daquele reino.

— Espera, espera. — River parecia confuso. — Você está me dizendo que uma fae lhe ensinou algo apenas para ser legal? Sem acordo? Então *pediu* algo sem propor nada em troca?

— Nós *tínhamos* um acordo — Léa disse. — Para eu ficar e ouvi-la. Eu não confiei nela no começo.

River rolou os olhos.

— Incrível.

Léa estalou a língua.

— Talvez... Talvez tenha a ver com a mágica. Talvez ela não pudesse fazer um acordo para eu abrir esse reino; ela tinha que me convencer. Mas daí... Temi por Fel. Como não achava que aquela voz me veria mais, decidi procurá-lo e fui até Fernick. Agora, tenho certeza de que ele pode contar sobre isso melhor do que eu.

Naia olhou para Léa com os olhos arregalados.

— Você pode ir até Fernick pelo oco?

Léa balançou a cabeça.

— Posso encontrar Fel, não importa onde ele esteja. Se estiver lá, posso encontrá-lo, mas não acho que conseguiria ir para Fernick agora, por exemplo.

— Ainda impressionante — Naia disse, então se virou para Fel: — E você? Você voou para lá?

— Voei — disse Fel.

Ele contou sobre a viagem para Fernick, os Indomáveis, Tzaria e Risomu, a vila do dragão, Ekateni, seus primos, seu encontro com o Primeiro Mago, as festividades para o *Dragão de Ferro*, o ataque e seu retorno. Era tanto, condensado em tão pouco tempo, em tão poucas e pequenas palavras, que não conseguiam transmitir nem a metade do que ele havia vivido. E, no entanto, falar sobre isso fazia tudo soar muito mais extraordinário do que parecia.

Sua irmã se aproximou e tentou abraçá-lo. Tudo o que ela fez foi colocar os braços em volta do pescoço dele, sem conseguir fechá-los.

— Estou feliz que você está de volta e seguro, Fel. — Ela recuou e olhou para ele. — Você acha... que vamos encontrá-los novamente?

A família deles.

— Ekateni disse que enviariam alguns dragões para verificar o que está acontecendo aqui, e eu poderia tentar viajar de volta para lá assim que as coisas estivessem mais calmas. Por enquanto... Eles pensaram que Alúria seria mais segura para mim. — Então acrescentou: — Tem outra coisa: eu não contei a eles sobre você. Por precaução.

Por alguma razão, ela olhou para baixo, um pouco desapontada.

— É melhor assim — River disse a ela em voz baixa, enquanto a envolvia com o braço. Ele então se virou para os outros. — Parece que todos nós conhecemos alguma versão da mesma criatura, não é?

Naia fez uma careta.

— A menos que sejam duas ou três diferentes.

Léa balançou a cabeça.

— Aquele que eu ouvi queria o *Dragão de Ferro*, assim como os Indomáveis. Tinha que ser um dragão para saber disso, para saber qualquer coisa sobre um dragão de ferro. Com base no que Iona me disse, esta voz é o Destruidor. Se eu entrei em contato com ele na Cidadela de Ferro, pode muito bem estar lá, o que explica o que River viu. Acho que é tudo Cynon.

Fel concordou com isso.

— Meu tio mencionou a necessidade de um hospedeiro e âncoras. River, você disse que a Rainha Kara mencionou um hospedeiro, certo?

O fae assentiu.

— Sim, mas quais são as âncoras?

Fel tentou se lembrar de suas palavras.

— Objetos infundidos com a magia de Cynon. O risco é que um hospedeiro entre em contato com as âncoras e abra um portal, mas precisa estar em um local rico em magia de dragão. Deve ser em Fernick.

O fae coçou o queixo.

— Se assumirmos que é a mesma criatura, então o que ele estava fazendo em Bastião de Ferro? Por que não está em Fernick, cuidando desses dragões rebeldes ou algo assim?

— Talvez ele esteja — disse Léa. — Nada o impede de estar em mais de um lugar ao mesmo tempo.

— Ainda assim... — Fel concordava com River. — Por que se preocupar com Alúria?

Naia mordeu o lábio.

— Talvez ele não tenha se dado ao trabalho de vir aqui, talvez tenha sido chamado. Talvez a Rainha Kara ou alguém de

Bastião de Ferro tenha se comunicado com ele, talvez como uma forma de obter mais magia, e este é apenas um lugar extra ao qual tem acesso. Talvez seu principal objetivo e principais atividades ainda estejam em Fernick. Mas ainda precisamos nos livrar dele.

River suspirou.

— Âncoras, você disse? Uma delas pode ser a estátua.

— Espere — disse Léa. — Espere. Hospedeiro? Deve ser o Cassius. Talvez este Cynon, Destruidor, seja o que for, esteja aqui porque é onde ele pode encontrar um hospedeiro.

Fel deu uma baforada que acabou saindo um pouco de fumaça.

— Ekateni disse que precisava ser um dragão. Ainda assim... Precisamos falar com Tzaria. Ela saberia mais sobre isso. — E algo sobre Cassius ser o receptáculo soava estranho por algum motivo. — Ainda penso... Cynon não deveria querer um hospedeiro melhor? Se não um dragão, pelo menos alguém com magia?

— Cassius tem magia — disse Léa em voz baixa. — Ele é um condutor de ferro.

— Verdade — Fel concordou.

Engraçado como ele frequentemente se esquecia de que seus primos de Bastião de Ferro também eram portadores de ferro, o que não fazia sentido, considerando o reino de onde eles eram.

Naia suspirou.

— Vamos considerar o que sabemos até agora. A Rainha Kara está se comunicando com algo, provavelmente este Cynon, Destruidor, algo. O príncipe Cassius fez parte de um ritual muito macabro e foi despertado novamente. Bastião de Ferro está tentando dominar Alúria, usando uma magia que nem deveria existir, e eles são pessoas horríveis. Alguma coisa que eu perdi?

— Não — disse Fel, ainda tentando entender como tudo estava conectado. — O que Ekateni me disse foi que Cynon precisava de um hospedeiro para ajudá-lo a voltar a este mundo. Talvez estejam errados e não precise ser um dragão. Eu... Sim, pode ser Cassius.

Naia franziu a testa, pensativa.

— Eu... acho que precisaremos matá-lo. — Sua voz era hesitante.

Léa virou-se para ela.

— Não sei por que você parece triste com isso. Ele já deveria estar morto.

River olhou para Léa.

— Você o matou com sua condução de morte, certo? Com uma voz que você pensou ser de Cynon?

Ela estava perto o suficiente de Fel para que ele a sentisse estremecer.

— Sim.

Fel entendeu para onde o fae estava tentando levar a conversa.

— Você acha que Cynon queria que Cassius estivesse morto ou quase morto? Para que ele pudesse usá-lo?

River encolheu os ombros.

— Não sei. É uma possibilidade.

— De novo — Naia disse. — Precisamos matá-lo e garantir que permaneça morto desta vez.

Uma sombra cruzou o rosto de River.

— Posso entrar na Cidadela de Ferro. Eu poderia ir lá e matá-lo. Agora mesmo.

— Não! — Naia protestou. — Eles podem prender você com aquela erva da morte.

— Eles não tinham isso em todo o castelo. — River rolou os olhos.

Léa suspirou.

— Se ele for morto, podem cancelar a reunião. Eu estava pensando em ir para lá, pelo oco. Aparecer, contar aos outros reinos o que aconteceu em Lago Branco. Eu sei que eles não vão desafiar Bastião de Ferro abertamente, mas isso pode abrir seus olhos.

Fel odiava essa ideia.

— Muito perigoso, Léa.

Ela se virou para ele.

— Preciso fazer algo pelo meu reino.

— Sem dúvida. — É claro que Fel entendia sua urgência. — Mas aparecer em Bastião de Ferro é imprudente. Se você quer tanto falar com outros reinos, tente algo com espelhos de comunicação, algo mais seguro.

Naia suspirou.

— Teremos que correr riscos. Não é como se não fazer nada nos mantivesse seguros.

Ela olhou para River enquanto dizia isso.

— Isso é discutível — respondeu o fae. — Se você se esconder bem, estará segura. — Naia estava olhando para ele e acrescentou: — Mas eu sei que você se sente responsável por seu reino e não vai querer se esconder como uma covarde. Eu entendo.

— Também — disse Léa. — Se esse... Cynon vencer e vier a este mundo, haverá algum lugar seguro o suficiente para se esconder?

River sentiu um calafrio no pescoço enquanto discutiam o que fazer. Uma coisa era ter uma ideia do que eles estavam enfrentando. Outra coisa era saber o que fazer, ou mesmo saber exatamente o que seu inimigo queria e quais seriam seus próximos passos. Bons estrategistas geralmente observavam o inimigo, mas o que havia para observar em uma voz misteriosa?

Outra coisa estranha era ouvir a voz de um dragão dentro de sua cabeça. Um dragão de verdade, algo que ele nunca imaginou ser possível antes, mesmo tendo estado no Covil dos Dragões e visto as enormes portas. E, no entanto, este era Isofel, irmão de Naia. Uma coisa que deixou River aliviado foi que Fel não havia contado a ninguém em Fernick sobre Naia, então já era uma preocupação a menos.

Eles continuaram debatendo ideias, ideias que o faziam sentir-se mal por dentro. Talvez Cassius tivesse que ser morto, e ele não queria deixar Naia fazer isso, e não pediria a um dragão adulto para fazer isso, então não tinha opção a não ser se voluntariar. Se eles não usassem a grama da morte em toda a cidadela de ferro, River poderia fazê-lo facilmente. Quase com muita facilidade. Os olhos vidrados de seu pai o encaravam em sua mente — uma estranha memória que River não queria revisitar. Se pudesse, não voltaria para a Cidade Lendária, e esse pensamento não fazia sentido, já que ele estava tentando ao máximo salvar seu povo. E agora tinham que encontrar uma maneira de lutar contra um misterioso inimigo.

Naia estava decidida a ir ao encontro em Bastião de Ferro, e ele desistiu de tentar dissuadi-la. Em vez disso, teve outra ideia.

— Eu vou com você.

Seus olhos escuros estavam cheios de preocupação.

— E se eles tiverem...

— Erva da morte? — River a interrompeu. — Eles não espalhariam pelo castelo inteiro. Posso fingir ser Isofel. Eu acho... — Ele tentou se lembrar da última vez que vira o irmão de Naia. — Temos quase a mesma altura. O glamour não deve ser muito difícil e significa que estarei com você.

Ela estreitou os olhos.

— Mostre-me.

River encantou seus chifres, deixou seus olhos verdes brilhantes, quase amarelos, aquela cor antinatural, estranha, depois deixou sua pele morena e seu cabelo mais escuro, aquele tom preto lindo como o cabelo de Naia, mas liso.

— O que você acha? — perguntou.

Naia franziu a testa, enquanto Léa desatou a rir.

— Você não se parece nada com Fel.

Isso era injusto.

— Olhos verdes brilhantes, cabelo preto. — Ele apontou para a cabeça e ia dizer sem chifres, quando percebeu que ainda tinha as unhas escuras. Ele estava quase usando glamour para fazer com que parecessem humanas, quando percebeu seu erro.

— Vou usar luvas.

Naia estava olhando para ele.

— Eu nunca pensei que diria isso, mas parece muito... perfeito? E você se parece com você, River. Eles vão reconhecer você.

River colocou glamour em seu nariz para parecer maior.

— E agora?

— Meu rosto é mais comprido — disse Fel. — E eu não tenho nariz grande. Pelo menos não na forma humana.

River tentou encantar seu rosto para parecer mais magro e mais longo.

— Vocês duas o conhecem bem — ele disse a Naia e Léa. — Os outros reis, não.

Naia levantou uma sobrancelha.

— As pessoas em Bastião de Ferro conhecem *você*, no entanto.

River desfez todo o seu glamour, irritado por eles não terem ficado impressionados com sua incrível demonstração de magia.

— Tenho certeza de que não vão olhar muito de perto para mim se meus olhos, pele e cabelo forem da cor certa e se eu estiver fingindo ser o príncipe Isofel.

— Vamos pensar sobre isso — disse Naia, parecendo não convencida.

Na verdade, ele não tinha certeza se ir para a Cidadela de Ferro era uma boa ideia, mas então, *não ir* era uma solução? Qual era a solução? O que eles deveriam fazer?

Naia então suspirou, quase como se pudesse ouvir seus pensamentos.

— A conglomeração é amanhã. Ainda temos tempo para pensar. — Ela se virou para o irmão. — Você não está exausto? Aposto que você precisa dormir, mas não sei onde...

— Eu irei para as montanhas — Fel a interrompeu. — Acharei uma caverna ou saliência ou algo assim. Duvido que alguém me encontre lá.

Ela assentiu.

— Você deve ir logo, para que ninguém o veja. Podemos nos encontrar novamente aqui amanhã, duas horas depois do pôr do sol. Então decidiremos o que fazer, depois de dormir com todas as informações que obtivemos.

River ficou aliviado por ela estar dizendo isso, mesmo que parte dele sentisse que isso significava admitir a derrota, admitir que não tinham as respostas e não viam um caminho claro para seguir em frente. Mas talvez fosse verdade que precisavam parar e pensar.

— É uma boa ideia — disse Fel. River ainda achava estranho ouvir sua voz daquele jeito.

Naia virou-se para Léa.

— Você pode vir para o Forte Real. Vamos arranjar um quarto para você.

— Não. — Ela se aproximou de Isofel. — Eu vou ficar com ele.

— Não haverá camas nas montanhas. — Naia olhou para Léa e seu irmão. — E pode ficar frio.

A menina balançou a cabeça.

— Eu não vou deixá-lo.

— Justo — Naia disse. — Vou trazer um espelho de comunicação amanhã, para que possamos entrar em contato.

Léa estava pensativa.

— Vamos passar o dia inteiro... sem fazer nada?

— Preciso me comunicar com os outros reinos — disse Naia. — E você precisa descansar. Talvez você se lembre de um detalhe importante, talvez tenha uma ideia. Talvez... — Ela mordeu o lábio.

— Ela está certa, Léa — a voz de Fel ecoou na mente de River. — Venha.

Ele a ajudou a subir em suas costas, então estendeu suas asas o máximo que pôde naquela clareira e levantou voo. River observou com fascínio suas escamas brilharem ao luar, mas logo ele estava no alto, a uma distância onde poderia ser confundido com um pássaro. Magnífico — como Naia. Mas esconder sua identidade de dragão, até mesmo esquecê-la, parecia a coisa certa a fazer por enquanto. Ela também parecia magnífica como humana, e olhou para ele, uma preocupação mal disfarçada em seus olhos.

River se virou para ela e beijou seu rosto.

— Você quer ir para a Cidadela de Ferro, então?

— Eu tenho que ir.

Podia sentir sua apreensão e preocupação flutuando entre eles, tantas palavras que não estavam sendo ditas e ainda permaneciam no ar. O próprio River tinha uma sensação sinistra de pavor, medo de nunca mais vê-la, medo de perder tudo o que amava, de fracassar. Este era realmente o momento para esses medos infundados se aproximarem dele? Não queria ir para a Cidadela de Ferro, não queria tentar fazer nada. Se pudesse, esconderia-se em algum lugar distante. Esses eram os pensamentos de um covarde, e ele não iria prestar atenção neles.

River voltou para a cabana e pegou suas adagas.

— Você não as usava antes. — Naia olhava os objetos com curiosidade.

— Estavam na Cidade Lendária e eu não podia ir para lá. — Ele colocou a adaga preta em seu cinto. Por um momento, não reconheceu a adaga vermelha e quase a deixou. Pensamento estranho; era sua arma favorita. Ele a colocou no cinto e estava pronto para deixar aquele lugar.

Teve uma sensação de enjoo, mas preferiu não dizer nada. Era apenas medo. Apenas nervosismo e um sentimento horrível de que algo estava errado, muito errado. Mas, novamente, é claro que algo estava errado. *Tudo* estava errado e Alúria estava prestes a ser tomada por algo que eles nem sabiam ao certo o que era.

Quando River pegou a mão de Naia, seu toque foi como uma brisa fresca dissipando uma fumaça fétida, curando aquela estranha náusea, como se a magia dela pudesse suprimir toda a preocupação dele, todos os medos. Talvez pudesse.

Esta cabana estava dentro de um círculo, então seria fácil levar Naia de volta ao forte.

— Vamos pelo oco — disse ele.

As paredes ao redor deles desapareceram, dando lugar à escuridão. Uma parte estava gritando dentro dele *não, não, não*, como se estivesse caminhando para a morte, caminhando para seu fim. Mas ele estava apenas andando entre círculos.

LÉA NUNCA IMAGINOU que um dia visitaria a cordilheira que dividia Alúria em duas. Bem, ela nunca imaginou que voaria nas costas de um dragão, vendo tudo do alto, mais alto do que quando voara com Fel ainda sob a cúpula em Lago Branco.

Essas montanhas estavam cobertas de vegetação e árvores, exceto por seus topos rochosos. A temperatura não era fria o suficiente para cobrir os picos com neve, pois estavam bem ao norte. Léa não tinha certeza se Fel encontraria uma boa caverna para se esconder ou se eles precisariam dormir em um terreno aberto e plano, sob as estrelas. A ideia era boa, exceto que, se chovesse, poderia ficar desconfortável rapidamente.

Fel estava voando ao redor do topo das montanhas e pousou em um abismo entre duas rochas. De fato, não haveria nada sobre suas cabeças além do céu negro e das nuvens cinzentas.

Eles tinham tanto para fazer, tanto para decidir, para pensar, para discutir, e ainda assim ela sentia o quão cansado ele estava apenas com base em seu silêncio, seus movimentos. Deitou-se com as asas dobradas e enrolou o rabo.

Léa encostou a cabeça nele, enquanto se deitava sobre a sua pata traseira, que estava dobrada junto ao corpo. Suas escamas eram quentes e macias e, por um momento, ela pôde esquecer tudo o que acontecia fora daquelas montanhas.

22

REUNIÃO IMPROVISADA

Naia engoliu em seco. Passar pelo oco ainda era desconfortável. Segurar as mãos de River geralmente ajudava, mas desta vez ela não conseguia parar de notar o quão perto as unhas dele estavam de sua pele e se perguntou o que seria necessário para rasgá-la. A lembrança do que ele havia feito ao pai insistia em se intrometer em sua mente, como se jamais fosse desaparecer. Eventualmente, ela precisaria aceitar isso, aceitar a ideia de que às vezes as pessoas tinham que fazer escolhas terríveis para o bem maior — incluindo River.

Deixar Fel também não parecia certo, mas era verdade que estaria seguro nas montanhas e eles se encontrariam novamente, esperançosamente com uma ideia mais clara de qual caminho seguir.

Naia percebeu que estava com os olhos fechados e os abriu, querendo ver os círculos conectando lugares através do oco, esperando aprender mais sobre como se mover por ele, mas a escuridão já estava se dissipando, sendo substituída pelo quarto de Fel no Forte Real.

River tinha um sorriso que não alcançava seus olhos.

— Aqui estamos.

Ele estava nervoso, isso era óbvio, mesmo sob sua falsa confiança.

— Preciso ir ao escritório do meu pai. — Ela queria verificar se havia alguma mensagem e estava um pouco chateada por ter passado tanto tempo longe. — Você pode esperar...

Seus chifres estavam desaparecendo sob seu glamour.

— Eu irei com você.

Naia não disse nada, o que ele interpretou como encorajamento suficiente, considerando que a estava seguindo. Havia algo de inapropriado em andar pelo forte com esse homem que ninguém conhecia, mas Naia já havia sido deserdada, então não era como se algo pior fosse acontecer com ela. E então, não havia ninguém no corredor.

Ela abriu a porta e correu para o espelho de comunicação, que estava mais brilhante que o normal, indicando alguma atividade recente.

Claro. Obviamente.

Este era o momento de fazer alianças, tentar forjar um plano com os outros reinos, e ela o desperdiçou... dormindo. Dormindo porque River provavelmente havia usado sua magia para cometer um assassinato brutal. Naia fechou os olhos para evitar olhar para ele. A raiva não resolveria nada.

Naia se perguntou se deveria esperar até a manhã seguinte para entrar em contato com alguém, mas não era tão tarde e esses assuntos eram urgentes.

Ela tentou Marca do Lobo, e ficou surpresa ao ser vista imediatamente. Do outro lado do espelho estava um jovem conselheiro.

— Princesa Irinaia Umbraar. Estávamos esperando por você.

— Desculpe. — Ela ia dizer que estava ocupada, mas o que isso importava? E que explicação ela devia?

O conselheiro então disse:

— Marca do Lobo está organizando uma conglomeração improvisada, sem Bastião de Ferro, e meu rei gostaria que você viesse, mas pode ser tarde demais agora.

Não, não, não. Isso não poderia ser.

— Quando começa?

— Eles estão se encontrando agora, sua alteza.

— Agora?

— O jantar acabou de terminar e eles seguiram para a sala de reuniões.

River estava gesticulando ao lado dela, apontando para alguma coisa. Naia não tinha certeza se queria dizer que eles deveriam ir ou esperar ou o quê, mas ela se virou para o espelho e disse:

— Vou tentar ir aí imediatamente. Obrigada. Você pode cortar a comunicação. — Naia virou-se para River. — Isso é terrível.

— Eu posso te levar até lá através do oco.

— Por acaso você tem um círculo lá?

Ele assentiu.

— E em muitos dos reinos que visitei com a delegação de Bastião de Ferro.

A mente de Naia estava girando.

— Devemos contar a Léa, contar ao meu irmão.

— Não tenho círculos nas montanhas, Naia, e é melhor nos apressarmos.

Ela parou para pensar. Tinha que estar apresentável para a tal reunião, não usando um vestido de baile, mas pelo menos algo mais bonito.

— Eu preciso ir para a mansão. Para pegar roupas.

Ele já tinha cabelos pretos e sem chifres, e apontou o dedo para ela.

— Eu vou encantar você.

— E se sua mágica falhar, eu vou ficar ridícula.

Mesmo enquanto ela dizia isso, seu vestido estava mudando para um vestido de veludo verde escuro, com bordados pretos nas mangas e gola alta. Não era chique ou chamativo, mas simples e elegante.

River olhou para ela com seus falsos olhos verdes.

— Se minha magia falhar, podemos ter problemas maiores. Assim podemos ir imediatamente. — Ele levantou uma mão enluvada, pelo menos. — Sei o que você vai dizer: que não me pareço com seu irmão. Eu não acho que eles vão notar.

Provavelmente não, mesmo que River ainda se parecesse muito com ele mesmo, apesar do cabelo preto longo e liso, pele morena e olhos verdes brilhantes. Além disso, ele era bonito demais, não que Fel fosse feio. Era estranho até tentar descrevê-lo. Mas havia um problema maior.

— Eles não vão achar estranho se aparecermos assim? Sem carruagens? Logo depois de receber a mensagem do espelho?

— Sua desculpa será que você é uma condutora da morte. Você precisará dizer isso. Lembre-se que o glamour ainda não me deixa mentir. Eu sou o mesmo River verdadeiro.

Naia rolou os olhos.

— Tão aberto e honesto.

Ela quis dizer isso como uma piada, mas ele não sorriu. Em vez disso, olhou para baixo, antes de estender a mão para ela.

Parecia tão repentino. Tantas coisas podiam dar errado.

River ergueu as sobrancelhas.

— Mudou de ideia?

— Qual é o plano? — Ela não esperava que ele soubesse muito mais do que ela. Era mais como expressar seu pensamento em voz alta.

Ele inclinou a cabeça.

— Nós observamos.

— Todo mundo vai estar observando, não é? Com medo de dar o primeiro passo.

— Parece que Marca do Lobo já deu o primeiro passo. — River colocou a mão enluvada no queixo. — A questão é se Bastião de Ferro sabe disso.

Quem seria tolo o suficiente para dizer a eles? Dos nove outros reis, oito, na verdade, considerando que Lago Branco já havia sido conquistado, poderia haver um ousado e tolo o suficiente pensando que isso lhes concederia favores.

— Eles provavelmente sabem. Eles podem ter espiões. — Naia franziu a testa. — Isso pode ser uma armadilha.

River encolheu os ombros.

— Não necessariamente. Não sabemos se eles estão conspirando abertamente contra Bastião de Ferro. Não sei. Mas é melhor ir e descobrir, não é?

— Sim.

Na verdade, Naia ficou chocada por ele não a estar advertindo de que ir a essa reunião poderia ser perigoso. Por outro lado, tinha dito a ela que queria mudar, e ele sabia tão bem quanto ela que eles precisariam agir se quisessem desafiar Bastião de Ferro e derrotar Cynon. Dizer a ela que era perigoso seria uma perda de tempo.

Naia pegou sua mão e logo se viu em um lugar escuro, vendo círculos brilhantes à distância. A maioria deles parecia ser feita de uma substância brilhante, como estrelas douradas, enquanto alguns deles, de longe, pareciam mais com fogo. Então, ao longe, ela viu um círculo vertical que era preto, como uma porta que dava para um túnel com fumaça escura. Não, um fosso, como se uma pessoa fosse cair nele se chegasse muito perto.

Ela desviou o olhar ao sentir arrepios, mas apontou para ele com a mão livre.

— O que é aquilo?

— O quê?

— Aquilo preto.

— Não conheço todos os círculos, Naia.

Ele não parecia preocupado ou impressionado. Talvez círculos como esses fossem comuns. Ela precisaria perguntar a ele tudo sobre isso, perguntar e aprender e, eventualmente, ser capaz de se mover sozinha no oco.

Caminharam até um círculo próximo a eles, com luz esmaecida, e então foi como se aquele ambiente do oco se dissipasse para revelar a entrada de um majestoso castelo feito de granito cinza, margeando um planalto. Sua entrada tinha uma porta dourada dez vezes da altura dela. Era de ferro, ela sentia sua força e seu peso, mesmo que o acabamento fosse folheado a ouro. Muitas lâmpadas e tochas iluminavam o terreno. Quatro guardas se aproximaram deles ao mesmo tempo, apontando suas espadas.

— Declare seu propósito.

— Estamos vindo de Umbraar. Para a conglomeração de emergência — disse River.

O homem arregalou os olhos.

— Como você...

— Condutores de morte — alguém murmurou.

Naia então lembrou que ela tinha que dizer alguma coisa:

— Eu sou a princesa Irinaia Umbraar e este é meu irmão Isofel. — Mentir de forma tão óbvia parecia estranho, e talvez fosse uma impressão, mas ela sentiu um formigamento na garganta.

— Sigam-me — outro guarda lhes disse.

O homem, com mais dois guardas, conduziu-os a uma porta menor, de onde chegaram a um corredor branco e bem iluminado, e depois a uma grossa porta de madeira com gravuras representando animais como lobos e pássaros. Afinal, este era um reino de condutores selvagens.

A porta se abriu para revelar uma sala com uma longa mesa de madeira, onde seis reis estavam sentados. Alguns reis estavam ausentes, mas ela precisaria olhar para eles com cuidado para descobrir quem eram. Uma grande janela dava para um céu estrelado do lado de fora.

O Rei Sebastian estava à beira da mesa e levantou-se.

— Princesa Irinaia. — Ele se virou para River e, em um tom mais seco, disse: — Príncipe Isofel. Achamos que você não viria.

— Desculpe-nos pelo atraso — disse Naia, enquanto olhava para a mesa. Ela reconheceu os reis de Karsal, Retiro da Águia, Refúgio Verde e Varana. — Eu estava me certificando de que nosso reino está seguro.

— Alguma notícia de Azir? — Sebastian perguntou, parecendo curioso, mas não preocupado.

Naia suspirou.

— Ainda indisposto, infelizmente.

O Rei Sebastian sorriu, e ela queria dar-lhe um soco por isso. É claro que todos sabiam que isso era mentira, mas ela esperava que pensassem que ele havia se machucado na batalha, quando Umbraar tinha sido atacado. Ela também esperava que seu pai não tivesse ido embora para sempre.

O Rei Marca do Lobo então perguntou a ela:

— Você gostaria de nos contar sobre o estranho ataque em seu forte? — Ele franziu as sobrancelhas, como se pensativo. — Aparentemente eles *pareciam* como se fossem de Bastião de Ferro.

Não havia sutileza na forma como ele enfatizou aquela palavra, deixando claro o que pensava sobre ela.

Naia respirou fundo.

— Foi como se cerca de cem soldados de Bastião de Ferro viessem e nos atacassem. Claro, por que eles fariam isso?

Um homem de meia-idade então disse:

— Eu estava explicando a eles que meus homens inspecionaram a área e realmente havia sinais de batalha. E corpos vestidos com trajes de Bastião de Ferro.

Ela o reconheceu agora. Ele era o Rei Refúgio Verde, e Naia se sentiu mal por não ter estado em Umbraar para receber seu comitê.

— Minhas desculpas pela minha ausência. Eu estava me certificando de que o reino estava seguro. Espero que seus homens tenham sido bem recebidos.

— Eles foram autorizados a ver o quanto quisessem, o que considero um sinal de sua amizade e cortesia — disse o rei de Refúgio Verde.

Naia sorriu.

— Mais que amizade. Somos aliados e devemos nos apoiar.

Na verdade, da última vez que ela tinha verificado, ninguém se importava com Umbraar, mas mencionar isso não parecia uma boa jogada diplomática.

— Vamos retomar nossa discussão, então. — O Rei Sebastian sentou-se novamente e gesticulou para uma cadeira ao lado dele. — Princesa Irinaia, este lugar é para você.

Naia não gostou disso e não gostou do olhar que o homem estava lançando para ela. Quando ela olhou para River e percebeu seu olhar divertido, ela se sentiu mais à vontade, agora pensando no Rei Sebastian como um pobre velho tolo iludido. Apesar de ter sido ignorado, River ficou ali parado, parecendo despreocupado e até orgulhoso, como se ficar de pé fosse uma honra muito maior do que sentar. Felizmente, ninguém lá conhecia muito Fel, pois ele ficaria chateado com o desprezo e não ficaria em pé parecendo ser o dono do palácio. Parecendo um rei. E River *era* um rei, mesmo que ela queira esquecer como isso tinha acontecido.

O Rei Sebastian, então, disse:

— Queremos ter certeza de que chegaremos a Bastião de Ferro amanhã com a mesma opinião.

— Qual é?

Foi o rei de Refúgio da Águia quem falou.

— *Não* para o Império Bastião de Ferro.

Isso era bem direto. E ousado.

— É uma boa ideia. — A parte que ela não tinha certeza era como planejavam dar essa informação pessoalmente e sair vivos da Cidadela de Ferro. — E mesmo assim, vocês ainda pretendem comparecer à reunião em Bastião de Ferro?

— Vamos enviar emissários — disse Sebastian. — Homens que não nos importamos em perder.

Homens que provavelmente seriam feitos reféns e torturados. Naia olhou ao redor da mesa para ver os rostos dos reis, para verificar se o pensamento enojava alguém, mas todos tinham expressões neutras. Alguns deles poderiam estar fingindo rejeitar a proposta de Bastião de Ferro e estar prontos para ir para a Cidadela de Ferro no dia seguinte e contar tudo a eles.

— E se Bastião de Ferro retaliar? — perguntou Naia. Normalmente ela ouviria mais e falaria menos, mas ainda sentia que o rei estava dando atenção a ela.

Sebastian franziu a testa.

— Não "se". Quando. Precisamos estar prontos.

Eles estavam planejando uma guerra. Um frio se instalou em seu estômago. Ao mesmo tempo, havia algo promissor em suas palavras: a ideia de todos os reinos de Alúria unidos.

Naia assentiu.

— Se todos trabalharmos juntos, podemos derrotar qualquer inimigo. — Ela estava pensando em Cynon e sua estranha magia, mas a ideia era a mesma.

River então caminhou até a mesa e ficou ao lado dela. Naia não tinha certeza do que estava prestes a fazer e temia que talvez ele piorasse tudo, mas tudo o que fez foi se dirigir a todos.

— Vocês todos precisam sair desta sala *agora*. Este castelo está comprometido e Bastião de Ferro plantou uma estranha magia nesta sala. Vai explodir. — Vindo do River, não podia ser mentira. Ela se virou para ele, mas não viu nenhum alarme em seu rosto.

Sebastian zombou.

— Como eles fariam isso? E como você saberia?

River disse:

— Eles enviaram guardas para todos os reinos, não apenas para espioná-los e estender sua influência, mas como um meio de planejar ataques, se necessário.

O rei de Marca do Lobo ainda não parecia incomodado.

— Nossos guardas visitantes estão dormindo em segurança, em algum lugar de onde não possam sair.

— Uma prisão? — perguntou Naia. — Eles têm condutores de ferro entre eles. Eles poderiam escapar.

River pôs a mão no ombro de Naia.

— Estamos saindo. E eu sugiro que vocês façam o mesmo. Evacuem o castelo também.

Sebastian se levantou, com o rosto vermelho.

— Então você veio aqui para criar pânico?

Naia ficou na frente de River.

— Ele está falando a verdade. Ouça-o.

Ela sentiu a mão enluvada de River agarrando a dela.

Ele disse aos reis:

— Só estou avisando. Compartilhar informações livremente é um presente, não uma ameaça.

Oh, River, por que ele estava falando como um fae?

A escuridão os cercou antes mesmo que ela tivesse a chance de dizer qualquer coisa a ele, e quando estavam no oco, ela perguntou:

— Você acha que eles acreditaram em você?

— Acho que não. — Ele estava muito calmo.

— É verdade? Que a sala pode explodir? Então eles vão morrer.

— Eles foram avisados. Não posso controlar suas escolhas.

— Por que você não me contou? Que isso podia acontecer?

— Eu... — Havia confusão em seus olhos castanho-avermelhados, todo o glamour desaparecido. — Talvez eu não me lembrasse. Havia coisas que eu não poderia te contar. Eu não poderia contar a ninguém.

Fazia sentido. Talvez quando River viajara com Bastião de Ferro, pode ter visto eles colocando mecanismos mágicos, pode até ter concordado em criar ilusões caso essas coisas fossem usadas. Ela precisaria pedir que contasse tudo o que sabia, cada coisinha. Às vezes, um detalhe poderia fazer a diferença.

Ele então olhou ao redor.

— Podemos conversar sobre isso depois. Prefiro não passar mais tempo aqui do que o necessário. — Sua voz estava muito tensa.

Algo parecia errado, mesmo que ela obviamente soubesse que o oco não era lugar para longas conversas. Naia enterrou suas dúvidas e preocupações, esperando quando chegassem a Umbraar.

Mas quando a escuridão se dissipou, ela se viu com River em uma sala que não conhecia. Parecia um depósito com prateleiras e potes de madeira vazios, com paredes de pedra e uma porta de metal, mas não era um lugar que ela já tivesse visitado.

— Onde estamos?

O queixo dele estava rígido.

— É melhor acabarmos logo com isso.

Algo estava errado, mas tudo o que River conseguia pensar era que ele tinha que agir rápido, agir antes que algo acontecesse, mesmo que não tivesse certeza do que seria.

— Onde estamos? — perguntou Naia.

— A Cidadela de Ferro. — Ele não gostava da ideia de trazê-la com ele, mas também não queria deixá-la para trás e tinha que lidar com um duelo de sentimentos, um duelo de medos. Algo horrível estava acontecendo ou prestes a acontecer e, não tendo como impedir, pelo menos ele estava tentando fazer o possível para manter Naia segura.

Ela respirou fundo e sussurrou:

— Eu deveria ter notado. Tanto ferro. Até o ar... Mas por que...

— Se Cassius é o hospedeiro, é melhor fazermos alguma coisa. Em breve. Esperar não vai resolver nada. — Esse foi o seu raciocínio, e porque ele tinha corrido para cá, odiando ter que matar novamente. Mas considerando que Cassius deveria estar morto, isso contava como assassinato? — Podemos planejar o resto mais tarde.

Ela assentiu com a cabeça, compreensão em seus olhos.

Ele então acrescentou:

— Se você segurar minha mão, eu vou te encantar.

Ela parecia confusa e ele acrescentou:

— Para não te verem.

Ele deslizou para dentro do oco apenas o suficiente para ver e sentir mais do castelo, então foi para a área onde ficavam os aposentos reais. Ele sabia bem onde residia cada membro da família, mas não tinha certeza se o príncipe herdeiro estaria em seus aposentos ou passando por algum outro ritual estranho.

Cassius estava em seu quarto, porém, deitado na cama, sua avó sentada ao lado dele. Não notaram nem ele nem Naia, não que o príncipe estivesse em condições de notar alguma coisa.

O primeiro sentimento que tomou conta de River foi de pena, pena de ver aquele outrora orgulhoso príncipe deitado daquele jeito. Estava descansando em muitos travesseiros, quase sentado, mas seus olhos estavam vidrados. Era como se houvesse vida nele, mas ao mesmo tempo não havia...

A Senhora Célia segurava uma das mãos de Cassius.

— Acorde, menino, acorde. Vou pegar um bolo de laranja para você e vamos até um lago. Lembra daquela música? — Ela começou a cantar. — Seu coração estava triste e partido. Sua vida era tão solitária. E então o doce menininho veio para fazê-la sorrir novamente. Com riso, graça e até farsa, ele a trouxe de volta à vida. Doce garotinho com o sorriso que nunca morria...

River congelou. Essa música era semelhante a uma das canções dos lendários sobre uma criança doce, uma criança doce curando as feridas de um pai que havia perdido um ente querido. Muitas vezes acontecia quando as mães morriam no parto. Essa música celebrava a alegria e a vida, era uma forma de lidar com a dor.

Seu pai nunca havia cantado essa música para ele. Ninguém tinha, aliás, a não ser amigos cantarolando a canção de ninar como uma espécie de brincadeira. Algumas vezes, os criados cantaram a música ao seu redor, mas nunca foi para ele, com o sentimento que exigia.

Uma canção de ninar que muitos lendários ouviram mesmo que ambos os pais estivessem vivos, uma canção de ninar celebrando a mera existência de uma criança. Não de River. Sua existência nunca foi celebrada, exceto quando seu pai descobriu sobre sua fusão mental. E, no entanto, River tinha rejeitado a única razão pela qual seu pai o amara. Uma canção de ninar boba. Algo tão simples, tão comum, exceto para quem nunca ouviu de seus pais. E o que importava agora? O que River tinha feito garantiria que seu pai nunca teria a oportunidade de cantar nada para ele.

— River — Naia sussurrou em seu ouvido.

A Senhora Célia parou de cantar e olhou em volta.

— Olá? Você veio para levá-lo? Ainda não é a vez dele, não é a vez dele. Não meu doce neto.

Será que ele estava esperando por Cynon? Que o hospedeiro ficaria assim enquanto esperava? A menos que... River tentou pensar. Talvez... Talvez Cassius fosse apenas o sacrifício. Mas, então, quem era o hospedeiro? Se houvesse mesmo um hospedeiro, se Cynon fosse real e estivesse mesmo afetando Bastião de Ferro. Quanto ao príncipe herdeiro de Bastião de Ferro, neste estado, era inofensivo.

River se perguntou se Naia concordaria com ele, se valia a pena simplesmente ir embora. Não. Este jovem tinha feito coisas horríveis. Talvez não fosse função de River decidir quem era digno de viver ou morrer, mas ele não tinha motivos para se sentir mal com a morte de Cassius. Então, e se o príncipe *fosse* o hospedeiro? Estava bastante vazio agora, mas por quanto tempo? Ele segurou a mão de Naia com mais força, esperando que isso lhe desse coragem. Mas ainda havia a questão de como ele iria matar o príncipe. Ele poderia fazer Cassius se matar, mas isso significaria usar a fusão mental em sua forma mais horrível, o tempo todo mantendo um glamour sobre ele e Naia.

A verdade era que River não era um assassino, mas talvez fosse tarde demais para admitir isso agora, já que ele havia prometido se livrar do príncipe Bastião de Ferro. E então, o que o pegou foi como ele tinha conseguido matar seu pai. Como? Ele não conseguia nem matar esse príncipe horrível. Não fazia... sentido. Não que ele quisesse voltar àquele momento e descobrir qual tinha sido seu processo de pensamento. Se é que havia algum pensamento.

Enquanto River tentava decidir como matar o príncipe, uma adaga moveu-se em direção ao pescoço de Cassius — e cortou-o bem na jugular. Um corte rápido e preciso que deveria matá-lo imediatamente. Trabalho de Naia.

A Senhora Célia soltou um gemido ensurdecedor, e River foi ao oco novamente, depois àquele depósito abandonado.

Ele olhou para Naia.

— Desculpe. Eu deveria ter...

— Foi mais fácil para mim. — Sua voz era baixa e sua expressão era séria, pensativa. — Espero que isso ajude.

Então ela também não achava que Cassius fosse o hospedeiro. Se não fosse, todas as suas conclusões estavam erradas? Ou apenas algumas delas?

De repente, um pensamento o atingiu como um bloco de gelo, congelando-o por inteiro. Como ele poderia não ter visto? Naia o encarou com os olhos arregalados, tão linda, como sempre, e a visão lhe trouxe dor, a dor horrível de perdê-la. River tinha que encontrar uma maneira de salvá-la, uma maneira de protegê-la, contra probabilidades impossíveis.

Naia não conseguia acreditar que havia matado alguém — e a sangue frio. Cassius provavelmente merecia ainda pior do que isso, talvez merecesse viver muitos anos e sofrer, mas matar era horrível.

Agora ela estava neste estranho depósito na Cidadela de Ferro, imaginando para onde ir a partir daqli, imaginando o que fazer agora, quando River respirou fundo e olhou para ela, parecendo horrorizado.

— River?

— Eu... — Ele franziu a testa. — Parte de mim... ainda...

Ele fechou os olhos, então exalou, olhou para ela e disse:

— Eu sei o que fazer. — Seu tom tornou-se confiante de repente.

Naia deveria estar aliviada, mas a lembrança da última vez que ele esteve tão confiante a deixou tensa.

— O que?

Ele sorriu.

— Vamos descer até a barriga desse monstro. Eles têm terra do Monte Primordial lá.

— Monte Primordial... — Estava conectado à Cidade Lendária. — Tem magia dos lendários?

Ele pressionou um dedo nos seus lábios.

— Você vai ver.

Naia não tinha certeza do que ele estava prestes a fazer. Será que tinha encontrado uma solução para seu povo? Por um segundo, ela desejou poder escapar sozinha e correr para longe daquele terrível castelo, para longe de River.

Longe de River? Sua própria mente estava lhe dizendo coisas estranhas, e então havia a memória do sangue de Cassius, agora misturado com o sangue do Rei Spring em sua lembrança. Ela tinha o direito de ficar chateada por River ser um assassino de sangue frio, quando ela também era?

Eles deslizaram brevemente para dentro do oco, então reapareceram em uma sala que parecia gigantesca, mesmo que Naia não pudesse ver muito. Havia tanto ferro que o cheiro invadiu seus sentidos. Ferro nas paredes, no chão e até no teto alto. Era estranho que ela quase pudesse *ver* o lugar com sua magia de metal. Talvez ela devesse acender uma chama na mão para iluminar aquela sala, mas de alguma forma não parecia seguro.

A mão de River ainda segurava a dela, então ela o puxou para mais perto e sussurrou:

— O que você está planejando?

— Estamos chegando lá. — Ele falou claramente, com voz normal, sem medo de ser ouvido.

— Eu não gosto disso — disse ela.

— Eu sei.

Naia soltou a mão dele. Algo estava errado.

— River, é você?

Houve um som bruxuleante, e de repente ele tinha uma tocha acesa na mão.

— Você está com medo?

— Claro. Você não está me contando o que está acontecendo.

— Venha. Eu vou te mostrar. — Eles caminharam até o meio da sala, onde havia cilindros de ferro altos e largos. — Têm a terra do Monte Primordial neles. Mas o verdadeiro tesouro são as rochas.

Eles caminharam até uma parede, que tinha uma pequena porta, levando a uma sala diferente, onde de fato havia pedras de várias dimensões, caídas ali. A maioria das rochas era do tamanho de um porco selvagem, enquanto algumas eram do tamanho de um cavalo, e então havia uma rocha escura no meio, quase tão grande quanto uma cabana. Elas tinham algum tipo de magia, Naia podia sentir, mas ela realmente não conseguia identificar o que era ou o que poderia fazer. De alguma forma, parecia diferente de toda a magia que sentiu na Cidade Lendária.

— Por que estamos aqui?

River colocou a tocha em um candelabro perto da parede.

— Essa é uma pergunta bastante complexa.

Não-respostas. Ótimo. Talvez ela devesse estar aliviada por este ser o verdadeiro River. Não. Tudo parecia estranho. Ela poderia chegar ao oco sozinha? Tinha feito isso uma vez. Mas daí ela nunca saberia o que estava acontecendo. E, novamente, não havia nada de ameaçador em seu comportamento. Na verdade, ser vago e fazer as coisas sem dizer a ela era típico de River. O mais intrigante era como achava o comportamento dele encantador. Não era encantador agora; era aterrorizante e, no entanto, tudo o que ela conseguia dizer a si mesma era que estava exagerando.

River se aproximou da maior rocha e enterrou sua adaga vermelha nela, como se a pedra fosse macia como uma maçã. Essa era uma das adagas que ele pegou da Cidade Lendária. Novamente, isso tinha que ser algum tipo de mágica para seu povo. A única coisa que não entendia era como ele nunca havia tentado antes e por que não havia contado nada a ela sobre este lugar e sobre o que planejava fazer. Para alguém que havia prometido ser mais honesto e aberto, ele a estava decepcionando novamente.

Alguns segundos depois que a adaga foi cravada, a rocha começou a brilhar com uma estranha luz azul. River exalou e riu, o que a princípio pareceu uma risada de alívio, depois assumiu um tom sinistro.

Essa era a hora de Naia fugir, mas ela não conseguia parar de olhar para ele, tentando entender o que estava acontecendo, tentando fazer com que aquilo fizesse algum sentido.

Ele pegou a adaga vermelha da pedra, então se virou e apontou para ela. Por um segundo, ela temeu que ele fosse jogá-la e tentou se concentrar no metal da arma, para a lançar de volta ou mudar sua direção, se necessário. Não era fácil por causa de toda a energia do metal naquela sala. De qualquer forma, não precisou bloquear a adaga, pois ela nunca saiu da mão dele. Em vez disso, uma parede circular de gelo a envolveu em menos de um segundo.

Naia sabia o que estava acontecendo, ela sabia. Ela também sabia que a resposta seria mover aquela adaga, mover aquela adaga e fazer o impensável, mas sua respiração prendeu. A parede de gelo formava um escudo ao redor dela, mas não a tocava, e mesmo assim seu interior estava congelando.

23

CLAREZA

Léa descansou a cabeça ao lado do corpo comprido de Fel, deitada entre a pata e o rabo dele, enquanto estava enrolado e dormindo. O movimento lento de sua respiração era um som tranquilizador. Ainda assim, um nó em seu peito a mantinha acordada. Talvez ela estivesse com medo do que veria se adormecesse, mesmo sabendo que seus sonhos tinham poder — um poder estranho e incontrolável que ela entendia muito pouco.

E o quanto ela entendia sobre qualquer coisa? Era altamente provável que Cynon — ou do que quer que ele fosse chamado — estivesse afetando Bastião de Ferro, talvez por trás da invasão de Lago Branco, e ainda assim eles não sabiam qual era seu objetivo ou como detê-lo. E o pior era que Fel estava em perigo. Independentemente de essa profecia ser verdadeira ou não, o *Dragão de Ferro* seria sempre um alvo.

— Léa. — A voz de Fel soou em sua mente, como se fosse parte de sua própria imaginação, exceto que não era.

— Você deveria dormir.

Ele tinha voado tão longe. Mesmo com a ajuda de Ekateni, que os havia levado para uma ilha distante de Fernick, Fel ainda tinha voado por mais de duas horas, sem contar que não havia descansado desde que enfrentara os Indomáveis naquela montanha, em grande desvantagem numérica.

Ela sentiu mais do que ouviu uma risada.

— Não é muito cedo para você se cansar da minha companhia? — Sua voz era brincalhona.

Léa passou a mão pelas escamas de sua cauda. Ela adorava aquelas escamas, agora refletindo o luar.

— Eu não estou cansada. Mas eu não voei.

Ele respirou fundo, e o som parecia mais uma onda quebrando.

— Temos muito o que fazer. Tanta coisa para pensar. E não gosto da ideia de você ir para a Cidadela de Ferro. Eu falhei uma vez, quando não deveria ter deixado você ir. Você não quer que eu repita meu erro, não é?

Talvez Léa devesse estar chateada por ele a querer controlar, dizer a ela o que fazer, mas a verdade é que também estava com medo e confusa.

— O que você sugere?

— Se você pisar naquele lugar terrível, quero estar com você, mas não posso. Sou poderoso e sem nenhum poder. — Ele fez uma pausa e acrescentou: — Quero beijar você, mas não posso.

Léa plantou um beijo nas escamas de sua cauda.

— Farei isso por nós dois.

Fel respirou fundo outra vez, seu silêncio mais eloquente do que qualquer palavra.

— Eu sei — ela disse. — Não esse tipo de beijo. Eu sonhei com você, no entanto. Nesta forma... E...

Oh, não, ela estava prestes a dizer que ele a acariciou com a língua? Que ela gostou? Ela nem sabia como seria se isso acontecesse na vida real. Ela gostaria que ele fizesse isso como um dragão? Ainda podia se lembrar da sensação suave de sua língua em sua pele.

Mas ela disse outra coisa.

— Eu... Eu gosto de você assim também.

Ela também queria tocar Fel humano novamente, tocá-lo e saber que era realidade e não confundir com um sonho. O toque de sua língua humana nunca deixou sua memória. Se ela pensasse sobre isso um pouco mais, iria cegar seus sentidos para qualquer coisa, exceto desejo. Oh, o que daria para que ele a despisse novamente, desta vez com propósito, sabendo que era ela, então a beijando em mais lugares do que ela jamais imaginou ser possível.

Fel enrolou seu corpo um pouco mais, de modo que ela estava olhando para um de seus enormes olhos verdes, então moveu a pata debaixo dela e passou uma garra pelo lado de seu rosto. Léa fechou os olhos, então ele a puxou para mais perto. Ela podia sentir o calor de seu corpo, e então o cheiro adorável de sua respiração. Era fogo e ferro, mas, acima de tudo, magia e poder. Aquele poder insano e intenso que o tornava tão magnético, que sempre a enfeitiçou, cativou. Havia algo excitante em estar tão perto de uma criatura tão grande e poderosa, sabendo que ele poderia matá-la em um piscar de olhos se quisesse, sabendo que a respiração poderia se tornar um fogo destrutivo se ele quisesse.

— Beije-me — ela sussurrou.

Ela não achava que ele ousaria, a menos que ela pedisse.

A língua dele acariciou o lado do rosto dela tão, tão suavemente, enquanto ele perguntava:

— Isso conta?

Léa riu.

— Sim. — Era tão bom que ele podia lamber e falar ao mesmo tempo.

Ele parou.

— Eu gostaria de ter minha forma humana agora. Você não tem ideia do quanto eu adoraria vê-la novamente, você inteira, tocá-la novamente e depois torná-la minha. Se você me permitir, é claro.

Léa acariciou o lado de seu rosto.

— Eu não posso ser sua, fisicamente, agora, mas isso não significa que eu não possa... — Ela fez uma pausa, as palavras presas em sua garganta.

— Diga. Eu quero ouvir. Diga, Léa, diga o que você está pensando sem medo e sem vergonha. Somos melhores do que isso.

— Naquela noite, quando vim até você. Eu gostaria que você não tivesse parado. Naquela noite você veio ao meu quarto, eu gostaria que você não tivesse ido embora. Eu gostaria que você tivesse me arruinado naquele momento. E agora... Eu sei que as coisas estão loucas e temos tanto em que pensar e planejar, mas... — Foi aí que foi preciso coragem. Ela desabotoou a blusa. — Você ainda pode me ver. Pode me beijar se quiser. E então me diga como fazer com *você*. Não sei nada sobre homens e muito menos sobre dragões, mas posso aprender.

Essa armadura de couro era um pouco desconfortável, com calças em vez de saia, mas ela ficou feliz em se livrar da blusa, depois tirar a combinação e sentir o vento noturno acariciando seus seios e trazendo um friozinho ao seu corpo, então a respiração de Fel aquecendo-a novamente. Não apenas a respiração dele, mas o calor dela agora, ansiando por seu toque, um toque como ela havia sonhado uma vez, que a embalara para dormir em felicidade infinita. Seu dragão prateado era real, e eles estavam juntos agora.

Léa desabotoou a calça e estava se perguntando como removê-la graciosamente, quando uma luz chamou sua atenção. Não uma luz, mas uma linha redonda na rocha ao lado dela. Um círculo de fogo estava sendo formado no chão. Dragões.

— Nas minhas costas — disse Fel.

Ela agarrou a jaqueta e a combinação e pulou sobre ele o mais rápido que pôde.

Como alguém poderia tê-los encontrado ali, em um lugar tão desolado e inacessível? E o mais importante: *quem* os tinha encontrado?

FEL TERIA que tomar uma decisão rápida sobre lutar ou voar. Talvez Léa também pudesse usar magia, mas era melhor estar preparado. Pelo menos o círculo que estava sendo formado era no chão, o que significava que quem estava vindo estava em forma humana. Não que isso ajudasse muito, dependendo de quanta magia eles tinham – e quem e quantos eles eram.

Ele observou atentamente enquanto a linha se tornava um círculo completo, de onde parecia que vinha fumaça. Fel preparou uma rajada de fogo.

Duas pessoas estavam no círculo. Ele quase os queimou, mas então percebeu que era uma mulher loira e um homem de cabelos escuros. Em mais alguns segundos, reconheceu Tzaria e Ekateni.

O calor em seu peito esfriou. Mais do que aliviado, Fel estava exultante; ele e Léa precisavam de ajuda, direção, orientação, e Ekateni e Tzaria eram as pessoas certas para isso. Ele gostaria que tivessem chegado em um momento um pouco melhor, no entanto. Léa saltou de suas costas, felizmente totalmente vestida agora, e parou perto de seu rosto.

Ele então notou que Tzaria estava encostada em Ekateni, e então sentou no chão lentamente, como se tivesse dificuldade.

— Você está bem? — Fel perguntou.

— Ainda estou me recuperando — respondeu Tzaria. — Aquela lança era envenenada.

Ekateni afastou-se dela, mantendo a maior distância possível.

— Ela poderia ter morrido — disse ele entre dentes, olhando para longe. Sua raiva era palpável, mas Fel não tinha certeza com quem estava bravo.

Após um momento de um silêncio desconfortável, Fel percebeu que Tzaria ainda não conhecia Léa e disse:

— Esta é minha noiva, Leandra, ou Léa. E esta é Tzaria.

Não que ele tivesse que apresentar a mulher, mas achou que seria educado nomeá-la.

Tzaria olhou para Léa com uma mistura de admiração e curiosidade.

— Você pode andar no oco. E bem longe.

— Eu sou condutora de morte.

Era estranho vê-la declarando aquela magia como dela com confiança.

Fel então se voltou para seu tio e Tzaria.

— Eu pensei que vocês não viriam para Alúria.

A mulher sacudiu a cabeça.

— Em circunstâncias normais, seria imprudente. Alguns de nós podem sentir a magia dos dragões, a energia dos dragões. Não havia nenhum em Alúria, e por isso era mais seguro não vir aqui, para que os Indomáveis não viessem atrás de você. Mas algo mudou... Posso sentir a magia de dragão nesta terra. Não tenho certeza se é você, ou... — Seu tom tornou-se sombrio. — Talvez você tenha companhia.

Outro dragão. Naia foi o primeiro pensamento que lhe veio à mente. A menos que... Poderia haver muitas, muitas possibilidades. Ainda assim, deveria contar a eles sobre sua irmã gêmea? Ele definitivamente deveria contar tudo o que estava acontecendo. Mas, em vez disso, perguntou:

— O que você acha que mudou?

Tzaria encolheu os ombros.

— Pode ser você. Você está em sua forma de dragão e pode ser mais fácil detectá-lo. Mas pode ser algum Indomável em Alúria. Jurei proteger você e...

Ekateni zombou.

— Ótima proteção. Deixou-o sozinho. Longe de sua família.

— Ninguém sabia sobre ele — disse ela. — Funcionou.

O tio de Fel virou-se para Tzaria.

— Funcionou por sorte. Pura sorte. Porque você nunca se preocupou em me contar sobre ele, nunca se preocupou em me contar o que aconteceu com meu irmão.

Ela rolou os olhos.

— Você estava tão disposto a ouvir.

— O que aconteceu? — Fel perguntou. — O que aconteceu com meu pai? Você nunca terminou sua história.

Talvez eles tivessem assuntos mais urgentes para discutir, mas ele se sentia inquieto com essas questões em sua mente, inquieto por não saber o que havia acontecido.

Ekateni jogou os braços para o alto.

— Oh, ela não vai dizer isso. Melhor manter tudo em segredo.

Tzaria balançou a cabeça.

— O segredo era protegê-lo. Agora que ele foi encontrado, não preciso esconder nada.

O enorme coração de Fel batia rápido em seu peito, com a antecipação da verdade que estava prestes a ouvir. Como o mago dragão mais poderoso poderia ter morrido? Não fazia sentido. Léa estava perto dele, com a mão em seu pescoço, um toque que lhe trazia uma certa calma.

— Então? — A voz de Ekateni ainda era dura.

Tzaria respirou fundo.

— Eu já disse a ele que viemos checar os faes nefastos. A cidade deles foi isolada, mas havia a possibilidade de a tragédia ter sido causada por Bastião de Ferro, então fomos para lá. Ircantari conheceu a princesa Ticiane, que fugiu com ele.

Ekateni franziu a testa.

— Meu irmão não estava noivo de Rélia? Ele não iria...

— Não. — Tzaria balançou a cabeça. — Ele nunca teve nada romântico ou sério com ela. Ela mentiu. Mentiu para chamar atenção, pena, poder. Mentiu para se passar pela viúva de Ircantari. — Tzaria riu. — Tenho que admitir, o plano dela funcionou. Mas isso não torna nada disso verdade. Ele se apaixonou por Ticiane, uma princesa de Bastião de Ferro. Você sabe como às vezes podemos ver vislumbres do futuro? Ele a reconheceu. Ele sabia que era a única, sua companheira até sua morte. Obviamente não tinha ideia de que seria tão cedo.

— Como? — Fel perguntou, ainda intrigado com a morte de seu pai.

Tzaria fechou os olhos.

— Estávamos em uma hospedaria. Em Umbraar. De onde poderíamos conferir as ruínas de Formosa. Ircantari estava agitado e planejando partir no dia seguinte. Não queria um confronto com a família de Ticiane, e eles tinham soldados por toda Alúria procurando por ela.

Ekateni olhou para ela.

— Isso não faz sentido. Meu irmão poderia facilmente lidar com algumas dezenas de soldados humanos armados.

Tzaria balançou a cabeça.

— Naquela altura, tudo o que ele temia era um possível confronto e as repercussões. Além disso, não queria ferir ou matar nenhum inocente. Mas naquela manhã, naquela última manhã, ele acordou e Ticiane não estava ao seu lado.

Ela fechou os olhos e respirou fundo.

— Ela deixou um bilhete, dizendo que ia se despedir da irmã. Era uma hospedaria muito pequena, em uma minúscula cidade com apenas uma taverna e um mercado. Ela estava na taverna. Ao chegar lá, o local estava cercado por mais de trinta homens, fortemente armados. Alguém a segurava pelos cabelos, com uma faca na garganta, ordenando-lhe que os levasse ao homem que, segundo eles, a havia desonrado. Quando Ircantari se aproximou, eles souberam que era ele imediatamente. Talvez o tenham reconhecido de sua visita a Bastião de Ferro, ou talvez fosse o jeito como olhou para ela. Essas coisas podem ser difíceis de esconder. Dois guardas avançaram em direção a Ircantari. Ele ia trocar de forma e lutar, mas um pensamento o deteve.

Tzaria olhou para Fel.

— Ele percebeu que Ticiane estava grávida. Duvido que houvesse qualquer energia reconhecível em sua barriga naquele momento, mas talvez tenha vislumbrado o futuro. Não sei. Ele estudou Cynon por toda a sua vida, planejando lutar contra ele, e reconheceu o filho de Ticiane pelo que era: um dragão condutor de ferro. O significado disso não lhe escapou. Ele percebeu que, se lutasse, havia uma chance de ela ser ferida e até morta. Além disso, se ele trocasse de forma, muitas pessoas perceberiam que um dragão estava em um relacionamento com uma condutora de ferro. Seu filho estaria em perigo.

— Ter que fazer isso o deixou arrasado, ter todo aquele poder, todo aquele conhecimento, e então, no momento mais importante, ter que abrir mão de tudo. E ainda, para ele, que buscou conhecimento a maior parte de sua vida, era o que fazia mais sentido. Era a única maneira de ter certeza de que você sobreviveria. Ele me enviou um pensamento explicando sua escolha. Não foram só palavras, mas uma imagem, um senti-mento, então sei exatamente o quanto doeu para ele ter que desistir de tudo, ter que fazer aquele sacrifício enorme, ter que abandonar Ticiane.

Ela continuou:

— Naquele momento, ele percebeu que a única maneira de realmente proteger você era deixá-los matá-lo, deixá-los pensar que ele era apenas um humano normal, alguém sem importân-cia, sem magia. Ele me pediu para sair de Alúria, para evitar vir aqui, para que ninguém suspeitasse de sua existência. É o que eu fiz. Risomu também recebeu sua mensagem, também sabe o que aconteceu. Para honrar o sacrifício de nosso amigo, fizemos nossa parte. Com o passar do tempo, quando eu vi o quanto os Indomáveis estavam se infiltrando em todos os grupos de dragões, entendi a sabedoria de ficar em silêncio, de esconder essa verdade de todos, independentemente do custo pessoal.

— Você poderia ter me contado — disse Ekateni.

— Certo. — Tzaria bufou. — Porque você ama tanto o filho do seu irmão que na primeira oportunidade que soube que ele era o dragão de ferro, você concordou em fazer uma grande festa, para que ele fosse um alvo óbvio.

Ekateni exalou.

— Eles já sabiam sobre a condução de ferro dele. Não era mais um segredo.

— Você não precisava anunciar isso para todo mundo, chamar a atenção para isso.

— Não teria feito diferença — disse Ekateni. — Eles o teriam encontrado de qualquer maneira.

Tzaria balançou a cabeça, como se não acreditasse. Suas palavras estavam circulando na cabeça de Fel. A morte de Ircantari tinha sido trágica, mas ele ainda não tinha certeza se Tzaria havia lidado com isso da melhor maneira.

— Você não poderia saber que eu sobreviveria. Eu... — Parecia estranho dizer as palavras. — Nasci sem mãos e, por causa disso, quase fui abandonado para morrer.

— Quase — disse Tzaria. — Ircantari me pediu para confiar que seu espírito cuidaria de você, o protegeria. Presumo que você foi criado com amor e com grande privilégio, não foi?

Isso era verdade.

— Sim. Meu pai... pai adotivo... Ele é ótimo.

Ele sentiu a mão de Léa estremecer. Ela tinha suas próprias razões para não compartilhar a mesma opinião sobre Azir, o que ele entendia, e desejava poder confortá-la mais.

Tzaria assentiu.

— Deixar... Confiar... É difícil. Você não tem ideia de como é difícil. Como era difícil estar sentada em Fernick sem saber se você havia nascido, se estava vivo, se estava bem, e ainda assim fiz uma promessa e planejei cumpri-la.

Havia algo mais incomodando Fel.

— Você acha que eu posso fazer a diferença? Contra Cynon?

— Sim, mas não acho que você deva ver isso como um fardo, como uma responsabilidade, como algo sobre seus ombros.

Ninguém faz nada sozinho. Vou te ajudar. Até o seu tio mal-humorado aqui vai te ajudar. Talvez tudo o que você precise fazer seja ser um elo de uma corrente. De qualquer forma, Ircantari também protegeu você por amor, não porque pensou que você seria uma arma. Se ele escondeu você e queria que você sobrevivesse, era porque você era filho dele. Ele sabia que as palavras do vidente fariam de você um alvo, mas não acho que tinha certeza de quão literalmente essas frases deveriam ser interpretadas.

Fel respirou fundo para se acalmar, mesmo que não tivesse certeza de quão lenta seria qualquer respiração naqueles pulmões poderosos que ele não entendia direito. Eram mesmo pulmões, se produziam fogo?

— Se o espírito de Ircantari me protegeu... Ele ainda está...

— Os mortos não costumam se comunicar com os vivos, a menos que seja necessário, e geralmente não o fazem depois de tanto tempo. Ele se certificou de que você estaria protegido, e talvez você deva confiar no que ele preparou para você.

Fel estava tentando digerir essas palavras, tentando entender a enormidade dessa revelação, tentando entender como um dragão tão poderoso havia desistido de sua própria vida por ele.

Ficaram em silêncio por um momento, até que Léa disse:

— Estamos felizes por vocês terem vindo, pois precisamos de ajuda. Temos certeza de que o hospedeiro está aqui. Em Alúria.

— O que te faz pensar isso? — perguntou Tzaria.

Ela não parecia preocupada, provavelmente ainda considerando impossível para Cynon estar neste continente.

Léa começou a contar a ela o que River havia dito, sobre a cerimônia que despertou Cassius. Nem Tzaria nem Ekateni ficaram surpresos com o fato de um fae ter estado na Cidadela de Ferro, provavelmente sem saber do efeito da condução de ferro neles. Ainda assim, Léa disse que River já havia conhecido Ircantari e que ele também estava interessado em derrotar Cynon, e conseguiu evitar mencionar Naia. Fel não tinha certeza se manter sua existência em segredo era uma boa ideia, mas não custava ser cuidadoso. Léa também contou a eles o que tinha visto no oco, com a fae branca falando sobre um ser quebrando barreiras entre os reinos e conquistando-os, e como tudo se encaixava.

Tzaria mordeu o lábio.

— Existem muitas maneiras pelas quais Cynon pode afetar as pessoas. O jeito mais fácil é quando ele as influencia e elas não sabem, mas precisa ter uma abertura para isso, uma afinidade, digamos assim. Agora, do que você está falando...

— Quando foi a cerimônia? — Ekateni perguntou, seu tom urgente.

— Ontem ou anteontem — disse Léa. — Queremos planejar uma maneira de matar Cassius, para sempre desta vez, mas...

— Desta vez? — Tzaria estreitou os olhos. — O que você quer dizer desta vez?

— Eu o matei. Ou achei que matei. — Ela ergueu as duas mãos. — Olha, ele mereceu.

Tzaria e Ekateni trocaram olhares sombrios. A mulher disse:

— *O hospedeiro* é diferente. Significa que o próprio Cynon está entre nós, usando alguém como uma marionete. Agora, algumas condições devem ser atendidas. O hospedeiro precisa de sangue real, o que obviamente é o caso, e precisa estar no reino entre a vida e a morte, o que, novamente, parece ser o caso. Isso permitirá que Cynon não apenas influencie as pessoas aqui, mas também use sua magia e venha a este mundo.

— Nós entendemos — disse Léa. — E é por isso que queremos matar Cassius logo. Só precisamos de um plano adequado.

Fel acrescentou:

— Agora que você está aqui, esperamos que você possa nos ajudar.

Tzaria balançou a cabeça.

— Logo pode não ser bom o suficiente. O que o hospedeiro pode fazer é abrir uma porta para outro plano. Se ele abrir nosso mundo para o Décimo Primeiro Plano, nem consigo imaginar o que poderia fazer. Esse é o trabalho do hospedeiro: permitir que ele venha.

Léa suspirou.

— Posso levá-los para a Cidadela de Ferro e vocês podem matá-lo.

— Não vai ser tão fácil. Ele terá acesso à magia de Cynon. Precisamos pensar... — Ela suspirou.

Ekateni estava coçando o queixo e disse:

— Podemos encontrar o local onde ele está construindo a estrutura para a fissura. Acho que não passaria despercebido.

Fel perguntou:

— Como seria uma estrutura assim?

— Um círculo — disse Tzaria. — Os dragões viajam em círculos, às vezes chamados de círculos feéricos. Mas... Para se abrir para outro mundo, precisaria ser gigantesco. Acho que não usaria pedras, mas ferro. — Ela suspirou. — Se ele está influenciando as pessoas nesta terra, elas podem estar construindo algo assim.

Léa estava pálida e cobriu a boca com a mão.

— Será que uma cúpula em torno de uma cidade funcionaria? Uma cúpula feita de ferro e vidro?

Naia ainda não conseguia entender por que estava cercada por uma parede de gelo.

— River?

Ele a encarou.

— Você ainda não sabe o que está acontecendo?

— Eu não tenho certeza.

— Não. — Ele zombou. — Claro que não. Há uma diferença entre saber e aceitar algo, não é?

Naia olhou para a adaga. Parecia fraca e distante agora, e o metal na sala não a estava sobrecarregando tanto. Isso não era apenas gelo, mas algo que bloqueava parte de sua mágica, mas apenas parte dela. Ela ainda poderia matar River. A questão era se ela queria.

A menos que não fosse nada do que estava pensando.

— Diga-me o que está acontecendo — disse ela, ainda com um leve traço de esperança de que ele desse uma resposta que contradissesse seus medos.

— Farei ainda melhor. Que tal um pouco de companhia? Alguém que gosta de tagarelar? Tenho certeza que você vai adorar. Enquanto isso, tenho coisas para fazer. — Ele franziu a testa. — Lugares para ir.

Como ele poderia olhar para ela, tão confiante, quando tinha uma adaga de ferro em seu cinto? Ele subestimava tanto a magia dela?

— Você é o hospedeiro, não é? — Aí. Ela perguntou.

Ele se aproximou do gelo na frente dela, pressionou a mão contra ele e se apoiou naquela parede.

— Um hospedeiro é vazio. Estou cheio. — Ele estava tão, tão perto. Naia podia sentir a energia do ferro em sua adaga vibrando, chamando por ela. Seria tão rápido quanto ela tinha feito com Cassius. E, ainda assim, ela hesitou.

Ele sorriu.

— Ah, se você pudesse me matar. Não resolveria tudo? Salvaria todo o seu povo?

Ele estava zombando dela, e isso não fazia sentido. A adaga estava ali. Em seu cinto, sim, mas seria tão fácil cortar sua garganta como se ela a estivesse segurando fisicamente contra seu pescoço. Suas mãos tremiam enquanto ela tentava reunir coragem para fazer isso, para acabar com tudo. Lágrimas escorriam de seus olhos e ela ainda não ousava fazer o que tinha que fazer. Ele então acrescentou:

— Não se preocupe. Contanto que você amplie minha magia, você não será ferida.

Ele então desapareceu em uma nuvem de fumaça preta.

Naia quase chamou seu nome, mas seria inútil. Ele tinha ido embora. Há quanto tempo? Ele tinha sido controlado antes? Ela poderia trazer River de volta? Ou ele estava morto? Ela não sabia de nada.

Uma coisa ela sabia, no entanto. Só um completo idiota a encerraria em uma parede de gelo, em uma sala com tanto metal. Era quase como se ele quisesse que ela escapasse.

A menos que...

Naia relembrou as últimas palavras de River, quando ele ainda parecia assustado e confuso. *Parte de mim... Ainda...*

Então ele se inclinou tão perto, dizendo a ela que matá-lo resolveria tudo, desafiando-a. E ainda assim ela falhou. Falhou, falhou, falhou.

Não. Se Cynon fosse de outro reino e estivesse apenas usando River, será que matar o hospedeiro resolveria alguma coisa? Talvez atrasasse Cynon, atrasasse o suficiente para ela encontrar uma solução, para salvar seu povo.

Tonta e com um gosto amargo na boca, não sabia o que fazer e para onde ir. Ela tinha que encontrar Fel e avisá-lo o mais rapidamente possível, mas não seria capaz de alcançá-lo agora. Eles tinham que refazer seus planos, pensar. E ainda assim tudo parecia tão vazio sem River. Onde ele estava? O que estava fazendo?

Naia acendeu uma chama em sua mão, prestes a derreter aquela parede de gelo, então se lembrou de outra coisa que disse a ela. Ela teria companhia. Alguém que gostava de tagarelar. A chama se apagou.

Nunca mostre seu verdadeiro poder para seus inimigos. As palavras de seu pai soaram apropriadas agora. Mas se Cynon estivesse usando River, ele não saberia de tudo? Talvez não. Talvez sim. Perguntas, perguntas, tantas perguntas e incertezas nesta terrível realidade.

Alguém que gostava de tagarelar. Se fosse verdade, ela obteria algumas respostas. Naia não tinha medo. Mesmo com o estranho gelo ao seu redor, ela se sentia segura nesta sala com tanto metal — a menos que ela tivesse que lutar contra condutores de ferro, o que não era uma impossibilidade, considerando que ela estava na Cidadela de Ferro.

Naia poderia tentar fugir agora, sozinha, enquanto tinha chance. Ou ela poderia confiar na palavra de River e esperar. Se ele ainda tivesse sua magia... Ele ainda era um fae branco. Não podia mentir. A parede ao seu redor era gelo de verdade, realmente fria. Era magia fae? Ela se lembrou de River contando a ela sobre o Covil dos Dragões e como ele quase tinha sido envolto em gelo, mas seu relato era diferente. Não tinha sido uma barreira, mas algo que o estava deixando frio, que poderia matá-lo rapidamente. Esta era apenas uma prisão estranha, com alguma propriedade de bloqueio. Que tipo de magia era essa?

O que River estava pensando ou sentindo agora? Ele estava consciente? Era realmente uma parte dele que queria mantê-la segura, ou ela estava tentando se agarrar a uma mentira confortável apenas para poder se perdoar por não conseguir detê-lo? No momento em que o viu matando seu pai, havia algo errado, e ainda assim ela nunca suspeitou de nada. Ela ainda não sabia desde quando River tinha sido um hospedeiro.

O Dragão de Ferro. Oh, não. Se Cynon podia ver tudo o que River via, ele saberia onde Fel estava. Naia tinha que avisá-lo. Mas como?

Se ela fosse embora agora, o que faria? Tentar escalar as montanhas? Naia estava tão brava. Por que ela não teve tempo para dar a Léa um espelho de comunicação? Ou talvez pudesse esperar por essa pessoa que viria *tagarelar*, aguardar com base na esperança de que havia uma parte de River tentando ajudá-la. Ela mal tinha aprendido a confiar nele. Poderia confiar em uma parte dele que provavelmente teria sido influenciada por Cynon?

24
SOLIDÃO

Naia estava na Cidadela de Ferro, em suas entranhas. Tanto ferro, tanta magia de ferro, mais do que ela jamais pensou ser possível. Dentro dela, um espaço frio e oco. E arrependimento. Ela *tinha* percebido que River não estava agindo como ele mesmo, *tinha* percebido que havia algo errado e, no entanto, optara por não ver a verdade.

E a verdade dela agora era que se sentia perdida, sem saber o que fazer. Ela não podia nem chamar seu irmão ou encontrá-lo, nem sabia se seria capaz de entrar no oco. A ideia de sair por uma porta escondida no abismo não parecia tão atraente quando ela considerou a possibilidade de enfrentar aranhas gigantes e até mesmo algumas forças do Bastião de Ferro. Bem, ainda tinha sua magia, que era bastante útil em um lugar com tanto metal. Talvez ela pudesse enfrentar algumas aranhas. E então talvez pudesse usar sua outra magia – e tentar andar no oco. Parecia tão fácil com River. Teria sido ele? Ou alguma outra coisa? *Parte de mim ainda...* O que isso significava?

O coração batia forte em seu peito, enquanto ela se levantava e esperava, enquanto a verdade do que acabara de acontecer tomava conta de sua consciência. Um sentimento amargo, um gosto amargo e tanta raiva de si mesma eram seus companheiros. Ela tinha notado que algo estava errado na Cidade Lendária, sentiu que não tinha sido River, e então... Todas as evidências estavam diante dela, enquanto estava distraída com o rosto adorável dele. Adorável, amável, doce, um rosto que ela adorava, agora um receptáculo para algo sinistro. Teria havido uma maneira de impedi-lo? Ou sempre estiveram condenados? Ela não conseguiu matá-lo, e continuaria falhando enquanto achasse que havia uma chance de trazer River de volta.

Tocou a superfície do gelo e percebeu que não derretia nem com o calor de sua mão. Havia algo mágico nele, antinatural. E se o fogo dela não o destruísse e estivesse imaginando coisas, imaginando River tentando ajudá-la? E se estivesse prestes a ficar presa aqui? Ela ainda poderia tentar deslizar para dentro do oco, a menos que esta parede de gelo tivesse alguma magia a bloqueando. No entanto, decidiu esperar, apoiando-se na tola esperança de que estava prestes a obter mais informações, prestes a aprender algo que poderia fazer a diferença. Ela confiava na fagulha que ainda poderia estar em River.

Um som atrás dela a fez virar. Havia outra porta ali, uma porta de ferro, agora se movendo e revelando alguém entrando. A imagem estava embaçada através da parede de gelo, mas os passos eram femininos, caminhando em sua direção. *Alguém que gostava de tagarelar*. Era verdade. Naia sabia quem era: Rainha Kara.

— Olhe para isso — a rainha disse enquanto se aproximava dela. — A princesa Umbraar. Uma vadia imunda como a princesa Ticiane, abrindo as pernas para qualquer escória que a queira.

Essas palavras sobre sua mãe teriam sido endurecedoras em qualquer outra circunstância. Do jeito que as coisas estavam, Naia estava entorpecida demais para sentir qualquer raiva.

— Pelo menos eles me querem. *Você* pode dizer o mesmo?

A rainha riu.

— Engraçada, você. Eu já passei por essa fase. E tenho um segredo para te contar: desaparece. Beleza e juventude não duram, menina boba. Só o poder dura.

— E você tem poder? — Naia estava bastante curiosa.

— Eu? Oh, não. — Kara então fez uma voz zombeteira. — Claro que não. Eu sou a pequena rainha boba, escolhida em um concurso, escolhida como um animal para criar condutores de ferro para esta família. Sou tão pequena, insignificante e impotente, pobrezinha de mim. — Ela fez um beicinho.

Naia lembrou um pouco do que River havia dito a ela, esperando que fosse realmente River.

— Você está por trás de tudo, não é?

A rainha riu.

— Eu? O que é *tudo*?

Então isso era verdade, pelo menos do ponto de vista dela. Certo, a mulher estava tagarelando, mas Naia tinha que fazê-la dar algumas informações em vez de soltar bobagens.

Poder. Talvez a chave fosse o poder. A rainha não queria ser vista como inútil. Naia tinha que usar isso a seu favor.

— Eu acho que não. Você está apenas ajudando seu marido, não é?

Kara riu novamente. Ela parecia estar gostando da conversa.

— Minha querida princesa vagabunda, meu marido não é nada. Nada. Ele acha que é o rei, acha que é meu dono, acha que sou inútil. Ele está errado.

— Mas seu marido estava por trás disso, não estava? — Naia insistiu, esperando enfurecer a mulher. — Planejando o exército de condutores de ferro?

Ela bufou.

— Exército de condutores de ferro... Era uma desculpa. Uma desculpa. Quando ele percebeu que poderia burlar as leis mágicas de Alúria, teve essa ideia. Isso significava que ele tinha o dever sagrado de engravidar outras mulheres. Pobre Rei Harold, fez tanto sacrifício por seu reino. Mas você vê, enquanto ele estava ocupado, eu também estava. Ocupada conectando-me a um poder maior. Logo Harold estará morto, e eu serei maior que ele, e imortal.

Isso não fazia sentido.

— A alma de todos é imortal.

— Exatamente. É por isso que quero que minha alma continue a viver neste mundo, em vez de ir sabe-se lá para onde.

O plano era que Cassius fosse rei? Um de seus irmãos? Por que? Naia tinha que continuar insistindo, continuar tentando descobrir algo útil.

— Cassius será rei, então. — Não, ele não ia ser nada nesta

vida, mas Naia não queria confessar que sabia que ele estava morto. Na verdade, por que essa mulher estava aqui em vez de lá em cima, lamentando seu filho?

— Cassius... — Kara bufou. — Apenas um dos monstrinhos que fiz para o Rei Harold. Um monstro vazio, agora. Não há nada ali. Ele não vai ser rei, não vai ser nada. Mas ele foi útil. Sua energia vital alimentou a magia de alguém muito mais merecedor.

Naia ficou enojada. Esta mulher havia sacrificado seu próprio filho? E nem se sentiu mal com isso?

— Então você está servindo a alguém que é muito mais merecedor?

— Eu não sirvo a ninguém — ela rosnou. — Não sirvo a ninguém. Nunca mais. O grandioso depende de mim, ele está ganhando vida novamente graças a mim. Eu. Eu sou o mestre.

Naia duvidava que fosse o caso, mas não achou sensato contar a ela. Em vez disso, disse:

— Vou quebrar esse gelo e derrotá-la, então.

— Oh, princesa boba. Você acha que pode quebrar isso. Deixe-me contar um segredo: apenas a magia dos dragões pode desfazer esse gelo.

Naia riu involuntariamente. Ela realmente não sabia o que Naia era? Isso... Isso era ótimo.

Por trás do gelo, Kara sorriu.

— Você acha que é engraçado.

— Quero dizer... Dragões. Quem ainda acredita em dragões? — Ela tentou parecer triste. — Vou morrer aqui?

Kara suspirou.

— É o que parece, não é? Não pergunte. Não implore. Eu não posso fazer nada sobre isso. Só vim dar uma olhada na princesa que me causou tanto sofrimento.

— Eu causei?

— Nada muito ruim, eu acho. Você deveria estar morta, sabia? Você e seu irmão. Sozinho, em um lago desolado, em outro reino. Quem é burro o suficiente para fazer isso? Acho que você e seu irmão. Harold tinha magia explosiva e achava que o fae estava trabalhando para ele. Coitadinho, achou que era ideia dele. Ambos pensaram. O fae criaria as ilusões e vocês dois seriam mortos... tragicamente, devo acrescentar.

O fae... Ilusões... River? Mas ele tinha dito que não sabia nada sobre a cobra d'água.

— Por que não morremos?

— A princesa Lago Branco estava lá. Como ou por quê, não sei. O plano foi abandonado. Alguns explosivos ainda explodiram, e o fae fez sua parte.

— Ele trouxe uma cobra d'água para o lago?

— O fae não é um condutor selvagem, princesa vagabunda. Ele não comanda animais. Mas ele pode criar ilusões impressionantes.

Verdade. River tinha mentido para ela?

— Foi você quem convenceu o fae a trabalhar para Bastião de Ferro?

— Foi o grandioso. Encontrou-o entre a vida e a morte, um golpe de sorte, o hospedeiro perfeito. Foi fácil trazê-lo para a Cidadela de Ferro, tanto meu marido burro quanto o fae tolo pensando que estavam enganando um ao outro. O fae estava sendo *preparado*. Seu corpo agora abriga alguém muito mais merecedor.

— Tudo está acontecendo por causa de River?

— River. — Kara zombou. — Que nome bobo e feminino. Mas não, nada é graças ao seu River. Quando você é um caçador, você espera. Você senta, espera e assiste. Eventualmente, a presa aparece. Ele é perfeito, claro. Vou me certificar de me livrar daqueles chifres horríveis.

O quê? Ela planejava mutilar River?

— Mas fora isso, ele não parece ruim. E tem tanta magia, magia que agora está servindo ao grandioso.

Naia estava furiosa com a ideia de que alguém queria usar River como se fosse um pedaço de carne.

— Se este grandioso é tão bom, por que ele precisa da magia de outra pessoa?

— O corpo tem suas limitações, minha princesa tola. Ele vai transcender esse corpo, claro, vai ter seu próprio corpo de volta, mas, enquanto isso, acaba de ganhar acesso a uma magia incrível. É uma pena que tudo o que você pode fazer é amplificar a magia dele, e você não tem nenhuma. Ele disse que você nem tinha condução de ferro como seu irmão. Tão triste.

Kara... não sabia que Naia era condutora de ferro? Se ela tivesse obtido essa informação de River, ele não seria capaz de mentir. Espere. *Não tinha condução de ferro como seu irmão.* Era verdade; sua condução de ferro não era como a do seu irmão. Frase astuta.

— Por que você ficaria feliz se eu tivesse magia?

— Por quê? Adivinhe.

Naia não fazia ideia.

— Você adoraria se eu te matasse agora?

— Não. Absolutamente não. Você não acha que seu corpo vai ser desperdiçado, acha?

— Oh, você planeja habitá-lo? — Ela quase disse *sobre o meu cadáver*, mas esse era literalmente o objetivo.

— Sim, minha cara princesa, claro que sim. Para ser honesta, se eu pudesse escolher, escolheria uma pessoa mais bonita, mas a afinidade mágica natural entre você e o fae ajudará minha união com o grandioso.

Ah, que nojo. O pensamento era perturbador. Naia tinha que escapar o mais rápido possível, antes que River e o que quer que estivesse dentro dele retornassem, mas ela também precisava obter algumas respostas.

— Me chame de cética, mas duvido que você tenha conseguido conceber um plano tão grandioso e enganar a todos, até mesmo ao seu marido. — Ela esperava não parecer muito desesperada por uma resposta.

A mulher começou a rir.

— Você acha que é difícil? Você é realmente uma princesa burra, não é? — Seu tom satisfeito era um bom sinal. — Deixe-me contar um segredo: homens são burros. E, no entanto, pensam que são tão inteligentes. Eles trouxeram a terra do Monte Primordial, felizes em burlar as leis mágicas de Alúria, sem saber da orientação que ela também trazia. Os homens não prestam atenção às vozes, aos sussurros. Eu prestei atenção, e eu encontrei o grandioso. Então, quando Formosa caiu, Bastião de Ferro pensou que era sua chance de dominar o mar, mas isso nunca aconteceu. Eles eram tão bobos, focados em ouro, em comércio. E, no entanto, não perceberam o que foi aberto. Quando seu fae tolo apareceu, o grandioso me disse que papel ele poderia desempenhar e ajudei a convencer meu marido a acolhê-lo. O fae pensou que estava servindo a Harold, mas, enquanto isso, eu estava me certificando de que ele estava sendo cercado pela energia do grandioso. Era fácil trabalhar com o fae, maleável como argila, até a conglomeração, quando ele começou a ter suas próprias ideias. O grandioso me disse que uma garota estava interferindo em sua magia. A princípio, o plano era matá-la, mas depois tivemos uma ideia melhor. Eventualmente, para colocar o fae de volta na trilha, eu tive que mantê-lo por um dia inteiro em uma sala com a magia de Cynon, mentindo para ele que era erva da morte.

A mulher riu.

— Erva da morte, que mentira sem sentido. Então fiz um dos meus filhos estúpidos ouvir algo e soltá-lo. Pobrezinho do Venard, ele provavelmente ainda pensa que foi um herói. O fae deveria escapar para continuar seu plano, para abrir os portões para a magia do Grande Mago.

Havia tanta satisfação e orgulho em seu tom e, no entanto, Kara não era tão importante, afinal. Era apenas alguém que ouvia Cynon e cumpria suas ordens.

— Então você está trabalhando para o grandioso — disse Naia. — Você sabe disso, não é?

— Trabalhando *com* ele. Só existem dois tipos de pessoas: as poderosas e as patéticas. Eu escolho me alinhar com os poderosos.

— Não. — Naia conteve o riso. — Você escolhe *servir* aos poderosos, o que a torna patética.

— O grande mago *me ama*, e juntos seremos os maiores de todos.

— Você é um peão. Não está vendo? — Naia nem sabia por que ela estava dizendo isso.

— Você está com inveja porque acabou de perceber que seu fae não vale nada. Você está com inveja porque é impotente.

— E seus filhos? Você não se importa com o que acontece com eles?

— Pequenos monstros criados para uma desculpa patética

de homem? Não, eu não me importo. O amor só te faz sofrer. Garantiram que eu tivesse um coração de ferro e me tornei o que eles fizeram de mim. Eu decidi que nunca mais amaria uma criatura impotente. Leva à dor.

As palavras de River contando o que havia acontecido com a família de Kara vieram à mente de Naia, e ela sentiu pena.

— Você estava com medo de perdê-los. Mas não é uma perda maior nunca amar?

— Meu amor é dado a alguém digno, e a ninguém menos.

Que horror. Aquela mulher achava que amava Cynon e, pior, achava que ele a amava de volta. Quem sabia? Talvez ele gostasse dela. Naia tinha que se concentrar, tinha que tentar obter informações.

— Foi Bastião de Ferro quem destruiu Formosa?

Ela deu de ombros.

— Nenhuma ideia. O que eles diriam para mim, a bobinha? Tudo o que sei é o que senti logo depois: como se uma porta tivesse sido aberta, uma porta para um poder maior. Morte e dor têm propriedades mágicas incríveis, se você souber como usá-las. Eu não acho que Bastião de Ferro sabia do poder que eles acabaram de acessar. Pena.

— Então agora você vai pegar meu corpo e fazer o quê?

— Tornar-me a nova rainha de Bastião de Ferro, é claro. Enquanto alguém parecido com Harold estiver no trono, ninguém questionará muito.

Claro. River poderia fingir ser uma pessoa diferente.

A rainha continuou:

— Eles vão fingir que morri e ele terá uma nova esposa.

Que nojo.

— Sou sobrinha do Rei Harold!

Kara acenou com a mão.

— Ninguém vai se importar. E não é como se seu corpo fosse tocar o corpo de Harold. Ele só tocará o corpo do fae, sem os chifres, é claro. Eles são tão nojentos. E aquelas unhas!

Naia já tinha esgotado sua paciência. E ouvido o suficiente. Ela arrancou um pedaço de uma das portas e o fez voar em direção à Rainha Kara. Ela pretendia fazer um pequeno corte no seu pescoço, como havia feito com Cassius, mas o pedaço veio com muita velocidade e acabou a decapitando.

Horrorizada, Naia se virou ao ouvir o corpo batendo no chão. Foi tão rápido que a rainha nem gritou: uma morte limpa e misericordiosa. Tudo o que Naia podia sentir era pena dessa mulher vazia de amor, vazia de sentimentos, pensando que estava encontrando a liberdade e, no entanto, depositando suas esperanças em outro homem, permitindo-se ser usada por ele. Ela até sacrificou seu próprio filho! Cassius era horrível, mas mesmo assim.

Após uma respiração profunda, Naia acendeu uma chama em sua mão e a direcionou para o gelo, que começou a derreter rapidamente, libertando-a em questão de segundos. Naia saiu, mas então notou algo no chão. Uma adaga preta. Era de River. Ela se lembrou da primeira vez que o viu usando isso, na Cidade Lendária, e sua irmã achou estranho.

Não, ela perguntou sobre a adaga *vermelha*, não a preta... Esta era de River e havia sido deixada sob o gelo. Naia pegou. *Uma parte de mim...* Será que ele tinha deixado para ela? Tinha magia, ela podia sentir, mas era uma magia familiar... A magia dele. Ela fechou os olhos e deslizou para dentro do oco. Tantos círculos, e ela não tinha ideia de para onde ir e como começar. Naia tinha que derrotar Cynon. Sabia que ele estava no corpo de River e também poderia estar fingindo ser o rei de Bastião de Ferro. Poderia estar fingindo ser qualquer um.

A questão era como detê-lo.

FEL SENTIU LÉA TREMENDO. Poderia ser?

Tzaria prestou atenção.

— Vocês têm algo assim em Alúria? Um grande círculo de ferro?

— Sim. — A voz de Léa estava embargada. — Em Lago Branco.

Um portal para um reino prisional abrindo na cidade de Léa seria um desastre. Fel esperava que não fosse esse o caso.

— Mas aquela cúpula está lá há muito tempo.

— Dezesseis anos — Léa disse. — E meu pai era amigo do Rei Harold, de Bastião de Ferro. Se Cynon os está afetando...

Isso não poderia ser verdade.

— Por tanto tempo?

Tzaria estava pensativa.

— O tempo passa de forma diferente em outros planos. — Ela fez uma pausa. — Teremos que destruir aquela cúpula. Só por precaução.

Os olhos de Léa se arregalaram.

— É inverno lá. A cidade não estará preparada.

— Tenho certeza de que o frio é preferível a lidar com habitantes de um plano prisional. — A voz de Tzaria era dura.

Léa olhou para baixo.

— Acho que posso tentar alertar as pessoas.

— Você pode nos levar até lá? — perguntou Tzaria. — Só para verificar?

Fel hesitou, temendo que fosse um longo voo.

— É só seguir as montanhas para o sul, mas é bem longe.

Tzaria olhou para Ekateni, que assentiu. Ela então se virou para Fel e Léa.

— Isso não é um problema. Temos que verificar essa cúpula. Se é o tipo de círculo que pode ser usado para trazer o Décimo Primeiro Plano, não temos escolha a não ser destruí-lo o mais rápido possível, antes que Cynon chegue até ele.

Essa parte não incomodou Fel.

— Eu posso fazer isso facilmente com minha magia de ferro. Se tivermos certeza de que precisa ser feito.

— É melhor irmos — Ekateni disse, então perguntou: — Você pode só nos mostrar o caminho?

— Claro. — Fel nunca teve a intenção de insinuar que não queria ajudar.

Léa então subiu em suas costas, enquanto seu tio trocava de formas e pegava Tzaria em suas garras.

O vento frio da noite acariciou as asas de Fel enquanto ele planava sobre as montanhas, Ekateni ao lado dele, em sua bela forma de dragão.

Fel se perguntou se deveria ter avisado Naia, mas eles iriam apenas verificar a cúpula. A noite deveria mantê-los escondidos e seguros, mesmo em um reino controlado por Bastião de Ferro. Ele tentaria permanecer perto das montanhas e verificar a Cidade de Lago Branco à distância. E então ainda precisariam descobrir uma maneira de matar Cassius e derrotar Cynon.

Muito para fazer.

Muito pouco tempo.

Fel esperava ter que voar até Lago Branco, mas então ouviu a voz de Ekateni.

— Vou fazer um círculo para nós, mas você tem que ser rápido, pois não vai durar muito. Isso nos levará para o sul.

Um anel de fogo brilhante apareceu no céu, e Fel voou através dele, seguido por seu tio. Ainda estava sobre as montanhas de Alúria, mas o ar estava mais frio aqui.

Ele enviou um pensamento para Léa.

— Toque nas minhas costas quando estivermos perto da Cidade de Lago Branco. Consegue reconhecê-la daqui?

— Deve ser visível das montanhas — disse ela. A voz estava abafada pelo som do vento, mas de alguma forma ele ainda a podia ouvir.

Foi bom que tivessem passado por aquele anel, pois suas asas ainda estavam cansadas de voar de Fernick. Agora caía um pouco de neve, e o topo das montanhas tinha um manto branco. Ele podia sentir que o ar estava mais frio, mas não sentia frio como sentiria em sua forma humana, como algo desagradável. Em vez disso, a temperatura ainda era confortável para ele. Sua preocupação era com Léa, inclinada sobre ele, vestindo roupas que não eram quentes o suficiente para este clima gelado. Esperava que o calor de seu próprio corpo fosse suficiente para mantê-la confortável.

— Acho que estamos chegando perto — ela sussurrou, aquele sussurro estranho que ainda podia ser ouvido mesmo com o vento em seus ouvidos. — Eu posso ver um rio que não fica muito longe da cidade.

Fel não tinha certeza se seu tio a ouviu e disse:

— Estamos perto da...

— Eu a ouvi — Ekateni disse, então acrescentou: — Mas olhem. O que é isso?

No escuro era difícil enxergar, e Fel quase voou mais baixo

para ver melhor, quando percebeu que seria burrice. Em vez disso, deslizou perto das montanhas.

Lá embaixo, várias tendas margeavam um riacho.

— Isso é uma vila ou algo assim, Léa?

— Não. Não deveria haver ninguém aqui. Parece... Parece um acampamento militar, mas não tenho certeza.

Fel estava tentando entender o que estava acontecendo.

— Aqui fica ao norte da Cidade de Lago Branco. Eles estariam se movendo para atacar Bastião de Ferro? Ou para se juntar a eles?

— Eu posso ir e verificar — Léa sugeriu.

Essa era uma ideia terrível.

— Perigoso demais. E não é como se eles fossem ter placas dizendo o que planejam fazer. Às vezes, os soldados nem sabem para onde estão sendo enviados ou por quê, e os generais não vão revelar planos em voz alta no meio da noite.

Tzaria então disse:

— Não vamos nos preocupar com isso ainda. O que precisamos fazer é ver a cúpula sobre a cidade. — Sua voz também era clara.

— Estamos quase lá — disse Léa, e Fel ficou grato por ela não insistir na ideia de verificar as tropas que poderiam ter soldados Bastião de Ferro.

Eles continuaram voando para o sul. Fel ainda não entendia aquele estranho movimento de tropas. Se estivessem andando, levariam cerca de três dias para chegar a Bastião de Ferro. Bem, era possível que eles estivessem reunindo exércitos de reinos aliados em Alúria. A questão era para quê. As terríveis possibilidades faziam seu interior se contorcer.

Outra coisa que o estava incomodando era a possibilidade de que a cúpula de Lago Branco precisasse ser destruída. Ele percebeu a decepção e a tristeza nos olhos de Léa quando Tzaria sugeriu isso. Sua esperança era que aquela cúpula não pudesse ser usada como um círculo de fadas, anel de dragão ou qualquer outra coisa, e eles simplesmente a deixariam em paz. Ainda tinham que matar Cassius e parar Bastião de Ferro e Cynon, e isso já era mais do que podiam suportar.

Mais e mais flocos de neve flutuavam no ar. Mesmo caindo

lentamente, atingiram o rosto de Fel com alguma força por causa de sua velocidade, então ele teve que apertar os olhos para não cair neve neles. Mais uma vez, não era tanto o frio, mas a sensação física de algo o atingindo. Sua preocupação era com Léa, que agora estava inclinada com a maior parte de seu corpo tocando suas costas. Ele esperava que a neve não machucasse seu rosto. A posição de Tzaria, aninhada nas garras de Ekateni, começou a fazer mais sentido. Ela provavelmente estava mais protegida e aquecida.

Pelo menos eles deveriam chegar lá em breve. Talvez tenha sido precipitado e irresponsável vir aqui assim, sem muito planejamento ou reflexão. Mas Tzaria estava preocupada que o hospedeiro pudesse estar abrindo este portal agora. Parecia improvável, considerando que as tropas estavam ao norte da cidade, mas verificar não faria mal a ninguém.

— Eu acho que está ali — ele ouviu a voz de Léa em sua cabeça.

— Onde há uma luz? — Fel perguntou.

— Sim.

Isso significava voar para longe da relativa segurança das montanhas, mas, novamente, eles estavam altos o suficiente para que ninguém ouvisse suas asas.

Havia algumas casas fora da cidade, com finos rastros de fumaça saindo das chaminés. Mais abaixo, ele viu a majestosa cúpula, onde uma vez flutuou segurando Léa em seus braços. Agora ele estava realmente voando. Ainda assim, desejava poder flutuar novamente em sua forma humana, desejava paz e sossego, desejava passar dias lendo perto de uma lareira, depois conversando sobre livros com Léa. Ele não tinha certeza se nada daquilo poderia se tornar realidade um dia. Alguns sonhos eram tão simples e, no entanto, a simplicidade às vezes podia ser tão distante.

Léa estremeceu e ficou tensa em cima dele.

— Algo...

— O quê?

Ekateni se aproximou deles e Tzaria perguntou:

— Você pode sentir a magia?

Sim. Agora que ele prestou atenção, era óbvio. Fel podia

sentir o cheiro da mesma forma que podia sentir o cheiro de um incêndio florestal a quilômetros de distância. Isso... Não era condução de morte ou condução de ferro ou qualquer coisa que ele conhecesse. Não tinha certeza do que era e sentiu um calafrio repentino no que parecia ser seu estômago, se é que ele tinha um.

— Sim — disse ele. — Não sei o que é.

Ekateni disse:

— É semelhante à magia dos dragões, vindo da cidade. Bastante forte. E talvez...

— Magia de anel de fogo — Tzaria acrescentou.

— Era melhor... — Fel ia dizer voltar, mas percebeu que não fazia sentido. Não era como se pudessem ir buscar reforços se as coisas estivessem realmente dando errado. — O que devemos fazer?

— Vamos nos aproximar — disse Tzaria. — Se o anel estiver sendo ativado, teremos que destruí-lo o mais rapidamente possível. Se houver pessoas o protegendo, teremos que lutar contra eles.

Eles estariam em menor número. Mas era verdade que ele e Ekateni poderiam deter um pequeno exército.

Léa disse:

— Eles não terão forças protegendo a cidade ou o domo. Estão naquele acampamento. Nosso exército era pequeno. Mesmo com os reforços e invasores de Bastião de Ferro... Não haverá muita resistência.

Ainda assim, aproximar-se da cidade de Lago Branco poderia ser perigoso.

— Léa — disse Fel. — Talvez você devesse ficar para trás.

— É minha cidade e meu povo. Eu os conheço bem. Eu conheço a cúpula. Deixe-me chegar perto o suficiente para que eu possa pelo menos te dar apoio.

Era um pedido justo.

— Certo.

O coração estrondoso de Fel batia com mais força do que o normal, talvez em parte pelo esforço de voar, em parte pela antecipação do que iria ver. Esperava que nada tivesse sido ativado ainda e eles poderiam simplesmente destruir a cúpula e desaparecer. Sim, seria trágico para as pessoas da cidade e até para o castelo, mas deveriam conseguir sobreviver esta noite. Se a cúpula tinha só dezesseis anos, a maioria dos edifícios ainda deveria ter a infraestrutura necessária para suportar o inverno.

Ekateni baixou seu voo e Fel fez o mesmo.

Mesmo seus piores medos não o prepararam para o que viu.

25

ESCURIDÃO

onforme a escuridão se dissipou, Naia se viu em um
corredor com videiras secas nas paredes. O castelo
dos lendários. A última vez que ela esteve ali foi
quando River decidiu se tornar *o príncipe que seu pai queria*. Ele
tinha que ser ele mesmo para tomar uma decisão tão pessoal e,
no entanto, não tinha sido realmente ele.

— Pare! — um homem gritou.

Naia se virou para ver dois guardas lendários, ambos de
olhos vermelhos e cabelos brancos, apontando espadas de
bronze para ela. Desarmá-los seria incrivelmente fácil, mas
desta vez ela não iria fugir.

— Sou sua rainha e gostaria de ver a princesa Anelise. — Ela
esperava que funcionasse, esperava que não houvesse alguma
brecha estranha que invalidasse sua autoridade. Por outro lado,
sempre poderia lutar, e não faltava metal neste castelo, mesmo
que eles não usassem ferro.

Os guardas baixaram suas espadas imediatamente, então se
curvaram ligeiramente. Nenhuma hesitação em seus movimentos, e ela nem tinha certeza se sabiam quem ela era. Mas então...
Até onde ela sabia, havia magia ligando os guardas a seus governantes, então talvez eles tivessem percebido isso. Foi inteligente
da parte de River nomeá-la rainha. Tomara que ela soubesse o
que fazer com esse poder.

O mesmo fae que gritou então disse:

— Vamos levá-la até ela imediatamente. Siga-nos.

Eles não podiam mentir, então ele não poderia a estar enganando. Tecnicamente ele poderia levar Naia até Anelise e depois matá-la ou algo assim, mas não a levaria para outro lugar, como uma prisão mágica, por exemplo.

A prisão.

Esse lugar poderia conter o River? Conter Cynon? E se sim, como ela poderia trazê-lo aqui? Anelise teria alguma resposta — se ao menos quisesse falar com Naia, depois de tudo.

Os guardas desceram dois lances de escada e Naia os seguiu de perto, tentando ignorar o quanto aquele palácio parecia morto e estéril. As vinhas secas que revestiam as paredes eram um lembrete horrível de que este lugar logo enfrentaria seu fim, a menos que alguém fizesse algo. E então, toda Alúria não estava prestes a cair em um abismo de desespero? A menos que alguém fizesse algo. Mas quem? E o quê?

Os guardas pararam em uma pequena porta de madeira com acabamento grosseiro. Sem bater, eles abriram, revelando uma pequena sala com prateleiras de madeira e uma mesa circular de madeira escura. Cinco faes estavam olhando para um mapa. Se estavam dizendo alguma coisa, Naia não chegou a entender o que era, pois pararam e olharam para a porta. Anelise estava sentada ao lado de outra fae, também com cabelos brancos e olhos vermelhos, mas os dela eram um pouco mais claros. Havia mais três faes lá: dois homens e uma mulher.

Anelise encarou Naia.

— O que você quer? — Então ela acrescentou, em tom de zombaria: — Sua Majestade.

— Eu preciso falar com você. Sozinha.

— Podemos conversar aqui — disse ela. — Não temos segredos.

— Sozinha, por favor — Naia insistiu. Os outros faes na sala provavelmente eram confiáveis, mas não o suficiente para ouvir o que estava acontecendo com River. — Em algum lugar onde não possamos ser ouvidas.

Anelise respirou fundo e voltou-se para os amigos.

— Eu volto já. — Ela se levantou e caminhou em direção a Naia. — Onde você gostaria de ir?

Ela esperava que Naia dissesse que não sabia? Estava querendo humilhá-la ou algo assim? Não ia funcionar.

— Quero que você me leve a um lugar onde possamos conversar e não seremos ouvidas. Você conhece este castelo melhor do que eu.

Ela mordeu o lábio.

— Claro.

Subiram três lances de escada e foram para o quarto dela, aquele mesmo quarto onde haviam conversado antes, quando as coisas tinham sido tão diferentes. Os guardas permaneceram do lado de fora.

Assim que ficaram a sós, Anelise fez uma careta.

— Foi um plano? Você e River estavam...

— Não. Eu não fazia ideia de que ele ia matar seu pai... e ele também não.

A fae piscou lentamente.

— O que você quer dizer?

— Ele está... — Parecia estranho dizer essas palavras em voz alta. — Naquela época, ele estava sendo influenciado por esse... dragão imortal que vive em outro reino. Mestre dos dragões, como você os chama. Agora esse dragão maligno dominou River completamente. E é desastroso. — Havia uma cadeira no canto, e Naia desabou ali, incapaz de se segurar por mais tempo. — E sua cidade está toda seca e tudo está errado. — Ela respirou fundo e segurou as lágrimas que ameaçavam sair. — Você se importa com River, eu sei disso. Eu preciso de ajuda.

Anelise olhou para ela por um tempo, então disse:

— Então você quer dizer que não foi River quem matou nosso pai?

— Eu... Em parte era ele, tinha que ser. Mas algo mudou em River, era como se não fosse mais ele mesmo. No momento em que ele voltou, todo arrumado, com aquelas adagas. — Naia lembrou desse detalhe. — A vermelha fez alguma coisa. Você conhece aquela adaga?

Uma sombra cruzou seus olhos.

— Talvez. Tínhamos objetos assim, mas escondidos lá no fundo... — Ela encarou Naia. — Os cofres da biblioteca.

— É para onde ele disse que estava indo...

Anelise engoliu em seco.

— Antes de continuarmos, jure que você não tinha intenção de roubar nosso trono.

— Não! Eu não sabia que ele faria isso. E se você pensar um pouco, o que aconteceu é horrível. Pelo que entendi, seu rei tem um poder tremendo sobre vocês, o que significa que esse dragão imortal poderia ter acesso ao seu povo, seus guerreiros, seus recursos, armas... E vocês não seriam capazes de fazer nada. A menos que haja uma maneira de remover River do trono, sem... — Ela olhou para baixo. Talvez a maneira mais fácil fosse matá-lo, e talvez sua hesitação colocasse muitos inocentes em perigo.

— Matando-o. — Anelise teve coragem de soltar as palavras que Naia não podia. — Eu também não gostaria disso, e nem podemos fazer isso. Não sem um bom motivo. A magia que nos liga ao nosso rei e o protege é bastante forte.

Essa magia poderia ter consequências terríveis.

— O que é um problema, considerando que ele não é mais ele mesmo. E então ainda precisamos encontrar pelo menos uma solução temporária para sua cidade. Não quero todos vocês isolados e morrendo aqui. Preciso de uma estratégia para pelo menos... Aliviar essa bagunça.

Qualquer traço de raiva desapareceu dos olhos de Anelise.

— Conte-me mais sobre esse dragão maligno e eu direi o que sabemos. Essa adaga... Se é o que eu penso que é... — Ela mordeu o lábio. — Eu posso ter respostas para você, mas não acho que você vai gostar delas.

FEL LEMBRAVA da cúpula sobre o castelo em Lago Branco como algo delicado, brilhante contra a neve ao seu redor, viva com as luzes do castelo e das casas à noite. Esta era uma cidade que ele tinha visto de cima antes.

O que estava diante dele era algo completamente diferente.

Tentáculos escuros de fumaça se espalharam dentro da

cúpula. O próprio círculo, ao redor da cidade, brilhava com um brilho avermelhado sutil, mas estranho. Não havia dúvida de que precisaria destruir a cúpula, mas o que exatamente havia dentro dela? Por um momento, ele temeu derrubar aquela cúpula e desencadear horrores sobre Alúria. Mas isso não fazia sentido. A cidade era o lugar mais habitado em um grande raio. Se alguma coisa, eles tinham que tentar proteger as pessoas dentro dele.

A ansiedade de Léa era palpável, mesmo que não pudesse vê-la. Ela perguntou:

— Você sabe o que está acontecendo?

Ele estava prestes a responder quando percebeu que a pergunta era para os outros dragões.

— Eles... — A voz de Tzaria estava trêmula. — Eles abriram. Ele já abriu.

Ekateni então disse:

— Eles parecem ser do Quarto Reino. Ainda não é o pior. Precisamos destruir o círculo, para que não vejamos mais dessas coisas.

— Precisamos lutar contra eles também — disse Léa. — Essas coisas são perigosas.

Daquela distância, era difícil distinguir suas formas, mas talvez... A magia não era tão estranha. Eles eram como as criaturas que Léa convocou em Umbraar, as criaturas que os ajudaram a vencer por um curto período, mas depois poderiam ter tirado suas vidas.

— Cynon estará aqui — disse Tzaria. — Isso não será fácil. Isofel, você deveria voltar.

O quê?

— Isso não faz sentido. Se eu deveria fazer a diferença por causa da minha magia de ferro, se era algo que estava previsto, por que você me impediria de usar minha mágica quando necessário?

Ele não obteve resposta, apenas silêncio, até que Ekateni disse:

— Vamos ter cuidado.

— Sim.

A impressão de Fel era que Cynon, ou seu hospedeiro,

estaria dentro da cúpula. A cúpula. Todo o metal nela chamando Fel, conectando-se com ele. Alcançá-la e quebrá-la seria tão fácil quanto agarrar algo com suas mãos de metal. Até agora não havia guardas e ninguém fora da cidade, então eles não tinham oposição. Por enquanto.

Mas poderia haver outros problemas.

— Quando eu destruir o domo, essas coisas serão liberadas, não serão?

— Eles seriam soltos de qualquer maneira. — A voz de Tzaria era sombria. — Tenho certeza que vão quebrar o topo da estrutura para poder sair e ainda usá-la como um portal. Quanto mais você demorar para quebrá-la, mais criaturas virão.

— Serei rápido. E então o que fazemos?

— Fogo — Ekateni disse. — Se eles são o que eu penso que são, fogo de dragão irá detê-los.

Fel quase perguntou *e se eles não forem*, mas achou melhor se concentrar na cúpula por enquanto.

— Léa, onde posso deixar você?

— Eu... — Ele podia sentir seu medo, sua hesitação. Seu lar estava sendo destruído, contaminado por horrores inimagináveis. — Eu tenho que ir, Fel. Eu volto já. Eu tenho que fazer isso. — Ela quis dizer ir para o oco. Neste momento, neste lugar, quando tudo isso estava acontecendo? Era loucura.

HAVIA uma câmara secreta sob a biblioteca dos lendários, e Naia estava seguindo Anelise até lá, depois de contar a maior parte do que sabia sobre River e Cynon. Em retrospecto, até mesmo alguns dos comportamentos anteriores de River tinham sido estranhos. A motivação dele para estar em Bastião de Ferro sempre lhe pareceu frágil e mal fundamentada, e então havia tantas pequenas coisas aqui e ali que não faziam sentido. Se tivesse sido levemente afetado por alguma outra coisa, isso explicava muito, a menos que ela estivesse tentando dar desculpas para ele. Esta seria a desculpa perfeita: *não fui eu. Eu tinha uma voz maligna na minha cabeça.* Naia nem sabia se era uma voz ou o quê.

Anelise a ouviu com atenção, concordando com a maioria dos pontos dela, então a trouxe aqui embaixo. Naia não teria imaginado que seguiria uma fae até uma câmara secreta poucos dias depois de ser aprisionada naquela cidade. Mas Anelise nunca a ameaçara.

Elas estavam em um corredor sob a biblioteca, quando a fae disse:

— Para ser honesta, a ambição é algo que River nunca demonstrou. Na verdade, era o oposto: uma completa falta de interesse e envolvimento... Mas se ele é um fundidor de mentes e temia seu poder, acho que isso pode explicar por que não quis usá-lo.

— Qual é o problema com a fusão mental? Fora o óbvio. Quero dizer, tira o livre arbítrio das pessoas.

E esse poder era outra arma agora empunhada por Cynon. Anelise fez uma pausa.

— É um tipo antigo de magia e apenas a nossa raça a possui, poucos de nós. A maioria deles já se foi, graças a River, que os matou. Fazia parte da nossa tradição, mesmo que não fosse muito fae. Mas, novamente, poucos lendários podem exercer esse poder e nasceram com ele. Vimos isso como um presente para nossa raça, e os fundidores de mente como faes especiais. Dito isto, esses faes não tinham família ou interesses pessoais, eles perdiam suas próprias mentes nos anos em que desenvolviam e usavam essa magia. Eu sinto... Talvez seja isso que River temia: perder seu senso de identidade. Mas, esse tipo de magia está confinado à Cidade Lendária. Não vai funcionar em nenhum outro lugar em Alúria.

Naia suspirou. Esta era uma boa notícia em meio a tanta aflição.

— Isso significa que River não será capaz de controlar ninguém se ele não estiver aqui.

— Eu acho que não. — Anelise parecia muito menos segura e aliviada do que Naia gostaria. Ela passou a mão pelos cabelos claros e suspirou. — Você sabe como os lêndários chegaram a Alúria?

— Eles vieram... — Naia havia estudado a história de sua terra. — Cerca de mil anos atrás, certo? — Ela não sabia muito mais do que isso, ou por que eram a única raça mágica em seu pequeno continente. — Não tenho certeza sobre os detalhes.

— Novecentos anos, para ser precisa. Você quer adivinhar o motivo pelo qual viemos?

Naia tentou pensar. Se nenhum outro fae ou elfo vivia aqui...

— Houve algum tipo de conflito?

— Sim. Novamente, esta não é uma história que costumamos contar, e não é uma história que você encontrará em nossos livros, mas foi transmitida em voz baixa por gerações, especialmente entre a realeza. Os lendários vieram logo após a derrota do Grande Mago. É aí que nossa história fica obscura. Parece que alguns de nosso povo tiveram algum papel o ajudando, algo a ver com fusão mental. Como punição, fomos exilados. Nossa fusão mental e parte de nossa magia estavam contidas nesta cidade. Os mestres dos dragões também enviaram alguns humanos para Alúria e deram a eles magia limitada, para que não ficássemos muito poderosos.

A fae soltou uma risada amarga.

— Acho que funcionou. Ninguém sabe os detalhes do que exatamente aconteceu, o que nossa raça fez. Eles mantiveram escondido para que a história não se repetisse. Ainda assim, temos relíquias dessa época, de Fernick. Essas relíquias podem muito bem ter estado em contato com a magia do Grande Mago, e presumo que esse Grande Mago seja aquele que você está chamando de Cynon.

Estavam diante de uma pesada porta de madeira. Anelise pegou uma chave, falou algumas palavras incompreensíveis enquanto a inseria no buraco da fechadura e a girava, abrindo a porta para revelar um quarto escuro. Da ponta do dedo, ela lançou faíscas douradas para os quatro cantos, alcançando lanternas e acendendo nelas algum tipo de luz. Não era fogo, mas algo mágico que Naia nunca tinha visto antes.

Aquela estranha luz dourada iluminava uma longa e fina mesa com alguns objetos sobre ela: uma coroa de ouro, uma capa, algumas placas de prata, uma espada de bronze dourado. Nenhum deles parecia mágico, misterioso ou extraordinário de alguma forma.

Antes que Naia pudesse perguntar qualquer coisa, Anelise disse:

— A adaga vermelha sumiu. — Ela cobriu o rosto com as mãos com aquelas unhas escuras e respirou fundo, depois cerrou os punhos e encarou Naia. — Eu vi e notei. Eu sabia que a adaga parecia familiar. Eu sabia que havia algo errado com isso, mas então River disse que era dele...

— Não poderíamos ter adivinhado. — *Nós*, porque Naia também havia ignorado sinais óbvios, ignorado sua própria voz dizendo a ela que algo estava errado. Mas o que ela poderia ter feito? — E talvez não houvesse como detê-lo.

A irmã de River balançou a cabeça.

— Talvez. E agora não podemos reescrever a história, entender o que aconteceu anos atrás. Eu tenho muito poucas respostas. Não fazia ideia do que era essa adaga, não faço ideia de como parar Cynon.

Naia engoliu em seco.

— Pelo menos sabemos alguma coisa. Os dragões saberão mais sobre isso. Talvez eles venham. Dragões. — Um pensamento a atingiu. — Então esta cidade foi feita com magia de dragão?

Anelise assentiu.

— E conectada ao Monte Primordial? O Monte Primordial, em Bastião de Ferro, agora destruído? — Naia se lembrou daquela enorme câmara onde River tinha enfiado a adaga em uma rocha escura. — Acho que eles cavaram o Monte Primordial e o trouxeram para a Cidadela de Ferro e a terra e as rochas que trouxeram tinham magia de dragão. Presumo que Cynon então usou a magia em Bastião de Ferro, não em Fernick. Enquanto isso, os dragões pensaram que ele nunca apareceria em Alúria porque não perceberam que a magia dos dragões aqui poderia ser suficiente. Talvez até... Talvez fosse por isso que eles nos tenham mantido isolados. Mantiveram os lendários longe dos dragões... Para que... Para que... — Fazia sentido que talvez eles não quisessem os dragões aqui, mas a resposta fugia dela. — Não sei.

— Talvez os dragões tenham pensado que traríamos Cynon de volta ou algo assim. E, no entanto, apesar de todo o esforço deles, aqui estamos nós. Dragões burros. — Ela olhou para Naia. — Quero dizer, desculpe. É só... — Ela suspirou. — Pelo menos eles deveriam saber que estávamos dormindo durante todo o tempo em que Bastião de Ferro estava tramando seu plano, e tenho certeza de que era Bastião de Ferro.

— Verdade. E Formosa? Você acha que foram eles também?

— Veja desta forma: nenhuma mágica pode quebrar rochas. Nenhuma magia dos lendários, pelo menos. Quem tem as armas que poderiam ter derrubado aquele penhasco?

— Então você tem certeza? Nem mesmo River tinha certeza absoluta disso.

— Mas ele estava bem da cabeça? A prova do que aconteceu está nas ruínas de Fernick, não na Cidadela de Ferro. — Anelise soltou uma leve risada. — O que ele esperava encontrar? Um relato escrito de como fizeram isso?

Era verdade.

— Bem, ele já estava sendo manipulado, tendo sua mente envenenada, quando foi para Bastião de Ferro. — Naia balançou a cabeça, ainda sem acreditar no quanto não havia notado. — Antes de me julgar, deixe-me dizer que tentei confrontá-lo sobre o motivo pelo qual ele estava indo para Bastião de Ferro, tentei perguntar a ele sobre seu *grande plano*.

— Você se colocou em uma posição perigosa.

Não era o que Naia sentia.

— Não. Na verdade, ele tentou me poupar, tentou me manter longe do conflito, tentou me proteger. Talvez no fundo sentisse algo, mesmo que não estivesse ciente disso. Mesmo agora, tenho certeza de que uma parte dele ainda está no controle. A questão é como recuperar essa parte.

Anelise olhou para os objetos, depois de volta para Naia.

— A resposta pode estar na sua conexão. Você o tornou imune ao ferro, então ele deve ter passado um pouco de sua magia para você. Normalmente essa mistura de mágicas só acontece com mais intimidade, mas um beijo parece ter bastado no seu caso.

— O que você está sugerindo?

— Não estou sugerindo. Estou tentando pensar. E também não sei o que fazer.

Naia respirou fundo.

— Sabemos que ele é um fundidor de mentes e que essa magia só funciona aqui. Preciso abrir esta cidade e acho que posso. Você acha que podemos mandar seus guerreiros embora? River não será capaz de controlá-los se eles não estiverem aqui.

— Isso nos tornaria vulneráveis. E mesmo fora da cidade, eles ainda seriam jurados ao nosso rei. Dito isto, se você puder abrir uma passagem, será útil. Nossa cidade ainda precisa sobreviver.

— Eu posso fazer isso. — Talvez esta fosse a resposta; concentrar-se no que ela *poderia* fazer, concentrar-se no agora, concentrar-se nos assuntos à sua frente. E ainda... — E quanto a River? Você tem algum conselho?

Qualquer... Qualquer coisa, qualquer coisa. Naia agarraria uma minúscula chance de salvá-lo.

— Seus corações estão conectados. Confie no seu. Confie que sua resposta está se formando em algum lugar. Ideias são como vinho, precisam fermentar em nossas mentes.

— Não sei se terei tempo para isso. E não sei...

— Claro que você não sabe muito. É por isso que é preciso confiar.

Confiar em seu coração? Aquele mesmo coração bobo e desatento que calou sua voz dizendo que havia algo errado com River?

Eles estavam todos ferrados.

LÉA ENTROU NA ESCURIDÃO, seu coração batendo rápido, um calafrio por todo o corpo. Ela jamais imaginou que algo tão terrível pudesse ocorrer em sua cidade, em sua ingênua ilusão de que a invasão de Bastião de Ferro tinha sido o pior que poderia acontecer ao seu reino. A visão de criaturas terríveis dentro de sua cúpula estava partindo seu coração.

Essas eram as mesmas criaturas que ela havia chamado uma vez, exceto que eram muito mais numerosas agora, e uma passagem permanente estava sendo construída em Lago Branco. Seu coração se apertou pensando em todos no castelo, nas casas da cidade, perguntando-se se estavam seguros, se puderam ir para os abrigos. A cidade ficou indefesa, considerando que seu exército havia sido mandado embora, provavelmente não por coincidência.

As criaturas eram do Quarto Reino, de acordo com Tzaria, o que era parecido com o relato de Iona. Estranho que Léa já tivesse se conectado com essas criaturas o suficiente para chamá-las para este mundo e, ainda assim, naquela ocasião, tinha sido diferente. Isso parecia muito mais permanente, mais real.

E era por isso que Léa tinha que buscar ajuda, e rapidamente. Por que ela não havia feito isso antes? Talvez porque não tivesse pensado nisso, não tivesse percebido que chegaria a esse ponto.

Ela se viu naquela paisagem desolada onde conheceu a misteriosa fae branca. Desta vez, Léa não estava no caminho entre as montanhas, mas perto daquela árvore sob a qual passara um tempo aprendendo a fechar sua mente, adquirindo algumas habilidades inclusive para andar no oco, até que ela foi embora. Foi Fel em perigo que a afastou. Ele estava em perigo novamente, mas a resposta não era ir até ele, e sim trazer ajuda.

Léa foi até a árvore e desta vez não conseguiu encontrar a entrada para ela. Provavelmente era encantada para manter intrusos afastados. Ela estava prestes a chamar a fae, quando um farfalhar de folhas atrás dela a fez virar.

Iona estava parada ali, aqueles estranhos olhos rosa-escuros olhando para ela.

— Eu vejo que você considerou minha proposta.

Léa assentiu.

— Você pode controlá-los? Assim que estiverem em Alúria?

— Eles têm suas próprias mentes, mas um acordo com um lendário é obrigatório.

— Eu quero que eles nos ajudem a derrotar Cynon. Eles podem ficar em Alúria, nas ilhas, mas...

Ela ia dizer que não queria que atacassem humanos ou faes, que queria algum tipo de garantia, mas então provou algo amargo e sentiu como se estivesse caindo em um abismo escuro. Era aquela sensação estranha de que algo a estava chamando, quase como se estivesse sendo puxada. Fel provavelmente estava em perigo, mas correr de volta para ele de mãos vazias só pioraria as coisas. Ainda assim, seu corpo estava todo frio, um calafrio terrível dos pés ao couro cabeludo.

Iona olhou para ela, e então Léa reuniu coragem e disse:

— Quero ajuda na cidade de Lago Branco e mais tarde. Contra aquele que você chama de Destruidor. — Ela esperava que fosse realmente Cynon. — Mas nenhum dano aos humanos. Os habitantes daqui, aqueles que você disse que podem me ajudar, podem então viver nas ilhas mais ao sul.

— Temo que eles considerem essas ilhas muito frias.

Provavelmente. Léa estava sem ideias. Na verdade, mal conseguia pensar, aquele vazio dentro dela se tornando insuportável. E ainda assim ela tinha que fazer alguma coisa.

— Encontre uma solução, então. Uma que não prejudique os humanos. E vá para Lago Branco o mais rápido possível.

Tudo estava ficando preto e Léa mal ouviu o que Iona disse. Parecia algo como *então temos um acordo*, mas ela podia estar imaginando coisas, talvez esperando uma solução fácil. Quão fácil, quando ela estava basicamente colocando o destino de Alúria nas mãos de uma estranha?

FEL NÃO PODIA ACREDITAR que Léa tinha acabado de entrar no oco.

Não vá, ele queria dizer a ela. *Nós vamos achar uma solução.*

Ele tinha muito mais palavras para assegurar-lhe que tinham tudo sob controle, para assegurar-lhe que protegeriam sua cidade, para assegurar-lhe que ela poderia apenas esperar, esperar em segurança, enquanto tudo seria consertado.

As palavras nunca saíram, pois não fazia sentido, uma vez que ela já havia partido. Ela agora estava no nada, entre planos, ou em outro plano perigoso, dos quais ela sabia tão pouco, e onde o mal não apenas espreitava, mas vagava sem controle. E ainda assim ele não podia detê-la, não podia convencê-la a ficar.

A cúpula. Ele tinha que se concentrar e pelo menos fazer sua parte, esperando que Léa voltasse.

Tzaria então disse:

— Não a culpe por também querer usar sua magia.

— Eu não a estou culpando. — Sua voz saiu muito mais tensa do que ele esperava.

— Eu sei. — O tom de Tzaria era gentil. Fel então sentiu que as palavras dela não eram mais para ele. — Você pode me deixar naquela colina. Eu gostaria de poder ajudar mais.

— Você nos trouxe aqui, Tzaria — Ekateni disse. — Seu conhecimento desempenhou um grande papel.

Ele a colocou suavemente em uma parte rochosa de uma colina perto da cidade. Ainda estavam longe o suficiente para não serem vistos. Dessa distância, Fel já conseguia se conectar com o metal da cúpula, mas precisaria se aproximar para poder movê-la com mais facilidade.

— Vou ter que me aproximar da cúpula — disse Fel.

— Estarei logo atrás de você — respondeu seu tio. — Depois que ela for aberta, esteja pronto para lutar.

Fel havia lutado contra essas criaturas uma vez. Queimou-os com seu fogo, e havia muitos deles. A perspectiva não deveria assustá-lo agora, considerando que ele e seu tio eram dois dragões enormes.

E ainda assim assustava.

Desta vez, algo era diferente.

À medida que se aproximavam da estrutura de metal e vidro, Fel estendeu sua magia. Queria quebrar a cúpula com o menor dano possível, pois imaginava que a queda do vidro poderia ter consequências desastrosas, sem falar nas vigas de metal. Por outro lado, aquelas criaturas já eram desastre o suficiente, e ele tinha que destruir o círculo rapidamente, antes que alguém tivesse a chance de detê-lo.

Situada no topo da cidade, a estrutura parecia uma cúpula de bolo, mas, na verdade, havia muito mais, enterrado profundamente na terra, longas hastes de ferro presas como raízes naquele solo congelado. Talvez pudesse arrancar toda a estrutura de uma vez, mas então o chão tremeria. Ele poderia dobrar o topo, mas isso deixaria o círculo intacto. Não, teria que arrancar a estrutura o mais cuidadosamente possível, esperando que a vibração não danificasse muito a cidade.

O céu noturno não fornecia tanta cobertura para Fel quanto ele desejava, e mesmo assim se aproximou da cidade sem enfrentar resistência. Tanto ferro dentro e ao redor dela, tanto ferro por toda parte, mas no que ele focou foram as raízes da cúpula, aqueles longos filamentos — e as moveu para cima.

Há muito tempo, percebera que o peso do objeto que ele movia não importava tanto. Quando ele controlava o metal, era como ser capaz de fazer algo flutuar na água. Ainda assim, desta vez, o solo reteve a estrutura, como se não quisesse se separar dessa companheira de longa data.

Não era mais força de que Fel precisava, mas foco, foco apenas no metal. Ele podia senti-lo sendo levantado, até que algo, novamente, o segurou. Não era o solo congelado, não era o peso da estrutura. Era algo trabalhando contra ele, mantendo a cúpula firmemente presa. Era... mágica.

Condutores de ferro.

— Eles estão controlando — disse ele ao seu tio. — Com magia de metal. Mas eu tentarei...

— Eu vou entrar lá — disse Tzaria. Fel ficou surpreso por ainda poder ouvi-la, quando ela foi deixada longe e ainda estava em sua forma humana. — E detê-los.

Fel se perguntou como iria encontrar os condutores de ferro, mas presumiu que ela sabia o que estava fazendo, apenas pela certeza em sua voz. Como um dragão, ela provavelmente era capaz de sentir a magia e sentir quem a estava usando. Ainda assim, entrar no domo sozinha, quando ela mal conseguia ficar de pé, parecia bastante perigoso.

Ela acrescentou:

— Eu vou te avisar quando você puder tentar novamente.

Ele pensou que seu tio a iria advertir contra isso ou pelo menos dizer a ela para ter cuidado, mas em vez disso suas palavras foram dirigidas a Fel.

— Esteja pronto. E depois vá embora. Vá. Deixe-me lidar com o que quer que apareça.

Essas eram palavras apenas para Fel, pois seu tio podia controlar isso. Então ele pretendia lutar sozinho contra as criaturas de outro mundo? Bem, era um dragão e um lutador extremamente competente. Ainda assim.

A voz de Tzaria soou em sua cabeça.

— Eu achei um deles.

Um. Provavelmente havia muitos condutores de ferro, mas não tantos. Fel podia sentir a estrutura cedendo ao seu comando. Como se fossem as peças de metal de sua mão, ele puxou as hastes da terra devagar, mas com firmeza, fazendo-as flutuar no ar. Estava prestes a esmagar a cúpula, para que não fosse mais um círculo, quando viu aquelas criaturas, cerca de cinquenta delas, vindo em sua direção. O fogo deveria cuidar deles, mas não tinha certeza de como usar os dois tipos de magia ao mesmo tempo.

— Deixe-os comigo — disse Ekateni.

Fel jogou a estrutura de metal para longe da cidade, para uma área sem casas ou pessoas, e então a dobrou. A maior parte do vidro finalmente caiu, batendo no chão com um som estrondoso. Ao mesmo tempo, seu tio lançou uma gigantesca rajada de fogo na direção das criaturas que se aproximavam, queimando a maioria delas. Fel estava livre para enviar seu fogo para o resto. Ao contrário do que ocorrera em Umbraar, eles não queimavam como papel, mas muito mais vagarosamente, como pedaços finos de madeira, e caíam ainda queimando. A fumaça negra se dissipou lentamente para revelar uma cidade severamente danificada, com telhados quebrados ou faltando, e alguns prédios em chamas aqui e ali. Até o castelo tinha janelas quebradas e torres danificadas. Entre as ruínas, muitas dessas criaturas ainda vagavam enquanto algumas voavam em direção a Ekateni e Fel.

Por mais que seu tio tivesse dito para dar meia-volta e fugir, ele não deixaria a cidade de Léa à mercê dessas criaturas. Concentrou-se naquela sensação de fogo em seu peito, preparando-se para queimar as criaturas que se aproximavam, quando percebeu que seu tio também voava em sua direção. Isso era imprudente, dar as costas para seus inimigos. Mas havia algo estranho nele, não um sentimento específico como raiva, medo ou preocupação, mas sim a ausência de qualquer emoção. Talvez ele estivesse apenas focado na batalha. Mesmo assim, era estranho.

— Ekateni?

Seu tio abriu a boca e lançou uma enorme rajada de fogo em

direção a Fel. Isso foi cem vezes pior do que quando fora atingido pelos Indomáveis a caminho de Fernick. Ele não conseguia mais sentir suas asas ou qualquer parte de seu corpo e caiu no chão com um baque enorme. Um zumbido alto não o deixou ouvir nada, sentir nada. Mas ainda viu o brilho do fogo nas escamas azuis. As escamas azuis de seu tio, voando em sua direção.

Parecia irreal, como se estivesse acontecendo com outra pessoa, aqueles dentes enormes sendo enterrados em seu pescoço, tanto sangue escuro fluindo e sua vida desaparecendo. Um grito estridente e alto ecoou em sua cabeça. Era dele?

E então havia apenas escuridão.

26

O AMULETO

Léa não compreendia muito bem aquela sensação terrível, não entendia o que estava acontecendo, a não ser aquela angústia gigantesca e devoradora. Ela se viu naquela colina novamente, observando sua cidade queimar, criaturas horríveis voando acima dela e a cúpula desaparecida.

Fel estava voando baixo. Não, caindo. Pelo menos seu tio estava por perto. Léa queria correr para ele, mas havia muitas criaturas lá, e ela seria uma distração desnecessária.

Mas então seus olhos não podiam acreditar no que estava vendo. Ela estava vendo isso? Ou era um de seus horríveis pesadelos? Sem querer, tentou cruzar as mãos, e sentiu que elas se tocavam.

E, no entanto, como isso poderia ser? Não poderia ser real. A imagem que ela viu foi Ekateni atacando Fel. Não fazia sentido. Ele agora estava mordendo seu pescoço, tão profundamente e com tanta força que sangue escuro jorrava da ferida, e aqui Léa estava, incapaz de ajudar, incapaz de fazer qualquer coisa, até mesmo seu grito preso na garganta quando ela sentiu sua pele se transformando em gelo.

Ninguém poderia sobreviver a um ferimento como aquele, nem mesmo um dragão.

Ela tinha visto Tzaria mudar de forma depois de ser ferida, e talvez isso fosse uma possibilidade, mas Fel não podia trocar para sua forma humana. Léa percebeu que agora estava correndo para ele, correndo para chamá-lo, para ver se talvez pudesse encontrar sua forma humana, para ver se ela poderia ajudá-lo de alguma forma.

O céu já escuro estava ficando ainda mais escuro com aquelas criaturas voando em sua direção, mesmo que a pior escuridão estivesse dentro dela, enquanto o fogo da cidade iluminava a noite. Pelo menos Ekateni levantou voo, deixando o corpo de Fel sozinho, mas então o dragão azul voou direto para uma das vigas quebradas da cúpula, que atravessou seu corpo. Léa não conseguia entender o que estava acontecendo, mas, ao mesmo tempo, ela estava mais focada em Fel, deitado e imóvel, sua vida acabando.

Três criaturas voadoras avançavam em sua direção. Ela os comandara uma vez, mas agora se sentia vazia. Talvez tivesse tido uma impressão de comandá-las, quando na realidade ela estava cumprindo suas ordens abrindo uma passagem para este mundo. Talvez ela pudesse tentar trazer algo de outro reino para ajudá-la, usar sua condução de morte, mas nada aconteceu. Enquanto olhava para aquele absurdo, tudo o que lhe ocorreu foi uma profunda sensação de vazio. Isso era uma sensação? Ou ela cairia no espaço entre o espaço, a lacuna entre os mundos, o verdadeiro vazio que havia entre tudo?

Um círculo de luz apareceu na frente dela. Tzaria estava lá e abriu os braços, como se para impedir Léa, impedi-la de correr.

— Temos que ir embora — disse a mulher.

Ir? Ela era louca?

— Eu tenho que ajudar Fel.

— Não há mais vida em sua forma de dragão. Não há nada aqui. Eu não posso lutar contra essas criaturas. Não no meu estado atual.

Este era o momento em que Léa deveria fazer algo heroico, deveria ter uma ideia brilhante, apresentar uma solução incrível e, no entanto, tudo o que ela sentia era dor. No momento em que ela mais precisava pensar, tudo o que encontrou foi o vazio.

Ela sentiu a mulher segurando sua mão, depois traçando um círculo no chão, viu as criaturas voadoras se aproximando e então tudo escurecer. Aquela escuridão convidativa, aonde ela pertencia, aquele nada onde ninguém podia sentir dor.

Talvez ela pudesse sonhar com Fel humano, encontrá-lo neste lugar, antes que ele partisse para a terra dos mortos. Mesmo sua cidade estava agora à mercê dessas criaturas. Tudo perdido. Se ao menos ela tivesse considerado a proposta de Iona antes, se ao menos tivesse planejado melhor, se ao menos pudesse voltar no tempo. Agora tinha essa cicatriz na alma e a culpa de não ter feito o suficiente.

— Léa? — A voz de Tzaria ecoou, mas parecia distante. Tudo estava longe, e aqui estava ela na escuridão. Havia algo pegajoso à sua frente, algo que não a deixava se mexer, e ela não conseguia mais sentir a mão de Tzaria. Léa estava irremediavelmente perdida, sem nenhuma ideia de em que mundo se encontrava, e ainda assim estar perdida era tão pouco em comparação com a enormidade de tudo o que ela estava perdendo.

Não, ela não podia desistir. Tinha que se controlar, tinha que encontrar um jeito. Como? Quando ela não conseguia nem se mexer? Algo definitivamente a tinha aprisionado. A questão era o quê.

Ser uma soberana significava ignorar sua própria dor pelo bem de seu povo. Naia tinha ouvido isso muitas vezes na infância e sempre imaginou que significava ir a uma reunião mesmo depois de bater o dedo mindinho do pé. Aqueles foram tempos simples, quando ainda não tinha entendido todos os diferentes tipos de dor.

Agora ela percebeu o que seu pai quis dizer, enquanto lutava com o medo de perder River, seu próprio arrependimento por seu fracasso, sua preocupação com Alúria e tantos outros problemas nublando sua mente, entorpecendo seus sentidos. E, no entanto, havia sido nomeada rainha dos lendários e não iria fugir de suas responsabilidades.

Naia estava com Anelise nas margens do Rio Azul. Vir aqui foi tão simples, apenas uma questão de observar os fae caminharem pelo oco e entrarem nos círculos existentes, e, ainda assim, de alguma forma, Naia abriu a cidade deles fazendo isso. Nesse momento, ela queria esquecer tudo o que estava acontecendo com River, todas as suas ansiedades, e se concentrar em garantir que os lendários tivessem algum tipo de acesso a comida e água de fora de sua cidade isolada.

Anelise trouxe dois de seus amigos, Gaelle e Barton. Ambos tinham a típica aparência fae, mas agora Naia estava ficando melhor em diferenciá-los. A irmã de River tinha uma pele ligeiramente mais escura do que seus amigos, e um rosto mais redondo. Sua amiga Gaelle era uma linda garota com chifres claros e unhas claras, seu rosto muito mais anguloso que o de Anelise. Barton era um jovem com cabelo louro-claro cortado abaixo da orelha, sua pele ainda mais pálida do que a de seus companheiros e seus olhos de um vermelho muito mais brilhante, em vez do habitual vinho escuro da maioria dos lendários.

A irmã de River olhou ao seu redor.

— Então apenas eu e quem eu permitir pode vir aqui.

— Sim. Quero dizer, eu não saberia quem trazer. Vocês podem pescar e caçar, e levar um pouco de água para a cidade.

Anelise fez uma pausa e disse:

— Se você fosse uma estranha nos concedendo um acordo, eu apreciaria este pequeno gesto, mas como nossa rainha...

— Está bom por enquanto — Gaelle a interrompeu.

— Não está. — Naia concordou com Anelise. Isso estava longe de ser suficiente. A Cidade Lendária tinha muita pouca terra e, mesmo que pudessem trazer água, ela não se recuperaria rápido o suficiente para alimentar alguém. Os animais tinham ido embora. — Você precisa trazer as pessoas de volta para Alúria, para viver da terra, eu acho, mas infelizmente não é o momento para isso.

Gaelle suspirou.

— Na verdade, não somos agricultores. A gente fazia muito comércio. Antes.

Antes da guerra.

Anelise voltou-se para a companheira.

— Mas não é hora de fazer comércio.

— Não, mas se pudéssemos ir para outros reinos, outros lugares...

— Você pode — Naia disse. — Quero dizer, não sei se preciso fazer alguma coisa para permitir que você faça isso. Contanto que vocês não ataquem ou roubem os humanos, e contanto que vocês façam o seu melhor para ficar escondidos, vocês podem.

— Basta um acordo verbal — disse Anelise. — Mas se eventualmente quisermos fazer comércio, não podemos ficar escondidos.

— Então não se escondam. — Naia não queria impor muitas condições, sabendo da situação terrível deles. — Mas não prejudiquem os humanos.

Gaelle disse:

— Não fomos nós que começamos a guerra. E Alúria também é nossa terra. A Cidade Lendária era apenas um porto seguro e um lugar para selar um pouco de nossa magia.

A *fusão mental* tinha sido restrita à Cidade Lendária. Ainda assim, Naia sabia tão pouco sobre os lendários. Talvez ela devesse deixá-los decidir seu próprio destino.

— Você sabe o quê? Faça o que você quiser. Venha e saia quando quiser, só não ataque os humanos sem motivo.

Naia percebeu que essa era uma frase muito ambígua. O que *sem motivo* significava? Quando os faes poderiam atacar? E, no entanto, talvez o certo fosse devolver-lhes a liberdade que lhes fora injustamente tirada por suspeita de terem destruído Formosa. É verdade que o Rei Spring também teria matado todos os humanos em Alúria sem remorso, mas ela sabia que alguns humanos fariam o mesmo se tivessem a chance. E agora o inimigo era outro. Se Cynon voltasse seus olhos para os lendários, talvez eles precisassem de um lugar para se esconder.

Anelise a encarou com os olhos arregalados.

— Você poderia ter negociado por esse acordo.

— Eu faria, em circunstâncias diferentes. — Naia deu de ombros. — Como sua rainha, é meu dever garantir que vocês estejam seguros, pensar primeiro no seu bem-estar.

Gaelle suspirou.

— Então você se vê como nossa rainha. — A garota ainda

não sabia sobre River sendo corrompido e possuído por Cynon, e talvez pensasse em Naia como uma humana sedenta de poder, o que era justo, considerando tudo.

Naia soltou uma risada zombeteira.

— Não importa o que eu vejo ou não vejo. O que importa é o que é.

Anelise pôs a mão no ombro de Naia.

— Temos sorte de ter você.

Claro. Sorte que não era apenas o hospedeiro de Cynon no comando.

Talvez esconder a verdadeira condição de River tenha sido um erro, mas Naia temia que eles o matassem, e ela ainda acreditava que havia uma parte de River lutando contra Cynon. Enquanto pensasse que ele ainda estava lá, ela não perderia a esperança.

Um galho quebrou atrás de Naia e ela congelou, então se virou e viu River, parado perto das árvores, usando roupas feéricas.

Ele estava olhando para ela e disse:

— Eu que tenho sorte de ter você.

Naia queria correr até ele e abraçá-lo, queria se sentir aliviada por ser ele mesmo de novo, mas sabia que não era verdade.

Ainda assim, ela sorriu.

— Por quê?

River deu de ombros e olhou para Anelise e seus amigos.

— Vocês. Fora. Fora daqui. Fora da minha presença.

Os três faes desapareceram rapidamente. Eles ainda estavam em um círculo de fadas, afinal. Ainda assim, Anelise poderia pelo menos ter dado a Naia um olhar culpado por deixá-la sozinha com o hospedeiro de Cynon, mas não.

Indo em direção a Naia, River disse:

— Você não esperou por mim.

Não parecia zangado, mas ela não sabia o que ele ia fazer.

— Estava frio — disse ela.

Ele estava perto o suficiente para pegar as mãos dela.

— Sabe o que eu gosto em você? Você amplifica minha magia.

Naia odiava isso. Odiava... Um pensamento a atingiu. A amplificação não era apenas em uma direção. Ela também poderia ter um pouco da magia *dele*, amplificada além de tudo, e se ela conseguisse a fusão mental...

Havia uma maneira de misturar suas mágicas. Naia engoliu em seco e seu estômago gelou. Ela passou a mão pelo peito dele.

— Eu poderia amplificar ainda mais. Você ainda é River, não é? Apenas... Mais poderoso.

Ele sorriu.

— Muito mais poderoso. E bem melhor.

Tantos pensamentos passando por Naia. Se ao menos ela pudesse recriar o primeiro beijo deles, recriar aquela intimidade, aquela troca de magia, só que eles não poderiam mais se beijar pela primeira vez, mas poderiam se aproximar de outra primeira vez.

Naia tentou acalmar sua ansiedade e preocupação, pois não queria que ele percebesse, e disse:

— Acho que se você ainda é River, não há razão para sermos inimigos. Eu quero que você seja poderoso. Deixe-me amplificar sua magia em todo o seu potencial.

River agarrou seu queixo.

— Fale claramente.

Não seria fácil recriar a sensação de seu primeiro beijo com esse estranho River, no entanto. E talvez fosse tudo Cynon, o que seria bastante nojento, se ela pensasse sobre isso. E ela não tinha certeza se estaria interessado nela.

Mas ela tinha que tentar trabalhar com aquela parte do River que ainda estava lá.

— Me faça ser toda sua. — As palavras haviam saído e não havia como retirá-las, mas Naia sentia como se estivesse caindo de uma torre bem alta, caindo, caindo.

Ele a encarou por um longo momento, enquanto ela ouvia seu próprio coração, tentando entender o que se passava em sua mente. Ele a mataria? Riria dela? Essas eram apenas duas opções terríveis entre tantas. Por que ele estava demorando tanto para uma resposta tão simples, sim ou não?

Após a eternidade agonizante de alguns segundos, ele finalmente disse:

— Vamos fazer direito.

Naia se viu no oco novamente, sem saber para onde estava indo, apavorada com o que estava prestes a fazer, sem saber se iria funcionar.

TUDO ESTAVA TÃO CLARO, e depois escuro de novo. Fel abriu os olhos e viu estrelas. Estrelas diferentes, não as que ele estava acostumado. Havia grama macia atrás dele e... Ele era humano.

Por mais que tivesse se acostumado a ser um dragão e se sentisse como ele naquela forma, este era realmente ele, do jeito que se conhecera durante a maior parte de sua vida. Estava vestindo a mesma camisa branca e calças marrons que ele tinha usado... Em Umbraar, quando lutava contra as forças de Bastião de Ferro. Havia pedaços de metal perto dele: suas mãos.

Fel sentou-se. Este era o mundo após a vida? Ele sempre pensou que teria que atravessar um corredor, alguma coisa, e que haveria alguém para recebê-lo. Ele deu outra olhada. Todo o luar e o brilho das estrelas permitiam que visse um vale cercado por uma ravina. Ouviu o canto de um pássaro e o farfalhar das folhas. Este lugar... Ele o conhecia. Isso era...

Sua mente parecia nebulosa e confusa, e então uma lembrança o sacudiu. Seus últimos momentos como dragão e Ekateni o atacando. Ekateni, de todas as pessoas, ou dragões. Tão estranho. A cidade de Léa em chamas. Agora ele estava aqui e nem sabia se estava vivo ou o que estava acontecendo.

— Já está se sentindo grato? — uma voz masculina familiar perguntou.

Fel se levantou e se virou, e viu um homem alto com cabelos loiros, pele escura e olhos amarelos. Olhos amarelos como todos disseram que seu pai tinha, mas este não era seu pai, era alguém que Fel havia encontrado antes.

Depois de alguns momentos tentando descobrir por que ele reconheceu a voz, a resposta veio.

— Primeiro Mago?

Era estranho porque Fel havia sido informado de que ele

não tinha forma humana, mas este era o lugar e também era sua voz.

O grande dragão riu.

— Surpreso em me ver assim?

— Um pouco — Fel confessou. — O que estou fazendo aqui?

— Sobrevivendo. Você não está feliz por eu ter mantido seu corpo humano seguro?

— Você manteve? — Seguro? Isso significava... Ele poderia ser tão sortudo? — Então eu não morri?

O Primeiro Mago balançou a cabeça.

— Somos criaturas resistentes e teimosas. A menos que coloquemos ambas as formas em perigo, a menos que não troquemos com rapidez suficiente. Mas você está aqui. E você pode ir para casa agora, se quiser. — Ele apontou para o peito de Fel. — Não se esqueça do seu presente.

Fel olhou e viu um colar com um pingente roxo.

— Este... É o amuleto? — Ele até tinha esquecido dele. — Você pode explicar melhor como funciona?

— Você sabe como funciona porque já usou. Se não você, então alguém que você ama. Apenas coloque e lembre-se.

Lembre-se... Não, isso não fazia sentido.

— Eu não usei. Como vou me lembrar de alguma coisa? Isso não deveria mudar o passado?

O Primeiro Mago balançou a cabeça.

— O tempo é um círculo. Você não pode mudar o que já foi mudado. Eventualmente, você perceberá ou lembrará quando o amuleto foi usado. Então você pode segurá-lo e pensar sobre esse momento.

Fel gostaria de poder mudar tanto, mas então, se tivesse que ser algo que já havia sido mudado, sempre levaria a este momento, quando tanta coisa estava errada. A menos que...

— E se eu cometer um erro? E se eu usar para algo que não usei antes?

— Você poderia rasgar o tecido da realidade.

Ótimo. Nada com o que se preocupar.

— Você está brincando.

— Não, é sério.

— Isso é... — Como ele poderia expressar a enormidade

disso? — Muita pressão para acertar. — Ele removeu o colar e o segurou entre seus dedos de metal. — Acho que não quero essa responsabilidade.

— É para você.

— Como algo tão pequeno pode destruir o mundo?

— Eu não disse destruir. Eu disse rasgar. Pode ser catastrófico, e então pode não ser. O tempo é uma coisa complicada. Eu entendo que você está se perguntando por que eu dei isso a você. Bem, não foi minha escolha. Você acha que eu escolheria um idiota para segurar isso? Claro que não.

Fel ainda segurava o colar e ignorou a ofensa.

— Eu tenho senso de humor, mas se for uma piada, me diga.

— Não é uma piada.

— Mas então... Se o tempo... Se tudo já aconteceu, então qual é o sentido? Está tudo feito, não está?

— Nada está definido. O verão e o inverno vêm e vão, e as folhas nunca são as mesmas. Você ainda tem que fazer a sua parte, senão você vai mudar as coisas.

— Isso não vai rasgar o tecido do universo, então?

— Claro. Por que você acha que temos todos esses mundos?

Fel suspirou.

— Justo. Então eu preciso reconhecer o momento em que eu já o usei, e então usar. Você está dizendo que eu preciso segurá-lo em minhas mãos. Você percebe que tenho um pequeno problema aqui?

— Não. Você tem mãos.

Suspirando, Fel guardou o colar.

— O que vai acontecer com a minha forma de dragão? Está perdida?

— A forma de dragão ressurgirá novamente, depois de algum tempo. Você vai ter que esperar.

— Será que vou poder trocar de forma?

— Quem sabe o que futuro vai trazer?

— Achei que estava tudo escrito.

— Não. Apenas o passado está escrito, mesmo que seja o passado que você mudou do futuro. Há muito espaço para variações no que está por vir.

O que estava por vir. Tudo tão terrível. Fel pensou em sua irmã, Léa, seu pai...

— Alúria está com problemas. Cynon está lá e tem um hospedeiro.

— De fato. E Alúria não é a terra do dragão de ferro? Há um grande plano em ação. As coisas acontecem quando é a hora certa. Uma maçã não amadurece antes do tempo. As coisas acontecem por uma razão.

Fel balançou a cabeça.

— Duvido que haja uma razão para sofrimento, morte, dor...

— A dor não faz parte do plano, Isofel. Nem o sofrimento.

— Fácil para você dizer isso quando você fica aqui enquanto nós vamos lá e lutamos. — Talvez isso fosse desrespeitoso, mas Fel estava ficando desesperado.

O Primeiro Mago não parecia incomodado. Na verdade, ele riu.

— Muito fácil porque sei o que minha parte envolve e sei seu valor. — Ele levantou a mão e apontou para trás de Fel. — Vá. Através desse círculo.

Era um anel de fogo flutuante, como aqueles pelos quais os dragões voavam, mas pequeno.

— Eu deveria pular por ele?

— Você também pode ficar aqui para conversar um pouco mais, mas posso não ter mais vontade de lhe conceder passagem de volta para casa. Eu pularia se fosse você.

Novamente Fel deixaria aquele lugar sem saber nada, com mais perguntas do que respostas, com mais confusão do que clareza. Mas ele não iria arriscar sua sorte. Saltou como se tivesse que passar por cima de uma cerca alta.

Do outro lado do anel, ele encontrou um abismo. Estava perto daquela caverna que levava à passagem para encontrar o Primeiro Mago, exceto que ele havia pulado longe demais e agora estava caindo na água. De jeito nenhum seria capaz de trocar de forma agora, e a altura era muito grande, o que significava que o impacto na água poderia ser mortal. Ele deveria voltar no tempo ou não? Como ele faria isso se estivesse morto? A menos que fosse uma ilusão, um truque. Ele tinha que pensar rápido, ou a superfície do oceano iria esmagá-lo.

Naia olhou para a água ao seu redor, ainda meio descrente de seu plano. A princípio ficou em choque quando River ordenou que ela fosse enviada para um quarto, e então essas duas mulheres faes vieram, armadas com espadas e arcos... Mas tudo o que fizeram foi encher uma banheira com água. Eram serviçais fazendo dupla função como guardas e camareiras.

Agora elas estavam no quarto, observando enquanto Naia tomava banho. Aquele era o quarto de alguém, mas Naia não sabia de quem. Achava que um banho era um grande desperdício de água, considerando a situação na Cidade Lendária, mas ela não tinha muito a dizer quando a ordem veio do próprio rei.

Tinha dúvidas sobre a magia que a mantinha como rainha e quanto poder ela realmente detinha. Era mais do que uma rainha consorte, mas menos do que River, o que era um problema.

A porta se abriu e Naia se perguntou quantas pessoas exatamente iriam vê-la nua. Embora a nudez não fosse um tabu entre os faes, ou mesmo entre mulheres humanas, ela havia crescido apenas com seu irmão e seu pai, e apreciava um pouco de privacidade para esses momentos.

Pelo menos era só Anelise, o que era um alívio. A fae era a única aliada de Naia neste lugar, talvez a única pessoa que entendia o que ela estava passando.

— Fiquem onde estão — a irmã de River ordenou às duas guardas, então ela se ajoelhou ao lado da banheira, colocou a mão dentro e começou a sacudir a água. Inteligente. Ela queria abafar a conversa delas. — Devo presumir que você tem um plano? — ela perguntou a Naia.

— Não exatamente. Mas eu quero misturar nossas mágicas.

Anelise assentiu.

— Isso o tornará mais poderoso.

— Vai para os dois lados.

— E depois? — Ela parou de mexer a mão e olhou para Naia, então pareceu se lembrar do motivo de estar fazendo isso e continuou.

Naia ficou tensa. A verdade é que ela não tinha certeza do que iria acontecer.

— Espero que eu descubra.

Anelise olhou para a água e sussurrou:

— Você vai tentar matá-lo?

Um gosto amargo veio a Naia. Esta era uma possibilidade, e poderia ser uma necessidade.

— E se eu tentar?

— Você pode não sobreviver à tentativa.

Naia esperava alguma censura por tentar matar o irmão de Anelise. Não que ela fosse fazer isso. Ainda assim, ela tinha uma pergunta.

— Eu lhe dei poder para agir em meu lugar. Se algo acontecer comigo...

— Seu pedido será anulado. Não terei mais poder.

— E se nós dois morrermos?

— O próximo na linha para o trono é Forest.

Naia realmente não gostava dele, apenas com base no que River havia dito a ela, mas não poderia ser pior do que o hospedeiro de Cynon. Ela decidiu ser ainda mais honesta.

— Eu quero salvar River, não o matar. Você tem alguma sugestão? Conselho? Ideias?

Anelise respirou fundo.

— Demore. Demore o máximo que puder. Permita-se absorver a magia dele o máximo que puder e faça o que tiver que fazer. — Seu tom era sombrio.

— Você ainda acha que eu vou matá-lo.

A princípio, a única resposta que Naia obteve foi o silêncio, quebrado apenas depois de um longo tempo.

— Você estará em uma posição privilegiada. Poucos conseguirão chegar tão perto dele. — Sua voz era tão baixa que mesmo Naia mal conseguia ouvi-la. — Você vai desperdiçar sua chance? E qual é a alternativa?

A verdade é que Naia não sabia. Ela estava agindo por um palpite, um palpite muito vago, e esperava que houvesse outra solução.

— Você acha que eu deveria matá-lo.

— Não. Eu realmente não sei o que pensar, mas também não

quero ver meu irmão usado para um esquema sinistro. Ele não iria querer isso. E também, não sei quem foi a pessoa que pediu esse banho, não sei quem você vai encontrar naquele quarto. Se Cynon for um ser antigo e extremamente poderoso, não será enganado tão facilmente. Isso pode ser um teste e ele pode estar preparado. Tome cuidado.

Verdade. Mas então...

— Quando o preço pela inação é tão alto, por que não ser imprudente?

— Porque você ainda pode moderar o poder dele, ainda pode garantir que os lendários não caiam em um abismo.

— Eu também posso absorver a magia dele. Você não acabou de dizer que eu estava em uma posição privilegiada e deveria fazer alguma coisa?

— Faça algo se puder, não faça nada se achar que pode falhar. — Anelise então puxou sua mão de repente, como se a água a tivesse queimado.

Isso preocupou Naia.

— O que aconteceu?

— Magia de ferro. Entrou na água. — Olhou para os guardas, que não estavam olhando na direção delas, então disse: — Boa sorte. E conte comigo, aconteça o que acontecer. — A tristeza manchou sua voz.

O que quer que acontecesse, haveria uma maneira de trazer River de volta? Se fosse realmente uma questão de matá-lo, Naia seria capaz de seguir em frente? Ela estava sozinha em sua decisão, sozinha com a responsabilidade de tentar encontrar uma resposta.

Antes de sair, Anelise se virou.

— O amor também é poderoso. Não esqueça disso.

Amor. O amor poderia desfazer a bagunça sob a qual estava enterrada? Ou seria a desculpa que ela daria para desistir de seu dever?

27

FOGO

Depois que Naia se secou, uma das guardas faes deu a ela um vestido. Era roxo claro, com bordados muito mais finos e delicados do que qualquer coisa que ela já tivesse visto ou imaginado. É verdade que ela não tinha visto muita elegância em sua vida, mas nenhum dos vestidos da realeza na conglomeração poderia chegar perto disso. Não era de admirar que os lendários tivessem feito comércio com os humanos antes que tudo desse errado.

Naia o vestiu devagar, sem a ajuda das guardas, que não podiam tocá-la por causa da sua condução de ferro. O vestido era amarrado na frente e não era complicado, o que ajudava, mas mesmo assim teve dificuldade, pois seus dedos tremiam.

A parte que a estava deixando mais preocupada era perceber que River — ou Cynon — estava levando sua proposta a sério, certificando-se de que ela tomasse esse banho com ervas aromáticas e tudo. A menos que pensasse que ela geralmente fedia, mas ele não concordaria com isso, concordaria? Pensamentos problemáticos. Quem estava no controle do River? Se fosse Cynon, ele poderia pensar o que quisesse. Se fosse River... Talvez ele só quisesse fazer isso direito ou talvez dar a ela tempo para pensar. Tempo. Só estava aumentando sua preocupação e mortificação, e duvidava que fosse capaz de recriar seu primeiro beijo naquele estado.

O desespero a deixara louca? E então, seria capaz de olhar nos olhos dele e dizer que havia mudado de ideia? Talvez ela precisasse fazer isso, mas significaria nenhum beijo, nenhuma troca de magia, e todos os seus planos seriam desperdiçados. Como se ela tivesse algum plano. Não, ela tinha certeza de que, se tivesse acesso à magia dele, seria capaz de fazer alguma coisa.

— Você está pronta? — perguntou uma das guardas.

— Sim. — Ainda bem que ela ainda conseguia mentir, mesmo que se arrepiasse um pouco, mesmo que sua voz estivesse trêmula.

— Siga-nos, então.

Naia se assustou. De alguma forma, ela pensou que precisaria esperar, que talvez tivesse mais tempo. Pensamento maluco, considerando quanto tempo tinha passado naquele banho. Ela seguiu as duas faes até uma grande porta de bronze. Pelo menos teria acesso fácil a uma arma, se fosse necessário.

Os guardas abriram-na para revelar uma sala mergulhada na escuridão, exceto pela luz de cerca de cinquenta velas, espalhadas por todo o local, em recantos do chão de mármore. Não havia cama, apenas um colchão no chão, e uma mesa com duas cadeiras no canto. River estava sentado lá.

Naia sentiu a porta se fechando atrás dela e as faes a deixando. Ela estava sozinha com River. Sozinha com o hospedeiro de Cynon — e em uma sala com muito metal e fogo. O que ela ia fazer?

Seu estômago estava prestes a dar uma cambalhota, mas ela notou mais metal na sala; espadas e escudos pendurados na parede. Uma fina bandeja de prata com algumas frutas estava sobre a mesa. Quem concordaria em ficar sozinho com uma condutora de ferro em um lugar como este? A resposta era óbvia: alguém que não a considerava uma ameaça.

Naia sentou-se na frente dele, imaginando se River estava mesmo lá, se tinha um plano ou se isso era realmente uma ideia suicida. Se morrer fosse o que ele realmente queria, se fosse a única solução, ela não teria escolha. Três velas queimavam sobre a mesa, entre eles, enquanto ele olhava para baixo, apoiando a cabeça na mão. Estava expondo seu pescoço para ela?

— River? — Ela tinha que olhar em seus olhos, tinha que encontrar uma pista, uma ideia.

Seus olhos encontraram os dela, tão lindos refletindo as chamas em sua própria cor ardente. Ele era lindo, vestido todo de preto com uma camisa folgada que parecia ter um pouco daquele mesmo bordado fino.

Ele pegou uma faca e rodou na sua mão.

— Então você realmente quer amplificar minha magia?

— Não somos aliados?

Ele riu e balançou a cabeça, então levantou uma sobrancelha.

— Você sabe o que isso implica, eu presumo?

— Você fala disso como se fosse algo terrível.

Ele sorriu.

— Tire a roupa, então.

Antes de entrar em pânico, percebeu que era melhor agir como ela mesma. Ela riu.

— Tão vulgar. Por quê? Esses laços são muito difíceis para você? E eu não me vesti assim para tirar tudo tão cedo. — *Demore, demore, demore,* Anelise tinha dito a ela. — E eu quero comer primeiro. — Mas então, como eles chegariam aos beijos? Naia colheu uma uva, ainda insegura.

Ele estava olhando para ela.

— Não tenho uma eternidade para isso.

— Não é estranho? Os jovens estão sempre com pressa, enquanto os velhos são pacientes, quando deveria ser o contrário. — Ela estava tentando ganhar tempo e pensar, olhando para as chamas como se pudessem lhe dar uma resposta. Tudo estava dando errado, e ela também não tinha uma eternidade.

Talvez estivesse complicando demais. Eles haviam misturado sua magia com um beijo antes. Por que deveria ser diferente agora? Pelo menos eles estavam sozinhos, imperturbáveis.

Naia se levantou e ficou em pé ao lado dele.

— Beije-me, então.

Ele colocou a mão no queixo dela e então seus lábios se tocaram. Naia os queria mais perto, então ela se sentou no colo dele e o abraçou. Este não era o momento de se perguntar quem ela estava beijando. Este era o momento de lembrar de River e lembrar por que estavam conectados.

Ela se lembrou do River que a confortou depois de sua discussão com seu pai, lembrou-se de sua música, suas palavras, seus sorrisos, lembrou-se do dia em que foi capturada pelos lendários e como ele veio até ela. Mesmo em seu pior momento, ele a nomeou rainha, talvez para protegê-la, e então se certificou de que ela estivesse em algum lugar de onde pudesse escapar.

Ele não era apenas bonito, mas divertido e gentil. Ela gostava de observar as estrelas com ele, gostava de tê-lo por perto. Ela poderia sentir sua mente se estendesse a mão? Ela poderia interferir em seus pensamentos?

Sentiu as mãos dele a levantando e colocando-a no colchão. Olhou para ela, todo doce River, então desfez seus laços, removendo seu vestido. Naia estava seminua, exposta, e ainda assim a sensação das mãos dele, a sensação de suas unhas contra a pele macia de seus seios fez algo com ela, acendeu uma onda de desejo — e mágica. Ela puxou o rosto dele para outro beijo. Beijar, beijar, beijar e misturar seus poderes, era para isso que ela estava ali.

As sombras das chamas dançavam nas paredes. Chamas. Fogo. Ela era resistente ao seu próprio fogo — e o fogo era purificador. A ideia dela era insana? Muito do que estava fazendo era. Ele tirou o vestido e as roupas íntimas dela, de modo que todo seu corpo ficou nu para ele. Naia então puxou a camisa dele para cima, para que ficassem pele contra pele. Agora definitivamente podia sentir uma onda avassaladora através dela, um poder que não era dela. Eles *estavam* misturando suas magias. Magia, fogo, magia. As ideias ainda estavam borradas, mas entrando em foco.

— Tire a roupa — ela sussurrou.

Ele sorriu e não demorou muito para fazer o que ela havia pedido e se livrar de suas calças. Naia evitou olhar, então rolou para o chão, o mármore gelado esfriando seu corpo, seus pensamentos, enviando outro arrepio estranho por seu corpo.

— Aqui.

Esperava que ele achasse estranho, mas não parecia ser o caso, pois ele estava acima dela em menos de um segundo. Isso significava que não havia nada ao redor deles que pudesse queimar.

Naia o puxou para perto dela, envolveu-o com os braços e as pernas e sussurrou:

— Não se mexa — Ela tentou colocar poder e intenção em suas palavras, tentou tecer alguma magia nelas, esperando estar fazendo certo.

Mesmo que não tivesse certeza se sua sugestão funcionou, ela imediatamente conjurou o fogo mais forte que pôde, envolvendo-os em um pilar de chamas.

O grito de River foi um lamento horrível que logo desapareceu. Naia o abraçou forte, aliviada por não o sentir queimando, mas ainda assim manteve aquele fogo vivo, pensando no amor, pensando em como ela havia sido chamada para ele e vice-versa, se é verdade que tinha visto uma luz o conduzindo para fora do oco. Havia um poder conectando-os, e Naia se rendeu a esse poder, imbuindo seu fogo com seu amor por aquela parte do River que ainda estava lá, ainda lutando para se libertar.

Naia manteve a chama, manteve o fogo, pelo que pareceu uma eternidade. Só quando ela não conseguia mais segurar aquela chama poderosa parou, apavorada com o que havia feito.

River estava imóvel sobre ela, os olhos fechados, como se estivesse dormindo. Pelo menos ele não tinha se queimado. Naia o rolou de costas e aproximou o ouvido do coração dele, ouvindo apenas o silêncio. Ela pôs a mão na frente do nariz dele e não sentiu nenhuma respiração.

Não, não, não.

Seu coração batia forte dentro dela, um tambor para acompanhar seu pavor.

Se a morte fosse a única resposta, se River tivesse feito questão de estar aqui sozinho com ela, não deveria se arrepender do que tinha feito. Ainda assim.

— River.

Ela colocou a mão em seu peito, sua pele ainda quente do fogo, mas não tinha certeza se havia algum calor por dentro. Mas se ele sobrevivesse, ela não tinha certeza se isso cortaria os laços com Cynon, e isso significaria que estaria em perigo.

— River — ela chamou novamente, mesmo quando não viu nenhum sinal de vida nele.

Era o fim, então? Uma coisa boa, claro. Uma boa ação. Boa ação amarga.

Naia beijou os lábios dele suavemente.

— River, volte. Volte para mim. Se você puder.

Uma lágrima caiu do rosto dela diretamente no peito dele. E depois outra. Nada disso era o que ela queria e, ainda assim, nem mesmo a irmã dele a censuraria. Na verdade, esse foi um ato heroico, algo que só ela poderia fazer. Ela ainda não conseguia entender como ele tinha se deixado estar tão vulnerável. E agora poderia ter partido.

FEL ESTAVA se aproximando do oceano muito rapidamente. Muito rápido. E ele não tinha asas. Como desejava estar na forma de dragão novamente. Desejar não iria salvá-lo. O que poderia salvá-lo, então?

Veio a ele num piscar de olhos: sua magia.

Ainda havia algumas peças das armaduras dos Indomáveis flutuando no oceano. Ele moveu seu corpo para a posição horizontal, então puxou o máximo de peças de metal o mais rápido que pôde, colocando-as sob si, na mesma velocidade que ele, mas depois desacelerando-as lentamente, até que parassem, sustentando-o no ar. Foi por pouco, já que agora estava quase tocando a superfície do mar.

Isso tinha sido perto. Aquele dragão mago maluco quase matou Fel. Que grande ajuda. E então teve a coragem de falar sobre rasgar o universo ou o que quer que ele chamasse. Fel respirou fundo, feliz por estar vivo pela segunda vez hoje, mas agora se perguntando como ele iria voltar para Alúria.

Ao seu redor havia apenas oceano e ilhas rochosas pontiagudas. A praia não era longe, mas que praia? Ele não tinha absolutamente nenhuma ideia de onde estava, nem mesmo uma estimativa aproximada. Embora presumisse que fosse Fernick, nem tinha certeza disso.

Ele fez as peças de metal levantarem-no mais alto, até encontrar uma superfície plana onde pudesse pelo menos sentar e pensar. Suas mãos de metal ainda estavam com ele, e as deixou descansar ao seu lado. As estrelas poderiam lhe dizer onde estava e para onde ir — se ele as conhecesse. Naia era quem mais se interessava por astronavegação, e mesmo ela dificilmente encontraria sua posição em uma terra tão desconhecida.

Então, poderia voltar ao seu plano original, que era esperar o sol nascer e depois voar para o sul. Ou melhor, flutuar para o sul. Eventualmente, ele acabaria em Alúria. Provavelmente tarde demais para fazer qualquer coisa, pois levaria uma eternidade para chegar lá sem a poderosa propulsão de suas asas de dragão.

A verdade é que ele estava exausto, mas temia que os Indomáveis pudessem encontrá-lo aqui. Embora pudesse se defender com os pedaços de metal, não tinha certeza de por quanto tempo e contra quantos inimigos.

A melhor coisa a fazer seria chegar à costa, longe dessas ilhas, longe desse lugar onde outros dragões poderiam encontrá-lo. A terra provavelmente forneceria a ele um lugar para se esconder e descansar, antes de sua longa jornada de volta. Pelo menos estava vivo, e por isso talvez devesse ter agradecido ao Primeiro Mago.

Lentamente, deixou os pedaços de armadura suportarem seu peso e permitiu que deslizassem até a costa rochosa, que não oferecia muita proteção. Ele precisaria ir mais para o interior para encontrar uma floresta onde as árvores pudessem protegê-lo.

Antes de fazer isso, no entanto, ouviu o agora familiar som de asas de dragão à distância e desceu até o chão, onde se escondeu atrás de algumas pedras. Não era um ótimo esconderijo, mas esperava que a escuridão da noite fornecesse cobertura suficiente para ele.

Espiando da rocha, notou que havia apenas dois dragões. Um deles pousou na caverna que levava ao Primeiro Mago e trocou de forma, então gritou alguma coisa. Era difícil ouvir devido à distância e ao vento. O outro dragão voava em círculos, como se procurasse algo. Era um dragão escuro, provavelmente preto — como sua prima Jacine. Era difícil ver a pessoa perto da caverna, mas poderia ser seu outro primo.

Fel decidiu flutuar e acenar.

— Siniari? Jacine? — ele gritou, esperando que fosse realmente o caso, então acrescentou: — Sou eu. — Se por acaso ele estivesse errado, ainda eram apenas dois dragões, e Fel poderia lidar com eles.

O humano trocou de forma novamente, e os dois dragões voaram em sua direção. Tudo o que Fel sentiu foi calma e alívio. Ao se aproximarem dele, percebeu que eram realmente seus primos, e logo pousaram ao lado dele e trocaram de forma.

— Isofel? — Siniari perguntou.

— Sim. Como você sabia que eu acabaria aqui?

— Nós não sabíamos — disse Jacine. — Mas os dragões às vezes podem sentir uma atração em direção a um lugar, e isso acabou de acontecer conosco. Estou feliz por você estar vivo.

— Devemos ir embora. — A voz de Siniari estava tensa. — Você pode trocar de forma?

— Meu dragão se machucou.

— Eu posso carregá-lo. — Jacine ofereceu. — Então você pode fazer um anel para nós voarmos. — Ela se virou para Fel. — Você pode vir conosco?

— Preciso voltar para Alúria, mas...

Ele ia dizer que talvez pudesse flutuar pelo círculo, mas Siniari o interrompeu.

— Vamos sair daqui, depois conversamos.

Eles trocaram para suas formas de dragão em um piscar de olhos, e então Fel foi pego por uma grande pata e voou através de um anel de fogo.

Teia dos sonhos. Ou melhor, teia de pesadelo.

Azir estava coberto por ela, o material tecido por uma aranha rara e perigosa, destinada a prender suas vítimas para sempre, mantendo-as em um sono estranho e agradável, inconsciente do mundo real. Seu cochilo não tinha sido *muito* agradável, mas certamente esclarecedor. Pelo menos agora ele estava acordado.

Sempre tinha ouvido falar que as aranhas dos sonhos

sugavam o sangue das pessoas, mas não achava que fosse o caso, pois não tinha marcas. Ainda assim, se elas estavam tendo todo esse trabalho para encantar suas vítimas, deveriam estar se alimentando de alguma coisa. Seu melhor palpite era que eles estavam se alimentando de suas emoções.

Prazer, choque, traição, ódio. Se era isso que a aranha queria, isso explicava a teia do sonho, explicava como estava revivendo aqueles momentos estranhos de sua vida, momentos que acreditava esquecidos, mas que ainda machucavam como lâminas afiadas.

E, no entanto, ele tinha visto uma lasca de verdade.

Verdade? Ou engano? Esperança inútil?

Não era inútil. Ele veio para o vale com um objetivo em mente: resgatar Ursiana. De que adiantava arriscar a vida por ela e ao mesmo tempo agarrar-se a velhas feridas como se fossem diamantes? O que tinha visto em sua visão, Príncipe Sebastian o enganando, fazia muito mais sentido do que qualquer coisa que ele já havia conjurado em sua mente delirante, odiosa e ferida. E agora o que mais doía era ter desperdiçado tantos anos de sua vida enganado por uma mentira boba.

A aranha que o mantinha prisioneiro provavelmente estava gostando desses pedaços de choque, ódio e arrependimento, enquanto era contido por aquele material pegajoso. Ainda assim, ele foi capaz de pegar uma adaga no bolso do casaco e, então, arrancou aquela teia de sonho de uma só vez. Em um movimento rápido, esfaqueou o que parecia ser o teto de uma caverna baixa e foi recebido com um grito estridente e alto. Talvez os livros estivessem errados ao afirmar que essas aranhas sugavam sangue, mas eles estavam certos sobre a maneira certa de matá-las.

Azir saiu daquela pequena "caverna" e olhou para trás, para a enorme criatura que estivera acima dele, agora se contorcendo. Dela saíam longos tubos, parecendo veias, conectando-se com outras aranhas assim, sobre pequenos morros. Estava no fundo de um abismo circular e precisava sair dali o mais rápido possível. Ele não achava que essas criaturas iriam atacá-lo, mas era como se lançassem algo no ar que o fizesse perder a consciência e cair naquele estranho estado de transe. Por outro lado, em teoria, o simples fato de estar ciente do truque dessas aranhas o tornaria resistente a isso. Ele esperava que fosse verdade.

Ursiana não deveria estar aqui, mas em outro plano. Tudo o que Azir tinha que fazer era encontrar um lugar de onde pudesse se mover para o oco. Esses níveis inferiores eram densos, difíceis e estranhos, sem mencionar que nunca havia estudado verdadeiramente o que fazer caso acabasse ali. E, no entanto, lá estava ele, o que deveria lhe dizer que, no fundo, ele nunca acreditou nas mentiras do Príncipe Sebastian, ou talvez, mesmo que acreditasse, ainda se importasse o suficiente com Ursiana para arriscar a vida por ela.

Azir encontrou uma encosta junto às paredes de pedra e escalou-a rapidamente. Em um terreno mais alto, sentiu o oco chamando por ele e deslizou para dentro dele facilmente. Da escuridão saía uma infinidade de caminhos, uma infinidade de trilhas, círculos, portais, passagens. Ele poderia se encontrar no limite do Terceiro Plano, segurando o cabo do escudo de luz e esperando que isso o protegesse dos olhos da morte. Estava em uma caverna escura novamente, talvez a mesma de antes, mas desta vez não conseguia ouvir nada do lado de fora. Nenhum rugido, apenas silêncio. Depois de desembainhar a espada, ele saiu lentamente, certificando-se de que seus passos não fizessem barulho.

A paisagem tinha um tom estranho, azulado. Ele viu a caverna pela qual tinha escapado, deixando Ursiana para trás. Antes disso, havia vinhas, muitas, muitas vinhas escuras no chão. Ao lado deles, uma criatura caída. Mesmo antes de ver seu rosto, Azir percebeu que era um olho da morte — morto. Mais alguns estavam por perto. O que aconteceu aqui?

Azir seguiu as vinhas. Algumas delas estavam secas e pareciam velhas, no entanto. Há quanto tempo ele estivera sob o feitiço da aranha dos sonhos? Parecia no máximo uma hora e, no entanto, o tempo talvez tenha passado enquanto estava preso naquele torpor. Ele esperava que não tivesse passado tanto tempo.

Essas vinhas tinham que ser de Ursiana. A maioria delas levava a outra caverna, na qual entrou lentamente. Finos fios de luz vinham do teto e da entrada, e ali, entre vinhas, ele a viu, deitada. Ajoelhou-se para verificar se ela estava respirando, quando um movimento brusco o sobressaltou. Era uma videira afiada, vindo em sua direção, quase atingindo seu olho, exceto que ele a cortou na hora exata. Ela já havia usado sua magia para atacá-lo antes, mas nunca com tanta violência.

— Ursiana, sou eu. Você pode esperar para me matar? Esperar até que você esteja de volta em Alúria e segura?

Nenhuma palavra afiada encontrou a dele, e ele percebeu que sentia falta delas. Nenhum movimento, e por algum tempo, nem mesmo videiras — até que algo o circulou. Outra videira, que ele cortou. Se fosse a magia dela, era um bom sinal, mesmo que estivesse imóvel, de olhos fechados. Ele precisava levá-la de volta, mas a questão era como carregá-la naquele estado, especialmente se ela podia tentar empalá-lo a qualquer momento.

Lentamente, ele tocou seu rosto. Ela ainda estava quente e respirando, mesmo que suavemente. Talvez, se falasse com ela, ela ouvisse, percebesse que estava segura... Ou então tentaria matá-lo novamente. Assim que esses pensamentos passaram por sua cabeça, outra videira veio em sua direção e ele a bloqueou.

Azir respirou fundo.

— Ursiana, você está segura agora. Os olhos da morte se foram. É Azir. Eu... — Ele não viu nenhuma reação nela, mas tomou isso como um incentivo para continuar tentando. — Sinto muito por não ter tentado falar com você. Desculpa por ter acreditado em mentiras. Eu sei que essas palavras não mudam nada, mas...

Na realidade, era difícil dizer isso.

— Eu estava errado. Errei ao te evitar sem uma única explicação. Errei em não tentar te confrontar, em não tentar ouvir o que você tinha a dizer. Eu estava errado em acreditar em algo horrível sobre você, errado em ir embora e nem ao menos te dizer o porquê. — Ele respirou fundo. — Lamento profundamente. Pense assim: se você sobreviver, terá até o fim de sua vida para me punir, me repreender, gritar comigo e me dizer todas aquelas palavras raivosas que talvez você tenha guardado dentro de si. Eu também tive palavras raivosas, mas se alguém precisa ouvi-las, sou eu. Vamos gritar comigo juntos.

Ursiana ainda estava imóvel. Azir engoliu em seco.

— Me dê a chance de deixar você gritar comigo, gritar comigo por todas as suas dores, por tudo que você passou. Me dê essa chance. Acorde.

Sua magia provavelmente havia se esgotado e era provável que ela permanecesse assim por um tempo. Ele poderia carregá-la, contanto que pudesse ter certeza de que ela não iria atacá-lo.

— Sou eu, Ursiana — ele insistiu. — Ainda me lembro de você como a garota que queria viajar pelo mundo, que queria liberdade. Você pode voltar e viajar — ele quase disse *quando as coisas se acalmarem,* mas não queria lembrá-la de que ainda havia muitas lutas pela frente.

Ela parecia pequena e frágil deitada ali entre aquelas vinhas terríveis e, ainda assim, tinha matado as criaturas ao redor dessas cavernas, ela era a responsável pelas vinhas e mortes. As aparências podiam enganar. Iria esperar ao lado dela, e se ela não o atacasse novamente em alguns minutos, ele a carregaria de volta. Havia mais inimigos neste plano.

— Ursiana, sou eu. Eu vou te carregar. Por favor, não tente me machucar, ou nós dois não vamos conseguir escapar. — Havia uma pessoa que ela ainda amava, e talvez fosse uma boa ideia lembrá-la disso. — Espere até estar em Alúria, até encontrar Leandra novamente. Tenho certeza de que você sente falta dela.

Mencioná-la parecia estranho. Ele não tinha certeza se dizer *nossa filha* ou *sua filha* iria aborrecê-la mais, então não havia arriscado nenhuma das opções. Ela estava certa de que o pai de Leandra era Flávio, o homem que a criara, mas isso não significava que Azir não se importasse. Na verdade, ele se importava com ela apenas por saber que era filha de Ursiana. E esperava que ela estivesse segura.

— Ursiana, eu vou carregar você. — Ele falou essas palavras o mais suavemente que pôde, então embainhou sua espada e estava prestes a tomá-la em seus braços quando um som atrás dele o assustou. Era apenas um grande rato, agora empalado por uma videira. Ursiana estava inconsciente, mas ainda era rápida.

Ele decidiu carregá-la sobre o ombro. Deselegante, sim, mas pelo menos ainda podia ter uma mão livre e carregar uma espada.

Quando estava prestes a levantá-la, ela murmurou algo, mas muito baixo para ele ouvir.

— Você poderia repetir o que disse? — ele perguntou o mais gentilmente possível.

— É romântico — ela disse, mesmo que sua voz fosse fraca.

Azir ficou feliz em ouvi-la novamente, mas surpreso com suas palavras.

— Eu carregar você é romântico?

Ursiana abriu os olhos.

— Eu gritar com você.

Ele ficou aliviado ao vê-la acordada e sorriu.

— Concordo.

Ela então suspirou e fechou os olhos.

Azir disse:

— Eu carrego você, não se esforce. Não vai ser confortável, porém, mas precisamos sair.

— Eu posso sobreviver aqui. Eu sobrevivi.

— Eu sei. E estou impressionado. Mas prefiro ir.

Ele a pegou e a colocou sobre o ombro, segurando-a com um braço.

Eles saíram e não encontraram nenhuma criatura, então entraram na caverna de onde ele havia saído da outra vez, levando para fora deste beco sem saída, este ponto sem contato com nenhuma passagem. A última vez que esteve aqui, ele pretendia protegê-la, garantir que ela sobrevivesse, mesmo que isso custasse sua vida. Foi um alívio saber que estavam saindo juntos, os dois saindo dessa juntos.

Ele estava prestes a encontrar o caminho para Alúria, quando Ursiana disse:

— Me ponha no chão.

— Você aguenta?

— Não sei. Temos que parar. Pare, Azir. Ou me coloque no chão e vá embora. Eu não vou embora.

— O que é?

— Eu... Me coloque no chão.

— Estamos no oco, não há nada aqui. Não posso te largar.

— Não podemos ir para Alúria. Ainda não.

Ela poderia estar delirando. Ainda assim, tentou entender o que ela queria dizer.

— Onde você quer ir?

— Minha filha.

Foi estranho acordar de um estupor tão longo. River ainda tentou analisar tudo o que ele havia feito. Quanto tinha sido sua própria vontade, quanto tinha sido a influência de Cynon e, então, quanto tinha sido pura e velha estupidez?

No entanto, não era hora de desembaraçar todos os fios, de rastrear os passos que o trouxeram até aqui, mas de tentar identificar o que poderia ser útil. Pistas, recursos, planos, havia um pouco de cada aqui e ali, se ao menos ele pudesse acalmar sua mente e sufocar sua culpa e vergonha.

River agora se lembrava — com detalhes claros — da maneira horrível como havia matado seu pai. E, no entanto, também se lembrava de quando fizera Naia dormir, acreditando que estava preocupado com ela, mas sem saber por quê. Sempre houve essa sensação incômoda de que algo estava errado, mas era embaçado, confuso... Mesmo assim, ele nunca deveria ter tomado o livre arbítrio de Naia e, no entanto, o que era isso comparado à longa lista de arrependimentos?

Ainda não conseguia se lembrar completamente de como havia voltado para Alúria depois de ser jogado no oco pelo beijo de Naia, e ainda se lembrava de sua teimosia, seu plano de ir para Bastião de Ferro. De onde isso tinha vindo? E havia mais. Seu estômago gelou.

River tinha sido um prisioneiro, confinado a um lugar escuro e horrível, até que ele lutou para voltar. Com muita força, tudo o que conseguiu foram alguns vislumbres, pedaços de si mesmo. Agora ele via sua chance de se libertar e queria matar aquela terrível criatura que ousara tomar seu lugar, que ousara escravizá-lo.

A escuridão se dissipou e ele percebeu com horror que estava com as mãos na garganta de Naia, e puxou-as rapidamente.

— Naia?

— River? — Sua voz carregava um sorriso. — É você?

Ele ia dizer, *Quem mais poderia ser?* quando tudo voltou para ele em um flash. Nos últimos momentos, tendo vislumbres de que deveria ser morto, ele havia se esforçado para garantir que Naia tivesse a chance de fazê-lo e, no entanto, estava de volta, sentindo como se um peso tivesse sido tirado dele, um véu rasgado, correntes quebradas.

— Sou eu, Naia. O que você fez?

Havia preocupação em seus belos olhos escuros.

— Você está machucado?

— Você me libertou. — River fechou os olhos, enquanto lembranças e memórias o deixavam mortificado. Sentou-se no colchão e apoiou o rosto nas mãos. — Acho que não estava normal, Naia. A partir do momento em que voltei... — Um horrível sentimento amargo veio à sua boca.

— Eu sei. — Ela sorriu. — Para ser honesta, eu disse a você que sua desculpa para ajudar Bastião de Ferro não fazia sentido.

Naia então pegou um vestido e o colocou. Esta era a primeira vez que ele a via sem roupa, pois tinha sido cuidadoso com isso e dado tempo a ela, sabendo que era um grande problema para os humanos. Ele ficou confuso nos vislumbres que teve, mas sabia que ela tinha um plano.

— Você estava com medo de que o fogo das roupas me queimasse?

Ela olhou para baixo, um pouco tímida.

— Sim.

— Como você sabia que o fogo me libertaria?

Seus lábios formaram uma linha reta.

— Eu não sabia.

Ele exalou o ar, tanto alívio, horror, choque, especialmente depois de passar seus últimos minutos acreditando que estava à beira da morte.

— Pensei que você fosse me matar.

— E você não resistiu?

Isso era um pouco complicado de explicar.

— Não. Eu... Eu podia ver um pouco, eu estava parcialmente consciente. Não era eu, eu não estava no controle. E ainda assim eu tinha um pouco de magia, alguma fusão mental. Eu podia convencer essa coisa horrível dentro de mim de que você era inofensiva, que essa era uma grande oportunidade de amplificar a magia dele. — Ele engoliu. — Eu confiei em você.

Naia riu, uma risada tão adorável e musical.

— O idiota não percebeu que estamos em uma sala com toneladas de metal?

Este era outro conceito complicado.

— Não acho que ele esteja realmente ciente de sua magia, Naia. Eu não acho que ele saiba *o que* você é.

— Mas se ele sabe sobre Fel...

— Ele não sabe muito. Ele poderia me influenciar sobre o que fazer, mas não ver minha mente. Isso até eu fazer aquela coisa em Bastião de Ferro, com aquela adaga vermelha. — Uma sensação horrível tomou conta de River, agora que ele havia mencionado o irmão de Naia. Horrível, terrível. Ele a encarou. — Naia.

Seus olhos se arregalaram.

— O que foi?

Como ele poderia dizer isso a ela? Como ele poderia *não* dizer a ela? River engoliu em seco, tentando encontrar as palavras. Era como ter que enterrar uma adaga em alguém, enquanto tentava encontrar o ângulo que machucasse menos.

— Seu irmão era um grande guerreiro, um dragão magnífico, e ele morreria lutando, você sabe disso.

— Diga, River.

— Em Lago Branco. Eu... Cynon... — River fechou os olhos. Só havia uma maneira de enterrar uma adaga com o mínimo de dano, e não era se enrolando. Ele olhou para ela. — Matou sua forma de dragão.

— O quê? — A cor desapareceu do rosto dela.

— Ele estava com outro dragão, um aliado. — Naia o encarou boquiaberta, enquanto ele procurava uma maneira de explicar o que tinha visto. — Cynon usou fusão mental neste outro dragão e o fez matar... — Ele respirou fundo. — Isofel. Eu... — Como ele pode ter sido tão estúpido? — Eu não previ, não tinha como impedir, Naia. Fiquei chocado. Quando encontrei uma maneira de combater sua magia, era tarde demais. O outro dragão se matou. Eu... não tenho palavras para expressar o quanto estou arrependido.

Ela o encarou por um tempo, então disse:

— Não foi sua culpa, e você sabe disso. — Seus olhos estavam molhados de lágrimas e sua voz seca, sem emoção.

Mas isso *tinha sido* culpa dele. Culpa dele por não ver o que estava acontecendo quando ainda podia fazer alguma coisa, culpa dele por cair direto em uma armadilha, por nem mesmo a ouvir quando ela apontava todas as incoerências dele, mas não era hora de discutir ou fazer o caso de sua culpa. Ele queria consolá-la, mas não sabia como fazer isso. Ela iria querer que ele a abraçasse, ou iria querer ficar o mais longe possível dele?

Naia enxugou uma lágrima e perguntou:

— Por que Lago Branco? Como ele chegou lá tão cedo?

— Cynon estava abrindo uma passagem lá. Era o objetivo principal da cúpula. Seu irmão a destruiu, com poucos danos à cidade. Seu ato foi heroico. — Ele então acrescentou: — Não que isso o traga de volta. — River sabia como era a dor de perder um irmão, e não era algo que ele desejava para alguém.

Seus olhos estavam desfocados quando ela balançou a cabeça.

— Não. Ele não está morto. Ele não está morto, River. Acho que eu saberia.

Ele não tinha certeza se essa era sua maneira de lidar ou se era de fato uma intuição.

— Talvez. Sei muito pouco sobre dragões.

Agora que River forçou sua memória, podia se lembrar de Cynon procurando a forma humana de Fel, observando para ver se ele mudaria, mas nada aconteceu. E, no entanto, ele não queria contar isso a Naia e matar sua única esperança. Se essa esperança era necessária para mantê-la, pelo menos por enquanto, então ele não iria sufocá-la.

River finalmente decidiu puxá-la para perto e abraçá-la.

— Sinto muito, sinto muito, Naia.

— Pelo menos é você agora. Bem-vindo de volta — ela sussurrou.

Eles ficaram um longo tempo em silêncio, as velas acesas e suas respirações o único som na sala. As memórias de River do tempo em que não estava no controle estavam ficando cada vez mais claras, e elas só o deixavam ansioso, mas este era o momento de confortar Naia, não de pensar em todos os problemas que viriam.

Quando ela quebrou o abraço, ela tinha um leve sorriso.

— Pelo menos Cynon se foi. Nós ganhamos.

Oh, não. Tudo o que ele sentia era um pavor horrível por todo o corpo. Tinha que dizer a verdade, mas não achava que era hora de arruinar o único consolo dela.

Tarde demais. Ele deve ter dito algo apenas com seu rosto.

Ela franziu a testa.

— O que? O quê, River? Ele não se foi? Você ainda está em perigo?

— Eu estou... Eu acho que você realmente cortou o vínculo. Seu fogo... fez alguma coisa. Acho que não vou mais ser usado como um hospedeiro, mas...

— Eu matei Cassius.

— Existem outras pessoas em Bastião de Ferro que podem ser o hospedeiro. O Rei Harold, por exemplo. Acho que esse era o plano o tempo todo, até que Cynon me encontrou; um lendário com fusão mental, resistente ao ferro. Deve ter sido como encontrar um pote de ouro.

Ela rolou os olhos.

— Eu adoro como você é humilde.

Era bom ver alguma brincadeira nela, mas na verdade não era algo que River achava engraçado. Ele nunca pediu para nascer com essa magia e ficou horrorizado por ela ter sido usada para tais atrocidades.

E, ainda assim, ele sorriu e tocou seu rosto.

— Você deveria estar feliz por eu ser pretensioso, ou eu nunca teria pedido para você fugir comigo. — E então talvez fosse a coisa errada a se dizer, como talvez se eles nunca tivessem ficado juntos, talvez... O que ele poderia ter mudado? Quanto poderia ter feito de diferente?

Sob sua tristeza, havia uma sugestão de sorriso em seu rosto.

— Estou feliz que você pediu.

Apesar de tudo? Apesar do que eu fiz?

Ele engoliu essas perguntas e a puxou para perto.

— Eu sinto muito. Por tudo. — Tanta coisa para compensar, e tão poucas palavras vazias. Os lendários odiavam pedir desculpas. Qual era o ponto? Se houvesse uma dívida, preferiam fazer um acordo verbal e, no entanto, era tudo o que ele podia dizer agora.

Naia deu um beijo no rosto dele, depois desfez o abraço.

— Então ainda temos que derrotar Cynon?

Ele assentiu.

— Mas agora temos mais informações. — Ela não conseguia esconder a tristeza em sua voz, mas parecia mais determinada.

— Nós temos. — Informação que deveria deixá-los todos em pânico, mas, ainda assim, era informação.

Ela suspirou.

— Tem uma coisa que eu não entendo. A fusão mental não está confinada à Cidade Lendária? Como...

— Não no meu caso. Alúria tem regras mágicas muito precisas, e as regras para os humanos são diferentes. A realeza humana tem magia em toda a nossa ilha. Sou humano, em parte, mas acho que é o suficiente. E um príncipe. É uma brecha estranha.

Ela olhou para ele, a compreensão clara escrita em seu rosto.

— E é por isso que você poderia ter feito a diferença na guerra.

— Sim. Adicione isso à minha lista de arrependimentos. Mas essa magia tem um preço... Para usar contra os humanos... Não consigo ver isso tendo um final feliz, Naia. E então, que fim encontramos?

— Talvez você tenha sido sensato. — Seu tom era tão doce, tão reconfortante.

— Eu fui um tolo. Mesmo que eu não quisesse usar minha fusão mental, poderia pelo menos tentar fazer alguma coisa. Tantas vidas foram perdidas. E, no entanto, não posso voltar no tempo, posso?

— Podemos ter certeza de que não repetiremos nossos arrependimentos. Ainda podemos tentar salvar algumas vidas, mesmo que não possamos voltar e salvar todos. — Essas palavras soaram pesadas com a gravidade que carregavam. Claro que Naia pensava no irmão, enquanto ele pensava em Ciara, em tanto, tanto que se perdeu. Ela então perguntou: — O que vai acontecer? Quais são os planos de Cynon?

River segurou uma mecha de seu cabelo e olhou para ela.

— Muito. E, no entanto, sei tão pouco de tudo.

— Diga-me o que você sabe. Em vez de culpar o passado, vamos agradecer por termos tido esse vislumbre dele.

Um vislumbre tão pequeno. River ainda estava consumido pela culpa, pois duvidava que Fel pudesse ter sido morto tão facilmente sem sua magia, mas ele não disse nada. Em vez disso, tentou organizar seus pensamentos, revisitar suas memórias. Ele nem tinha certeza de por onde começar. Se pudesse, pouparia Naia da verdade, mas isso só pioraria tudo. Ela tinha aquele brilho nos olhos, clamando por uma luta, clamando por vingança.

Desejou poder ter certeza de que ela conseguiria sua vingança, que derrotaria seus inimigos. Ele gostaria de poder assegurar a ela que tudo ficaria bem, mas devia a ela a verdade.

— Espere — disse ela. — Sua irmã deve estar morrendo de preocupação. Precisamos falar com ela.

Anelise preocupada? Ele ainda estava tentando se acostumar com essa ideia. Ainda assim, ele se levantou.

— Vamos.

Naia olhou para ele, um olhar indecifrável em seu rosto.

— Algo errado? — ele perguntou.

— Você está nu.

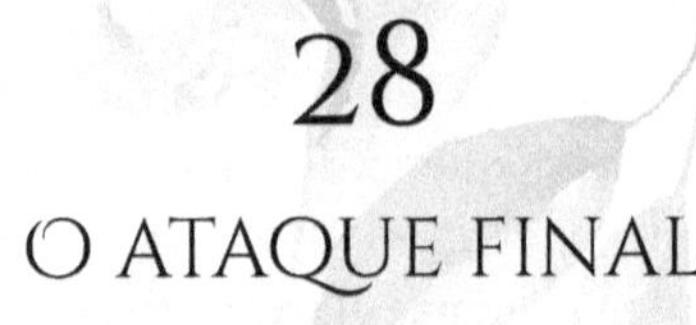

28

O ATAQUE FINAL

Naia viu Anelise abraçar River, aquele longo abraço de tanto alívio, gratidão e amor. Uma parte dela se perguntou se um dia daria a Fel aquele mesmo abraço. Ele realmente se foi? Ela não conseguia acreditar, não conseguia aceitar, mas não tinha certeza se era um palpite ou uma simples negação.

Por enquanto, tudo o que ela queria era tentar entrar em contato com os outros reinos e avisá-los. Depois disso, precisaria planejar o que fazer.

Quando River e Anelise desfizeram o abraço, a menina se aproximou de Naia e se ajoelhou.

— A gratidão me liga a você. Agora e sempre.

Naia ficou constrangida com tal formalidade e deu uma risada nervosa.

— Eu... o queria de volta também. Foi uma coisa egoísta.

Anelise se levantou e olhou para ela, ou talvez a tenha encarado.

River segurou a mão de Naia, depois se virou para sua irmã.

— Se alguém é digno da maior honra que um lendário pode dar, é Naia, mesmo que ela ainda não a tenha compreendido.

Compreender... Talvez tarde, mas Naia entendeu em um segundo. Aparentemente, o que sua irmã acabara de fazer era enorme, e Naia havia ignorado. Ela sorriu para Anelise.

— Eu aprecio isso e aprecio seu amor por seu irmão.

Anelise assentiu.

River pôs a mão no ombro da irmã.

— Estamos saindo. Tenho certeza de que os lendários estarão em boas mãos com você. — Ele então baixou a voz. — Quando isso acabar, resolveremos toda essa coisa de rei.... — Era bastante óbvio que ele odiava o que havia feito ao pai, odiava a maneira como ascendera ao trono, mas era verdade que não era hora de consertar isso.

— Não se preocupe — disse Anelise. — E lembre-se que pode contar comigo. — River apertou o ombro da irmã, visivelmente emocionado, e ela acrescentou: — Você deveria ir. Não perca o espelho de vidência desta vez.

Pelo menos seriam capazes de se conectar com ela. Naia desejou ter dado um espelho de comunicação para o irmão, ou que não tivesse perdido o que ele deu a ela, pensando que não funcionava.

River pegou a mão de Naia e então eles foram envolvidos na escuridão, até que formaram um círculo brilhante e estavam na floresta perto do forte, uma luz fraca do nascer do sol filtrada pelas árvores. Tudo parecia quieto.

Silencioso demais, como a calma antes de uma tempestade.

— O que significa o laço de gratidão de sua irmã? — perguntou Naia.

— Basicamente, você pode pedir qualquer coisa a ela. A qualquer momento. Sem acordo e sem pedir nada em troca.

— Isso é... — Naia não conseguia nem entender o que isso significava para um lendário. — Enorme.

— Extraordinário. Claro, enquanto você for rainha, ela estará ligada a você, mas é diferente, e não sei por quanto tempo... — Ele inalou o ar, como se estivesse tentando encontrar as palavras.

— Eu sei que você não gosta de ser rei. Eu sei que você se arrepende. A única razão pela qual não abdiquei foi porque a alternativa era dar a *ele* todo o poder sobre o seu povo.

— Eu sei. — Ele deu uma risada amarga. — Eu cometo erros, mas tento corrigi-los.

— Não foi sua culpa. E você fez o seu melhor.

— Eu fiz? — Ele levantou uma sobrancelha. — Gostaria de esperar que pudesse fazer melhor do que isso se uma situação tão horrível se apresentasse novamente.

— Do ponto de vista de olhar para trás, já sabendo o resultado, tudo parece mais simples do que quando estamos no meio da situação. Também não notei nada de estranho.

— Você deve ter pensado que eu era um idiota.

De fato. Ela deu a ele um sorriso.

— Um idiota que poderia ter conserto.

Eles chegaram na porta lateral do forte e Naia bateu. Ela esperava que ninguém tivesse atacado aquele lugar na sua ausência, que tudo estivesse do jeito que ela havia deixado, mas não tinha certeza. E Fel, onde estava? Ele estava realmente morto? O pensamento era uma adaga em seu coração, e doía demais para ela sequer desviá-lo.

O guarda que abriu a porta era um jovem loiro cujo nome Naia não lembrava.

— Princesa. — Ele curvou-se ligeiramente. — Há visitantes. Esperando pelo príncipe ou pelo rei, mas presumo...

— Vou vê-los. — Provavelmente eram emissários de outro reino. Ela esperava que não fosse o Rei Sebastian, mesmo sabendo que poderia ser um aliado importante. Na verdade, ela nem sabia se haviam escapado do ataque em seu castelo.

O jovem a levou ao refeitório, onde um homem e uma mulher tomavam sopa, vigiados por outros dois guardas. A mulher tinha cabelo loiro claro, porém mais escuro que a maioria dos lendários, e o homem tinha cabelo preto e pele morena. Eles não estavam vestidos como nobres ou emissários, mas sim como guerreiros. Naia não conseguia identificar de onde eles eram, pois havia algo diferente neles e em suas roupas.

A mulher olhou para Naia e abriu a boca surpresa. Eles poderiam ser dragões? Fel havia mencionado Tzaria, que era loira. O homem... Naia não tinha certeza. O tio dela? Aquele outro dragão exilado?

Mas ela preferia não fazer perguntas sugestivas, não dar a um intruso uma desculpa para mentir.

— Eu sou a princesa Irinaia Umbraar. Como posso ajudá-los?

— Então vocês são dois — disse a mulher. — Eu sou Tzaria, de Fernick. Este é Ekateni.

— Meu tio. — Essas palavras eram quase inaudíveis, enquanto olhava para ele, um pedaço de um passado perdido, uma história perdida.

Ele assentiu.

Havia um milhão de perguntas que ela queria lançar, mas tudo o que fez foi levá-los ao escritório de seu pai, River ao lado dela, encantado para parecer humano.

Quando a porta estava devidamente trancada, Naia virou-se para eles.

— Um dragão, eles podem sobreviver depois que sua forma de dragão morre?

Tzaria olhou para ela, depois olhou para River.

— Então você sabe o que aconteceu com seu irmão?

Não. Ela não estava entendendo a parte mais importante.

— Não sei se ele sobreviveu.

— Eu acredito que sua forma humana estava segura — disse ela. — Mesmo que eu não tenha certeza de onde estava, ou como ele trocou.

— Mas ele não podia trocar de forma — disse Naia.

— Ele voltaria aqui, não é? — perguntou Tzaria. — Eu digo para esperarmos.

Espera agonizante. Naia olhou para baixo.

Tzaria então olhou para River.

— Eu conheço você.

Ele desfez seu glamour.

— Posso dizer o mesmo. Eu pedi para você poupar os lendários e tudo o que você fez foi me mandar para longe.

— Ircantari fez isso. Mas fomos a Bastião de Ferro para investigar. Levamos suas reivindicações a sério, fae.

— Oh, sim. — River gesticulou vagamente para Naia. — Eu posso ver o quão focado vocês estavam na investigação. — Ele então mudou de tom. — Mas estou feliz que estejam aqui. Vamos precisar da sua ajuda.

Era verdade. Os dragões saberiam mais sobre Cynon, saberiam mais sobre o que River tinha visto e, talvez, se trabalhassem juntos, teriam uma chance.

Alguém então bateu na porta. Naia esperava que não fosse nenhum novo problema, mas abriu mesmo assim.

A emoção cresceu no peito de Naia e lágrimas surgiram em seus olhos.

PARECIA que fazia uma eternidade que Fel não havia abraçado Naia. Segurar a irmã nos seus braços era pura alegria. Ele beijou sua testa, então viu como estava chorosa.

— Eu temia que você tivesse partido — ela disse, com tanta emoção em sua voz.

Fel riu.

— Não pode se livrar de mim tão facilmente.

Ele então notou Tzaria e Ekateni e foi dominado por alívio.

— Você também está vivo. — River também estava lá. Mas faltava alguém. Sua alegria acabou. — Cadê a Léa?

— Ela foi para o oco e ainda não voltou — disse Tzaria.

Como o pai dele. Ela estaria perdida também?

River pôs a mão em seu cotovelo.

— O tempo pode ser diferente lá. E ela é uma condutora de morte. Tenho certeza que vai voltar.

O pai de Fel também era um condutor de morte, e ainda assim... Tzaria e Ekateni notaram Risomu, que o havia trazido. Tinha sido um longo voo, e mesmo assim o dragão o carregou até Umbraar, depois que seus primos o contataram.

— Este é Risomu — disse Fel para Naia e River.

— Eu também conheço você — disse River. — Agora, por mais que eu adorasse ter algumas longas apresentações e explicações, tenho medo do que está para acontecer. Mas estou feliz que haja alguns dragões aqui, pois teremos que planejar.

— E rápido. — Tzaria assentiu. — Eu sei.

River disse a eles que realmente tinha sido o hospedeiro e até fez Ekateni matar Fel. Isso era surpreendente. Falou rapidamente dos detalhes de como ele havia usado uma adaga, então matado seu próprio pai e assumido o trono dos faes brancos. Então contou a eles sobre algo que Bastião de Ferro havia deixado em cada reino, algo que temia que pudesse ser ativado, e algo importante na Cidadela de Ferro. — Eu sei que tudo isso é muito vago — explicou ele.

— Não é — disse Tzaria. — É uma sorte que você foi o receptáculo e pôde reunir tantas informações.

Fel não tinha certeza disso. Era bastante óbvio que o castelo de Bastião de Ferro tinha algo importante, e se eles tivessem visitado outros reinos...

Tzaria continuou:

— Para voltar a este mundo, ele precisa de ambas as formas. O que provavelmente está no fundo do castelo é sua forma de dragão. Esperemos que ainda como um ovo. Agora, quanto aos presentes para os reinos, pode dar a eles algo como... A melhor descrição seriam ovos, embora a forma varie. Eles também podem abrir brechas e trazer criaturas de outros planos. Meu palpite seria o Décimo Primeiro Plano.

Mais brechas? Fel não podia acreditar.

— Mas e o círculo em Lago Branco? Não significa nada que nós o tenhamos destruído? Que o impedimos de se conectar com esses mundos?

— Fechamos um círculo, e um enorme, mas todo o seu plano não poderia depender disso — disse Tzaria.

— Não deveríamos voltar para lá? — Fel perguntou. — Destruir aquelas criaturas?

A mulher sacudiu a cabeça.

— Não sobraram tantas, e elas já estariam espalhadas. É melhor focarmos nossos esforços em Cynon e prevenir mais danos.

Fazia sentido, mesmo que deixar a cidade de Léa desamparada doesse.

River estava pensativo.

— Foi uma armadilha. Um círculo de metal e vidro? Quem atrairia? Meu sentimento, o que entendi disso, foi que o portal em Lago Branco era importante, mas não tanto. Ele ficou satisfeito quando matou você, ou pensou que matou, não desapontado por seu círculo ter desaparecido. Sei que minhas impressões são vagas.

— Qual é a prioridade agora? — perguntou Naia. — Destruir sua forma de dragão? Quanto aos ovos, quero avisar os reinos, mas ia esperar até que o sol nascesse adequadamente e eles acordassem. Ainda não tenho certeza do que dizer ou como convencê-los.

— Fel deveria falar com eles — disse River. — Vão pensar que foi ele quem os avisou sobre o ataque em Marca do Lobo. — Ele olhou para cima, pensando. — Claro, se não houve ataque, é improvável que ouçam qualquer coisa que tenhamos a dizer.

— Deixe-me tentar.

Os outros ficaram de lado enquanto Fel ativava o espelho. Este era um daqueles momentos em que ele desejava que seu pai tivesse sido mais amigável com outros reinos. Às vezes era apenas uma questão de achar um jeito de conseguir conversar.

Ele tentou Marca do Lobo primeiro, mas ninguém estava lá para atender.

— Tente Refúgio Verde — Naia disse. — Eles também vieram nos visitar.

Fel tentou e obteve a mesma falta de resposta.

River deu de ombros.

— Ou tudo está quieto e todos estão dormindo, ou já estão todos mortos.

Naia fez uma careta para ele.

— Não brinque com isso.

— Não é como se eu estivesse comemorando — disse o fae. — Na verdade, fui eu quem levantou a preocupação.

— Eles eram seus inimigos — disse Fel. — É compreensível.

— Eram. — River riu. — Você é tão otimista. — Ele mudou seu tom de zombaria. — Agora, é verdade que temos um inimigo comum. — Ele se virou para Tzaria, Ekateni e Risomu. — Oh, poderosos dragões, como iremos derrotar o mal que vocês permitiram crescer em nossa terra?

Naia rolou os olhos. Ekateni estava olhando para River e perguntou:

— Você é um fundidor de mentes ou era Cynon?

River enrijeceu.

— Era eu. E antes que você pergunte, também sou parcialmente humano. E realeza. Portanto, minha magia funciona em todos os lugares, pelo menos em Alúria.

Tzaria estava olhando para o fae.

— Você realmente destruiu o bastão da morte anos atrás?

— Eu destruí.

A mulher ainda o encarava.

— Nossa raça temeu seu povo por tanto tempo, e ainda assim, um de vocês pode ser nossa salvação.

— Ficarei feliz em salvar Naia, Fel e nossa terra — disse River.

Fel não deixou de notar o significado implícito de que ele não estava fazendo isso pelos dragões.

Tzaria parecia satisfeita.

— Pelo menos sabemos que podemos confiar em você.

River rolou os olhos.

— Faes sempre podem ser confiáveis. Nossas palavras são verdadeiras.

Ela olhou para ele.

— Eu sei que você está chateado com o que aconteceu em sua cidade, mas vimos que havia um feitiço mantendo-a em parada, pensamos que poderíamos esperar, e isso nos daria...

— Você nos ignorou. — River deu uma risada amarga. — Tudo bem, né? Que coisinha pequena.

Os dragões ficaram longe de Alúria para garantir que ninguém descobrisse sobre o filho de Ircantari. Parecia razoável quando Tzaria contou a Fel, mas agora ele concordava com River que tinha sido uma coisa cruel abandonar os faes brancos nessas circunstâncias.

— Sinto muito — disse Tzaria. — Se é que sentir muda alguma coisa. Se ajudar, os dragões sentem muita vergonha de aceitar a ajuda de alguém que eles prejudicaram.

— Sério? — Naia olhou para eles incrédula. — Em vez de ter vergonha de errar?

— Dragões são criaturas estranhas — disse Ekateni. — Eu costumo pensar que sou melhor do que isso, mas pode ser o orgulho falando.

Naia exalou, irritada.

— Então, há uma maneira de matar Cynon, matar o ovo ou o dragão, há algo que possamos fazer?

— Existe uma maneira — disse Tzaria. — Seu pai passou a vida pesquisando. Precisamos encontrar as duas formas e matá-las ao mesmo tempo. Por enquanto, o hospedeiro conta com sua forma humana. Eu acredito que apenas matá-lo, como você mata qualquer pessoa, deve funcionar, mas os textos falam sobre uma maneira específica...

Naia ergueu as sobrancelhas.

— Qual maneira?

Tzaria suspirou.

— Limpe-o de seu sangue, como removendo todo o seu sangue em um golpe rápido.

River bateu palmas.

— Não temos sorte? Isofel pode fazer isso.

— O quê? — Tzaria se virou para ele, e os outros dragões o encararam boquiabertos.

Fel se sentiu estranho com a atenção.

— Eu fiz isso uma vez. Eu estava sendo atacado e não tinha mais armas. — Ele nem tinha mais as mãos, mas não queria compartilhar esse detalhe. — Eu me conectei com o sangue dos meus agressores, o ferro nele. — A lembrança o enojava, mas é claro que faria de novo para salvar Alúria.

— Cynon é Harold — disse River. — Ele era sua segunda opção. E ele está na Cidadela de Ferro. Suas defesas estavam sendo reforçadas. Os condutores de ferro estavam sendo chamados ao castelo para protegê-lo de uma invasão ou algo assim. Mas posso entrar lá, incógnito, e até levar uma pessoa comigo. Dito isso, não posso estar em dois lugares ao mesmo tempo.

— Então você poderia me levar para Harold — disse Fel.

River assentiu.

— Eu também poderia entrar no castelo — disse Tzaria. — Com Risomu, já que ele ainda tem sua forma de dragão. E encontrar o ovo de Cynon. Eu posso sentir dragões.

River olhou para ela.

— Como você vai lidar com a segurança? Haverá guardas.

Naia ficou pensativa.

— Não havia ninguém no fundo do castelo quando estávamos lá.

— Ele planejou assim — disse River. — Não deixaria essa outra coisa importante indefesa. — Ele fechou os olhos. — Está até abaixo disso. Subterrâneo. Firmemente protegido. Eu não tenho certeza de como. Eu apenas tive a sensação de que estava seguro. — Ele respirou fundo. — Eu poderia entrar lá, no entanto. Nenhum lugar naquele castelo está fora dos limites para mim.

Tzaria olhou para ele.

— E você poderia se mover para outro lugar rapidamente, certo?

— Sim.

A mulher sacudiu a cabeça.

— Eu não acho que *ao mesmo tempo* significa exatamente algo simultâneo, mas próximo o suficiente para que não haja tempo para ele se recuperar. Poderíamos descer até lá, destruir o ovo e depois encontrar o Rei Harold e matá-lo.

Naia estava carrancuda, pensativa.

— Duvido que seja tão fácil.

Tzaria assentiu.

— Haverá complicações, isso é garantido. Você tem um plano melhor?

— Devemos ir em dois grupos — disse Naia.

River balançou a cabeça.

— Eu sou o único que pode se mover por todo o castelo e ser invisível. Eu poderia tornar dois de meus companheiros invisíveis. Se mais alguém aqui tiver esse glamour, então talvez...

Naia suspirou.

— Então você e Fel vão arriscar suas vidas? Enquanto eu fico aqui, apavorada, esperando?

River pegou a mão dela e a beijou.

— Eu voltei de uma situação pior, Naia, então você deveria confiar em mim.

Tzaria olhou para eles.

— Talvez possamos tentar planejar melhor, mas se não fizermos nada, também estaremos arriscando nossas vidas, e quanto mais o tempo passa...

Naia cruzou os braços.

— Pode piorar. Eu sei.

Fel então se lembrou do estranho amuleto que havia recebido e percebeu que poderia funcionar como uma proteção e uma forma de Naia saber que ela era importante.

Ele tirou o colar e o ofereceu para a sua irmã.

— Isso foi dado a mim pelo Primeiro Mago. Ele é... um dragão especial ou espírito de dragão, não tenho certeza. O amuleto pode voltar no tempo, mas ele disse que saberíamos quando foi usado, pois já foi usado. Ele disse que era para mim ou para alguém que eu amo. Espero que você saiba o que fazer com isso.

Naia assentiu, então franziu a testa e se virou para River.

— O quê?

O fae piscou.

— O quê, o quê?

Ela estreitou os olhos.

— O que você sabe sobre esse amuleto? E não me dê suas não-respostas, fae.

River parecia confuso.

— Por que você acha que eu saberia alguma coisa?

— Porque você está me dando uma não-resposta. Você já viu isso antes?

— Não — respondeu River. — Eu nunca vi isso antes de hoje. Feliz agora?

Naia levantou uma sobrancelha, mas depois se virou para Fel.

— Então isso já foi usado? E ainda estamos nessa situação? Que porcaria nós fizemos?

— Não sei. — Fel tinha as mesmas perguntas. Ele se virou para os outros dragões. — Você sabe algo sobre isso?

— Não — disse Tzaria, o que era bastante decepcionante. Ela parecia ter sempre uma resposta para tudo.

River apontou para ele.

— Talvez esta possa ser a nossa chave. Em vez de tentar descobrir quando ou se foi usado, poderíamos ser estratégicos e voltar ao momento em que tudo começou.

Tzaria fechou os olhos.

— Nunca é um evento único, mas uma série.

River balançou a cabeça.

— Geralmente há um gatilho. Vemos as coisas como uma série, mas houve algo que causou isso.

Certo. Só que usar o amuleto de maneira errada, em teoria, poderia rasgar a realidade ou algo assim. E então, será que era uma coisa ruim rasgar uma realidade que estava prestes a se tornar horrível? Só havia uma coisa que Fel tinha a dizer sobre isso: — Precisamos voltar a um tempo de que nos lembramos.

Naia franziu a testa.

— Acho que se você morrer ou algo assim, posso voltar a este momento e dizer que o plano fracassou?

— Em teoria você já teria retornado, então não.

River balançou a cabeça.

— Eu digo que é um absurdo tentar encontrar o momento em que foi usado. É uma ferramenta que podemos usar para o melhor.

Tzaria ficou pensativa.

— É provavelmente muito perigoso, no entanto.

River rolou os olhos.

— Tudo é perigoso.

Fel estava ficando ansioso com essa conversa.

— Vamos, então? Vamos para a Cidadela de Ferro pegar Cynon enquanto ele está dormindo?

— Qual é a pressa? — perguntou Naia.

Tzaria respirou fundo.

— Uma vez que ele se encaixa em um hospedeiro adequado, ele pode... fazer mais coisas. Como o que aconteceu com aquela cúpula de ferro. E se o ovo dele virar um dragão, vai ser ainda mais difícil. No ponto em que as coisas estão, pode acontecer a qualquer momento.

— Certo. — River sorriu. — Não estamos felizes por estarmos na hora exata? Quero dizer, não é como se os dragões pudessem ter descoberto antes ou algo assim.

— O momento é perfeito — disse Tzaria. — Há maldade neste mundo, mas também há um plano maior. Precisávamos que você fosse o receptáculo e, para poder ir a qualquer lugar naquele castelo, precisávamos que o dragão de ferro tivesse nascido e crescido e fosse forte em sua magia. Esta é a hora. E podemos fazer alguma coisa.

Naia balançou a cabeça.

— Alguns minutos ou horas planejando não vão nos prejudicar.

Ekateni suspirou.

— Minutos discutindo, você quer dizer.

Ele tinha razão. Talvez. Esta decisão era muito repentina.

Tzaria então disse:

— Risomu deveria vir também, porque ele tem sua forma de dragão. Podemos precisar de fogo. Eu também posso andar no oco, e mesmo se nós não nos enfeitiçamos tão bem quanto os faes, podemos andar despercebidos em um castelo.

— Poderíamos nos separar, então — disse River.

— Você nos concederá acesso lá. E um grupo maior é melhor. Caso enfrentemos problemas.

Naia tocou o colar com o amuleto.

— Se você demorar muito para voltar, não vou pensar duas vezes antes de usar isso, não importa o custo. Por isso, tenham cuidado.

Tzaria levantou-se.

— Vamos, então.

— Não — disse River. — Vamos pelo menos pegar algumas armas, não é?

— Não usamos armas — disse Tzaria. — Só usamos magia.

A verdade é que Fel era o mesmo. Mesmo quando ele usava espadas ou um arco e flechas, ainda estava usando sua condução de ferro para controlá-los.

River deu de ombros.

— Nunca é demais ser mais protegido. — Ele se virou para Fel. — Você pode me emprestar uma espada e também flechas e um arco, se tiver? Não posso garantir que vou devolver as flechas.

Fel abriu um armário que continha algumas armas e as passou para River.

Os olhos de Naia estavam arregalados.

— Sério? Já? Isso é precipitado e imprudente.

Tzaria pôs a mão no ombro de Naia.

— Imagine que você está com fome e quer um bolo. Você

tem todos os ingredientes, você tem lenha para o fogo. Você esperaria?

— Se fosse de manhã, sim. — Naia deu de ombros. — Eu esperaria a cozinheira chegar ou Fel acordar para não ter que fazer sozinha.

— E se você *fosse* a cozinheira?

Naia respirou fundo.

— Eu não gosto disso.

River pegou a mão dela e beijou seu rosto.

— E eu odeio isso. Eu odeio tudo o que aconteceu e o que está para acontecer. E, no entanto, eu odiaria ainda mais olhar para trás e ver que falhei. Que eu poderia fazer algo e não fiz...

— Mas eu não estou fazendo nada.

River pegou as duas mãos dela.

— Conecte-se com os outros reinos. Certifique-se de que este lugar esteja seguro. Você fez muito pelos lendários e também precisa descansar, Naia.

Ela tinha um meio sorriso. Os lábios de River se aproximaram dos dela, então ele olhou em volta e deu um passo para trás, como se isso o deixasse envergonhado ou talvez pensasse que seria inapropriado beijá-la na frente de Fel e dos dragões. Fel desejou poder dizer a River que poderia beijá-la, mas então imaginou que seriam capazes de se beijar muito em poucas horas — se tudo desse certo.

Fel abraçou a irmã e beijou sua testa, como sempre fazia desde que eram pequenos. Ele sabia que parte do problema dela era que estava sendo deixada para trás. Ela era corajosa, selvagem e ansiosa para provar seu valor, e ficar aqui esperando provavelmente era uma tortura para ela. Mas talvez ele fosse egoísta, pois estava feliz em saber que não importa o que acontecesse, estaria segura. Seu próprio coração estava partido em pedaços pensando em Léa. Ele não podia suportar o risco de mais perdas. E nesse sentido entendeu sua irmã, que o estava observando partir juntamente com River.

Fel pegou as mãos de Tzaria e River, que pegou as de Risomu, formando um círculo. Naia estava certa. *Era* repentino. Ele não tinha certeza se era precipitado e imprudente, no entanto. Esperar e não fazer nada parecia muito pior. Ainda assim...

River tinha que estar no controle de pisar no oco, porque isso era diferente de tudo que Fel tinha visto em Fernick. Não havia nenhum círculo traçado no chão, mas logo eles estavam naquele estranho e desconfortável lugar escuro, e então em uma câmara vazia.

— Onde? — River sussurrou.

— Mais baixo — disse Tzaria.

A escuridão os envolveu novamente, então estavam em outra câmara, muito menor. Fel podia sentir uma enorme quantidade de metal ao redor e sob ele, tanto que quase entorpecia seus sentidos.

— Naquela sala. — Tzaria apontou para uma porta enorme.

Dessa vez parecia que a escuridão estava apertando seu corpo, então eles estavam em uma sala com piso, paredes e teto de metal. Um pano de linho vermelho cobria algo enorme em seu canto.

— Fujam. — Era a voz de um dragão, mas não era uma voz que Fel reconhecia.

— Vamos — disse Fel, não querendo ficar e descobrir o que estava errado. Ele não tinha dúvidas de que isso não estava certo.

— Ah, droga. — River riu. — Isso de novo não.

— O quê? — Fel perguntou.

— Estamos ferrados, irmão.

RIVER SÓ TEVE essa sensação uma vez: quando ele foi pego naquela sala pela Rainha Kara. Agora ele sentia isso de novo, mesmo que não houvesse folhas no chão, e que aquela história de grama morta fosse mentira de qualquer maneira.

— Não consigo sentir minha magia — ele sussurrou.

Fel olhou para ele.

— Eu ainda posso... — Suas mãos caíram no chão, batidas metálicas ecoando naquela câmara. — Deixa para lá.

Tzaria aproximou-se do tecido vermelho.

— Vamos escapar sem mágica. — Ela puxou para revelar uma coisa estranha, coberta com um tipo de couro velho.

Oh. O estômago de River gelou quando percebeu o que estava vendo. Era um dragão, tão magro que a forma de seus ossos era visível sob sua pele. A maioria de suas escamas havia caído, e as que ainda estavam em seu corpo eram de aparência áspera, como velha casca de árvore, mas cinza. Havia também alguns cortes em seu corpo.

— Quem é você? — perguntou Tzaria.

— Não posso... falar. Fujam. — O dragão não disse essas palavras, mas as enviou como um pensamento.

— Acho que devemos seguir a sugestão dele — disse River, verificando se havia portas visíveis na sala. Ele não conseguiu ver nenhuma e presumiu que haveria algo especialmente concebido para um condutor de ferro, só que agora Fel estava sem mágica.

Um som de metal contra metal fez River erguer os olhos. O Rei Harold estava lá, ou melhor, Cynon, olhando para eles por um buraco que parecia uma espécie de pequeno alçapão.

— Que adorável — disse Cynon.

River pegou seu arco em menos de um segundo, então disparou uma flecha na direção daquele rosto terrível. A flecha atingiu uma barreira e voltou.

A criatura olhando para eles de cima riu.

— Então agora vocês sabem que estão presos. Presos em uma armadilha. Incrível como as pessoas podem ser tão ingênuas. Aproveitem seu tempo aí.

River ainda enviou outra flecha e outra e outra, embora todas elas se retornassem. Este era um arco humano, diferente dos que ele estava acostumado, mas conseguiu colocar força suficiente para mandar as flechas a uma boa velocidade, e ainda assim não havia como elas atingirem o teto.

O alçapão foi então fechado e eles foram deixados sozinhos. River tentou alcançar a parede, mas se deparou com outra barreira.

— O que é isso? — ele perguntou aos dragões.

— É uma barreira de dragão, obviamente — disse Tzaria. —

Exceto que é muito mais forte e interfere com a nossa magia. Todos os tipos de magia, ao que parece.

River zombou.

— E eu suponho que ele nos deixou viver pensando que vai ouvir algumas fofocas interessantes ou algo assim.

— Provavelmente — Tzaria concordou.

Ele queria estrangulá-los todos e essa ideia ridícula. Embora não tivesse medo de morrer, não queria decepcionar Naia. Ela os havia avisado, mas ele tinha confiado nesses dragões. Então se lembrou do amuleto que Fel havia dado a ela. Um objeto tão raro e poderoso deveria ser usado simplesmente para salvar a vida de alguém? Parecia um desperdício. Talvez tudo pudesse ser diferente se eles usassem aquele objeto dessa vez.

A verdade é que agora ele se lembrava disso, lembrava-se de Naia usando-o, quando ela o resgatou no Covil do Dragão, tanto tempo atrás. Ele não mentiu para ela ao afirmar que nunca o tinha visto. Na verdade, ele não havia notado, então, mas agora o amuleto estava claro em sua memória. Mas por que deveria ser usado para salvar sua vida, quando muito mais estava em jogo? E, no entanto, se ela não o usasse para isso, o que aconteceria com ele? Morreria? Desapareceria? Ele não tinha certeza.

Uma coisa que ele percebeu foi que sua teoria de que Bastião de Ferro tinha um coração de dragão estava realmente correta. Não imaginava que o coração ainda estaria preso a um corpo, mas lá estava. Era ainda mais útil para Bastião de Ferro, pois eles provavelmente também estavam usando o sangue do dragão.

Tzaria estava perto da enorme criatura, acariciando suas asas e sussurrando algumas palavras calmantes. Fel estava pensativo. Risomu estava... ansioso? Havia algo estranho naquele dragão, ou então era apenas que River não o conhecia.

Tzaria voltou-se para River, Fel e Risomu.

— O nome dele é Kaneyo. Era um exilado. Acabou aqui há muito tempo, e foi pego. Parece que foi obra de Bastião de Ferro.

— O mal atrai o mal — Risomu murmurou.

Ela assentiu.

— De fato. Você precisa de compatibilidade para trazer algo como Cynon.

— Não necessariamente — disse River. — Eu acho. — Ele esperava, pelo menos.

A mulher sacudiu a cabeça.

— Uma coisa é trazê-lo do Décimo Primeiro Mundo. Hospedá-lo temporariamente é outra. E parece que você não foi um anfitrião fácil. Ele mirou em você por causa do seu poder, não por causa da compatibilidade.

— Poder incrível. Vocês não estão maravilhados? — River não podia acreditar que ele havia caído em um truque tão bobo. — E aquela coisa que estávamos procurando? Onde está, então? Ele não queria mencionar o ovo ou a forma de dragão de Cynon, temendo que estivessem sendo ouvidos.

— Vamos encontrá-lo — disse Tzaria. — Há uma razão para tudo.

— Ah, sim — disse Fel. — Isso explica por que meu pai morreu.

Ela colocou um dedo sobre a boca. Na verdade, ele estava entrando em território perigoso. Se Cynon percebesse que tinha seu *Dragão de Ferro* bem aqui... E aí, o que faria? Ele o prenderia? Tiraria a magia dele? Mas era insensível falar sobre o motivo de tudo na frente de Kaneyo, que provavelmente sofreu por anos.

River se aproximou dele e colocou a mão em seu focinho.

— Sinto por você. Algumas coisas não têm um motivo. Eu gostaria que você não tivesse sofrido.

— Fae nefasto — o dragão sussurrou, tão suavemente que provavelmente era apenas para River. Ele ficaria chateado por ser chamado assim, mas este dragão estava tão fraco que provavelmente não estava medindo suas palavras. — Eu pensei que sua raça estava morta. Eu não sabia que você podia falar com dragões.

— Eu posso — River sussurrou. Ele não tinha certeza se era por causa de Naia ou por causa de sua fusão mental, mas definitivamente podia se comunicar com dragões.

— Você não deveria ficar tão perto — disse o grande dragão. — O plano dele é me fazer comer vocês. Eventualmente, a fome pode ganhar.

River ia fazer uma piada sobre indigestão, mas então percebeu o estado de fome do dragão.

— Eu aprecio o aviso — disse ele. Em seguida, recuou. Afinal, ser cuidadoso não custava. Ele se virou para os outros. — Por favor, me diga que alguém tem uma ideia antes que todos nos tornemos comida de dragão.

Apontando para cima, Fel disse:

— Precisamos ter ideias, mas não as discutir.

Bem, era óbvio. River acenou com os braços em frustração.

— Apenas me diga que você tem um plano, me engane antes da morte.

Fel se aproximou dele e sussurrou em seu ouvido:

— O único plano é esperar. Eu confio na minha irmã.

River também confiava nela, mas não a queria perto daquele lugar.

— Bem, eu quero que ela viva uma vida longa e feliz, não que seja pega como nós.

Fel franziu a testa, pensativo.

— Você acha que ela pode ser feliz sem você?

— Eu certamente espero que sim.

Se algo acontecesse com ele, iria querer que ela fosse feliz. Se acabassem usando aquele estranho amuleto para salvar o mundo, ele também iria querer que ela fosse feliz, mesmo que o mero pensamento doesse. E, no entanto, também esperava que ela o desejasse da mesma forma que ele a desejava, mesmo que pensasse que talvez não houvesse futuro para ele. O tempo deles foi tão curto, e ele esteve parcialmente fora de si durante a maior parte daquilo. Isso não poderia ser o fim.

— Sempre há um jeito. — Isofel não desistiu de seu otimismo.

— Claro. — River apontou para Kaneyo. — Tenho certeza de que ele simplesmente não pensou o suficiente.

— Ele estava sozinho, no entanto. Somos muitos.

Muitos idiotas. Ainda assim, River sorriu para Fel, como se apreciasse seu otimismo. Ele odiava isso. Se algo não acontecesse logo, certamente todos morreriam.

29
PERDÃO

Algo estava errado. Naia sabia disso. Ou talvez tenha imaginado. Talvez fosse sua mente cheia de medos fantasiando o pior para River e Fel. Ela tocou o pingente pendurado em seu peito. Muito cedo para sequer considerá-lo. E então, ela não achou que saberia como usá-lo — e deveria ter perguntado mais a Fel sobre isso.

Com uma respiração lenta e profunda, ela disse a si mesma para se acalmar. Não era como se tivessem sumido por horas.

Ekateni estava em um quarto próximo. Cansado demais até para sentar, provavelmente ainda ferido por ter morrido tecnicamente, a melhor coisa que ele podia fazer era descansar, então ela o mandou embora. Mas isso significava que agora estava sozinha com seus pensamentos.

Uma luz no espelho de comunicação chamou sua atenção e ela pressionou a palma da mão sobre ela.

O rosto do Rei Sebastian apareceu do outro lado. Se Naia seguisse seus instintos, ela sairia correndo da sala, mas precisava saber o que estava acontecendo em outros lugares.

— Sua Majestade. — Ela curvou-se suavemente.

— Acho que seu rei ainda está *doente*? — Havia uma ponta de zombaria em seu tom?

Talvez ela estivesse imaginando, e mesmo que não estivesse, precisava fingir que era o caso ou então ela iria querer subir no espelho e socá-lo. Infelizmente, isso era impossível e, mesmo que não fosse, não seria uma boa maneira de tratar um aliado em potencial.

— Algumas coisas levam tempo. Peço desculpas por deixar sua conglomeração. Ainda não sei o que aconteceu depois.

Ele estreitou os olhos.

— Interessante. Para alguém que estava tão empenhada em atrapalhar nosso encontro, sua preocupação com os outros reinos é bastante comovente, princesa.

— Eu estava ocupada. Protegendo nossas fronteiras. Estes são tempos tensos.

O rei tamborilou com os dedos na mesa.

— Tempos tensos são quando você busca aliados.

Essa conversa a estava irritando. Sim, ela não deveria ter desaparecido, mas não foi exatamente culpa dela.

— Houve uma explosão ou calculamos mal?

Ele a encarou.

— Houve. E, no entanto, não há consenso sobre quem poderia ser o culpado.

— Quem eles acham que fez isso?

— Alguns acham que foi Bastião de Ferro, alguns acham que foi... Umbraar. Afinal, vocês sabiam disso.

Isso era ridículo.

— É verdade, mas não enviamos pessoas ou recursos para o seu reino. Isso é algo que precisa ser planejado com antecedência.

Ele pegou uma adaga e a girou no ar.

— É tudo especulação. Sem substância. Sem sentido. Posso orientar a mente deles para o caminho certo, é claro. — Ele estava olhando fixamente para ela, como se isso fosse uma ameaça.

Naia não sabia como responder, então decidiu sorrir.

— Aprecio a sua iniciativa.

— Ainda não, princesa. Posso defender minha esposa, não um reino suspeito sem aliados.

Ah, nojento. Esperava que a proposta dele tivesse sido um momento delirante. O desafio era controlar o rosto para não demonstrar repulsa, então ela rapidamente tentou pensar em algo para dizer.

— Mas se você defender sua futura esposa, eles vão pensar que você é tendencioso e sua palavra não valerá nada.

— Uma aliança de casamento mostrará a eles que Umbraar está se arrependendo de seus modos rebeldes e disposto a cooperar.

Havia tantas coisas que queria dizer a ele, começando com onde enfiar aquela adaga que estava segurando. Não era o momento para isso, no entanto. Ela sorriu novamente.

— Suas palavras são sábias e serão consideradas. — Rapidamente, antes que ele insistisse mais, ela mudou de assunto. — E quanto a Bastião de Ferro? E a conglomeração deles? — Só agora ela percebeu que havia esquecido completamente.

O rei suspirou.

— Ah, a reunião. De alguma forma, eles souberam de nosso encontro improvisado e usaram isso como desculpa para cancelar sua conglomeração e declarar o Império Bastião de Ferro. Em vez de pedir permissão, eles decidiram que poderiam declará-lo unilateralmente. Qualquer um que se oponha a eles está declarando guerra.

— Então *Bastião de Ferro* está declarando guerra. — Ela não entendia como isso se encaixava nos planos de Cynon, ou talvez não e se encaixava e era apenas o Rei Harold sendo o Rei Harold.

— Talvez eles pensem que ninguém os desafiará. Talvez estejam esperando que alguns de nós *vão tentar* lutar e poderão ser transformados em exemplos.

A menos que...

— Há algo importante. Recebi informações de alguém intimamente ligado à delegação deles. Eles deixaram algo em cada reino, um objeto mágico, algo que irá desencadear... — Ela parou antes de dizer *algo* novamente, percebendo como suas palavras eram vagas. Queria mencionar Cynon, explicar, mas não achava que ele acreditaria nela. Aquilo era muito mais difícil do que ela imaginara. — Quero dizer, se eles podem causar uma explosão, imagine o que mais eles podem fazer.

— É por isso que muitos temem desafiá-los, princesa.

— Você pode tentar descobrir o que é, tentar se livrar disso.

O Rei Sebastian balançou a cabeça.

— O recuo também é uma estratégia de guerra. Às vezes, temos que admitir a derrota, esperar e depois atacar quando não estão esperando. Agora, não.

— Então os reinos vão apenas aceitar seu governo, esperando que um dia eles possam esfaquear Bastião de Ferro nas costas?

— Você resumiu bem, princesa.

Não era uma ideia terrível. Agora não era hora de tentar confrontar Bastião de Ferro, a menos que... Podia haver algum tipo de magia que precisava de Harold para governar toda Alúria.

— Rei Sebastian, eu imploro que reconsidere. Bastião de Ferro tem uma magia antiga e perigosa. Existe uma boa possibilidade de que precisem controlar Alúria devido a algum tipo de lei mágica, talvez alguma forma de colocar algo em movimento. Você tem que recusar o governo deles e me ajudar a dizer aos outros reinos para fazerem o mesmo. Você não precisa desafiá-los abertamente ou dizer isso a eles.

— Irinaia, seus lindos lábios são tão adoráveis quando você implora. Você pode me colocar de joelhos por você, se disser a palavra. Diga sim à minha proposta e eu a ajudarei.

Naia estava tremendo de raiva.

— Rei Sebastian, com todo o respeito. Umbraar não foi burro o suficiente para deixar Bastião de Ferro entrar, estacionar suas tropas e colocar um estúpido ovo mágico aqui. *Nós* não precisamos de nada. É com o seu reino e com os outros que estou preocupada.

Ele riu.

— Princesa, com todo o respeito. Quem você acha que será o primeiro reino que Bastião de Ferro atacará? Você acha que eles vão trazer algumas centenas de homens como da última vez? Eu não acho. Seu reino está prestes a ser esmagado. Eu sou o único que está disposto a estender a mão, ignorar o passado desonrado de sua família, a reputação arruinada de sua mãe. Seu rei está morto ou prestes a morrer, seu irmão é um aleijado. Quem vai...

— Silêncio — Naia rugiu. — Ouse dizer mais uma palavra

sobre meu irmão e eu vou matar você pessoalmente. E sabe de uma coisa? Não me importo com o que aconteça com o seu reino.

Ela bateu a palma da mão com tanta força no espelho que até doeu. Agora Naia queria ir para Marca do Lobo e matar o Rei Sebastian, enquanto a raiva explodia dentro dela. Como ousava? Então ele a pediu em casamento presumindo que seu pai estava morto? Quão doentio era isso?

Naia apoiou o rosto nas mãos. Ótimo. Agora ela tinha que se preocupar com um ataque de Bastião de Ferro.

Ela fez uma pausa. Não. Harold e a família Bastião de Ferro eram os que odiavam Umbraar. Cynon se importaria com isso quando tivesse todos os reinos? Quando ele tinha muito mais? Poderia se importar porque Umbraar era um dos poucos reinos, se não o único, sem aquele ovo estúpido ou o que quer que fosse. A menos que... Visitantes *tinham* vindo aqui. E assassinos também. Eles poderiam ter colocado um objeto em qualquer lugar. Mas então, talvez precisasse ser aceito como um presente ou algo assim, e talvez fosse Kara ou River entregando. Naia estava tão confusa. Enquanto isso, Fel e River estavam na Cidadela de Ferro e tudo o que ela conseguia pensar era que algo estava muito errado, mas não tinha ideia do que fazer.

Pegou o espelho de comunicação e olhou para ele, esperando por um sinal, alguma coisa. Esperando por um milagre.

⁓⊱✦⊰⁓

AZIR NÃO ENTENDIA por que Ursiana não queria voltar para Alúria, principalmente se estava preocupada com a filha.

— Leandra está em Bastião de Ferro, e eu preciso tirá-la de lá. — Isso o preocupava desde que soube do ataque em Lago Branco.

— Ela não está. — A voz de Ursiana estava falhando e ele temia que ficasse inconsciente novamente.

— Então, cadê ela?

— Eu... Você não pode sentir? Como uma canção fraca. Talvez não tão fraca. Eu aguento. Você pode me colocar no chão?

Ele a abaixou de seu ombro, mas a envolveu em seus braços, segurando-a com força.

— Melhor? — ele perguntou.

— Talvez. — Ursiana estava pensativa. — Ela está em um desses níveis, mas eu nem entendo o que é esse lugar, como me mover aqui, não consigo...

Ele estava prestes a se perguntar em voz alta como Leandra poderia ter entrado no oco. Que pergunta estúpida: ela era uma condutora de morte. Destreinada, ainda por cima, carregando o peso de sua magia, sem saber o quão pesado era. Era bem possível que acabasse perdida se houvesse algum problema em Bastião de Ferro.

— Você tem um senso de direção? Qualquer... — O que ele poderia dizer? *Pista, dica, imagem*? Ele ainda não tinha certeza de como Ursiana podia sentir a filha deles, mas havia muito mais magia em ação no mundo do que qualquer um poderia entender.

Ursiana fechou os olhos, pensando, depois olhou para ele.

— Você tem que encontrá-la, não eu.

Azir realmente não sabia fazer isso, e mesmo assim não queria decepcioná-la, não queria deixar Leandra perdida.

— Como?

Ela pensou por um longo tempo, então disse:

— Envenenei meu coração com ódio, pensando que isso me tornava forte. Talvez sim. Talvez tenha me dado o empurrão para continuar, mas me manteve no escuro. Isso amortece os sentidos, Azir, domina a lógica. Tenho certeza que isso mexe com a magia também. Talvez isso também traga poder, talvez tenha sido o que me deu aquelas vinhas terríveis, vinhas que salvam vidas e, no entanto, acho que o ódio nunca me deu clareza.

Ele não tinha certeza de onde ela queria chegar com isso.

— A raiva é uma emoção natural.

— Sim. No entanto, apegar-se a ela é uma escolha. Eu fiz essa escolha e estava errada. — Ela olhou para ele. — Ouvi o que você disse e quero me desculpar. Eu culpei você, e apenas você pelo que aconteceu.

— Bem, não foi *sua* culpa.

— Também não foi você. Você foi enganado. Eu repreendi você por pensar o pior de mim na primeira chance que teve e, no entanto, não fiz o mesmo? Presumi o pior. Talvez você não tenha tentado falar comigo, mas eu também não tentei. Sim, para as mulheres é mais complicado, mas mesmo assim... Quer dizer, talvez não houvesse nada que pudesse ter sido feito. Talvez não valha a pena tentar olhar para trás e imaginar o que poderia ter sido diferente e, no entanto, agarrar-se à raiva não melhora nada. Isto é o que eu queria dizer. *Eu perdoo você* soa errado. Ainda estaria colocando a culpa em você. Eu quis dizer que não quero guardar ressentimento, não quero mais carregar esse ódio. Eu entendo o que você fez. Eu teria feito algo diferente se a situação fosse invertida? Eu não acho.

Ele segurou a mão dela.

— Podemos conversar quando voltarmos. E você ainda pode gritar comigo.

Ela balançou a cabeça.

— Você precisa de um coração leve para encontrar clareza. Você precisa de uma mente clara para encontrar seu caminho na escuridão. Eu sei que não sou uma condutora da morte, mas...

— Lamento o que fiz, Ursiana. Estava errado.

— Tudo acabou bem, no entanto. — Ela fechou os olhos. — Quero dizer, Léa nunca deveria ter ido para Bastião de Ferro, mas se ela está aqui, isso significa que escapou.

E, no entanto, onde ela estava? Como ele poderia saber em qual plano?

— É a preocupação que pesa no meu coração.

Ela pôs a mão no peito dele.

— Eu sei. Você tem que abrir mão disso.

Havia uma doçura naquela voz saindo de seus adoráveis lábios. Ele os tinha beijado tantas vezes que ainda se lembrava de seu gosto. E, no entanto, não era o momento de pensar nisso. E então, se ele precisasse de clareza... Talvez houvesse algo que ele quisesse saber.

— Ursiana, você disse que me perdoaria.

— Não perdoar...

Ele colocou um dedo sobre os lábios dela.

— Eu sei. Eu sei que você não quer me culpar. Mas eu tenho

uma pergunta. Você disse que não deveríamos olhar para trás, para o que foi perdido, para o que poderia ter sido diferente, e talvez haja sabedoria nisso. Agora, existe uma maneira de tornarmos nossos futuros diferentes? Continuar de onde paramos? — Foi preciso coragem para dizer essas palavras, para se desnudar e ficar vulnerável, aberto para ser rejeitado. — Recomeçar?

— Dois dias atrás, eu teria dito *sobre o meu cadáver*. — Ela bufou. — Foi tão bom te odiar. Amargo, mas bom. E ainda assim eu nunca poderia te odiar de verdade. Achei que estava machucando você, mas só estava bebendo veneno.

— Você quer me torturar com seus enigmas.

Ele então percebeu que estava tocando o lábio inferior dela com o polegar. Ursiana o beijou.

— Eu?

Ela seguiu com um rápido movimento de sua língua. Era como o fogo trazendo de volta memórias, levando-o de volta a um momento precioso há muitos anos. Um momento em que nada mais existia além deles dois. Aqueles lábios adoráveis que podiam tecer palavras engraçadas, palavras inteligentes, que eram tão doces, e também podiam tecer magia.

Ele mal sentiu quando seus lábios tocaram os dela e, por algum motivo, estava de volta às ruínas do castelo Formosa, exatamente onde havia recuperado o escudo de luz. Agora que havia chão sólido sob eles, suas mãos estavam livres, livres para despi-la. Parecia irreal, um sonho estranho, ver o corpo dela novamente, sentir as mãos dela levantando a camisa dele, abrindo a calça dele. Talvez o desejo também fosse um fardo e ele não queria pensar em como seu coração estava pesado com isso.

Este lugar seria o último que escolheria para um momento romântico. Não tinha cama, nem carpete macio, nem travesseiros. A solução foi segurá-la novamente, desta vez contra uma das poucas partes da parede ainda de pé. Ele queria isso por tanto tempo. A cada penetração, deixava de lado sua raiva, deixava de lado sua vergonha, seu arrependimento, sua tristeza. Por mais que dissesse que era tudo culpa dele, ele ainda estava com raiva, carregando aquele terrível rancor como um tesouro podre.

Queria largar tudo, largar todas as partes do passado que o machucaram. Estava deixando tudo ir embora. E estava voltando para onde ele pertencia.

Quando acabou, foi como acordar de um longo torpor novamente. Ele pegou o rosto dela em suas mãos e beijou seus lábios rapidamente, então disse:

— Senti a sua falta. Cada dia sem você era uma tortura.

— Também senti sua falta. — Seu tom era sério, no entanto.

Claro, eles tinham coisas mais importantes para fazer. Ele agarrou todas as suas roupas, então pegou a mão dela. Estavam de volta àquela estranha praia em que ele acabou depois de escapar dos olhos da morte.

— Nada como o oceano para limpar nossas almas.

— Almas? Tenho certeza de que não é isso que essa palavra significa. Ursiana riu, mas correu para as ondas.

Azir a seguiu, mas logo voltaram e se vestiram. Parte dele desejava poder levá-la para algum lugar seguro e depois partir por conta própria, mas outra parte sentia que ela seria importante para ajudá-lo. Esperava que Ursiana estivesse certa e tudo o que ele precisasse fosse de um coração limpo e leve. Ele achava que nunca poderia se sentir mais leve.

Para onde sua dor levou Léa, além do vazio? O grande vazio, o espaço entre os espaços onde nada existia – nem mesmo a perda. Esta não era a terra dos mortos, a ponte para os outros mundos, aquele lugar de espera na longa fila antes da próxima vida. Não era viver ou morrer, apenas um entorpecimento infinito.

Léa não sentiu diferença com os olhos abertos ou fechados. Ela tinha que deixar este lugar, sabia disso, mas seu corpo não queria se mover. Tentou pensar em seu reino, imaginar que possivelmente precisasse dela, mas talvez fosse presunçoso acreditar que dependia dela. O que tinha feito até agora? Ele foi tomado por Bastião de Ferro, teve sua cúpula usada como um portal horrível, e ela não previu nada disso. Sem mencionar seu pai e Kasim...

Esses eram os pensamentos dos quais queria escapar, os pensamentos que a trouxeram até aqui, onde nada doía tanto. E, no entanto, o nada também machucava. Aquele grande vazio. O mundo estava prestes a desmoronar e aqui estava ela, incapaz de voltar atrás e consertar seus erros. E, novamente, ela poderia consertar alguma coisa?

Sua respiração era lenta. Ainda havia ar aqui, mesmo que se sentisse sufocada em seus pensamentos.

E então havia também alguma luz, fraca a princípio, depois mais brilhante. Léa correria se pudesse. Talvez ela devesse. No entanto, tudo o que fez foi olhar enquanto aquela luz se aproximava dela.

Tudo o que podia ver era o brilho e uma mão nele. Uma mão para tirá-la daquele lugar, mas ela não sabia de quem era a mão, não sabia para onde a levaria, não sabia o quanto doeria se ela fosse embora.

— Pegue minha mão — disse alguém. Um homem. Léa não confiava em homens. Não confiava em ninguém.

— Leandra — repetiu o homem. — Sua mãe quer ver você. Ela está viva. Ela está aqui.

Léa estendeu a mão de uma vez, e então foi puxada para longe, puxada para longe daquela escuridão e até mesmo daqueles pensamentos terríveis que diziam a ela que era inútil e que tudo era sem sentido. Eles não eram realmente seus pensamentos.

Ela percebeu que estava segurando a mão do Rei Azir. Como contaria a ele o que havia acontecido com Fel? E, no entanto, a vergonha e o arrependimento não eram tão grandes quanto antes, quando estava naquele lugar estranho. Outra mão encontrou a dela, e ela a reconheceu imediatamente.

— Mãe?

— Sim, querida.

Tanto peso foi tirado de Léa de uma só vez, tanto alívio inundou seu coração. A mãe dela estava aqui, estava viva! Léa queria abraçá-la, mas não queria soltar aquela mão e correr o risco de se perder novamente.

Eles se moveram para um lugar escuro que tinha círculos brilhantes à distância e uma luz estranha por toda parte.

Azir disse:

— Vou levá-la para Umbraar, para o Forte Real. Por agora.

Lentamente, ela reconheceu a mesma sala onde havia falado com o Rei Umbraar alguns dias antes. Há muito tempo. Naia estava sentada ali, com a cabeça apoiada nas mãos. E então Léa sentiu algo mais, uma atração familiar. Fel. Ele estava vivo, ele estava. Ela queria abraçar sua mãe, queria conversar com Naia e, ainda assim, era como se estivesse sendo arrastada para fora daquela sala.

— Eu estou indo para Fel — ela murmurou, antes de desaparecer na escuridão.

Talvez ela tenha ouvido algo como *não* ou *espere*. Embora entendesse por que deveria ser cautelosa, ela não tinha mais forças para lutar contra a atração de sua magia, a magia deles.

Ela se viu em uma sala estranha onde quatro pessoas estavam. Entre eles, Fel, em forma humana, parecendo majestoso, poderoso e belo, como se toda a sua força e poder como um dragão pudessem ser condensados naquela forma também.

— Fel — disse ela, ou melhor, engasgou-se com a palavra. Lágrimas escorriam de seus olhos. Lágrimas purificadoras.

Ele a puxou para um abraço.

— Léa.

Ela o segurou apertado, tão apertado, que queria segurá-lo e nunca mais deixá-lo ir.

— Eu pensei que você estava morto.

— Estou aqui.

Seus lábios tocaram os dela e então eles estavam se beijando. Ela estava querendo esse beijo há anos, um beijo verdadeiro, sem nenhum fardo entre eles, um beijo como o primeiro, quando a cúpula em Lago Branco ainda estava de pé, quando eles pensaram que seu amor seria tão fácil e simples.

Alguém limpou a garganta e Léa se virou. Era River.

— Todos nós podemos desviar o olhar e dar privacidade a vocês. Se quiserem.

Fel franziu a testa.

— Estamos apenas nos beijando.

O fae encolheu os ombros.

— É uma sugestão. Caso percebamos que estamos presos

aqui. Quero dizer, se você vai morrer, morra com estilo, sem arrependimentos.

— Morrer? — Léa não entendeu o que estava acontecendo, então percebeu que eles estavam em algum tipo de prisão em Bastião de Ferro. Tinha que ser Bastião de Ferro, devido à quantidade de metal. Em um canto, onde ela pensou que havia um monte de couro velho, estava... Ela sentiu um frio na barriga. Um dragão, tão fraco... Não havia porta, apenas metal por toda parte. Fel não poderia... Ela nem terminou sua pergunta mental, pois notou as partes de suas mãos de metal no chão. Sua magia não estava funcionando. Tzaria e outro homem, provavelmente um outro dragão, também estavam na sala, seus rostos sombrios.

Fel mordeu o lábio.

— Isto é uma prisão, Léa. Você pode tentar sair?

— Se você fizer isso, você se importaria de nos conseguir alguma ajuda? — River perguntou. — Você pode ficar, é claro. Quanto mais melhor. Tenho certeza de que Fel está feliz em vê-la.

— Você pode sentir sua magia? — Fel perguntou.

Ela adorava a voz dele, suave e profunda, mas não era uma pergunta que ela pudesse responder.

— Não sei.

Naia fechou os olhos e respirou fundo. Não seria maravilhoso se o ar pudesse lhe dar algumas respostas? Só uma vez. Ainda tremia de raiva, pensando no Rei Sebastian, ainda querendo matá-lo. Que desperdício estúpido de energia, quando ela deveria se concentrar em derrotar seus verdadeiros inimigos. Mais do que tudo, queria saber se seu irmão estava bem e se algo havia acontecido.

Então ela ouviu uma voz no escritório. A voz de uma mulher.

— Deixe-a ir para seu filho. É o que ela deseja.

Naia olhou e viu seu pai e a Rainha Lago Branco. Aqui. Dentro do Forte Real. Ela estava alucinando?

— Pai? — Então se lembrou de suas últimas palavras para ela. — Quero dizer, Rei Azir?

Ele circulou a mesa onde ela estava sentada e então a puxou para um forte abraço.

— Naia, sinto muito.

Naia ficou feliz, mas também assustada.

— Por quê? Onde você estava?

Ele beijou sua testa.

— Eu estava perdido. E tive tempo para refletir sobre minhas palavras. Claro que você é minha filha. Sempre será. Eu nunca deveria ter dito que você não era.

Lágrimas se acumulavam nos olhos dela.

— Isto é real?

Ele parou o abraço e segurou os ombros dela.

— É. — Ele olhou ao redor. — Estou feliz que você esteja de volta em casa.

Achava que ela tinha deixado River e era por isso que ele estava sendo tão legal? Ainda a aceitaria se ela contasse a verdade? Mas não era o momento de pensar em nada disso.

— Eu... Estamos tendo... alguns problemas.

Seu pai assentiu.

— Por que você não me conta?

Primeiro, porque ela nem sabia como começar. Para ser justa, ele estava olhando para ela da mesma forma que fazia quando ela voltava de uma caçada ou encontrava algo interessante, todo ouvidos para o que tinha a dizer. E ela tinha dito que ele nunca a ouvira! Nas coisas que importavam, talvez ele não tivesse. Mas ela já tentou dizer alguma coisa? E então, nada disso importava agora.

— Alúria está em grande perigo, há algo terrível em Bastião de Ferro.

— Eu sei — disse ele.

Tecnicamente, ele não sabia, mas era verdade que odiou aquela família por um tempo, talvez sentindo suas relações com magia perigosa.

Então Naia ouviu outra voz, dizendo:

— Você pode me ouvir? — O irmão dela! Ela gesticulou para o pai esperar, e também para a rainha, que estava parada em um canto.

— Fel? Onde você está?

— Naia, você pode me ouvir? — A voz voltou a falar.

Ele estava se comunicando como um dragão, o que provavelmente significava que estava perto, mas não havia alívio ou vitória em seu tom, apenas preocupação, como se estivesse prestes a dizer algo sério. Ela tentou enviar-lhe um pensamento.

— Eu posso ouvir você. O que é?

— Naia! — Pelo menos algum alívio em seu tom. — Estamos em uma sala na Cidadela de Ferro. Nossa magia está quase toda bloqueada e não podemos sair. Foi uma armadilha.

Seu pai estava olhando com curiosidade, e ela gesticulou novamente para ele esperar, então enviou um pensamento para Fel.

— Posso tentar te encontrar.

— Não. Se você chegar aqui, sua magia será bloqueada. Léa acabou de chegar e também não pode fazer muito. River está dizendo que você deveria tentar encontrar a irmã dele...

— Lendários, quero dizer, faes brancos não podem entrar em Bastião de Ferro.

— Eu sei. Ele quer dizer que ela pode ser capaz de ajudá-lo. Existe uma maneira da Cidade Lendária entrar em contato com o conselho dos dragões. Você vai precisar contar a eles.

Naia balançou a cabeça.

— Fel, você acha que Cynon vai ficar sentado por tanto tempo?

— Estamos tentando encontrar uma saída. Tem que haver uma, Naia. Estamos vivos e ilesos, então não se preocupe conosco.

Uma ideia lhe veio à mente.

— Você acha que é a magia de Cynon mantendo você aí?

— Provavelmente.

Havia uma solução.

— Fel, eu vou tirar você daí.

— Naia, não venha aqui.

— Não aí. Espere algum tempo e depois tente falar comigo novamente. Vou fazer algo que pode ajudar.

— O que você está...

— Fel, eu preciso me concentrar. Me dê uns quinze minutos.

Naia encarou o pai.

— Você pode entrar na Cidadela de Ferro, certo?

— Sim, por quê...

— Eu preciso que você confie em mim, só desta vez. Não posso explicar tudo porque é muito complicado, mas preciso encontrar o Rei Harold e matá-lo.

Azir franziu a sobrancelha.

— Eu posso matá-lo.

— Não. É uma maneira especial de matá-lo, apenas um condutor de ferro pode fazer isso. Só me leve para perto dele.

Ele suspirou.

— É perigoso carregar alguém...

— No oco, sim. — Ela apontou para a rainha de Lago Branco, ainda de pé em um canto. — Parece que você fez isso muito bem. E o problema é que você sempre disse que não pode transportar alguém que não tem a magia para atravessar o oco, mas eu tenho.

— Naia... — Ele disse devagar, desculpando-se. — Você não é uma condutora de morte.

— Eu sei! Eu sou um dragão.

Ele fez uma careta.

— Você o quê?

— Muito complicado para explicar. Eu juro, é uma questão de vida ou morte. A vida de Fel. — Ela quase mencionou Léa também, mas novamente pensou que seria muito complicado e provocaria perguntas desnecessárias. Isso também deixaria a rainha preocupada, e acalmá-la seria outra complicação desnecessária. — Confie em mim. Leve-me ao Rei Harold. Não é realmente ele, mas uma criatura maligna. Se quiser ajudar, me proteja. Mas me deixe matá-lo. Por favor. Este é o maior e mais importante favor que estou pedindo...

— Naia, por você eu faço qualquer coisa. Só estou preocupado.

— Então confie no meu poder. Só desta vez. Por favor.

Ele assentiu lentamente, então se virou para a Rainha Lago Branco.

— Eu vou providenciar...

— Vá — ela disse. — Eu estou bem aqui. Vou esperar.

— Vamos — disse seu pai, então segurou suas mãos.

Isso era muito diferente de se mover no oco com River. Não era como escolher um círculo naquele lugar escuro, mas sim como ir de um lugar para outro. Ela viu a Cidadela de Ferro de cima, feia e artificial, repleta de magia de metal e tanto ferro, como um perfume tão forte que parecia queimar o nariz.

— Não será fácil encontrá-lo e ele estará bastante protegido — disse seu pai. — Tem certeza de que quer tentar isso?

Ela tinha. Pela primeira vez em sua vida, ela percebeu que poderia fazer algo, poderia fazer a diferença. Em vez de se ressentir do fardo, acolheu a responsabilidade, acolheu o desafio.

— Tenho certeza, sim.

Claro, seu coração não parecia compartilhar de sua opinião, pois batia como um louco, talvez pensando que poderia influenciá-la nessa decisão. Não poderia. Ela arriscaria tudo para salvar Fel. Ela arriscaria tudo para salvar River. Não havia palavras para explicar o quanto arriscaria para salvar os dois.

30
O OUTRO

Naia olhou para aquele horrível monumento artificial à ganância de Bastião de Ferro, a Cidadela de Ferro. Ela nunca imaginou que um dia flutuaria sobre ele.

Seu pai olhou para o castelo, sua expressão pensativa.

— Você disse que o Rei Harold tem alguma... outra criatura o controlando. Com que tipo de magia estamos lidando?

— Magia de dragão.

Seu pai ficou em silêncio por alguns segundos, então perguntou:

— O que essa magia faz?

— Eu não tenho certeza. Acho que ele é mais poderoso do que a maioria dos dragões e, para ser honesta, além do fogo, não sei muito sobre a magia dos dragões. E ele também tem condução de ferro, é claro.

Seu pai grunhiu.

— O que eu poderia fazer é escurecer tudo assim que o encontrarmos e matar qualquer guarda que o proteja. Você acha que pode te ajudar? Você pode fazer o que precisa sem vê-lo?

— Eu vou ter fogo, mas alguma escuridão pode ser suficiente para distraí-lo. Livrar-se de qualquer guarda pode ser bom também. Obrigada.

Os aposentos do castelo surgiam diante dela. Quartos, uma

sala do trono, salas de reuniões. Que tipo de magia Cynon teria? Se Naia estendesse a mão, ela poderia sentir? Tinha estado perto dele e sabia a diferença entre River normal e River com Cynon. Se ao menos ela pudesse isolar, identificar a diferença...

— Lá em cima — ela disse. — Realmente para cima. Eu penso. — Foi um palpite, uma intuição, uma ideia de que um dragão sentiria falta das alturas e não gostaria de ser enterrado nas profundezas do castelo.

— Vou tentar o observatório — seu pai sussurrou.

Chegaram ao topo de uma torre. De repente tudo ficou escuro, como se o sol tivesse desaparecido por um momento. Ela vislumbrou Harold parado ali, com guardas do lado de fora. Em um segundo, ela fechou as portas de ferro e atirou nele uma rajada de fogo.

As palavras de Tzaria eram sobre fogo e depois remover o sangue, então ela pensou que tinha que usar o fogo primeiro, que deveria imobilizar dragões.

O Rei Harold, ou melhor, Cynon, virou-se e riu dela.

— Você acha que pode usar minha magia contra mim? Garota boba. Apenas o Dragão de Ferro pode me matar.

— Sério? Que coincidência. — Naia focou. Com tanto ferro naquele castelo, algo tão sutil quanto o sangue de alguém era difícil de se achar, mas também era vida, magia. Nesse caso, tinha uma sensação estranha e contaminada. Era verdade que Naia, ao contrário do seu irmão, não conseguia manipular muitos objetos diferentes ao mesmo tempo, mas podia sentir o sangue dele como uma coisa só. Em um movimento rápido, ela o removeu, então o atingiu com fogo novamente.

Ela então disse:

— Por acaso eu também sou um dragão de ferro. — Pena que ele não podia ouvi-la, pois seu corpo estava murchando e queimando como se fosse feito de madeira fina. Ela continuou queimando, querendo acabar com tudo.

— Naia. — Era a voz de Fel.

— Acabei de matar Harold. Onde você está?

— Consegui escapar e agora vou encontrar a forma de dragão dele.

— Bom.

Ele tinha que ser rápido para garantir que os laços de Cynon com este mundo fossem cortados. Enquanto isso, ela queimou Harold até que seu corpo se transformasse em cinzas. Talvez não fosse justo matá-lo se ele fosse apenas um receptáculo, mas suas ações levaram Cynon a estar aqui. E então talvez não houvesse como derrotar esse mal sem matar esse rei. Ela não podia acreditar que estava se sentindo mal por Harold. Verdade que ele também era seu tio.

Naia suspirou e olhou para o seu pai. Ele estava alerta, de olho na porta, nem um pouco perturbado pela visão de sangue e morte.

— Você acha que isso é o suficiente? — ela perguntou.

Ele olhou para os restos no chão, principalmente cinzas.

— Não sobrou nada dele, mas não sei se existe alguma regra mágica...

Naia disparou mais fogo.

— Vou queimá-lo mais, só por precaução. Felizmente o chão aqui é de granito. Imagina se fosse de madeira.

— E as janelas estão abertas, ou eu estaria assando aqui. Acho que você não se importa com o calor, mas eu me importo.

Naia sorriu com sua tentativa de leviandade. Para ser justa, ela geralmente se sentia tão quente quanto qualquer outra pessoa, exceto quando se tratava de seu próprio fogo, ou talvez até mesmo do fogo de outros dragões, exceto que nunca havia experimentado isso.

Agora o corpo do rei havia sumido, algo que não seria possível com um corpo humano ou animal normal, e ela sabia quanto tempo um porco selvagem levava para assar. Magia estranha.

— Podemos ir? — Seu pai perguntou.

Isso seria sensato, antes que os guardas abrissem as portas, embora nem estivessem tentando. Algo então veio à mente dela.

— Por que você acha que ele estava aqui? É como se quisesse ver alguma coisa.

— Talvez. Acho que podemos ir agora.

Naia olhou pela janela para o penhasco que cercava o castelo e, mais longe, havia planícies nuas sem casas ou pessoas, sem saber o que alguém esperaria encontrar. Ou poderia ser algo no céu. Dragões? Ou algo mais sinistro?

— Sim. Vamos.

Pegou a mão dele e sentiu aquela estranha escuridão a envolvendo. De uma coisa sabia: isso não tinha acabado.

Fel respirou fundo, quase se arrependendo de ter contatado sua irmã, temendo que ela fizesse algo imprudente. Ele ficou feliz em ver Léa, mas também horrorizado por agora estar compartilhando seu destino, presa aqui.

Ela estava com os olhos fechados, pensando, então olhou para ele.

— Eu posso sentir. Minha magia. Acho que posso tirar você daqui. — Ela olhou para os outros. — Podemos voltar com ajuda.

— Está vendo? — River estava parado perto deles e riu. Fel esperava que nada inapropriado saísse de sua boca, mas duvidava. — Olha o que a necessidade de privacidade faz com as pessoas.

Fel queria dar um nó nos chifres do fae.

Tzaria também estava perto deles e sussurrou:

— Se vocês conseguirem sair, procurem.

Pelo ovo, ela quis dizer.

— Como? — Fel não achava que seria capaz de encontrar nada naquele gigantesco castelo.

— Espere — disse River. — Tem que ser aqui, pelo menos não longe. Há um dragão para mascarar sua assinatura mágica, há uma armadilha mágica para garantir que qualquer um que se aproxime não possa fazer nada. — Ele se virou para Tzaria. — Qual é o tamanho de um ovo de dragão?

Ela balançou a cabeça.

— Nós nos reproduzimos em forma humana. Um ovo de dragão é um invólucro mágico para a forma de dragão.

— De que tamanho? — River insistiu.

— Eu nunca vi um — disse a mulher.

River franziu a testa.

— E ainda assim você tinha certeza de que poderia encontrá-lo.

Ela encolheu ombros.

— Eu posso sentir a magia dos dragões.

Fel e Léa trocaram um olhar, pois ela parecia perceber que encontrar esse ovo seria quase impossível.

River então se aproximou de Fel e sussurrou:

— Está sob nosso amigo machucado, Kaneyo. Há um compartimento lá.

— Como você sabe? — Fel perguntou.

— Eu... sinto, não sei. Mas vamos precisar da nossa magia. Sua, para alcançá-lo, e talvez minha, para garantir que o dragão não tente nos parar.

Com o canto do olho, Fel viu uma rajada de fogo vindo em sua direção. Ele mal teve tempo de afastar Léa. A rajada quase atingiu River, mas agora o fae estava parado, olhando para o dragão, que não tentou queimá-lo. Ao mesmo tempo, uma série de sensações voltou a Fel. A sala ganhou vida com uma energia que ele conhecia bem: a magia do metal. Ele puxou suas mãos.

Enquanto isso, sem desviar o olhar de Kaneyo, River disse:

— Agora. Vá, Fel.

— Vou pegar o ovo. — Então uma nova clareza o atingiu. — Naia está atrás de Cynon.

River olhou para Fel com os olhos arregalados.

— Ela o quê?

Nesse mesmo momento, outra rajada de fogo veio em direção a River. Fel puxou um painel da parede, mas não conseguiu movê-lo rápido o suficiente para bloquear o fogo. Horrorizado, ele observou o fae engolfado pelas chamas do dragão. Fel olhou novamente, sem saber se seus olhos estavam pregando peças nele. River não foi queimado ou ferido. Ele olhou para o dragão e disse:

— Vá. Vou mantê-lo quieto.

Tzaria estava dizendo palavras calmantes para Kaneyo, que estava estranhamente imóvel, como River. Ao mesmo tempo, Risomu estava assumindo sua forma de dragão.

Fel sentiu uma abertura no chão logo atrás de Kaneyo, protegida por um painel de metal, que puxou. Talvez ele tenha puxado demais, pois o chão abaixo dele rachou.

Tzaria levou River em um círculo, para que saíssem daquela sala antes que o chão desabasse. Léa segurou o braço de Fel. Suas mãos estavam trabalhando novamente, mas entendeu que ela queria ter certeza. A única razão pela qual Fel não caiu em um enorme abismo abaixo dele foi porque conseguiu controlar a parte do solo sob seus pés, já que era de ferro. Ele envolveu Léa em seus braços, consciente de que precisava dela. Se as coisas ficassem muito terríveis, ela seria capaz de levá-los embora. Estava tudo escuro, mas parecia uma enorme câmara, mais como uma caverna natural.

Fel então ouviu algo, como se alguém respirasse, mas o som era mais irregular. Este era um dragão prestes a lançar fogo. Um gigante. Poderia ser outro prisioneiro como Kaneyo, e talvez a forma de dragão de Cynon não fosse um ovo, afinal.

Ele sentiu uma estranha lufada de escuridão, então estava parado no fundo da caverna, enquanto uma rajada de fogo iluminava estalagmites no chão. Parte do teto foi quebrado e abriu um buraco para a câmara de onde eles caíram.

Como dragão, Fel estava muito mais sintonizado com as sensações, intenções e sentimentos de outros dragões, mas não estava sentindo muito disso. Tudo o que encontrou foi escuridão, como um poço vazio de ódio. Ele esperava não estar errado em sua suposição, esperava que Tzaria não estivesse errada no que havia dito a ele. De uma vez, puxou todo o sangue do dragão. Não foi o suficiente. Ele precisava de fogo.

— Risomu! — ele gritou. Não, não era o que precisava.

Fel tentou alcançar sua irmã, através de pensamentos, pedindo-lhe que viesse aqui, pedindo-lhe que o encontrasse.

— Acima!

Era Naia, do outro lado da sala, com o pai deles. Ele estava vivo!

Fel gostaria de ir lá e abraçar os dois. Em vez disso, gritou para ela.

— Mande fogo no dragão! Tem que ser você.

Ela levantou as mãos como sempre fazia antes de usar sua magia, o que sempre denunciava suas intenções, mas desta vez ele ficou feliz em vê-la fazendo isso e queimando o corpo do dragão. Esperava que ela estivesse queimando a forma de dragão de Cynon.

Esperava que esse pesadelo estivesse prestes a acabar.

Um pequeno círculo apareceu do outro lado, perto de Naia. Havia pedaços de metal que caíram da sala acima e que Fel poderia usar como arma, mas eram apenas Tzaria e River. O fogo de Kaneyo parecia ter amortecido a magia do fae, mas ele abraçou Naia, visivelmente aliviado em vê-la ali.

— Temos que ir — disse seu pai, gritando, provavelmente para ser ouvido por Fel. — Vou levá-los para Umbraar, depois voltar para você.

— Vou te seguir — disse Tzaria. — E levá-lo.

— Oh, que humilhação — resmungou River.

Primeiro Azir e Naia desapareceram, então Tzaria traçou um círculo brilhante e se foi com River.

Fel foi deixado sozinho com Léa, e ela descansou a cabeça em seu peito.

— Ainda não consigo acreditar que você está vivo. — Era como se só agora ela pudesse expressar seus medos, expressar sua preocupação.

— Eu também senti sua falta — Fel confessou. — Eu fiquei tão preocupado quando você desapareceu.

— E ainda assim você estava aqui, lutando. Eu... — Ela olhou para baixo.

Ele beijou o topo de sua cabeça.

— Acabou por enquanto, é o que importa.

Ela olhou para ele.

— Você acha que acabou?

A verdade é que ele não sabia e estava se perguntando a mesma coisa.

— Por enquanto, sim. Vamos esperar que *por enquanto* dure muito tempo.

RIVER SENTIU como se todos os seus ossos tivessem sido quebrados e, se ele se movesse, eles se desintegrariam. Claro que nada disso era verdade. Tinha acabado de ser atingido por fogo de dragão — e provavelmente salvo por alguma magia de Naia que ainda o percorria. Em seu estado de incompetência, permitiu que Tzaria o carregasse pelo oco. Era estranho confiar em um dragão, especialmente considerando que ela estava entre os que isolaram a Cidade Lendária, que não o ouviram. Não, eles ouviram, mas então algo obviamente aconteceu. Um truque do destino.

Deixou Tzaria segurar sua mão e desenhar um círculo no chão. Eles se moviam de maneira diferente dos faes, mesmo que o princípio fosse praticamente o mesmo. Isso era algo que Naia teria que aprender. Por enquanto, estava feliz por Cynon ter sido derrotado, ou pelo menos parecer ter sido, e que eles escaparam.

A mulher permaneceu na escuridão, no espaço entre tudo, e olhou para ele. Ótimo, que hora para ter uma conversa: quando nenhuma de suas mágicas parecia funcionar.

— Você controlou aquele dragão. — Sua voz era um sussurro, como se tivesse medo de dizer isso em voz alta.

River não tinha certeza de onde ela estava indo com isso.

— Eu fiz? Você acha que eu queria levar uma rajada de fogo?

A mulher sacudiu a cabeça.

— Você perdeu o controle, claro, mas você o segurou. Não se preocupe, não vou contar a ninguém. Vou até tentar convencer Risomu de que ele deve ter se confundido.

River não sabia por que ela estava dizendo isso.

— Vocês todos me ouviram dizer que eu controlei aquele outro dragão e o fiz matar o irmão de Naia.

— Você era o hospedeiro então, e Cynon tem uma magia poderosa. Agora é diferente. — Ela o encarou. — Você não entende, não é?

— Obviamente não.

— Muitos dirão que os faes nefastos foram exilados devido ao seu papel em ajudar Cynon.

Nefastos. Ele não conseguia nem mexer os braços, senão pensaria em esbofeteá-la.

— Você pode não usar esse termo?

— Desculpe. Eles dizem que é por isso que os lendários foram exilados e, no entanto, não faz sentido. Havia lendários lutando em ambos os lados. A coisa com Cynon foi uma desculpa para isolar vocês. Você sabe por quê? Vocês são as únicas criaturas que podem subjugar um dragão. Foi medo, não justiça.

— Eu entendo. Como alguém que se preocupa com a justiça, é por isso que você fez sua parte e garantiu que recuperássemos nossa liberdade. Oh, espere.

Ela olhou para baixo e balançou a cabeça.

— Foi há muito tempo. Eu costumava confiar no Conselho Superior naquela época. É incrível o quanto você pode ver quando sai da caixa. Eu realmente sinto muito por não ter voltado para o seu povo. Eu estava tentando proteger o filho de Ircantari. Filhos. E pensei que os lendários estavam seguros.

— Bem, então diga a seus amigos dragões que a maioria dos fundidores de mentes está morta, é um poder terrível e eles podem parar de nos temer.

— Eu poderia. Mas vou garantir que ninguém saiba o que você é. Deve ser mantido em segredo.

River assentiu.

— Podemos ir? Eu quero abraçar a filha de Ircantari.

Ela sorriu e eles apareceram no escritório do rei no Forte Real.

Naia foi quem o encontrou primeiro e o abraçou.

— Eu estava tão preocupada.

— Eu estou... quase bem.

O rei de Umbraar não estava lá, nem Léa e Fel. Havia uma mulher parada no canto, parecendo ansiosa. A rainha de Lago Branco, mãe de Léa.

River sentiu que pelo menos seus braços podiam se mover e segurou Naia com força.

Alguns segundos se passaram e três pessoas apareceram na sala: Rei Azir, Fel e Léa.

A hora havia chegado. River sussurrou no ouvido de Naia:

— Tenho algumas reparações a fazer.

Ele se aproximou de Azir e se ajoelhou, embora doesse fazer isso em seu estado, olhando para o chão. Nunca havia se humilhado assim para ninguém antes, mas sabia que essa era a coisa mais honrosa a se fazer depois de seus erros.

— Sua Majestade. Eu, River da Segunda Dinastia, pr... — Ele engasgou, incapaz de dizer *príncipe*. — Rei dos lendários, ou faes brancos, como vocês nos chamam, humildemente me aproximo de você para me desculpar. — Seu coração batia rápido.

Ele percebeu que esta posição, olhando para o chão, não o deixava ver a expressão de Azir. Talvez fosse confortável para quando alguém estava falando de um lugar de grande vergonha, mas apenas o deixava ansioso, sem saber como suas palavras estavam sendo recebidas.

River continuou:

— Na minha tolice, convenci sua filha a escapar de Lago Branco, deixar sua família, deixar tudo o que ela amava, por mim. — Agora que sua mente era dele, não entendia como ela não tinha dado um soco em sua cara. — Isso causou grande dor a ela, e presumo que deva ter causado dor a você também. Por mais que eu não fosse totalmente eu mesmo naquela época, estava empenhado em protegê-la, empenhado em garantir que ela estivesse segura. Eu disse a mim mesmo que era por isso que ela tinha que ser afastada de tudo, mas não percebi que isso a dividia em duas.

Falar sobre isso foi espinhoso. Não apenas confessar seus erros era árduo, era até difícil expressar o que exatamente havia dado errado e por que ele havia feito tudo aquilo.

— Levante-se, River — disse Azir. — Eu prefiro encará-lo quando eu falar.

River subiu em um segundo, olhando para o pai de Naia, que não estava com raiva. O rei perguntou:

— Você é o rei deles?

Esta era a última coisa sobre a qual River gostaria de falar, mas não havia como evitar, então tentou ser sucinto.

— Planejo abdicar da minha coroa em breve.

Azir suspirou.

— River da Segunda Dinastia, futuro ex-rei dos lendários, tenho absoluta certeza que você nunca teria convencido Naia a fazer algo que não quisesse. Ela tem uma mente própria. Espero que você tenha notado isso.

Ela os observava em silêncio, e sorriu de boca fechada ao ouvir isso.

River concordou com seu ponto, mas isso não o livrava de sua própria responsabilidade.

— Eu sei. Mas eu tive parte em tudo isso. Se eu nunca tivesse pedido a ela para fugir comigo em segredo, se tivesse me aproximado de você e pedido a mão dela como qualquer homem decente faria, tudo teria sido diferente.

— River — Naia finalmente interveio. — Você nem era você mesmo.

Ele acenou com um dedo.

— A única parte em minha mente que estava clara era a que diz respeito a você. Eu sabia que tinha que protegê-la, mesmo que não tivesse certeza do quê. E, no entanto, proteger não deveria colocar alguém contra sua família. — Ele se virou para Azir. — Desculpas têm um significado enorme para nós. — Ele curvou-se ligeiramente, apenas com a cabeça. — Peço desculpas.

Azir apontou para Naia.

— Peça desculpas a ela.

— Eu pedi. Mas gostaria de ter seu consentimento para cortejá-la e pedi-la em casamento.

O pai de Naia tinha uma sobrancelha levantada.

— Um pouco tarde demais para pedir isso, não é?

Isso não era verdade.

— Não tarde, não de acordo com os costumes humanos. Nós não...

— Eu não quero ouvir isso. — Azir acenou com as mãos na frente dele e fez uma careta. — Por favor. A única pessoa que precisa te dar permissão para se casar com ela é Naia. Se ela está feliz, eu estou feliz.

— Ela não vai estar feliz se estiver afastada de sua família — insistiu River.

O Rei Azir olhou para Naia e suspirou.

— Da minha parte, contanto que esteja feliz e seja o que ela queira, você tem minha bênção.

River assentiu, depois pegou a mão de Naia e a beijou. Havia algo diferente na maneira como ela olhava para ele, um olhar um pouco mais doce, mais aberto, mais confiante, o que fez valer a pena esse pedido de desculpas. Claro que ela tinha razão em dizer *não* para ele antes, e pelo menos agora entendia o quão idiota ele tinha sido.

Fel então disse:

— Falando em casamento, vou me casar com Léa, com autorização ou não. — Ele olhou para a Rainha Lago Branco. — Ah, e não somos irmãos.

— E o marido dela? — Azir perguntou.

Fel sorriu.

— Ele também não é irmão dela.

O Rei Umbraar rolou os olhos.

— Você sabe o que eu quero dizer.

— Vamos anular o casamento — disse Léa.

— Se eles causarem problemas, ela sempre pode ficar viúva — acrescentou Fel.

Esses dois não pareciam estar com vontade de pedir desculpas aos pais, mas eles não haviam fugido. O Rei Azir balançou a cabeça, mas Naia sorriu, provavelmente contente em ver seu irmão feliz.

River estava pensando em ir até a Cidade Lendária para verificar a situação por lá, quando alguém bateu na porta, e ele disfarçou seus chifres e olhos rapidamente. O cabelo já estava cobrindo suas orelhas.

Era um mensageiro, que arregalou os olhos ao ver Azir.

— Sua Majestade.

— Sim, sou eu — disse Azir. — Voltei.

O jovem prendeu a respiração.

— Temos uma visitante. Ela queria falar com a princesa Leandra, e está esperando na sala segura. Ela é... — O jovem engoliu em seco. — Fae branca.

Se todos tivessem tanto medo dos lendários, talvez eles tivessem vencido a guerra. Por outro lado, talvez a guerra tenha acontecido por causa de tanto medo.

Léa deu um passo à frente.

— Eu vou lá.

— Eu também — Fel e Azir disseram ao mesmo tempo.

— Posso ir também? — River perguntou. — Se ela é fae... — Seu melhor palpite era que se tratava de Anelise, e seu pior medo era que algo ruim tivesse acontecido, mas por que ela estava procurando por Léa e não por Naia?

— Claro. — Foi Naia quem respondeu, e então puxou sua mão para fora da porta.

Ele deveria ter dito a ela que ainda sentia como se seus ossos estivessem quebrando. Na verdade, tinha que dizer alguma coisa.

— Mais devagar.

Ela o encarou, aqueles deslumbrantes olhos escuros marcados pela preocupação.

— Você está machucado?

— Fui atingido por fogo de dragão.

— Não queimou você? Você precisa de cuidados?

— É só... Por um momento eu não consegui me mover ou usar minha magia. Estou bem, agora. Mais ou menos. Quero ver quem está aqui.

— Provavelmente a fae que Léa encontrou no oco.

Verdade. Parte das preocupações de River se acalmaram, percebendo que era improvável que fosse Anelise, mas ele também sentiu uma leve decepção. O que estava esperando?

Quando ele e Naia entraram em uma sala com uma pesada porta de madeira, Léa e Fel já estavam lá. A fae estava de costas para ele. Mesmo assim, seu coração acelerou. Estava imaginando coisas?

— Ciara? — a palavra escapou de seus lábios, embora realmente não achasse que sua irmã pudesse estar lá.

Naia viu nos olhos de River, no momento em que a fae se virou. Uma centelha de alegria, alívio e amor. Ele abraçou a fae, soluçando, seu corpo tremendo. A garota também o segurou com força, as lágrimas escorrendo de seus olhos.

A emoção também tomou conta do peito de Naia. River e Ciara a lembravam muito de Fel e dela mesma.

River deu um passo para trás, puxou a mão de Naia e disse à irmã:

— Eu queria que você a conhecesse.

Ciara sorriu.

— Sua companheira de vida. Eu posso ver. — Ela estendeu a mão, mas Naia não levantou a dela.

— Eu sou condutora de ferro. — Tanto quanto ela sabia, os lendários não podiam tocá-la.

— Oh. Eu entendo. — Ela se virou para River. — Mal posso esperar para voltar à Cidade Lendária. Todos ainda estão vivos? Anelise, Forest, nosso pai?

A maior parte da alegria desapareceu do rosto de River.

— Nossos irmãos estão bem. Eu matei nosso pai.

— Circunstâncias estranhas — Naia disse, tentando suavizar o golpe. — Ele não quis dizer isso.

River riu.

— Ah, eu quis dizer isso. Claro que eu quis dizer isso. Embora eu tenha tido uma influência estranha, o ato é todo meu.

Ele era estranho. Naia sabia que se arrependia de ter matado o pai, nem gostava muito de falar sobre isso, mas era como se quisesse levar a culpa por isso, embora Cynon estivesse sussurrando em sua mente.

Ciara pegou sua mão.

— Tenho certeza de que você teve um motivo válido. — Ela estendeu a mão para a têmpora dele, e então aquela estranha coroa tornou-se visível. — Vê? Você não estaria usando se não fosse justificado. — Ela o encarou com uma expressão triste. — Sinto muito por tudo o que aconteceu que causou isso.

— Você precisa vir para a Cidade Lendária.

— Sim, mas... — Ela olhou para Léa, que estava de pé longe deles, com Fel. — Tenho dívidas a saldar.

Léa se aproximou dela.

— Sinto muito por ter saído...

Ciara balançou a cabeça.

— Eu prefiro acreditar que você deveria partir. Mas depois você nos chamou. Você se lembra disso, certo?

— Para Lago Branco? Acho que não combinamos...

— Não o fizemos, mas foi um pedido forte o suficiente para que eu pudesse trazer os metamorfos. Eles ajudaram a proteger Lago

Branco. Não perfeitamente, pois não podem voar. E ainda existem algumas dessas criaturas por aí. Os lendários podem ajudar a caçá-los, dependendo de como estão as coisas com os humanos...

Certo. Lago Branco e a brecha. Tzaria havia contado a Naia sobre isso, e agora fazia mais sentido.

Ciara continuou:

— As criaturas do Sexto Plano precisarão de um lugar para morar. Foi o preço para eles virem, para me libertarem. Preciso levá-los para sua nova casa.

Léa olhou para ela.

— Quantos deles existem?

— Cerca de quinhentos.

— Existe uma ilha, nas águas do Lago Branco, mas longe da costa, chamada Coração Perdido. Ninguém mora lá e deve ser grande o suficiente para eles.

— Eles se alimentam de emoções humanas, no entanto. Vão morrer se ficarem tão isolados.

Naia teve uma ideia.

— Você não pode simplesmente mandá-los para Bastião de Ferro? — Não era totalmente sério, era só que ela estava farta daquele reino.

Léa respirou fundo.

— Eles podem prometer não ferir humanos? — Ela olhou para River. — Ou faes? Ou dragões? Seus descendentes podem cumprir as promessas?

Ciara balançou a cabeça.

— Eles são imortais e, sim, estarão presos à promessa.

Léa virou-se para Fel, depois para River e Naia.

— O que vocês acham? Poderíamos simplesmente deixá-los em paz, não poderíamos?

River estalou a língua.

— Tenho certeza de que havia uma razão para eles estarem em um reino diferente, no entanto. Ciara, o que você sugere? Não queremos outra guerra.

Sua irmã assentiu.

— Eles podem ir a qualquer lugar e prometer ficar escondidos e não interferir nos humanos ou em nós.

— Então faça isso — disse Léa. — Sou grata por terem ajudado a salvar minha cidade.

Ciara assentiu e se virou para River.

— Vou resolver isso, depois volto.

Naia se perguntou se sua irmã havia omitido alguma coisa em suas palavras, se havia algo que estava faltando. Mas era improvável que alguém descobrisse um erro tão cedo.

Seu pai então apareceu na porta.

— A visitante se foi?

— Ela teve que sair — disse Fel.

Azir deu uma longa olhada neles.

— Parece que vocês estão acordados há uma semana. Estou aprontando banhos e uma refeição, então vocês podem explicar um pouco do que aconteceu, e sugiro que descansem por enquanto. Soldados cansados não ganham nenhuma guerra.

Naia ainda estava preocupada com aqueles ovos ou o que quer que pudesse abrir em todos os reinos, mesmo que parte dela soubesse que isso poderia acontecer tanto agora quanto em mil anos.

— Eu queria avisar os reinos. Há uma armadilha deixada em cada um deles. E observar o espelho de comunicação.

— Vou observar — disse Azir. — Estou aqui e é meu dever aliviar um pouco desse fardo pesado que vocês estão carregando.

A ÁGUA ESTAVA um pouco fria e Naia quase sentiu vontade de gritar, mas foi revigorante lavar qualquer vestígio de Bastião de Ferro, de Cynon, lavar o sangue do corpo de Harold. Ela saltou da água rapidamente e vestiu roupas limpas, depois desceu ao refeitório, onde tomaram uma sopa com centeio, alguns legumes e carne. Ursiana estava sentada ao lado de Léa, que estava sentada ao lado de Fel. A mulher estava aqui porque Azir a resgatou, e ainda... Havia algo quando a Rainha Lago Branco e seu pai se entreolharam... Do outro lado, Tzaria sentava-se entre Risomu e Ekateni, que ainda se recuperava. Naia gostaria de poder falar mais com eles, perguntar sobre sua família, perguntar sobre a magia dos dragões, mas a oportunidade viria em breve. A própria Naia estava sentada entre River e Azir.

O pai de Naia se voltou para River, Tzaria, Ekateni e Risomu.

— Minhas desculpas. Nossas acomodações aqui são simples. Nada digno de um rei ou mestres dos dragões.

Tzaria balançou a cabeça.

— Nossos hábitos não são extravagantes.

River o encarou.

— Se você quiser que eu saia, por favor, peça claramente. — Não havia raiva ou mágoa em sua voz, apenas pura curiosidade. — Não lidamos bem com dicas duvidosas.

Naia pegou sua mão.

— Ele não quer que você saia. Ele só está dizendo que isso não é um castelo.

— Exatamente — disse seu pai.

River riu.

— Você deveria me colocar na masmorra, não sentir pena de não poder me oferecer quartos luxuosos.

Seu pai cerrou os dentes.

— Você acha que os dois sentimentos não podem coexistir? — Ele então sorriu. — Estou brincando. Quero que Naia seja feliz.

River beijou a mão dela e disse:

— Então temos a mesma opinião.

Naia e Fel tentaram explicar ao pai deles um pouco do que havia acontecido. Azir escutou. Ele era calmo o suficiente para que nenhum detalhe o abalasse. Nesse ponto, se tinha ficado parado enquanto Naia assassinava um homem a sangue frio, apenas confiando em sua palavra de que era a coisa certa a fazer, ela achava que nada iria perturbá-lo. Os homens de Umbraar realmente não vacilavam — e talvez as mulheres também não.

Quando ele soube que Ekateni era o tio deles, estendeu a mão para cumprimentá-lo novamente e disse:

— Obrigado por cuidar de Fel.

Foi sutil, mas Tzaria rolou os olhos. Talvez não tão sutil, mas ninguém mais notou a reação.

Seu pai pegou a mão de Naia e Fel.

— Vocês são meu orgulho, minha alegria. Estou orgulhoso

do que vocês fizeram. — Ele olhou para Léa. — Orgulho de vocês três.

Léa apenas olhou para baixo, envergonhada. Este tinha sido um reconhecimento de que ela era sua filha. Naia já suspeitava há algum tempo, mas ainda era estranho ver isso, especialmente considerando a situação de Léa e Fel.

Talvez para dissipar a tensão, Azir voltou-se para River.

— Orgulho do meu futuro genro também.

River levantou uma sobrancelha.

— De verdade?

— Tenho certeza que você protegeu Naia. Cynon ou qualquer que seja o nome dele, que estava controlando Harold, não esperava que ela fosse capaz de machucá-lo, nem mesmo sabia que era uma condutora de ferro ou um dragão. Isso foi obra sua, não foi?

— Eu tentei. — River olhou para baixo, depois de volta para ele. — Tentei fazer com que ele pensasse que a Naia era inofensiva, que a esquecesse, que não visse o poder dela. Eu fiz isso, sim. Mesmo quando ela usou fogo em mim, ele pensou que estava usando seu próprio poder.

— Então seu papel foi fundamental, River — disse Azir. — Bem-vindo à família.

Ele então acrescentou:

— Para ser justo, se você não tivesse feito nada, ainda assim seria bem-vindo.

Sempre foi tão fácil, seu pai sempre foi tão receptivo e Naia se recusou a ver isso? E então, talvez algo tenha acontecido no tempo em que ele esteve fora. Tudo o que disse a ela foi que estava preso com Ursiana, depois preso sozinho, suspenso em transe. Talvez isso tivesse feito algo com ele. E então, talvez a verdade fosse que Naia nunca pedira permissão ao pai para casar, nunca contara o que lhe afligia o coração, nunca se abrira, temendo aborrecê-lo.

River estava certo em uma coisa: ela não ficaria feliz enquanto estivesse afastada de seu pai. Seu pai, porque ele o era. Queria saber mais sobre Ircantari e apreciava seu amor e sacrifício, mas isso não apagava o que o Rei Azir havia feito por ela e por Fel. Era bom ter a família reunida, mesmo que nem tudo tivesse sido resolvido.

Naia podia sentir o mal à espreita, podia sentir que algo estava para acontecer. Ela viu isso nos olhos dos três dragões, que pareciam mais alertas do que aliviados. Depois, havia a Cidade Lendária e todos os seus problemas, mas era verdade que seu corpo não poderia durar para sempre e descansar por enquanto era o melhor que ela podia fazer.

31
JUNTOS

Paz e sossego por um tempo, mesmo que fosse pouco tempo, era incrível. Fel mal podia acreditar enquanto estava deitado na cama, percebendo que estava realmente exausto, mas feliz. Ele até tinha recebido um pedido de desculpas de Ursiana. Não havia perguntado sobre o bilhete, mas ouviu Léa mencioná-lo à mãe, que parecia não saber de nada. O importante era que agora aprovava a união deles, o que o deixava feliz, mesmo que ainda precisassem lidar com Venard.

Ele se perguntou se Cynon realmente se fora, se era isso, mas sua mente não conseguia se concentrar muito, tão cansado, já caindo no sono. Ainda assim, Fel esperou, imaginando... Léa recebeu seu próprio quarto, mas ele ainda esperava que ela viesse aqui, já que poderia se mover através do oco. Da última vez, sua mente estava confusa, pensando que era um sonho. E mais tarde, bem acordada, ela se despiu para ele naquelas montanhas frias, mesmo que eles não pudessem ficar junto direito. Por outro lado, provavelmente estava cansada e precisava dormir. A hora deles chegaria. Só que era tão bom abraçá-la com seus braços humanos, beijá-la...

Talvez *ele* devesse se levantar e ir para o quarto dela. Ou talvez devesse deixar o sono levá-lo. Sua mãe estava algumas portas abaixo. E o pai dele... O pai dela. Fel realmente não queria pensar nisso. Ele fechou os olhos, deixando o sono o levar, deixando todas as suas preocupações para trás.

— Fel? — Léa estava sentada em sua cama, vestindo uma camisola, mesmo sendo dia, parecendo tão bonita sob a luz do sol que entrava pelas cortinas finas.

— Eu estava esperando por você.

Ele levantou o lençol que o cobria.

Deitada ao lado dele, ela sorriu.

— Como você sabia que eu viria?

— Eu só esperava. — Ele a puxou para perto e beijou seu rosto.

Seus olhos se encontraram. Ele queria despi-la, queria fazer tanto, mas não tinha certeza se estava pronta para isso, não tinha certeza se era isso que ela queria, mas temia que pedir fosse muito ousado. Seu coração martelava no peito.

— Você está cansado. — Ela olhou para baixo, de repente.

— Nunca cansado para você. — Ele beijou seu ombro. — Agora podemos nos casar.

Ela suspirou.

— Depois de lidarmos com Venard.

— Posso fazer de você uma viúva. Basta dizer a palavra.

Ele não estava brincando. Ela balançou a cabeça.

— Ele é o menos malvado da família e pode ser um aliado em potencial. Além disso, ele é seu primo.

Fel riu.

— Eu devo amar meus parentes de Bastião de Ferro agora?

— Não. Sua avó é um monstro.

Qualquer traço de brincadeira ou alegria havia desaparecido de seu rosto. Fel puxou a mão de metal que estava apoiada na lareira e acariciou os cabelos dela.

— Lamento que você tenha passado por tudo isso. Desculpe pela minha parte naquilo. Eu deveria ter tentado falar com você.

Ele ainda se sentia tão culpado por não ter intervindo, por tê-la deixado ir para Bastião de Ferro.

— Eu cometi o mesmo erro. — Ela segurou seus dedos de metal e sorriu. — Eu amo suas mãos. — Ela então os soltou. — Mas você não precisa delas agora.

Fel olhou para o lençol, sentindo-se desconfortável ao ser lembrado disso.

Ela disse:

— Você pode ficar com elas, se quiser.

Com os olhos fechados, guiou os pedaços de metal até a escrivaninha do canto. A verdade era que ele se sentia nu e vulnerável sem elas. Tinha sido fácil quando achava que era um sonho.

Ele sentiu os lábios dela beijando a ponta de seu braço.

— Eu te amo do jeito que você é — disse ela.

— Minhas mãos são parte de mim.

— Eu sei.

Ele acariciou sua têmpora com o braço.

— Eu te amo. — Ele riu, lembrando-se de repente de algo que River havia dito. — Essas palavras soam pequenas quando tento transmitir o que sinto.

Ela estava com os olhos fechados, um sorriso no rosto.

— Não me mostre com palavras, então.

Não havia necessidade de pedir duas vezes, embora ele ainda não tivesse certeza de quanto ela queria. Talvez tivesse sido fácil para ela quando ele estava na forma de dragão e nada poderia realmente acontecer... Mas agora...

Ainda assim, ele foi beijando seu ombro, então baixando sua camisola, até revelar um de seus belos seios, sua ponta tão macia, tão convidativa, tão doce. Ele não havia esquecido seu sabor e não pôde deixar de acariciar o mamilo com a língua. Ela então colocou a mão em seu peito e foi abaixando-a em direção a sua barriga.

Definitivamente era melhor perguntar.

— Você quer esperar? — Sua respiração estava mais irregular do que ele previa. — Até nos casarmos?

Não podia acreditar que ela não parou de mover a mão e sorriu.

— O que você acha?

— Eu estou perguntando.

Os lábios dela estavam em seu ouvido, formando um sussurro que lhe causou arrepios na espinha.

— Estou respondendo.

A mão dela se moveu ainda mais para baixo, a sensação de seus dedos delicados contra sua pele mais maravilhosa do que qualquer coisa que ele já havia sentido. Fel fechou os olhos, perdido na sensação de seu toque, então os abriu para se livrar de sua camisola. Seu adorável corpo estava nu diante dele, mas tremendo.

— Você está com medo — disse ele.

Ela ficou tensa.

— Muitas coisas que valem a pena dão medo.

— Não, você tem que relaxar, Léa. Eu vou te beijar até que você esteja pronta.

O sorriso dela era encantador.

— Eu não vou me importar com isso.

Seus lábios estavam nos dela para um longo beijo, então ele beijou mais de seu corpo, para baixo, para baixo, para baixo naquele lugar especial onde ele poderia tecer magia com sua língua. De tensão, seu tremor mudou para algo diferente. Ele moveu seu corpo para que pudesse olhar em seus olhos, lindos olhos flamejantes.

— Fel. — Era um gemido, uma exigência, uma pergunta, tanto.

Ele se moveu para cima, beijou seus lábios novamente, então sentiu as mãos dela empurrando para baixo suas calças. Seu toque era uma felicidade.

Nenhum dos dois estava mais vestido enquanto ele se deitava em cima dela, sentindo o toque suave de sua pele contra seu corpo. Seus olhos tinham desejo e amor, aqueles incríveis e doces olhos azuis que olhavam para ele como ninguém mais olhava. Agora os olhos dela estavam se fechando, os lábios entreabertos, enquanto ele a penetrava devagar, com cuidado, seus corpos se movendo juntos, um movimento tranquilizador e gentil. *Isso* era felicidade pura.

Naia estava cansada de esperar. Ela queria um tempo a sós com River para conversar e mais, e agora, embora fosse ele quem pudesse se mover pelo oco, não havia sinal dele. A alternativa era levantar e ir na ponta dos pés até seu quarto, torcendo para que ninguém a visse.

Pelo menos um pouco de sorte estava do lado dela, pois de fato os corredores estavam vazios. Ela bateu rapidamente e ele abriu.

— Naia. — Ele nem sequer lhe deu um sorriso.

— Algo errado?

Ele estava tenso.

— Seu pai vai fazer suposições se souber que você esteve aqui.

Ela entrou no quarto.

— E daí?

— Os humanos consideram isso uma ofensa grave.

Naia rolou os olhos.

— Oh, você vai me ensinar sobre os costumes humanos agora?

River finalmente fechou a porta.

— Posso falar sobre alguns de nossos antigos tratados...

— Shhh. Achei que os faes fossem selvagens e de espírito livre...

— A própria razão pela qual tais tratados rígidos foram escritos em primeiro lugar. Humanos são estranhos.

— Ora. Obrigada!

Ele finalmente sorriu.

— Venha aqui. — Ele a puxou para perto e a abraçou. — Estou tão feliz por você estar segura, tão feliz por estarmos juntos. É como se tivéssemos escalado a maior parte da montanha.

— Maior parte? Você também sente que isso não acabou.

Ele assentiu.

Havia outra coisa que ela estava morrendo de vontade de perguntar a ele, mas sabia que tinha que ser em particular. Antes de chegar ao seu ponto, decidiu testá-lo.

— Bem, se alguma coisa acontecer, ainda temos isso. — Ela tocou o amuleto. — E podemos voltar no tempo, certo?

— Uh-huh. — Sua rigidez o entregou.

— River. Diga-me agora o que você sabe sobre este amuleto.

Ele franziu a testa, aparentemente confuso.

— Por que eu saberia sobre isso?

— Porque você está fugindo da pergunta. Fel disse que nos lembraríamos disso. Você tem ideia de quando foi usado? Sim ou não?

Ele a encarou.

— Que diferença faz? Este é um objeto poderoso. Imagine quantas vidas poderiam ser salvas.

— Você não respondeu, então vou entender como um sim. Quando isso foi usado?

— Não tenho certeza.

— River — ela rosnou.

— Eles vão nos ouvir.

— Vou gritar ainda mais alto se você não responder.

Ele se sentou na cama e cruzou os braços. Só agora ela percebeu que ele estava usando algum tipo de roupa de dormir humana, camisa larga creme e calças que ficavam estranhas nele. Ela estava com muita raiva para rir, no entanto.

Depois de respirar fundo, ele disse:

— Quando fui resgatado no Covil dos Dragões. Foi você. Juro que não me lembrava de ter visto isso antes, mas assim que vi, de repente me lembrei de você usando, mas pode ser uma impressão, talvez.

O Covil dos Dragões. Há muitos anos. Fazia sentido.

— Por que você não me contou?

— Por quê? Você tem um objeto que pode mudar o mundo e vai desperdiçá-lo me salvando? Deixe-me apodrecer naquele templo, Naia. Eu provavelmente mereço.

— Mas então os dragões não viriam para Alúria atrás de você. Eu não nasceria.

— Talvez eles ainda viessem por causa de Formosa.

— Eu não te encontraria. É isso que você quer?

River fixou seus adoráveis olhos cor de mogno nela.

— Você realmente acha que não vamos nos encontrar? Você realmente acha que tudo o que temos é esta vida breve? Você não acha que já nos conhecemos antes? Nos veremos novamente.

Naia suspirou.

— Então nada importa. Terei que derrotar Cynon sem sua ajuda.

— Você acha que eu ajudei? — Ele riu.

— Só o encontrei porque conhecia sua energia, pude reconhecê-lo. Como meu pai já disse, foi um milagre ele não saber o que eu era, e isso porque você me escondeu bem.

— Eu usei toda a magia que pude para garantir que ele não machucaria você.

— Funcionou. Não sei como ele se foi, mas pelo menos não é mais o Rei Harold.

— É só... — River exalou e balançou a cabeça. — Como pude ser tão cego, tão desatento?

Ela também tinha sido desatenta.

— Posso dizer o mesmo.

— Naia, eu sou muito fascinante, então você tem uma ótima desculpa. — Ele nem estava brincando, era realmente pretensioso assim.

— Oh. E quanto a mim? Não sou fascinante?

— Você é. Por você eu deveria ter agido melhor. Muito melhor.

— Mas o que você fez funcionou. Se você permanecesse preso naquele covil, não saberíamos o que poderia ter acontecido. Então, vou usar o amuleto para salvar você, só para ter certeza. Sua vida é valiosa.

Ele suspirou.

— Toda vida é valiosa. Perdi amigos. Perdi um primo querido. Ele era o mais bonito de todos os Antigos, com cabelo preto escuro e chifres pretos. — Ele olhou para Naia. — Se foi...

— Desculpe por isso. Não pretendo minimizar sua dor, mas perdi minha mãe. Meu pai de sangue. Eu gostaria de tê-los conhecido, de ter tido um toque de mãe.

— Minha mãe também morreu. Ela morreu para que eu pudesse viver. — Ele riu. — Eu não creio que meu pai tenha achado que foi uma troca justa. Talvez não tenha sido.

— Não. Uma mãe deveria viver para ver seus filhos, mas o destino às vezes tem outros planos.

Ele bufou.

— Destino.

— Você odeia tanto assim a sua vida?

— Eu odeio muitas das escolhas que fiz. Muitas, muitas. Mas estou feliz por estarmos aqui juntos. Eu me apaixonei por você desde o momento em que te vi pela primeira vez, naquele templo dos dragões. E agora estamos aqui.

— Sim, e ainda assim você não quer que eu vá para aquele templo e talvez te elimine da existência.

— Eu não quero isso, só não queria ser egoísta.

— Eu sou egoísta, River, e vou usar essa coisa para salvar você. Isso é *meu* desejo.

Ele respirou fundo e fechou os olhos.

— Justo.

— Você precisa descansar.

— Não posso descansar com você aqui. Os humanos acham que dormir juntos significa fazer coisas juntos, e não posso fazer isso sob o teto de seu pai se não formos casados.

— Ele não é meu pai.

— Seu guardião. Mesma coisa.

— Você é sempre tão irritante com suas ridículas regras de fae?

Ele riu.

— River Irritante não é um dos meus nomes? Concordo que as regras são ridículas, Naia, mas foram feitas para apaziguar a sensibilidade humana, o que vou fazer?

— Devo lembrá-lo de que já moramos e dormimos juntos antes? No sentido literal de dormir, é claro.

— Devo lembrá-la de que acabei de me humilhar como nunca havia feito antes, me arrependendo de tudo isso?

Ela se lembrava, e isso aqueceu seu coração.

— Obrigada. Mal acredito que você amoleceu meu pai.

— Eu tornei mais fácil para vocês dois se darem bem novamente. Eu sabia que você precisava disso. Eu sei o quão importante é a aprovação de um pai. — Havia um tom de tristeza em suas palavras. Era a aprovação que ele nunca teve.

— Você faz parte da família agora. Seu futuro sogro aprova você.

Ele riu.

— Surpreendente, certo?

E, no entanto, isso não era motivo de riso. De repente, sua insistência em não ofender o pai dela fez muito mais sentido.

— Eu vou — disse ela. — Você tem que descansar.

Ela estava na porta quando sentiu. Ela se virou para River.

— Você notou isso?

AZIR ESTAVA SENTADO em seu escritório, tentando processar tudo. Ele não havia perguntado muito, percebendo como todos estavam cansados. Ursiana estava sentada em um canto, uma nova e estranha distância entre eles. E silêncio. O silêncio o estava matando. Tantas palavras não ditas, tantas perguntas.

Resolveu quebrar o silêncio. A maioria das conversas começava com palavras bobas.

— Dragões? — Ele riu. — Você consegue acreditar?

Ela sorriu e balançou a cabeça.

— Eu acho... essas coisas demoram um pouco para serem assimiladas.

— Os mestres dos dragões para mim eram uma lenda de tempos passados, de magia que não existia mais. Eu não fazia ideia de que eles ainda viviam do outro lado do oceano, e não fazia ideia de que eram realmente dragões. Não consigo imaginar Fel como um dragão. Eu ouvi as palavras, e ainda assim...

— Ele foi muito corajoso. Todos eles foram. — Ela olhou para baixo. — Eu... pedi desculpas ao seu filho. Por não ter repassado sua proposta para Léa. Havia mais do que isso. Acho que alguém falsificou um bilhete. Ainda sinto muito pela minha parte.

Ele se levantou e pegou a mão dela.

— Se Bastião de Ferro estava determinado a se casar com sua filha, não havia muito que você poderia ter feito. Fico feliz que eles não tenham tentado matá-lo, a menos que tenham tentado e falhado. Eu sei que eles não nos contaram tudo.

A mão dela ainda segurava a dele, enquanto ela olhava para baixo.

— Tanto para fazer.

Ele engoliu. *E agora?* era a pergunta que ele queria fazer. Apesar de tudo o que estava acontecendo, queria perguntar o que se passava com ele e ela. Parecia real quando estavam no oco, como se todos os seus problemas tivessem sido resolvidos, todas as suas feridas curadas, mas agora, quando era hora de tornar tudo real, tudo o que ele sentia era um pavor crescente de que algumas coisas nunca pudessem ser consertadas.

Ele era um covarde? Talvez a solução para seu medo de ouvir um *não* era simples. Em vez de perguntar, ele deveria apenas sugerir algo.

— Nós vamos... Precisamos pensar sobre o nosso casamento. — Tudo o que ele podia ouvir era seu coração contando os segundos até ela fazer uma careta e perguntar se ele estava louco.

— Casamento? — Ela sorriu, porém, um sorriso doce e adorável. — Precisamos esperar alguns meses. Ainda estou oficialmente de luto pelo meu marido. Eu *estou* de luto pelos meus melhores amigos. Não é justo que tantas pessoas más ainda estejam vivas, enquanto eles... Eles eram bons. E agora eles se foram.

Ele segurou a mão dela com mais força.

— Nós podemos esperar. O que são alguns meses depois de vinte anos? Precisamos contar aos nossos filhos.

Ela balançou a cabeça e riu.

— Eu não sei o que Léa vai pensar, francamente. Parece que ela sabe, no entanto. Ela sabe que é condutora de morte e, no entanto, confessar a ela meus erros ainda me enche de vergonha.

— Vergonha?

— Você não tem ideia de quantas vezes eu revisitei nossa noite. Aquela noite. Quantas vezes eu desejei ter dito *não*, quantas vezes desejei não ter deixado você entrar no meu quarto, quantas vezes pensei que se tivesse feito as coisas de maneira diferente, não teria estragado tudo. Aquela culpa... Aquele medo... Tudo o que eu queria era que ela nunca sofresse o que sofri. Tantas noites eu só conseguia olhar para trás e me odiar por minha tolice, me odiar por ser... uma mulher perdida.

Suas palavras eram intrigantes.

— Eu pensei que você *me* odiava.

— O ódio é como o amor. Sempre tem mais de onde vem.

— Então você pensou que eu te usei e te descartei, e você estava culpando *você mesma* pelo que aconteceu? No mínimo, se eu realmente tivesse feito isso, você ficaria feliz em se livrar de mim.

— Mas eu estava grávida e nunca mais seria capaz de ter um casamento adequado, nunca mais seria capaz de encontrar o amor. Me chame de tola, mas você ouve tanto essas coisas que acaba acreditando nelas. Eventualmente, você acredita que é culpa sua.

— Desculpe.

— Não é *tua* culpa. Eu poderia dizer que é culpa da minha mãe, mas ela provavelmente também ouviu isso em algum lugar. É um veneno de autoaversão, Azir.

Lágrimas rolaram de seus olhos, e ele estendeu a mão para enxugá-las.

— A maioria dos venenos deixa seu sistema com o tempo. Você apenas tem que deixá-lo ser lavado.

— Estou tentando.

— Eu posso falar com nossa filha — ele ofereceu.

— Você vai ter que falar. Mas eu também.

Seus olhos estavam brilhantes de tanto chorar. Ele tocou seus lábios, então a beijou. Isso era real, não uma alucinação induzida pelo oco. Ela era real, sentada em seu escritório, em seu reino, beijando-o enquanto os filhos descansavam.

Naia caminhava rapidamente para o escritório do pai, River atrás dela.

— O que é? — perguntou. Ele havia colocado glamour em suas roupas para parecer mais decente, o que fazia sentido.

— Não sei.

Ela pôs a mão na maçaneta.

River franziu a testa.

— Você deveria bater.

Naia rolou os olhos, empurrou a porta — e viu seu pai e a Rainha Lago Branco se beijando.

Agora, uma coisa era saber que eles tinham se envolvido, outra coisa era vê-los se beijando. Por alguma razão, imaginou que seu pai nunca beijava ninguém, o que obviamente era uma ideia ridícula, mas o que ela poderia fazer?

— Sinto muito — disse ela, antes de fechar a porta o mais rápido que pôde. — Eu não vi nada — ela gritou, só para ter certeza.

River estava rindo.

— Te disse.

— Como eu poderia saber?

A porta se abriu, seu pai parado ali.

— Naia, entre. River também. Vocês são sempre bem-vindos aqui. Ele apontou para a rainha. — Eu ia anunciar depois, mas por que não agora? Eu e a Ursiana vamos nos casar. Em seis meses. — Ele olhou para baixo, visivelmente nervoso. — Espero que vocês se deem bem.

Naia sorriu para ela.

— Parabéns. Desculpe por me intrometer, eu realmente não queria incomodar.

Ursiana sorriu de volta.

— Você é sempre bem-vinda.

Naia tinha certeza de que não seria bem-vinda para tudo, mas obviamente era melhor não falar nisso. Ou pensar nisso.

Seu pai então perguntou:

— Há algo errado?

Naia engoliu em seco.

— O espelho, alguém já tentou...

Uma luz brilhou assim que ela disse isso. Seu pai correu para o espelho e colocou a palma da mão sobre ele.

Do outro lado estava um jovem, desgrenhado.

— Onde está a princesa Irinaia?

— Ela está aqui — disse Azir. — Algo errado?

— Quebrou. Quebrou. Estamos sendo atacados. Ela avisou meu pai.

— Quem está atacando você? — seu pai perguntou. — De que reino você é?

— Sou o Príncipe Raymond, de Marca do Lobo. São essas coisas, como bichos, mas crescem, ficam maiores.

River sussurrou:

— O fogo pode contê-los.

Naia se aproximou do espelho.

— Eu sou Irinaia. Você precisa queimá-los.

— Vou ter que colocar fogo no castelo? — Os olhos do príncipe estavam arregalados. — Eles estão em todos os lugares. Por tudo.

— Posso? — River perguntou ao seu pai, que assentiu, e se aproximou do espelho.

— Eles são redondos, grandes assim? — Ele juntou o polegar e o indicador. — E pode parecer um líquido quando há muitos deles? Como se fossem uma coisa grande, como um óleo escuro que pode subir nas paredes?

— Sim — disse o príncipe, e acrescentou: — Meu pai está morto.

Naia era uma pessoa horrível, pois não sentiu a menor pena do falecido rei.

O príncipe estremeceu.

— Eu... Você estaria disposta a nos ajudar?

Naia *poderia* ajudar com o seu fogo, mas se fosse apenas uma questão de queimá-los, os guardas em Marca do Lobo também poderiam fazê-lo. Ela olhou para o seu pai e para River, que estava olhando para baixo, imerso em pensamentos.

— Temos um feitiço para isso — resmungou River. — Essas coisas são kisilis. Eles podem se espalhar por todo o continente se não forem contidos. — Ele fechou os olhos. — Os guardas lendários poderiam se livrar deles, mas...

— Ofereça ajuda a eles — Naia sussurrou.

River caminhou até o espelho sem se preocupar em enfeitiçar seus chifres e olhos e disse ao príncipe:

— Vá para fora, ao ar livre, onde há sol. Leve uma tocha e combustível. Queime-os. Diga a todos para queimá-los. Sou River, rei dos faes brancos, e posso ajudá-lo. Tudo o que preciso é uma garantia de que ninguém fará mal aos meus soldados. Vamos nos livrar dessas criaturas, os kisilis, e partir. É isso. Podemos ir?

O príncipe, que estava olhando para River com os olhos arregalados, empalideceu.

— Fae? Sim. Ajude-nos.

— Vá — disse River. — Encontre um lugar seguro. Diga a todos para não machucar os faes que estão chegando.

O príncipe Marca do Lobo cortou a conexão. Em um segundo, River tinha um espelho de vidência e encontrou Anelise, dizendo-lhe para enviar alguns soldados para aquele reino.

— Eles não vão se machucar? — perguntou Naia.

— Não. Kisilis são fáceis de matar. Se você sabe o feitiço certo. Não acho que nenhum humano possa fazer isso.

— Os dragões podem ajudar. — Ela percebeu que estava dizendo algo tolo. — Mas acho que os humanos ficarão apavorados se virem dragões.

— Vou contatar outros reinos — disse Azir. — E perguntar se eles estão tendo problemas. — Ele se virou para River. — Você acha que poderia enviar mais homens para outros reinos?

— Soldados. Sim, posso enviá-los. Mas preciso de uma garantia de que não serão atacados.

— Você poderia ter negociado por mais — disse Naia.

River balançou a cabeça.

— Então pensariam que estávamos por trás dos kisilis. Se não pedirmos nada, será mais difícil para eles alegar isso

Azir balançou a cabeça.

— Se as pessoas quiserem te culpar, elas o farão.

— Eu sei. — River deu de ombros. — Mas não vou facilitar para eles. Negociar é uma arte e, às vezes, é sutil. Além disso, não quero essas coisas espalhadas por Alúria.

Eles contataram alguns reinos que não relataram nada e onde tudo parecia estar bem. Alguns deles não deram resposta, o que poderia significar muitas coisas.

— Você poderia enviar faes disfarçados? — Naia perguntou a River.

Ele balançou sua cabeça.

— Poucos de nós são bons em glamour.

— Eles podiam usar chapéus, esconder o cabelo e as orelhas.

— Era uma sugestão boba, mas Naia achava difícil deixar as pessoas morrerem sem fazer nada.

— Naia — Azir disse. — Você não pode pedir a River para arriscar seu povo, especialmente sem nada em troca.

— Não. — Os olhos de River estavam desfocados, perdidos em pensamentos. — Poderíamos experimentar os chapéus. Revelamo-nos mais tarde.

— Rei River — disse Ursiana. — Você poderia, por favor, enviar alguns de seus soldados para Rocha Verde?

Era um dos reinos que não respondia, o reino onde ela havia nascido.

— Claro — disse River, depois contatou Anelise novamente.

O rei de Campo Vasto então os contatou, relatando aqueles kisilis, seguidos pelo príncipe de Varana. O rei já estava morto.

Naia cobriu o rosto horrorizada. Aquilo tudo estava sendo tão rápido. Finalmente River acabou enviando soldados para todos os reinos, exceto Bastião de Ferro e Umbraar. Ele alegou que Umbraar estava seguro. Quanto a Bastião de Ferro, considerando que era o reino onde o próprio Cynon havia estabelecido seu trono, não havia motivo para se preocupar com eles.

Isso até que o espelho voltou a brilhar, exibindo o Príncipe Venard, suado e pálido.

— River está ajudando os reinos humanos?

Aquele príncipe o conhecia?

River parou na frente do espelho, de braços cruzados.

— Nós estamos. Por quê?

— Eu preciso de ajuda. Por favor. — Ele estava chorando. — Também estão aqui. Não só aqui, nos castelos dos meus tios. Estão matando todo mundo. Eu farei qualquer coisa que você quiser. Apenas nos ajude.

River olhou para baixo, em silêncio.

Naia achou que tinha que falar alguma coisa.

— Príncipe... Venard? — o príncipe assentiu. — Tenho certeza de que você entende que faes não podem...

— Posso ajudá-lo — disse River ao príncipe. — Mas eu vou te pedir algumas coisas assim que terminar.

— Tudo bem — disse o príncipe.

River encerrou a comunicação e voltou-se para Naia.

— *Eu* posso ir lá.

— Sozinho?

Ele pegou as mãos de Naia.

— Você não viu muito da minha magia...

— Acho que vi.

— Eu posso lidar com isso. E eu posso ir para a Cidadela de Ferro e qualquer outra monstruosidade de castelo de ferro que eles tenham. De qualquer forma, não posso deixar os kisilis se espalharem. — Ele beijou seu rosto. — Eu volto já.

Assim, ele se foi, ainda com um glamour para disfarçar suas roupas humanas mal ajustadas.

Naia olhou para o seu pai, procurando uma resposta, uma palavra consoladora, alguma coisa.

Os olhos de Azir eram gentis.

— Ele parecia saber o que estava fazendo.

— Ele é imprudente.

Seu pai balançou a cabeça.

— Ele parecia bastante competente e sábio, Naia. Talvez não seja rei por muito tempo, mas com certeza está honrando seu papel.

— E se algo acontecer?

— Você pode confiar na magia dele. Como eu confiei na sua.

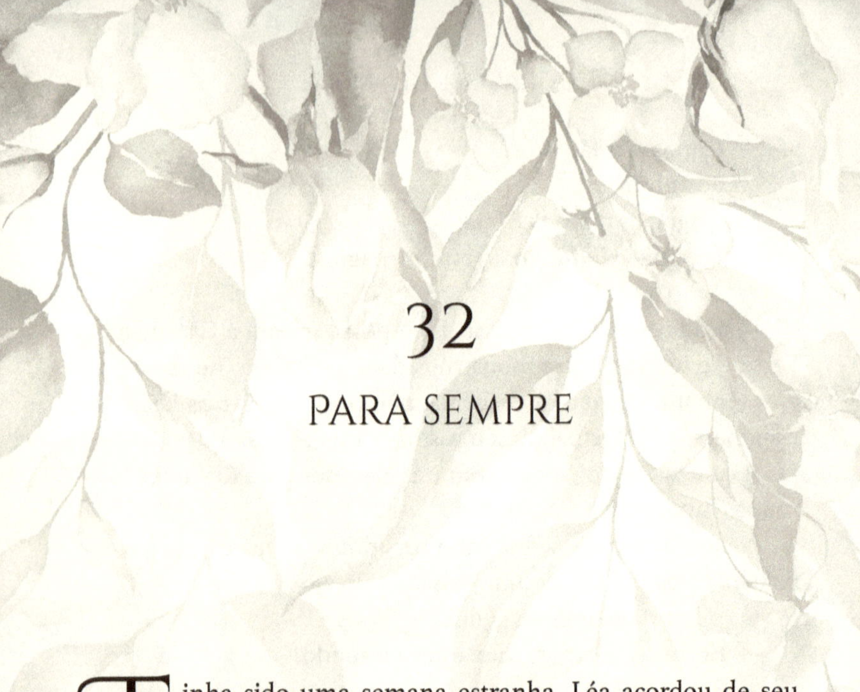

32

PARA SEMPRE

T inha sido uma semana estranha. Léa acordou de seu sono naquele dia para descobrir que todos os reinos tinham sido atacados e que os faes os salvaram. Claro, isso não significava que os humanos começariam a aceitá-los tão facilmente, mas era um bom começo.

Até mesmo Lago Branco foi atacado, mas os faes foram rápidos o suficiente para evitar que as estranhas criaturas causassem muito dano. Eles não podiam ajudar com os danos da cúpula e as criaturas do outro plano, mas a cidade estava resistindo ao inverno e se reconstruía, apesar de suas perdas.

Muitas pessoas morreram em muitos reinos, incluindo a maioria da família Bastião de Ferro. Léa não tinha certeza de como se sentia sobre a morte da Senhora Célia. Parecia muito rápido, muito fácil. Esses eram sentimentos ruins. Era hora de dissolver o estúpido Império Bastião de Ferro, anular seu casamento e tentar encontrar uma aliança de paz, não de se concentrar em um rancor bobo.

Os reinos teriam que se encontrar novamente, mas não haveria cerimônias ou bailes nesta conglomeração. Todos estavam traumatizados ou com medo, então eles decidiram se encontrar no centro de portais em Lago Branco. Isso significava que todos estariam livres para fazer uma retirada rápida, se necessário. Ainda assim, a família Umbraar, River e Léa estavam se reunindo com Venard para acertar alguns detalhes. Foi assim que ela se encontrou na mesma sala com Fel, Naia, River, Azir, sua mãe e Venard.

— Vou me desculpar pelo que meu reino fez — disse o novo rei de Bastião de Ferro. Ele se virou para River. — Vou dizer a todos que eles falsificaram evidências contra os faes brancos. Por favor, não me faça confessar que somos culpados por Formosa.

O Rei Azir olhou para baixo e cerrou os punhos.

— Eu não obriguei você a fazer nada — disse River. Aparentemente, Venard tinha uma dívida com o fae.

— Eu sei — disse Venard. — Mas estou perguntando. Eles usaram explosivos. Encontrei alguns documentos. Não sei por que fizeram isso. Foi meu avô, não eu. Cresci pensando que foram os faes. Sei que confessar que fomos nós ajudaria a limpar seu nome, mas também criaria medo. Com medo, eles podem querer retaliar. Outros reinos podem querer retaliar ou nos punir também. Todos estão mortos menos eu, como podemos ser mais punidos do que isso?

River fez um gesto para o Rei Azir.

— Pergunte ao Rei Umbraar. Sua família matou a família *dele*.

Azir grunhiu. Léa estava começando a perceber que ele fazia muito isso. Então, disse:

— Olho por olho, todo mundo fica cego. Eu nunca vou perdoar sua família. Mas estou disposto a lhe dar uma chance de se arrepender e começar de novo.

Venard assentiu.

— Irinaia e Isofel são meus únicos herdeiros. Talvez você devesse simplesmente me matar.

Léa estava ficando irritada com essa insistência dele em morrer.

— Não. Sua palavra confessando os crimes de seu reino vale muito mais do que a de qualquer outra pessoa.

Venard apontou para River.

— Ele poderia fingir ser eu.

River balançou a cabeça.

— Deve ter havido uma razão para você ter sido poupado.

Venard apenas cobriu o rosto com as mãos.

— Estou tentando. É muito maior do que eu, e aqui estou, sozinho no mundo.

— Você tem a mim e Naia — disse Fel. — Somos sua família.

— Isso não mudava o fato de que Fel ainda o encarava como se quisesse matá-lo. Talvez parte dele ainda quisesse.

Essas palavras só fizeram o príncipe de Bastião de Ferro afundar ainda mais em sua cadeira. Ele olhou para Léa.

— Me desculpe.

Ela não conseguia perdoá-lo por ter ajudado seu irmão monstruoso, mas entendia que ele também tinha sido uma vítima e não queria carregar raiva em seu coração.

— Ajude-me a deixar tudo isso para trás, então.

— Devemos ir — disse o Rei Azir.

Eles pegaram duas carruagens até o centro de portais, onde os servos haviam arrumado um púlpito e cadeiras. Não era confortável ou cerimonial, mas era o suficiente por enquanto.

Venard foi o primeiro a fazer um discurso.

— Estou aqui, não para me desculpar, não para explicar os erros da minha família, mas para declará-los explicitamente, para que nunca se repitam. Minha família conspirou contra os faes brancos. Ela os culpou pelo acidente em Formosa, ela criou ilusões de que os faes estavam nos atacando, tudo pelo poder, tudo para que tivessem um Império Bastião de Ferro. Era mentira. Eu não fiz parte dessa mentira, mas ainda tenho vergonha de suas ações. Eles lidaram com magia profunda e perigosa e trouxeram a morte para si mesmos, para alguns de vocês também. Eu sei que *desculpas* não trarão de volta seus entes queridos, mas é a única palavra que tenho. Antes que vocês me odeiem, antes que odeiem meu reino, vejam que não estou me escondendo, não estou mentindo, não estou transferindo a culpa. Minha família cometeu erros, mas ela pagou por isso, e não pretendo repetir esses erros.

Ele olhou para Léa.

— Meu casamento foi um erro. Não porque a princesa Leandra não seja honrada, mas porque a união foi imposta a nós por minha família. O casamento deve ser por amor, não por alianças. Ainda podemos ser aliados sem nos casar. Meu casamento foi anulado de acordo com as leis de Alúria, mas nossa aliança ainda é forte.

Esse era o sinal de que era hora de Léa subir ao pódio. Ela havia praticado falar em público muitas vezes, mas ainda se sentia nervosa. Seu coração se acalmou quando viu Fel, tão lindo como sempre, ao lado de seu pai.

Ela respirou fundo.

— Meu reino foi traído. Meu pai foi traído por seus próprios amigos. Foi Bastião de Ferro quem nos atacou, enquanto culpavam os faes. Mas eles estão mortos agora, então acho que estão pagando por seus crimes. Não é hora de olhar para trás, para o que aconteceu, mas de olhar para um novo amanhecer em nosso continente, um tempo de paz. Os faes nos ajudaram, sem pedir nada em troca, mas acredito que merecem algumas palavras.

River subiu ao púlpito.

— Eu sou o rei dos lendários, ou faes brancos, como vocês nos chamam. Tudo o que queremos é viver em paz. Talvez nossas cicatrizes sejam profundas demais para que possamos voltar aos nossos antigos assentamentos, mas tudo o que peço agora é que vocês parem de nos odiar, parem de nos temer. Sim, nós matamos os kisilis, mas foi porque sabíamos fazer isso, e também moramos em Alúria. Espero que um dia, no futuro, faes e humanos possam apertar suas mãos novamente como amigos. Por enquanto, acredito que a maioria de vocês precisa voltar para casa e curar seus castelos e suas próprias feridas.

O rei de Refúgio Verde queria falar e disse à multidão que alguns de seus conselheiros tinham visto sinais de magia negra usados por Bastião de Ferro em Umbraar, quando eles os atacaram.

Então o rei de Rocha Verde subiu ao púlpito.

— Não é uma coincidência que essas estranhas criaturas mágicas vieram, e os fae foram os únicos com uma solução para elas?

Léa não conseguia acreditar que aquele homem era seu tio.

— Não é estranho — disse Venard. — Meus pais estavam lidando com magia negra antiga. Os faes conhecem magia antiga e sabem como combatê-la. Eles foram gentis o suficiente para se oferecer para nos ajudar.

— Mas eles ficaram escondidos o tempo todo — disse o rei de Rocha Verde. — Quando eles aparecem, isso acontece?

River ouviu em silêncio, nem mesmo olhando para o rei. Ele havia previsto que isso aconteceria e talvez tenha achado melhor não discutir.

Venard balançou a cabeça.

— Foi minha família que prendeu os faes. Eles sabiam que poderiam derrotá-los. Talvez você pense que tenham encontrado a liberdade bem a tempo como uma coincidência, ou talvez algum plano maligno. Prefiro acreditar em um plano maior, que existe uma força para o bem neste mundo.

— Isso ainda está para ser visto — disse o rei de Rocha Verde.

Sim. E era injusto. Os faes eram um pouco estranhos, com certeza, mas tudo o que mostraram até agora era boa vontade. Então, novamente, algumas cicatrizes eram muito profundas, exceto que os faes tinham as verdadeiras cicatrizes, e ainda assim não estavam reclamando.

Era possível respirar? Acreditar que realmente acabou? Parecia que sim. Mas Naia não era muito capaz de respirar direito hoje. Era o casamento dela. Pelo menos o casamento humano, já que os faes aparentemente não faziam nada de especial, a menos que quisessem, e River estava superocupado. River e ela. Ela estava tentando ser uma boa rainha.

Não que ele não quisesse abdicar de sua coroa, mas sim que nenhuma de suas irmãs queria. River queria se tornar um diplomata, para tentar uma paz duradoura com os humanos.

Anelise balançou a cabeça.

— Irmão, se você quiser ir aos reinos humanos e conversar com eles, vá como nosso rei. Eles se sentirão mais honrados e importantes, e mais dispostos a ouvir. Também é simbólico que você esteja se casando com uma princesa humana.

River acabou aceitando a ideia. Seu povo estava na Cidade

Lendária, mas também tinha um assentamento em Umbraar, e uma grande área de Bastião de Ferro se tornou o Reino Fae. Venard, o novo rei de Bastião de Ferro, ofereceu parte de seu reino por sua própria boa vontade. Este território era importante não apenas porque significava que os lendários teriam sua própria terra, mas também porque agora controlavam a área ao redor do Monte Primordial e podiam permitir que ele se curasse e que a natureza crescesse nele novamente.

Os lendários, porém, não eram grandes fazendeiros e dependiam de algum comércio com os humanos. Por esta razão, estavam construindo a Cidade Fae, ao longo de uma estrada principal, que deveria ser um ponto de contato entre faes e humanos. Era lá que eles iriam se casar.

Fazia parte da promessa de River casar-se com ela de acordo com as tradições humanas, mas era também um ato político simbólico, pois a união deles simbolizava uma união no continente. Mesmo assim, alguns reinos permitiram que os faes voltassem para seus antigos assentamentos, mas River ainda não queria que seu povo se misturasse com os humanos enquanto estivesse desprotegido. As memórias da guerra ainda estavam frescas em suas mentes, memórias de famílias inocentes mortas sem motivo, sem um exército para protegê-las. River queria que os lendários vivessem mais próximos, pelo menos por enquanto, enquanto essas feridas ainda estavam cicatrizando. Naia esperava que um dia elas fossem curadas.

Alguns dos dragões vieram para o casamento. Naia ficou super feliz em conhecer seus primos. Logo ela precisaria estudar com eles, especialmente Tzaria, aprender mais sobre sua magia de dragão e talvez até a assumir sua forma de dragão. Sentiu um arrepio de excitação imaginando-se subindo aos céus.

River afirmou que tinha visto sua forma de dragão uma vez, e que ela era um dragão branco. Naia adoraria assumir essa forma um dia. Dito isso, Tzaria a advertiu para não ter contato com outros dragões. Ainda estavam tendo conflitos, ainda havia Indomáveis em Fernick, e seria perigoso para ela se descobrissem que era um *dragão de ferro*. Por enquanto, ela poderia ter contato com Tzaria, Risomu, seu tio e primos. Havia também um dragão que eles encontraram em Bastião de Ferro, ainda se recuperando, ainda incapaz de assumir sua forma humana e vivendo nas montanhas em Umbraar. Tzaria e Ekateni estavam cuidando dele.

Falando em dragões, eles iriam ajudar Umbraar a reabrir os mares para conectar as duas terras. Sim, os condutores de morte podiam manter as serpentes marinhas afastadas, mas também os dragões, que tinham afinidade com as criaturas. Isso significaria muitas mudanças para Alúria.

Naia se olhou no espelho. Usava um vestido prateado com bordados brilhantes como estrelas. Era um vestido fae e muito bonito. Léa e Ursiana estavam no quarto com ela. Naia estava começando a gostar da Rainha Lago Branco. Não era mais rainha — a Rainha Lago Branco era Léa.

Ursiana logo seria a rainha consorte de Umbraar, mas em alguns meses. Fel ia esperar um pouco para se casar também, o que era bobagem. Se alguém olhasse para ele e Léa, era óbvio que estavam apaixonados. Então, novamente, a mesma coisa poderia ser dita sobre Ursiana e seu pai. Talvez nunca fosse tarde demais para encontrar o amor, e Naia estava feliz por seu pai ter dissolvido a amargura em seu coração.

Léa sorriu.

— Parece que você pertence a um sonho.

Naia levantou uma sobrancelha.

— Espero que não seja um sonho bizarro do condutor de morte.

Sim, a menina tinha sonhos estranhos e perigosos, assim como seu pai. Eles soavam assustadores. Ela precisaria estudar sobre sua magia com Azir, que também era pai de Léa, exceto que a garota não queria chamá-lo assim, pois disse que a fazia se sentir como se fosse a meia-irmã de Fel, o que seria compreensivelmente perturbador.

— Não, um sonho bom. — Léa riu.

Ursiana assentiu.

— É um vestido magnífico, mas você é magnífica de qualquer maneira. E você merece toda a felicidade do mundo.

Naia não queria se emocionar, então riu.

— Todas nós não merecemos?

· · ·

Eles estavam fazendo o casamento na tradição Umbraar, então Naia teve que entrar por um lado enquanto River entrava pelo outro. Isso significava que ela ainda não o tinha visto. Ele provavelmente estava todo emperequetado e bem-vestido demais, provavelmente tentando parecer o mais fae possível. Havia amigos e familiares no casamento, mas também membros da realeza de outros reinos, então havia um aspecto de espetáculo nisso, e ela conhecia River.

Ou talvez Naia não o conhecesse o suficiente. Quando ela entrou e o viu, ficou sem ar. Ele havia amarrado o topo de seu cabelo em um rabo de cavalo, de modo que suas orelhas pontudas eram visíveis. Seus olhos estavam mais brilhantes que o normal, visivelmente vermelhos. Glamour. Não só isso, ele os traçou em preto. Usava dois ternos, um preto sobre um dourado, que estranhamente ficava bom. Sua coroa estava à mostra e usava brincos compridos com pedras vermelhas. Se seu objetivo era parecer sobrenatural e etéreo, ele havia feito um trabalho fabuloso. A coroa de Naia estava escondida, só porque seria muito complicado explicar aos humanos por que ela era a rainha fae antes mesmo de se casarem.

River estava caminhando com Ciara, que havia retornado à Cidade Lendária e agora estava ajudando a estabelecer o Reino Fae.

Não, era Anelise.

As duas garotas eram idênticas, mas se comportavam de maneira diferente, e havia algo um pouco mais rígido em Anelise, mas ela parecia mais jovem. Anelise, uma irmã com quem River não se dera bem durante a maior parte de sua vida. Talvez ele estivesse tentando compensar isso agora. Ciara estava parada perto da frente, seu rosto se iluminando observando seu irmão. Talvez isso tenha sido ideia dela. Forest não estava lá. Naia temia que ele pudesse eventualmente causar problemas, mas suas irmãs alegaram que o estavam observando e prestando atenção a qualquer sinal de traição. Eram boas líderes e estrategistas brilhantes, então Naia preferia confiar nelas.

Naia caminhava com seu pai. Para esta ocasião, ele decidiu pentear para trás seu cabelo geralmente bagunçado. Naia apreciava a intenção, mas preferiria que tivesse mantido o cabelo normal, que ficava melhor. Claro que ela não teve coragem de dizer isso a ele. Não que estivesse feio, é claro. Ela estava feliz por ele estar aqui, apoiando-a. Na verdade, ele e River se davam muito bem. O sincero pedido de desculpas de River conseguiu amolecer seu coração. E então, talvez fosse Ursiana amaciando seu coração, fazendo-o rir muito mais do que antes. Era bom caminhar com ele em direção a River, saber que seu pai estava ao seu lado, apoiando-a, apoiando suas escolhas.

Naia viu Fel e Léa, tão fofos e felizes, seu irmão lindo como sempre. Ela estava sentindo muito a falta dele. Ele estava passando muito tempo em Lago Branco enquanto Naia estava entre a Cidade Lendária, Umbraar e o Reino Fae.

Ela olhou em volta para ver se encontrava mais convidados que conhecia e, além de alguns reis e rainhas, não todos, viu Tzaria e Ekateni com seus primos. Esperava poder passar um tempo com eles em breve. Havia tanto a aprender, tanto que ela ainda precisava saber sobre sua família, seu pai, suas origens. Pelo menos eles estavam aqui.

Eles caminharam até um mestre de cerimônia, que falou algumas palavras sobre amor e compromisso. Esta era uma performance para Alúria, mas também era algo mais. Havia mágica em palavras e contratos, especialmente para alguém como River. River extremamente feérico, que estava particularmente lindo.

Depois disso, eles falaram com reis e rainhas, príncipes e princesas que os parabenizaram. Era difícil saber quais parabéns eram genuínos e quais não eram, mas não importava, tinham que ser educados com todos.

Uma banda começou a tocar. Tinha músicos humanos e faes, o que era um belo toque para promover a paz e a harmonia entre os povos. Era impressionante que River e os outros lendários apoiassem tudo isso. A verdade é que os humanos agiram muito pior durante a guerra, mas também era verdade que tinham sido alimentados com mentiras e ódio, especialmente por Bastião de Ferro.

River dizia que era melhor recomeçar do que manter o ciclo de ódio. Claro, o perdão levaria tempo e muito mais esforço dos humanos. E, novamente, o verdadeiro inimigo tinha sido Bastião de Ferro, agora derrotado. O que importava era que pelo menos os lendários tinham um lugar para morar na superfície, não que isso fosse muito justo. Esta terra já foi toda deles, e agora tinham que ser confinados a um reino, mas era melhor do que ser confinado a uma cidade.

River se aproximou de Naia e puxou sua mão. Ela pensou que iam dançar, mas em vez disso ele a puxou para um canto, atrás de uma árvore.

Ele provavelmente tinha algo a dizer a ela.

— Algo errado? — ela perguntou.

— Nada errado. — Ele a puxou para perto e a beijou, um beijo longo e profundo que parecia bom, mas também inapropriado naquele lugar, onde qualquer um podia vê-los.

Naia estava prestes a empurrá-lo, quando sentiu aquelas gavinhas de escuridão ao seu redor, então abriu os olhos e percebeu que estava no jardim da casa deles.

A Cidade Lendária havia sido aberta, mas esta parte dela, por algum motivo, ainda era apenas de River e dela. Claro que não podiam passar o tempo todo aqui, mas às vezes vinham.

Ele parou de beijar e olhou para ela.

— Porque estamos aqui?

Ele ergueu as sobrancelhas.

— Você parte meu coração às vezes, sabia? Quando eu trouxe você pela primeira vez, todo orgulhoso da casa que fiz para você, você estava reclamando que éramos só nós dois, como se ficar sozinha comigo fosse horrível ou algo assim.

Isso era injusto. E incorreto.

— Não. Completamente sozinha. Com que rapidez você esquece que ia embora durante o dia, River.

Ele coçou a cabeça.

—Pode ser.

— Por que estamos aqui?

— Por quê? — Ele sorriu. — Que ótima pergunta: por quê?

A floresta ao redor da casa ainda era sinistra e silenciosa, ainda quase morta. O chilrear de alguns grilos tornaria esse silêncio mais suportável.

Ele acariciou o rosto dela.

— Sabe o que acabou de acontecer? Somos casados de acordo com as leis humanas. Você sabe o que isso significa?

Muitas coisas. Ela pensou por um momento, até que percebeu o que ele quis dizer.

— Acabou a espera.

Sua resposta foi um sorriso.

Seu coração estava acelerado, apesar de pensar que já estava pronta havia muito tempo.

— Você não podia esperar até o fim da festa?

— É uma chatice. Falaremos mais com todos amanhã. — Ele olhou para os lábios dela, então olhou-a nos olhos novamente. — A menos que você queira voltar. Ninguém está com pressa. Quer dizer, eu estou, mas...

Naia puxou a fita amarrando o cabelo dele. Era bonita, mas ela queria que ele se parecesse mais com o River com que ela estava acostumada.

— Eu *devia* fazer você esperar. Como vingança. Torturá-lo com desejo.

River beijou seus lábios brevemente e deu um sorriso travesso.

— Por favor, faça isso. Torture-me até eu implorar.

Por algum motivo, Naia caiu na gargalhada.

Ele franziu a testa, mas de uma forma brincalhona.

— Ou talvez ria de mim.

— Ou ambos.

Ele passou os braços ao redor dela e de repente estavam em seu pequeno e aconchegante quarto. Ela adorava tanto este lugar.

Quando ela tocou o peito dele, em vez de tecido, sentiu sua pele macia, enquanto seus ternos desapareciam. Foi surpreendente.

— Você estava encantado?

Ele sorriu.

— Genial, certo?

Pelo menos ele ainda estava usando calças. Seria estranho se tivesse suas coisas penduradas durante o casamento. Às vezes ela ainda o achava meio esquisito, mas a verdade é que gostava disso nele.

— Posso? — Ele estava gesticulando como se para ajudá-la a tirar o vestido.

Naia se virou.

— Vá em frente.

Os dedos dele em seu pescoço provocaram um arrepio em sua espinha, seguido de um beijo ali. Então ele desabotoou alguma coisa, e todo o vestido e as roupas íntimas dela saíram de uma vez. Design fae. Ela deveria ter suspeitado que havia mais em ação do que estrelas brilhantes. Ele segurou seus seios com as mãos enquanto beijava suas costas. Ela amava suas mãos com suas lindas unhas escuras, amava a sensação delas contra sua pele.

— Você precisa tirar as calças.

— Já tirei.

— Estou enganada em pensar que você estava com pressa?

— Dê o seu palpite.

Ele a virou e a deitou sobre as cobertas, então se deitou ao lado dela. Aquela dança de mãos e bocas não era novidade para eles. Haviam feito isso muitas vezes, cada vez melhor do que a anterior, à medida que aprendiam mais um sobre o outro. Seu corpo era um mapa que ela estudava, a cada dia encontrando um tesouro especial.

A magia deles estava se misturando, como sempre faziam quando se beijavam e se aproximavam, mas desta vez ela temeu que estivesse prestes a explodir em chamas quando sentiu uma das mãos dele em sua coxa, aproximando-se cada vez mais, até que finalmente ele a acariciou daquela forma que era tão boa. Deitou-se sobre ela e a beijou, seu cabelo ao redor de seu rosto, a sensação suave das cobertas em suas costas, o toque maravilhoso de sua pele contra a dela, aquela proximidade familiar e incrível. Então ele estava dentro dela, sua magia pulsando como uma só. Magia de dragão, magia humana, magia fae entrelaçadas, tornando-se algo mais poderoso, maior que ambos, maior que a vida, imbuído da energia do amor.

Léa observou sua cidade pela janela, seu coração batendo rápido com a antecipação do que ela tinha a dizer a Fel.

Pelo menos a cidade estava se recuperando, e agora que era verão, na verdade era bom não ter aquela cúpula horrível. O dano não foi tão ruim quanto deveria, graças a Fel e Ekateni, que queimaram muitas das criaturas, e também a Ciara e seus metamorfos.

Léa nunca mais ouviu falar deles, mesmo sabendo que estavam em Alúria. Pelo menos estavam mantendo a palavra de que iriam se esconder. Ainda assim, às vezes ela via uma sombra estranha se mover, às vezes via um movimento pelo canto do olho e podia jurar que havia algo mais entre eles. Mas os metamorfos eram benignos e, aparentemente, não precisavam comer pessoas. Ela esperava que estivessem felizes agora.

Venard vinha mantendo sua promessa de compensar os erros do passado de sua família. Léa até se viu tendo que defender Bastião de Ferro, já que alguns outros reinos estavam ansiosos para retaliar contra o reino de ferro para seu próprio ganho. Quanto ao próprio Venard, Naia havia dito que ele estava mantendo o cadáver de sua antiga amada em algum lugar da Cidadela de Ferro, mas Azir tinha verificado o castelo de Bastião de Ferro e não encontrou nada parecido. O palpite de Léa era que Venard desistira de reanimá-la depois de ver os efeitos da magia proibida em seu reino.

Nos últimos meses, Léa começou a treinar a condução da morte com Azir, mas disse a ele que nunca o chamaria de pai. Ela não podia. Era o pai de Fel. Ele aceitou a decisão dela. Ainda assim, era um professor paciente e, aos poucos, ela foi se tornando mais consciente de seus poderes, conhecendo-se mais. Muito do que ela tinha aprendido com seu pai necromante a vinha ajudando, e estava animada para aprender mais e mais.

Tzaria e Ekateni estiveram em Alúria, passando um tempo em Lago Branco, Umbraar e até no Reino Fae, ajudando Fel e Naia, que ainda tinham muito a aprender. Seus primos vieram para o casamento de Naia e ainda estavam ali, passando algum tempo e também ajudando Fel a treinar e conhecer melhor seus poderes. Jacine era uma amiga querida, e Léa estava muito feliz por estarem ali. As coisas estavam mais calmas em Fernick.

Menos dragões foram convertidos para os Indomáveis, que não eram mais tão fortes. Aparentemente, matar Cynon realmente fez alguma coisa, mesmo que não tenha encerrado todos os seus conflitos.

Rélia ainda era o Olho do Dragão, não que Léa realmente entendesse o que a posição implicava. Pelo que Siniari e Jacine disseram, não parecia que ela havia sido influenciada por Cynon. Na verdade, era improvável que a mulher tivesse tentado envenenar Fel. Tzaria tinha seus próprios motivos para não gostar dela, porém, e o ódio podia cegar.

Léa esperava que talvez Tzaria e Ekateni se tornassem um casal, já que tinham um pouco de história, mas não parecia ser o caso. Pelo menos eles se davam bem o suficiente para cooperar e ensinar Fel e Naia. E então, novamente, os dois estavam em Alúria, então, quem sabia sobre o futuro? Talvez suas feridas estivessem demorando mais para fechar, ou talvez sua história de amor devesse permanecer no passado.

Risomu havia retornado recentemente a Fernick com Kaneyo, que tinha se curado e era um magnífico dragão marrom. Ele ainda não podia assumir sua forma humana, mas esperava que algum dia o fizesse.

Não havia mais vozes na cabeça de Léa, apenas os mesmos velhos sonhos estranhos. Seu dragão de prata estava frequentemente neles, e estava ficando cada vez mais forte. Seu palpite era que Fel logo seria capaz de trocar de formas novamente, mas ela não queria contar a ele, caso isso não acontecesse, pois não queria vê-lo desapontado. A verdade é que ele sentia falta de sua forma de dragão. Ela também sentia falta, mas pelo menos podia se conectar com ele em seus sonhos.

Léa respirou fundo, então sentiu braços fortes ao seu redor. Fel. Seu coração batia mais rápido, deleitando-se com o toque de seu dragão apaixonante.

Ele beijou seu pescoço.

— Algo preocupando você?

Era estranho o quanto ele podia sentir suas emoções.

— Não preocupando. — Ela se virou e o encarou. Ele estava pronto para isso? Era cedo demais? As palavras não vieram facilmente. — O casamento da Naia foi tão lindo.

— Foi maravilhoso. — Ele franziu a testa. — Mas por que você está mencionando isso?

É verdade que tinha sido há mais de dois meses. Léa brincou com um de seus cachos.

— Pensando no nosso.

Fel beijou seu rosto e sussurrou em seu ouvido.

— Logo.

Léa fechou os olhos.

— Quem sabe pode ser mais cedo?

Ele a encarou e sorriu.

— Por que você simplesmente não diz o que quer dizer?

— Eu... O vestido não vai ficar bom se minha barriga for muito grande. — Aí. Ela falou.

— Léa... Você não está ganhando peso. E mesmo se você estivesse, ainda seria linda, e o vestido ainda ficaria ótimo em você.

Oh, céus. Ele não tinha entendido. Ela respirou fundo e disse:

— Estou grávida. — Os curandeiros tinham certeza e todos os sinais apontavam para isso.

Os olhos dele se arregalaram de surpresa, então ele deu uma risada feliz e beijou seu rosto.

— Essa é uma notícia maravilhosa. — Ele acariciou seus cabelos com o braço. — Por que a preocupação?

— Eu... Nós não planejamos isso. E precisaremos adiantar o casamento.

Fel a abraçou com força, bem apertado.

— Podemos casar antes, é fácil. O importante é que estamos juntos. E logo vamos começar uma família.

Ele estava realmente feliz, e ela se sentia tola por sua preocupação.

Fel então quebrou o abraço e perguntou:

— Que mágica você acha que nosso filho terá?

— Perguntei a Jacine quantas gerações de dragões ainda seriam dragões, e é muito, então nosso filho será um dragão. Agora... Você é um herdeiro de Bastião de Ferro, então é possível que tenhamos um condutor de ferro. Ou um condutor de morte, já que você é o príncipe herdeiro de Umbraar, e eu... Por fim, como estamos em Lago Branco, existe a possibilidade de termos um necromante. E, novamente, a magia de dragão afeta as regras mágicas, então nosso filho pode ter mais de um tipo de magia.

Fel riu.

— Você realmente pensou sobre isso. Então poderia ser um dragão necromante, condutor de morte e condutor do ferro?

— Poderia.

Ele ficou sério.

— Outro dragão de ferro. — Seus primos garantiram que ninguém soubesse onde Fel morava, pois ainda era um alvo.

Léa encolheu os ombros.

— Ninguém precisa saber disso.

Ele beijou seus lábios suavemente e disse:

— Mal posso esperar para criar nosso pequeno dragão.

Eles se beijaram novamente, um beijo longo, uma promessa de dias felizes. Tanta esperança, poder e amor.

RIVER NUNCA IMAGINOU que pisaria em Fernick novamente, que chegaria ao local do Covil dos Dragões, agora abandonado. Aqui estava ele com Naia. A ideia de voltar no tempo apenas para fazer algo que já havia sido feito era um pouco estranha, mas aparentemente tinha que ser feito.

Naia havia falado muito mais com sua família e Tzaria no último ano. Descobriu-se que o bastão que River havia roubado era o verdadeiro bastão Krittl, o bastão da morte. Os dragões pensaram que era uma réplica, destinada a ser uma armadilha para Cynon ou seus seguidores, mas alguém os trocara. Era um objeto perigoso, e os dragões ficaram aliviados por River tê-lo destruído.

Novamente, isso não era algo que outros dragões deveriam saber, ou eles tentariam checar seu poder mais de perto. Até River às vezes não entendia o quanto era sua própria mágica, ou o quanto era só por causa de Naia. Claro que tinha que ser ela. O pai dela, pai de sangue, foi quem armou a armadilha, e ela pôde desfazê-la porque carregava o sangue dele. Coincidência. Ou talvez um plano maior? Ele não podia ter certeza.

Ele queria tentar estabelecer a paz com o Conselho do

Dragão, mas Ekateni e Tzaria o alertaram contra isso. Ainda havia Indomáveis infiltrados em todos os lugares, e não era hora para uma aliança. Ainda assim, ele estava feliz por ser amigo de alguns dos mestres dos dragões, especialmente da família de sangue de Naia.

Dito isso, precisavam voltar para Alúria rapidamente, pois Naia queria estar lá para ver o sobrinho nascer.

Seus amigos dragões estavam protegendo o perímetro, enquanto Naia e River subiam os degraus.

— Você não está nervosa? — ele perguntou.

— Claro. — Ela fez uma voz imitando o irmão. — Quero dizer, cometa um erro e rasgue o tecido da realidade. — Sua voz voltou ao normal. — Você está certo em dizer que não é assustador quando a realidade é ruim. — Olhou para ele. — Mas agora...

— Os dragões dizem que deve ser simples.

Ela riu, uma risada adorável.

— Eles também dizem que nunca tinham ouvido falar desse amuleto. E por alguma razão o velho, estranho e misterioso dragão, o Primeiro Mago, não quer mais falar conosco.

River deu de ombros.

— Ele deve ter se aposentado.

— Não é engraçado.

Ela estava realmente reclamando?

— Foi você quem começou a rir.

— Porque estou nervosa!

Ele segurou as mãos dela.

— Eu confio em você. Eu sei que você vai se sair muito bem.

Estavam no topo da colina, parados no que agora eram as ruínas daquele templo.

Naia respirou fundo e colocou a mão no amuleto.

— Espero...

Ela simplesmente desapareceu. Nem mesmo fumaça preta ao redor dela, nada. River fechou os olhos, sentindo o coração acelerar. Se isso desse errado, se esse objeto fosse um truque... Havia tantas possibilidades horríveis, e pensar em perdê-la era aterrorizante. E, no entanto, tudo o que ele podia fazer era esperar. E esperar ele fez, uma eternidade de dor, até que ela apareceu novamente.

Ele a abraçou apertado, tão apertado.

— River, você está me sufocando.

— Tive medo de perder você.

— Estou aqui. — Ela riu. — Eu tinha esquecido que você me disse que não tinha chifres. Foi um pouco estranho.

— Você me vê com glamour o tempo todo. — Por mais que houvesse muitos faes em Fernick, poucos tinham chifres como os lendários, e ele não queria chamar a atenção.

— Eu sei. É só... Você era tão jovem. Além disso, você estava flertando comigo. Sério, River? Você nunca tinha me visto e já estava dando em cima de mim? — Ela estava meio brincando, mas também curiosa.

— Você é minha companheira de vida. Por que eu não flertaria com você?

— Você não sabia quem eu era.

Isso não fazia sentido.

— Você acha que eu não sentiria?

— Talvez.

River a encarou.

— E você não tem direito de me criticar por flertar com você. Você, que queria me beijar cinco minutos depois de me conhecer.

— Depois de salvar sua vida. Foi romântico, River.

— Bem, você acabou de salvar minha vida. Tão romântico quanto.

— Você olhou para mim como se quisesse arrancar minha roupa ali mesmo.

Obviamente.

— Uma reação normal. Qual é o problema?

Naia rolou os olhos.

— Você por acaso quer fazer isso agora?

— Já que você está perguntando... Bem, sim. A questão é que os dragões podem se perguntar por que estamos demorando tanto e vir nos ver.

— Poderíamos ser rápidos. — Ela riu, depois mudou de tom. — Estou brincando.

River a conhecia bem o suficiente para perceber que não estava brincando. Ela o estava desafiando. Ele sorriu para ela.

— Ou talvez você tenha se sentido estranhamente atraída pelo jovem e inapropriadamente sedutor eu.

— Pelo menos você sabe que não estava sendo apropriado.

Ele riu, então percebeu que o amuleto dela havia sumido. Ele tocou o colo dela.

— Desapareceu?

Ela assentiu. Agora que sua mão estava aqui, ele não queria afastá-la. Talvez pudessem ser inapropriados — e rápidos — antes que os dragões percebessem qualquer coisa.

O passado havia sido restaurado ao seu devido lugar. Quanto ao futuro, estava aberto para eles. River confiava nisso agora e confiava que também havia algo de bom agindo no mundo.

AGRADECIMENTOS

Alguns livros simplesmente saltam para a sua vida, com a história quase pronta, enquanto outros precisam ser puxados fio a fio dos confins de quem sabe onde, talvez no Décimo Primeiro Reino ou em algum lugar ainda pior. Este livro foi um desses.

Eu não poderia ter feito isso sem o maravilhoso apoio dos grupos de redação Tuesday Tribe e Apex Writers. Muito obrigado aos autores Loretta Torosian, T.F. Burke, Sharlene Healey, R. L. Perez, Allison Rose, Belle Luna, E. E. Everest, R. Dawn Hutchinson e L. Wood, que pacientemente me ouviram divagar sobre dragões, faes perdidos, reinos estranhos e magia bizarra. Nenhum deles é culpado se qualquer parte deste livro for uma porcaria.

Também gostaria de agradecer a Donna Daigle e meus maravilhosos leitores beta.

Finalmente, eu não poderia ter escrito este livro sem meus leitores. A única razão pela qual ele existe é por causa daqueles que queriam saber o que aconteceu com Naia, River, Fel e Léa. Espero que você aprecie suas histórias emaranhadas e complicadas e esta pequena janela para um mundo de fantasia.

Finalmente, obrigada a todos os leitores do Brasil! O entusiasmo de vocês é o máximo, e eu estou muito feliz de trazer esse livro para vocês.